21世纪
世纪
年 度
散文选

2 0 2 0 散 文

21世纪年度散文选

2020 散文

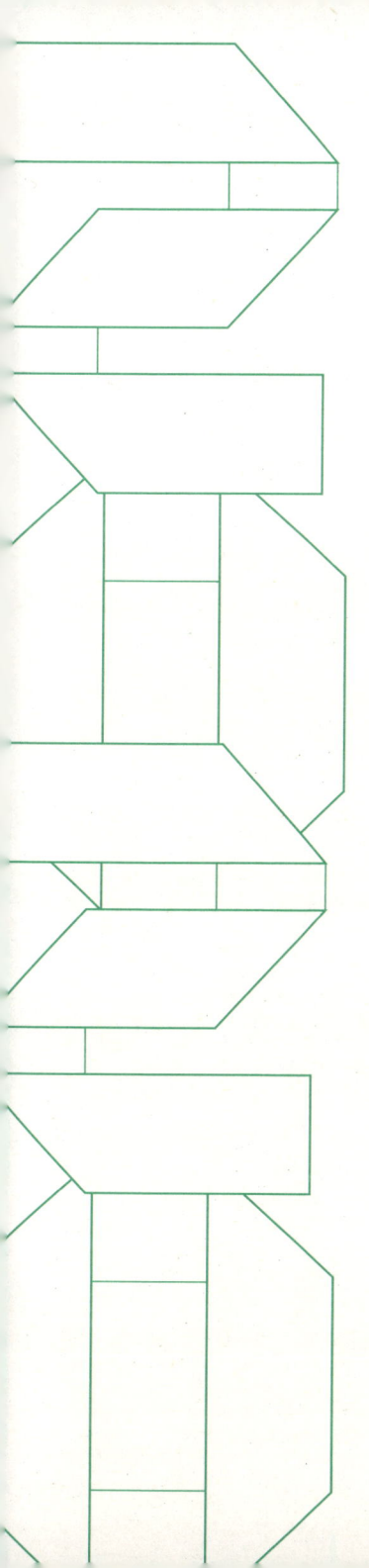

人民文学出版社编辑部 编

人民文学出版社

图书在版编目（CIP）数据

2020散文/人民文学出版社编辑部编．—北京：人民文学出版社，2021
（21世纪年度散文选）
ISBN 978-7-02-016981-8

Ⅰ.①2… Ⅱ.①人… Ⅲ.①散文集—中国—当代 Ⅳ.①I267

中国版本图书馆CIP数据核字（2021）第023746号

责任编辑	杜 丽 温 淳
装帧设计	李思安
责任印制	任 祎

出版发行	人民文学出版社
社　　址	北京市朝内大街166号
邮政编码	100705
网　　址	http://www.rw-cn.com
印　　刷	三河市鑫金马印装有限公司
经　　销	全国新华书店等
字　　数	408千字
开　　本	880毫米×1230毫米　1/32
印　　张	15.75　插页3
版　　次	2021年4月北京第1版
印　　次	2021年4月第1次印刷
书　　号	978-7-02-016981-8
定　　价	58.00元

如有印装质量问题，请与本社图书销售中心调换。电话：010-65233595

出 版 说 明

我社自1980年起，曾经编选和出版过《1980—1984年散文选》《1985—1987年散文选》《1988—1990年散文选》和《1991—1993年散文选》，受到文学界和广大读者的好评。1994年后，这项工作一度中断。进入21世纪，散文创作仍然欣欣向荣、气象万千，成为文学园地一道亮丽的风景。为了及时总结年度散文创作的实绩，向读者集中推荐优秀的散文作品，进而为新世纪的文学积累做出我们的贡献，我社决定恢复年度散文的编选和出版工作。

恢复出版的散文年选总冠名为"21世纪年度散文选"，每年编选一册。编选范围为当年全国各报刊上发表的散文作品，入选篇目以发表时间顺序排列。此项工作得到了许多著名文学评论家和编辑家的支持和帮助，并且提出了很好的编选意见，我们在广泛阅读的基础上，充分参考专家们的意见，严格进行编选。在此，谨向诸位专家深表谢忱。

我们希望读者通过这个选本，不仅能了解本年度散文创作的总体概貌，而且能集中欣赏和阅读这一年里出现的最优秀的散文作品。我们的努力是否达到了这样的效果，真诚地期望得到文学界和读者的批评和建议。

人民文学出版社编辑部

目录

- 001 雪与归去来　李修文
- 013 苍生守护人　熊育群
- 027 班主任　黄灯
- 062 金沙江的幽暗处　陈洪金
- 081 一千个祝愿,飞向"金银潭"　汪渔
- 087 外婆家　盛慧
- 097 盐的味道　李贵明
- 129 生生之土　叶浅韵
- 158 公园记　彭程
- 174 被割裂的故乡　龙章辉
- 192 康科德往事　张惠雯
- 221 复州记屑　孙郁
- 230 拉斯洛·邬达克之逃亡岁月　赵柏田
- 263 乌江水远　刘照进

- 273· 北漂纪　袁　凌
- 297· "黄金时代"备忘录（2008—2019）　杨庆祥
- 312· 祖　巷　王剑冰
- 327· 故乡即异邦　刘大先
- 346· 这方水土的甘甜　唐小米
- 352· 天堂的面容　马永珍
- 361· 三　老　和庆光
- 371· 静默与生机

　　　——读牧溪的画　草　白
- 383· 被分成两半的人生　汪天艾
- 395· 邻家阿婆的猪脚黄豆汤　沈嘉禄
- 400· 遥远的局外　陈丹青
- 409· 净月潭而上　小红北
- 418· 这一世的情缘　漆剑荣
- 429· 麦尔维尔读札　格　非
- 468· 就花生米下酒

　　　——伯格曼自传《魔灯》读法　鲁　敏
- 484· 河乌与戴菊　李万华

雪与归去来

李修文

圣彼得堡，洗衣河畔，好大一场雪：我从一家旧货店里出来的时候，不远处，教堂楼顶的十字架被厚厚的积雪覆盖，浮肿了起来，形似一顶高高在上的帐篷。夜晚正在降临，而雪却下得越来越大，雪之狂暴几乎使一切都在变得停止不动：灯火周围，雪片忽而纷飞忽而聚集，就好似一群群正在围殴苦命人的暴徒；远处的波罗的海上，军舰们沉默地矗立，似乎大战刚刚结束，又像是全都接受了自己永远被大战抛弃的命运。雪至于此，地面上所有的公共交通都停了，我便只好徒步返回旅馆，可是，在大雪的覆盖下，几乎每条街都长成了一个样子，再加地面上的雪也堆积得越来越厚，每一步踏进去，都要费尽了气力，才能将双脚从雪里再拔出来。更要命的是，越往前走，我就越怀疑早就错过了我的旅馆，而且在离旅馆越来越远。也是奇怪和天意，幸亏清朝大须和尚的那首《暮雪》时不时被我想起，这才又振作起来，继续一步步往前走：

日夕北风紧,寒林噤暮鸦。
是谁谈佛法,真个坠天花。
呵笔难临帖,敲床且煮茶。
禅关堪早闭,应少客停车。

关于雪的诗句,可谓多如牛毛和雪片,譬如"地白风色寒,雪花大如手",譬如"云横秦岭家何在,雪拥蓝关马不前",可是,在他乡异域的如瀑之雪里,我却偏想起了大须和尚的诗。细究起来,无非是想在这首诗里吸入一口真气,好让微弱的振作逐渐清晰和强烈起来。此一首诗,虽说身在雪中,却始终未被大雪劫持:暮鸦噤口不言,冻笔无法临帖,于大须和尚而言,却恰好是他敲床吟句,自己给自己煮茶之时;更何况,天上地下,早已虚实相应:雪花虽也有天花之名,此时却是神迹统领的时刻,一如释迦在世,诸神的心魄被佛法打动,再一次降下了真正的天花。诗至此处,看似生意满目,实则暗藏着紧要的对峙和交融——雪花落下,天花便也要落下,如此,身陷在苦寒里的人才有去向和退路。就像现在,一截突然从路灯灯罩附近折断再坠落的冰凌,一阵隐隐约约传来的琴声,还有大须和尚这首让我在心底里默念了好几遍的诗,都是"虚空乱坠"之天花,都在提醒着我去相信,说不定,穿过眼前的雪幕,便能一脚踏进我的旅馆。

类似情形,我其实并不陌生。有一年,也是一个大雪天,我在奉节城中搭上了一辆客车前往重庆,入夜之后,风雪越来越大,路上也越来越湿滑,有好几回,客车都趔趔着几乎要侧翻过去,实在没办法,路过一个加油站的时候,司机停了车,再通知所有的乘客,今晚恐怕只能在此过夜了。因为又冷又饿,我便下了车,去加油站的小卖部里买些吃喝,哪知一进小卖部,竟遇见了几个之前在剧组时候相熟的旧交。躲避已来不及,我只好横心上前,接受旧交们的数落。那些数落,我已听好多人说起过好多遍，无非是：你一个卖文为生的人，何必动不动那么高心气？又或者：见人叫一声老板和大哥有那么难吗？再或者：好好写剧本吧，别想当什么作家了，你一家人都打算穷死吗？诸如此类，等等。小卖部里，我百口莫辩，只好苦笑着接受数落，再去看门外的雪渐渐将场院里纷乱的足迹全都掩盖住，眼前所见，就像唐人高骈在《对雪》中所写："六出飞花入户时，坐看青竹变琼枝。如今好上高楼望，盖尽人间恶路岐。"

然而，我的恶岐之路并没被大雪掩盖住，而且，这条路是自找的——接受完数落之后，不知怎么了，我并没有返回过夜的客车上，而是一个人走上了山间公路，时而攀靠着山石，时而拽紧了从山石背后探出来的树枝，并不知道要走向哪里，只是一步步艰难地朝前走。到了这时，我必须承认，旧交的数落终究还是让我陷入了矫情和神伤：今夕何夕，而我又何以至此？还有这劈头而来又无休无止的雪，你们自己倒是说说看，我已经是多少回在夜路上与你们狭路相逢了？要到哪一天你们才肯放过我，好让我不再在你们的围困与裹挟中一回回地去确认，脚下的路正是走投无路后的又一条恶岐之路？无论如何，你们要知道，吴梅村的《阻雪》中所述之境，既是我的囹圄所在，更是我的呼告之所：

关山虽胜路难堪，才上征鞍又解骖。
十丈黄尘千尺雪，可知俱不似江南。

——清顺治十年，前朝遗民吴梅村被迫奉诏北上，之后，他将被清廷授予侍讲之职，继之再升做国子监祭酒。所以，这一条北上之路，就如同暂时还算光洁的绫绸，此一去，不沾污渍，便沾血渍，若不如此，那绫绸正好变作上吊之物。然而，自明亡之始，他就显然不是殉难求死之人，落到这个地步，就算名节再难保全，就算明知其不可为，也仍然不敢不为之，所以，关山虽胜，路却难堪，虽说其人作诗也擅自嘲，但那还远是后来的事，现在，一应所见，俱不似江南，十丈黄尘，千尺积雪，全都掩藏不住他的自惭、慌乱乃至恐惧。而我又何尝不是如此：这一年年不知因何而起又不知何时结束的奔走流离，我其实已经厌倦了，无数次，我都在眺望和想念那个鬼混与浪迹开始之前的自己。那个自己，未破身世，并因此而镇定，就像吴梅村所忆之未受兵祸的江南，也有雷电袭人，也有水覆行船，但好歹都和受自父母的骨血发肤一样不容置疑，因其不容置疑，反倒让人觉得一切都还不曾开始。而现在，身为吴梅村般的贰臣，我早已变作了从前那个自己的乱臣贼子，山间公路上，哪怕大雪须臾不曾休歇，我也还是一意满怀着自惭往前走，没走出去多远，却耳听得更远处的山顶上坠下了重物，似乎是石头，似乎是雪堆，一并地，慌乱和恐惧倏忽之间不请自来。我也只好掉转身去，颓然回到了加油站里的客车上去过夜。

话说回来，这么多年，要是每一场遭遇的雪都要令我大惊小怪，那我岂不早就已经寸断了肝肠？更多的时候，当大雪像命运一样缠身，除了干脆不问究竟，我也没有别的办法。我还记得，有一回在黄河边的旷野上赶路，一上午的飞雪，先是暴虐得如同海陵王完颜亮所写"天丁震怒，掀翻银海，散乱珠箔。六出奇花飞滚滚，平填了山中丘壑"，过了正午，雪止住了，再看山中丘壑和无边四野，却无一处不被那"六出奇花"悉数填平了，举目张望，唯见白茫茫，唯见眼睛里容不得一粒沙子的白茫茫。自然，它们也容不了丝毫别的颜色，且不说那蓝与绿，只说这时节里常见的灰与黑，也都好似尽遭活埋的俘虏，一一消失和气绝，再也发不出任何声息；可能是这一路实在过于难行和虚妄，我骤然间便恨上了这几乎上天入地的白茫茫：是的，我偏要找出一丝半点的灰与黑！于是，我折断了头顶的一根树枝，持之于手，再去对着近旁的雪地去搥打，去挖掘。刚要开始，心里又禁不住一动：人皆言，这世上，再多堆金积玉，再多嗔怨痴苦,到了最后,终不过落得个白茫茫一片真干净,此时之我,难道不正是身在这白茫茫一片真干净之中吗?还有,我不正是在诸般劳苦和空耗到来之前,就提前领受了寂灭、了断和不增不减的真义吗?这么想着,我竟痴呆着扔掉了树枝,就像脚下的雪地里凭空开出了一朵花。我蹲下身去,对着那不存在的花看了又看,再提醒自己赶紧屏息凝声,千万不要生出什么动静来坏了这大好河山,其时遭际,似乎唯有写出过《长生殿》的清人洪昇之诗,尚可说清一二:

　　寒色孤村幕,悲风四野闻。
　　溪深难受雪,山冻不流云。
　　鸥鹭飞难辨,沙汀望莫分。
　　野桥梅几树,并是白纷纷。

　　我得说,这一首《雪望》,好就好在不辨:既不辨认自己,也不辨认别人——你看这悲风与溪水,你再看那鸥鹭与寒梅,满目所至,皆有性命,却又不以命犯禁,讲规矩也好,装糊涂也罢,一阵阵,一只只,一朵朵,全都安居在"白纷纷"所指示的本分之中。是啊,当此之际,行迹是必要的吗?声息动静是必要的吗?身在天赐的造化之中,何不就此沉默,好似重回母亲的肚腹,再一次领受一切都不曾开始的蒙昧之福?我甚至怀疑,这首诗于洪昇而言,既是他的通关文书,也是他的挡箭盾牌:其人,年少即负才名,却二十年科举不第,家中又屡遭变故,他也只好年复一年来往于京城和杭州之间谋生求食,可谓劳苦备尝,然其人在劳苦之中又始终不脱浑噩之气,这浑噩,少不了悠悠万事一杯酒,更少不了兴与悲俱从中来的自写自话,如是,《长生殿》终于成章,这《长生殿》,便是他的"白纷纷",在这"白纷纷"之前,所有的劳苦与浑噩,不过都是讲规矩和装糊涂；再往下，《长生殿》因在康熙皇帝的孝懿皇后忌日演出，洪昇又因了这莫大的浑噩被劾下狱，自此，一生之命便被注定，正所谓："可怜一曲《长生殿》，断送功名到白头。"而洪昇却好似对自己的命数早就了然于胸：这一生啊，要死要活可以过得去，不死不活也可以过得去。至于我，却无论如何也走不出这一片被徒劳充满的茫茫雪地了，无论如何，蓝与绿，灰与黑，都将被那永无尽头的白所俘虏和掩埋。所以，这洪昇，劳苦在继续，浑噩也在继续，直至康熙四十三年自南京乘舟返回杭州，途经乌镇时，酒后失足，落水而死，时人未察，后人不惊，说起来，不过都起因于他在指示与本分中的自我囚禁：有口难辩，那就不如不辩，就连撒手西去，也仍是甘愿被徒劳的茫茫雪地吞噬之后的讲规矩和装糊涂。

果真是什么样的人，便会遇见什么样的雪。同样是晓来雪起，唐太宗李世民忍不住指点江山："冻云霄遍岭，素雪晓凝华。入牖千重碎，迎风一半斜。"而穷寒道中的罗隐却只能眉头紧锁："尽道丰年瑞，丰年事若何。长安有贫者，为瑞不宜多。"同为元人，都在大雪中浪游，虞集与张可久却各有心绪，一个分明看见了越是无人之处越要依恃的纪律："惯见半生风雪。对雪无舟，泛舟无雪，不遇并时高洁。"另一个却在"松腰玉瘦，泉眼冰寒"的暗示中发出了一声叹息："兴亡遗恨，一丘黄土，千古青山。老僧同醉，残碑休打，宝剑羞看。"我又何尝不是如此？那一场场穿透皮囊直入了肺腑的雪，其实都别有名姓。有时候，它们是别离与哽咽之雪；有时候，它们是痛哭和酩酊大醉之雪；以圣彼得堡街头的这场雪为例，它的名字，几可叫手足无措之雪——兜兜转转，我似乎终于踏上了所住旅馆的那条街，一见之下，犹如见到了活菩萨，巷子尽头倒数第三幢楼，应该就是我的旅馆。还等什么呢？就像鸳梦重温和破镜重圆全都近在眼前，我朝着那幢楼狂奔而去，中间摔倒了几次，也丝毫不以为意，爬起来，接着往前跑。终于到了，喘息着，一把推开门，咚咚咚上四楼，可是，到三楼我便止住了步子，只因为，这幢楼压根就没有第四层——我终究还是找错了地方。

我从那幢找错了的楼里出来，雪下得更大了。雪上加霜的是，当我沿着来路走出巷子，正犹豫着去选定一个向前的方向，街灯突然灭了。我愣怔着四下里看，显然，一整片街区都停电了，都陷落在了黑暗中，我的旅馆却仍在十万八千里之外。到此时，这场雪，如果不叫手足无措之雪，还能叫它什么呢？而我，还将在寻找旅馆的道路上辗转下去。就让我用另外一场别离与哽咽之雪来逃避眼前的这场雪吧——那是六年之前，我加入了一个项目团队，被安排进了河北一家影视城里住下写作。正是冬寒之时，整座影视城里只有一家剧组在拍戏。终日里，乌鸦们接连不断地飞过来飞过去，使得影视城毫无违和地融入了收割之后的华北平原巨大无边的凄凉里。在这里，我唯一的伙伴，是新认识的一个在剧组里做饭的小兄弟。这小兄弟天生口吃，几乎很少说话，但肚子里又藏了很多话，每每在我们搭着伴满影视城溜达的时候，他没一句话说，等到各自散去，回到了住处，却又不断给我发来短信。这些短信，多半都是告诉我所在剧组第二天的饭菜是些什么：因为是淡季，影视城里不多的几家餐馆早就关了门回家过年去了，在认识小兄弟之前，在我蹭上他所做的饭菜之前，几乎每一天，我都是靠吃泡面打发过来的。

没过多久，我接到通知，去了一趟北京，向几位老板汇报项目的进展。在北京，我又接到了小兄弟的短信，他跟我说，因为妻子马上就要生孩子，这两天便得辞工回家去了。我赶紧给他回短信，叫他无论如何都要等我两天，等回去之后，我要请他去县城里好好喝一顿酒。因为在北京多耽搁了两天，等我回到影视城，这小兄弟已经离开两个多小时，我们终于还是没见上。其时，天欲黑未黑，唯一的剧组也收了工，偌大的影视城全无一丝人迹，看上去，就像一座辽阔的坟墓，幸亏天空飘起了雪，那些雪片无声地降临,落在角楼的檐瓦上,也落在我的头顶和我脚下的牡丹莲花砖上,好歹提示着我,我所踏足之地,确实是人间的一部分。但想起自此之后我在此地连个说话的人都没有了,某种确切的孤零零之感还是袭上了身,让我恨不得也和那小兄弟一样,立刻收了行李拔脚就走。恰在此时,小兄弟给我发来了一条短信,说今天临走之前,他其实给我做了些饭菜,等我一直未回,而他又非走不可,便将这些饭菜装在电饭煲里,放进了影视城里最大的那座大殿之内的龙椅下,那里正好有一个插座,饭菜应该一直都是热的,而且这些饭菜,我应该能吃上好几天。

　　看完短信,我在满天的雪片里突然就哽咽了起来:这辽阔的坟墓,这广大的人间,竟然有一只装满了饭菜的电饭煲在等我!还等什么呢?在渐渐黑定的夜幕里,在雪片落在脸上带来的清醒里,我冲着最大的那座大殿跑了过去。轰隆一声,我推开了殿门,借着一点昏暝的微光,我将龙椅下的电饭煲看得真真切切,走近它之时,却想起了白居易写过的一首诗,其中有两句:"回念入坐忘,转忧作禅悦。"——那只通着电、显示屏一明一灭的电饭煲,岂不正是我在世间最匮乏处找到的坐忘与禅悦?我走近了,在它旁边蹲下,良久之后,才掀开了它的盖子。一阵热气直扑过来,更深的哽咽便在这热气里变得愈发剧烈了,因为那龙椅紧靠着大殿的后窗,后窗又没关严实,逐渐大起来的雪片涌入了殿内,我便赶紧盖上电饭煲,拔掉插线,再端起它,生怕被人追上似的往自己的住处走。一路上,每当雪片落到脖颈上,不自禁打起冷战的时候,我便又忍不住将电饭煲掀开,让那热气冲着我的脸直扑一阵子,然后,再盖上它,继续朝前走。短短一条路,我竟然循环往复了好多回。自然地,白居易的诗里的几句,也像热气一般,直扑和缭绕了好多回:

　　　　寂寞满炉灰,飘零上阶雪。

对雪画寒灰,残灯明复灭。
灰死如我心,雪白如我发。
所遇皆如此,顷刻堪愁绝。
回念入坐忘,转忧作禅悦。
平生洗心法,正为今宵设。

接下来,再说痛哭与酩酊大醉之雪。那一回,也是因为一部正在拍摄的艺术片,我接受了一个广告公司老板的召唤,陪同他从北京前往山东的一座小县城里去探班。此次前去,这位广告公司老板实际上是去充当说客的:某著名的大公司看中了正在拍摄的这部戏,想要控盘成为第一出品方,便找到了他,因为是根本得罪不起的大客户,他恰好又是正在拍摄的这部戏的广告代理商,如此,便非来不可,之所以找到我来陪同,主要是因为大客户对剧本尚有不同看法,如果合作最终能够谈成,我就会被他留在山东,按大客户的意思再改一遍剧本。从北京的火车站里出发的时候,天还没完全亮,熹微之中,下雪了,雪花飘进候车的站台,地上湿漉漉的渍痕一片连接着一片,当火车行驶到城外的旷野上,雪变大变密,直至密不透风,再紧贴着车窗落下,模糊了车窗和我们的视线,就好似棒打鸳鸯,将一整列火车和无边旷野一刀两断地分割了开来。想起春节正在临近,而每一个剧组里都司空见惯的诸多沟壑和风波还在山东小县城里等着我,我也终不免觉得忧惧,可是,除了硬着头皮前去,暂时也没有别的路,我干脆掏出随身带的一个小本子,又将唐人罗邺的《早发》写写画画了好多遍:

一点灯残鲁酒醒,已携孤剑事离程。
愁看飞雪闻鸡唱,独向长空背雁行。
白草近关微有路,浊河连底冻无声。

此中来往本迢递，况是驱羸客塞城。

　　对，火车越往前去，我的忧惧之感变得愈加强烈：同在早发之途上，同是面朝着与返乡大雁相违的方向而去，罗邺尚且有一支孤剑在身，而我，除了一支写写画画的笔，再无长物，那种无枝可依之感又怎不像窗外飞雪般一阵紧似一阵呢？如此，即使身在火车上，罗邺诗中的鸡鸣之声也还是被我清晰地听见了。鸡鸣一声，便是胆寒一阵。更何况，用不着再去以身试法也知道，多少兴冲冲的所在，不过都是悻悻然的渊薮，但凡朝那诸多动了人之心魄的地界，走近去仔细看，何处不是"白草近关微有路"？何人不是"浊河连底冻无声"？只不过，这些胡思乱想，我要赶紧打住，纸笔也要快快收好，只因坐在我身边的广告公司老板看清了我的写写画画，又确认了诗之大意以后，禁不住勃然大怒，不断地斥骂着我乌鸦嘴。我也只好连连赔笑，为了不再招惹他生气，一个人跑到了两节车厢的连接处，下意识地默念罗邺诗中的句子："白草近关微有路，浊河连底冻无声。"

　　我们的行程，以失败而告终。到了小县城，广告公司老板好说歹说，只差给剧组里说了算的人跪下了，那个年轻而寒酸的剧组，始终都未答应大公司控盘的要求。最后的晚餐上，广告公司老板喝醉了酒，号啕大哭着，将真相和盘托出。原来，他的公司快垮掉了，此次前来，如果能够得偿所愿，大公司会给他一笔垂涎了好长时间的生意做，而这几乎是他的公司唯一活过来的机会。现在，大公司控盘的要求没能促成，他也就剩下死路一条了。即使如此，年轻而寒酸的剧组也无所动，即便借钱请我们喝酒，直到晚餐结束，也仍然表示，事情无任何商量的余地。如此，我和广告公司老板，只好醉醺醺地互相搀扶着走回了住处；一路上，鹅毛大雪犹如海陵王完颜亮所写的一般："皓虎颠狂，素麟猖獗，掣断真珠索。玉龙酣战，鳞甲满天飘落。"不知怎么了，暂时的生计没了，我竟毫不失落，相反，一想起剧组里那些年轻人不惊不乍的样子，某种振作之气迅速笼罩了我的身体。我甚至想：也许，我也可以像他们一样，方寸大乱多年以后，重新稳定心神，再往自己的身体里搬进一块石头，并以此让自己不再踮起脚来满世界东张西望，而是就此安营扎寨于对满世界的所知甚少。没想到广告公司老板竟然跟我想到了一处，他还在哭，却哭着对我说：我和你，其实都应该活成那些年轻人才对。到了旅馆门口，他竟死活不肯进去，而是拉扯着我，一起在雪地里站着，再仰头去迎接接连而至的崭新的雪片。反正酩酊在身，我便听了他，不再说话，跟他一样，顶着雪仰起了头，虽说久站之后，寒凉刺骨，元人孙周卿《水仙子》中的景象却分明又一把将我拖曳了进去：

　　孤舟夜泊洞庭边，灯火青荧对客船。朔风吹老梅花片，推开篷雪满天。
　　诗豪与风雪争先。雪片与风鏖战，诗和雪缴缠。一笑琅然。

可是，一如既往，一如其后，多少刀劈斧锯才得来的顿悟，转眼变作了腐烂的刨花和兀自奔流的浮沫，有的时候，甚至不过是另外一条恶歧之路刚刚展开了自己，就像现在，我这一己之身，好似在奉节，在河北影视城，在山东小县城，仍然要重新回到遥远的圣彼得堡，再一次来经受和直面这场手足无措之雪。事实是，我早就没了自己的旅馆——还是在生计的压迫下，被人哄诱着来到了这圣彼得堡，看看能不能在几个华人投资拍摄的一个剧组里谋下差事。来是来了，好日子却不长，没过几天，投资人之间起了内讧，拍摄终止，我也被从栖身的旅馆里驱赶了出来。那家旅馆，不在他处，正是我之前找错了的那幢楼，巷子尽头倒数开始的第三幢楼，它的确没有第四层，而我的房间，正是第三层楼正对着楼梯口的起头一间。此前,我其实已经站在了住过好几天的房间门口了,只不过,除了对自己说一声,你是住在四楼的,所以,你找错了地方,似乎再没有别的办法。毕竟,我将行李寄存在游船公司的行李柜里之后,独自一人,已经在这冰雪大城中,在洗衣河畔的各条街巷里游荡了好几天。是走是留,怎么走怎么留,何时走何时留,仍然一无所知,定不下任何主意。

好在单以此刻而言,北风虽说变得更加猛烈,雪却小了些。为了躲避一阵子北风,我沿着街边的台阶往下,踱到了早已封冻的洗衣河边,与停靠在岸边却早已被坚冰凝固住的游船为伍,再背靠着身后的石壁,这样便好似来到了洞穴之中,终于不用再任由疾驰之风刀子一样割我的脸了。一阵细微的声响从近处传来,我先是吓了一跳,而后才发现,在我身旁,那些游船中的一只,就像正在越狱的囚犯,松动了坚冰,若有似无地撞击着岸边的石壁。是天气在骤然间变得和暖,还是此处的河流原本就没有彻底封冻,抑或是,那条船一直在越狱,只是碰巧我来之时,苦心终于等来了偿报,刚刚将那坚冰世界撕开了一条口子?刹那间,我竟激动难言,再三盯着它看去,但是,此时仍在停电之中,我看了好半天,却什么也没看清楚,最终,就像是回到了山东县城旅馆的门前,我仰起了头,去迎接崭新的雪片。似乎只要如此,清醒便会到来,觉悟便会到来。如何给自己在这长夜里撕开一条口子,便会到来?此时要害,多像南宋法薰和尚所作偈诗中的句子啊:

大雪满长安,春来特地寒。
新年头佛法,一点不相瞒。

(原载《十月》2020年第5期)

苍生守护人

熊育群

疫情再度告急

2020年1月18日晚，钟南山赶到了人山人海的广州高铁站。正当春运，去武汉的高铁票早已卖光，事情紧急，颇费周折他才挤上了G1022次车，在餐车找了一个座位。

他走得非常匆忙，只穿了一件咖啡色格子西装。接到请他紧急赶到武汉的通知，他就感觉此行不同寻常。尽管疲惫，他打开电脑，开始仔细研究每个材料和文件。

这一天，武汉不明原因肺炎患者增加到了59例。这种原因不明的病出现在新闻中，给这个漫长的暖冬带来一丝隐忧与不安。但人头攒动的春运景象，越来越浓的新年喜庆的氛围，人们不以为意，南来北往的人流正在向着家的方向聚集。人们奔波忙碌了一年，都在筹划着怎样过大年。谁也想不到一个潘多拉魔盒正在打开……庚子鼠年注定因此而进入中国历史。

钟南山一直伏案工作,实在困了,他在低矮的靠背上仰头睡一下。这张打盹的照片后来迅速在网上传开。照片里可以看到红色的硬座,乘客都在低头看手机,他几乎是唯一的老年人。4个多小时后,他在深夜时分抵达武汉。

在会议中心住下,钟南山的神经仍是紧绷的。当年"非典"过后他就判断"非典"并没根绝,还有重新出现的可能。武汉出现的病例让他高度警惕。这一路奔走,如同梦境中穿行,不只是空间在跨越,时间似乎也在这个时刻恍惚。17年前那场令国人记忆深刻的"非典",钟南山临危受命,担任广东省非典型肺炎医疗救护专家指导小组组长。也是春天,疫情在广东突然出现。不久,北京等地开始传播,一些国家也接到了病例报告。疫情呈全球蔓延之势。

疫情最初在河源、中山、佛山发生,患者急急送来广州。病人接触过的人倒下了,医生护士也不能幸免。患者发烧,面部、颈部充血,接着出现呕吐、干咳,肺部出现白肺,呼吸开始变得困难,病人多死于呼吸衰竭或多脏器衰竭。

一时谣言四起,人们抢购罗红霉素、板蓝根、醋……这些平素不起眼的东西价格飞涨,板蓝根一包原价8元,有的卖到40元;抗病毒口服液原价十几元,有的涨到了130元……

钟南山急了,他第一时间请缨,要求把所有的重症病人全部集中到他所在的广州呼吸疾病研究所来。病因不明、病症难治,糟糕的是疾病传播途径尚不清楚,个别医生有顾虑,钟南山知道事情的严重性,他坚定地说:"医院就是战场,作为战士,我们不冲上去谁上去?现在是需要我们站出来的时候,不能丝毫犹豫,因为我们是医生,这是我们的职责!"在他看来,他们就是搞呼吸疾病研究的,最艰巨的救治任务不由他们承担靠谁来承担？！

　　武汉的病人发烧、乏力，部分出现干咳，痰很少，少数有流鼻涕、鼻塞，还有少数有胃肠道的症状，个别的有心肌、消化道、神经系统的问题。这与"非典"既相似又不一样，很多病人并没有高烧，开始时症状也不太严重，肺部情况也不像"非典"。他判断，两者相比，尽管有很多同源性，但应是平行的完全不同的两种病毒。这种新型病毒到底有多危险，会怎么变异，他并不了解。这正是他忧虑的地方。

　　抗击"非典"那年钟南山67岁，今年84岁，17年的岁月在他青丝上留痕，秋霜似的白发笼在他的额头。想不到耄耋之年他还要与病毒交战！有网民说，"他劝别人不要去武汉，他却去了。明知道老年人最易感染。"在高速行驶的车上，他不知是怎样一种心情，他嘴角深弯向下，不难看出，他不只是疲惫，还有衔悲。从此刻的忧心到后来多次哽咽、含泪，疫情的发展比他估计的还要严重。

　　武汉一夜，钟南山难以入眠。国家又一次面临考验，人民又一次受到瘟疫的威胁。他辗转反侧，等来了天亮。树叶落尽枝丫光秃的冬天景象出现，凛冽的北风刮过街巷。他实地调查研究，今天与昨天、昨天与前天，情况都在变化，两天内确诊了136例，出现了人传人的情况，还有医务人员被感染了，这是一个非常重要的标志……

　　历史似乎在重复，他最不想看到的一幕又出现了。当年央视王志的《面对面》新闻节目，面对瞒报疫情和权威部门病因的错误结论，钟南山面对观众说出了真相。同样是央视，在白岩松的《新闻1+1》节目，他再一次说出了真相，他郑重公布："新型冠状病毒肺炎是肯定的人传人，在广东有两个病例，没去过武汉，但家人去了武汉后染上了新型冠状病毒肺炎，现在可以说，肯定的，有人传人现象。"

　　此言一出，惊醒了国人，人们匆忙的脚步停了下来，迎大年的节奏打乱了。当年"非典"那一幕瞬间回到了人们的记忆中。

1月20日下午,他答新华社记者问,提出了对武汉防控的主张,即武汉减少输出,要对火车站、机场等口岸实行严格的检测措施,首先是测体温,有症状特别是体温不正常的须强制隔离;除非极为重要的事情,外地人一般不要去武汉。这实际是武汉封城的建议。

他提醒疫情预防和控制最有效的办法是早发现、早诊断,还有治疗、隔离。对已经诊断,或者将要确诊的病人要进行有效的隔离,这是极为重要的!目前没有特效药。戴口罩很重要……

他呼吁各级政府领导要负起责任来,这不单纯是卫健委的问题。他提醒政府、医务人员、全社会都要关心,属地领导要担起责任。现在处在一个节骨眼上,春节期间得病的人数会增加。但他不希望呈现链式的发展。要防止它传播,要害是警惕在传播过程中出现超级传播者。

这些呼吁在他武汉考察后及时发出。

天下救人事最大

事态急剧发展。年关逼近。钟南山武汉、北京、广州三地奔波,再无喘息之机。

武汉在大年三十前一天封城。不久,紧挨武汉的黄冈封城,远在千里之外的温州乐清市、瑞安市、永嘉县也封城了……大小城市街道静悄悄,人影难觅。史无前例的举措举世震惊。一切都是这样措手不及。但灾难从来就是猝不及防的。

庚子大年,烟花爆竹突然沉默不响了,大江南北一片寂静。人们关在家里,不再相聚相庆,不再串门拜年,喜庆之气祥瑞之气被疫情冲得踪迹全无。

国家进入战时状态。中央沉着指挥。大年初一召开了政治局常委会议。一场只能打赢不能打输的战争打响，保卫生命必须争分夺秒！

18日，钟南山到武汉，立即投身战斗。19日一早，国家卫健委、武汉卫生部门和专家召开会议，分析疫情，接着去武汉金银潭医院、疾控中心实地考察调查；下午专家研究，3:30离会，钟南山等专家赶去机场，飞抵北京参加当晚国家卫健委召开的会议，子夜散会。这一夜他只睡了4个小时。20日6点起床，研究汇报材料后，赶到国务院，向孙春兰副总理汇报，接着列席国务院常务会议。午时1:30，又去中南海，参加国务院和国家卫健委召开的全国电视电话会议，布置"新冠肺炎"疫情全国联防联控工作。随即新闻发布会召开，直到7点结束。9:30，钟南山以连线嘉宾身份出现在央视《新闻1+1》中，公开了重要的疫情信息。21日，他又在广东省首场疫情发布会上，介绍广东全面加强疫情防控情况……忙碌的节奏一直到除夕之夜，作为疫情应急科研攻关组组长的他，大年三十也没有休息。

钟南山再次成为新闻公众人物，他分秒必争的身影出现在大众视野中：29日下午，他领衔广州医科大学附属第一医院专家团队与武汉前方的广东医疗队ICU团队进行远程视频会诊，5个危重症患者出现在大屏幕。会诊室里，他坐在中心位置，从视频察看患者病情，十几个专家坐在他的身后，从用药到基因全测序，大家讨论着，关键时候，钟南山怕ICU医生听不清他的话，他摘下了口罩。这一次会诊时间持续了3小时25分钟。

有"病毒猎手"之称的美国哥伦比亚大学教授利普金到访中国。30日凌晨6点，钟南山与他会见。由于钟南山当天要赶到北京参加全国疫情防治策略座谈会，利普金教授在他前往机场的车上就疫情与他进行探讨。白云机场到了，他们在航站楼告别。飞机起飞，几个危重病人的治疗方案摊开在钟南山的活动桌板上,他要在飞行时间内确定救治办法。

座谈会由中国疾控中心召开,李克强总理亲自参加,总理就进一步加强科学防控疫情听取专家意见。总理进入会场,他对专家说,本该与大家握手的,但按你们现在的规矩,握手就改拱手了。会议结束,李克强总理与专家们告别,他特意走过来对钟南山说:"还是握一次手吧!"

钟南山在会议结束后赶回广州,北京卫视的记者上了他的车,在路上对他进行专访,许多社会关心的重要问题需要他及时回答。钟南山在广州为又一批广州驰援武汉医疗队送行。广东是最早派出援助武汉医疗队的省。先后派出了20多批2000多人。解放军医疗队也出动了。全国各地医护人员救援的调动规模和速度大大超过了当年汶川地震,达4万多人。白衣天使们义无反顾就像军人开赴前线一样,子与父别,妻与夫别,儿与母别……虽不能说是生死诀别,但谁又能保证每个人都能平安归来?就算他们严防得再好,也难保在枪林弹雨中不被击倒啊!这些白衣战士有的是钟南山的学生,有的是同事,他得细细叮嘱。

在抗击"非典"期间,钟南山带领的呼研所医护人员像一队尖兵,向病魔发起了一次次冲锋,救治每个重症病人就像战士炸碉堡攻城池,他们前仆后继。先后有26位医护人员倒下了,但全院没有一个人后退。有的治愈后又投入了战斗。当世界卫生组织的人询问钟南山,你们有没有医生离开,钟南山自豪地告诉对方:"一个也没有!"

这一次同样也是如此,没有一个逃兵。钟南山对他们说:"你们是去最艰苦的地方、最前线的地方、最困难的地方、最容易受感染的地方来进行战斗,我向你们致敬!我们等你们胜利回家!"他一直把他们送到车上。

随后,他参加了国家卫健委、广东卫健委和专家举行的电视电话会议,根据近期的疫情救治工作和病毒研究成果,对新型冠状病毒的流行病学特点、临床表现、诊断标准和治疗方案进行讨论、优化和修正,为"新冠肺炎"临床救治工作提出指导意见。最后专家们集中了三条意见,这些意见迅速向全国参加抗疫的医护工作者传达。

同一天,钟南山院士团队和李兰娟院士团队分别从"新冠肺炎"患者的粪便中分离出病毒。钟南山对"新冠肺炎"是否会通过粪—口传播又接受了媒体采访……

冠状病毒形如皇冠,在微生物的世界里无影无形,藏在人的身体里,躲在空气中,四处皆暗藏杀机。它肆虐的速度就是人类高铁的速度、飞机的速度。人们惶恐、无助,盼望权威出现。网上有人把钟南山、李兰娟画成了一对守门神,取代了神荼、郁垒。甚至有谣传钟南山某晚连线央视直播节目,专题介绍当前疫情。钟南山不得不频频出镜,及时回应社会关切,为大众答疑解惑。他的出现给了众人信心,安定了人们紧张的情绪。

钟南山亲自示范脱口罩的正确方式,回答一个个问题,譬如:哪些症状必须到医院就诊检查,哪种情况可以在家隔离,群众自己可以做什么,患者没有发热症状,怎么排查隐形的感染者或潜伏期患者,什么时候能够接种上新型冠状病毒疫苗,疫情的走势如何判断,疫情还要持续多长时间,预计什么时间疫情将达到高峰,返程春运拉开了序幕,对疫病防控会有什么影响,会不会出现大传染,返程人员应该采取什么防护措施……他的发声甚至影响到了股市的走势,很多炒股机构不放过他的每一句话。

这一切,对于一位84岁的老人意味着什么?他这是在用生命战斗!他把人民的生命看得比自己的生命更加重要!为他着急的莫过于他的家人。妻子李少芬看到熬红了眼睛的他,既生气更心疼,却又无可奈何!她知道自己劝也劝不住,他这一辈子最在乎的就是病人。

仁心乃本心

  的确，作为医生，钟南山最牵挂的还是病人。死亡人数一天天上升，很快就突破了一千，又升到了两千。钟南山寝食难安，他变得容易落泪，容易伤感。病人对他从来就不是一个数字，都是一个个鲜活的人，他怜惜他们，心疼他们。除了指导、提供专业意见、决策、科研攻关等工作之外，只要一有机会，他就要去救人。

  钟南山手机24小时开机，他并不喜欢用手机，为的是医院有什么请求，他可以及时处理。一个求救电话打来，无论什么情况，他都不能耽搁。看到这么多同行病倒，他十分揪心。在武汉抗疫一线有他很多学生和同事，特别是他的团队有7位干将在武汉协和医院西院ICU奋战，20个床位安排的全都是重症中的重症。特别之处是这个重症隔离监护室并排放置了两台大屏幕，24小时连线广州钟南山院士团队的50位专家。钟南山除了给重症病人会诊，每天都要了解医生护士的身体状况，询问隔离措施是否到位。有个学生给他发信息，说外面街巷的老百姓突然唱起了国歌，钟南山顿时热泪盈眶。他知道艰难时刻士气非常重要，大家的劲头上来了，有了一种精神，有了团结协作的力量，很多东西都能解决。

  抗击"非典"时就是这样，即使最艰难，他们的士气也是高昂的。钟南山带头进入重症隔离监护室检查病人，亲自制订救治方案。有一次，一个呼吸衰竭的病人等待抢救，但呼吸机还在调试，情况紧急，钟南山将病人从车床推到抢救床上，他用简易人工气囊给病人做人工呼吸。这样做感染的风险非常高。许多医生就是因为做人工呼吸时被病人从气管喷射而出的血和痰液感染的。但是生死一刻，需要的就是这样的勇气！

  "新冠肺炎"广东确诊人数达到一千多人，是除湖北省外感染人数最多的省，压力同样巨大，丝毫不能掉以轻心。钟南山也是广东领衔抗疫的专家，他亲自来到深圳的重症隔离监护室救治病人。他领导的团队还负责对武汉市定点医院重症患者救治进行巡诊，评估患者病情和治疗方案，确定需要转诊集中收治的患者，确保重症患者科学的救治办法。

一生与病人在一起，钟南山心里装下的全是病人，哪怕出差在外，他也不忘给病人打电话，询问他们的身体状态。抗击"非典"时钟南山病倒了，肺部出现阴影。他以家为病房进行自我治疗。第三天高烧刚退他就出现在病房里。离开病人三天他就已经不能忍受。现在，在他家门框一角还有一颗长铁钉，那是他自己给自己打吊针留下的纪念。如今80高龄了，他仍然天天工作到很晚，双休日则安排工作会议，从来没有休过假，从来没有陪同妻子旅游过。

钟南山在病房查房时喜欢坐在病人身边细心听病人说话，拉着病人的手询问病情。有的病人身上散发出异味，有的病人病得很重，他都无所顾忌。在他看来病人并无贵贱。开专家门诊他总是提前半个小时到，一直看到晚上七八点，常常是妻子送饭来。他认为医生救人于痛苦危难之时，如果硬以上班8小时画一条线，那不是一个好医生。冬天的时候，他会先搓暖自己的手，怕冷手让病人不舒服。他的细心还表现在巡房时给病人送上生日祝福。钟南山人到哪里，哪里的病人就对自己治好病充满了信心，哪里就变得轻松愉快。而他自己最开心的是病人治愈出院的时刻。他从病人的喜悦中找到了自己人生的价值和快乐。

敢医敢言是天性

钟南山还有一张网传很广的照片，是他接受新华社记者采访的视频截图。他讲到武汉人唱国歌，相信武汉能够过关，武汉是一座英雄的城市时，两眼噙泪，嘴唇紧紧抿成了一道弧线。"非典"时期最艰难的时候，他都没有在公众面前流过眼泪。这张照片把他刚毅与深情的两面展露无遗。

武汉感染人数呈爆炸式增长，从几十人到数千人数万人，有限的医疗设施接收不了这么多病人，人们向着医院蜂拥而来，挤满了各家医院的大厅，一床难求，出现了"堰塞湖"。中央第一时间下令开建火神山、雷神山医院。前者只用了10天、后者13天就建好了。接着增加十几个方舱医院、扩张几十家医院病床和定点医疗点……

钟南山知道疑似和已经确诊的患者不能住进医院，回家自行隔离，这种行为有多么危险。对一个心中时刻装着病人的医生来说，他心里无比沉痛，忍不住落下眼泪。

所谓医者仁心，医者乃学者，需要的是严谨坚毅的意志去攀登医学高峰，而仁心则需要一颗慈爱之心。钟南山就是二者完美的结合。他的性格似乎是双重的对立统一，智慧与拙朴，硬朗与宽厚，坚毅与脆弱，不屈与妥协，尊严与随和，铁面与柔情……前者更多表露在他那张坚毅的脸庞上，后者却深藏于内心。

钟南山是岭南知识分子最典型的代表，对人和生命有着最纯朴的理解，对事业和生活有着最单纯的热爱与赤诚。岭南多耿介之士，因为这片土地凝积了厚重的务实精神。

钟南山的家安在一栋外墙水泥粉刷的旧房改房中，连电梯都是后来加装的。室内是上世纪的老式家具，又笨又大的布沙发上满铺花布，空调是老旧的机型，天花板悬挂吊扇，墙上挂满镜框，桌上用一座奖杯装了水果。因为家里较小，摆的都是钟南山和孙子的东西，妻子的都收起来了。一进房就有一种扑面而来的年代感，一种时间错位感。屋主对物质生活的淡泊可见一斑。钟家人聚在一起，谈的是医疗，讲的是学术追求，从来不谈钱。钟南山连自己的工资是多少也不知道。

他教导子女第一要永远有执着的追求，第二是办事要严谨要实在。看事情或者做研究，要有事实根据，不轻易下结论，要相信自己的观察。他一生记住的是父亲对他的期望——一个人对社会要有所贡献，不能白活。这句话成了他们家庭的人生信仰。

80岁后他觉得自己慢慢懂得了父亲，觉得自己初步实现了父亲的愿望。但他还不满足，对着父亲的像他动情地说："爸爸，我还有两项工作没有完成。只有这两项工作做好了，才是真正地达到了您的要求。"

钟南山的家有两大特点，一是运动器具多，有跑步机、单车、拉力器、单杠、哑铃；二是书多。这充分体现了钟南山的两大爱好——医学和体育。这两者也成了他家庭最自豪之处：一是医生世家，父亲是儿科专家，母亲是高级护理师，他们都曾赴美深造。儿子子承父业，当上了主任医师、博士生导师；二是体育之家，妻子曾是篮球明星，担任过中国篮球协会副主席，在1963年亚洲太平洋新兴国家运动会上，作为中国女篮副队长，她随中国队出征。女儿是优秀蝶泳运动员，曾打破过短池游泳的世界纪录，获得世界短池锦标赛100米蝶泳冠军。儿子也是医院篮球队的"中流砥柱"。钟南山本人则在首届全运会以54.4秒的成绩打破400米栏的全国纪录。1961年，他还获得了北京市十项全能亚军。钟南山高龄之下抗击疫情的毅力与体力都能从这里找到答案。他奔走各地之间，两脚仍然生风。

钟家墙壁上挂着一幅字："敢医敢言"。这是4年前别人送他的。这4个字无疑道出了屋主人的风骨。他的敢医敢言就是天性，是"一个人要说真话，做实事"的钟南山用一生践行的家风。他推崇讲真话。科学追求真理，如果连讲真话都做不到，谈何真理。对待科学，钟南山那股岭南人的耿介劲就像一头蛮牛——他只认真理不认权威。

早年留学英国，他挑战英国医学权威牛津大学雷德克里夫医院克尔教授。钟南山在爱丁堡研究人工呼吸对肺部氧气运输影响时，发现他的实验结果与克尔教授论文的结论完全相反。钟南山毫不犹豫提笔写出了论文。有人说他胆大狂妄。在剑桥学术会议上，专家们被这个中国年轻人的发言惊呆了！先是一阵沉默，继而变为骚动。克尔教授的3个高级助手连珠炮一样提出了8个问题，钟南山一一作了回答。

按会议规定，钟南山论文是否发表要参会的常委举手表决。举手的时候，全场安静下来了，可谓鸦雀无声。接着，常委们一个个举起了手。在科学面前他们的手举得高高的，一个也不少。

当年"非典"的一场新闻发布会上，有人宣称疫情已经得到了有效控制。钟南山当场开炮："什么叫控制？现在病源不知道，怎么预防不清楚，怎么治疗也还没有很好的办法，特别是不知道病源！现在病情还在传染，怎么能说是控制了？"

为了抗疫救人，钟南山又跟"权威"叫板。北京某些权威专家通过中央电视台、新华社正式发布结论："引起广东部分地区非典型性肺炎的病原基本可确定为衣原体。"甚至有专家说，对付衣原体治疗变得很简单，用衣原体有效的抗生素就可以了。

权威部门的结论让广东的专家震惊了！按他们的结论，推荐特效药四环素、红霉素类抗生素就可以了，但如果是错的，那将是许许多多的人付出生命的代价！在广东省卫生厅召集的紧急会议上，钟南山又站了出来，他不认为是衣原体，衣原体只是最终导致病人致死的原因之一，而主要病因可能是一种新型病毒。他的观点随后被广东省卫生厅采纳，成为了抗击"非典"的重要分水岭。

"非典"对外封锁消息，他要搞国际合作。他认为这不是一个国家所面对的问题，也不是一个国家的医务人员能独自承担和解决的问题。在来势汹汹的疫情面前，需要联合世界上所有人的智慧来共同面对，靠人类的集体智慧战胜病魔和灾情。他首先跑去香港进行交流。

钟南山知道自己如果不站出来,后果将是使疫情失去控制,人民将付出不可想象的生命代价。他不能跟谁说谎。他天天面对一个个抬进来的病人,在生与死的面前,还有什么压力比死人更大!他并不怕讲实话,因为他有依据,因为他是大夫,正在第一线抢救病人。如果说有压力,只是来自医生的责任。天下没有比救人更大的事,在生死面前其他的事情都不重要了。

有人据此上纲上线,说他有个人目的,想利用这个机会为个人捞取名利,甚至把他定性为敌我矛盾。他与香港的交流被视作泄露国家机密,对他进行调查。关于他的报道一律不得见报……

可想而知,当年抗击"非典"如果没有钟南山,结果可能就不会是这样。

从"非典"到"新冠",同样,钟南山公布"新型冠状病毒肺炎是肯定的人传人"作用重大。公开真相为挽救无数的生命赢得了宝贵的时间。

钟南山就是这样一个蛮人。他的认真有时连命都不顾。留学英国时,为了搞清一氧化碳对血液氧气运输的影响,他用自己当试验品——吸进一氧化碳。他请来皇家医院的同行,向他体内输入一氧化碳,同事不停地抽血检测。他血液中一氧化碳浓度达到15%时,医生和护士都叫了起来:"太危险啦!"他们要他停止。这时钟南山就像连续吸了50到60支香烟,头脑开始晕眩。但钟南山摇着头,一脸的刚毅与坚决。他不能半途而废,他要靠实验画出一条完整的曲线。他继续吸入一氧化碳,血红蛋白中的一氧化碳浓度在上升,直到22%,曲线完整显示。钟南山感觉天旋地转。在场的医生都被他的献身精神打动。

正是这种科学精神、献身精神,钟南山取得了医学上丰硕的成就。在抗击"非典"的生命博弈中,他摸索出了一条行之有效的"三早三合理"治疗办法,这成了广东抗击"非典"战役的一个转折点。从此,广东"非典"

疫情的气焰渐渐被压制住了。抗击"新冠"疫情，钟南山率领他的团队投入到病人救治和医药科研攻关上。他一开始就让中医直接介入，以中医药做基础实验和临床试验，在医疗过程中观察新的治疗办法。团队结合岭南气候、水土、饮食、人文等特点，针对疫病四诊资料，很快拟定出新冠肺炎预防凉茶处方，既可为医护人员定期饮用，也适用居家隔离防疫的市民饮用。

新型冠状病毒的气焰开始下挫了，疫情出现了拐点，胜利的曙光已经出现……

中国有一个钟南山，这是我们这个时代的幸运！

（选自《新华文摘》2020年第9期，原载2020年《美文》"共同战'疫'"专刊）

班 主 任

黄 灯

来到90后身边

　　062111班毕业6年后，我接受系部的统一安排，于2016年9月接手1516045班（该班大一时，在肇庆校区），再一次担任班主任，从062111班到1516045班，入学时间相隔9年。1516045班有点特别，大一时，系部没有分专业，中文、文秘、传媒三个方向的学生，混在一起，到大二才按照大一的绩点排名，确定专业。实际的情况是，绩点排名靠前三分之一的学生，都选择了热门的传媒方向；中间三分之一的学生，选择了不愁分配的文秘方向；剩下的三分之一，自然到了高冷的中文方向。这种排法的一个意外结果，是传媒方向的两个班，没有一个男生，而中文方向，却囊括了80%的男生（尽管如此，男女生比例在中文班还不到1:3）。如果绩点在某种程度能代表学生的学习能力，毫无疑问，男生在中小学阶段，无法与女生抗衡的局面，哪怕到了大学，都没有获得根本改变。

班上一共有37名学生，29名女生，8名男生。如果说，在接手062111班时，我对班上的男女比例还有意外，到我接手1516045班时，我内心唯有奇怪的感激，一个纯粹的中文班，拥有8名男生，已经是让人欣喜的结果。无论如何，我不希望一个班级，全部是同一性别，单一性别集合的班级，让人产生陌生的失衡感，仿佛与人相处的半径缩小了一半。班上生源依旧以广东为主，除了严闽轩来自福建、何海珊来自广西、苟亚东来自贵州、李萌来自山东、秦思思来自湖南，其他32名学生全部来自广东各地：其中茂名6名，潮汕地区5名，珠三角一带6名（广州、深圳、佛山、东莞各1名，中山2名），其他则来自诸如信宜、韶关、罗定、河源、湛江、阳江、翁源、化州、云浮、台山、梅州等广东稍微偏远一点的非珠三角地区。

对1516045班的孩子，我有一种与062111班完全不同的感觉。

如果说，062111班给我带来的触动，更多来自空间的阻隔，通过他们的语言、性格、爱好、价值观念和文化烙印，"广东学生"作为一个整体概念，开始植入我的内心，他们让我意识到，在我根深蒂固的湖湘文化视野以外，灿烂而丰富的岭南文化，其实也一直在滋养一群人，一群完全不同于湖南人性格的广东人。

而面对1516045班，给我带来最直接的触动，则来自时间的隔膜，我不得不感叹，我完整见证长大成人的第一个群体，竟然已经这么大了，竟然已经上大学了。我想到这群孩子，他们的年龄和我大学同学的孩子相仿，和我的两个外甥相仿，一种真实的"代"的感觉油然生起。尽管他们和062111班入学时间仅仅相隔9年，但这9年的岁月，足以在我的视野中，淘洗出另一个完全不同的群体。

在中国的教育体系中，"班主任"类似一种教导者的角色。面对062111班时，我很自然地履行着教导者的职责。当辅导员告诉我，吴志勇有一段时间经常逃课，经常躲在宿舍不进课堂时，我曾理直气壮地去宿舍找他，在楼下的过道，从人生的意义、念大学的价值、父母的期待谈起，说服他无论如何要按时出勤，至少要拿到毕业文凭。他听了我作为一个班主任类似谆谆教导的话，竟然改变了学习态度，不再逃课，也不再对学习听之任之，不但顺利拿到学位证书，而且在大三那年，履行一个班长的职责，管理班上的很多琐事。

但今天，当我面对1516045班一张张看不出任何表情的脸，我突然感到班主任身份以往配备的诸多常规手段，统统失效，我满腔惯有的热情顿时冰封，他们只需一个低头看手机的动作，就足以消解班主任角色给我带来的"权威"，凛凛的漠然中，让我意识到一种真实的尴尬。我感到此前持有的、负载在班主任身上的话语系统，已难以进入他们的频道，更让我忐忑的是，我不知道自己所持有的价值观念，在度量这个群体时，是否依然有效。

仔细想来，为何在面对1516045班时，我会有如此明确的困惑，和我家族里面真实的经验有关。我大姐的儿子江江，出生于1994年，已从浙江一所二本院校毕业。我二姐的儿子佳佳，出生于1995年，正就读于湖南一所理工大学。在养育江江、佳佳的过程中，家人面临了很多全新的挑战，父母和子女之间，有着难以调和的矛盾，两个阵营，仿佛两个绝缘、互不理解的黑洞，一种真实的代际，在信息时代的喧嚣中，因为各自经验的异质性，相互感受到一种失控的无力。我想起上世纪80年代的初中生，父母最担心的事情是早恋，仿佛只要避开了早恋的沼泽，父母就可以高枕无忧，孩子的前程则一片光明。而今天，到我们为人父母，面对孩子的成长，最让人恼火的事情，已经变成了如何面对他们对网络的沉迷。

初中阶段，江江和佳佳总是偷偷跑去外面上网，姐姐、姐夫束手无策，最后蹲守在湖南汨罗大众南路一家叫智慧桥的网吧，将早已沉迷游戏的孩子"捉拿归案",并给予最严厉的惩罚。但惩罚的后果,并未让他们远离网络,青春期的叛逆,面对大人的反对,激起了更强烈的反弹。尤其是佳佳,哪怕到高三,依然沉迷游戏、网络小说,致使亲子关系陷入了难以调和的困境,尽管他高考成绩尚可,但到大学后,依然沉迷虚拟的网络世界。二姐百思不得其解,小时候的佳佳,热爱阅读、喜欢思考,成绩也一直很好,如果不是沉迷网络,我们全家都相信,他会有更好的出路。在我们眼中,无形的网络,像一个奇怪的恶魔,会让小时候聪明亲近的孩子,变得眼神冷漠,拒绝交流。

现在,一群与江江、佳佳完全同龄的孩子,来到我的身边。我突然意识到,随着信息时代的坐实,"代际"这个词,已变成一种坚硬的存在,对我的教学生涯而言,面对更为年轻的群体,将是专业以外的新调整、新挑战。而我再次担任的班主任角色,也将从以往的教导者变成一个旁观者,孩子们青春成长的剧目,早已更换了布景,我在见证过他们中学时期的情景后,终于因为班主任的便利,得以拥有机会看见他们的大学生活。我还观察到,我眼前这帮90后的年轻人,并没意识到,他们成长所带来的挑战,让他们的父辈,早已置身毫无依傍的茫然。

第一次,我对"代沟"二字谨慎起来,我明显感到,"代沟"的中性、温和,掩饰了我和他们之间更为深刻的差异,横亘在我面前的,显然不是"沟",而是"渊",是"海"。身边眼花缭乱的世界,快速得让人回不过神,转型期现实的丰富、跌宕,他们同样是承担者和见证人。虚拟化的网络,不过以技术的名义,掩盖了两代人对社会完全不同的感知,光是一个微信,就足以将更多群体推向边缘。对我而言,一个更为个人化的视角是,作为公有制尚未解体时代成长起来的施教者,面对一群市场化彻底铺开后长大的受教者,这中间的错位,将以班主任的角色,折射一个交织的窗口。在送走062111班后,我接手了更多学生,目睹不少个体的暗处挣扎,内心沉淀的直觉日益清晰，年轻的生命，正以越来越快的速度，被现实甩出，一个群体处境的塌陷，正越来越显示出坚硬的确定性。我内心潜藏的集体主义视角，以及负载在教师职业上的本能牵念，总让我不自觉地越过课堂的边界，将目光投向更多原子化的学生，我一直想通过具体的教学过程，廓清无数年轻人在遭遇教育产业化后，到底呈现了怎样的命运？他们的出路和背后的家庭、教育的质量、整体的经济形势，到底有着怎样细密的关系？一群在我大学时代，被视为"天之骄子"的精英群体，如何在不知不觉中步入一种结构性、整体性的困境，并被学术界冠以"屌丝"和"蚁族"的命名？我面前的1516045班，是否能以更为清晰的特写镜头，让我看清更为细致的肌理？

参照美国学者罗伯特·帕特南在《我们的孩子》中的描述，我的大学时代，类似于美国上世纪五六十年代提供的教育背景，我的成长，得益于上世纪八九十年代尚未崩塌的公有制教育，城乡之间教育资源的差异，远未达到当下触目惊心的地步，普通家庭所承受的压力，要比今天小得多，教育投资的回报，却要更为可靠和确定。在考察062111班毕业多年的境况后，我依然为教育对年轻人前途的积极作用感到欣慰，尽管读大学对整个家庭而言，更像经过艰难权衡后的投资选择，经济成本与时间成本比我求学时代高得多，尽管两极分化的趋势已经显现，但我还是为班上大部分孩子通过上大学，能够换来一份衣食无忧的生活，感到踏实的庆幸。

但通过近十年公共课、专业课与孩子们的接触和观察，我感觉趋势发生了很大的改变，就算在经济发达的广东地区，就算我所面对的学生，大部分来自广东省，比之062111班，1516045班的孩子已有更多的个体，陷入了真实的迷惑和困顿。毕业季来临，越来越多的学生敲响我办公室的门，企图从班主任的口中，下载一个关于未来的坚定答案；越来越多的学生询问考研的细节、考公务员与创业的胜算，他们在穷尽各种可能后，往往回到一个问题：如果这样，念大学，到底有什么意义？我不知道，这种无法穷尽所有个体感知的清晰印象，是来自个别的偶然倾诉，还是包蕴了一个群体的确定趋势？

比之我大学毕业的1995年，到1516045班入学的2015年，整整跨越了20年时空。20年的滞后，因为班主任的身份，我终于获得机会，走近一个群体。面对他们时，无论我内心有着怎样的慌乱与不踏实，90后这个群体，还是真实地来到我身边，并成为我工作的依托和载体。70后和90后的相遇，是我第二次班主任工作的主题，懂得这一代孩子，已成为摆在眼前的挑战。

而如何让他们感知，一个时代的转型，就在身边悄然完成，是我作为一个见证者，内心最大的隐秘。

两份名单与网络原住民

在我心中，1516045班有两份名单。一份是学校教务处提供的，为了便于管理，有一个顺序，学号从151604102李萌开始，经过李金蔓、叶嘉怡、秦思思、唐睿、严闻轩、雷红霞等30多人，到151604647刘早亮结束，跨越从山东菏泽到广东江门的距离。

他们的名字，闪烁着碎片化时代的特色，看不到任何宏大叙事的踪迹，也和国家、民族、建功立业等印象，扯不上关系，显示了父辈在个性化时代，对孩子最平实的命名，但因为大都来自广东地区，明显的地方趣味——温婉、甜腻、港台腔的字眼，成为家长取名的首选。这种审美趣味，也许来自粤语的音调直觉，至少当我用普通话发声时，总是难以从声调上轻易辨识其差异。自然，每次拿到名单，从字眼入手，也总是难以从意义层面做更多联想，这些汉字——嘉、睿、怡、珊、轩、娜、琪、惠、璐、培、妍、倩、瑜、炯，像一盘散乱的花瓣，单独看，都有颜色和味道，但混在一起，真的很难将它们之间的生发、组合，与一茬茬鲜活的年轻人，对应起来。

但我知道，1516045班，还有另一份名单，一份来自他们自我命名的昵称，和家长无关，也和教务处无关。在班群里，这些昵称，组成了一个魔幻的世界。我偷偷分析过他们的命名方式：

第一种：全英文。Hazan、Bewilder、Ayden、WyB1tch、Sioubing、Logers、Cy-Elaine、Ste-Max、Cristal li、Carrie、Rara、il0v1Xwt 分别对应的是何海珊、叶紫晴、苟亚东、钟培栋、陈少彬、罗益鹏、崔奕岚、华柳诗、李金蔓、叶嘉怡、陈阁妹、严闽轩。严闽轩的名字尤其特别，他的昵称是 il0v1Xwt，很难说是英文，感觉就像一排没有任何关联的数字、字母组成的密码，我仔细寻找其中的组合规律，以及和"严闽轩"三个字的关联，但怎么样也无法发现其中的秘密。闽轩来自福建中山，他在第一次交给我的作文中，自我介绍略显戏谑，但还是难掩中规中矩的本色："本人严闽轩，姓严，字闽轩，纯爷们，来自福建中山，很多人一看到我的名字就会问我为什么中间取一个闽字，其实我也不知道，大概是我亲爱的母亲大人和父亲大人想让我记住老家在福建吧，至于那个轩字，我猜是为了好听，够酷够炫的吧。目前19岁，过多一个月就步入20岁的门槛了，家庭非常普通，普通到不能再普通了，一周一顿麦当劳还是负担得起的，离小康也就还差几十公里而已，母亲大人是当幼儿园老师的，父亲大人是开船的，而我是个搬砖的（开玩笑开玩笑）。"在连续一年给他们上课的过程中，我对闽轩的印象并不深刻，有一次讨论课，原本排好是他当组长，但因为迟到，他并没有安排好组员的出场顺序，上课铃响了半天，他匆匆赶进教室，没有说任何话，同学们则发出了心领神会的笑声。对他的认知，我感觉 il0v1Xwt 这个昵称，更能描述他的真实状态,在"严闽轩"以外,他有另一个世界,而我作为班主任,并未走进去。

第二种:全中文。字数不限,有词语,也有句子。"果仁""慕橙""奈奈""水墨丹青""毒番茄""豆子""不拿拿",分别对应的是许玉晓、张彩莹、陆锐娜、胡小芬、何锦鸿、谢慧霞、邹燕玲。让我惊奇的是张亚康对自己的命名,"一个在当地较为英俊的人",我不知道,他是否真的在乎自己的长相,还是另有所指。在广东学生中,亚康确实算得上一个较为英俊的人。程雪芳的昵称"许过的愿不能忘!",更像是对自己坚定的承诺,雪芳来自湛江,我知道她背后更多的故事,知道她较为复杂的家庭关系,她需要一种精神力量,支撑自己度过大学时光。谢晓珊的昵称是"现在是十二月",我不知道背后的确切所指。

第三种:中英文混合。雷红霞的昵称是"XGS雨共葭",我知道她独特的个性,但我不能确认,这种混合型的昵称,是否能映衬我的猜测。秦思思老家是湖南祁阳,她幼年随父母南迁,在广东定居多年,她的昵称叫"悠yo"。

第四种:纯图案。还有一些学生的昵称,干脆就是一个图案,诸如李萌的昵称,是一个柠檬;黄楚晴的昵称,是一朵云;陈倩儿的昵称,是一个微笑的卡通;黄璐的昵称,则是五个蛋挞组成的一排图案,看起来就像一家香喷喷的蛋糕店。

第五种:文字与图案组合。诸如李晴,昵称是"肥晴"两个字,加一个太阳的形状;唐睿的昵称,则是一个气球加条幅的图案与"RiRi"的组合;范敏琪的昵称,是一个金色皇冠加"范"这个汉字;梁映彤的昵称,是"Cu"加太阳的图案。

整体而言,以上五种命名方法,都和他们真实的中文名字没有太大关系,但我相信每一种命名的背后,都有他们的认真和谨慎。我不能完全理解他们名字的含义，也许，他们根本就不在乎含义和意义，他们只不过想用符号，建构一个隐蔽的世界，一个属于自己、阻挡他人进入的世界。我还知道，他们建了两个班群，一个加了我的班群，专门用来发布各类公开的信息，一个拒绝我的班群，我永远无法知道其中的秘密。

但我还是发现了一些和真名有关的昵称，杨慧蓉叫"Yang-hr"，刘早亮叫"Liang"，罗玲玲的昵称，没有舍弃她的本名，叫"TL 罗玲玲"。班上唯一没有昵称的学生，是沈敏就，她来自深圳，在第一次班会发言中，就坦言自己不是一个聪慧的人，但从来没有放弃成为优秀者的梦想，她是一个有主意的姑娘，带着特区的果敢和活力。

在所有的同学都进了班群以后，群主程雪芳强烈要求入群的人用真名，但还是有一个学生没有理会，他（她）一直保留在班群用"Zbbaoyyn"的权利，我没有用排除法弄清楚是谁，我感觉群里有一个隐形人，目睹一切，从不显身。

昵称是这一代孩子网络时代互相确认的眼神，我不懂其中的含义，但不妨碍他们彼此心领神会，但课堂的交织，终究会让我以自己的方式，感知他们的秘密和世界。

从 2016 年 9 月起，根据教学计划，我要承担 2015 级中文班两门课程，"中国当代文学思潮史"和"中国当代文学史Ⅱ"，时间跨度一年。2016 年 11 月 3 日的课堂上，我和两个班的学生，特意讨论了我经常和学生聊起的两个问题：（1）课外阅读情况如何？（2）为什么读书？

来自贵州遵义的苟亚东，讲到他受爷爷的影响，喜欢读史书、人物传记和天文地理，但到大学后，突然发现自己不会读书，他期待阅读能够提升自己的思维能力，但他感觉文学像一门艺术，遥不可及，难以入门，他没有像别的学生那样，强调自己喜欢文学名著，而是坦然宣称："我喜欢读恐怖小说，《鬼吹灯》《盗墓笔记》，还有仙侠类的《诛仙》。"

亚东的话，像接通了一个共同的秘密，教室里立即活跃起来，孩子们的脸上，绽放出了心领神会的笑容。讨论了十年"为什么读书"后，苟亚东第一次在课堂提出，他热爱网络小说。我突然想到，同样在大学的佳佳，应该拥有这样的课堂，自由地交流他的阅读经验，并在多年深深的误解中，袒露被遮蔽的青春困惑和心灵伤痕。

罗益鹏立即接上了话题，仿佛找到了一个倾诉的出口，他来自广东梅州，父母都是农民，关于读书，他从小听到的告诫，依然是几十年前的声音，"好好读书，考上大学，才能离开农村，走向城市，才能摆脱贫穷的命运"。他坦陈并不真心喜欢读书，但从小承载了家族的希望，他没有其他选择。紧张的学习中，他排解的唯一方式，就是读网络小说，从初一开始，已经持续了七八年。"我内心很压抑，不得不去寻找一些东西麻痹自己，网络小说是一个很好的东西，它是架空文，热血文，会让人的精神得到很好的寄托和麻痹！"他毫不否认，哪怕在高考前，面对巨大的复习压力，依然会去看网络小说，"读小说的一刹那，烦恼被抛在了一边，觉得什么都不用想，人好像被彻底放空！"但他也承认，网络小说只是一种快餐文学，并不能让自己获得精神升华，沉溺其中时，会有一种矛盾心理，"感觉自己在浪费时间，罪恶感很重，但又欲罢不能，管不住自己"。

面对被益鹏点燃的课堂，早亮跃跃欲试，但显然没有抢到表达的机会。他出生台山小江，是家里唯一的男孩。高中阶段，听到最多的言论，和益鹏一样，来自父母、老师反反复复的唠叨，"要好好学习，要为考大学奋斗"，至于考上大学以后的出路，村庄的父母，依然停留在上世纪 80 年代的记忆和想象。他事后告诉我，到高中后还是看网络小说，这是从初中开始就养成的习惯，"我瞒着我妈把钱存起来，买了一个阅读器，骗她说用来学习英语，然后偷偷摸摸拿来看小说"。早亮的电子阅读器，在谎言中寄托了一个母亲对孩子学英语的期待，但最后被班主任发现，上缴放进了上锁的抽屉。他沉迷过的网络小说,有萧鼎《诛仙》、江南《龙族》、唐家三少《天堂的路》、天蚕土豆《斗破苍穹》等。

　　作为一个以文学批评为专业依托的教师,我对早亮提到的网络作品一片陌生,它们搅起网络江湖的万丈狂澜,却在大学的课堂上,悄无声息,它们让年轻的生命沉醉其中,我却对此视而不见、找不到话语进入,它们构建了一个个玄幻、穿越的世界,却能用最短的距离,唤起年轻人的共鸣,并将是否阅读,作为衡量自己阵营的暗号、密语。这背后到底隐藏了怎样的秘密和景观,以网络的名义接纳了年轻人的情绪,而我作为现实中的班主任,却惨遭他们的隔离?早亮提起了网络作品之所以吸引人的原因:"想想啊,一个个矮矬穷,相当于废柴,家族被杀光,只剩下一个,突然得到偶遇,然后就走向修仙之路,然后就杀掉仇人,抱得美人,从此改变命运,一读网络小说,我就满身热血,一回到现实,我就提不起斗志来,也有可能,我是幻想自己也能成功吧!"

　　我在课堂现场统计才知道,对男孩子而言,中学阶段,除了看网络小说,打游戏同样是他们重要的生存方式,父母担心他们沉迷于虚拟的世界,害怕他们用虚拟世界的游戏规则,指导、影响自己的现实人生,而事实上,对他们而言,打游戏,不过是他们进入虚拟世界放松现实压力的方式。以早亮为例,在封闭式的高中,他们一周会放半天假,特别的节日,才放一天,常年处于高压之下,他必须找到自己的排解方式。早亮喜欢踢足球,但高中校园,没有场地,也没有时间和同伴,唯有网络,才能让他在碎片化的时间中,最大限度地实现自我放松。他从高中开始接触电脑,每周日十一点下课后,和朋友吃个饭,就进入网吧玩游戏。家里每周给的零花钱是 20 元,他每周回去一次,除去路费 10 元,能自由支配的零花钱只剩 10 元,够他在网吧玩 3 个小时。他初中玩的游戏是《地下城与勇士》《穿越火线(CF)》,高中阶段玩的游戏则是《英雄联盟(LOL)》,这是属于他们一代人的共同记忆。事实上，对青春期的男孩而言，共同出入网吧，已成为彼此建立联系和友谊的方式。早亮坦言，将身上的零花钱用光后，宿舍的一群少年，会去城里随便逛逛，他们并没有太多的自由，一周的高压，也只能通过半天高强度的游戏得以缓解，"回去学校就被考试包围"，他并不认为，游戏对自己的人格，产生多坏的影响。我依旧不懂网络小说，更不懂电子游戏，但遇上1516045班，终于明白了他们青春方式里的现实底色。从应试教育的通道穿越，他们来到大学课堂，在高中老师对大学想象的善意谎言崩塌、卸除了高考的集中目标后，他们如一卷失去弹性的弹簧，松弛的状态让他们陷入更深的迷茫。他们成就感、满足感、目标感和生命能量的释放，依旧无法在现实功利目标之外，找到更多的通道，我隐隐约约感受到这些，但始终找不到一个理解的切口，直到苟亚东第一次在课堂宣称他喜欢网络小说，才开启了我洞察另一个群体的契机，才真正理解，他们的化名，不过网络时代一次次隐秘的自我命名。课堂上，益鹏、早亮向我描述了《斗破苍穹》的中心思想——"三十年河东，三十年河西，莫欺少年穷"，这部"废柴逆袭"的网络小说，不过向我揭示了农村孩子现实中，通过网络寻求慰藉的真实逻辑。他们将网络文学视为"热血文"，就如另一个时代的读者，阅读《青春之歌》时，曾经激情澎湃，热血沸腾。而我，面对自己不懂的网络世界，曾经作为二姐的同谋，将网吧捉拿两个90后的外甥，当作家长理所当然的责任。

　　我忽然意识到，当无法回避的信息时代降临，我们这一代凭借时间的错位，早已在现实中筑稳了各种堤坝，而这些孩子，却只能任由信息时代冲刷，在不被理解的委屈中，承受各种未知的风险。智能时代貌似给他们带来了诸多便捷，但他们却居于这一庞大、无形网络中，最为被动的一个环节。他们貌似获得了更多自由，但个人生活，却借助网络的方便，被制作成一罐密不透风的沙丁鱼。无处不在的微信、数不清的群、早自习点名、课堂刷脸、网络霸权，不过以科技、消费的名义，将他们的生命切割成更多的碎片，而我所看到的重点大学的孩子，却以最古老的方式，端坐在图书馆阅读泛黄的纸质书籍。

青春的本质从未改变，当"丧""无感""低欲望"成为亮眼的标签，贴上这面目模糊的一代人，我在课堂听到的偶然表达，正徐徐向我开启另一扇门，但更多的未知，我依然无法抵达，作为班主任，我一次次在课堂面对深深的茫然。

我想起2017年一个学生在毕业之前和我说过的话："我觉得我们这一代是这样的，真实面目不会从外表看出来，我们都有自己的保护壳，所有的事情，全部都自己吞。"

湛江女孩

关于90后孩子的描述，"亚文化"的笼统概念，显然只能勾起我更多关于城市孩子的想象。在给1516045班上了两个学期的课后，他们身上笼罩的网络色彩，逐渐淡去其神秘面纱。我校准班主任的焦点，发现在网络世界以外，他们所浸润的现实，并未发生根本改变。

除了"网络原住民""宅男""腐女""颜值""玄幻""仙修"这一套呈现他们日常的词汇，出现在学院困难名册上的"低保家庭""单亲家庭""母亲残疾子女""特殊困难""困难""孤儿"，同样是呈现他们真实的另一组词汇。我意识到，在他们的世界中，包含了两组话语体系，在"课堂""班群"这样的公共场合，他们总是不经意就溜出网络词汇的影子，但进入私下的交流，例如在与我这位班主任的例行谈心中，他们能立即切换到另一套话语系统，一套与他们的父辈、老师共享的话语系统。

下面是2017年11月14日，在班主任工作的例行谈心中，来自湛江的秀珊和我说的话。在班上的学生中,她是唯一主动约我的人,但在具体的聊天过程中,她说的话,最让我意外。她总是坐在教室的第一排,和我靠得极近,每次目光相撞,就拿书挡住嘴巴,黝黑的脸庞立即浮现满眼的笑意。她几次兴致勃勃地邀请我去家里看一下,但进入订票的环节,最后反悔,终止了行程。我原本想通过实地感知,去解读与她谈心过程中,被隐匿的诸多"梗",这个愿望,因为她"没有必要跟别人说太多家里的事",就此搁浅。

我出生在湛江廉江,家里的门牌都看不清楚,邮政送录取通知书时,要一家一家地问。我中学时,爸爸在一家石灰厂上班,后来做不下去了,进了一个玩具厂。在我初中以前,妈妈一直在镇上工作,我上初中后,她去了东莞,今年到了广州,住在芳村,家里的主要经济来源靠妈妈打工。

我有一个姐姐、一个哥哥,还有个弟弟,家里太复杂了。念大学的,到现在只有我一个。我姐小时候成绩挺好,到初中后一般般,就作文还可以,她初中毕业考上了湛江一所师范学校的幼师专业,但不想去,就外出打工了,可能是不想当幼儿园老师。我哥初中时像一个流氓,就会打架,离中考还有一个星期,突然说不读书了。我姐大我哥两岁,我哥大我三岁,但我大部分时间,都和弟弟在一起,小时候会和弟弟去田里、小沟里抓鱼,有时会捉到水蛇,有一次在香蕉地里,用那个簸箕在水里赶鱼,结果没赶到鱼,赶到了两条蛇,到现在还记得。很小的时候,感觉还挺快乐的,后来长大就不行了,再大一点点又不行了。我跟我哥、我姐之间,没有和弟弟那么亲密,他们上初中时,我比他们晚了两三年,所以我们的世界不太一样,他们两个像大人。我弟弟连初中都没读完,就回家了,他被抓回家了。我们家的关系太复杂了。

　　我们村是镇里最乱的一个村,很大,偷鸡摸狗的人好多,吸毒的人也很多。我念初中时,村里吸毒的风气非常盛行,堂哥吸毒,堂哥那个年纪,是个人,都会吸毒,很多人都被抓走了,现在留在村里的人很少。堂哥与堂嫂离了几次婚又复合了,我搞不清堂哥对堂嫂到底是怎样的感情。堂哥吸毒期间没有理性,很多事情都很残忍,我侄女在场,我觉得更残忍。堂哥一直想要个男孩,但生的都是女孩,现在有三个女儿了,堂哥家第二个孩子一直放在我家,因为奶奶要带小堂嫂刚生的那个孩子。我大堂嫂和小堂嫂本来差不多同期生孩子,我在学校,不知道发生了什么事,最后大堂嫂的孩子没有生下来,太残忍了。村里就是这样,都想要男孩,我喜欢我侄女,觉得她们好可怜,我的情况正在她们身上重演,但是她们不像我喜欢读书。我们村里,很多人读到初中都不读了。到目前为止,我们村只有我一个大学生,村子闭塞到什么程度?像我考上大学,村里居然还有人问,毕业以后分配到哪里工作,然后我说没有分配,他说你怎么考上这样的大学啊?我说现在的大学都没有分配,他就觉得我考的大学有问题。我家里经济条件不好,父母关系也不好,因为从小封闭,只跟自己玩,处于一种没人管的状态,我都不知道自己怎么长大的。上初中后,基本就我一个人,我都是自己长大的。初三第一次去我妈那里,在东莞,她见到我,不让我叫她妈,因为她跟工友说,只有两个儿子,奇怪的是,我一点情绪都没有,所以上大学后,我也很少去芳村看她。我从小对父母印象不好,他们总是问我,你要跟爸爸,还是跟妈妈?我怎么知道,反正越长大就越无所谓了,也能理解一些东西,是的,从原生家庭的伤害里跳出来,太难了。

　　也不知道为什么,我从小就喜欢读书,但没什么书读,读的都是哥哥、姐姐初中留下来的政治作业、材料题。八九岁上学时,有个老师,一直拿粉笔砸我的头。我当时会乘法口诀什么的,有些字也会读,课文也懂,然后我妈认为我可以跳级,但校长不同意,我妈就一直往学校跑,然后就同意了。但那个老师对我很不满意,比如我现在的位置,在第一排,那个老师不让我坐第一排,把我调到后面。我也不知道怎么上课,看到别人举课本我也举,他们放下我也放下,有一次,还没来得及放下,老师就拿粉笔砸我的头。从小到大,我很少碰到合格的老师,他们大部分喜欢板着脸,教训学生。尤其是我高中那个老师,对学生很不好,你知道他怎么骂我们吗?我们学校有个下坡路,那里有个很大的垃圾厂,他说我们就像那里的垃圾,我们都被骂习惯了,也麻木了。有一次,他儿子半夜发烧,第二天到学校后,他对我们很生气,其实他儿子发烧关我们什么事呢?但我也碰到过好老师,六年级时,有个杨老师教我,我感觉打开了另一个世界的大门。除了杨老师,还有一个老师对我也很好,她将我当女儿看,她有两个儿子,但是没有女儿,她不介意我叫她妈妈,我们关系就是很好。

进到大学后,我感觉学校和自己的想象差太远了,我当时想,这是一个什么大学?我们宿舍六个人,平时都很忙,基本没什么交流。所有人忙的活动、方向都不一样,有个女生,她平时做那种高大上的兼职,她接了很多活,整天都在宿舍做策划书之类的,还有一个整天往男朋友家里跑,另外一个呢,热衷研究少数民族,学习藏语之类的,还有两个喜欢打游戏,但我不能告诉你。

今天上课的时候,讲到方方《风景》里面的二哥,我感觉和他就很相似啊,他通过另一个世界,看到了生活的另一种可能,但我的生活是在这边,没有办法脱离这边,这种根深蒂固的感觉,可以用绝望来形容。我什么都不想做,我觉得累了,我以后想过很普通的生活,其实我理想的生活，写作就可以了，我喜欢音乐，还可以帮别人填词。

我大一的时候，还挺好的，但现在热情被消解掉了，曾经的设想也破灭了，活着就好，活着，要求就这么简单，有时想想，还不如一无所知，比较幸福。谈到毕业以后，要留广州还是回老家？我们很年轻，不想回家，但留在广州的话，可能一个月的工资，付完房租都没有钱买衣服了。

秀珊在和我聊天的过程中，总是说到她的家庭很复杂，但她欲言又止，并不愿和我多谈家庭为什么复杂。她跳跃的叙述，清晰地呈现了故乡廉江村庄在她身上打下的烙印。多子女、重男轻女、父母关系不和、一个人长大、封闭的村庄、吸毒的堂哥、被引产的堂嫂、像流氓的哥哥、童年捉鱼的快乐、热爱读书的天性、砸粉笔的小学老师、称学生为垃圾的高中老师、热爱写作的梦想、活着就好的淡然、无法留在广州的失落，当然，还有给她打开了另一个世界的杨老师，待她像妈妈一样亲切的女老师，这所有的一切，在我心目中勾勒出了秀珊成长的基本底色。

她没有告诉我妈妈从事的职业，也没有告诉我，为什么大一还有目标，到大二则突然破灭，她没有改变命运的决心，也不知权衡和计算人生的紧要环节，并且拼尽力气去争取该得的一切。她有着与年龄不相称的消极，但我却从这理性的消极中，在和她小心翼翼的对话中，感受到了一种明心见性的智慧和残酷的真实，她看到了很多，明白很多，懂得很多，但她不说。

班上更多的孩子，尽管情节无法与她完全重合，但在最本质的方面，却与她有着相同的命运。下面，我说说同样来自湛江地区的胡小芬。

胡小芬1996年出生于湛江徐闻锦和镇，徐闻是广东省最南端的一个县，隔海就是海南省。她在家排行老大，下面有两个妹妹、一个弟弟。

妹妹2017年考上了华南农业大学，弟弟在徐闻中学读初中，最小的妹妹在念小学六年级。爸爸之前在家务农，因为收入太少，只得离家寻找门路。由于没有技术，主要在徐闻周边建筑工地打小工，工作缺乏稳定性，收入并无保障，妈妈先后在湛江、徐闻打工，主要是在广场擦皮鞋。

因为想要一个男孩，在有了两个女儿后，小芬念到小学五年级时，父母一直在外面断断续续躲计划生育，顺便也打打散工。初中三年，她一直跟着爷爷奶奶，有一段时间的留守经历。弟弟出生后，妈妈又怀孕了，抱着侥幸心理，以为又是一个男孩，于是偷偷生了下来，这样，小芬就多了一个比她小10岁的妹妹。

小时候，小芬整天和同伴爬树，玩一些游戏，性子极其野。小学五年级时，妈妈外出打工后，爸爸和奶奶去田里劳作，就会把她托付给姑姑照顾。姑姑嫁到了邻村，村子近海，孩子们穿过一片小树林，就能迅速到达海边，捡螺、捡贝壳、赶潮，成为海边孩子童年的乐事。尽管大人不准小孩去海边玩，小芬还是会经常和姑姑村里的孩子混在一起，偷偷结伙溜去海边。捡螺是小芬最爱干的事情，每次回来，她怕姑姑发现破绽，首先要做的事，就是赶紧去别人家，将弄脏的腿脚洗干净。

妈妈是家里第一个外出打工的人，小芬曾跟随妈妈到了湛江。六年级第一学期，她就读湛江市区一所私立学校，因为学费贵，妈妈负担起来过于吃力，小芬懂事地要求回家，从第二学期开始，她就回到了村里，此后一直到初三毕业，都待在奶奶身边，和奶奶共同承担起照顾弟弟妹妹的工作。大妹妹性格孤僻，不爱说话，比她小两岁，因为年龄接近，两人经常打架。弟弟比她小8岁，最小的妹妹比她小10岁，两个性格极其活泼。小芬到现在都记得，自己给最小的弟弟妹妹喂饭、洗衣服，"除了晚上，最小的妹妹，几乎就是我带大的，大妹妹也是小孩，总是将他们弄哭，而我必须想办法将他们哄住。"到小芬念初二时，爸爸也决定外出打工，并带上三个弟弟、妹妹。小芬选择独自留下，一个人守着奶奶，初中三年的学费，靠父母打工支付，而生活费主要依靠奶奶去海边挖螺、种甘蔗、养家禽。奶奶出生在对面的海岛上，从小在海边长大，人非常灵活，爷爷很早就去世了，是奶奶一人独自将孩子拉扯大。

小芬明显感到，家里的经济状况，是在妈妈生下弟弟交完罚款后开始变差的，没生弟弟前，妈妈在镇上的圩里卖鞋，在村里其他人都住茅草房时，家里盖了村里的第一个独立厨房，家里的正房也是新盖的瓦房，生完弟弟后，不但被罚了一万多超生款，还因为妈妈要带孩子，少了打工的收入来源，家里的开支，只能靠爸爸、奶奶在田里干活支撑。一直到现在，村里不少人家的茅草房，早就换了楼房，小芬家的房子，依然没有任何改变，"房子还是二三十年前的瓦房，有四个房间，中间有个放牌位的厅，房子现在到处漏水，奶奶存了一点点钱，好不容易换了个屋顶"。家里的人气也越来越稀薄，小芬外出念高中后，就只剩奶奶一个人。

相比秀珊的村庄，小芬显然更幸运。村里有一个图书馆，是她经常去借书的地方，也是她和妹妹最喜欢去的地方。奶奶只要两姐妹进入图书馆，就很开心，在老人家看来，只要翻开书，就是在学习，哪怕她们看的是《爆笑校园》。事实上，乡村图书馆的书几乎全是盗版，图书的质量也粗劣不堪，但小芬还是为此庆幸不已，至少她能从图书馆借阅到金庸的小说。初中时，为了省钱，过一段时间，班上会组织同学统一去网上买便宜的盗版书，这同样成为小芬早期阅读经历中难忘的记忆。除了图书馆对小芬的滋养，乡村对小芬的馈赠，更多来自徐闻村庄随处可见的戏台，每年的演出，是小芬的节日，奶奶生命中，唯一和艺术有关的事情，就是看雷剧，带上孙女小芬一起观看，无意中培养了小芬对雷剧的兴趣。

小芬一直深感庆幸的事情，是父母尽管重男，但不轻女。他们4个孩子的学习，始终是爸爸妈妈最为看重的事情。高中阶段，小芬考上了徐闻一所中学，父母承担不起孩子们在湛江的学习费用，决定转移到徐闻打工，既可以更好地陪伴小芬，也可以省下留在湛江不得不支付的高额学费。对于父母的外出，小芬的态度极为矛盾，一方面，她极为感激父母能够陪她上到小学五年级，而不像弟弟妹妹那样，很小的时候，就留守家中；另一方面，她觉得就算到了五年级，也还是不宜离开父母，小孩天然就应该和父母在一起。小芬知道，大妹妹极为内向的性格，就和父母过早离开她有关。堂叔的两个儿子，原本成绩很好，也是因为堂叔、堂婶闹矛盾，导致堂婶外出后，两人的成绩急剧下降，三科加起来都不到 100 分，而且总是恐吓养育他们的爷爷。但她明白，父母没有办法两全其美，若不外出打工，一家人的生活，真的会难以为继。

多年来，真正让小芬一家人发愁的事情，依旧是捉襟见肘的经济状况。爸爸在徐闻打散工，一年的收入仅有一万多元，天气冷的时候，妈妈擦鞋一天，勉强可以挣到 100 元，而天气暖热，连买菜的钱都挣不到，但广东的天气，真正寒冷的时光，总是出奇的短暂。奶奶年龄已大，没有任何收入，除了两个姑姑偶尔接济一点，还得靠政府补贴。小芬深知家里的状况，从上大学开始，就一直在外兼职，不找家里要生活费。大一在肇庆校区，她在学校旁边找了一家小饭店，中午和下午上班，一天干四五个小时，每月能挣 600 元，基本能维持生活开支。轮到递交补助申请时，她也会按时填表格，而就读于华南农业大学的妹妹，来自同样的家庭，就是不向学校递交任何助学金申请表，这让父母恼火，也让小芬恼火。小芬最大的心愿，是希望大学的课程能够少一点，这样她就有更多的时间，做自己的事情。

临近毕业，家里都希望小芬能够考公务员，尤其是奶奶，更希望孙女可以获得一份稳定的工作。小芬尽管对未来并没有确定的预期，但回湛江的目标非常坚定，"我不知道以后会做什么工作，但我喜欢雷剧，湛江有雷剧，我希望工作和雷剧有关"。

　　胡小芬的性格较之吴秀珊，显得更为平和、温驯，这和两者的成长环境、家庭氛围有一定关系。但从具体的生存境况而言，拨开两者成长过程的一些具体差异，会发现承载计生政策的后果、贫穷、孤独、看不到出路等方面，都是两者的相似之处，也是1516045班学生，常见的家庭标配。

　　我从内地来到南方，在广东从教十几年，对我冲击最大的事情，来自计生政策对学生的影响。我原本以为，只有在计生政策并未完全执行的上世纪70年代，多子女家庭才极为常见，我从来没有想到，课堂上的学生，会完全颠覆我此前的认知。对那些多子女家庭的学生而言，父母"躲计划生育"的经历，是他们必须承受的生活常态，伴随这一无从逃避的宿命，被留守，或随父母居无定所，成为他们必须承担的隐匿痛苦。与多子女相伴的现实，是贫穷。贫穷对学生的心灵伤害，同样触目惊心。尽管广东属于经济发达地区，在常人眼中，学生的经济状况，比之内地，应该光鲜很多，而事实上，因为班上的学生，很大一部分来自非珠三角地区，这些地方的经济状况，和内地比较起来，并无明显优势，有些甚至更为落后。从学院2016—2017年度，家庭经济困难汇总的情况可知，全年级有160人申请补助，其中特困37人，贫困123人。以2015级为例，申请贫困补助的人数49人，其中特困10人，贫困39人。换言之，在全年级的24个班中，有4个班的学生申请了困难补助，其中特困生有整整一个班之多。而我知道，碍于名额限制，有不少孩子，像胡小芬妹妹一样，根本没有统计在内。不可忽视的是，伴随多子女家庭，因为亲子关系欠缺所致的孤独童年、留守经历，同样是他们的共同特征。秀珊用"我一个人长大"形容这种状况，小芬也不否认五年级后父母离开她的遗憾，良好的亲子关系和团聚的家人，是她们童年最大的奢望。孩子多，生存压力大，父母的主要时间，都在为生计忙碌，放弃对孩子的陪伴，成为父母无奈但必然的选择和代价。

　　当然，对即将结束大学时代的1516045班学生而言，临近毕业，一种看不到出路的迷茫，成为他们最真实和沉重的情绪。对比我带过的两个班，我明显感到1516045班孩子的精神状态，比不上062111班富有活力和朝气。尽管062111班是我们独立成系后，招收的第一届学生，各个方面都处于一种摸索和未知状态，但因为整体经济形势好，房价也相对合理，大部分学生，并未表现出悲观和迷惘的精神面貌，更没有一个学生，为了提高就业的竞争力，拼命去考研。而到1516045班，客观而言，不管在专业设置、师资配备、教学条件等方面，比之以前，都有了很大改善，更为重要的是，就业好，一直是我们学校在广东高校中拥有的良好口碑，但就算如此，还是难以舒缓学生对未来和前途的深重担忧。很多学生，从大一开始，就早早谋划考研，班上考研学生的比例直线上升，人数也早早过半。对农村孩子而言，经历过大一的兴奋期后，一旦认清真相，意识到理想和现实的差距后，往往会陷入长久的情绪低落期，但我没有想到，1516045班的低落期如此之长，以至大四来临，还没有走出。

　　以班主任身份，经历过和学生的常规谈心，并对这个群体有了更多了解后，我不否认，在网络貌似平等的空间以外，在私下的场合，他们曾经用另一套语言，向我展示了一个更为真实的维度，在很多方面，他们接续了062111班已经开始分化的事实，并且呈现出强化的趋势。

历史的尘埃飘过课堂

　　过完寒暑假，便又是一个新学期。在关于1516045班的叙述中，给他们上专业课，是我作为班主任，一个非常重要的观测点。

　　2017年3月至2018年1月，横跨整个年度，根据教学安排，我承担了包括1516045班在内的两个中文班的专业课。2016—2017年度的第二学期（2017年3月到7月），所上的课程为"中国当代文学思潮史"，2017—2018年度的第一学期（2017年9月到2018年1月），所上的课程为"中国当代文学史Ⅱ"。显然，从内容而言，这两门课程有诸多重合之处，而如何在教务体系的规定动作中，通过自己的课堂实践，让学生附着于专业学习的同时，尽可能理顺时代的转型如何在他们这一代推进，如何感知他们和时代建立关系的方式，是我教学任务中，很重要的一个维度，也是班主任角色，赋予我的一个隐秘视角。对一个群体的理解，当我无法直接从日常生活获得清晰的感知时，对课堂的观察，是我作为一个教师的特有方式。

横亘十年时光，与学生群体变化相对应的，是教学方式所面临的挑战。如果说，2005年刚刚入职时，我感受最深的，是多媒体泛滥对传统课堂的冲击，那么，到面对1516045班的课堂，我更深的感受，则是随着新媒体的爆发和智能手机的普及，学生人手一部的状况对课堂的瓦解。在知识极易获得的时代，我第一次意识到，教师职业所面临的根本挑战：知识的传达，不再成为教师理所当然的优势，信息泛滥对学生注意力的争夺，成为教师面临的最大现实。

学校对此的应对，是利用行政力量加强管理，为了激励学生利用早上的时间自修，以制度的形式，规定他们必须早起，为了提高到课率，刷脸的软件，已在某些班级推行。专业规划、教材、大纲、教学进度、考点、难点、重点、知识点，这些上交教务部门的必备材料，以打印纸的苍白脸孔，横陈在学校的某个角落，除了表明某种形式主义、官僚主义的达成，除了直接沦为应付教学检查的物证，如果没有彻底内化到作为教学主体的教师生命中，对新媒体语境下的学生而言，事实上，和他们的生命产生不了任何关联。单纯的知识灌输，已经不能引起学生半点兴趣，他们不会反抗，但他们会立即耷拉下脑袋，低头去看手机，连一个不屑的表情都吝于做出。脱离了高中的学习氛围，大学的老师，不再像高中班主任那样去管纪律，对这些孩子而言，是一次集体的踏空适应。

在中文专业的课程设置中，各类文学史既是最重要的部分，也是发展最为成熟、被规范得最为彻底的部分。文学史的教学，是累死累活的妇产科。内容烦琐，知识点多，更现实的处境是，因为二本院校开设中文专业的边缘化，相对文学史的内容要求，课时往往会被大量削减，每次拿到教材，感觉就是将一个成人拼命地塞进一套童装。无论如何，在有限的课时内，尽可能帮助学生初步建立个人的文学史观，成为我 2017 年专业课教学的核心目标。既然按照常规的教学方法，我只能浮光掠影地将文学史的知识点梳理一遍，而这种单纯知识点的灌输，太容易引起他们的腻烦和疲倦，那么，我们能不能在有限的课时内，尝试建构起一种真正和学生交流、触及人心的课堂？建构一种老师引导、学生参与，课内和课后相结合的立体课堂？通过教学实践，我能否做一名在场的反思者？

2017 年下半年，和学生商量后，我决心拿出一半的课时（27 学时，9 周，每周 3 学时），采用讲授和讨论相结合的方式，让学生更好地理解文学史的建构过程。学生的讨论涉及"伤痕、反思、改革文学专题""现代派专题""莫言专题""新写实专题""韩少功专题""现实主义冲击波专题""非虚构专题""广东作家专题"。很明显，这八个专题，无法勾勒出一部完整、系统的文学史，某些专题的设置，诸如韩少功研究，甚至充满了我个人的偏好，"非虚构专题"和"广东作家专题"更是越出了现有文学史的边界，但因为我台下的学生，大部分来自农村，来自广东，让他们阅读近几年与乡村书写有关的非虚构作品，或许能更快地唤醒他们的生活经验，让他们审视自己的村庄，建立起对文学史贴皮贴肉的真实感觉；更为重要的是，作为转型期的一代，面对文学史相对封闭的边界，了解广东现代性转型过程中的文学表达，将有助于他们了解自身，也有助于他们在他者的表达中，了解自己的出生地。

文学小组很快活动起来，由于课堂时间的限制，师生被迫主动向课外延伸，这种化被动为主动的学习转变，让我暗暗吃惊。我一直隐匿心头的通过课堂逐步训练他们学术思维的想法，找到了落地的契机。更重要的是，通过课堂的拓展，他们懂得了课后去组建学术小组，懂得了真正去探讨一些问题，懂得了在团队中配合着完成各自的任务。我知道，在重点大学，学生有很多机会获得学术信息，也有很好的学术氛围激发学生组建团队去讨论一些真正的学术问题。但我知道，在我们这种金融气氛浓厚、强调应用性的高校，老师如果不能意识到对学生批判性思维的训练和思考能力的培养，是相比眼花缭乱的技能传递更为核心的问题，那么，所有的孩子，经过课堂表演性质的知识大雨，就像被一瓢水淋过，貌似酣畅淋漓，但各个知识点，顺着下课铃声的响起，就会滑溜溜地消失，在对付完期末考试后，教材又原原本本地还给了老师；学生如果无法通过系统的思维训练，所有的知识，必然无法参与他们的个体成长，也无法在具体的生命实践中，达到活学活用的目标。

从一开始，我就意识到，专业课堂中，我面对的最大挑战，是如何在四平八稳的教学流程中，找到一些缝隙，激发学生想问题的欲望，并尽可能在有限的课堂训练中，激活学生对时代的感知和对自身的认识。在文学思潮、文学史所叙述的每一个转折处，我想知道，历史或现实，到底能在多大的程度，和这个群体产生关联？他们能否发现，自己其实也是建构历史的一员？

——以我多年的观察，我发现所谓的重点大学和一般大学，学生最大的差别，并非来自智商，而主要来自他们是否拥有更多的机会，进行学术思维的训练。这种综合的训练，和以前的应试思维完全不同，如果大学教育无法通过课堂将应试的痕迹剔除干净，这些孩子就算找到了工作，也无法彻底释放自己的潜能，上升的瓶颈立即出现。

换一种上课的方式，属于学生的文学史，竟然呈现出了别样的生机。

更让我意外的是，每次上讨论课，学生轮着要上台发言时，都会特别在意自己的形象，显示出一种难得的敬畏和庄重。我留意到大部分女孩子都修过眉毛，妆容淡雅、精致、得体，衣服也逐渐脱离了学生时代的宽松风格，显示出对女性身份的认同和确信。和内地女生比较起来，广东女孩不喜欢穿高跟鞋，不喜欢穿皮鞋，更不喜欢穿丝袜，她们习惯了穿休闲风格的平跟鞋，哪怕是穿裙子，也是脚蹬一双白色的运动鞋。我还留意到，在课堂的发言中，涉及一些敏感话题，诸如性和性取向，学生不会遮遮掩掩，而是大方而自然地表达自己的观点，"我们班的同学，没有一个从父母那儿获得性知识，只能通过书籍、电视、小说、电影等途径，男孩子都看过Ａ片。"他们真诚、坦率、自然，和我大学时代面对两性话题的拘谨、封闭，构成了鲜明对比。

确实，敞开，面对，是他们理解青春和生活的方式，也是他们这一代独有的进入文学史的方式。事实上，只要进入到学生的专业课堂，可以发现，日常生活中，除了"网络话语系统"和"共享话语系统"，他们还有一套自己的"学术话语系统"，尽管在当下的高校氛围中，就业的指挥棒，会很大程度上稀释掉学术氛围，但不能否认，对大学生而言，学习是他们生活中最重要的事情，课堂是他们生活中最主要的场域，而课堂的表达和互动，客观上构成了他们的"学术话语系统"。

第一次讨论课，"伤痕、反思、改革文学专题"，按照计划，将从第六周开始。在进入讨论前，我让学生联系自己和家族的经验，通过和家人的访谈，写下对1966年至1976年的印象。如果说，对当代文学史的理解，80年代向90年代的转型，是一个绕不开的节点，那么，对"十七年"和

"新时期"之间历史阶段的认识和清理,则构成了理解当代文学史生发的关键,而这一时段,因为历史的隔膜,无论从老师的教学,还是学生的学习看,都难以找到最为贴切的方式。从我以往的教学经验看,学生进入这段历史,更多依赖文学作品得来的感性印象,《班主任》《活着》《黄金时代》《平凡的世界》是他们提到最多的小说,此外,杨绛《干校六记》《杂忆与杂写》、季羡林《牛棚杂忆》也成为他们了解历史的重要来源,电影《霸王别姬》更是他们对特殊历史阶段理解的教科书级别的影像资料。概而言之,学生对这段并不久远的历史认知,更多来自二手资料。

在新的课堂尝试中,我对他们的首要要求,是尽可能还原语境,尽可能通过访谈、调研,进入自己的长辈、亲人、村庄、故乡去获得第一手材料。根据年龄推算,1516045班学生的爷爷、奶奶刚好出生在上世纪50年代左右,见证了很多重要的历史时刻,在没有办法重回过去的情况下,和爷爷、奶奶聊天,从他们的日常生活中感知到一个时代的风云和气息,对学生而言,也不失一种进入历史的有效途径。在公共和个体经验之间,历史对我尚且存在隔膜,更不用说一群比我年轻得多的学生。

十几年来,因为职业的关系,面对年轻人时,我始终坚持,能不能正视自己的生活经验,能不能直面自己,能不能和真实的生命体验打通,是决定年轻人能否产生力量的关键。我深知一群经过应试通道,来到我课堂的学生,因为此前长久对生命感受的剥夺,早已对真实的生活产生了深深的隔膜,在他们最富生命力、修复能力最强的时候,我不知课堂上有限的唤醒、激活,是否能帮助他们更好地实现自我认知,更好地接近历史真相,从而达到去蔽的效果?

让我惊喜的是,一旦开启了个人经验和文学史的对接,学生眼中的历史烟尘,便和父辈的生命产生了关联,并延续到自身的经验片段。对出生于茂名的朱海燕而言,残存的历史遗迹,因为时代的淘洗,早已成为村庄的布景。和海燕一样，浩天对于出生的古老村庄，也有深刻的印象："尽管上世纪六七十年代的事，离我有些遥远。但我还是能触碰到当年留下的痕迹。每次家中祭祖的时候，都会到上一辈人居住的老宅中祭拜。另一个记忆，是我小时候常去打羽毛球的一个破旧的将军府，府前的门墙上刻着精美的壁画。但是画的下半部分被破坏了，宛若割下一块皮肉。只是上半部分，较高的，人够不到的部分，才残留着先前的模样。每次看到被破坏的壁画，都会觉得可惜。"

在第一次小组讨论课上，我留意到莫源盛在讲述《芙蓉镇》时，找到了一张当时的"四类分子"登记表。在历史的烟尘中，穿越时光的课堂，终于落实到了一个具体的生命。这些零星鲜活的个体，以其具体的遭遇，勾起了师生对一个时代的感知，并在课堂中，因为重溯、回望，突然照亮了很多暗处的阴影。这些课堂外细枝末节的勾勒、拨弄，也许能让他们意识到，任何一段教科书中的历史，其最有生命力的地方，正来自和日常生活的关联。

如果说转型期，是理解当代文学史的一个基本前提，那么，当我置身广东的高校，置身一群主要由广东孩子组成的课堂时，我不能否认，个体经验中，对广东的回望、呈现，是我作为时代转型期的见证者，对自身的一种重要清理。我不能否认，在我的青春年代，广东给我带来的南方想象，事实上构成了我理解 90 年代的一种基本底色。

1992 年，我考上了湖南一所地方大学。南方不再作为一个抽象的词汇，不再作为一个可望而不可即的目标而存在。大学校园里，教外国文学的张老师，再三强调我们要学好粤语，街头巷尾，随处都可买到粤语磁带，毕业的师兄师姐，已有人不接受单位的分配，直奔南方寻找新的机会，在过年回乡的聚会中，隐隐约约的成功故事，已在暗处流传。我初中、高中升学无望的同龄人，他们的首要选择，依然是"去广东"。现在回望，恰恰是因为升学失败，在遍地机会的时候毅然南下，才让他们实现了人生的弯道超车。1993年，我初中的闺蜜，邀请我去城陵矶看她新开张的小店，她向我讲起消失几年去南方的见闻："从广州到深圳，已没有农村，到处都是工厂，到处都是楼房，广东太发达了，太发达了！"几年以后，她离开父母极为满意、有固定职业的丈夫，抛弃了好不容易经营起来的小店，再次义无反顾地奔赴广东，奔赴南方，并最终定居于此。更多与我大学时代相关的细节，同样充斥了南方元素，女生宿舍贴的图片是青春洋溢的刘德华、张学友、黎明、郭富城四大天王，伴随《公关小姐》《外来妹》的热播，从广州走出的杨钰莹、毛宁、甘萍的歌曲，响彻宿舍的每一个角落。这种零散的青春记忆如此鲜活，以至于在广州定居多年以后，对这座城市，我始终充满了一种奇怪的情愫。但我没有想到，在多年以后的课堂中，因为讨论现实主义冲击波小说，出生于广东的90后学生，无意向我展示了南方的另一重图景。一个女孩在课堂上大声说，她对90年代的唯一的记忆，只与计划生育有关，她自己就是"计划生育逃出来的"。源盛对此进行了补充，他说他们村子，直到1996年才开始感受到计划生育的风声。我去过源盛的村庄，一个离广州两小时车程的地方，在粤西云浮郁南的一座大山里。他的堂哥刚刚三十出头，因为生计，外出打工，留守在家的妻子背后，站着一排高高矮矮、花花绿绿的孩子。另一个学生则提到，他对90年代隐隐约约的记忆，来自1998年的洪水，这几乎也是我对集体主义信念尚存年代残存的最后记忆。

　　课堂绕了一个大圈后，早亮终于进入正题，提到了谈歌的《大厂》，提到了90年代曾经出现过的一个巨大群体——下岗工人，而恰恰是这四个字，接通了我对90年代另一维度的审视，我猛然想起，时代的裂变，正是从这一不动声色的瓦解开始的。多年以后回望，我再无当初读《大厂》的感动，而是遗憾现实主义冲击波作家，过多停留在经济维度对一个群体进行审视，并未对随之而来因为财富的掠夺，所导致的社会断裂心生警惕。

——我不能否认，在整个学生时代，广东的文化幻象，曾带给我诸多勃勃生机的想象，但对我而言，成为下岗工人，是个体关于这个时代最为深刻和真实的图景，也正是这一身份，让我接通了一个更为广泛的群体，而这个群体背后，其所隐藏的悲欢离合，显然也是90年代的真实布景。今天，他们的孩子已经长大，进入大学课堂，以讨论文学的名义，终于得以拉开20年的距离，重新审视父辈的生存。在我的学生中，辛追的妈妈是下岗工人；2008年离世的洁韵，爸爸是下岗工人；062111班的胜轩，不但父母是下岗工人，姑姑、姨、叔叔都属于这个群体。90年代对他们而言，只是童年的朦胧印象，但他们也是在场者，是见证人，进入大学，他们终于理解了自己与时代的关系，终于意识到身边的人，其实也在建构文学史。

我想起2018年1月，和浩天走在他的村庄，他不断询问我大学时代的事情，"上世纪90年代是多么久远啊"，我留意到在指向同一时段时，他喜用"上世纪"这种表述。这种不经意的用语提醒我，在我和他们之间，在我和我的二本学生之间，丈量时间的尺度，都已发生了根本改变。因为和这个群体相遇，我得以获得另外的视角理解时代更为丰富、本真的双重面向。对我而言，上世纪80年代向90年代的转型，伴随了整个成长历程，仿佛在转身之际便已完成，但对他们而言，这个过程，则犹如街角的拐弯处，待到回望时，呈现在眼前的，已是市场化落地后疯长的另一片丛林。

我想起李萌在讨论课上的话："我们横着去看这个社会的时候，当然可以说，我们很骄傲，我们的GDP增长了多少，我们在全世界排在第二，但是，当我们纵着去看这个时代，我们会发现，每个国家，每个朝代，都不重要，但每个人却变得重要，因为我们每一个人只有一生，每个人只有一辈子，我们都是在为自己的一生而奔波而劳动，我们的爱恨情仇，在整个时代背景下，不过是历史长河中的一朵小小浪花，但它却会真切地落到每个人身上，会让人锥心至痛。我们站在远方、站在高处，当然可以看到远方的河水波澜壮阔，但当我们身在人群深处的时候，是否知道自己身处何方？"

最后一次讨论课，关于广东作家。钟培栋在解读王十月《收脚印的人》时，提到了命运。他打扮时尚，语速极快，眼神里流露他们这一代独有的二次元气质，他一上台就抛出问题：我想问大家，你们相信命运吗？

透过课堂，我仿佛看到一个群体，在向自己的未来发问。

"从未想过留广州"

毕业季来临，校园内到处都是穿着白衬衣、黑裤子、打着领结、穿着皮鞋的年轻人。他们脸蛋洁净、身材挺拔，迷惘的眼神和刚刚进校时的好奇、新鲜，形成了鲜明对比。大学的时光确实很快，熬过大一的迷茫，进入忙碌的大二，大三倏忽就溜走了。大四已经不再属于他们，在学校和社会之间，大四是他们沟通两者的时间窗口，39路公交车站，成为他们通向外面的起点。属于他们的网络世界，一到毕业的关口，便显示了二次元的无力，便捷的电子设备，除了让他们更快地叫上快餐，更方便地办理"花呗"，现实的逻辑，依然没有改变。

龙洞的房价，随着六号线的开通，已经毫不掩饰地嗖嗖上涨。对062111班而言，"房价"这个词，从未进入他们大学生活的视域，谁都没有想到，"房子"在他们毕业后的日子，悄然成为同窗分化的关键；但对1516045班而言，39路公交车站无处不在的房地产广告，不远处龙洞步行街的租房张贴，他们无法视而不见。

　　课堂上，莫源盛坦陈从大一开始就关注房价。他们那个小镇，在他念高中时，首付只要1万多就可以办理入住，他外婆的那个广西小镇，100多平方米，首付同样只要1万多就可以换来钥匙。他不能理解，2016年从肇庆校区回到广州时，龙洞的房价还不到3万，怎么突然在一年之内，倒像服了兴奋剂一般飙升到了四五万，数字的变化，恰如魔幻，让他诧异，也让他心惊。校园内弥漫的金融氛围，对任何专业的学生都有渗透，一场和数字有关的游戏，看似和这个群体无关，但实际上和他们的关系最为密切。和秀珊一样，源盛考上大学时，村里的人都用羡慕的眼神对他说："你就好了，读大学了，可以包分配了。"他感觉无奈，不知怎样回答。从郁南遥远的大山，到达广州算不上中心的龙洞，赤裸的房价，将他生活的底色，暴露得一览无余。这个有着文学梦想的年轻人，在大一的时候，曾偷偷写过几十万字的作品，在第一堂课的发言中，曾当着全班同学的面诉说，他上小学的时候，还要打着火把才行。他来到广州念大学后，没有像同龄人一样，习惯性地沉湎在二次元的虚幻和抚慰中。他悄悄地关注现实，房价一直是他丈量自己和未来可能的尺度。他原本以为通过高考可以改变很多，现在发现，自己能握住的东西并不太多。大二时，他曾偷偷留意师兄、师姐的招聘信息，稍微好一点的单位，"非985、211，非硕士不可"；为了体验真实的上班族生活，他挤地铁、挤公交去市内兼职，"上一天班，什么都不想干，真的很累"。他渴望拥有自己空间的生活，他知道在同龄人中间，流行"活着就好"的信条。他想起村里人对大学的想象，但坚硬的广州，算来算去，仿佛无论如何努力，都难以在此驻留。他在默默的观察中，和小芬一样，已打定主意回到郁南的家乡。胡小芬同样知道广州的真实房价。当初高考时，父母怕她嫁给外省人，不同意她出省念书，她小姑嫁到雷州县，奶奶都嫌远。她离家的范围，妈妈的标准，只能在湛江嫁人，而奶奶的标准，只能在徐闻。小芬告诉她们，"现在交通方便，只要有钱就可以了。""那万一没钱呢？嫁得近，过年回来能见双方父母，嫁得远，过年回来只能见一方父母。"妈妈的回答，让她无话可说，却也无意中卸除了她对广州曾有的幻觉，她内心坚定了回家的决心，奶奶和妈妈的召唤，对她极为重要。她从大一开始，就着手考教师资格证，她知道应该趁早为回家做好该有的准备，"广州的房子贵得离谱，现在想也没用，爸妈50多了，根本帮不上忙，奶奶说，爸爸还指望我毕业后，回村给家人盖一栋房。"

对1516045班而言，临近毕业，属于他们的大学时光还不到一年。刘早亮对自己的梦想，有过明确的描述，"有个稳定、简单的工作，有套房子，像普通的打工仔一样，娶个老婆，有个孩子，没有要发大财、开豪车的想法，只想过得简简单单。"早亮从来没有想过待在乡下，他目睹父母干活的辛苦，对此深有感触，妈妈为了增强他读书的动力，很小的时候，就让他干活，从无任何娇惯。他从小体验过割水稻、插秧的滋味，做饭、喂猪这些同龄人陌生的活计，他拿捏准确、得心应手，对劳累的家务和农活，他抱有深刻的记忆。父母最大的希望，是他不要回到农村，他们所经受的辛劳，不忍儿子复制。早亮理解父母的心思，他还未到结婚的年龄，但不让自己孩子受苦的念头，就牢牢扎根心底，这种生命的直觉，显然来自父母的灌输。他偶尔会有留在广州的愿望，但"看到房价，心都凉了"。他以此度量回到家乡小城的可能，他感觉要过一种平凡的生活，都非常艰难、非常不易。

早亮妈妈来自四川偏僻的山村，在广东打工期间，认识了丈夫，生了第一个孩子后，妈妈留在家里，再也没有外出。2017年12月，我曾到他家拜访过一次。我想起早亮妈妈在收割红薯的地里，谈起大城市的房价，一种难以置信的空茫，跨越广州到小江的距离，逐渐弥漫在那张乐观、坚忍的脸上。我第一次意识到,城市和乡村的隔离,并不如我想象中那样确定,农村妇女,也并不如我此前的成见,她们对城里的事情并非一无所知。早亮考上大学,一直是这个远嫁的四川女子最强大的支撑,她此前所有的生活信念,就是努力经营好家里每一寸土地,咬牙坚持每一项能给家里带来收入的生计。

村里没有孩子念书的家庭,早就建好了气派的楼房。妈妈对早亮毕业以后的处境,没有具体的感知,儿子带回来的关于广州房价的叙述,叠加她熟知的家乡小城的房价信息,这冷冰冰的数字,不经意中瓦解了一个女人朦朦胧胧的确信,无论她如何强调,"不怕的,没有关系的",我始终难以忘怀脑海中的一幕:在落日余晖的傍晚,在收割红薯的地里,在谈论房价不经意的叹息中,一个农家妇女,对房子和孩子命运之间关联的在意。

是的,和062111班相比,"房价"已成为我和1516045班同学之间不愿面对的话题。相比062111班将近三分之一的学生留在广州、深圳的事实,1516045班没有一个外来的孩子,理直气壮地和我说起要待在大城市,更没有一个孩子相信凭自己的能力、工资,能够买得起一个安居之所,能够在流光溢彩的城市立下足跟。对我而言,这明显的蜕变,中间的距离只有9年,如果说,062111班已经显露的分化让我担心,那么,对1516045班而言,孩子们不约而同的缄默和放弃,更让我直接感受到一个群体根深蒂固的困境。房子、房价对国家而言,只是一个经济维度的术语,但对1516045班的孩子而言,则是他们在离开学生宿舍后,锅碗瓢盆必须搁置的地方,他们的前途、去向、家庭、生活质量,都与此紧密关联。

随着对1516045班学生了解的深入,我发现刚接手时的隔膜、网络的屏障,不再成为我担心的理由。我真正担心的,是他们用网络以外的语言,对自己生存困境的叙述,我害怕一个固化、贫穷、无出路、挣扎而无望的群体，变为残酷的现实。在孩子们偶尔扮酷的表达中，我分明感受到一种无形的东西，对年轻人的挤压和剥夺，感受到他们青春的色彩，正变得越来越黯淡和斑驳。飞涨的房价、贬值的文凭、日渐减少的工作机会，已成为他们不得不面对的真实生存，"废柴逆袭"的情节，真的只能在二次元世界中出现，现实中，他们茫然四顾，根本看不到"金手指"的身影。

　　这一代孩子，面对自己的处境，竟然认为一切都理所当然，他们无法想象一个不用租房的时代，无法想象一个年轻就该拥有爱情的时代，也从不怀疑高房价的合理性。他们一出生就面临市场的单一维度，只能在消费主义的碎片中，映照自己的身影，这妨碍他们从更多的层面去理解自己的成长，妨碍他们从个人成功的价值观突围出去，建构自己完整、充实、自我主宰、充满力量的生活。他们是原子的个体，只能从成功学的角度来理解自己的命运、生活，他们没有力气，也不屑于进入社会分析的层面，给卑微的个体找到一个恰当的定位，他们甚至对某种宏大的东西充满警惕，恰如考上复旦的辛追所言："作为一个写作者，对我来讲，阶级这个概念是不存在的，我只关注具体的个人，我只关注具体个人的具体情况，及其具体的禀赋、具体的困难，而阶级不阶级这个东西，我是很排斥的。"是的，他们对政治话题、公共话题难以提起兴趣，也不追究房子涨价的逻辑，不相信自己的力量可以改变社会，他们隐藏在各类"小确幸"里，隐藏在社会坚硬的阴影下，是一个拥有年轻躯体，却任由青春缄默的群体。

　　在社会喧嚣、泡沫、造富的个人神话中，时代就这样将一群孩子架在钢丝上。

　　1516045班的孩子，是这个群体的一部分，作为班主任，我见证了他们的挣扎和叹息。

（原载《十月》2020年第1期）

金沙江的幽暗处

陈洪金

高原奔涌

金沙江是从迪庆州德钦县进入云南境内的。它来到这里，似乎是为了一个约会，怒江从青藏高原的唐古拉山南麓的吉热拍格出发，澜沧江从青海省玉树藏族自治州的杂多县吉富山出发，它们沿着青藏高原一路南下，进入横断山区，便被一座座高耸入云的雪山阻隔，各自寻找可以突围的路径，在震耳欲聋的涛声里彼此呼应着，艰难前行。在滇西北这片大山的阵营里，高黎贡山、碧罗雪山、梅里雪山、白茫雪山、玉龙雪山、哈巴雪山，如同一群操戈披甲的武士，与怒江、澜沧江、金沙江展开了一场山与水之间的战争。在这里，澜沧江与金沙江最短直线距离为66公里，澜沧江与怒江的最短直线距离不到19公里，浪花与岩石、涛声与森林，形成了亘古不息的较量。这便是滇西北地区"三江并流"的天地奇观，2003年7月"三江并流"被列入《世界遗产名录》。天地之间的聚会终将散去。金沙江从此将一路向东,挥别怒江和澜沧江,进入云南、四川、湖北,直至太平洋。然而,就在它挥别之前,依然对滇西北这片土地恋恋不舍。在这里,梅里雪山、白马雪山的阻挡,让金沙江成为一条弯弯曲曲的河流。在金沙江两岸,藏族、纳西族人生活在这里,一条被人们称为茶马古道的小路,也沿着金沙江边一次次试探,终于在这个叫做奔子栏的地方,渡过江去。其实,茶马古道在很久以前就已经存在了。在滇西的临沧、普洱、西双版纳、大理这一片被群山环抱而又气候湿润的大地上,数千年以来一直生长着茂密的茶树,云南盛产的茶叶,被马帮驮着,沿着崇山峻岭之间曲折的山路,走出大山,经过滇西重镇大理,途经丽江,向着雪域高原西藏,以及更加遥远的尼泊尔、印度,在铃声里一路远去。马帮所到之处,当他们行走,便是一路风雨一路民歌,当他们停下来时便在岁月里留下了一个又一个古老的驿站。茶马古道一路延伸,云南的江河便用奔腾的浪花来挽留。茶马古道一路向北,便遭遇了迎面而来的金沙江。奔子栏便是茶马古道与金沙江拥抱之后留下的一个古老的驿站。奔子栏在藏语里是"美丽的沙坝"的意思,金沙江沿着山势,在这里流成了一个美丽的"U"形,从这儿往西北行即可进入西藏,逆江北上,即是四川的德荣、巴塘;沿金沙江而下,就是维西、大理;往东南走,则是香格里拉县及丽江。千百年来,远途跋涉而来的马帮,在赶马人的歌声里来到江边的小镇上,一群又一群马匹暂时卸下茶叶、银器、丝绸等货物,在这里稍作休息。在这里,马匹在夜色里吃着草料,赶马人枕着金沙江的涛声收藏了一个短暂的浅梦。第二天,他们又会收拾好装好货物和简单的行李,在飞来寺僧侣们的诵经声里继续往来于江上,最后让他们的身影消失在群山巨大的阴影里,只留下一路的赶马调。

金沙江一路南下,在丽江的石鼓小镇转了一个弯,从此向东流去。这里,便被人们称为长江第一湾。"江流到此成逆转,奔入中原壮大观",这是一个极不寻常的转弯：从这里，金沙江与怒江、澜沧江分道扬镳，一路东去，从此成为长江的一部分。长江在中国南方一路流淌，孕育了辉煌灿烂的中国南方文明。在这个小镇上，金沙江水变得稍微缓慢了一些，给小镇留下了一片浅滩、柳林和大片的庄稼地。星罗棋布的村舍点缀在田野里，被桃花映衬着，被油菜花包围着，全然是一幅江南水粉画。金沙江在石鼓小镇稍作停留以后，便调头向东，向着玉龙雪山与哈巴雪山的夹缝里挤进去。两座高耸的雪山，南岸的玉龙雪山海拔5596米，临峡一侧山体陡峭，几乎是绝壁，无路可寻；北岸的哈巴雪山海拔5386米，两座雪山从山顶到江底的垂直高差达到3700多米，形成了幽深、狭窄的峡谷，只给金沙江留下数百十米的宽度，最窄的一处，两岸之间只有30米，中间有一块巨石岿然不动，传说中，老虎可以借助这块巨石，跳过江去。因此，这一段金沙江，便被称为虎跳峡。在这里，金沙江里满眼都是坚硬的礁石、坚硬的崖壁、坚硬的岩石，它们似乎早已结成了钢铁一样的阵地，把金沙江这个陌生的闯入者阻挡回去。山与水的战争，就这样开展了。面对这样的拒绝，金沙江在这里变成了狂躁的、愤怒的、勇猛的野兽，汹涌澎湃的江水用尽了它所有的力量，把这些礁石和两岸的悬崖拍击着、撕扯着、扭打着。与此同时，两座高山布下了石头的营垒，石头从两岸挤压，让江水无路远退，石头迎面阻挡，让江水浊浪滔天。在这里，高山紧缩形成的狭小空间里，江水冲击岩石产生的轰鸣声，掩盖了一切声响。心跳的声音、呼吸的声音、脚步的声音，这是距离我们每一个人最近的声音，然而，虎跳峡的洪流让它们在瞬间消失了，置身于震耳欲聋的水声里，我们只有倾听，别无选择。过了虎跳峡，金沙江的落差更加明显，在随处可见的乱石滩中，峡谷内出现了7处10米多高的跌坎，江水在瞬间跌坠，浪花四溅，水雾迷蒙，涛声如雷。山与水之间的战争，在这里让每一个人领略了什么叫做真正的惊心动魄。

金沙江流出了虎跳峡，山势渐低，群山环绕，在它们的中间形成了一个个大小不一的盆地，人们在这些盆地里生活、劳作、相爱、老去。金沙江继续流淌前行，两岸又是高耸的、炎热的群山。这些连绵不断的群山里，居住着彝族、傈僳族、傣族等古老的民族。在那些山林里、山谷中、山坡上，他们种植、放牧、狩猎，他们居守、迁徙、回归。在漫长的岁月里，太多的路被他们用一个又一个脚印踏出来，再被年复一年地生长的鲜花和野草覆盖。但是，无论岁月再漫长，他们的内心里同样也留下了太多的东西，比如毕摩经书、太阳历、火把节、创世纪、左脚舞以及隐藏在群山里的崖画。更远的时光，是更加幽暗的，当金沙江流淌到一个叫做元谋的地方的时候，那一片如今盛产蔬菜和水果的土地，早在一百七八十万年前就已经有人类居住了。放眼整个中国乃至亚洲，被我们称为"元谋人"的远古智人，都是独一无二的，这里，曾经是我们人类最早的故乡。金沙江到了水富县，便是它在云南省境内的最后一个驿站了。在这里，云南人、四川人往来穿梭，在风雨岁月里行走了千百年。在这里，金沙江的流淌，不再是涛声冷寂地拍打着两岸山崖的景象。金沙江下游巧家县有一个充满了诗意的地方叫做白鹤滩。金沙江在这个诗意的地方成为一汪碧水，映照着高远的天空，映照着连绵起伏的乌蒙山。一座现代化的水泥大坝拔地而起，一座水电站将会让金沙江成为水电能源的重要基地。其实，在云南，在金沙江上，也绝不仅仅只有白鹤滩电站。从金沙江进入云南以后，它就携带着滚滚江水从滇西北高原上一路奔涌而下，狭窄的水道，高悬的落差，让每一个湾滩都成了建设水电站的绝佳地带。随着国家经济实力的强盛与发展，金沙江上游先后规划和建设了上虎跳峡、两家人、梨园、阿海、金安桥、龙开口、鲁地拉、观音岩等"一库八级"电站，下游还有乌东德、溪洛渡、向家坝4座世界级电站。金沙江，既是云南的母亲河，同时也可是称之为电力之江。

作为万里长江第一港,水富是金沙江上的第一个码头。轮船的出现,让金沙江在水富的浪花具备了特别的意义。在汽笛声里,云南人顺流而下,经过宜宾、重庆、武汉、南京、上海,一个越来越广阔的世界,正在敞开胸怀来拥抱。云南通往世界的路,从水富开始,就得畅通起来。世界从水富开始,亲切地注视云南,倾听云南。

涛声里的金戈铁马

滇西北其实是一个不平静的地方。在许多人眼里,因为山重水复,这里往往会被当成了片人迹罕至的烟瘴之地,只有虎狼蛇蟒出没其中,而无笙舞弦歌隐约其间。是的,当人们把回顾的目光投向中原和江南,在黄河与长江的两岸,数千年以来,战争频繁,硝烟弥漫,刀来剑往,一个王朝被推翻,另一个王朝又粉墨登场,在旌旗与诏诰的掩蔽下,多少人成为英雄,多少人成为败寇,多少人的鲜血和生命,筑起了另一些人的名垂青史。而在滇西北的金沙江边,似乎一直都是那些涛声,那些群山和田畴。但是,这仅仅是一些陌生人对一个陌生地域的陌生判断。事实上,这里从来都在以它自己的方式,在几个相对固定的政治势力之间,演绎着你争我夺的征战与杀伐。早在西汉时期,汉武帝派遣张骞出使西域,在匈奴横亘在河套以西阻断西汉王朝与西域各国的联系的情况下,中原地区似乎已经失去了西向通道。但是,在西域,张骞在大夏国看到了从中国四川地区传出去的蜀布、邛竹杖。张骞因此判断,中国南方还有一条通往印度、波斯的路。于是,为了打通这条从南方通往西域的路,汉武帝便派军南下,然后向着西南地区的崇山峻岭进发。大汉王朝的势力抵达了云南,再没有西去,却拥有了一片新的领地。汉武帝元鼎六年(前111年),汉武帝设置越巂郡,该郡的范围大致在大致相当于今四川省凉山彝族自治州的大部分，乐山市和雅安市的西南部，攀枝花市，云南省丽江市，楚雄彝族自治州的一部分。金沙江边的这一方土地，便成为越嶲郡的一部分，被纳入了西汉帝国的版图。作为一个又一个王朝的边疆，金沙江的两岸，曾经在相当长的时间内，一直有着刀光剑影在时隐时现。

战争在很早以前就开始了。在金沙江边，向北，是庞大的中央王朝，向南，则是一个又一个大大小小的少数民族部落。地方与中央，驯服与对抗，如同潮水此消彼长。在诸葛亮写下的那篇著名的《出师表》里，他曾经写下"五月渡泸，深入不毛"的话。这里所说的"泸"，就是金沙江。在那个战火四起的三国时期，诸葛亮为了稳定蜀国的大后方，率领大军，分别从现在的四川西昌、宜宾、贵州毕节兵分三路，征讨云南地方少数民族势力。大军所向之处，金沙江首当其冲成为天堑，横亘在军队的进与退之间。一时之间，被金沙江环绕的云南北部战火四起，虽有彩云南现，密林遮掩，却无法挡住刀光剑影投射在云南大地上的印迹。在云南，诸葛亮麾下的蜀军手握刀枪剑戟，孟获的勇士身披藤甲重铠，展开了地方与中央的较量。将近两千年过去了，谁也无法看见当年的战争经历了怎样的冲锋与败退。但是，通过发黄的史籍里，我们依然可以看见，几次战役之后，"七擒孟获"成为一个歌颂战神诸葛亮神机妙算的美谈。金沙水拍，云崖耸峙，两岸众多以"诸葛"二字外加一些寨、坪、坡等山地特征的地名，滞留在了距离金沙江边不远的山水之间，见证了那场战争在漫长的岁月流逝之后的依稀记忆。

战争是让一个地方得以繁荣稳定的特殊方式。金沙江在云南北部的存在，似乎却又是一把开启群山之门的钥匙。在那个漫长的冷兵器时代，谁控制了金沙江边的那些渡口、驿站和关隘，谁就有了向着更加深远的地方渗透的优势。在滇西北，在长江第一湾石鼓，金沙江更是印证了这个规律。从隋唐时期开始，云南地方先后兴起了南诏、大理两个雄踞一方的政权。与此相对应的，还有北方雪域高原的吐蕃政权和东方不断更替的中原王朝。三者各自虎视眈眈，只要有一方力量减弱，便有另外二者结成联盟兵戎相见。这里的土地，见证了铁蹄、箭镞、刀剑的撞击与厮杀，见证了伤口、鲜血、死亡的呈现与隐没。在王朝更替的时候，这里成为疆场，承载两支军队的攻与守。也正是这样的特殊环境，各方政治势力彼此都不能以压倒性的优势取代对方，便只能借助金沙江边的本土势力彼此制衡。生活在这片土地上的纳西族人充分发挥了战略要地的特性，既在几个强大政权的夹缝里寻找自身的利益，更在左右逢源的战略中得到了锻炼，历代纳西族木氏土司因此而成为滇西北重要的地方势力，并且在兼容并蓄中造就了丰富多彩的纳西族文化。在很长的一段时间里，居住在金沙江边的纳西族，与洱海之滨的白族形成了水乳交融的亲密关系。而与此同时，相当一部分纳西族甚至是木氏土司，却又对从雪域高原流传下来的藏传佛教无限景仰。同时以"凤诏每来红日近，鹤书不到白云闲"的忠诚接受中原王朝的册封，承担起了为国家镇守边疆的重任。

在漫长的岁月里，这样的格局也曾经一度被打破。来自遥远的天边的某一支军队，一旦踏上这片陌生的土地，历史便会被改写。

由唐至宋，金沙江边相当大一片区域曾经长期作为南诏、大理政权的北方边界。无论是"唐标铁柱"的对抗，还是"宋挥玉斧"的冷静，金沙江流域及其南方的土地，始终在南诏、大理的事实管辖范围内。这时候，在石鼓这个号称长江第一湾的地方，吐蕃的势力与南诏、大理的势力在这片被金沙江涛声拍打着的土地上开展了漫长的拉锯战。这种情形，直到元朝时期才被改变。南宋的时候，蒙古人在北方草原兴起，并且逐渐统一了蒙古高原各部族。1206年，铁木真统一了大漠南北，建立了军事奴隶制的蒙古汗国，展开了它作为一个空前强大的帝国横扫亚欧大陆的征战与杀伐。1234年，蒙古灭金国之后，消灭南宋入主中原之事就被提到了日程上来。蒙古贵族采取先征服西南诸番，而后南北夹攻南宋的战略。为此，他们必须事先征服大理。1253年，蒙古大汗蒙哥派其弟忽必烈率领十万大军，分兵三路，直指云南。中路由忽必烈亲自率领，南下过大渡河，西向金沙江，进入丽江东部，再南攻大理。这一年9月，忽必烈率军到达金沙江西岸，命令将士杀死牛羊，塞其肛门，"令革囊以济"，做渡江之用。他们在石鼓镇一带长达数十里的江面上，分别从石鼓、奉科、巨甸等地渡江后入丽江。这就是昆明大观楼长联里"元跨革囊"典故在大地上的真实所在。在大兵压境的时候，丽江纳西族首领麦良显示了面对大势所趋时的智慧，选择了投降。金沙江的天堑并没有跟以往一样作为天然屏障，为了一个地方政权的苟延残喘而拼死挣扎，金沙江的滩涂也没有用血流成河的所谓悲壮去抵抗一支强大的铁骑和一个帝国的统一大业。麦良的开门迎降，加速了大理国的覆灭。元军渡过金沙江后一路所向披靡，大败大理守军，最后得以从云南一路东去，抄了南宋王朝的后路，直至把南宋的最后一个小皇帝逼到大海边，由老臣陆秀夫背着跳海自尽。

直到20世纪30年代，中国工农红军在中国大地上演绎的那场世所罕见的万里长征，再次把古老而宁静的石鼓小镇揽入改天换地的历史漩涡中。1936年由贺龙、任弼时、萧克等人率领的二、六军团，紧跟中央红军开始长征。在经历了国民党军队一路的追剿之后，这支红军从云南东北部艰难前行到了滇西北。一路上，他们一次次试图渡过金沙江，但是一直没有成功。于是，他们沿着金沙江逆流而上，沿途寻找渡江的机会。终于，他们兵分两路，分别从大理和丽江抵达石鼓这个兵家必争之地，4月25日，中国工农红军二、六军团在这里渡江北上抗日，石鼓镇因此成为红色中国著名的渡口。

忽必烈革囊渡江不仅仅是在石鼓古镇。在丽江北面，金沙江如同一条巨蟒钻进了群山，一路上形成了悬崖峭壁与深谷激流的映照与反衬。

江水的阻隔、群山的屏障，使得这里的地势异常险峻，一个城堡或者一个关隘，往往可以扼守数十里的疆域。宝山石头城便是这样的一个地方。在浪花四溅、峭壁四布的金沙江边，宝山石头城的出现是一个奇迹。从远处看，整座城都建在一块独立的蘑菇状的巨大岩石上，它的四壁非常陡峭，即使是猿猴也难以攀爬上来。然而就是在这样的条件下，这里的居民因地就势，在巨石的四周加筑了一圈五尺高的石墙，使石城更易防御和掩护，整个宝山石头城只有前后两道门可以出入，关上城门就成了万无一失的安全岛。早在唐朝的时候，纳西族的先民们从北方迁徙到这里，开始了他们在丽江这片宁静的土地上的生活。他们不畏艰险，运用当地现成的石头，修筑石级梯田，从峡谷深处层层修筑，直达距河谷两三千米的高坡。在石头城里，民居群落全部随岩就势，有的柱磉桌凳等均得用天生岩石稍加修琢而成，有的凿厨中巨石为灶，有的把庭院中的巨石凿成水缸，有的甚至将房中巨石修凿成石床，公元 1253 年，忽必烈南征大理国，中路军经四川过大渡河挥师南下，分别在金沙江的"木古渡"和"宝山"乘羊皮革囊和筏子横渡，从宝山渡过来的元军就驻扎在宝山石头城。在元代的时候，云南设立了中书省，这里便设立了宝山州府。到了清代，宝山州撤销了，这里便逐渐地由州不断地降格，最后成了一个自然村。如今，石头的屋子盛满了他们所有的日子，石头围成的庄稼，支撑着他们的饱暖；石头的床，使他们的梦想，在滇西北的深夜里，向着天堂展开。

玉壁金川纳西人

20 世纪 80 年代，著名人类学家费孝通曾经提出过"藏彝走廊"的概念。这个著名的人类学理论指出：在怒江、澜沧江、金沙江、雅砻江、大渡河、岷江六条大江流经的北自甘肃南部、青海东部，向南经过四川西部、西藏东南部，到云南西部以及缅甸、印度北部，是藏、羌、彝、白、纳西、傈僳、普米、怒、独龙、阿昌、景颇、拉祜、哈尼、基诺、佤、布朗、德昂、苗、瑶等数十个民族数千年以来繁衍生息和迁徙流动的一条大通道。在这片广阔的土地上，雪山、冰川、高原、盆地、河谷、森林、湖泊、江河遍布其中，并且纵跨寒带、温带、热带等几种气候，形成了人类生存与发展纷繁复杂的条件，造就了这一区域的生物多样化和民族多元化，因此，许多人不约而同地认为：藏彝走廊地区是我们这个地球上少有的生物资源的基因库，更是民族文化的基因库。自从有人类活动以来，藏彝走廊地区一直是各民族南来北往的大通道，他们沿着江河的流向，顺着山脉的走势，在漫长的历史长河中时而风起云涌，时而风吹云淡，不断流动、融合、变化，形成了千姿百态的民族生态群落。

　　金沙江边的丽江古城，便是藏彝走廊上的纳西族在遥远的岁月里建起来的一座流溢着古老而灿烂的民族文化神韵的高原城市。

　　伴随着从青藏高原一路南下金沙江的涛声，纳西族的祖先们逐水而来，最后在滇西北金沙江流域停下了继续前行的脚步，终于在这片川滇藏交界处的高原上栖息繁衍。如今的纳西族，分布在金沙江流域的云南丽江、迪庆、大理、怒江和四川盐源、木里以及西藏的芒康、察隅这一片广阔的区域里。纳西族与雪山、密林、滩涂、草地、山谷融为一体，以丽江为中心聚集区，向着四方扩散。虽然时光早已老去，他们的来时路已经成为一个个陌生的地理名词，但是，在纳西族古老的《神路图》里，我们依旧可以看到，在那段漫长而遥远的岁月里，正是那一个又一个陌生的地名，珍珠一样穿起了纳西族曾经从他们的发源地由北向南千里跋涉的身影。时到如今，在丽江，在金沙江边的那些古朴的纳西族村寨里，某个老人离开人世的时候，纳西族的东巴祭司往往会念起指路经，让逝者的灵魂在祭司的指引下，沿着祖先们当年一路迁徙的路，回到那个早已模糊了的起始地。

金沙江在丽江转了一个弯，折身东去，却把纳西族留在这片土地上。金沙江离开之前，在这里留下上太多让纳西族世代珍惜的东西。

玉龙雪山是纳西人的神山。纳西族的先辈们一路迁徙来到这里，便守着这座高达5596米、地球上纬度最低的雪山，与它魂梦相依，再也没有离开过。在纳西族的《创世纪》里，纳西人的始祖崇忍利恩先后娶了两位天女为妻，美丽的竖眼天女生下了动物生灵，贤惠的横眼天女生下了人类三兄弟。从此，人与自然便在玉龙雪山的怀抱里相亲相爱。相爱的人们，当他们幸福安康时，就把风调雨顺的祈祷献给玉龙雪山上的神灵。当他们爱情受挫，便相约到雪山脚下的蓝月谷、云杉坪，穿上最美的衣服，带上最好的食物，唱着情歌，无忧无虑地过上几天倾情相爱的日子，然后彼此殉情，不带一点遗憾地死去。

纳西族在金沙江流域生活的数千年时光里，形成了自己的宗教：东巴教。从事这种宗教祭祀活动的人，被称为东巴，他们所使用的经书，被称为东巴经。在金沙江流域的群山里，纳西族村寨散布在江边、林间、山谷、坡地。相对于中原和江南地区，这里的生活是平静的、安详的。在东巴的诵经声里，在东巴经卷上，一种原始宗教出现了。每一片土地上都有神灵生活着，每一种生灵都具备了神性，每一个山头都居住着神。数以万计的东巴经书，被纳西村寨里的东巴们祖辈相传，形成了浩如烟海的经书世界。在那个漫长的岁月里，东巴们所珍藏的东巴经书，究竟有多少，谁也没有统计过。直到1999年，丽江市东巴文化研究院出版了《纳西东巴古籍译注全集》100卷，遍及世界各地的东巴经书的海洋才向世人展露出冰山一角。如今，当我们把关注的目光投向世界各地，便发现，在美国、法国、英国、日本、瑞士等西方国家的图书馆里也珍藏着成千上万的东巴经书。与此同时，在金沙江流域的纳西族村寨，还有多少东巴经书，没有谁能够给出一个精准的答案。就是这样，纳西族把金沙江流域当成了他们在大地的图书馆，用年复一年的现实生活去创造一个民族的历史，收藏一个民族的文化。于是，在东巴经里，我们看到了纳西族对于天文、气象、时令、历法、地理、历史、风土、动物、植物、疾病、医药、金属、武器、农业、畜牧、狩猎、手工业、服饰、饮食起居、家庭形态、婚姻制度、宗教信仰，乃至绘画、音乐、舞蹈、杂剧等多么庞杂、多么丰富、多么深刻的想象、叙述、见解和判断。东巴教就是纳西族的灵魂里的金沙江，而那些用树皮制成的那一本本东巴经书，每一个象形文字，都是被时光的尘沙隐藏着的人类智慧的金子。

数千年前，纳西族的祖先们渡过金沙江，在玉龙雪山脚下放缓了脚步，他们围绕着雪山，在一个个水丰草茂的地方放牧、耕耘、打猎、放鹰、收成。于是，他们在距离雪山很近的地方，建起了一个个村落。随着村落渐渐在纳西人一代又一代的居守中渐渐变得庞大，街道、沟通、店铺、客舍都出现了。纳西人在雪山的注视下最初建成的城郭叫做白沙。后来，纳西人像一群玉龙雪山的孩子，在雪山的注视下慢慢地向着丽江盆地的南方迁移，在一个叫做束河的地方建起了他们新的城郭。这时候，茶马古道已经兴起，从南方远道而来的马帮在这里停下来，休整、饮食、交易、浅睡，然后离去。束河的石板路一天天被到来或者离去的马蹄踩得越来越光滑，束河也就成了茶马古道上一个重要的驿站。纳西族的商人们随着马帮远去，西藏、缅甸、尼泊尔、印度，都留下了从束河出发的纳西族商队的身影。沿着茶马古道，纳西人渐渐地成了一个经商民族，当白沙和束河也随着时光的流逝而渐渐老去，另一个城郭又产生了，那就是现在的丽江古城。

丽江古城是纳西民族在滇西北地域性政治格局中不断壮大起来的产物。在古城里，纳西族木氏土司建起了属于自己权力象征的府邸。在被徐霞客形容为"宫室之丽，拟于王者"的木府里，历代木氏土司一边在古城里与往来的客商做生意，一边平衡南诏、大理与吐蕃的南北冲突，一边接受中央王朝的诏令征讨各方，从而不断扩大自己的控制领域，形成了一个涵盖滇川藏交界地区的地方势力版图。当然，纳西民族在金沙江边上千年的繁衍与发展，绝不仅仅是放牧、狩猎、经商、杀伐，除了创造了象形文字和东巴经，纳西族还形成了自己在诗词歌赋里的精神世界。最初的，最遥远的，最闪耀的，是谁？历史告诉我们，纳西族的文人是一代又一代木氏土司，其中木泰、木公、木高、木青、木增、木靖六人成就最为卓著，被后人尊称为"木氏六公"。《明史·土司传》里说："云南诸土司，知诗书，好礼守义，以丽江木氏为首。"在木氏土司的激励下，生活在丽江古城里的纳西族民众里产生了一群文人，他们读书，写诗，画画，丽江古城因此也就有了"大砚"的别称。是的，丽江古城是一个非常特别的地方，在这里生活着的人们，除了红尘里的世俗生活，还特别注重对生活品位和生活情趣的追求。最纯净的雪山之水，流进丽江古城里，在纳西族用八百年的时光厮守的古城穿街过巷——清澈的水缓缓地流过，阳光下闪烁的波光，收藏了岸上飘飞的柳絮，收藏了马帮载着货物匆匆而过的身影，收藏了坐在低矮的店铺屋檐下恬淡的眼神，收藏了纳西族东巴祭司低回的诵经声。暮色渐浓的时候，丽江古城里水声渐淡，这座茶马古道上的小城，炊烟四起，歌声远溢，千年如一的安详，又呈现在了纳西族人梦境里。这样的生活，他们从遥远的岁月里一直延续着。

这种宁静的生活也曾经被打断过。1996年2月3日，一场罕见的大地震降临在丽江古城，试图冲断丽江古城从远古向着未来流淌的血脉。但是，纳西族作为"为大江大河吸干后不解渴者的后代，三袋炒面一口吞下不呛的后代，三根腿骨一口咬断牙不碎者的后代"，不仅很快地在废墟上建设了一个新的古城，还以1997年12月将丽江古城向联合国教科文组织成功申报了"世界文化遗产"；2003年6月，"三江并流"被评为"世界自然遗产"；同年9月，纳西族东巴古籍被入选《世界记忆遗产名录》。

如今，在丽江古城的生活，许多人用一个特别美好的词来加以形容：柔软时光。如今的丽江古城，每一天都用它的从容与恬淡，敞开怀抱去接纳来自天南海北的旅客。在滇西北的阳光里，丽江古城总是很温暖的，就像那些在古城里僻静的街道上，缓慢地行走着的纳西老人们沉静的目光。阳光从古城里曲曲折折的流水里反射到低矮的木质房屋的门面上，让那些鲜嫩的花朵，显露出高原地带特有的醇厚与纯朴。人们在迷宫一样的街道上慢慢地走着，那些陌生的面孔，闪动的目光里满是新奇的神色。窄窄的街道上，老人们夹杂在众多的行人起起落落的脚步声里，那背影呈现出来的拙朴的民族服装，充满了神话色彩的披星戴月的羊皮褂，藏青色的布帽子以及长长的飘带，吸引了关注的目光。从四面八方远道而来的游人，泡吧、晒太阳、发呆，把属于他们自己的时光和生命，托付给了丽江古城，迟迟不愿离去。终于，在无数次回首中离开了，马上又掐算着日子，在飞机、火车的行程上，向着丽江古城飞奔而来。丽江，又用它的柔软时光，给每一个人呈上一份梦里梦外的安详与宁静，茶一样清淡，阳光一样温暖。

远去的彝汉同辉

金沙江在中国西南地区的流淌，从横断山区到乌蒙山区，它的众多支流仿佛叶脉，深入到幽深的群山里，形成了一个形同榕树叶片一样的广阔区域。它横跨滇、川、黔三省，每一座极不起眼的山里，村寨星星点点散布其间，寨边苦荞地四面铺开，寨外马樱花怒放。这条古老的金沙江及其支流从西向东，弯弯曲曲地流淌着。而在这个流域的群山里，一个个古老的民族如同山间的繁花，在幽暗的时光里生生不息，其中，最具生命力的，便是与金沙江同样古老的民族：彝族。

金沙江从丽江继续流淌前行，两岸又是高耸的、炎热的金沙江河谷地区。生活在金沙江两岸的彝族人，用他们古老的历史见证了金沙江千年不息的流淌。彝族人就居住在金沙江边的群山里，凡是苦荞地铺开的山坡，都有彝族人在耕种、歌唱。凡是马缨花怒放的林间，都有彝族人的舞蹈、祈祷。传说中彝族人共同的老祖宗叫阿普笃慕，他的后代从洛尼山走向四面八方：老大慕雅枯和老二慕雅切率领武部落和乍部落向云南的西部、南部和中部发展；老三慕雅热和老四慕雅卧率领糯部落和恒部落沿着金沙江流域进发，逐渐到达现在的大、小凉山和四川南部；老五慕克克率领布部落在云南的东部、东北部，以及贵州的兴义、毕节一带发展；老六慕齐齐率领默部落则到广西的隆林一带发展——这便是彝族六祖分家的传说。六部在各地生根发芽，繁衍成今天居住在中国西南地区滇、川、黔、桂四省区的彝族。传说是遥远的，而稍微近一点的，便是彝族人建立的一个王国——南诏国。在距离金沙江不远的巍山县，曾经是彝族首领皮逻阁于公元738年建立的南诏国的都城。南诏国作为云南大地上崛起的第一个真正意义上的国家政权，它的势力重心主要集中在金沙江流域。这个国家凝聚了金沙江流域彝族各部落的力量，向四面八方宣示了一种政治力量的存在。随后，于公元937年在洱海水滨建立的大理国，同样是以金沙江流域作为它的政治力量的核心区域，彝族作为这个区域举足轻重的本土民族，为大理国数百年的存在提供了坚强的后盾，使得大理国成为与唐、宋两大王朝并存的政权，曾经辉煌一时。

　　云南在相当长的一段时间里，也曾经是一个多民族杂居的地方。但这种状态从明朝的"洪武调卫"开始，改变了：从明朝开始，云南成为一个汉民族占了大多数的地区。明朝开国皇帝朱元璋平定内地以后，先后五次遣使到元朝最后一块根据地云南，试图招降元梁王匝剌瓦尔密，均告失败。公元1381年，朱元璋派傅友德、蓝玉、沐英等人率军平定云南，明军出四川、过贵州，进云南，沿着曲靖、昆明、楚雄、大理、保山的路线，历时近一年半时间,云南梁王政权和大理段氏政权初步平定。

为了加强云南边疆稳定,朱元璋从洪武十五年(1382年)开始在昆明建云南左卫,到洪武二十九年(1396年)在金沙江边的永胜县设立澜沧卫,先后设置军事卫所40余个。平定云南的数十万明朝驻军以军事屯垦的方式,在东起贵州威宁,西南至腾冲,南抵越南屯守,营寨遍布云南各地关津要隘。与此同时,作为明王朝驻守云南的最高首领,云南世守黔宁王沐英为配合军屯的巩固与发展,在云南境内全力实施民屯制度,先后从江南地区迁移地主富户、旺族大姓、贫民罪犯等四五百万汉族民众,以民屯的形式,远赴云南,在遍及全省的各卫所附近,屯边垦殖。仅洪武二十二年(1389年),就有湖南、江西、湖北等地人民200余万迁入云南。三年后,又南京迁移30余万人开发云南。随着大量屯边民众一起进入云南的,还有一些商人,他们是因为云南丰富的盐矿资源而被招募随军抵达的。这些盐商进而在内地招募佃户,以商屯的形式在云南黑井、大姚、安宁、云龙等地冶盐、垦殖,一面补充了云南驻军的军费,另一方面也为内地提供了大量的盐源。在云南,在金沙江边,开始大量地出现了汉语、汉服、汉族的端午节、中秋节、重阳节。边疆稳定之后,这些遍布云南各地的汉族军民,把他们崇尚文化、知书识礼的古老传统也带到了云南这片繁花似锦的沃土之上。在元朝以前,只有靠近各路、府、州、县的白族和少部分彝族上层人士才不同程度地吸收汉文化。但是,从明朝开始,朱元璋便于洪武十五年(1382年)发出榜文,要求云南各地都与中原内地一样设置官方学校,优选本地有名望学识的文化人担任学官,大力培育地方读书人。永乐年间,云南各地普遍设立社学,各民族可以通过科举制度,到内地做官。洪武年间到云南屯边戍守的汉族军民的后代,从此又凭借着他们的聪明才智,进入内地,宦游四方,一个书香云南开始形成了。从此之后,金沙江的浪花,开始呈现诗词歌赋的韵味。

波光洗涤过的远途

作为云南境内极为重要的一道自然屏障,金沙江对于许多往来于云南与内地的人来说,具有双重意义——祖国内地进入云南主要有三个入口:一是从贵州经胜境关进入滇东曲靖抵达昆明;一是从四川宜宾经滇东北五尺道进入昭通抵达昆明;一是从滇西北的攀(攀枝花)西(西昌)大裂谷经永胜到大理。后二者都必须渡过金沙江。千百年来,很多人从金沙江上经过,有的人到了云南就停止了,有的人则继续前行,或者沿红河而下,从蒙自出境到越南;或者由大理经保山腾冲出境到缅甸,或者由丽江迪庆进藏区到印度。金沙江,总是万里旅途中的一个驿站,涛声远去的时候,人们身后从此就是关山重重,异乡漫漫。

从丽江往东、往南,沿着金沙江的流向,盆地越来越多,人烟也随之而越来越稠密。人类在大地上的行走,因为江水的阻隔,必然会有桥出现。在金沙江上,人们从很远的地方向着丽江走来,在一个叫梓里的地方,被迎面横亘的金沙江挡住了。清朝光绪二年(1876年),贵州提督蒋宗汉私人捐资10万银元开始在这里建桥,历时5年以后,桥建成了。于是,在这里,金沙江上有了一座桥:梓里桥。这是金沙江顺流而下的路上第一座古老的铁链桥。18根手工锻制的大铁链横跨在92米宽的江面上,悬系两岸,往来的人们,从此不用再悬挂在藤索上经历穿云破雾的危险,也不用再置身于渡船中经历惊涛骇浪的颠簸,更不用再身系羊皮革囊只身涉水而经历命悬一线的恐惧。从古至今,人们从成都、重庆、宜宾跋涉重重远山近水而来,在这里踏上桥头,他们的双脚平稳地踩在平整的桥板上,沐浴着江风,从从容容地走过江去,然后一步步走向丽江、大理、西藏、缅甸、印度。这座桥,因此而成就了它"万里长江第一桥"的古称,不是因为最宽，也不是因为最长，更不是因为最现代化，而是因为它最早解决了人们最迫切的难题。

从梓里铁链桥由南往北顺流而下，金沙江在一个叫做太极的村庄正式向着东方流去。太极这个地名，是因为金沙江在这里转弯，江水与四周的群山之间形成了一个彼此环抱的回环，酷似一个由山与水构成的太极图，山坡为阳，水湾为阴，互为依托。在这里，人们借着舟楫之便往来于江上。金沙江再往下流淌三四十公里，与一条南北方走向的峡谷形成了十字交叉，便在这里形成了一个渡口。由滇西北的攀（攀枝花）西（西昌）大裂谷经永胜渡金沙江到大理。从永胜县境内的金沙江边渡过去江，大理古国便隔江相望了。自古以来，人们或负担，或骑乘，或驱车，在江边停下来，一叶小木船，载着三五个人，在江水里行进。到了对岸，下船，上路，离开。江涛里，两岸都是在炎热的江风里疯狂地生长着的水稻。稻田里隐隐可见的小路，引导着一些人南来北往，出去，或者回来。因为古渡口就在江边，人们排开了太多的繁华与喧嚣，给它取了一个朴素的名字：金江古渡。它很早以前就存在着，当人们渐行渐远，也许有过回望，也许是沉默不语。伤感或者喜悦，转瞬之间就消失了，只有一川江水，曾经目睹过，听见过。这个金江古渡，我们如果从北方把视线投向南方，这里便只是一个遥远得难以抵达的僻壤幽渡，谁也不会想象出它太多的价值和意义来。但是如果从南往北，这里便是一个非常重要的地方。因为，在这里，在金沙江的南岸，便是大理古国的腹心地带，到大理古国的都城仅仅有100公里左右的路程。金沙江这道天堑便成为大理古国与历代中原王朝暗中博弈的"边关"重地。金沙江边军情一有风吹草动，都会让洱海边王城里锦衣玉食的那个人寝食难安。直到后来，元朝铁骑统一云南，把这片彩云之南的土地纳入中央版图，使云南成为大元帝国的一个省，至此，金沙江在这里的渡口，真正成为一个中央王朝内流河上的小点，它的河床不再是疆界，它的涛声也不再是号角。往来于金江渡口的人们，往往是为了他们各自生命里的奔波与忙碌。曾经的明朝状元杨慎在北京因为"议大礼"的事件触怒当朝皇帝，被流放云南，便在这里往返于江上，流连于云南山水间，发出的"古今多少事，都付笑谈中"的慨叹。如今，历史的尘烟早已散去，金沙江两岸已经成为世人向往的旅游胜地，只有距离金江古渡口不远的佛教圣地鸡足山上的佛像，年复一年地见证着人们在红尘俗世里从不停止的奔忙。

金沙江一直往东流去，从某种意义上说，它是从一片幽暗的群山往视野开阔的地方一路奔涌。在云南的东北部，乌蒙山成为一道关隘，如同沉重的大门，把云南屏蔽起来。金沙江在乌蒙山区的流淌，更是让那些进出云南的人面临难以想象的艰险。再艰难，也会有路翻山越岭、渡江涉滩而来。大秦帝国初步实现了全国大一统，一条狭窄的道路便从乌蒙山外面向着云南境内延伸进来。这条道路，以石板、石块、石门等方式，在云南的大地上弯弯曲曲地前行，一路上的山梁、村庄、田野、丛林，都被这条路穿起来，如同时光里的珍珠，虽然一次次更换名称，但从来没有消失过。这条路，与秦帝国"车同轨"的革命同步，始终保持着五尺的宽度，云南人都称之为"五尺道"。在乌蒙山里，金沙江与五尺道展开了一场岁月之战。金沙江借助乌蒙山的峰峦叠嶂阻拦再阻拦，五尺道借助人的脚步突破再突破。这条路支撑着那些脚步，在风霜与星月的陪伴下，进入云南之后便向着四面八方延伸。那些秦人、汉人、唐人、宋人，草鞋布衣，骡马舟车，千百年来步步向前。金沙江出了云南，便一路远去，向着遥远的东方，以长江的名义抵达大海。那些消消长长的浪花，还会记住群山之中的云南吗？

（原载《十月》杂志 2020 年第 1 期）

一千个祝愿,飞向"金银潭"

汪 渔

"幺儿"——

当匡振彬在这两个字后面打上"冒号"后,心里想说的话就"咕嘟咕嘟"一串串冒了出来。

60岁的他"老花眼"严重,端过枪的手使用微信打字已经非常吃力。女儿说,爸爸你发语音或者打电话吧。但是,他坚持认为,只有文字才显得庄重与正式。

春节以来,他每天就做两件事:看新闻、给女儿发微信。每当他看到"金银潭医院"几个字时,神情就高度紧张。

一

2020年1月24日,农历大年三十。

匡振彬看完新闻,得知重庆144名医护人员即将驰援湖北孝感,就急切地问女儿：名单上有你的名字吗？

女儿在重庆大学附属肿瘤医院放疗科工作，担任医院放疗科病区护士长，是肿瘤专科护士、ICU专科护士。

女儿理解父亲的心思。在军人出身的匡振彬眼里，"大战"当前，只有最优秀的战士才配得上做先锋。

然而，首批人员名单里，并没有"匡雅娟"三个字。

1月25日，匡雅娟得到通知：立即准备，驰援武汉金银潭医院。

这本是匡振彬希望的信息，但他突然紧张起来。他知道，金银潭医院是武汉最早集中收治不明肺炎患者的医院，是这场全民抗"疫"之战最早打响的地方，也可能是感染风险系数最高之地。

辗转难安，匡振彬一口气给女儿发出了数百字的微信：

——幺儿（重庆人对子女的爱称）：爸爸在家为你祈祷，平安，顺利，凯旋，成功……

——幺儿：你前去武汉抗击新型冠状病毒肺炎疫情，这是一场战斗，是为战胜疫情做贡献，你要努力工作。

——幺儿：爸爸愿你远征平安，希望你按照武汉医院的要求和程序，严格要求自己，千万预防感染。

——幺儿：你要注意休息，身体健康才有免疫力和旺盛的精力投入紧张的工作……

二

匡雅娟告诉父亲，自己被分配在"外围"上班。

匡振彬急了，大老远跑过去，怎么能在"外围"呢，你要争取到里面去。

她所在的综合一科，主要负责确诊患者的护理和防护物品的清洁工作。理想的工作目标就是一个：确保不往重症病房转移病人。

她们每天的日程，早晨6:30起床，7点早餐，20分钟后到达医院。

接着，花去整整半个小时穿戴防护用品。接触病人要求三级防护，由内到外洗手衣、防护衣、隔离衣，穿上靴套、戴上双层橡胶手套、帽子、口罩、眼罩，等等。

此后，穿过内走廊、缓冲间，层层"突破"，进入病房。

将重点特殊事项标注在黑板上，然后依次完成治疗工作，输液、打针、喂药、测体温血压血糖，完成临时或者紧急医嘱……

完成出入院病人床位准备，更换床单、被套，全方位地清洁消毒……

完成两次病区消毒，病人的床栏、床头柜、椅子、地面、窗户、走廊……

普通、简单、琐碎，然而非常吃力。

在层层防护下，同事、护患间的交流必须大声喊叫、不断重复确认、外加手脚比画；由于戴了双层橡胶手套，对血管的深浅、弹性状况判断不准确，输液、采血等操作难度大大增加；由于病房设置的特殊性及防护装备透气性差，口罩被浸湿、面屏充满水雾模糊不清。

一天下来，鞋底都被汗湿透了，衣服湿了又干，干了又湿，脱下防护设备，同事互相笑称"老虎脸"：护目镜、口罩等在脸上留下深深的勒痕，鼻梁、面颊被压红压伤，就像脸上被刻了只老虎，只差额头印个"王"字。匡雅娟在日记中描述：耳后勒痕深深，耳朵就像被月亮割了——小时候大人总说指了月亮会被割耳朵，可能就是这个样子吧。

下班之后，终于有时间向父亲解释何为"外围"了。

手机打开，又是一段段"幺儿"先跳出屏幕：

幺儿：在保护好自己安全的前提下，应当事事冲在前面，为武汉的防控阻击战做出贡献。

幺儿：你要圆满完成这次战"疫"任务，保重身体，平安归来！

匡雅娟向父亲解释：由于传染病房的特殊性，工作区域分为清洁区、半污染区和污染区，各区间设有缓冲地带，不能走回头路。护理工作也根据区域进行划分，主要分为两个板块，外围护士直接接触患者，为患者提供治疗，里面的护士主要负责准备工作。自己在"外围"，那里也是真正的"火线"。

三

匡雅娟告诉父亲，自己遇上了一名特殊的患者。

他拒绝问话、拒绝吸氧、拒绝测血压、拒绝翻身检查皮肤……对一切都极不耐烦，多问两句他就侧身假装睡觉。

然而这名患者呼吸急促、头面部微汗，必须赶快测量生命体征了解缺氧情况。几个人不断用普通话哄劝，他反而凶巴巴吼道：你们真烦！

匡雅娟干脆拿重庆话"怼"他。没想到患者对重庆话很敏感，半推半就配合起治疗来。匡雅娟趁势要他吃饭，但他说心里难受，吃不下饭。

由于患者喘累、乏力，匡雅娟为他准备了轮椅和氧气袋，推着他去检查，路上要经过一段长斜坡，由于他身高一米八以上，匡雅娟累得出了汗，面屏内满是雾气。

这时候，这位轮椅上的患者突然指着匡雅娟身上的一行字笑了，竖起大拇指，大声地说了句"谢谢你！"

原来，在厚厚的防护服下，医护人员全副武装，患者看不到亲切的笑容、听不见柔和的细语，无形之中，有了障碍。匡雅娟她们为此想了一个办法。每天穿好防护服后，相互在衣服上画画写字。因为是鼠年，画是米老鼠，字是现场发挥的，诸如"加油加油""请放松""你很棒"。

匡雅娟今天穿着的字，恰好是"其实我很瘦！！！"

患者会意一笑，随即说起心事：自己是武汉江岸区人，家里一儿两女，1月14号开始生病，转诊三家医院，生病期间子女没来看望，心里十分难受，已经好几天没吃下饭……

回到病房，匡雅娟告诉他：我推不动你，下回检查得自己走着去，所以你必须吃饭。

这样，患者顺从地端起了盒饭。

这天，匡振彬给女儿发了长长的微信，中心意思只有一个——

  幺儿：爸爸认为你很优秀。作为一个几十年党龄的老党员，我期盼你能火线入党。

四

2月2日，是匡家父女对话心情最为愉悦的一次。

这一天，武汉市金银潭医院有三十七名确诊新型冠状病毒感染肺炎患者出院。

这是疫情发生以来，截至当天，该院出院人数最多的一天。出院病人年龄最大者八十八岁，也是该院出院患者中年龄最大的一人。

匡雅娟问父亲：女儿有贡献没？

匡振彬发了个"点赞"的表情。

女儿截了图，证明刚刚有个叫"礼敬"的人，申请添加她的微信。

这个"礼敬",就是她在金银潭医院看护过的首位出院病人。

他一走出医院,第一件事,就是添加匡雅娟的微信。

匡雅娟还说,她们在"火线"有不少小发明。比如,防护服没有口袋,护理工作需要记录,要携带小物品如笔、记录本、剪刀、胶布……姐妹们利用休息时间,用一次性治疗巾自制了小布袋。

2月5日,匡雅娟引用了一首诗,在微信里表达自己的心情:

那双手绝对不会把春天剪坏
手术刀灵巧
一剪下去就是一个口罩
护目镜。防护服。防护罩
一剪下去就是一朵桃花
一个春天……

匡振彬回复:"幺儿!爸爸有一千个祝愿,飞向你,飞向金银潭医院!"

(原载2020年2月8日《人民日报》)

外婆家

盛 慧

外公退休之后，经同事介绍去了一个叫溧阳的县城，他摇身一变，从退休教师，变成了农贸市场的收税员。外婆也跟着去了，起初只是帮外公做饭洗衣裳，后来，帮人带起了孩子，开始是一个，最后变成了三个。说来也怪，她带的小孩，特别乖，每次他们吵闹的时候，她就唱《赞美诗》，慢慢地，孩子就停止了吵闹，像投降一样，举着两个小小的拳头，睡着了。

村里人都很羡慕他们，因为，他们天天呆在城里，过着城里人的生活，呼吸着城里的空气，算是半个城里人了。当然，这只是表面风光，他们的日子过得紧紧巴巴。

城里和乡下有很大的不同，到处都要花钱。租房子要花钱，买菜要花钱，烧煤球要花钱，点灯要花钱，用水都要花钱，上个公厕也要花钱。要是一不小心，吃错了东西，拉起了肚子，就得不停地往公厕跑，那钱就像水一样哗哗地流走了。

让外婆生气的是，外公开销很大，他从来不在家里吃早餐，一天要抽两包烟,喝两顿酒。喝酒就要下酒菜,前半个月,刚发工资,他会买一点卤菜下酒,半斤牛肉或者四分之一只咸水鸭,到了后半个月,钱包变得像鱼干一样瘪,只能买几块豆腐干下酒,实在没钱的时候,就只能用一块红豆腐下酒了。

收入不多,开销又大,一个月到头,剩不了多少钱,有时候只能剩下一把可怜的硬币。幸好,米缸里还有小半缸米,吃饭是不成问题的。

他们之所以缺钱,最主要还是因为舅舅。舅舅很孝顺,经常去"看"他们,他很会挑时间,总是上半个月去。偶尔,会带些米或者鸡蛋,大部分的时候,他总是两手空空。和别的母亲不同,每次看到舅舅,外婆就显得格外慌张,心怦怦直跳,她知道,讨债的又来了。

村里的男人都好赌,舅舅更甚。对于他来说,赌钱是这个世界上最重要的事情了。

那时候,乡下兴起了修新屋的热潮,村里的大部分男人,都当起了泥瓦工。他们白天忙着帮人家盖房子,到了晚上,一个个累得像狗一样,可只要一说到赌钱,立马来了精神。舅舅一点也瞧不上他们,笑他们从鸡叫做到鬼叫。他有一种天然优越感。这种优越感,并非空穴来风,而是因为他在外面有一些"关系"。他一天到晚都想着做成一单大生意,比如倒卖钢材、煤炭、汽油之类的,只要弄一张条子,赚到白市与黑市之间的差价,就能舒舒服服过上一辈子了。

因为有远大的理想,舅舅的日子过得很逍遥。对他来说,上午的时间总是过得很快,因为,他总要到吃午饭的时候,才很不情愿地起床,不是他不想再睡,而是因为肚子里敲起了锣打起了鼓。下午无所事事,时间格外漫长,他有时候会去镇上打几个电话联系一下业务,更多的时候,他嘴里叼着一根稻草,在村子里转悠,好像在找自己的魂一样。他总盼望着天早一点黑下来。

等到吃过晚饭,美好的时刻来临了。他飞快地吃完饭,朝陈寡妇家走去。赌钱的地方,就是陈寡妇家的阁楼上,她是孤寡老人,无儿无女,没有任何收入,只靠收一点抽水钱过日子。在旧社会,她家就是开赌馆的,所以服务相当周到,不仅供应茶水,还供应夜宵,有时是大排面,有时是汤圆,有时候是炒螺蛳。

因为怕联防队来抓赌,陈寡妇就锁了门,坐在巷口放风。打牌的时候,气氛是十分紧张的,他们跟平时判若两人,眼珠突出,紧紧盯着桌子上的牌,一个个凶神恶煞,好像要吃人的样子。他们绞尽脑汁,都想把别人口袋里的钱,变成自己的钱。他们不停地抽烟,赢了钱,不能沾沾自喜,只能抽支烟暗暗庆祝一下,输了钱,更要抽支烟,缓解一下心中的郁闷,让自己打起精神来。不一会儿,阁楼里便烟雾缭绕,像一座土地庙了。

女人们不放心,把孩子哄睡之后,总会去探一下班。舅妈是个例外,她从来不去,因为她对舅舅充满信心,等到她第二天醒过来,舅舅就会像变戏法一样带着钱回来。她拿了钱,提着篮子到镇上割肉。她总觉得,打牌赢来的钱,就好像是天上掉下来,好像是地上捡到的,花掉了,明天会还有,所以花起来特别舒坦,也特别大方,一点也不觉得心疼。

其实,舅妈一直被蒙在鼓里,舅舅不可能天天赢钱,恰恰相反,绝大部分时候,他都是输钱的。他知道,舅妈视钱如命,如果知道他输了钱,肯定不让他再去。于是,每次输了钱,他又厚着脸皮把钱借回来。时间一长,欠的钱越来越多,别人就不肯再借了。他就只好去向外公和外婆求助了。

当然,要钱是需要一些技巧的。他从来不说是去还赌债,而是说要去外地谈一笔大业务,如果谈成了,就能挣一大笔钱,一下子就能成为村里的首富。现在,只需要一点点盘缠。他每次都说得天花乱坠,让外公不由自主地把手伸向了钱包,好像不给他钱,就挡住了他的财路,是一种罪过。

舅舅的胃口越来越大,外公和外婆的手头也越来越紧,有时候入不敷出，连房租也要拖欠，人一欠钱，脸皮就薄了，见到房东都要躲着走，好像做了亏心事一样。每次撕日历的时候，外婆都要叹一口长气，因为发工资的时间还遥不可及。她觉得这样下去不是办法，想找一条生财之路。

有一次，她捡到一块废铁，卖给了收废品的男人。那个男人眉心有颗大黑痣，看起来很老实。她趁机向他倒了一肚子苦水。男人笑着说："老太，你可以去服装批发市场捡纸皮啊？"外婆一听，连忙摇头："那我不成捡垃圾的了？""捡纸皮和捡垃圾可不是一回事，纸皮很干净的，"男人接着说，"捡纸皮就相当于捡钱，一年下来捡三五千块一点问题都没有。"

男人走后，外婆开始算账。外公每个月的退休工资是 120 块，收税每个月 70 块，她带小孩，每个月 90 块，加起来一年才 3000 出头，捡个纸皮，就可以让收入翻一番。外婆心动了。

第二天，她便在服装批发市场捡起了纸皮，顺便也捡塑料瓶子和废铜烂铁。刚开始，她很不好意思，总觉得大家在她背后指指点点，脸上火辣辣的。时间一长，脸皮就变厚了，她想，反正这个县城里也没人认识她。再后来，她发现捡纸皮其实是一件能让人着迷的事情，相比于带孩子，既轻松，又自由，更重要的挣钱多。都说，行行有门道。为了多挣点钱，外婆也有一些绝招，比如，在纸皮里包一些石头，比如，把浸湿的纸皮包在里面等等。

外公有洁癖，他的衣服总是很干净，即使是下雨天，裤子上也没有一个泥点。每天睡觉前，脱下来的衣服，都会叠得像豆腐一样四四方方。外婆则是大大咧咧的，从来没有收拾屋子的习惯，总觉得乱糟糟的才像个家，家里太干净了，她还觉得不适应呢。

她每天都将纸皮捡回家，房子本来就不大，用不了十天八天，就堆得满满当当，桌子下、床底下全都是。生活在巨大的垃圾堆里，对外公是一种折磨，他觉得整个人像易拉罐一样被压扁了，连呼吸都不通畅，而外婆呢，整天乐滋滋的，像地主看着囤满的粮仓。

收废品的男人好像摸到了规律，每隔十天就会来一次。这是外婆最开心的时刻。卖完纸皮，房子立刻就空了，外公的心情变得舒畅起来，可外婆的心里却总是空空荡荡。

凡事皆有乐趣，捡纸皮也不例外，总有意想不到的惊喜发生。外婆听说，有人捡到过钞票，有人捡到过金戒指，有人捡到古董，还有人捡到过一个孩子，还是个男孩呢……只是，这样的好运气，她还从来没有碰到过。

一天下午，外婆像往常一样睡完午觉，吃了几口西瓜，便拉着小拖车往服装批发市场走去。她上午去一趟，下午去一趟，像上班一样准时。市场里的人都喜欢她，因为她很大方，每次卖了纸皮，都会买一些糖果，到批发市场散一散。那些商家就把纸皮留着，等她来取。因此，她每一趟都收获满满。小拖车咯吱咯吱地响着，唱着欢快的歌。

市场门口有个垃圾桶，每次经过时，她都要盘查一番。这一天，她像往常一样，用随身携带的铁钩在里面搜查了一番。突然，钩子动不了了，好像钓了一条几十斤的大鱼。她迫不及待地清理旁边的垃圾，才发现钩住的是一个黑色的袋子。袋子很沉，她心中一喜，以为里面是一块铁，打开一看，几乎要晕眩过去了，忍不住叫了一声："我的天啊！"那一刻，她突然觉得呼吸有些困难，谢天谢地，老天终于开眼了，她终于等到了这一天。

她怕引起别人的注意，不敢多看一眼，忙将袋子装进了拖车，折身往出租屋走去。她走得很快，像急着回家下蛋的母鸡。一路上，她一直咬着嘴唇，怕一松开，就会笑出声来。看到有壮汉从身边经过，立刻变得慌张起来，心怦怦直跳，好像怕遭人打劫一样。她小心打量着路上的每一个人，突然觉得全世界都是坏人，那些恶狠狠的人自然不用说，那些笑眯眯的，她觉得他们很阴险，别人企图……

回到出租屋，她的心跳得更快了，她将门反锁，拉上窗帘。透过窗帘的缝隙,朝外面看,看了许久,确定没有人跟踪,才拍拍胸口,喝了一口水。她的身体因兴奋而不停地战栗着,手更是抖得厉害。袋子一打开,房间里瞬间变得明亮起来,里面全是钱,不是一般的钱,而是银元,白花花的银元,上面印着袁世凯的头像,两撇胡子高高翘起,要多神气就有多神气。

她开始数,前后数了五遍,才数清楚,居然有三百块之多。她又用手指捏住银元中间,朝银元吹了口气,那银元就好像怕痒似的,发出一阵悠长而清亮的笑声。她一块一块地吹,发现每一块都是怕痒的。她捧着这些银元,眼泪都要流出来了。她不敢相信这是真的。她捏了一下自己的大腿,确信自己不是在做梦。

她有些不知所措,她想,银元的主人是谁呢?这么多银元,怎么会在垃圾桶呢?怎么才能将银元换成钞票呢?她想来想去,却没有一点头绪。她在屋子里走过来走过去,像一只鸟,一不小心飞进了房子,拼命扑打翅膀寻找出口。

傍晚时分,灰扑扑的光线徐徐降落,屋子里的一切,已经变得模糊不清了。她像醉酒者一样,深深地沉迷在突如其来的欢乐之中,连灯都忘记了开。很多时候,她做梦的时候,都会梦到在垃圾桶里捡到一皮箱钱。没想到,这个梦真的实现了。她忘记了时间的流逝,也忘记了饥饿。

楼道里响起脚步声。外公回来了,他手里拎着半斤豆腐干。他打开门,发现她还没做晚饭,脸立刻黑了下来。他也不吭声,在椅子上坐下,打开收音机,给自己倒了杯烧酒,慢慢悠悠地喝了起来。

外婆刚想开口说话,又忍不住,捂着嘴大笑起来。外公看到她的样子有些疯疯癫癫,便骂道:"你喝了疯婆子的尿了吗?"夫妻在一起时间久了,说话也会有套路。如果是平时,外婆会立刻回他一句:"你吃了狠人的屎了吗?"可这会儿,她一点也不生气,她没头没脑地说了一句:"老头子,我们明天回趟家吧。"外公听了满头雾水,低下头,继续喝酒。这时,外婆从口袋里摸出一枚银元,轻轻搁在桌子上。外公拿起来,朝它吹了口气,放在耳边,闭上眼睛听。他也听到一阵清脆的颤音。外婆一声也不敢出,盯着他的嘴唇。外公没说话,放下银元,夹起一块豆腐干,轻轻咬掉了一个角。外婆性子急,忍不住问:"真的,还是假的?"外公拿起杯子,喝了一口酒,很是随意地说:"好像是真的?"外婆一听,立刻像蚂蚱一样跳起来,从床底下拎出一袋银元,重重地扔到了桌子,用一种陌生而又沙哑的声音说:"老头子,我们发财了。"她关掉了收音机,将事情的经过一一道来。外公一边喝酒,一边听着,末了,不冷不淡说了一句:"世间路上哪有这么好的事?"外婆没把他的话当回事,她得意地说:"还不是因为我平时好事做得多?"突然,她又好像想起了什么说:"你慢慢喝,我去买点牛肉回来。"说完,趿着拖鞋出了门,拖鞋并不是一对,一只红的,另一只黑的。

那天晚上,外婆没有睡好,像油锅里的一条煎鱼,在床上翻来覆去。第二天,她起得比平时晚,虽然没睡好,但气色还不错。出了门,她觉得自己好像变了一个人,腰板比平时直了许多,说话的声音也大了许多。她没有在家做早餐,而是大摇大摆地走进小吃店,要了一碗小馄饨,一根油条,付钱的时候,闻到煤炉上茶叶蛋的清香,又要了一只茶叶蛋。花钱的时候,她一点也不肉痛,只是吃得太饱,一个劲地打嗝。

几天之后,舅舅来了,舅妈也跟着来了。外婆见了,很不高兴,她心想,一个人来就好了,两个人来就要买两张车票,她心疼钱。不过,转念一想,她现在是有钱人了,不应该这样计较。

外婆迫不及待地取出银元,舅舅和舅妈看后,脸上堆满了泡沫般的笑,左一句恩娘,右一句恩娘,叫得亲热,听得肉麻。尤其是舅妈,像换了个人一样,净说好话,她说出的好话,可以塞满整间屋子了。

他们开始讨论如何处理这些银元。舅舅说:"我听说,最近乡下有人专门在收银元，一块银元可以卖到 120 块。"外婆一听，好像不相信自己的耳朵，问："这么贵？那不是有 36000 块？"她和外公不吃不喝，十年也挣不到这钱啊。说来也怪，外婆一心想着换钱，可真要换时，她又有点舍不得了，捧起一把银元，放在鼻子下面，闻了又闻。舅舅接着说："现在卖是最好的价钱，去年只能卖到 100 块。我听说，过段时间恐怕就要跌价了。"说完，他朝舅妈使了个眼神。舅妈便说："前几年，有一个老太太，瞒着儿子，拿了金手镯去换钱，被人弄死了。"外婆一听，吓得脸色煞白。她好像猜到了外婆的心思，顿了顿又说："你放心，卖了之后，钱全部给你，我们一分都不要。"外婆终于下定了决心。她只留下了两块，其他的全部给了舅舅。舅舅和舅妈连饭都没来得及吃，拿了银元，回乡下去了。

那几日，她总是神情恍惚，觉得心里空空荡荡。又等了一些时日，她终于忍不住了，回了趟乡下。

舅舅和舅妈都在家，还没等她开口，舅舅黑着脸说："你那些银元全是假的，一分钱也不值。"外婆愣了半天，觉得双脚发软，连站的力气都没有了。她沉默了好一会儿，才说："我觉得是真的，因为上面的人很像袁世凯。"舅舅便反问道："你见过袁世凯吗？"她还不甘心，轻声问："一块真的都没有？"舅舅凶巴巴地说："人家骂我们想钱想疯了。"舅妈在旁边阴阳怪气地说："垃圾堆里捡回来的，能有什么好东西？"外婆又问："银元呢？"舅舅一脸不耐烦地说："扔到河里去了。"

一夜暴富的梦想就这样破灭了，外婆又从天堂跌落到了人间。她连夜赶回到了城里，她必须继续捡纸皮，只有这样，才能给舅舅支付赌债。一路上，她觉得身体很轻，像一片羽毛，飘浮在半空。下车的时候，她觉得眼睛冰凉，抹了抹眼睛，不知何时，眼睛竟然湿了。那两个银元，她一直放在皮夹子里，舍不得丢掉。没事的时候，她还会拿出来吹一吹，然后发出一声长长叹息。

舅舅的业务差一点就成功了。那一年秋天，我去舅舅家玩，看到舅妈一个人在地里割稻。一见到我，她就笑了，笑得连眼睛都看不到。我问她："舅舅去哪里了？"她压低了声音，神秘兮兮地说："去省城了，这次有一笔大业务，谈成了，可以搞到10万块。"说到10万块的时候，她加重了语气。我附和道："这么多钱，那你们就真的发财了，是镇上最有钱的人啦。"她一脸陶醉地说："我算过了，只要有5万块，一辈子就不愁吃喝了，10万块，可以够花两辈子了。"她顿了顿，又说，"你要好好读书，到时，我来供你。"我一听，心头暖暖的，想着可以沾点光了。可惜，这笔业务最后还是没有谈成，舅舅垂头丧气地回来了。

那一年的冬天格外漫长，刚进入春天，就下了一场雪。天气冷了又热，热了又凉，反复无常，人经不起折磨，容易生病。一天傍晚，舅舅从镇上回来，刚走在大门口，突然晕倒了，他的头撞到了门，发出咣当一声巨响。正在厨房做晚饭的舅妈跑出来，见到倒在地上的舅舅，脸色白得像米粉一样，尖叫了一声，冲上前去喊他。他一点反应都没有。她不知所措，一个劲地哭："我的青天啊，我的青天啊……"围观的人越来越多，陈寡妇见多识广，她一脸镇定地说："人还没死，你哭什么，赶紧掐他的人中。"舅妈便掐他的人中，一次比一次重，终于，他的眼睛缓缓睁开了。送到医院后，医生也没说是什么病，只开了几帖中药就回来。那段时间，屋子里到处弥漫着苦涩的中药味。舅舅这一病就是半个月。都说生病是死亡的练习，人一生病，就会对这个世界产生一种厌倦的情绪，原本觉得极其重要的，也看淡了。舅舅浑身乏力，在病床上躺了半个月，做出了一个重要的决定——不再赌钱。当他跟舅妈说出这个想法时，舅妈的脸色突然一沉，反问道："不赌？你靠什么养家？"几天之后，舅舅又回到了赌桌旁。

一夜暴富的梦着实令人着迷，舅舅始终没有放弃他的业务。到了油菜花开的时节，他又去了一趟省城，和以前一样，业务还是没有谈成。回到家的时候，天已黑透，他没来得及吃饭，就像和老相好约会一样，迫不及待就上了赌桌。

当他像外星人一样出现在陈寡妇家的时候，大家都感到惊奇，赌局已经开始，没有他的位置，他好说歹说，也没人让位。他也不回家，就在旁边看着别人打。后来，有个人起身去撒尿，他就代他打，那人解完手回来，他死活也不肯让位。他带着求饶的口气说："几天不打，手痒了，今天，如果赢了，我们一人一半，如果输了，全包在我身上。"这样的好事，谁也不会拒绝。

说来也怪，那天，舅舅的手气出奇地好，他这辈子没赢过那么多钱。时间很快就到了三点钟，公鸡打鸣了，本应该收档了，舅舅兴致很高，还不肯罢休，他说："你们输这么点钱，就怕我了吗？"大家只好硬着头皮陪他玩。

到五点多的时候，村子时突然响起一阵尖叫声。舅舅出事了。他像被闪电击中了一样，身子一歪，钻到了桌子底下，纸牌紧紧捏在手中。

舅舅被送到了县城的医院，又转到了市里的医院，最后，带着一张病危通知书回来了。他已经瘦得没有了人形，衣服穿在他身上，像稻草人一样，两只脚像两根甘蔗，完全不能支撑起自己的身体。

几天之后，下了一场大雨。屋子里，弥漫着热乎乎的尘土味，舅舅的呻吟声，被雨声掩盖……傍晚时分，雨停了，暴雨啄穿了乌云厚厚的屋顶，天色明亮，宛若清晨。舅舅用尽所有的力气，举起手，企图抓住这光亮，枯枝般的手在空中停留了几秒，又骤然落下。他跌入了永恒的黑暗之中。

（原载《湖南文学》2020年第2期，收入《外婆家》，
盛慧著，人民文学出版社2020年1月版）

盐的味道

李贵明

"不吃盐巴活不了命，不唱古歌不明事理"，是一句傈僳族谚语。盐犹如人类的血，生而必需。无论达官贵人还是市井流氓，无论王侯将相抑或在野诸侯，无论静修深山还是浮游尘世，无论愤世嫉俗还是超尘脱世，但凡只要是人，要活着，都离不开盐。也许一日三餐可以少了美酒佳肴，可一旦缺了盐，即便山珍海味也会索然寡淡。你可以视金钱如粪土，但永远无法忽视盐的存在。关于人与盐的关系，表面看起来似乎只是吃与被吃的关系。但要命的是盐这种看起来普通的东西，一旦离它十天半月，人们便会浑身无力，乃至身体变异，重至危及生命。不只是人，那些奔命于长山大野的牲畜若想要长得强壮一些，也得定期尝一尝盐的味道。也就是说，离了它不行。更要命的是，盐这种人类无法缺少的东西，不像诸如牛马猪羊、稻谷玉米、荞麦青菜、大豆高粱等等生长在大地表面供人活命的食材。盐的外形有时候是石头，有时候是一种水，它不仅没有常形，人们无法像种庄稼那样把它种出来；它也不像人类离不开的另一种物质——水，人们很难在地表轻易找到它。而盐是支撑生命的重要部分，无人能离它而活。因为在苍茫大地上总是难觅其踪，即便找到了盐矿，开采加工的过程充满危险和挑战，盐因此成为历朝历代的稀缺之物。

幸好天无绝人之路，在滇西北江河奔流、群山耸立的横断山区，上苍恩赐人类的盐井、盐矿、盐泉在长河东西、大江南北星罗棋布。当地土著白族、傈僳族、藏族、纳西族的先民们在秦汉时期乃至更遥远的年代，通过羊、牛、马，乃至山驴、麂子等家畜或野兽的怪异行为先后发现了盐泉、卤水、岩盐的存在。这些土著部落想尽各种办法获取它，并试图占为己有。在人类的童年时期，他们通过砍柴烧火，在石板上炙烤盐水的原始手段获得食盐；又经历烧炭、泼盐水、刮盐的过程；最终学会掘井、汲卤、煎盐的手艺。澜沧江水系的这些盐点，成为日后分布于洱海周围土著部落中的"云龙井""乔后井"和"弥沙井"，以及兰州境内的"老姆井""下井""兴井""温井""上井""小盐井""高轩井""喇鸡鸣井""期井"等大小不一的盐井群落。后来，盐一度成为通行于滇西北的最坚挺的货币，变成可以通用于不同种族、不同部落之间交换物品的衡度。

随着盐的开采，围绕滇西北的这些盐井曾经形成过宏大的商品贸易和交通网络。当时盐的山地运输主要由马匹和人力完成，这些货物交换网络和通道也因而被称为"盐马道"，其规模和影响几乎与"茶马古道"相媲美。丰富的盐矿促成了四通八达的盐商通道，加之地理位置东可至巴蜀、西可达印度，北可上西藏、南可下中南半岛，滇西北的盐曾经围绕大理形成过盛极一时的经济和文化辐射圈，其中尤以澜沧江东岸的兰州（今兰坪）誉满全滇，被称为兰州盐。白色的兰州盐，沿着状如蛛网的盐道源源不断进入千门万户，又把成批的金银土产运回兰州，兰州因此成为滇西土著部族神往和梦想的富裕之境。

千百年来，如今籍籍无名的兰坪充满各种各样的诱惑，牵动着几代滇西北土著部落和外来移民的爱恨情仇。很多人不知道这个曾经象征时尚、富足和前卫的滇西北地名，也意味着黑暗、血色、暴力、艰难困苦和九死一生。有人曾经在那里飞黄腾达，也有人曾经在那里身败名裂，有人在那里实现辉煌理想，也有人从那里落荒而逃。这一切，皆因兰坪得天地垂青，孕育了丰富的盐矿。白色的盐，仿佛闪光的钻石令人垂涎，谁控制了它，就控制了财富；谁控制了它，谁就控制了人。苦涩的盐，有着诸多令人熟悉和陌生的面孔。

1. 盐铁议会

盐是无形的江湖，由于它蕴含着可以持久坐收的暴利，每个朝代，盐场主之间都会上演或明或暗的争霸战，乃至屡屡上升为氏族部落、地方政权或者国家之间的战争。在滇西北土著们薪火烧盐、随意取用发展到为了控制盐泉氏族火拼的时代，遥远的中原大地开始了关于盐的争论。漫长的争论始于春秋时期商贾出身的齐国丞相管仲与齐桓公之间一段关于如何利用盐提高国家税收的对话。齐桓公问管子："吾欲藉于人，何如？"管子对曰："此隐情也。"桓公曰："然则吾何以为国？"管子对曰："唯官山海为可耳。"齐桓公的意思是为了提高财政收入，他想向人民征收人口税。管仲回答："这无异于让人民禁闭情欲，减少婚育，最终会导致国家人口减少，实力衰弱。"齐桓公又问："那我拿什么治理国家呢？"管仲答："依靠大海资源成就王业的国家，应当注意盐税政策。"管仲给齐桓公算了一笔账，大概意思是"齐国人口总数千万，人人均需食盐，若使盐的价格每升增加半钱，一月可收六千万。如果向国民征收人口税，每年出生一百万人计算，每人每月征税三十钱，总数只不过三千万。如果提高食盐价格，国家在没有向任何人直接征税的情况下，每月就有六千万钱，相当于两个大国的税收。""如果君上发令要对人口直接征税，定会引起国民反对声浪。如果实行'官山海'之策，即使盐价提高百倍用于国家，人们也无法规避，这就是国家的理财之法。"

　　管仲"官山海"之策将盐存在的利益直接提出并拿出了获利的方法，被齐桓公采纳，付诸实施，果然为齐国带来滚滚财源。齐国因财力雄厚而很快强大起来，其他六国纷纷效仿。"官山海"之策此后成为封建统治者重要的税课和控制手段，历久不衰，这就是盐铁权税的开始。但是"官山海"之策倡导的盐铁权税、官营专卖措施，存在官吏强征强买、因垄断而导致物价上涨、奸商囤积居奇等问题，其结果导致贫者愈贫，富者愈富，并没有实现朝廷所期待的均衡劳逸、方便贡输的效果。公元前81年，西汉主政的大司马霍光受谏召开了"盐铁议会"，盐铁议会自二月开始，至七月结束。参加盐铁议会的一方为朝廷指定的丞相田千秋、御史大夫桑弘羊，属员史和御史大夫、属员御史等。另一方则是民间推举的贤良、文学共六十余人。贤良、文学尖锐批评了西汉的盐铁官营专卖和均输制度："今郡国有盐、铁、酒榷、均输，与民争利。散敦厚之朴，成贪鄙之化。是以百姓就本者寡，趋末者众。夫文繁则质衰，末盛则本亏。末修则民淫，本修则民悫。民悫则财用足，民侈则饥寒生。愿罢盐、铁、酒榷、均输，所以进本退末，广利农业。"又说："窃闻治人之道，防淫佚之原，广道德之端，抑末利而开仁义，毋示以利，然后教化可兴，而风俗可移也。"认为盐铁官营专卖导致国家以财利为政，与礼义立国不符。桑弘羊反驳："匈奴背叛不臣，数为寇暴于边鄙，备之则劳中国之士，不备则侵盗不止。先帝哀边人之久患，苦为虏所系获也，故修障塞。饬烽燧，屯戍以备之。边用度不足，故兴盐、铁，设酒榷，置均输，蓄货长财，以佐助边费。今议者欲罢之，内空府库之藏，外乏执备之用，使备塞乘城之士饥寒于边，将何以赡之？"认为盐铁官营专卖是朝廷为解决征讨匈奴费用而采取的经济政策，废除则将导致边境军费不足，影响完成汉武帝未竟的外伐四夷大业。贤良、文学则将治国提升到道德教化的高度，说："古者，贵以德而贱用兵。孔子曰：'远人不服，则修文德以来之。既来之，则安之。'今废道德而任兵革，兴师而伐之，屯戍而备之，暴兵露师，以支久长，转输粮食无已，使边境之士饥寒于外，百姓劳苦于内。"桑弘羊列举现实问题，说："匈奴桀黠，擅恣入塞，犯厉中国，杀伐郡、县、朔方都尉，甚悖逆不轨，宜诛讨之日久矣。陛下垂大惠，哀元元之未赡，不忍暴士大夫于原野；纵难被坚执锐，有北面复匈奴之志，又欲罢盐、铁、均输，扰边用，损武略，无忧边之心，于其义未便也。"

代表朝廷的桑弘羊和代表民间的贤良文学由此展开激辩，论战双方引经据典，旁征博引，从老子、孔子到管子之言，从民生、军事到意识形态，从政治到哲学，从商汤到荆轲，从就事论事到互相讥讽，长达百万言。政客的治国之术、逻辑思维与贤良文学的浪漫情怀、公平主义思想相互碰撞，谁也说服不了谁。五个月后，"公卿愀然，寂若无人。遂罢议止词。"一场历史上最长的议会结束。论战的最终结果是汉昭帝刘弗陵仅仅罢除了酒类专营和关内铁的均输官，似是无果而终。而双方的辩论记录后来经桓宽整理成书六十篇流传后世，就是著名的《盐铁论》。

在中原地区展开盐铁榷税争论的时代，滇西北土著对盐泉、盐井的争夺、统一以及对制盐方法的认识利用能力也在不断进步。汉武帝开西南夷后，至东汉时郑纯就任永昌郡（今云南保山）太守，与当地土著哀牢夷人首领商讨后，盟誓约定"邑豪岁输布贯头衣二领，盐一解，以为常赋，夷俗安之"，首开云南向朝廷贡盐先河。由于当时永昌郡所属比苏县（今大理州云龙县）有五地产盐，想必"邑豪岁贡盐一解"并不算重，所以"夷俗安之"。说明西汉"盐铁议会"的结果作为一种封建政权统治手段已经辐射到云南极边之地。但由于云南盐资源丰富，加之当时行政效率不高，盐铁榷税政策并没有对滇西北土著民族的生存造成重大的影响。

至唐朝初年，傈僳族先民施蛮和顺蛮围绕滇西北洱海周围形成了大小不一的众多氏族部落。浪穹诏部落族民顺蛮在洱海西北发现了一口盐井，其王傍弥潜宗族控制了它，并将这口盐井打上了部落王族的标志，被命名为"傍弥潜井"，施蛮拥有洱海北部剑川的沙追井。除此之外，还有若耶井、讳溺井、罗苴井等盐井。虽然各部落拥有规模不同的盐井，但他们并没有将食盐与部落王族的利益联系起来，"当土诸蛮"用"积薪以齐，水灌而后焚之，成盐"的古老方式"自取食之，未经榷税"。当时洱海周围较大的几个部落，即"诏"都有氏族或联姻关系，如浪穹诏与邆赕诏诏主是兄弟关系，浪穹诏主与蒙舍诏主又是甥舅关系等，各诏以洱海为中心分布四方，实力相当，谁也吞并不了谁。

吐蕃兴起，与唐朝发生了旷日持久的战争，尽管当时盐并不是双方的主要目标，但是滇西北重要的战略位置成为双方争夺的要地之一。生活在滇西北的傈僳族先民陷入了长达一个多世纪的战乱。崛起的吐蕃从沿澜沧江两岸不断南进的同时，约公元690年架通了滇西北金沙江上的神川铁桥，成为进入云南的重要通道，长安三年（703年），吐蕃赞普犀都松率军攻克降域，"及至兔年（703年）冬，赞普赴南诏，攻克之。""及至龙年（704年），赞普牙帐赴蛮地，薨"。尽管吐蕃赞普犀都松死于洱海北部，但他的军队仍然控制了洱海西部云龙、兰州一带的盐矿，并且在苍山西麓的漾水、濞水上修建两座铁桥，"以通西洱河蛮、筑城镇之"。吐蕃在洱海周围的土著部落中封了六七个王羁縻管制，"使白蛮来贡赋税，收乌蛮于治下"，属于乌蛮集团的傈僳族先民施蛮和顺蛮也节制于吐蕃铁桥节度。而此时，唐朝军队也雄踞洱海东北部的剑南和姚州，形成掎角之势，与吐蕃的滇西北争夺战势不可免。当赞普南征身殒的消息传到都城逻些，吐蕃内部豪族发生骚动，附国尼泊尔公开叛乱，整个吐蕃出现了严重危机。出于稳定政局的需要，已故吐蕃赞普犀都松之母尺玛蕾辅助年幼的新赞普执政，遣使到唐朝求婚，三年后，唐朝与吐蕃举行"神龙会盟"，金城公主远嫁吐蕃，双方恢复亲善关系。但是唐中宗并没有停止对滇西北的进攻，乘机命唐九征进兵洱海西部的西洱河蛮地，唐军"破之，俘虏三千计"，并焚毁了吐蕃进入西洱河的两座铁桥，"焚其二桥……建铁碑于滇池……以纪其功"，又将那里的傍弥潜盐井和僳僳族先民顺蛮族民揽入治下。

焚桥纪功也罢了，西洱河诸部落人民有盐可食，有田可耕，也在唐军抑或吐蕃的管辖下相安无事。可是此时唐朝却出了一位监察御史，名叫李知古。景云元年（710年），李知古上奏皇帝："姚州诸蛮，先属吐蕃，请发兵击之"，他的意思是要铲除或者征服当时吐蕃麾下的那些部落。唐睿宗批准了李知古的建议，"诏发剑南募士击之"。慑于大军的武力胁迫，洱海西北部的部落相继归附唐朝。急功近利的李知古并未就此罢休，"既降，又请筑城……重税之"。不仅加重赋税，还试图奴役驱使洱海北部各部落人民建城筑池防御吐蕃。朝中黄门侍郎徐坚极力反对李知古的主张，他认为西洱河的部族在蛮荒之地，有待开化，应当采取有异于唐朝的制度进行羁縻，而非兴师动众进行远征，如果这样将得不偿失，说"蛮夷生梗，可以羁縻得之，未同华夏之制，劳师远涉，所损不补所获。"可是唐朝皇帝并不听取他的建议，仍然"令知古发剑南兵往筑城"。洱海北部部落人民在沉重的赋税之下，又将面临抽调万人为奴参与筑城的境地。部落酋长们根本不配合唐朝的高压政策，导致李知古的命令无人听从。恼羞成怒的李知古诱杀了洱海北部影响最大的邆睒诏王丰咩，并将其王族子女抓为奴婢。这激起了邆睒诏、浪穹诏、施浪诏王族和族民万众的愤怒。丰咩之弟，浪穹诏王丰时为兄报仇，联络吐蕃和施浪诏、邆睒诏袭击围攻唐军，唐军溃败，死者逾千，李知古被杀，遭"断尸祭天"。西洱河诸部与吐蕃由此向东"进攻蜀汉"。导致洱海诸部"相率反叛，役徒奔溃，姚、巂路历来不通"。

唐朝内部此时也出现了危机，主要是由于依赖均田制的税收无法支撑长期与吐蕃的战争，导致财政入不敷出，开始酝酿军事与税制改革。废止百余年的盐铁榷税又提到宫廷议事，左拾遗刘彤表请实行盐铁专卖："榷天下盐铁利，纳之官"，"官收兴利，贸迁于人"，认为"取山海厚利，夺丰余之人，润穷独之谣。损有余而益不足"。他的看法与西汉时期桑弘羊的思想如出一辙。开元十年（722年）唐朝开始征收盐课，不再免税。为了强化军事组织能力，也开始了以募兵制为主的具有"兵农之分"的职业化军事改革。此后唐军卷土重来，与吐蕃争夺位于今四川省攀枝花市盐源县的"昆明城"和"盐城"，在数次争夺之后，至开元十七年（729年），"巂州都督张审素攻破蛮，拔昆明城及盐城，杀获万人"，置"昆明军……管兵五千一百人，马二百匹"，以控制盐城一带的盐井。

在川西取得胜利之后，为了夺回滇西要塞牵制吐蕃东进，唐朝军队积极扶持居于洱海南部弱小的蒙舍诏，地处山地的蒙舍诏也对洱海西、北的湖岸良田垂涎已久，双方一拍即合。开元二十五年（737年），唐朝派御史严正诲与南诏王皮逻阁策划进攻洱海周围最富饶的"河蛮"地区。割据洱海北部的邆赕诏、浪穹诏、施浪诏与蒙舍诏是氏族亲属联盟，在接到蒙舍诏王发兵协助的请求后，邆赕诏主咩罗皮以为可以与其舅蒙舍诏王皮逻阁共享其成，立即发兵，与蒙舍诏南北夹击，迅速占领了洱海西岸的河蛮领地，战败的河蛮王族向北迁徙，流亡浪穹诏地。战斗胜利后，蒙舍诏主皮逻阁并不想让他弱而无谋的外甥占据富饶的河蛮领地，很快率领军队把咩罗皮逐出大厘城，迫其退往洱海北部的邓川。蒙舍诏不断向洱海北部推进，与邆赕诏、浪穹诏、施浪诏反目成仇。三诏组成氏族兵团南下复仇，猛烈进攻洱海北部的上关龙口，在即将攻破龙口关时，唐朝剑南节度使王昱的援军赶到，三诏未能一鼓作气攻下龙口城。蒙舍诏反败为胜，与唐军共同出关追击，三诏联军多死于攻城之战和洱海周围的沼泽地。此时吐蕃军队却被吸引至川西，专注于防御作风彪悍的"山南兵"而无暇顾及。蒙舍诏乘胜追击，击破邆赕、浪穹、施浪三诏故地，三诏族民和其王一路向北溃退至剑川、鹤庆一带。浪穹诏王铎罗旺退保剑川，施浪诏王施望欠率领部落迁回重返牟苴河故城，试图持险拒守。不料蒙舍诏和唐朝军队根本不给他喘息的机会，城池很快被攻破。城破后，施蛮王望欠率领一半王族绕道苍山西去永昌，却被蒙舍诏和唐军在澜沧江岸成功堵截。后来，施浪诏王不仅失去了"沙追井"等盐场和大部分领地，还不得已将自己具闭月羞花之貌的漂亮女儿"遗南"献给蒙舍诏王才得以回到洱海地区保全性命，终老于蒙舍诏的白崖城。他的弟弟施望千则率另一半族民北走吐蕃，进入剑川、铁桥一带吐蕃控制范围，被"吐蕃立为诏，有众数万"。北去的邆赕、浪穹、施浪此后被称为三浪诏，他们就是现代傈僳族所称三祖，即"部祖、施祖、迈祖"，族民施蛮和顺蛮也被称为"浪人"，就是今天傈僳族的直系祖先。

2. 天宝之战

在唐军的支持下，蒙舍诏所向披靡，灭越析，逐三浪，又灭蒙巂，很快统一了六诏。云南西北出现了一个以蒙舍诏贵族建立的王国，即南诏。公元739年，皮逻阁离开干旱贫瘠的南部山地，把王都迁到洱海湖畔风光旖旎、气候宜人、物产丰富的太和城。尽管实际控制了洱海周围的众多盐矿，但由于云南资源丰富，南诏还未意识到盐铁榷税对于巩固统治的重要性。南诏王族除了独占产盐最鲜白的"览睑井"，"惟王得食"，进行"取足辄灭灶，缄闭其井"的垄断使用外，各地盐井仍然听任部落族民各取其用。各部落人民认为盐泉、岩盐乃天神所赐，祭而取用。此时唐朝的盐铁榷税则已在全国施行，大部分盐场开始按照屯田办法设立盐屯，执行朝廷垄断的开采和经营。

天宝七年（748年），南诏王皮逻阁死，其子阁罗凤立为王。经过近十年的经营，此时的南诏已日益强大，势力已向东进入滇池东滨的拓东。依靠盐铁榷税和职业军队的改革，势力迅速加强的唐王朝在控制了洱海地区之后，也加紧经营滇池区域。不仅在盐矿富集的安宁筑设安宁城，还试图从元江开辟通往安南的通道，由于唐朝采取步步为垒、建筑城堡的方式不断前进，遭到滇中土著爨氏各部落的反抗，他们杀死了筑城使者越崔和都督竹灵倩，唐王朝派南诏就近前往镇压。南诏王阁罗凤并没有与爨氏各部兵戎相见，而是与诸部谈判，促使爨氏向朝廷谢罪而罢。阁罗凤还将女儿阿姹嫁给爨归王之子守偶，另一女嫁给爨崇道之子辅朝，乘机拉拢爨氏各部，形成了氏族联姻的政治联盟。这种局面并不是唐王朝所期待的，朝廷认为南诏势力进入滇池地区于己不利，遂派李宓用反间计挑起爨氏内讧。爨崇道袭击杀死了爨归王和爨日用。爨归王妻阿姹千里西进向洱海西岸的父亲求救，南诏王阁罗凤听说自己的亲家杀了亲家，爨氏领地乱作一团。便派兵东进杀了崇道父子，导致唐朝与南诏矛盾激化。唐朝廷由此决意打击南诏，加倍征取粮税以削弱其力。云南太守张虔陀又向朝廷谎报南诏密谋背叛。天宝八年(749年)唐玄宗命令攻打南诏。十月，唐军经云南曲靖直奔滇池西岸的安宁城，首夺该城盐井，"安宁城有五盐井，人得煮鬻自给。玄宗诏特进何履光以兵定南诏境，取安宁城及井，复立马援铜柱乃还"。唐军虽未直接与南诏军队交锋，但算是用敲山震虎之策对南诏的向东扩张进行了警告。因为对抗吐蕃的共同需要，唐朝和南诏都不愿意将双方关系直接上升为战争。

杨国忠在朝廷得势后，任命鲜于仲通为剑南节度使，鲜于仲通用人失察，举荐张虔陀担任云南太守。张虔陀依仗其与剑南节度使鲜于仲通的私交时常索贿于南诏，南诏进贡朝廷的金银土产也多被张太守据为己有。由于南诏常常难以完成张虔陀增税加粮、进贡的号令，张虔陀虽然心有不快，但面对拥兵数万的南诏，唯一的办法也就是派人厉言辱骂一通作罢。这当然也使南诏王内心怨愤。南诏王与唐朝姚州太守张虔陀的关系并不见好。历史的转折发生在天宝九年（750年）。野传南诏王阁罗凤率妻女赴唐朝剑南节度议事，途经唐朝姚州都督府时，云南太守张虔陀侮辱了阁罗凤妻子。后南诏王派遣王毗奴、罗时牟苴率兵五千攻陷姚州杀死张虔陀。第一天一起喝酒的两个人，第二天不惜刀兵相见反目成仇，唐都督或自服孔雀毒胆丧命，或死于乱箭穿心，终成谜团无人知晓。唯一留给世间的事实是南诏和唐朝的关系由此瓦解。

南诏攻陷姚州杀死云南太守的消息传来，在杨国忠忙于征兵抓丁期间，愤怒的南诏军队已东进攻陷安宁城及盐场，扫除了唐朝设置在云南的大部分统治机构，直逼滇东。天宝十年（751年）四月，唐朝调集八万军队分三路进军征伐南诏。此时，吐蕃也已经察觉到唐朝即将对南诏发起的进攻，为防唐军攻陷南诏乘势北进，吐蕃增兵腊普神川降域，率领浪穹、施浪和遵赕三浪诏族民施蛮、顺蛮枕戈待旦，"观衅浪穹"。唐军来势汹汹，鲜于仲通势必为张虔陀报仇，南诏王阁罗凤这下才知道自己闯下了大祸。为挽回与唐朝大军直接交战的局面，连忙派遣使者谢罪，说："我将谢罪归还东进中所有的俘获物资、领地、人员和城池，撤师西回故地，恭请唐朝王师罢兵止械，撤旗东回。如果这样仍然不行，我只能率部投奔吐蕃，一旦出现这样的结果，也许唐朝也不一定能够再统治云南。"率领六万大军的鲜于仲通此时不可能不战而退，不仅因禁了南诏使者，还积极排兵布阵意欲一举攻灭南诏，诛王屠城。

当唐朝万众兵马到达洱海出口西洱河口时，南诏派遣使臣杨利急奔其北部的浪穹诏请求吐蕃出兵援助。此时，鲜于仲通已经摆开在西洱河龙尾关正面佯攻，秘密派遣王天运爬上苍山，试图两路夹击攻灭南诏都城的阵势。吐蕃神川御史伦若赞接到南诏使臣杨利的紧急求援后，察情通变，识破鲜于仲通计谋，率领铁桥城一带土著部落分师入救。神川御史伦若赞率部进入苍山伏击，阁罗凤正面迎击鲜于仲通。公元750年7月，伦若赞率领的吐蕃援军在苍山上伏击唐军成功，唐军将领王天运被临阵斩杀，次日将首级送至龙尾关高悬于南诏军队行辕门外，唐军军心大乱。与鲜于仲通对峙的阁罗凤命令段忠国乘机率部出击，双方大战三日，六万唐军被彻底击溃，鲜于仲通之子死于阵前，鲜于仲通趁夜逃亡。

此战之后南诏与吐蕃实际上已经形成军事同盟，为进一步加强政治联盟，南诏派遣规模空前的庞大使团进入逻些拜访吐蕃，吐蕃也从自身的战略利益出发封南诏为赞普钟南国大诏，号东帝，给金印，南诏于公元752年改元为赞普钟元年。公元753年，唐朝军队再次卷土重来，派兵重置姚州，并任命贾瓘为都督发兵三万试图进攻南诏，南诏和吐蕃神川驻军趁唐朝军队立足未稳再度大破姚州，贾瓘被擒，三万唐军败溃。公元754年，唐朝派剑南留后李宓、广府节度何履光、中使萨道悬逊三路大军十万余人再征南诏，李宓总结了鲜于仲通苍山偷袭失败的教训，改为水路进攻，实施造船西渡洱海、水陆并进直捣南诏国都的策略。但是他在洱海东部的造船行动被南诏军队获悉，南诏王阁罗凤派遣王乐宽帅兵三百余人潜袭唐军造船工场，突袭造船之师，至"伏尸遍野"造船工场被捣毁。李宓只好绕道洱海北部准备从龙首关南下攻击南诏都城。公元754年6月，李宓率领十万唐军由北向南攻击至南诏太和城外围，由于洱海北部的土著部落视唐军为入侵者，孤军深入的唐军粮尽军旋，吐蕃神川都知伦依里徐从铁桥城再度及时赶到，双方内外夹攻，在上关一带发生惨烈大战，唐朝军队被吐蕃和南诏联军里应外合再次击败，将军李宓沉湖而死，十万唐兵覆没殆尽。这三次战争在历史上称为"天宝之战"，三战均以唐朝远征惨败告终。

唐代著名诗人李白、白居易留下了关于天宝战争的诗篇。白居易在《蛮子朝》一诗中描述了天宝之战："臣闻云南六诏蛮，东连牂牁西连蕃。六诏星居初琐碎，合为一诏渐强大。开元皇帝虽圣神，唯蛮倔强不来宾。鲜于仲通六万卒，征蛮一阵全军没。至今西洱河岸边，箭孔刀痕满枯骨。"李白《古风》写道："渡泸及五月，将赴云南征。怯卒非战士，炎方难远行。长号别严亲，日月惨光晶。"在《书怀寄南陵 常赞府》中又写道："云南五月中，频丧渡泸师。毒草杀汉马，张兵夺云旗。至今西洱河，流血拥僵尸。"白居易的《新丰折臂翁》更加细致地描写了这场战争给中原百姓带来的深重苦难。

天宝战争后，唐朝陷入了"安史之乱"。他们的叛将安禄山正在联合回鹘、契丹、突厥等北方民族组成军队起兵攻击河北，唐朝由此无力再度组织远征南诏的军事行动。公元 779 年，异牟寻继位南诏国王。为了继续获得吐蕃的政治承认与军事支持，异牟寻一上任便积极建议吐蕃其立赞赞普攻击蜀中富饶地区，试图建立吐蕃"东府"。吐蕃赞普同意了"弟皇"异牟寻攻击蜀中的建议。公元 779 年 10 月，南诏出兵三万，吐蕃出兵七万，合计十万余众分三路攻击蜀中，中北两路由吐蕃军队负责，南路由南诏进军。但是吐蕃和南诏联军在大渡河、维州、茂州一带被李晟、曲环率领的唐朝精锐部队和蜀中"山南兵"击败。南诏和吐蕃在掳走蜀地近万工匠后各自返回。此次失败，使吐蕃赞普很不高兴。他认为南诏的向导误导了联军进攻路线，南诏先头部队也没有发挥应有的作用，因此将发起攻击蜀中建议的异牟寻从"赞普钟"地位降为"日东王"，意味着异牟寻从"弟皇"降为"地方王"。对于这样的结果，异牟寻当然也心有不快。公元 794 年，吐蕃到南诏征兵一万攻击蜀地和北部的回鹘，已暗中与唐朝结盟的南诏王异牟寻同意先派三千士兵，至金沙江西岸的迪庆其宗、丽江石鼓一带时，南诏王异牟寻和唐朝将军牟皋派出尾随的上万联军里应外合突袭吐蕃，攻占吐蕃十六城，抓走五个吐蕃亲王献给朝廷，并一举斩断位于茶马互市和战略咽喉之地的神川铁桥。

为了夺取傈僳族先民施蛮、顺蛮居住区的盐井，瓦解长期归附吐蕃麾下的邆赕诏、浪穹诏、施浪诏部落政权的威胁，南诏于贞元十一年（795年）年将三浪诏族民驱离洱海周围的高山平地，流放金沙江岸峡谷的铁桥节度、顺州和滇池东滨的拓东。形成了傈僳族明代以前的分布格局。尽管远离故土，盐井尽失，傈僳族与盐的故事远未结束。

3. 盐的味道

时光流逝，江山易主，而盐铁榷税带来的利益使中国封建时代统治者乐此不疲，盐铁官营专卖长盛不衰。不仅食盐蕴藏着巨大的利益，能否正常供应食盐关乎社会稳定和民生大计，调控食盐成了封建官僚机构的重要行政内容。为防止盐商囤积居奇，哄抬盐价导致社会动荡的事件，历代朝廷都设有管理盐务的大臣，盐务是皇权政治直接参与管理的事务。对盐的开采、运输、储存、销售等等环节都制定了详细规则，还成立缉私队严厉打击食盐的走私。在滇西北，虽然制定了严密的控制手段和森严的食盐贸易壁垒，但是因为盐的采掘、加工工艺得不到根本改善，食盐的生产能力极其低下，在横断山区山地民族中，食盐历来是稀缺之物。

1382年明军平定云南后，继续加强盐铁榷税之政，设盐课提举司4个，分驻安宁、黑井、白井、五井（云龙）等产盐地，下设12个盐课司，以提举辖周边盐井，出现中心治所，散漫不相统属的生产点开始形成分区域的集结性生产。为扩大生产能力，也采取了一定的扶持政策："正统九年（1445年），令云南各盐课司，每灶添拨余丁两人，免其差役，专一探薪煎盐"。所以生产点逐步增多，除滇中的阿陋、草溪、只旧、元兴等井和滇西的乔后井产盐渐有发展外，在滇南的西双版纳开辟了磨歇盐井。明代行盐制度为民制、官收、商运、民销。由于内地人口大批移入，汉族人口超过其他民族，加之矿业及其他手工业有一定发展，盐需求量极大增长。因此明朝皇帝加强了食盐榷税的管理。正德二年（1507年），"令云南盐井官吏，各井盐课务要逐年完纳"，规定一年完不成盐课的官吏，"革去官带住伴"，三年完不成者则官府降格一级，"吏革役为民"。

也就是说，在皇帝的新政下，如果一年内完不成盐课征收，则将革去责任官吏的所有随从。三年完不成盐课的，则集体降级处理，四品知府大人可能变成七品知县芝麻官，衙役可能失去皇帝的俸禄变成平头百姓。皇帝通过盐政将各级官僚机构与人员的利益同朝廷紧密捆绑在一起，因而在云南取得了仅次于田赋的一大税收，"每岁课银3.4—4万两"。尽管云南盐矿、盐井丰富，推行盐铁榷税使朝廷获得了丰厚的回报。当时交通不便，盐的驮运十分艰辛，又有灶户、官府、销商的层层盘剥，到了销售地，盐价昂贵，出现"斗米斤盐"的价格。在滇南的双江县，50斤谷子只能换回3斤官盐，丽江半斤贝母才能换1斤盐，腾冲要一驮棉纱换一驮盐。人民贫瘠，不胜负担。此政一度延续至民国时期，使横断山区山地民族常年缺盐淡食，在怒江的贡山县竟有平生未尝过盐味的老人。因而，傣族把食盐叫做"白色的金子"，白族把食盐当作结婚的礼品。

清代康熙中叶，云南盐政曾改官销，由于盐价居高不下，穷苦百姓无力购买，而官府又不愿降低价格，导致官盐积压严重，官府不愿让利于民，为"疏稍积压"，朝廷推行"计口授食"的盐政。他们采用按户摊派定价食盐的方法强迫人民购买，即是所谓"烟户盐"。这种苛税政策施行之后，人民往往是"前盐尚在，后盐又到。"横断山区百姓为缴纳盐价，不得已"以后领之盐贱卖以完前盐之课"日积月累，循环往复，人民负担日益沉重，因不堪重负而饮刀自尽、悬梁而亡者"岁岁有之"。面对如此局面，乾隆元年三月皇帝下令："朕闻滇省盐价昂贵……心深为轸念。查该省盐课，除正项外，有增添赢余，以备地方公事之用，朕思赢余之名，原系出于民食充裕之后，若民食不充，自无仍取赢余之理。著总督尹继善悉心妥办，将赢余一项即行裁汰，务令盐价平减。纵使昂贵，亦只可在三两以下。若裁去赢余之后，公用有不敷处，可另行酌议请旨。"乾隆皇帝觉得云南盐价过于高昂，下令禁止派盐。无奈山高皇帝远，勒派之风依然如故。为了降低盐价，乾隆帝开始着眼于雍正年间耗羡归公后的盐课盈余银。同时规定"云南所产井盐俱系府州县领销，派定额数，由各盐井领运分销办课，不许越界贩卖，通行已久，两迤冲繁之处人民辐辏不难照常销引，间或缺盐借之临近州县通融协济，其山僻州县乡村窎远居民鲜少，地方官恐蹈堕销之咎，关系考成，遂将盐井分派里甲挨户分食，官盐按限缴课，名曰烟户盐。……夫盐为小民日用必须之物，虑民远涉，是以因地制宜不徒为销引计也，一则患盐之不足，一则患盐之有余，俱非均平之道，著该督抚，酌量变通悉心妥议，务使官不堕销、民无偏累"。

清廷本想按户销售食盐，积极试图将新开盐井之盐对应销往边远缺盐地区，使得人皆可食，无奈由于官僚机构贪腐严重，"始则计口授食，继则按户分派。始则先课后盐，继则无盐有课"，加之食盐蕴藏的利益，官员私藏强摊食盐者层出不穷。由于供需矛盾加剧和价格居高不下，"嘉庆二年（1797年）三月之二十三四等日，蒙化、太和、邓川、赵州、云南、永北、鹤庆、浪穹、楚雄、大姚、元谋、定远、禄丰等处，以压盐致变，缚官亲、门丁、蠹书、凶役及本地绅衿之为害者，挖眼折足，或竟投于积薪中，惨不可言。"滇西十三个地区几乎同日爆发农民暴力反抗，围攻盐场、剿杀盐吏，震惊清廷。史称"压盐致变"。事件发生后，清廷云南当局派兵平息，数千民众"伏路号诉"，带兵"大吏"本想用大炮轰击民众，经云南提督苏尔相极力制止，民众才免于葬身炮火之下。云南籍进士谷际岐向朝廷上奏《奏滇省行盐派夫诸弊疏》一折，痛陈其害，并揭露了"压盐致变"的惨祸，强烈要求改革云南盐政。清廷被迫于嘉庆五年（1800年）改为"民运民销"，但积淀百年的盐的江湖，使得盐的开采、运输、销售长期控制在地方豪酋、土司和官吏之手。嘉庆皇帝的盐政改革，在横断山多民族地区并没有形成有效的影响。

嘉庆年间，一队逃荒的白族那马人从剑川平原举家向西漫无目的地迁徙。他们的族长怀抱一只公鸡，根据族长的卜算，公鸡到哪里开鸣，他们的族人将准备在哪里定居。这队那马人翻过云岭山脉雪盘山，沿着玉龙河山谷西下，暮色苍茫间，公鸡鸣叫不停。这队那马人便在玉龙河右岸的山坡上居住下来。发展成一个不大的村落。这个地方从此被人们称为喇鸡鸣。道光元年(1821年)农历八月二十五日，喇鸡鸣村民和壮美牧羊时，偶然发现羊群集中于玉龙河的谷底舔食一汪清泉，感到好奇，用手蘸了少许尝试，发现有咸味，于是她将这一消息告知村人，村民大喜于咫尺之间发现盐泉，蜂拥而来"祭泉"煎盐，自煎自食。每年的八月二十八日也成为村民祭泉之日，祈求上天给予盐泉万古长流，永不枯竭。这种民间私采自煎食盐的情况当然瞒不住当地的官员。道光二十三年(1843年)，四川人李天有挟资游行滇西，听说喇鸡鸣有盐泉之事，遂往查看，果有泉水从山中淙淙流出。岸边一片盐霜，味道甘咸，知道是口好盐泉，当即禀报云南巡抚开井报课，盐务大臣派人勘察后指定由李天有包课开井，隶属丽江井。由此拉开了开发喇鸡鸣盐井官方开采的帷幕。此外，兰州境内还有温井、上井、期井、兴井、老姆井、下井、小盐井、温庄井等九井盐矿，其中尤以"喇鸡鸣"井产量最高，盐质最好，最为出名。"云南各井盐质……矿卤气味最浓者，莫如喇鸡鸣井"。因为盐的存在，喇鸡鸣成为近代享誉全滇和横断山区的著名地名。

民国初年到民国二十四年，云南全省产盐多保持在 90 万担（每 20 担为 1 吨），最高年份曾达 100 万担，成为云南主要的财政收入。袁世凯窃临时大总统职位后，1915 年废弃共和实行帝制，遭到全国人民反对的声浪。云南首义护国护法，开始组织护国军讨袁。但"饷金锐增，非有巨款不能维持"，经滇督军与稽核分所反复会商，"自五年（1916 年）起，将滇盐税全数除运署、分所及所属分支机关经费外，悉数拨归滇用"，每月 12.5－18.5 万元。于是由蔡锷率领的护国军第一军才得以起兵进军四川。盐款成了护国运动的主要经费来源。由于对外倾销食盐筹款用兵，云南省内食盐紧缺，食盐供需矛盾在横断山傈僳族居住区仍然十分突出，成为当时傈僳人武装反抗的主要导火索。

历史上兰州境内的盐井主要由傈僳人开采和背运，千千万万的傈僳族劳工在各大盐场从事沉重的劳动，即便每天背运几十上百吨盐巴，劳工们也无法获得足够食用的盐。那时的傈僳人、怒族人在偶尔换得一小块盐时，会用麻绳拴起来悬挂在屋中，供全家人在吃饭时舔一舔，由此可见食盐的奇缺。直至解放后，傈僳族民间形容一个人过世时，还有"到喇鸡鸣背盐去了"的说法，印证了傈僳人对喇鸡鸣盐场开采和运输过程中暗无天日、九死一生的惨烈记忆。

1916 年冬天，喇鸡鸣附近温斗村的一名傈僳人卖柴回家途中，在矿洞附近拿了一小块盐，被兰坪县喇鸡缉私队开枪射杀。为筹集军饷，官府差役在下乡逼收钱粮过程中，又用脚臼舂死了石中坪村的两个儿童，激起了各族人民的强烈义愤。当时滇西北地区还盛产鸦片，这更是一门令人垂涎的买卖，兰坪县佐詹盛金名为禁烟查收，实以长期私贩没收的鸦片获取暴利。真是无巧不成书，当时云南省禁烟委员会专员崔玉田就在兰坪，詹盛金为讨好崔玉田，连同维西县长余斌和中维游击队长马贵堂以查烟为名进入澜沧江沿岸傈僳族居住区搜刮民脂民膏，弄得天怒人怨。

反抗的烈火终于在 1917 年正月熊熊燃烧。石登中坪村的傈僳人和鲁春、丰登村的和沛三，以及丰登村的白族人林爹联络傈僳族、白族农民近 600 人于 1917 年 1 月 30 日聚集暴动。愤怒的人群犹如风卷残云，攻城略地，在石登的激战中，暴动农民杀死詹盛金后，旋即占领营盘镇和喇鸡鸣盐场公署，在喇鸡鸣发生激烈战斗，附近白族、普米族农民也闻风而动，揭竿而起，喇鸡鸣团正李琼林被群情激愤的农民打死。攻陷喇鸡鸣后，反抗农民均分了食盐、没收了盐场公署的财产。此后不发一箭攻下了山后里，抓获处决了云南省禁烟委员崔玉田、李遇春，殖边委员司应谦、周子芬、李品珍等当权势力代表。

控制山后里之后，反抗农民在那里兵分两路，由傈僳族组成的队伍由雀才保带领，主要奔袭维西县城，以求获取维西傈僳人的支持。由白族组成的反抗队伍主要往剑川方向攻击前进，双方试图分道前进控制兰坪、云龙一带的盐井，最终在滇西重镇鹤庆会师。国民党大理卫戍司令部迅速调集大理、剑川、云龙、碧江、维西各路军队对反抗农民进行四面围攻镇压。奔袭剑川的暴动农民一部在攻击前进至剑川县马登乡麻栗箐时，遭到装备精良的国民党军队的阻击，造成重大伤亡。

和桂林、雀才保带领的 400 多名傈僳族暴动农民从兰坪出发，于 1917 年 2 月到达维西县城外围，试图攻陷维西城后攻扑石鼓。当听说反抗农民势如破竹迅猛扑来之时，惊慌失措的国民党中维游击队分队长张勋臣仓皇前往施别山头阻击，被傈僳人瞬间击溃退回维西城。正月初十，和桂林、雀才保的队伍扩展至 2000 余人，从西山梁分三路围攻维西县城。双方展开激烈的攻防战。一时枪炮激烈，杀声震天，拿着农具、弓弩乃至赤手空拳的暴动农民数波攻击试图抢夺县城西门和南门，遭到守城国民党兵的拼死抵抗，他们动用排枪和架设在圆龙山上的大炮猛烈轰击攻城农民。在猛烈的爆炸和激烈的枪声中，暴动的傈僳人成片倒下，但仍不退缩，直至冲锋在前的旗手被乱枪击中，方才停止了进攻，随后向西撤回维登一带。此战傈僳人数十人战死，国民党中维游击队也有十六人死于暴动农民的毒箭石块之下。数日后，维西县长余斌和中维游击上尉马贵堂率部回到维西城，与守城军队合兵一处，进攻维西城的反抗队伍被迫撤往石登等地。而此时众多傈僳人源源不断地到达维西县城，有些是来寻找和参加反抗队伍的，有些实则进城"赶街"。

国民党武装人员将所有来到维西县城的傈僳人集中到城内的一个院落，院子中间摆上了几筐食盐，院落周围是荷枪实弹的士兵。一个头目走到人群中间高声说："进城来背盐巴的，站这边，不是来背盐巴的站那边！"人群立刻分成两部分。那时的大部分傈僳人根本听不懂汉语，有些是跟随人群的动向选边站队的。结果选择站到"背盐巴"队列的傈僳族平民统统被当成"土匪"全部斩首杀害。没被屠杀的傈僳人则惊慌失措，四散奔逃，甚至有人因这猝不及防的变故而发疯。

我的爷爷大约在屠杀之后第二天去维西城卖黄连，在城门口遇见一个结巴，那人神色平静地问我爷爷："要……要……不要猪……猪头？"我爷爷打量半天不像骗子，就说："要啊。"结果那个结巴把他带到附近的大水沟，说："猪……猪头……在……在那！"爷爷顺着他指的方向望去，看见整个山沟丢满了血淋淋的人头。他大惊失色，扔下黄连逃回家中。

此后，余斌和马贵堂开始组织重兵进攻暴动农民设置在石登的防线，国民党军队依靠快枪先后屠杀了一百多人才击溃了暴动队伍，反抗将领雀才保失踪。一部反抗农民在余德兴的率领下，往西翻越碧罗雪山向碧江撤退，酿成了1918年至1937年怒江流域傈僳族农民被迫持续武装暴动的残酷历史，史称"福贡人民大起义"……

4. 红军来了

1924年至1935年，中国军阀混战，内乱不休，云南境内以唐继尧为首的各派地方军阀也连年用兵，相互厮杀，致使民生凋敝，财源枯竭。作为重要财税来源地的滇西北各处盐井成为各方反复争夺的目标。傈僳族居住区更是流兵横行，匪患四起，民不聊生。护国运动倒袁成功后，云南军阀首立其功，后来唐继尧独揽云南大权，居功自傲，自诩"南天一柱""东大陵主人"。他在云南长期扩军，甚至抵制孙中山的北伐战争。他也与顾品珍、范石生等势力相互火拼，导致三迤大地"保安军"蜂拥出现。云南各地军阀矛盾重重，各地土匪揭竿而起。

当时滇西最著名的土匪名叫"张结巴"，他控制滇西北云龙、浪穹等处盐井，纵横洱源、保山、泸水、兰坪、剑川、鹤庆、丽江等地，其势力庞大，不仅抢劫土豪，也绑架官军，因此成为一个富有传奇色彩的人物。张结巴于1899年生于兰坪县，少时父母双亡，由祖母抚养。后来由于家乡遭受天灾无法生活，祖母带着他和他的大姐到剑川羊岑、鹤庆牛街打短工，有时也沿门乞讨。走投无路的张结巴顶替别人以张占彪之名至大理邓川常备队服役，因其口吃被人称为"张结巴"。最终不堪忍受国民党守备队欺压排挤而落草为寇，成为名震滇西北的著名土匪。除张结巴之外，滇西山水之间还存在数以百计的小股黑色武装力量，各占一方，横行于世。

面对如此局面，驻守大理的滇西镇守使李秉阳只图拥兵自保，对匪乱坐视不理。这个原因很简单，如果主动与土匪交战，力量被消耗而实力降低，自身地位终将被云南的其他大小军阀或者军阀们的亲属所替代。但是他对云南讲武堂毕业生、大理镇守副使、维西镇守罗树昌却极力排挤，以剿匪不力为由，不但要撤销其团长职务，而且还要缉拿查办，这就激起了罗树昌的恐慌。1926年6月13日，罗树昌在永北通电全省，发起反对唐继尧的军事政变。罗树昌在通电委任他的部属驻腾越二十九团团长刘正伦为"保安军总司令"的同时，于1926年农历七月十三日委任罗彦卿、赵琳等人充任滇西北各县知事，在维西、永北、丽江等地扩张人马，然后起兵攻击鹤庆直捣大理北方要隘邓川，试图争夺滇西北盐井。罗树昌部先锋陈大光攻下邓川后，土匪张结巴同意加入反抗唐继尧的队伍，罗树昌由此挥兵猛攻上关。唐继尧的大理守兵仅有史华所率一营，兵力分散，渐不能支。张结巴适时率部出击，将史华布置在苍山脚下防御的一个连击溃。罗树昌由此夺取上关，张结巴则马不停蹄直捣洱海北滨的富饶之地喜洲，攻击前进狂抢一通后退回南中。这时罗树昌部陈大光的先遣中队也来到南中，在张结巴驻地附近待命。

而在云龙、泸水方向刘正伦的"倒唐保安军"则在积极联合保山、腾越、龙陵、顺宁、镇康、云县六个县团防的兵力参与军事政变。罗树昌和刘正伦试图从大理南、北两路合围占领下关。但是很多惊人的巧合决定了历史事件的走向。罗树昌的"盟军"张结巴曾经绑架罗树昌部先遣中队队长邱回才之父，勒索不成将其杀害抛尸荒野。罗树昌并不知道邱回才与张结巴有杀父之仇，派邱回才与张结巴协商进攻大理事宜，那还得了！邱回才知道张结巴近在咫尺，不由勾起一雪杀父之仇的念头。而张结巴却不认识邱回才。接到陈大光会谈的命令后，张结巴根本没有把小小的先遣中队放在眼里。来到会谈地点，邱回才见到张结巴只随便说了几句话，便拔出手枪射击。只见张结巴应声倒地。门外双方卫兵立即涌入，邱回才笑着声称"误会，误会，走火，走火！"收起手枪扬长而去。岂料张结巴身手敏捷，在邱回才掏枪之时应声倒地装死，只受了点轻伤。后来率部逃亡洱源北部深山，罗树昌部失去张结巴的右翼支持。

1926年秋天，唐继尧任命陈维庚为剿匪总司令，率领唐继麟、欧阳好谦、俞沛英三个团的兵力进入滇西剿匪。唐继麟、俞沛英的两个团首先正面攻击盘踞上关的罗树昌部，罗树昌部此时已经失去张结巴的支持，被唐继尧的援军全面击溃逃回永北，后流亡至川滇边境。刘正伦的六县联军还未正式形成，便被唐继尧打了个措手不及，后在云龙、泸水不断溃退，最后在腾冲投降。

1926年11月，中共正式在云南成立地下组织，组建以"倒唐"为目标的云南政治斗争委员会，领导云南人民进行反抗云南军阀唐继尧的斗争。1927年2月6日，云南军阀龙云、张汝骥、胡若愚、李选廷四镇守使联合对唐继尧实行兵谏，逼其去职，唐继尧政权被推翻。5月23日，唐继尧病死于昆明。6月14日，张汝骥和胡若愚又因争夺云南实际控制权与龙云兵戈相见，甚至一度囚禁龙云，后被龙云的地方武装所击败，将张汝骥部从曲靖一路向东驱逐至滇东，滇东本是龙云的故乡，张汝骥与龙云的军队在乌蒙山区发生多次大战，张汝骥损兵折将。至1929年秋天，张汝骥率残部从滇东向西折回逃到滇西永北顺州一带傈僳族居住地区盘踞。此时龙云派出的另一部武装也到达金沙江西岸防堵，对其形成东西合围态势。

顺州一带金沙江峡谷陡峭，东西两岸地形均易守难攻。虽然龙云所部占据了战略优势，但因忌于金沙江峡谷地形，并不敢贸然出兵。张汝骥的部队在永北境内盘踞四月之久，永北顺州板桥的傈僳人王治安厌倦张汝骥残军的侵扰和苛派，组织了400多傈僳人准备攻击张汝骥残军，秘密联络驻扎金沙江西岸的龙云武装成功。王治安率领的400余傈僳人联合龙云的武装于1929年农历十一月二十六日夜突然发动攻击，内外夹攻张汝骥部，张军大败，其武装力量基本消灭于永北。张汝骥带几十人突围至四川盐源，后于1930年年初在盐源被抓获，最终在押送大理途中死于刀下。由于傈僳头人王治安在攻灭张汝骥残军的战斗中战功卓著，龙云本想让他当永北县长，但王治安不识汉字，便只好给封了一个"永北夷务指挥"的虚职。

此后，云南各地的大军阀基本被龙云消灭，但也存在各地军阀卷土重来的可能。龙云为巩固对云南的控制权处处防备各地军阀，这在客观上为中国工农红军通过云南创造了有利条件。湖南、江西一带的中央红军早在1930年前后已经在考虑进行长征计划。蒋介石发觉红军西进意图之后，要求云、贵、川各地军阀严密防堵，试图将红军消灭在云、贵、川边境山区。龙云按照国民党中央的要求积极在云南布置阻击红军的防线。在永北傈僳族地区，龙云要求县长徐建佛修筑碉堡、哨卡等军事设施。徐建佛强征傈僳、彝、汉等各族劳工上万余人次，最终于1936年在永北境内的金沙江沿岸修筑了132座碉堡，并抽丁成立16个江防大队，总计4000名武装人员防守300余公里的金沙江沿线，可谓布阵森严。

1936年年初，红军也派出地下工作者苏俊杰等人，到云南西部和西藏边沿地区开辟工作。国民党也在全国发动了宣传攻势，甚至空投造谣传单，称红军为赤匪或者共匪，说共产党"共产共妻"。在金沙江沿岸，还妖魔化红军，散布"汉人红军吃人，特别喜欢吃小孩和婴儿"的谣言。金沙江沿岸的傈僳人、汉人因惧怕红军纷纷躲进山林。在贵州境内迂回多次后，红二、红六军团于1936年3月6日从贵州赫章县进入云南彝良县境内。3月7日，红二军团在彝良县寸田坝、坪地召开群众大会，镇压了民愤极大的地霸。红六军团到达彝良县奎香镇，发动群众，开仓济贫。4月14日，红六军团南下占领盐兴县（今禄丰）元永井，把没收的恶霸、土豪财物分发给群众，当地500多名青年参加红军。4月15日，红六军团袭占盐兴（今禄丰）县城黑井，打开盐仓粮库，救济贫苦百姓。红六军团将沿途参加红军的青年组建为1000余人的新兵补充团。4月19日—21日，红二、红六军团进入云南永北、宾川等地傈僳族地区，这是第一批经过傈僳族居住区的共产党武装。红二、六军团并没有进入永北县长徐建佛设计的口袋阵，而是从永北南部的宾川、鹤庆迂回直插当年蒙古军队"元跨革囊"的丽江石鼓、巨甸一带集结。在宾川钟英和东山傈僳族地区，今东红村委会阿恶村的傈僳族船夫李明高协助红军某特务班渡过金沙江进入敌人后方侦察。解放后党组织找到他，并送他到云南民族大学学习，后曾担任中共怒江州委副书记。

中国共产党领导的红军所采取的"红军北上抗日，只是借道路过"的宣传在穿过云南、四川等地少数民族地区的过程中起到了很重要的作用。云南、四川、贵州各地军阀只希望将红军赶出自己的控制地盘，而不想真正与红军大战而消耗自己的实力，影响自身在中国军阀行列中的地位。因此，当尾随追击红二、六军团的国民党中央军郭汝栋部1万余人于1936年5月15日到达永北时，红军18000余人已经于4月26—28日在丽江石鼓至巨甸60余公里的木瓜寨、木取独、格子、茨柯、余化达等5—7个渡口渡过金沙江。在金沙江北岸今迪庆境内的格鲁湾、苏甫湾、开文等地区稍作休整后，红军先遣队4月29日翻越雅哈雪山，到达小中甸进入云南藏区。

"4月30日，红二军团前卫四师进占中甸县城，红二军团主力抵达小中甸。红六军团仍在格鲁湾。5月1日，红二军团在中甸县城以湘鄂川黔滇军分会主席贺龙名义发布布告，阐明红军的性质和纪律，宣传红军的政策。当天下午，贺龙接见松赞林寺松谋活佛派来的喇嘛代表夏拿古瓦，并请他将亲笔信带给松赞林寺的八大老僧，信中再次阐明了红军的政策。5月2日，松赞林寺派出8名代表，带着礼物，由夏拿古瓦带领，到红二军团部驻地慰问。5月3日，贺龙等红二军团领导一行40余人应邀到松赞林寺回访，贺龙向松赞林寺赠送'兴盛番族'锦幛。"5月5日，中华苏维埃共和国临时中央政府主席毛泽东同中国工农红军革命军事委员会主席朱德发表《停战议和一致抗日通电》，要求停止内战，国共

121

双方互派代表商讨抗日救亡办法。6月6日，张国焘宣布取消第二中央。7月2日，红二、六军团到达四川省甘孜地区同南下的红四方面军会师。7月5日，奉中革军委电令，红二、六军团与红三十二军组建成中国工农红军第二方面军。

奉命任红二方面军副总指挥的萧克在此期间写下了一首七律诗歌，名为《北渡金沙江》："盘江三月燧烽扬，铁马西驰调敌忙。炮火横飞普渡水，红旗直指金沙江。后开鼙鼓诚为虑，前得轻舟喜欲狂。遥望玉龙舒鳞甲，会师康藏北飞缰。"同年，一位参加红军的藏族战士也写下了一首藏语或者汉语诗歌流传后世："不合脚的靴子，它是彩虹我也不要；感情不和的伴侣，她是天仙我也不要。奔腾的雅砻江怎能倒流，离弦的飞箭绝不会回头。我们共同的心愿，是同红军走到底。心愿！心愿！长征到底！心愿！心愿！扎西德勒！"在金沙江、澜沧江、怒江峡谷生活的大部分傈僳族人并不知道"红军"，只知道国民党反动政府宣传的"朱毛共匪"。但是从相邻世居民族的口述中得知红军事迹、政治主张和严明的纪律之后，按照傈僳氏族习惯将红军冠以"阿越氏麦"，即"朱氏族领导的军队"，在横断山傈僳族居住区广为流传，甚至被神化。

5. 盐的解放

1946年国共内战重开战端。尽管当时国民党军拥有830万之众，中国共产党领导的武装只有正规军110万人、民兵200万人左右，可谓实力悬殊。但是由于民心向背，至1947年年底，中国人民解放军通过两次大的战役重创了东北、中原地区的国民党军，国民党在大陆的统治地位开始动摇。在中国人民解放军进军云南之前，中共地下组织已经开始在各地举行武装暴动，滇西地区的第一场武装暴动则在滇西北要地产盐重镇剑川打响。剑川为茶马古道驿站，是北上西藏，南下大理，西通缅甸的战略重镇。1947年11月，云南省工委按照中共中央和南方局的指示决定在全省范围内发动武装斗争，任命黄平为特派员领导开辟滇西武装暴动工作。黄平等人到剑川后，与省工委先期派回剑川的王立政、张贡新等地下党员取得联系，随后他们在乔后、剑川、鹤庆深入农村发动当地各族人民进行反"三征"斗争。他们从发展党员、建立党组织入手，积极发展党员和党的外围组织"民青"成员。至1947年年底，先后在剑川、沙溪、鹤庆建立了中共地下党组织。

1948年5月，根据中共云南省工委决定，中共滇西工委在剑川县城秘密成立，由黄平担任书记，欧根担任副书记，滇西工委委员有王以中、徐铮、王立政、杨苏、王北光。滇西工委成立后，根据面临的形势确定"深入发动群众，开展各种形式的斗争，在斗争中建立党的组织，为发动武装斗争积极作准备"的工作方针。部署建立以剑川、祥云、保山为中心的三个工作区，地域涵盖滇西北。各位委员按照实际情况进行了分工，黄平、欧根负责全面工作，王以中负责剑川地区，徐铮负责学校和妇女工作，王立政、杨苏负责乔后地区，王北光负责通兰地区。剑川因此成为中国共产党解放滇西北地区的指挥和联络中心。

国民党云南当局也掌握了共产党计划在剑川、通兰暴动的基本情况，积极委任怒江、澜沧江、金沙江流域的土司势力为保安军司令、队长等职，筹划消灭共产党在滇西北的地下活动。由于长期处于军阀混战、土匪火拼的局势下，当地各民族对中国共产党并没有印象。据王北光回忆：1948年，剑川县马登发生强烈地震，地震造成房屋倒塌、人畜伤亡。在人民受难之际，国民党政府置之不理，只有中国共产党滇西工委及时指示剑川县工委组织募捐，派出剑川县工委书记王以中为首的救灾团到兰州一带救灾。这一措施不仅给灾区人民受到极大鼓舞，也解决了生活上的部分困难，群众普遍反映这是"雪中送炭"。通过这一行动，当地人民认清了敌我，靠拢共产党，增强了要求解放的信心和力量。为以后开展工作奠定了基础。救灾团离开时，留下共产党员李铸宏和民青成员赵泽宗、张彭建、颜瑞昌继续在当地工作，传播共产党的主张，宣传全国革命形势。

1949年4月2日，中共滇西工委经过一个多月的精心策划和准备、并报经省工委批准后在剑川举行武装暴动，打响了滇西北武装夺取政权的第一枪。近凌晨二时，起义队伍分两路由西、南迅速到达城门，收缴了卫城士兵的枪支。在敌方卫兵的配合下，双方均未鸣枪。直至暴动队伍到达县政府大门口会合时，敌方仍然毫无察觉。但是当杨新纪指挥暴动队伍试图冲进县政府时，遭到了守门警察的抵抗。甸南暴动队员陈祖芳中弹牺牲，队伍受阻，双方激烈交火，对射相峙。暴动队伍于凌晨四时许击溃守城国民党武装，国民党县长张积厚仓皇躲进厕所未被擒获。五时许，暴动队伍撤离县城。剑川暴动后，国民党剑川县长张积厚向云南省政府、省参议会告急，并联合部分地主豪绅重新纠集武装卷土重来困守县城以待援军到来，滇西工委决定抓住时机再次奔袭剑川县城。4月19日凌晨，剑川人民自卫大队突袭县城，双方激烈交战，中共武装歼灭守城国民党自卫队员80余人，活捉县长张积厚，缴获60多支枪，随即离开县城转移到石龙寺进行整训。在此期间，剑川县委调入一批骨干补充兵力，部队扩充至200多人枪，后编为三个中队、一个政工队、一个武装工作队，并配齐了军政干部，建立了共产党剑川总支委员会，滇西工委决定将部队番号改为"剑川人民自卫团"。

1949年4月21日，就在毛泽东和朱德发起《向全国进军的命令》之日，军阀罗瑛等人组织和抢抓永北汉、傈僳等民族组成所谓"中国民主联军滇黔军区滇西总司令部"，罗瑛自封副司令，号称拥有武装力量4000余人。于4月26日兵分两路从中江、金江渡渡过金沙江，向西进攻至邓川、洱源，企图控制滇西北盐场。同时，在滇西北诞生了一支打着国、共两党的旗号，又同时反对国、共两党的地方武装，即"共产党、国民革命委员会、民主同盟联军"，简称"共革盟"。它是临沧云县人赵正元、钟世俊和龙云的旧部以反对蒋介石和卢汉，迎接流亡香港的龙云为口号组织起来的一支武装。"共革盟"拥兵1000余人，先后攻下保山、腾越、龙陵、顺宁、云龙、泸水等县城。卢汉派遣保安第二旅旅长兼滇西剿匪指挥部指挥官余建勋、刘福铭等人进入滇西讨伐"共革盟"，共革盟主力在保山境内被国民党军队击溃后，往滇西北解放区溃退。云龙方向"共革盟"于1949年5月9日组织千余人攻击至兰坪县外围，其一部直扑产盐重地——喇鸡盐井。

1949年5月5日，中共领导兰坪县外围通兰暴动成功。1949年5月7日至之后一周，剑川人民自卫团与来自云龙方向的"共革盟"和邓川方向罗瑛的"民联军"发生多次战斗，罗瑛率领的"民联军"在剑川人民自卫团的英勇打击下一路溃败，"总司令"史华于5月18日在鹤庆自杀，罗瑛率残部回到永北后，也发生内讧，于5月25日被易少白、谭伟才处死。剩余"民联军"近千人进入华坪、盐边地区苟延残喘。5月10日，试图进入兰坪县城的"共革盟"在剑川羊岑、白拉山哨口遭到欧根率领的剑川人民自卫团伏击，全部被歼灭。剑川人民自卫团先于"共革盟"进入兰坪县城，兰坪县城和平解放。但是"共革盟"武装一部在银友裕率领下于5月11日从云龙向北进攻击占领了滇西北人民食盐主要供应地和国民党财税主要来源地——喇鸡盐井。剑川人民自卫团二支队必须火速出兵击退"共革盟"武装，解放喇鸡盐井。王北光、李岳嵩率部连夜前往喇鸡盐井，于5月12日拂晓赶至喇鸡盐井包围了"共革盟"武装。战斗从拂晓至中午结束，"共革盟"被二支队击溃，向云龙方向逃窜。同日，中国共产党在维西县组织武装暴动成功。

解放喇鸡盐井后，二支队开仓卖盐，还对前来买盐的怒江流域傈僳人、怒族人免费发盐。尽管中共在剑川、兰坪、维西等地控制了一支武装力量，但是这个区域大部分居民为少数民族，语言不通，民风迥异。地方土司试图武装对抗，很多山地民族对中共了解不深或者根本不了解，导致中共在汉族地区采用的宣传手段在横断山区少数民族中并不奏效，刚刚诞生的新政权和解放区根基不实，还在风雨中飘摇。在这期间，后任怒江州委书记的张旭参与了免费发盐的过程。张旭当时任喇鸡后勤部主任主管盐务工作，他们掌握了怒江、维西地区傈僳族、怒族人吃盐十分困难的实际情况，而接手过来的国民党喇鸡仓库里滞存有2.8万担食盐。上级指示将这批食盐以"怒江特区救济盐"的名义免费分发给怒江两岸的山地民族。最后决定来要食盐的人要多少给多少，只要背得动。

可是免费发盐并不容易。当地人根本不相信"汉人"免费发盐的"鬼话"，张旭和王荣才在喇鸡鸣盐井附近的营盘街上转悠几圈，遇见两个买盐的怒族人，张旭对他们说，不用买了，每人给你们一背。两个怒族人不可能相信这个汉人说的话，因为历朝历代的"汉人"都是用食盐牟取暴利，控制、压榨各族人民的。"给一背盐"一定是汉人的鬼话。两个怒族人仔细打量这两个汉人，他们认出了曾经在碧江教书的王荣才。交头嘀咕一阵子之后，将信将疑地用傈僳语说："王老师，我们要一小点就可以了。"王荣才搬出二三十斤的两大块食盐送给他们，用傈僳语开玩笑说："一小点不给，老师给学生要给一大块。"两个怒族人说："老师给，我们就敢要。"王荣才又说："你们回去后，叫没盐巴吃的亲戚朋友们来喇鸡盐场找共产党，每人给一背，随时来随时给。"

两个买盐的怒族人乐呵呵地回去后，共产党在喇鸡免费发盐的事情在怒江两岸迅速传开了，成群结队的傈僳人、怒族人接踵而来，消息甚至传到恩梅开江流域，为了得到食盐，那里的人们也翻越高黎贡山、碧罗雪山不远百里前来背盐。直至发放了2000担左右,来的人才逐渐少了。这件看起来很小的事情,在当时横断山区产生了重大影响,无意间形成了强大的政治和舆论攻势。甚至仍然想负隅顽抗的国民党碧江参议会参议长田月辉也对田映书说:"我们该收手了,共产党只要费上几百担盐巴,我们将死无葬身之地啊!"解放怒江的宣传攻势就这样被迅速打开了,中共滇西工委趁热打铁,安排王荣才带领学生木盛春等人将《约法八章》、毛泽东的著作《论新阶段》和《论联合政府》中的主要章节翻译成傈僳文进入福贡、碧江张贴于县政府门前的墙壁上,识字的傈僳人大声朗读给前来围观的群众。在盐巴攻势和傈僳语文的宣传下,怒江两岸人民对中国共产党的质疑基本消除了,为下一阶段的斗争奠定了坚实的基础。后来王荣才进入怒江见到傈僳族头人霜耐冬、裹阿欠时,两人同声说:"过去听说过'阿越氏麦'的故事,如今阿越氏麦来到怒江,太好了,太好了。"因此后来有人说"盐巴解放了怒江",是有依据的。

1949年9月,滇西人民自卫军改编成中国人民解放军滇贵黔边区纵队第七支队,七支队下设6个团,一个藏族骑兵大队,人数6700至9000人。新中国成立以后,刘邓大军以摧枯拉朽之势挺进大西南。1952年以后,滇西北全境获得解放。印证了一句傈僳族格言:"没有四季啼叫的布谷鸟,没有永不下台的官僚"。古盐矿、井依次恢复生产,其中喇鸡鸣井的盐以产量最高、盐质最好、渗透力强和质地坚硬而誉满全滇。喇鸡鸣井的盐还呈现出绯红的云色,被誉称为"桃花盐"。改革开放以后,由于盐产量不断提高,曾经稀缺难求的盐成了最普遍的食品,从供销社统购统销到小卖铺零售,从凭计划采购到自由购买,从昂贵到不惜血族仇杀,到成为生活中最便宜的必需品,滇西北的盐用它的历史诉说着苍茫往事。

如今古兰州的盐井已经全部关闭,仿佛翻过了一页充满血泪的历史。而喇鸡鸣井附近的居民,还在利用水溶开采涌出的卤水顽强地用他们的方式熬制桃花盐，不是为了食用，而是为了传承他们伟大祖先留下来的一种记忆。2016年，有幸得去喇鸡鸣井一睹小镇风采，那时秋色灿烂，浮云散淡，兰州古道上的村落弥漫着自由的炊烟。当我用双手捧起一捧绯红的桃花盐，仿佛触碰了盐马古道跳动千年的血管，这隐秘的血管里，隐约回响着盐的复杂回声，仿佛在告诫我们珍惜有盐味的自由生活。

（原载《民族文学》2020年第2期）

生生之土

叶浅韵

一

我奶奶说，女儿是菜籽命，种在肥地她就肥，种在瘦地她就瘦。

四平村前头的大片土地上种满了油菜花，春天时，金黄的田野就是我们的乐园。比大人还高的菜花，捂住了我们的欢笑。半山腰上，有勤劳的人家不肯闲置土地，把油菜籽种进土壤，盼望着能有一些好收成。可那些瘦寒的土地上开出的花朵，细枝细叶细黄花。与田野里的浩荡之气相比，这小家子实在不成什么气候。

这生活中的常见物什身上折射出来的道理，自然就成了女儿们命运的近亲参照物。他们嫁女儿时，要向着土地多的人家。他们挑选媳妇时，又要向着粗脚大棒、腰圆背直的女子。这些征兆，与土地的肥瘦互为验证。人人都希望田野丰收、子孙健壮、代代有种。

田野里，庄稼借着肥沃的土壤长得健硕。土地的余力还滋养了杂草，它们铺张地横行在土地上，与庄稼争抢阳光雨露。它们中的一些成为牲畜口中的粮食，一些生长为种子，飘落在土地上，实现它们的自我繁衍。一季一季的土地，变着花样，喂养人们的肠胃。苞谷、洋芋、豆子、烤烟、小麦、大麦、油菜，种什么，土地就生出什么。

我们光着脚底板奔跑在田野里，找猪草，捉蝴蝶，偷蚕豆，掰苞谷。泥土的芬芳在雨后的麦地里、苞谷地里、洋芋地里、蚕豆地里，它们的味道是不一样的。丰收的土地和歉收的土地，它们的味道也是不一样的。土地就像每一个母亲身体上的乳香味儿，孩子们依着气味找寻母亲的怀抱。

遇上年成不好时，冰雹、虫灾、洪涝。大人们会说，天作的天会收。往往是苞谷歉收了，荞麦丰产了。就是在那些吃不饱的年代里，也曾有过房檐下面都出满了菌子的年景。奶奶说，饿了，就烧菌子吃。没油，少盐，吃得想吐。不吃又没吃的。那些密密麻麻的谷熟菌，在稻谷被蝗虫吃了的那一年，救过一村人的性命。损余相补的自然哲学里，隐藏着一些生存的奥秘。

瘦小的伯父，一生嗜土地和酒如命。为了吃饱肚子，他给人当过长工，长年帮人放牛、放羊。饥饿是猫抓心似的难挨，寡辣辣的天，寡辣辣的肚皮，望不见一个饭粒子。他吃过树皮、草根，还吃过观音土。集体的土地下放时，伯父像是忽然成了一个大地主，从此过上有吃有穿的富日子。能有自己的土地，黄生生白生生的苞谷饭真香甜啊。

他喝醉了酒唱：新风吹进村子里，土地到了怀抱里。

耕牛是他最亲密的老伙伴，土地是他最热爱的老母亲。一沟一坎，一山一洼的土地啊，伯父在劳作时像个威严的国王。土地上的事物，顺着他的镰刀和犁铲，归顺，翻新。土地上生长出来的粮食填饱了我们的肚皮，也给了他无限的尊严和荣光。吃饱肚子后的力气，天天都在重生。伯父觉得这些土地不够施展他的一身武艺，他便想到了开荒地，说那是开生。多么好的词语呀：开生！

后山的黄土坡上，在他的锄头的整理中，有了一小片一小片的土地，他带着豆子、花生、葵花子种上，到了秋天，家里的吃法就多了二指。伯父就用两个手指头比一比。他常常爱说一句话：看老天给会赏你二指。我一直弄不明白，这老天赏的是脸面，还是情面。但二指，也成了另一种指向的名词。在伯父那里，是他在土地上挣得的面子。我们都要臣服于他的创造。

后山上的生地被伯父变成了熟地，后来又成了生地。现在是他的墓地。伯父若是知道他的子孙们没有遵照他对土地的推崇意愿，没准要在一场酒醉里把桃花骂得凋零。就在母亲想对她的孩子们施与书本的教育时，伯父是持反对意见的。在他眼里，女儿们能嫁个土地多点的人家，勤耕苦做就能过上好日子。至于儿子们，守住他在土地上的江山，就足够了。书生的用处，嘿嘿，几阵风就吹倒了。

如果不是伯父的固执，他的大儿子应该会成为一名光荣的人民教师。他紧紧地捂住从土地上挣来的那几块钱，不顾我的父母和哥哥们的哀求，丢下一句，这是我从黄牛脚杆上敲下来的，谁也别想打它的主意。除了土地上能刨出金娃娃，我就没看见哪本书里能生出吃法来。他扬起鞭子使劲儿地抽了一下老黄牛，我们都闭上了嘴巴。

是啊，四平村的人都在土地上刨出了金娃娃，一篮子一车子，都归进了粮仓里，养活了从母亲们的肚皮里生出来的金娃娃。在缺少粮食的年代，土地上生产出来的才是金娃娃。丰衣足食了，肚皮里生产出的娃娃才是最金贵的。人人都离不开泥土的养育，只有家里有了吃法，喂饱了肚子，心底才有了踏实安稳之感。

伯父爱他的土地，笃信土地上能生长出养活人命的一切。给儿子们分家时，太多的土地，让儿子们有了挑剔的资本。这个嫌弃后山梁子太远，那个嫌弃对门山上的土地不够肥沃。伯父把他的老烟锅往地上重重一砸，对着院子吐了两口浓痰，就开始骂人。

彼时，伯父的大儿子正值青春，去城里打工带回一个卷头发的姑娘。我们几个小鬼头躲在窗风洞里看热闹，细脚细手，嫩皮嫩肉。与村子里粗脚大棒、肩宽腰圆的孃孃姐姐们明显不一样。伯父在他的儿子带着女朋友走后，又开始骂人，说白白害他宰杀了一只老母鸡，那身皮相放在土地上，一阵风就吹得起多远。又是土地，伯父的眼里，男人女人，肥猪瘦马，都必须要与土地有关联才对。后来，我再没见过那个穿绿衣的女子。

哥哥落寞了好一阵后，与一个能在土地上撒欢的女子结了婚。他也被收拾得像土地一样齐整。伯父唱着小调子，处处夸这个媳妇是嘴有一张、手有一双。在他喝醉酒，别人上不得前时，他像敬重土地一样，敬重这个儿媳妇。我后来看明白了，只要与土地相交好的人，都是伯父的亲人。村子里那些被他夸奖的人，都是庄稼长得好的、牲口喂得壮实的。懒死，堕落，这两个词语常挂在伯父的嘴边，被他连贯作一个成语，张嘴就放在我们身上。

伯父广种博收，山上、水边、土里，处处都搞得到能吃的。两间屋子的楼上挂满了粮食，那是他口中的"黄家白当"。这四个字，在村子里是富裕的最有力描述。伯父成了村子里第一个有车的人家。牛车。他自己养的老黄牛，自己制作的木轱辘、车厢、车把手。忽然有一天他就驾在牛身上，出发向后山开去。他雄赳赳的样子，太像一个出征的山大王。能坐上牛车，我们就成了高人一等的姑娘小伙。村子里的孩子们哭了时，伯父说，别哭，别哭，我带你坐车车去。多么高贵的牛车呀，它让我们的生活变得不一样。

二

大人们起早贪黑地在土地上刨，想喂饱人、猪、鸡、狗们的肚皮。母亲的劳动力赶不上伯父，她便想办法走了精耕的路子。当有一天，母亲提出要把那七分自留地改造成菜园经济时，当生产队长的爷爷持反对意见。出于疼爱，他勉强地同意母亲耕种一年。待那些辣椒、茄子、西红柿在街市上卖了好价钱，远远高出种洋芋和苞谷的产值时，爷爷划出了更多的土地让母亲折腾。

　　这事，后来就做大了。村子里的妇女们都跟着母亲搞起了菜园经济。若是放在今天，母亲的大胆改变是要成为新农村建设的示范样板的。村里要选妇女主任时，母亲采用逃避的方式。她不知道她的这一举动，深深地影响了她的孩子们。我们都以为只要在土地上种好自己的庄稼，其他的名头都只能成为不重要的附属品。这种固执与伯父对土地的偏爱，是另一种雷同。

　　四平村缺水，比起仙人洞三台洞前面那些村子，母亲和婶娘伯母们都羡慕人家吃水方便，而她们要磨破多少肩膀皮才换得相同的劳动果实。虽然凝结在蔬菜中的劳动力有巨大差别，但它们的价值是一样的，都要通过街市上的买家来检验。这时候，母亲的精耕与别人的细作，因了水色的不同，就有了许多明显的差距。但母亲从不气馁。她在凌晨两点，点着火把下到很深的洞里去挑水。干旱季节，吃水困难，有人埋怨母亲趁别人都还睡着时，就一个人把洞里的水挑干了。还给她取了一些绰号，不外乎是些山中豺狼虎豹的勇猛角色。母亲爽朗地大笑。让我感觉那是她应该得到的荣耀，她受之无愧。

　　我是怨恨挑水的，但我更怕母亲手里的细条子。我的童年和少年，对水的记忆太深刻。一瓢瓢泼洒下地，土地张着嘴巴全喝干了。这里还没泼透，那里还是干的，这是母亲指挥我时常说的话。若是我的脸上敢挂着些不高兴，母亲就说，你拔鸡毛哄鬼，哄什么也不能哄土地，你哄它，它就会哄死你。赶紧，再挑五六挑来就够了。

133

天啊，五六挑。我吃奶的力气都丢在石洞里了。小弟爱吃苦瓜，母亲这么哄他，乖乖的，你把这两块地泼圆泼透了，我摘一个苦瓜给你炒吃。我后来才知道，小弟是个聪明的娃，他不是爱吃苦瓜，是因为炒苦瓜时要放两只鸡蛋，他更爱吃鸡蛋。但我们都不敢直接说，想吃鸡蛋。除非是病得重了，吃不下饭时。那些鸡蛋，是用来换学费的。

一群一天天长大的娃娃，成了伯父和母亲在土地上的士兵。一些跟着伯父的牛车向后山走去，一些跟着母亲往返于石洞里。土地喂养了我们的身体，我们一天天长高了、长大了。大大榜榜的样子，像他们土地上长出来的粮食和蔬菜。

我得承认，除了繁重的体力劳动，我是喜欢跟母亲去菜园子的。黄瓜闹嚷嚷地开着淡黄色的小花，一夜之间就结出带着许多刺的小毛头，一天一个样。一些花结了果，一些花落了。落下的花花，母亲说那是开谎花。我第一次知道花也会说谎。站在黄瓜篷旁边，母亲指着一些花朵，告诉我，哪些是会说谎的孩子。茄子，穿着紫色裤子的茄子，裤子上有许多细小的刺，戳一颗在手里，疼疼痒痒地难受，还难挑出来。辣椒，结了一拨又一拨，母亲种辣椒的经验是在弯路中实践出来的。就像这土地上曾经发明了一种生产模式，苞谷套种洋芋，高棵植物与矮棵植物套种在同一块土地，增加了透气性，让植物的呼吸彼此顺畅，它们一高兴，苞谷背了大包，洋芋在地下长了大个子。这经验曾到处推广，一时成为土地上的先进生产力。

那时通讯落后，农业科技像是个盲区，仅停顿在一些自己总结出来的个人经验，在村子里互相传播。就像母亲种辣椒得到的经验。起初，她只是卖红辣椒，一拨辣椒结了，就痴痴傻傻地等着它们红了。慢慢地，发现绿色的辣椒比红色的更讨人喜欢。母亲就摘绿辣椒去街市上卖。在这其中，她发现，摘了一拨辣椒，另一拨就马上长出来。这源源不断的摘法，可以让辣椒的产量增加很多。四平村一时成了街市上绿辣椒的原产地。村子里骂小孩子比大孩子更厉害时,他们会说,哟,绿辣椒比红辣椒还辣呀。

辣椒燉皮,好伺候。而西红柿娇气,一不小心就要患病,患起病来就要相互传染。为了卖个好价钱,母亲把绿色的西红柿摘来了,放在箱子捂。捂一些日子,红艳艳的西红柿就坠在我们的背上,翻山越岭去换钱了。到了后来,母亲又发现在放进箱子捂红与在树枝上自红的时间差不多。而市场上已经有"催红素"这种东西在销售了,但母亲拒绝用它。我们从枝头上摘红了的西红柿,又好看又好吃。

一茬一茬的蔬菜,在土地上一轮一轮地翻开我们的生活。母亲像一个不知疲倦的人,一提起土地就有使不完的力气。中学时,同学们深受陶渊明思想的影响,羡慕我的田园生活。事实上,当我带着他们在烈日炎炎下不停地采摘辣椒和西红柿时,他们心中的诗意顿时荡然无存。我相信母亲在做这些的时候,她的心中没有产生过什么见鬼的诗意,对于她来说,让全家吃饱肚子,让我们穿得光鲜些,她的理想就找到了一把梯子,她对未来的希望就有了一个合适的容器。

对,容器。家里有许多容器,盛装不同的物什。札柜巨大,够我们四姐弟钻进去躲猫猫,是用来装粮食的。打下来的苞谷装满了两个大大的柜子,把手伸进去,向下,再向下,怎么也见不到底。丰收就长在我们的手臂上,身体里。我们咯咯地笑着,角落里的老鼠们也在咯咯地笑着。它们在深夜来偷粮食,想尽各种办法,用牙齿把札柜一点点啃开一个洞。奶奶的耳朵尖,听得见它们磨牙齿的声音。她说,这些烂牙巴骨的死耗子们。

耗子从来没有被奶奶咒死。它们来来往往地穿梭于楼上楼下。一些苞谷进了它们的肚子,一些进了我们的肚子。它们中的一些,要么,毙命于黑猫灰猫的口中,要么死于老鼠药的迷魂阵里。但它们的子子孙孙像是永远都有一支打不败的队伍,生生不息。

水缸、木桶、锡盆、猪槽、鸡圈,每一样容器都在合理地归顺着家里

135

的日子。还有一个用水泥和石灰砌成的装水的容器，只有我们家有。它们从地板上拔地而起，齐母亲的腰杆。方形的，或许应该叫蓄水池。那是土地的后备供给力。许多个深夜，母亲一挑一挑的将水装进池子里，足足能装三十挑。待到了白天，石洞里人员拥挤，取水困难时，母亲的智慧让她提高了生产的效率。也让她在与别人发生争端时被人痛恨。勤劳在一些懒惰的人眼里，是一种罪恶。

土地在母亲的精心耕作下，样样生机勃勃。就是她生育的孩子们也像竹子那样拔节。有一次，她像是发现新大陆一样，埋怨她的小儿子怎么要长得这么快，以至于她没时间为他做新衣，而旧衣穿在身上又格绷绷的太难看了。她没料到她年幼的小儿子会这么回复：那我应该长得像某人（侏儒症患者）才对。母亲像是犯了大错误似的，顿时语塞。她说，菜薹，一个个全都是菜薹。春天，菜薹抽得最快，一夜就拔出很高。四平村的人形容正噌噌长个子的孩子时，都说他们是菜薹。他们喜欢用土地上生长出来的东西打比方。

母亲除了种菜园，还大面积种植烤烟，土地是租来的。俗话说，种一亩园当得种十亩田。再加几亩烤烟，忙得脚底板翻天的母亲，没时间关注女儿的初潮，更不知道她的胸脯何时发育。至于脸上头上身上的疤痕，她完全没有记忆。生日时，奶奶煮个鸡蛋，母亲没时间去追问她那些受难的日子。鸡回家的只数，和人回家的个数，都是奶奶在操心。在这个院子里，最忙碌的两个人是母亲和伯父，他们的胸膛也像土地一样，大大小小的一窝窝孩子在土地上奔跑。他们疼爱着，咒骂着，拉扯着。

吸烟有害健康。这是香烟盒子上的标志文字。我每次看它们，就想起了那些种烤烟的日子，想起了在腊月就忙着播种的母亲。春风才吹来几阵，母亲就在最肥沃的一小片地上，撒烟苗、辣椒种、西红柿籽。那些种子进入母亲为它们准备的产房里，长根、长芽，冒出一只小眼睛、两只小耳朵，到一整个笑脸。母亲把它们移栽到不同的土地上。

我最不喜欢种烟苗，但烤烟是我们的学费支撑。掰烟叶的日子让人想想就难受，晴天时，一身的黏液，手上、脖子上、头发上。劳作一天结束去梳理头发，疼得掉了一地的眼泪珠子。雨天时，满身都是湿透的，山冈上的风一吹来，激灵灵地打了几个寒战，骨头和心都结成了冰块。双手黑漆漆的洗不干净，放在作业本上都觉得害羞。谁是抽烟人啊，害我这般不得安生。母亲说，这不是烟，是钱，是土地上生出来的钱。赶紧给我掰烟叶，那一棵还要再掰掉一个，这个叶片已经等不到下一个烤房了，它们会黄了的，黄了就烤不出好颜色了。

关于烟叶地上的事，母亲最满意我掰烟叶的速度，要两个人理烟才供得上我的手。而小弟掰烟叶的劳动力，当得一个大人。我们干活的优点，被母亲抓在手里，用来鞭笞每个人。于是，我知道我砍柴不如妹妹，挖洋芋不如大弟，拔草不如小弟。我们也都是母亲种的地，她想样样管得好好生生。

大人们不闲一刻地在土地劳作，把水当成乳汁，把大地当作母亲，把春风当成亲戚，长啊长，长成花花绿绿的票子。我们上学的学费、杂费、伙食费都有了。伯父盖新房子的钱也攒够了。那高高的大梁上挂着长长的红布，两岸青山的回音里爆竹声声，封吉利的老先生在高声地说：平安福地，紫微指栋，吉庆人家，春风架梁。伯父伯母的脸上像被太阳镀上了一层金辉。

三

四平村的人不知道，农民也是一种职业，他们依靠土地养活了自己，养活了一代又一代的人。当然，他们也常记挂在嘴上一句话：万般皆下品，唯有读书高。以一介布衣发迹的古人，留下许多圣贤事。小时候，伯父常常讲起杨状元（杨升庵）的故事，诸葛亮和姜子牙们，更是张口就能进驻人心。于是乎，坚守土地的人们就有了种种参照谱系。那时，邻村不断有人考取大学。哥哥姐姐们从村子经过，俨然成了孩子们心中的大榜样。

大学，这是土地上多么高级的向往呀。这或许更是收藏于我母亲心中的崇高理想。从她不顾一切地在土地上劳作的姿态里，我们成了最大的获利者。母亲年轻时去山上干活，要背着两个箩去，一个箩与另一个箩换着歇气，空身上山坡去背另一个箩时，全当是在给脊背松口气。每当看见年老的母亲，双腿弯曲，行动缓慢时，我的心就掉在了故乡的土地上。我好想替母亲向土地下跪。可每一次我都落荒了，分明是想替代母亲拿些重活，倒是母亲一个人成了一支队伍，蚂蚁搬家一样地把土地上的东西搬运到我家。我在一堆东西面前惊叹，惊叹母亲是如何一个人完成这些程序的。母亲爱说，田间地埂，家物所出，相宜贵贱，都是自己的。你若是去了街上，一匹黄菜叶也得花钱不是。土地在这种时候，就像是母亲的保险箱，只要她一打开它，白花花的银子就掉了一地。

有一次弟媳对母亲说，别老想着回家去了，拿来那些东西还不够油钱呢。母亲的愤怒，在转述若干次以后，都还在冒着火药味。我知道，母亲是因为自己的羽毛受伤了，那些长在她骨头和血脉里的土地，她对它们的感情跟儿女们是一样的。好几年前，我也曾像年轻的弟媳这样冒昧过，试图去阻止一个过分热衷土地的母亲。我以为只要我们有钱了，母亲就能停止对土地的依赖。当我发现我的错误时，我成了母亲在土地上的战友。

我陪着她去街上卖菜，替她打伞，收钱，当然，也顺便把她篮子里的蔬菜送给熟人朋友。母亲有时是心疼的，有时是开心的。心疼的时候，大概是我把蔬菜送给了她不喜欢的人，她白了我一眼，说，下次不要你来了。开心的时候，是母亲看见她喜欢的人，她大方地把蔬菜塞进袋子里，推搡着让人家别嫌弃。

母亲太像土地上贪玩的孩子了，常常忘记了回家吃饭。但曾有一次，母亲表现得像个生意人。母亲要去街市上卖莴笋，她的菜园里那一块莴笋长得很粗壮，她说再不卖了，它们就要开花谢朵了。好吧，母亲卖菜，我赶乡街子。

那一天，我的运气特别好。仿佛南山北山的亲戚们都来赶街子了，这会儿遇见父亲的大表哥，那会儿遇见老姑爷爷。手里没有送人的东西，只好拿钱出气。到了晚上散集时，母亲的莴笋也卖完了。她数了数钱，说卖得149块呢。我看着她高兴地把钱藏进最里层的衣服口袋里。我们才起身要回家时，就看见了88岁的舅爷爷。他像蜗牛一样，慢悠悠地走着，红通通的脸，白花花的胡子，是我亲爱的舅爷爷，奶奶的亲弟弟，我已经有很久没见过他了。

我摸一摸我的钱袋子，天啊，我甚至连一张红色的整钱都没有了，我拿不出手啊。眼睛向前一瞟，就看见对面的摊子上正摆着红糖卖，便买了一提红糖放在他的篮子里，又担心他走不动路。舅爷爷说，姑娘啊，还是你妈有福气，我们在土地上刨了一辈子，这后世子孙个个读瞎了，没有一个成得器。还是你们争气呀。

回家的路上，我与母亲说了在街市上遇见过的人，她说，老娘今天带着你个害人精来卖菜，真是太不划算了。我才卖得这几块钱，你倒是给了人多少了。我有些委屈，但看看更加委屈的母亲，我不敢多言。母亲习惯用土地来量入为出，她没有错。当然，下一次，我还是要跟着她去街市上卖菜。她一边以我为骄傲，一边又以我为反面教材。谁让我是她的土地上长出来的南瓜呢？哦，对了，许多年前，她还曾经这么形容过追求我的一个小伙子，她说，只有大蒜这么高，以后生个小外孙，最多也只有南瓜高呀，要不得，要不得。

139

四

前些日子，我回了趟四平村。村子里正在发酵一件新鲜事。

烟杆三和赵大毛在河坝里打了起来。这事像风一样吹遍了村里村外。赵大毛拖家带口去了浙江打工，已经出去四五年了。烟杆三在昆明当送水工，比赵大毛家外出打工还早两年。他们出门后就把土地交给各自的老人耕种。乡间没有土地买卖之说，但置换土地一直是存在的。张家李家要起房盖屋，用得上别人家地点，互相商量着就兑换了。这些年也没见谁家扯过寡皮的。

这一回却是为了美人河边的土地因修路被占了，赵大毛得了八千块的土地补偿款。这地是烟杆三换给他的。当初赵大毛说要在这里盖座烤房。对门山上他种着三亩烤烟，他说从山上背下来就进烤房，伙同村子里另外几家在山上种了烤烟的，要盖个新式的烤房。兄弟二人吃了几杯酒下去，说换就换了。烟杆三说，要得，就这么整了，你把沙地头这点地换给我，挨着我家的，以后我苦得钱了，也好盖个大点的房子。

烤房没盖成，赵大毛就出门打工了，一去数年。这些年，他们井水河水，平时不见不犯，各打各的工。过年回来，伙在一起吃上几杯。大笑着喊对方的绰号。你个老烟杆三，今年苦得几个瘪毛钱了？死大毛，倒是苦得几个大毫子，吃酒吃肉就吃了大半。烟杆三递根红云烟过去，大毛说，你吃口真大，紫云都换成红云了呀。他们谁也没提土地上的事情。

烟杆三是因为他在家里排行老三，学会抽烟后，两只耳朵各别上一杆烟，嘴上还叼着一杆烟，这烟杆三的诨名就喊开了。至于赵大毛，纯粹是因为他是家里第一个男娃，带得娇气，生下来就没剃过头发，留个长毛辫子，剃头发时还请了客的。大毛大毛就叫开了。乡间这种风俗叫"剃长毛",这事关一个家族的繁衍生息,就像种地的"种",跟盖房起屋和婚丧嫁娶差不多重要。

赵大毛说,这土地明明是换给我的了,这钱就该我得。烟杆三说,你拿字据来,我什么时候说要换这土地给你了?事实上,村子里的人也没几个知道他们换了土地的事情。字据也没立过。从老古代以来,四平村人做这种事,谁又立过什么字据,还不都是红口白牙说了就算的。他们一来二去的口水话,说着说着就打了起来。

好不容易分开了。烟杆三说,我是挨着公路的土地,这么好的地点,要值多少钱哪,我憨包才换给你。哟,要是在昆明,比这个值钱多了。赵大毛说,你狠屎得很,还不把这土地搬到昆明呀,明明是换了的土地,现在你见钱就眼开了。这几年,这土地都是我老爹在种着。不见你来根究,这回你倒是活爬起来了。烟杆三说,我就是放了养麻蛇玩,我也没闲心来种,被你家种了这么多年,我连租金都没提过,你还好意思说。

对了,沙地头的土地,自从烟杆三的爹娘去世后,那两块土地真是闲着养麻蛇和猪草了。他们这么说来说去,旁边的人也分不出谁该得这八千块钱。说是请村上的调解员来。一样是云里雾里。证据。证据就是以前分土地的老皇历,可那些老本子早就不在了。调解员请了村子里当时参与丈量分土地的老人来。三爷爷吃了几口旱烟,缓悠悠地说,这河边上的土地算是集体分土地时留下的找补地,当时这块地倒是分给烟杆三的老爹的,听说他哥五个分家时,这土地分给了烟杆三。我也是听说,唉,这人老了,不中用了。咳,咳咳。三爷爷卡了口浓痰。调解员说,换土地的事情你知道吗?三爷爷说,认不得他们的了,认不得他们的了。

当时可有人在场?赵大毛说,有,还有几个。他抓抓脑门说,对,打电话给我二弟,他在场。烟杆三说,你二弟还不向着你吗?不行。那打给大炮叔吧。大炮叔在电话里说,有是有这么回事,但他们具体怎么换法,

141

时间长了我也记不清了。啊，来了，老板，我来了。大炮叔挂了电话就去忙建筑工地上的事了。这些年他炮天炮地地说话倒是深得建筑老板的信任，上炮老板，下炮民工，每一炮都让将军和小兵们舒服安逸。那些年我奶奶就说过，这大炮的嘴巴呀连树上的鸟儿都被他喝哄得下来。他在外打工如鱼得水。去年刚在村子里盖了一栋最好的房子。还请了乡上和村上的干部来家里吃酒，面子可大了。上次我回村子里遇见，他还寻思着要请我帮他写副对联，说要沾沾我的文化气息。他听说我这几年当上作家了。

调解员的唾沫星子左飞飞，右飞飞，还是不见有效。公说公有理，婆说婆有理，媳妇怀抱着大道理。这一锅烫稀饭没个正碗，该如何吃得下嘛。这些年乡村里这些鸡毛蒜皮的事，说大也大，说小也小。可这八千块钱，它也还真是回事。看着两个红眉毛绿眼睛的人，不解决好还真怕他们动辄就要去北京上访。真不知道村民中什么邪了，听说其他村子有人上访得了便宜的，都知道爱哭的娃娃多得吃奶。还把这妖事当成正经事了。

三爷爷第一次听见这种事时，差不多白胡子都要翻到脑门上了。他说，这些吃死路漫棺材的人，访他爹访他妈，给他一个二个连出门的裤子都没得一条，看他还有本事坐火车坐飞机去，还要连累人去带回来，这得多出多少钱呀。那明明就是无理的，吓唬谁呢。到后来，这种消息听多了。他就沉默了。他常常吃几口烟就望望对门的山上。那里埋着一个方圆团转会讲理的人，可惜他死早了。

会讲理的人是三爷爷的大哥。里里外外有了事情，大伙都要请他去讲个理，判断个是非。总该是人们怀着对道理的公信，讲理的人应该不偏不倚，行事公正，才让大家信服。这曾经是乡间的一种体面职业。三爷爷的大哥怀抱着满腹的道理，从上村走到下铺，受人尊敬和爱戴。只是他后来拉肚子脱水死早了。现在变成了司法调解员。村子的自治，变成了法治。要依规依法来办事。当然，也不是什么人都能当调解员的。法律界可是有一句名言：法律是最低的道德，道德是最高的法律。我细思量这话的时候，就想着乡村里原来居住过最高级的法律呀。

　　如今，都被烟杆三这样的人糟蹋了。母亲说，换土地这事她是听说了的。可听说的事情怎么能放在台面上当证据呢？你看，就连我母亲都懂法治了。调解员姓赵，依了本家的衣水关系，他与赵大毛攀起辈分来。一说一论就成了兄弟，他悄悄拉过赵大毛，耳语着说了许多好话。到台面上时，他说，哥，这哑巴亏你就认了吧，这事要讲证据的，你把这钱给了他，你还去种你沙地头的土地。赵大毛说，得了，兄弟，一笔难写两个赵字，哥就听你的，这八千块钱也养不得我老死，我就当是被贼捣了一回。他把钱往桌子上一放，转身就走了。烟杆三递了根烟给调解员，说，兄弟，还得你来帮我主持正义，要不，这摞钱还真飞了呢。调解员没接他的烟，说，得了，得了，不要得了便宜还推肚子疼。

　　母亲悄悄说，这烟杆三专门会偷鸡摸狗掐菜花，这副德行怕是一辈子也改不了了。一时之间像是村子里的人都站在了赵大毛一边。他们在一起痛说烟杆三曾经做下的缺德事。其中还有人说到，那些年他和邻村一个小婆娘去赶乡街子回来，在麦地里干的好事，练坏了一大片麦子地，真是可惜了。

　　他们说这些话的时候，那两个打架的人早就到了他们打工谋生的地方了。

五

　　土地上的变化真是让耳朵和眼睛都不够使了。原来的土墙瓦屋变成了钢筋水泥房子，一些贴上了瓷砖，一些刷上了彩漆。土地本是用来种庄稼的，如今还可以直接换成钱。四平村的人说，八千块，屁股那么大点土地，真是发洋财了。有人就靠着青天白日做起了黄粱梦，指望着哪一天什么风吹来了。

然而，被征用土地这种事情在城镇里常有，在乡村算不得什么常态。四平村的人一说一讲就过去了。上学的上学，打工的打工。虽然发生了这一件事，但比起早早晚晚的谋生，这实在也算不上什么靠得上谱气的长远事。

四平村的青壮年们不在土地上劳动了，但若是哪一家荒了土地，是要被人笑话的。比如，烟杆三家的土地。过年时他为了央求人给他种地，还提着烟酒上了人的门。可村子里的老人们又种得了多少土地呢？加之他的行为不招人待见，就连累了好好的一块土地。他家的地，就连荞麦这种懒汉庄稼都没有种上。如他所说，一块土地白白放了养麻蛇，被草都要吃了。

没有被侍弄过的土地，慢慢就变生了。这是母亲最不能容忍的懒惰。她才在儿女家几日，就想着要回家。她编的理由常常像个孩子似的，下雨时说房上的瓦片被猫蹬漏雨了，天晴时就说要去晒晒被子或是豆子。我们就睁一只眼，闭一只眼，由着她去。如弟弟所说，只要她高兴。

母亲曾大方地说要把一块土地送给族间堂哥建造房子，那是堂哥在埋怨他没有盖房子的地点时，母亲脱口而出的。她本以为她的热情应该受到堂哥热切的回应。堂哥表情淡然，母亲以为他在嫌弃她的土地，其实他是想打另一块土地的主意。从此，母亲决然地不再说要送土地给谁了。即使是她的亲弟弟们要来耕种，她也要像个地主一样，一一交代这里种豆那里种瓜，这里栽树那里栽花。

母亲的另一块土地在村子最当道的路边，够盖三间大房子，还可以带个大院子。村子里在外苦得钱的人家，不断来打探这块土地的价格。有人很大方地出到四万块了，母亲的话却像一堵山墙。她说，给多少钱我都不卖，万一哪天我的儿女们盖得动大房子了呢？母亲背过身子悄悄跟我说，肯定不卖，如果你们哪天哪个在城里混不下去了，好歹老娘还给你们留着个窝拖呢。

新一轮承包土地的政策来了，母亲拿着个本本，像拿着自己一生的家当，小心翼翼地捧在手里。她戴上老花镜看着本本上的数字，交代我们这块土地和那块土地的边界。我们早忘记了土地上的交界在哪里。母亲痛恨任何人侵占她的土地，那是她的老命根子。只要我们敢说，不要计较。母亲就要放出狠话，她说，除非我死了。偶尔有邻居移动了交界的石头，母亲就像一头发怒的狮子，恶狠狠地移回去。她像保护孩子一样守护着她的土地。当她把满背满怀地从土地上采摘来的水果瓜菜搬到高楼的冰箱时，母亲就像一个在土地上刚得了胜仗的女将军。

母亲对待土地的态度，终归是太爱了，不肯放手，还是太爱了，不得不放手。我们，只有依着她的性子，随着她高兴，结出一个又一个的南瓜。

母亲一边纳着鞋底，说是趁她的眼睛还看得见，要给我们每人做一双毛边底鞋。这鞋子养脚呢。说起那些遥远的往事，她顿时又神采奕奕。

我上小学四年级时，乡里说要修条公路。村里就按人口分段垫土。母亲带着我们早早晚晚地从河里背沙土，脊背皮磨破了好几层，终于把一段看上去不长的路垫平了。那时，村子里只有少数人家有电视机。有人在电视里看见三爷爷背土的画面，这消息像风一样在村子里吹了好一阵。自此，三爷爷把上过电视当成他的大光荣，在吃茶、吃烟、歇气的当儿，五句话之内必然要扯上此事。他一时像个村子里的大人物。

那时，我没有想过我们垫土方占的是谁家的土地，一条白色的石灰粗线，界定了我家与你家需要出的劳力。上面说应该怎么做，下面按时间和质量交工。这一直是古老的信赖关系。修公路是为了人们能更方便走路和拉车，占了谁家的土地，也是应该的，没有谁敢张着嘴巴去索要利益。这是最起码的公心。许多年后，这公心被利益之心侵略了。

以至于，当四平村前头要修一座桥，需要占用桥头的土地，有乡里的工作人员问及谁家土地时，母亲大方地说，要占多少都行，修桥补路都是功德事。"友邦顿时惊诧"。工作人员为一个老人的通情达理而感动，随口夸奖了她几句。他们说这年月为修路修桥，占了点土地，为点补偿款，争得脸红头绿的，动辄就要上访的。就是为了改造电网，在他们的土地上架个电线杆都不得。母亲这么说话，显然成了极少数。老太太被夸得心里头开了花，她一高兴又报上我的名字，仿佛我成了她土地上结出的最大的南瓜。

母亲一天天老去，白发飘荡在秋风里，像是一地庄稼收过的田野，温暖中的萧索带着无限惆怅和零落。我看她的正面、侧影、背影，想她生龙活虎的年轻时代，一阵辛酸爬上眉间。父亲去世后，她像失伴的大雁，在秋风孤霜中独飞。她坐在谁家的沙发上，都像个客人，只有回到她的土地上，她才是自在的、自由的。

小弟家生了二胎，她连更守夜做好婴儿衣物，风风火火地赶去，没听她抱怨一句楼高腿疼。她说，这是我做奶奶的责任，不管多苦多累，我都要背着抱着守着她，直到上幼儿园。但只要一逢有假期，她是站起身子就要回到四平村的。

中秋前夕，她背着一大箩一大箩的核桃板栗从山上下来，再打电话问儿问女。她说，板栗张嘴了，掉得一地都是，核桃也离壳了，给要从班车上带些进来，辣子红得满地横睡，还忙不得摘回来穿了挂着呢。见我们反应平淡，她声音里略带火气，说，等老子背了在街上三文不值二文地卖了去。我说，妈，你歇歇不行么？她说，可惜了，真是可惜了。我就像去山上玩一样，一转就回来了。

那么高的山，那么深的河流，母亲的腿都蹚过去。她不顾危险地蹚过去，索讨不一样的日子。她没想过有一天，她的腿要罢工了，用疼痛来阻止她在土地上的劳动。但她并没有停下来。母亲说，你看，你大奶奶都九十多岁了还在薅苞谷、种菜，你妈才几岁呀。土地没有老去，母亲永远都不服老。

　　我曾对母亲说，妈，我们小时候听你的话，现在你老了就应该多听我们的话才对。母亲没好气地对我说，除非你妈脚直了，哪天动不得时，你们爱咋整就咋整吧。有谁拗得过一对粗壮的胳膊呢？好吧，我举手投诚。这不，母亲昨天又打来电话，说是柿花掉了一地了，再不回来，鸟雀们都比你占的便宜多了。她还这么说，你们回来，然后我就跟着你们回去了。

　　一路上的秋天，它们丰硕地站在树上，田野里，山坡上。母亲的土地上正芳香弥漫，核桃等着我，川乌等着我，柿花等着我，母亲煮的老火腿等着我。满树的洋瓜像人工的铃铛，一摇就掉，母亲说人吃不完，街市上也卖不动，养老在树上都出芽了。在摘柿花时，母亲像发现了重大秘密似的，她说，这柿花放在猪圈里，猪可爱吃了。你二嫂在树下捡了一篮又一篮，四五个大猪吃得抢起来。我也像是被开了许多眼界，吃柿花的猪，身上的后腿，炮制成天下有名的宣威火腿，这得有多好吃呀。以往，猪吃的是萝卜。胡萝卜，白萝卜。一地一地的猪草，钻进小伙伴们的童年和少年里，追赶着我们的记忆。

　　对了，我忘记了。四平村盛产柿花，到了冬天，房前屋后，斑斓的叶子落尽之后，只剩下一树的柿子，花碰碰地开在枝头上，像极了花朵。所以，四平村的人，西泽乡的人，不，还有整个宣威市的人都叫柿子为柿花。我们形容一个人笑得开心时，总会这么说，你笑得像个烂柿花呀。

　　要走的时候，母亲就耍赖了，她说，过些天我再来。你看这一地的活路。放在树上烂了，放在地里烂了，都太可惜了。母亲又赢了。

　　当我把家乡清澈的小河和丰收的景象发给远方的朋友时，他们说这么温润的地方太值得留恋了。看着母亲忙碌的身影，我的内心充满了感恩和酸楚。感谢母亲在这里，为我们守护着一个家园，让我们成为有故乡的人,有根的人。在我乏了累了时,只要一回到这片土地上,我身体里那些漏了的气息,就能得到迅速有效的修补。如果我想要写一首诗的话,也许只有这一句:啊,我的土地我的娘亲。

六

　　土地就像是背在母亲身上的壳,母亲依靠它庇护我们。天寒躲过风雪,天晴遮蔽辣日。但我必须要承认,我很少这么仔细地思量过土地的重要。若非是开始回望来时的路,我已经遗忘了自己也是土地上生长出来的庄稼。

　　我以为日子应该这样洒脱,天大地大,哪里都是归憩之地。有耕有读,日出日落,无论卧躺在哪里,都与阳光、雨露、空气和水,成为大自然的一部分。吃土而生,入土而亡,几相生长、蓬勃。天养精气,土养肉身,代代相生,不息于一粥一饭。

　　母亲说,你吃得五饱六足了,当然就忘记了。若是老天赏你真吃土,看你翅膀毛还硬得起来。爬泥啃土的日子,老娘哪样没经历过。离了这土地,样样都难啊。

　　仿佛老天有意要来印证下母亲的话语,我在抬眼之间,就被眼前事物上了一堂自然哲学课。如果要在屏幕上打个标题,它应该是:论土地对一切生命的重要性。

　　晚来风急。有一串花朵在窗外乱舞。我不知道,这一串花朵是怎么开在我的额头上方的。悄然无声地。

　　我快闪脑补了一下它的身世。也许应该是这样:大风吹来一些尘土,入了女儿墙的裂缝里。鸟儿衔来一粒种子,不小心落进了那一撮薄土里。再有几个雨星子落下来,一粒种子就有了生发的空间。长成一株植物,还开出一串花朵。这生命的奇迹就在我的额头上方悄然生息了。

楼下的香樟和桂树正在大幅度摇摆。暴雨,像是马上就要来了。有大滴大滴的雨敲打着玻璃,视线中的物什渐渐模糊起来。心尖儿上,牵挂着那一串花朵的去向,像心疼一个身世飘摇的同类。

顷刻之间,狂风肆意,高楼呼啸。雨声渐疏时,我急急地开了窗。正好有两朵花落下,我说不清应该描述为惊艳的舞蹈,还是绝望的告别。可我似乎听见,它们呼啦啦地喊了几声母土的魂,就恓惶地扑向楼下的土地,碾作泥尘,护花,或是被另一阵风吹走。

我盯着那株刚历经疼痛的生命,它安静地站立着,直视我的惊慌。根,伸进水泥的夹缝里,叶与风刚刚握手言和。它们成为一些词语的一部分,比如坚韧,比如顽强。当然,也有种苦凉的滋味,从地而起,直入我的心房。这纤细的枝叶,瘦弱的花朵,它们太像一个命运不济的女子嫁到一个贫苦人家,连接生养出几个营养不良的孩子,缺衣少穿,又逢天寒地冻。

我看见那一串花朵紧紧地抱着母枝的身体,母枝也紧紧地拽着它们。冷风迎窗吹来,我伸出双臂紧紧地拥抱自己,想把孤寂挤压得更加微末。有一只白飞蛾停在蜘蛛网的底部,翅膀在风中扇动。细看,那是一只已经死去的身体,大概是一只蜘蛛发现了它的肉身,囿它于蛛网。白飞蛾的翅膀一直完好无损,再大的风也没有撕破它。就像生活不能把活着和死去成为永远的悲伤,河流之上,总有一片沙洲,成为水鸟的乐园。

风雨停稳时,我上了顶楼,想去探究一株植物的前世今生。

在瓷砖与瓷砖的夹缝处,一个凹陷的小洞里,积聚了风吹来的土。植物的种子不知是来自风,还是来自鸟儿的口。有了土,有了种子,这株植物就发芽了。那么逼仄的空间里,它们汲取天地精气,养自己的经脉,成为一株会开花的植物。生命的奇迹在飞来的土壤里存活了。我的眼睛里涌起些雾气。另一种叫朝颜的花,紧闭着早晨开放的喇叭,正在另一种土里闭目养神。待明日清晨，它们又吹出红艳艳的调子。

　　每年秋天，我都要遇见枝枝蔓蔓上开满花朵的朝颜，红的、白的、紫的。咋咋呼呼就开花了，朝开暮谢。我没有亲手培育过它们，它们就那样不管不顾地入侵我的领地，在花盆的瘦弱之土上，在花台的角落里，明晃晃地放开自己。人，有时难免带着些卑贱的贪欲，在不劳而获的地方，像个容易得手的小偷。我多次拍下它们，并向世人炫耀时，就是带着这种劣质的心思美化自我。还有一种叫夕颜的植物，土名儿叫葫芦花，晚来开花，夜里明艳，凌晨凋谢。结出的小葫芦，像野生野长的小娃娃，和着电视剧的情节，令人在心底荡漾出一万种心疼和柔蜜。这两种花，朝夕相对，相敬如宾。各自成为我的颜面，成为来自土地上的亲密问候。

　　顶楼上，我有一小块长方形的土地。有一株爬满整面墙壁的葡萄。每一年，数不清有多少串葡萄，我与鸟儿们在顶楼的小园子里，成为朋友，争抢果实。关于这小片土地的来历，我想在后面的文字中慢慢道来。现在，我是来探视我的同类的。

　　墙壁的夹缝中间，但见能长出绿色的地方，都被不知名的植物覆盖着。高高矮矮，肥肥瘦瘦，借着一丝土壤的余力，新生自己。植物的命运与人的命运，是何其相似呀。它们都在自己不能选择的出身里，努力活命、繁衍、新生。

　　我站在顶楼上，一群鸽子飞过天空，划过一片喜悦。我们，和眼前的植物，究竟来自何处。我突然像个变了身份的人，开始怀疑和追问。而我一直以为，追问来路应该是雄性们热衷的事情，母性更应该关心去向和归途。就着我头脑中乍起的风波，我又想起了大地、母亲和种子。生命的源头都分别伸进了土壤的温床。母亲和土，她们或许应该是一样的物质。生发出一代代人的希望，生长出我们想要的一切。人类的、植物的、动物的，只要有了土地和母亲，大地上的所有事物都是能延续的、崭新的。多么伟大的母亲，多么珍贵的土壤，多么壮丽的河山呀。

这么一想的时候，我迅速被一种匍匐于地的喜悦笼罩。风儿雨儿云儿鸟儿，它们都仿佛在对我说：我有的你都可以拿去吧，我没有的，我会一天天生出来给你。

七

又一个九黄天来了，母亲在数九黄。她说从九月初一到九月初九，叫作九黄天。初一下雨初二晴，初三下雨九不停。九黄天下雨下了几天，明年就会有几个月有雨水。还说，九黄无雨望十三，十三无雨影无踪。如果九月十三都无雨水降临，第二年的大旱就来临了。九黄天是秋天最缠绵的天气，绵绵细雨烦人，日日天晴愁人。四平村的人依着节气播种生活，也依着经验摸索些道理。二十四节气里，从立春到大寒，土地上的故事多了去。

这个中秋已过一个月，我才想起没种下白菜。母亲说，过了中秋种的白菜就不会包心了，别种了吧。我看你也是一只憨斑鸠，不分春秋的憨斑鸠。我笑得弯下了腰。母亲就心疼我，说我的日子过得苦，但凡有点余力就要顾东家西家，如今又遇到天大的难事，只恨娘老了，顾不上你的周身了。说得要掉下眼泪来。我说，比起那些年母亲所受的苦，为了全家吃得饱穿得暖，在饥饿线上挣扎，苦得一身痨病，我这点苦又算得了什么呢？

我想起了在爷爷的咳嗽声中长大的童年，爷爷为了自己和全村人的温饱活一世。大集体要交公余粮，宰头猪要交出一半，喊工上工监工，处处还有人怠工窝工偷工，为换得点口粮，要翻山越岭去贵州。如今，免除了一切农业税，种地还有了补贴，家家户户的生活一天比一天好。我们有吃的有穿的有住的，精神饱满，身体健康，又有什么样的坎是过不去的呢？站在这方寸的顶楼小土地前，我和母亲都因为心安而踏实。

事实上，我甚至常常庆幸在高楼森林里能拥有一方小土地，让我离泥土一直很近。你看，我们总是忘记了已经拥有的一切，对那些没有的异常惦记。眼前，这片小小土地，它们悄悄地追赶着四季。羊粪放在墙檐下，锄头竖在楼道口，瓢和桶安静地站在水管下面。我可以模仿母亲热爱土地的秉性，种瓜得瓜，种豆得豆。

秋天，葡萄的藤蔓开始萎黄时，几株菊花傲然盛开了。黄的艳丽，粉的内秀，几朵绿菊代替了夏天的颜色。人参果黄了，辣椒红了。我在这里接收来自土地的信息，它让我的精气神里注入一种野生的活力。来自土地和自然的养分，让天空飞过的鸽子与我，在巍巍东山之下，在夕阳晚来时，成为各自的眼神。

这小片土地来源于一种意外。如若让天地有道的物心斗移成为实证，那么在我的絮絮叨叨里，一些回响就有了根源。

我曾经那么执着于童年的欢喜。记得第一次学着母亲栽菜的事。我大致才有七八岁的光景。园子边上有块三角形的飞地，面积小得只能栽下十来棵小白菜，母亲说，那小块地归你了。我高兴得一头跳下两米高的地埂，拿起母亲的生产工具，开始拔草、挖地。浑身使出吃奶的力气，把地都踩熟了，滑石板一样硬邦邦的。母亲转过身来，挂着锄头笑得像火辣辣的太阳。她几个板锄下去，我的土地就向她归顺了。我笨手笨脚地栽下几棵小白菜，母亲说，这鸡啄狗咬的样子真难看。我赌气丢下东西，跑去奶奶身边寻找温暖。奶奶的锅里，正烤着金黄色的大洋芋，所有的不愉快都在一碗土酱里被招安了。

那年的雨水真好啊，我栽的小白菜在成活盘根以后，一天一个模样。每天放学路过，我都要指给小伙伴们看，喏，那是我栽的。她们越是不信，我就越发着急。巴不得母亲就在地边守，帮我否定别人的每一次质疑。在后来看到书上说"人生最大的幸福就是看到自己栽的树上结出的果子"时，我就想起了童年那块绿油油嫩生生的小白菜，那是我在土地上收获的第一次幸福。

大概是我太在意这种幸福感，就想把它延长到我的梦里。但我的梦与母亲的梦是有抵触的。她在土地上奋斗一生的目标是让她的孩子们离开土地，而我总是在离开土地以后试图以另一种方式怀念土地。

许多年了，我想拥有一个小园子的念想从未断欠过。就像怀念我的出身一样。我想像母亲一样，在园子里种上各种蔬菜，看着它们生长、拔节。无奈，城市的房价容不得我有奢侈的梦想。一个从土地上走出来的村姑，必然要臣服于清淡的日子。

每当我想念母亲土地上生长的东西时，我就应季而去。穿过弯弯的山路，看见一条干涸的河床，我离家就近了。春天，在风里待核桃树的长条花朵；夏天想吃一锅开花的洋芋；秋天，板栗核桃满得满地都是；冬天，在荒黄的土地上提起一个水萝卜。

土地依然年轻。但村子里的老人们已一个个走进了土地里。就连我的身上也开始生长出些暮气。类比土地上的生机，我像是得了一种魔怔，常常对一些向阳生发的东西着迷。你看，我就连送给孩子们的书的扉页，我都喜欢写上四个字：向阳生发！

我的阳台上，种满了多肉，它在我看得见的生长里，一天一个样。曾有一次，一个放烂了的火龙果，我用纱布过滤了种子，晒干后，种进一个小盆的土壤里。静静地等待着它破土、新绿，长成一盆生机盎然的盆景。看着它们，我每天都能生发出些毛茸茸的欢喜，太像怀抱一个新生婴儿了。

一个时期，我对多肉的迷恋，类似于母亲对土地的热爱。佛珠悠然垂下，像一个女子低眉时的温柔，万种风情，只待人来掀开帘子，婉转百回地叫一声娘子。玉缀早已忘记了母体里的墨西哥原产地，任我摘下一粒，横着直着插入土壤中，它就生出一个又一个小玉缀，一生二，二生三，三生万物。多么有限的土壤啊，养育了如此众多的小王子。我愿意为了它们，夜夜披头散发。

我种过的花朵，实在太多了。就在去年，我曾被一株君子兰大方地奖赏过。春天时，正在培土的邻居送了我一株君子兰。我把它栽到一个淡绿色的上釉花盆里，左右相看，眉眼相适。浇水，爱它。到了冬天，它就突突地冒出一枝，鲜艳地张开了六朵。那些日子，它带走了我心中大半的阴霾。

那年的雨季，雨水的脚杆太长了，一天一天，一宿一宿，下得我心慌。更让我心慌的是，我家的房子漏水了。接着，墙壁也开始蜕皮。夜晚脱落的白灰已经严重扰乱我们的生活秩序。我会在夜里听见我的孩子惊恐的声音：妈妈，什么东西掉在我脸上，啊，又掉进我的眼睛了。这种感觉，刹那让我回到贫穷里，顿生茅屋为秋风所破之感。

我开始"问病求医"。请来补救屋顶的人是我的舅舅，他是个手艺娴熟的匠人，砖的瓦的泥的土的皮的木的，都是他顺手的活路。舅舅像是知道我的梦想一样，他说可以在屋顶为我建造一个小菜园。在听到这个消息时，我一下子又觉得自己即将变成富人。

舅舅沿着靠西的女儿墙边用砖头砌起了一米宽的花台，然后往里面填土。顶楼废弃的材料，一一被他合理利用了。才几天时间，杂乱的顶楼被舅舅的巧手伺候得整整齐齐。他还从老家给我拉来了几袋羊粪，他说那东西种菜好，只是别嫌它臭。

那些日子，我就像一个刚分得土地的雇农，看着突然冒出来的财富，一时不知道要种些什么好。春天来了，我就忙着平整土地，用手抱撒上一层羊粪，再挖出一道道沟，把从母亲的土地上拔来的秧苗分种类栽上去。我的孩子一边捂着鼻子，一边嫌弃地看着我。我就学着母亲的样子，跟他讲些农民伯伯挑大粪的故事。还呵斥他放下手，帮我提水去。

劳作了两个小时，我摸摸头上的细汗，开始幻想着满地的收获。每天都给它们浇水，让它们吃饱喝足。有时回家晚了，还打着手电筒浇过几次。我像一个勤劳的农民，看着自己的土地满心欢喜。

待秧苗成活转绿的时候，母亲来了。她趁我上班的当儿，把我的土地重新折腾了一回，她嫌弃我的手艺，说我理的墒不直，栽的苗不齐，说我这是拔鸡毛哄鬼的整法。说完还不放心，又一锄一铲地教我一遍。我担心母亲把我的苗弄死了，她却哈哈大笑，带着一种必胜的口气反问我：你看看它会死！如果死了，老娘赔你就是。

那一年，我那一片小菜园里种出的辣椒、茄子、西红柿、金豆、小瓜供给太足，以致要央求邻居们帮忙。我的孩子有时会使小坏坏，开门出去后，又一阵风地回来告诉我，他刚帮我浇完土地，用自产新鲜的尿液。

后来，像是所有邻居家的屋顶都漏雨了，他们开始大兴土木。把顶楼开辟成自家的小花园，铺上青石板，砌成花台，种菜、种花、种树。我们在自己的小土地里播种快乐，个个都像刚分得土地的农民，卖力地耕种。品种也越来越多，菜地不够了，就找些泡沫箱子装上泥土，照样种菜种花。甚至也种那些不常见的品种，比如小白蒿、枸杞、川芎等。只要是市场上有的，过一久都能在顶楼上看见。各种花草，各种蔬菜，让顶楼像一个超级空中花园。勤劳的邻居甚至弄来一个大缸，从山上割来黑蒿泡水浇菜，这是防虫又环保的天然生长剂。我们都提着小桶去取散发着臭味的水来浇菜，像是共产主义的小公社劳动场面。

晚饭后，我们在顶楼上打发空余的时间，交换些种菜种花的经验，互通些园子里的有无。从起初时母亲说了这个要怎么样，到如今我认为应该怎么样，这实在是一件有趣的事儿。我的孩子放学回来时，一放下书包就往顶楼上跑去。我从他的嘴巴里知道，草莓红了几个，葡萄结了几串，有几只蜗牛，甚至有几只毛毛虫。我在他的身上看到了我的童年。与泥土亲近的童年。那年我种了几株绿菊，他喜欢得不得了，开了几朵，谢了几朵，他都能准确地知道。今年他又爱上了我种的葫芦，幻想着那些葫芦里能蹦出几个娃娃来，与他天天玩耍。

八

　　土地依旧在那里，它的变迁是一部人类生存史和精神史，一代又一代人从土地上攫取不同的生活。黄河，长江。北方，南方。

　　允许我的记忆成为弓箭。一会儿我拉满了，一会儿我疲软了。但我的脚总该是踏在这坚实的土地上。唯有这样，我仰望星月和赞美山川河流土地时才显得有些底气。

　　如今，四平村的孩子们都从村子前头的路上一个个走远了。他们散居大地的每一个角落，有的甚至务工到了非洲。于是，村子里的人知道了遥远的毛里求斯和坦桑尼亚。很多人最关心他们一年的收入，而我的母亲，她更关心那里的土地上种些什么。

　　我们都在特定的日子里回到四平村。当家族中添丁了，嫁娶了，有老人去世了，或者是遇见沟沟坎坎的难事了，嫁到南山北山的老姑奶奶们，或是嫁到广东广西的小孃孃小姐姐们，都一齐回来了。哭哭笑笑，光阴就老了。

　　唯有土地是新的。它滋养着一代又一代的人。老去，新生。后山的庙宇里供奉着土地公公和土地奶奶。他们像人间所有恩爱的夫妻，掌管着自家土地上的一切。没有人见过他们鲜活的样子，但他们一直鲜活地存在着。就像一季一季的庄稼，欣欣向荣。

　　那些年，为了温饱，人们脸朝黄土，如今，有人要面朝大海了。

　　人类因为拥有智慧，就想要主宰大地上的一切。有时，他们成功了，成为主观最能动的部分。有时他们失败了，成为被大地主宰的无奈生命。人们爱用一些严重的词语来指责人类的妄为，比如惩罚和报复。但有一点是正确的，大自然孕育了人类，也埋葬了人类。

随着年岁增加，我越来越喜欢亲近泥土，也越来越惧怕人多的地方。我害怕别人和自己在夸夸其谈中，掉进尘世的种种悲哀。世界上的事物，唯有土地，最值得人类守护。于是乎，我对那一年连绵的雨生出了许多感激。如此，世界上的所有物事，都不会是纯粹的好与坏。人们福祸相依地生存在土地上。

我在一片小小的土地上，有想种啥就种啥的自由，春秋霸业，只在方寸之间。我也完全理解了母亲对土地的深深眷恋。仿佛这世间，只有这土地从来不曾辜负过人，种瓜、种豆、种花、种果、种自己的心。

大地裂开一条缝，向天空呼唤雨水，滋生万物。女人裂开自己，向太阳索要光辉，成为母亲。土地和母亲，都是人类生生不息的母体。只愿我们在挣脱她的怀抱时，眼睛还有慈爱，心中还有敬畏。

迟早有一天，我也要成为土地的一部分。如今，我的身体正在向大地弯曲。我努力地活着，像母亲那样，做一个热爱土地的人。以期让自己有一天成为土地的一部分时，能与土地的干净相匹配。

土地上的事物，每天都有说不完的故事。天就要亮了。我和母亲决定在冬天来临之前，种一些萝卜。一些喂猪，一些喂人。

（原载《人民文学》2010年第3期）

公 园 记

彭 程

来到北京后,到过的第一个公园是紫竹院公园。

那是 40 年前,1980 年的 9 月上旬,入学后的第一个周末。从学校门口乘坐 332 路公交车,在白石桥站下车,走几步就到了公园的门口。同学们站成一圈,听班上的团支部书记介绍这次活动的具体安排。

这是第一次校园外的班级活动。

初秋时分,正是北京最好的季节,暑热已经稍稍减退,蓝天白云,阳光明亮,树叶熠熠闪光,清新得像被水洗过。今天时常袭扰京城的雾霾,那时还没有踪影。

团支书是一位北京女同学,端庄大方,一口好听的普通话,微笑着提示大家游园的注意事项,一点也没有我刚刚告别的家乡中学里的女同学们那种扭捏羞涩的样子,让我有一种新鲜的感觉。

类似的感受,其实这几天中已经反复出现过了。当时入学刚刚一周,除了住在同一宿舍的,大多数同学相互之间还叫不出名字。一帮十七八岁的少男少女，来自全国各地，在一个陌生的环境里开始了自己的新生活，看什么都新奇，兴奋活跃，还有几分懵懂。

这次班级活动也是如此。一进公园门就是大片的竹林，茂盛浓密，我还是头一次见到这种植物。往公园深处走去，小路曲折纵横，经过树林和小丘，长廊和亭台，眼前是一大片辽阔清澈的水面，微微泛着波浪，水岸边荷花绽放，远处湖面上小船摇晃……这些景观，是当时刚刚从小县城里走出来的我从来没有见过的。半天转下来，眼花缭乱，没有记住一处具体景点的名字，一路看到的那些风景画面，相互叠加起来，铺展开来，在脑海里交织成一大片跳荡的色彩，形成了一个鲜艳葱茏而又缤纷繁复的印象，让我眩晕。不久后，我有机会观看法国印象派画家的作品时，产生的也正是这样一种感受。

这种微醉般的情绪，还有另外一个更重要的来由。

在那时，一个人考取最高学府的荣耀感，今天难以想象。当时还是计划经济时代，高考几乎是年轻学子拥有美好前景的仅有的可靠途径，因此竞争远比今天激烈。那些有幸考上的，都会被视作天之骄子。戴着白地红字的校徽，走在街上，迎面投来的都是极为羡慕的眼光。得意也好，虚荣心也好，对于当时还不满十七周岁的我来讲，这无疑是一种极大的满足。相信不少同学也和我一样，尽管努力装得若无其事，但时时会意识到左胸上方衣襟上那个长方形小铜牌的存在。

因此，今天回想起来，对于1980年秋天的我来说，来到京城后第一次走进的这个公园，就仿佛是他彼时生命的一个隐喻，存放了快乐和满足、梦幻与向往等等，虽然那时自己还不能意识到。一个小地方的懵懂少年，因为幸运，一脚迈进了首都，进入了一种全新的生活，这种生活的魅力就像早晨天上的霞光一样闪耀。在这个秋天，他的生命刚刚绽放自己的春天。

那个年龄，正是最容易将可能性和事实混淆的年龄。我不知道也不曾想过，将来的生活会怎样展开，会是什么样的面貌，却深信一切都会十分美好，就像此刻映入眼帘中的风景，阳光明亮，绿意葱茏，碧波荡漾。这种信念甚至不是一种意识，而只是一团感觉。

我当然更不会想到，将近40年后，我会频繁地走向它，在它的林间和水畔徘徊，被它的气息环绕裹挟。它将成为我的人生后半场的一个主要的陪伴者和见证者。

想象从这个地方拉出一条线，向东南方向延伸，穿过众多的街衢巷弄，止歇于陶然亭公园。它是第二个给我深刻记忆的京城公园。

这段距离其实并不算长，10公里出头。但我的脚步到达那里时，已经是4年之后了。

毕业参加工作，单位的大楼是一座建于上个世纪50年代的苏联风格的建筑，与对面的前门饭店、斜对面的工人俱乐部、东边的友谊医院（最早名为中苏友谊医院），成为一组风格相近的建筑群，在以平房为主的平民集聚区的南城，是一个特异的存在。站在报社六层的楼顶上，俯瞰远近广大区域内一片连绵的平房屋脊，喧嚣的市声仿佛尘土一样飘浮上来。

单位距公园不远，15路公交车坐两站就到它的正门东门，但我更喜欢步行。更多的时候是穿过纵横交织的小胡同，从它的北门走进公园。这个过程持续了将近5年，一直到成家搬离集体宿舍。算起来，它应该是我去过次数最多的公园。那几年主要上夜班，晚上9点多钟开始工作，第二天凌晨一两点钟下班，白天有大量的时间可以自己支配。这种日子隐约有着某种虚幻的特质，连我自己有时都能感觉到，仿佛飘浮在这个城市的上空，与周遭的生活若即若离。

这样的状态，正适合在公园里置放和展开。

清代康熙年间，这里是南城外的郊野荒凉之处，一位朝廷官员在建于元代的慈悲庵旁，修建了一座亭子，命名为陶然亭，源自白居易的一联诗句："更待菊黄家酿熟，共君一醉一陶然。"此后便成为文人墨客聚会之所，因而各种诗文题咏留下了很多，我曾经有意识地搜集过一些，记在小本子上。像这一副楹联，"烟藏古寺无人到，榻倚深堂有月来"，是光绪皇帝的老师翁同龢书写的，题写在陶然亭正面的抱柱上。还有几位不记得名字的诗人的和韵诗里的句子，如"萧萧芦荻四荒汀，寂寂城阙一古亭""斜日西风浅水汀，芦花如雪媚孤亭"等等，很能渲染出一种孤寒荒僻的氛围。

到了民国时代，这里依然是外地来京文人们的必游之地。在俞平伯的名篇《陶然亭的雪》中，它还是那么荒凉，旷野之上，到处是累累的荒冢，被茫茫落雪覆盖。而郁达夫在《故都的秋》中，谈到"陶然亭的芦花"时，是与"钓鱼台的柳影""西山的虫唱""玉泉的夜月""潭柘寺的钟声"相并称的。

当然这都是过去的事情了。今天这里已经是热闹异常，晨昏时分，许多周边居民来此运动健身。公园中亭子众多，山丘上，湖水边，走不多远就会遇到一座。记得当时一处名为"华夏名亭园"的园中园刚建成不久，汇聚了全国各地的历史名亭，完全按照相同的样式和大小建造，有兰亭、沧浪亭、醉翁亭、独醒亭、浸月亭等等。在它们之间行走，我时常会感觉到自己遁入了时间的深处。

与那些亭子上的楹联所透露的萧散气息相比，镌刻在上个世纪 30 年代的年轻革命家高君宇墓碑上的文字，则完全是另一种精神气质。墓地位于将湖面分隔为东西两部分的湖心岛上，锦秋墩北麓的小松林旁侧。"我是宝剑，我是火花，我愿生如闪电之耀亮，我愿死如彗星之迅忽。"这一首他剖白心志的短诗，被石评梅刻在墓碑上，同时也刻上了自己的心声:"君宇!我无力挽住迅忽如彗星之生命,我只有所把剩下的泪流到你坟头,直到我不能来看你的时候。"因为悲伤过度,她不久后也撒手人寰,被安葬在高君宇墓旁。这一对恋人生前未能合卺,身后始得并葬。两座方锥形的大理石墓碑,紧紧相邻,仿佛两条伸出的手臂,向苍天指认他们的爱情。这样纯粹的、贯穿生死的爱,正适合那个年龄对于爱情的理解,又因为每次去岛上都要从墓地旁走过,因而对这个地方的印象也最为深刻。

但对于我来说,最真切的撞击来自那些刻在墓碑上的语句,它们激烈而悲壮,仿佛具有超越死亡的力量。某个时候我想到,他们的事迹固然可以镌刻于青史,但倘若不曾留下这样的文字,很难想象会有现在这样感人至深的效果。与这一理解同步,让自己的生涯与文字建立起关联,是那个时候开始逐渐明晰起来的信念。

我记得很清楚,那一年的春末夏初,坐在西湖北岸、澄怀亭东侧的一条长椅上,头上是一棵枝条披拂摇曳的垂柳,我读完了当时出版的沈从文的全部作品。眼前湖水潋滟的波光,让我的思绪飘向湘西,飘向那一条流入洞庭湖的"美得让人心痛"的千里沅江。那么多残酷而美丽的故事,发生在这条河流的水边和船上。正是从这里,少年行伍的作者开始用自己的眼睛观察和体味这个世界,阅读"人生"这部大书。

那个年龄有着不知餍足的好胃口,域外同样也进入了我的阅读视野。印象最深刻的是两位俄罗斯作家的作品,帕乌斯托夫斯基的《金蔷薇》,还有蒲宁的《阿尔谢尼耶夫的一生》。这两部作品鲜明的感性风格启发了我,一向混沌粗糙的感受仿佛骤然间被磨亮了。在两个漫长的夏季,我仔细观察大自然的种种表现,涉及光和色、声音和气味,感官能够触碰到的方方面面,并记在一个本子上,期望将来某一天以此为素材,写出一本书。"夏天的美丽"——我甚至连书名都想好了。

那时社会上已经开始了向市场经济的转型，周围一些机灵活泛的同事和朋友，开始议论下海之事，甚至有所行动。但一种自我封闭同时也是不切实际的禀性，却让我对这些视而不见，而沉湎于某些看起来虚无缥缈的事物，自得其乐。对于这样的气质，在种种可能的诱引中，文学显然极具优势。

来去公园的路上，经常会从中央芭蕾舞团的门口走过。这一间高雅艺术的最高殿堂，却是一座毫无艺术色彩的老旧楼房，矗立于一片杂乱的平房屋顶之上，让人不免有一种错位感。那些挺拔美丽的姑娘走过时，像一道阳光，瞬间照亮了逼仄黯淡的小巷，梦幻一般。在我那时的感知中，文学与生活的关系，就仿佛她们和这片街巷的关系一样。

玉渊潭有比陶然亭更为开阔的水面。

第一次来这里，是参加工作后不久。大学同宿舍的一位要好的同学，按照当时的政策，被派遣参加单位讲师团赴山西吕梁一年。临行前相约来到这里，租了一条小船划向湖面深处，一边吃着面包、火腿肠，喝着北冰洋牌汽水，一边交流工作以来的感受，勾勒未来的打算，一些今天看来充满理想主义色彩的梦想。事先向单位同事借了一台相机，拍照留念，照片上的自己清瘦黝黑，一头乱发，胡茬好几天没有刮了。

再次来到这里，已经是几年后了。那时已经成家，住在西城区百万庄，妻子家提供的一间房子里。每天的生活轨迹，变为在城区西北与东南之间的往返。百万庄离玉渊潭公园不远，婚后头两年，没有拖累，时间充裕，因此每到周末，经常两个人结伴骑车来这里。

游泳是最主要的目的。这里水面阔大，没有障碍，吸引了众多野泳爱好者，一年四季都有他们的身影。和陶然亭公园一样，这里的湖面也被分作东西两部分。我通常是在东湖的北侧码头一带下水，每次游上大半个小时。有几次独自游到靠近湖中间的位置，平躺在水面上，肚皮被水草轻柔地摩挲着，十分惬意。四顾茫茫，空旷无际，感觉身体与水和天融为了一体，整个城市似乎都变得遥远虚幻。也曾经到什刹海游过泳，但在那里显然没有这种感觉。坐在岸边石头上等待的妻子担心了，站起身来摇晃手臂，要我游回去，身影望上去缩小了许多倍。

后来有了女儿，再来这里时更多是带她玩耍，与水有关的活动也改为坐鸭子船了。去得最多的地方，是东湖南侧码头后面的坡地，那里有一个儿童游乐场。年龄相仿的年轻爸爸妈妈，领着孩子爬滑梯、骑木马、荡秋千，表情中混合了开心骄傲和担心牵挂。

在这里我遇到了一位大学同学，另外一个系的，但有几门大课是一同上。一次坐在一起，交谈中得知彼此籍贯相邻，属同一地区，在那个渴望乡情慰藉的年龄，备感亲近，此后多次去对方宿舍聊天。毕业后头两年还时常通个电话，后来联系就少了。上一次见面，还是几年前在琉璃厂秋季古籍书市上，记得各自都抱着一摞民国版万有文库丛书的散册，有些已经卷曲缺损，发散出一股霉味。这个细节之所以记得清楚，还因为这正是他的专业范围，当时围绕这套丛书他说了很多，神情陶醉。如今在这个场合见面，当然是出乎意料，互相问问工作和生活情况，相约多联系，但此后再无消息。又是近30年过去了，不知他近况如何？

我们彼此成了对方人生中的过客。青年时期的那一抹记忆，很快被新的经历覆盖，如此层层叠叠，几十年时光呼啸而过。曾经鲜明的画面渐渐模糊漶漫，甚至踪影全无。生命旅途中遭逢的绝大多数人和事，其实都是如此。

这个地方又经常被称为八一湖。据说周边部队机关较多，60年代清理湖中淤泥，他们贡献巨大，使环境大为改善。当时受最高领袖畅游长江影响，部队经常在公园中最南边的那个湖上进行游泳训练，它因此被命名为八一湖。曾经读到过一本部队大院子弟们写的回忆文章的结集，好几个人都写到小时候在这里游泳、打群架、摸鱼捉虾的往事，如今他们中最小的也已经步入花甲之年了。他们隔了多年后走进公园，觉得既熟悉又陌生。时光缓慢而不动声色地改变了许多，这里添加一点，那里抹去一点。

从西三环路上的公园西门到西湖北岸，有一大片樱花园。上个世纪70年代初，中日关系解冻，当时访华的日本首相田中角荣，向周恩来总理赠送了上千株樱花，其中不少就种植于此地。其后数十年间又陆续引进了20多个品种，树木多达几千株，成为公园的特色和亮点。每年的三月底四月初，在春天明亮的阳光下，盛开的樱花闪耀着梦幻一般的光彩，如同晴雪浮云，轻盈而灿烂。树下是蜂拥而至的游客，摩肩接踵。

樱花绚丽，但花期短暂，旬日之间即告凋零。一个有心人望着樱花飘坠，也许会想到这些：乐极生悲；热闹的事物难以持久；美的极致总是临近了毁灭；最炽热的爱让人窥见死亡的面容……天道与世情、物理和人心，原本相通相证。当然，赏花的人们大多数不会这样想，他们正忙着摆出各种拍照的姿态，表情夸张，笑声连连。天气已经有点热了，额头上很快就沁出了一些微汗。

这一座公园也是有历史的。它始建于辽金时代，是金中都城西北郊的游览胜地。《明一统志》这样记载："玉渊潭在府西，柳堤环抱，景气萧爽，沙禽水鸟多翔集其间，为游赏佳丽之所。"数百年间，一代代的游客走过，然后消失。那么，如果依照博尔赫斯的观念，眼前这热闹非凡的景象，从本质上讲，也不过是同一幕场景的无数次再现之一，而今后这一过程也还将继续重复下去，无尽无休。

90年代中期之后，从公园中的任何地方向西面望去，都可以看到西三环旁边高耸的中央电视塔。它是整个西部城区的地标，也是当时北京城最高的建筑，有着一种慑人的气度。清朗的日子，它投进湖水中的倒影，它后面更远处西山山脉灰黛色的影子，都在印证着这座城市雍容端庄的气质。

又过了十几年，北京地铁9号线开通，有一段就从东湖中间位置的地下穿过。单独地看，樱花、电视塔和地铁，这些数十年间次第出现的事物，当然都新奇而富于魅惑。但如果把它们放置在广漠的时间背景上看，对于这座自辽金时代就蹲伏于此的园林来说，这些变化，也无非是加在一大幅画面上的一道线条，一笔晕染。

不算不知道，又有好几年没有走进这座公园了，虽然每天上下班都要驾车经过西三环，望得到通往八一湖的昆玉河的粼粼波光。我还可能再回到东湖游泳吗？

这好像不是问题，只要我愿意。也没有听说过那里近来严格禁游。但肯定不会与20多年前一样了。不仅仅是哲学意义上的"人不能两次踏入同一条河流"，更主要的是心境不同了。当年，我很佩服一拨60岁上下的老人，每次去游泳时都能看到他们，言谈中有一种不服老的豪迈，而今天的我也很快就要是他们的年龄了。

我想象我可能遇到的情形。我仿佛看到，某一个年轻人，得意于自己充沛的体力，更为等待在前面的无限丰富的日子而隐隐激动。他用一种尊敬但略带怜悯的目光，看了正在做热身动作的我一会儿，然后转身跃入水中，向着湖心处游去。他的身体犁出了一道波浪。

15年前，单位搬到了东北方向两公里外的地方，邻近著名的天坛公园，于是得以经常走进这座明清两朝皇家的园林。出单位门口，穿过马路，走上不到十分钟，就是公园的北门。

与前面几个公园相比，这座园林的功能决定了它的特殊气质和气势。进门后，沿着笔直的中线甬道向南边走，穿过或绕过北天门、皇乾殿、祈年殿、丹陛桥、成贞门、皇穹宇，一直走到圜丘坛。走过这段一千多米的漫长道路的时间，正是内心的敬畏感迅速产生和积聚的过程。这种效果，足以表明仪式的重要性。

祭祀皇天，祈祷五谷丰登，一代代专横暴戾的帝王只有在这里才稍稍显出些许谦卑虔诚。核心场所祈年殿、圜丘坛中的各种建筑，其数目都是九或九的倍数，象征着天的至大至高。世界上最大的祭天建筑群，世界文化遗产……这些桂冠不是轻易能够得到的。置身这样的地方，显然有助于获得对传统文化的具体而形象的认识。千百年来，与这座园林密切相关的许多知识和规制，其实是或显或隐地作用于每一位国人的生活的。

这些感慨更多是属于昨天的功课了。许多年前，曾经有几次独自或者陪同外地亲友来公园游览，为了不虚此行，仔细阅读过有关资料。但今天做了邻居朝夕相对，心情就变了，懒得再去思考它承载的意义，而更愿意将其当成一个日常生活的巨大容器。

天至高至大，祭天的场所自然也不能狭小。整个公园面积广阔，将近三百万平方米。被南北轴线贯穿的建筑群落两侧，是一望无际的草木区域，规模之大让人惊叹。这么多年中，我每次来公园，都是进门后不久就拐向右边，沿着围墙内的第一条小路，走向西北园区的树林和草地。随着脚步迈动，游人越来越少，景观越来越清幽。

不像其他公园中的植物，一看就是经过了人工规划，天坛公园的树木明显呈现出自然的样貌。它们连同其下的杂草，都按照各自的物性滋生蔓长，茂密或疏朗都是天然的姿态，让人不由得想到了在乡野的阡陌田垄间的所见。这并非是园林工人失职，而依然与承袭了历史文化传统有关，有意识地让其自然生长。历史上的祭祀大多在郊野中进行，故而有"郊祀"之说。

公园中有众多古柏树，树龄超过两百年的就有2500多棵，都挂着标牌，标注着各自的年份。而总的植物种类，据说超过300种。在这里，我开始学习辨识一些草木，并有了不菲的收获，能够部分地读懂一本基础的植物分类学书籍。以树木为例，侧柏、圆柏、水杉、油松、银杏、粗榧、胡桃、枫杨……这些树种与这块土地一样古老，让我想到《诗经》里的吟诵。它们属于大自然，但是当转化为文化的符码后，也是其中最具美感的部分。

作为一名有些资历的养猫者，我的脚步总是被栖息在这片区域里的流浪猫拖住。这是一个数量庞大的群体，从品种到花色都称得上丰富。它们安心地享用着这一处皇家园林，不愁吃喝，总有游客给它们送来，更多的是住在附近的居民。它们大多都养得胖胖的，多了一种慵懒闲适，少了一份对人的提防。猫也和人一样，你会看到各样的模样和性格。

一年年过去，这些猫们已经换了多少拨。家猫可以活十几年，它们不能比，不过应该比别处无人喂食的流浪猫要好一些。时常会觉察到，某一只熟悉的猫某一天看不见了，此后就再无踪影。或许是去别处了，但也可能是死掉了。比较起来，植物界的夭亡最不引人注目。多少年来，这里的灌木、杂草连同它们的生长姿态，好像都是一个样子，没有丝毫变化，但实际上已然经历过多少次的枯荣了。

其实，人间的消息也是如此，如果不是刻意关注，很可能觉察不到那个熟悉的舞台上，已经几度幕布暗换。单位工会一年会组织几次活动，大都是来公园竞走，距离不长，时间不限，只要走到终点，就会得到一件纪念品，譬如一件运动衫，一双旅游鞋，实际上是变相的福利发放。这种活动带有娱乐性，也是不同业务部门的人之间不多的交往场合之一。记得有两三次，我意识到某一个人好久不见了，一打听，原来调到别的单位去了，或者已经退休几年了。

离开那些正在舔毛或者打盹的猫们，往西走然后再向南折，就看见公园的西门了。出门右转，紧挨着的就是北京自然博物馆。陈列在里面的那些巨大的恐龙骨架和小巧的鸟类化石，动辄以数亿、数千万年为标记单位。面对它们，无形的时间骤然具有了沉甸甸的重量，意识也在一瞬间变得既尖锐又邈远。

不免又要胡思乱想了：按照这样的尺度，这座公园悠久的历史，也不过是时间长河中的一刹那罢了。越来越觉得，商周秦汉，这些望过去云雾缥缈的朝代，其实也并非十分遥远。就说商代，起始于纪元前1600年，距今3600年了。如果按照常见的说法，以30年为一代，这段时间相当于人世的120代。以自己如今的年龄算，也不过是60多度的递嬗轮回。这样的数字真的会让人惊诧吗？这种念头有些荒唐，也许还可笑，但却无端地让我感到受用。

因为史铁生的一篇《我与地坛》，地坛公园成为一处文学的胜地。但我每次读它时，脑海中却总是固执地浮现出天坛公园的画面。也许他描写的那个地方的整体格局，树木和草地，光线与气味，与这里有不少相似处。史铁生曾经设想有一位园神，与每天坐在轮椅上的他对话，开导他。我不妨也借用一下这个想象：如果此地的上方也有一位神灵的话，在它的视野里，在这片广阔的园林中或走动或歇气的人们，该和一群群的蚂蚁差不多，倏忽来去，不留下丝毫的痕迹。

我通常在午后造访，寻找一种放松的感觉。结束了上半天的工作，来这里随意地走上大半个小时，在树荫下的长椅上坐坐，比窝在办公室里的椅子上打盹效果更好。阳光和煦，微风轻拂，树木投下淡淡的影子。这幅景象正适合映衬当下的中年心情：哀乐难侵，波澜不惊，很少再有大悲大喜的感觉。

如果哪一天提前到上午，我会在走出公园后，来到对面的街上，找一家饭馆解决午餐。与御膳饭庄、便宜坊烤鸭店等高档次饭店隔不多远，就是经营炸酱面、包子炒肝、卤煮火烧、白水羊头等等民间小吃的馆子，无意中构成了这座皇城的一个隐喻：金碧辉煌的紫禁城周边，就是寻常百姓的穷街陋巷。贵胄和平民，当然差别巨大，但有时也就那么一点儿的距离。实际上，每当王朝覆灭时，都会有一些皇亲国戚流落民间，隐姓埋名地生活下去。王谢堂前，乌衣巷口，这样的东晋故事，数百年后在这座城市也曾经一遍遍地上演。

世事浮沤，人生飘萍，在感知到幻灭的同时，内心深处却也品尝到了一种从容淡定。

与初次见面相隔将近 40 年后，我开始频繁地走进紫竹院公园。

出小区门口，沿着昆玉河的支流双紫支渠，向东走到西三环辅路，跨过紫竹桥立交桥南边的那一架人行天桥，再向东不远，就是公园的西南门了。全程走下来一共十七八分钟。

15 年前，我就搬到了现在的住处，但这么多年中只来过寥寥几次。这两年有了充裕的时间，一个月中走进公园的次数，超过了过去十几年的总和。

这座公园，可以说是我京城生活的一个起点，一处生命梦想最初绽放的所在。40 年后，在接近退休年龄的时候，又回到了这里。首尾相衔，这让我想到了一个圆环。这里是开始，但也很可能是结束——如果没有不可预期的事情发生。而我现在看不到这种迹象。

记得当年读美国作家厄普代克的小说，对其中的一句话大感惊愕：那些二十四五岁、生命中已经没有多少可能性的人。在我当时的观念里，这个年龄生命的大幕才拉开不久，精彩还在后头呢。又过了多年，遭遇了一些坎坷蹭蹬，认识到许多乐观的期盼不过是一厢情愿时，回想起厄普代克的这句话，觉得理解了。是作家敏锐的洞察力，让他做出这样的判断。的确，年轻时固然可以描画关于未来的无穷想象，但真正能够实现的并没有多少。

阳光被树冠筛过后变得细碎，落在地面上，有轻微的晃动。新换的运动鞋透气性好，走起来轻便舒适。多少年不曾有这样酣畅的体验了——悠然，平静，没有牵挂，也无所羁绊。在卸除了职责名分等一干事务后，生活原来可以这般惬意。除了家人，不再需要别人，也不再被别人需要，更不觉得需要被别人需要。

荷花渡、菡萏亭、青莲岛、斑竹麓、箫声醉月、澄碧山房……我开始熟悉并记住了一个个景点的名字和位置。公园大致还是当年的样子，一些建筑和设施的增加与更新，并未影响到整体的格局。

但外面的世界就截然不同了。公园正门外那条中关村南大街，当年叫作白颐路，南北两端分别连接了白石桥和颐和园。路的两边有几排高大粗壮的钻天白杨，被一丛丛灌木间隔开，浓密的树荫将地面遮蔽得严严实实，颇有几分乡村道路的模样，下雨时走在下面也不会被淋湿。20世纪末，对道路进行大规模改造，几排大树被砍伐殆尽，为一条宽阔的城市主干道提供空间。道路两边飞速矗立起连绵的楼群，彻底隔断了往昔的记忆。

那么，这些曾经存在过的事物，只能指望依稀留存于当事人内心了，譬如曾经一同在那个秋日踏进这座公园的同学们。和我一样，当时他们自然不会想到这样的变化，也无从预知自己生命未来的方向。那位团支书女同学，毕业几年后就出国了，现在的身份是加拿大联邦政府税务局的高级电脑专家。她每年都会回国探望父母，在京的同学们有时也就借机见面——这也几乎是如今聚会的最主要的理由。这样的场合，每次的谈话总是散漫随意，但大致都会说到当年的校园往事，具体内容取决于餐桌上的某个随机的话题或疑问。她还会想起当年在公园门口，自己向陌生的新同学们所做的介绍吗？应该不会。记忆也是有选择的，在那些浩如烟海般的往事片断中，一个人只会记住些许对自己有意义的。

我走在湖边的小路上，努力把头脑放空。说不定在某个时刻，忽然间，会有某一件往事的影子浮现在脑海里，触动它的可能是映入眼帘的一个风景画面，飘进鼻孔的一种气味，树林深处练习声乐的人的一句歌声。在那个瞬间，过去和今天叠加在一起，带来一阵轻微的晕眩。

沿着湖边走路的人们，或顺或逆，有着各自的时针方向。有一天我忽然意识到，我的目光更多是投向那些迎面走来的年龄相仿的中年同性。这与在陶然亭公园时注目年轻女性，在玉渊潭公园时留意别人家的孩子，大不一样。目光在进行比较，心情也随之波动。有时得意，因为感到自己要比对方显得健康年轻；有时羡慕，因为对方的体魄活力明显超出自己。这让我越来越相信一个说法：我们的情感和思想，不过是身体状况的曲折表达。

第一次遭遇至亲的死亡，也与这里有关。那个春天的傍晚，正行走在湖北岸，接到母亲带着哭声的电话，正在看电视的父亲忽然不省人事。匆匆赶回家，叫了急救车送到医院，确诊是脑溢血，马上实施手术抢救。但终因卧床时间过久得了并发症，导致多个器官衰竭，在住院50天后，父亲离开了人世。

父母在，人生尚有来处；父母去，人生只有归途。对这句话中的沉痛悲凉的意味，我开始有了深切的体会。死亡是以最鲜明和最悖谬的面孔，显示时间的存在。于是自那以后，在公园中游憩时的感受中，又加入进去了新的成分，有了某种隐约的急迫感。仿佛一个贪吃的孩子，嘴里一边含着，一边数点兜里的糖果还剩多少块。

生老病死，成住坏空。最初，它是我们需要加以理解的事物，然后，它成为我们置身其间的日常状态，最后，我们又用自己的生命，完成一次对它们的阐释和印证，虽然并无新意，也没有人关注。

  不过眼下更应该做的，还是仔细品赏一番眼前的秋色。又到了北京一年中最好的季节，尽管雾霾已经给它打了不少折扣。我从公园西南门走进来，沿着湖南岸一直向东，经过拱形的梅桥，又顺着中山岛南边伸进水中的白色石桥，走到南小湖北侧，望着湖中间那个被高大纷披的树木和灌木丛遮掩的袖珍小岛。小岛周边的水面上，长满了荷花和睡莲，风景极为清幽。

  一只鸭子带着一群毛茸茸的小鸭子，看上去不足一个月，在荷叶下穿梭觅食，这里看看，那里啄啄。有一只扑棱着翅膀，竟然跳到了一片低矮的荷叶上，弄得荷叶摇晃起来。下面是睡莲的圆圆的叶子，密密麻麻地紧贴着水面，有成群的小鱼儿探出头来，唼喋有声，荡出微小的涟漪。

  我盯着它们看，不觉忘记了时间。

（原载《北京文学》2020年第3期）

被割裂的故乡

龙章辉

一

在我的故乡,一个孩子出生后,人们除了给他取一个大名外,还会取一个小名。名字是一个人置身社会所必需的标识与符号,其重要性不言而喻。人们甚至在孩子出生前,就已经过多番思谋与讨论,拟定出名字方案了。这场意义非凡的命名行动,甚至会引来众多亲友的参与。人们秉持不尽相同的文化背景和生活观念,通过取名,赋予孩子以特定的属性和意义,以及对孩子未来生活的寄愿。大名基本上遵循姓氏字辈来取,对应一个家族的血脉传承,比较规矩、严谨;小名是孩子的昵称,起取则随性许多,但如果细细去探究,还是可以发现一些内在规律,那就是这些昵称几乎无一例外地对应着故乡的山川风物,生机勃勃、色彩纷呈——

大蛮牯、勒牛子、狗伢子、野猪、鸭拐子、癞蛤蟆、泥鳅……

这是一组男孩子的名字,取自奔窜、爬行于四野的动物,虽显土气、低贱,却生猛鲜活、虎虎有神。一群男孩子在原野上追吵打闹、在溪流里击水嬉戏,就是一头小水牯、一条小黄狗、一只大青蛙在水田里长哞、在篱笆前狂吠、在水沟边纵跳……

兰香、桂花、水莲、冬梅、春桃、秋菊、红云、山霞……

当我将这些名字一一排列好,眼前蓦地现出一片姹紫嫣红的山坡,这儿一丛,那儿一束,草艳花香、摇曳生姿。与男孩子那些土愣愣的名字相比,女孩子的名字则显得灵秀而有意味。这些撷自大自然的花花草草与纤霞流云,本就是天地间孕育的精灵,蕴含着色彩、形状、芳香、韵味等美学要素。一群女孩子行走在坡前岭后,就是一朵花、一棵草、一片云、一缕霞彩飘曳在天地间。

小名虽取得五花八门,却完整地体现出故乡人对于世界和自身的理解与认识。在人们朴素的观念里,自然万物都是有灵的,都是相对应而存在的。人也需要在天地间找到一个通灵的对应物,来辨识和确认自己的位置,并借助其物灵作为依傍,以保持茁壮而长久的生命力,去抵御那茫茫的时间和空间。这其实是一种古老的认知方式,从古到今,一代代人,反复地在天地间寻找着可以相通的对应物,模仿着万物之名而为人之名,以期与万物通灵,从早到晚、从冬到春,一声声地念着、喊着,将一方水土喊得桃红柳绿、枝繁叶茂。由于时空和认知的局限,这样的命名方式将不可避免地导致大量的雷同。同一名字,在不同的年代不同的地域,可能早已存在,或者即将存在。一位父亲站在山岗上喊一声"狗伢子",极有可能唤起远远近近不同的回应:有的来自附近的田野,有的来自远处的山林,有的来自旷远的古代,有的来自缥缈的未来……那回应一声接一声,沿着那条布满牛蹄印的小路纷至沓来。

在故乡,一个人来到世上,即会获得一大一小两个名字。这是人对故乡的一种认领,还是故乡对人的一种标记?我不得而知。但我知道这样一种命名方式，潜在地赋予一个人两条出路：大名光鲜、体面，具备向外的意义，可以出入社会，跻身主流；小名土气、低贱，像人始终褪不去的一条小尾巴，像草木之根，深深扎入故乡和童年，可以源源不断地汲取到来自大地的养分。

二

我也有一大一小两个名字。

大名龙章辉，我爷爷取的，除了对应家族传承外，还含有文章生辉的寄愿；小名宇生，也是爷爷取的，宇宙间生存的意思。不难看出，我的名字无论大小，都没有粘连故乡的任何事物，只强调与安排着我的人生道路和方向。这个方向是与故乡相背离的。这样的背离，客观上构成了一种割裂——从被命名的那一刻起，我与故乡就被割裂了。

爷爷是一位晚清的秀才，虽然潦倒落魄，但优厚的汉文化背景使得他很难接受儿孙身上出现囿于地域、土气低贱的文化符号。他认为这是一种局限或牵绊。他对我的命名，就试图打破这种局限与牵绊，赋予汉文化的优雅与洒脱。爷爷认为，好男儿志在四方！一个男人应当走出故乡，浪迹江湖，虽不求闻达于天下，也应挣得些许功名，以光宗耀祖。很明显，我的名字延续着一位落魄秀才的未竟之梦。在这一点上，父亲与爷爷有着惊人的一致。作为村里唯一的县一中毕业生，他对爷爷对我的命名以及名中所指的人生方向深为认同。他常常对我感叹说他是没希望了，只有靠你了，只要你攒劲读书，家里卖鼎罐也要送你！为了让我攒劲读书，有朝一日能够"走出故乡"，父亲很少安排我干农活，除非是必须帮把手的那种。父亲的推波助澜加剧了我与故乡的割裂。

对于故乡而言，我的名字既是一种割裂，也是一种拒绝。我拒绝了山川草木，也拒绝了纤霞流云……故乡似乎也没在我身上烙下什么特别的印记。因而，我在天地间未曾拥有一个与自己通灵的对应物，来作为生命的依傍；也没有一条像草木之根那样的小尾巴，扎入故乡和童年，源源不断地汲取到来自大地的养分。我从小体弱多病，会不会与此有关呢？为践行父辈的意图，我几乎没有融入故乡的人、物、事中去。"走出故乡"的目标使我像一条孤独的单轨，生命时光与故乡的四季枯荣构成了平行的延长线，我们相互对视着，又本能地拒绝着。

记忆中，偶尔的交叉与关联也是有的——

当少年伙伴们纷纷撸起衣袖、挽起裤脚，在父辈的指导下开始摸犁拽耙的时候，我也心痒痒地央着父亲要学犁耙功夫。我知道在故乡，一个男人只有扶稳了犁耙，才有资格与时空对话，才能在大地上站稳脚跟，并从深厚的泥土里找到那条五谷丰登的活命之路。这是我主观上欲贴近故乡的表现。父亲毫不犹豫地拒绝了我。父亲害怕我学会犁耙后，就会像恋上女人那样恋上故乡，从而被故乡的事物牵绊住，瓦解了"走出故乡"的决心和意志。

由于少事稼穑，我遭到了少年伙伴们的嘲笑。他们撸出被阳光晒得发黑的手臂和脚杆儿，嘲笑我的细皮嫩肉，并送我一个"相公"的外号。每当我出现在他们的视野里，他们就相互挤眉弄眼，异口同声地高喊"相公配小姐——相公配小姐——"这一戏谑曾经让我十分恼火，却又无可奈何。后来我想，这算不算故乡在对我进行某种标记呢？除此之外，故乡还对我做过别的什么标记没有？

三

我终于如父辈所愿走出了故乡。

1987年秋天,我参加县里的招工考试,以第一名的成绩被一家新办的国有企业录用。在城乡差别仍然十分巨大的80年代,这样一份工作是令人羡慕的。用父亲的话来说,我是"拱出田坎脚,吃上国家粮了。"父亲很兴奋,几乎与我说了一夜,说他如何在苦水里泡大,现在好了,我不再过他的苦日子了。父亲说得我哈欠连天又说得我热血澎湃。

我很少跟人谈起故乡。我觉得故乡除了山清水秀、空气清新外,实在也没有什么奇异之处。何况我已经从故乡走出,蜕变成一个城里人了。我的内心是骄傲的。城里人就要有城里人的气派、城里人的样子!

某日,我骑自行车上街,经过老街口一家自行车修理店时,忽然想起轮胎很久没充气了,便停下来,找店老板借打气筒充气。完事后我将打气筒放归原处。就在我转身离开的刹那,打气筒由于没放稳,"噇"的一声倒在了地上。清脆的响声惊扰了店内众人,他们停下手中活计,朝我这边张望。店老板似有愠怒,嘴里嘟囔了一句:"乡巴佬!"言语很轻,传到我耳里却不亚于一声霹雳。我被惊蒙了!下意识地朝身后看了看,确认店老板不是在贬斥他人之后,慌忙将倒地的打气筒扶起,然后蹬着车仓皇离去。

一句"乡巴佬",充满鄙视和轻蔑。于我而言,这句轻蔑之语犹如暗夜里的一道闪电,瞬间便让我企图隐藏起来的乡土出身原形毕露,并明明白白地向我指认出一个事实:这些年来,我的父辈对我所做的一切改造都是不成功的,与故乡的切割也是无效的,到头来,故乡仍然以它强大的乡土笔法,深刻地标记了我。我的相貌衣着、言谈举止,无一不在透露着身后那个山环水绕、鸡飞鸭叫的村庄。我十分疑惑,父辈们明明已经为我隔开了那些土里土气的名字和泥腥味十足的农事,故乡的节气、阳光和雨水又是如何潜入到我生命中来的?让我虽然置身城市,骨子里却仍在扬花、吐穗……

这个事实让我惊慌、焦虑和不安。我不知道问题出在哪里?但不管怎样，我必须改造自己！因为我已经具有了城市身份，是城里人了。城里人就要有城里人的气派、城里人的样子！

我毫不犹豫地开始对自己身上的乡土元素进行清理。我对着镜子，一遍一遍地审视着自己的躯体，目光在每一块骨骼和每一寸肌肤上流连，我要发现衍生其间的每一株草木、静卧其中的每一声鸡鸣犬吠……然后狠心地将其根除与驱逐。犹豫、迟疑、彻骨的疼痛、撕心裂肺的喊叫、长久的麻木……内心里种种必然的感觉，一遍一遍地碾轧着我的战栗不已的躯体。但我不管不顾，因为我已经没有退路了。我细心观察与模仿着城里人的衣着、谈吐和行为举止，我要用浓厚的城市气息，来掩藏起那条时不时地会暴露出来的小尾巴，彻底荡涤尽身上残留的故乡味道。

之前与故乡的割裂，是在我毫无知觉的情况下发生的，我是被动的、无法选择的；而现在，我对自己的改造则是主动的，是那场割裂的延续。我的主动，使自己成为父辈们一个不折不扣的帮凶。

四

我与故乡被进一步割裂了。

在此，我不得不写到母亲。母亲对于父亲实现离开故乡的梦想，起到了至关重要的作用。就在我招工进城的第二年，作为水库移民的她也被落实政策，可以在县城划地造屋，作为安置和补偿。这一机会让父亲激动不已！当母亲和他商量如何取舍时，他毫不犹豫地做出了进城建房的决定。

我又过上了与父母朝夕相处的生活，再也不需要像之前那样，时刻牵挂着身在故乡的父母了，逢年过节再也不需要紧赶慢赶地回故乡去了……生活正在向我呈现出温润和踏实的内质。然而，团圆的时刻也意味着分离，我与故乡是否将从此被彻底割裂？

我的县城生活基本上由两点一线构成——从沿河路到工业街,又从工业街到沿河路……早晨八点,那间宁静的办公室被准时推开。勤勉与谨慎,使我倾注于眼前的一沓文件资料;一张来访者的菜青色的脸,又使我感觉到责任,以及手心里可能派发的一小缕阳光。而在白昼尽头,在沿河路一栋简朴的楼房里,精神的太阳夜夜从一张洁白的稿纸上升起……

不知何故,在县城,我一直找不准生活的感觉。我对照城里人的气派和样子,一遍一遍地修改着自己。每每觉得改满意了,转眼一看又不像了,好像被谁又改回去了似的。我越改越没信心,活得越来越不像个城里人;而在故乡时,我不事稼穑,又不像个农民。我对自己的状态越来越不满意。我甚至开始怀疑自己追求的正确性。在深度寂寞和苦闷中,我纵情酒色、放浪形骸了若干年,然后寄情于写作,渴望在文字里找到一个别样的精神家园。

无独有偶,我们家进城后,面对痴求半生终于得来的"新生活",父亲也表现出太多的无所适从。虽已离开故乡,似乎总有一双无形的手在将他拽回过往。他的责任田、自留山和自留地,没有哪一样肯轻易放过他。这种被撕裂般的感觉,常常让他彻夜难眠。他试图改造自己融入新生活。在对县城各类从业人员进行过一段观察分析后,他觉得自己成为一个小商贩是可能的。他备下箩筐和纤维袋子,每天去车站挤中巴,赶赴四乡八里的集市,收购辣椒之类的农副产品,再挑到县城来卖。他甚至还打造了一辆板车,预备货多时拖着沿街叫卖。当他的辣椒担子在农贸市场挤不到摊位、在街边又被城管驱赶得东躲西藏的时候;当他在城里人精明的讨价还价中,总是将货物低价甚至亏本倒卖的时候,他开始怀疑自己了。他望着家里一大摊快要沤烂的辣椒发呆。他终于罢担撂挑,不再言商。置身城镇,山风山雨里滚爬了几十年的他深深地迷茫了。他的人生经验从此归零,巨大的落差使他在五十多岁的壮年就过早地显现出黄昏暮色。

后来父亲好像有所彻悟。他在晚年一心向佛，每日必在房中打坐，沧桑的脸庞一派清明，几无烟火之气。他不再眉飞色舞地跟我谈论走出故乡的话题。虽然他历尽辛苦，终于在县城置地造屋。华堂落成之日，他满脸喜气地领受着四方亲友的恭贺，得意与庆幸溢于言表。然而就在临死前的那一年，他突然义无反顾地辗转于故乡的山山岭岭间，焦急地寻觅百年后的安身处所。显然，山外的世界并没有给予他暖衾般的归属感。如今，父亲已安然躺在故乡一处向阳的山岭上。墓地四周蓊郁着大片油杉。山风过境，掠起阵阵林涛，如潮如鼓，拍地惊天。

五

父亲去世后，不断有乡亲来问：老屋卖不卖？母亲拿不定主意，征询于我。我毫不犹豫地一口回绝。理由很简单：谁见过一棵树卖出自己的根？一条河流卖出自己的源头？话一出口，我即被自己吓了一跳！进城这么多年，自以为身心早已与故乡彻底分割，且被主流文化里三层外三层地洗了个遍的自己，骨子里竟然残存着如此难了的故土情结？之前，我还对父亲进城后的迷茫颇为不解，竭力在他人面前张扬着自己与父亲的区别，狂妄地表达着对父亲这样那样的轻视和不满。没想到现在，我也会在城市与故乡之间摇摆。这是否意味着，那双曾经拖曳过父亲的无形的手，现在又来拖曳我了？

我的残存的故土情结后来更为清晰地彰显出来了——

某日下班回家，母亲告诉我，故乡要修高速公路了，老屋可能要被征收。我的脑子"嗡"地响了一下，一种血肉亲人被无端推至悬崖边的紧张感骤然贯通全身。第二天天一亮，我立即乘车赶回故乡。

母亲所言不虚，故乡果然在修高速公路了。所幸我家的老屋尚未被纳入征收计划，心里一块石头暂时落了地。站在老屋门口，我看见对面山坡上，往日蓊蓊郁郁的树木被砍光了，好几台挖掘机正在施工，黄土被翻挖得一片狼藉，运土车辆穿来梭往、一派繁忙，原本宁静的小山村闹腾起来了。再过一两年，这里将日夜奔淌着不息的车流……

现在不征收，不代表将来不征收。为了解详情，我去了村主任家。

村主任是我小学同学，大名羊胜利，小名鸭拐子。我到他家时，七八位乡亲正聚在禾场坪里款白话。见我露面，村主任惊讶地说，可有些年月没见你了，快进屋。村主任一招呼，我的认知和心理一下子就回到了故乡的语境和文化当中，那些曾经被我清除的乡音乡情，又在身体内外满山遍野地蔓发了。闲扯了几句，村主任家的两个小孩忽然从院子一角蹦跳而来，傍依在他身旁，好奇地打量着我这个"城里人"。适才还满口乡音的村主任，立即改用半生的普通话交代两个孩子：羊进学、羊进科，快叫叔叔。两个小孩旋即也用半生的普通话喊我叔叔。我有些疑惑：村主任跟孩子交流，为何要改说普通话？为何不叫孩子的小名而要叫大名？难道我离开的这些年，故乡的话语习惯发生了变化？我问他孩子是否像我们小时候那样取有小名，村主任和乡亲们都笑了，谁还取那么土气的名字呀？难听死了！言语之间，分明流露出对所处的乡土文化环境的不满。这说明随着科技的发达、信息的通畅，主流文化那强大的磁场，正在对我的故乡人产生巨大的吸附力。在吸附力作用下，故乡人也如当年的我一样，开始拒绝山川草木和纤霞流云了。我有些后怕。我知道这样下去的后果——古老的认知方式将被改变，人在天地间的位置将变得飘摆不定、模糊不清，人与自然万物那休戚与共的依存关系，也将面临被割裂的危险。

说到高速公路，村主任和乡亲们都很兴奋。因为有补偿，天上掉下来似的。张三家赔了几十万；李四家不但得了钱，政府还给他拨了一块上好的地皮，可以修一栋大砖屋呢！乡亲们兴奋地说，高速公路建成后，这里还要搞大开发，办工厂、建学校、修居民区，城里人都要搬来这里住，有的城里人已经悄悄在这里置地了，这里已经寸土寸金了，将来被征收、获得补偿的机会多得很！听乡亲们的语气，被征收似乎成了改变命运的福音。闲谈之中我还了解到，在种种信息激荡下，人们争先恐后地在闲置的空地和荒弃的山坡上抢种柑橘苗和杉树苗；有人甚至不惜血本，从外地购来半旧木屋，请木匠刨去表皮，在可能被征收的地段上建造房屋，以备将来获取补偿……乡亲们你一言我一语地，为我拼凑出一个颇为清晰的现实——我的交织着流水清风、鸟语虫鸣、鸡声牛哞的天籁故乡，即将被一座充满时代气息的新城镇所替代！

　　我十分诧异，面对现代文明的强势冲击，作为具有深厚民族文化传统的故乡，本应与之发生激烈的碰撞与对抗，并产生震荡山林的回响！然而没有。仅仅因为可以获得一份可观的补偿，一方拥有多元文化生态的水土就这样丧失了认知和定力？心甘情愿地任现代文明一寸一寸地入侵？可悲的现实是，趋利的天性甚至使许多乡亲不由自主地参与了这场入侵！我突然感到，多年来从故乡伸过来的那只一直拖曳着父亲和我的手，不知何时已经松开，转而伸向了我身后奔驰而来的城市，并很快与之握手言欢……种种迹象表明，故乡正在发生一场深刻的文明裂变！深刻到无声无息，几乎让人感觉不到应有的撕扯、粘连和疼痛。我完全不能凭借简单的道德评判来表达自己面对这场裂变时的茫然。美丽的乡愁总伴生着贫穷的痼疾。我们不能在依恋故乡迷人的山水风物时，对山水掩映中的贫穷视而不见；更不能自己出门谋幸福，却要求故乡坚守清贫，以供自己怀乡病发作时频频回头寻求疗慰。裂变也许并不可怕，可怕的是裂变将不可避免地导致乡土社会的某些根基部位发生崩塌……

六

我有了一种紧迫感,我要回故乡去!再不回去,等到故乡真的被割裂了,就再也回不去了。但是现在,只要回去,每条路上都会有一个故乡在等我——

通往村口的路上,大蛮牯、勒牛子、狗伢子、野猪、鸭拐子、癞蛤蟆、泥鳅们在等我,兰香、桂花、水莲、冬梅、春桃、秋菊、红云、山霞们也在等我。这些奔窜于四野的动物和飘曳于坡前岭后的纤云流霞,或藏于草丛中,或伏于水沟边,或攀附枝丫间,或傍在电杆后,一待我出现在视野里,就异口同声地高喊:"相公配小姐——相公配小姐——"待我气恼地去追赶时,他(她)们一忽儿就四散了。我一定要追到他(她)们,我要从他(她)们中间,认领到属于自己的那个名字、那条小尾巴和那条草木之根……

通往老屋的路上,那座村里唯一的百年老屋在等我。我在老屋出生,我的第一声啼哭是从老屋发出的,我写给世界的第一封情书也是从老屋发出的。我在老屋长大,然后走出老屋,离开了故乡。老屋有神龛,神龛上供奉着天地和祖先。连天接地的老屋就是时间的一个通道,祖先和神灵都曾在这里往返。作为清代地主家的庄子屋,老屋实在是很老了,在我家搬进来之前就老了。沧桑、幽深的老屋,演绎过太多的生死歌哭。我将一遍一遍地清除衍生在四周的杂草,往漏雨的地方添上几块瓦片,将倾斜的部位用木头支撑加固。我不知道老屋住老过多少人,但我愿意把老屋当成所有的老人,让他们仍然可以住在这里,不需要被征收;让他们在全新的时代之中,仍然可以有一个属于自己的位置,抽烟、喝酒、晒太阳、咳嗽、揉眼睛……然后一个一个地慢慢躺下,一个一个地,自己走完自己的一生，自己把自己埋进漫漫长夜里，不再被人想起。

通往坟茔的路上，我的爷爷、奶奶、大伯母、二姑和父亲在等我，他（她）们在一面面草木葳蕤的山坡上，照看着我的童年和少年。当我把自己的青年和中年带到他（她）们面前，让他（她）们辨认时，他（她）们将睁开一双双被黄土蒙了多年的老眼，挨个地反复比对着，然后如梦初醒、涕泪滂沱；他（她）们将欣喜地看到他（她）们的血脉，还在这清凉的人世间汩汩流淌……而我的童年、少年、青年和中年则紧赶慢赶，终于赶在了故乡被割裂之前，在长辈们面前见上一面，然后再各奔东西、相忘于江湖。

七

一个惊人的事实越来越清晰——我与故乡从来就没有被割裂过！几十年来，我一直偏颇地认为对文化或地域的差异化选择就是割裂。回到故乡后才发现自己错了！童年，老屋，祖坟……那原本属于我的一切，依然耸立在血脉的上游，紧紧地牵扯着我。

但是，越来越多的信息表明，老屋极有可能被征收，又一条论证中的高速公路，正在规划图上横切故乡。设若项目成功落地，以老屋为代表的这一切，将命悬一线、危在旦夕；我与故乡，也将面临真正的切割与分裂！

怎样才能使老屋幸免于难呢？我绞尽脑汁，构想了种种方案。比如，以历史悠久为由向有关部门提出申请，将老屋鉴定为文物，那样就有可能以保护文物为由，请高速公路另辟新径。可老屋虽老，建筑上却没有任何特色，完全达不到鉴定为文物的条件。或者，以老屋系名人故居为由申请保护。可我家祖上三代，仅出过爷爷这样一位落魄秀才，且穷困潦倒、一文不名。此法显然不行。还有就是做钉子户，死活不同意被征收。现如今这样的例子不胜枚举。可我家这一脉，虽不富贵，却也粗通文墨、知书达礼，国家搞建设，安有不支持之理？我左思右想，实在想不出万全之策，只好心存侥幸，寄望于尚处论证中的高速公路改变路线。

就在我筹谋着如何全力保住老屋的时候，一场围绕着与我相关的一切进行的切割正在悄然展开——

2017年5月，一位乡亲数次来电，要求与我家斟换老屋门前父亲承包的责任田，用于起屋。父亲虽已去世多年，但责任田承包合同尚未到期，加之村里田亩多有荒芜，又无利可图，因此就没有进行调整。但现在不一样了，高速公路要经过这里了。乡亲起屋的用意很明显，以备将来被征收时获得一笔可观的补偿。我跟母亲商量，责任田属集体所有，不是父亲个人遗产，我们无权处置；更何况，我对乡亲这种巧取豪夺的做法十分反感，便坚决不同意斟换！

2017年6月，又一位乡亲来电，提出要占老屋门前的部分责任田，用于起屋。乡亲说他现在的屋场住着不顺，请风水先生看了，要迁到这里才有利。并说只要我愿意，他可以付钱给我。因为有了前番那位乡亲的举动，我毫无悬念地将这位乡亲的举动也跟高速公路联系起来了。我本能地对其产生了反感。我说田是集体的，个人怎能随便处置呢？我建议他找村干部商量此事。

2017年8月的一天晚上，刚洗完澡准备睡觉的我突然接到故乡一位村干部来电，说有事相商。我心头一紧，似乎预感到了什么。村干部说，村里正在连夜开会，讨论关于责任田重新确权的问题，大家提出你父亲去世多年，配偶和子女又全部迁出，不是这里的人了，要收回你父亲承包的责任田，因此征求一下你的意见，是否同意？村干部说的这事，其实已在我的预料之中，从之前两位乡亲开口要田的那一刻起，我就预感到这事迟早会发生。但当故乡人正式向我提出来时，我还是感到震惊！我的震惊，并非留恋那几分田土，以及将来可能获得的补偿，而是对方收田的理由，说我不是故乡人了，这个理由让我非常难以接受！虽然这也是户口本上的事实，但"故乡"二字，似乎更多地存在于情感里，而不在户口本上。我犹豫片刻，最终表态同意他们收回责任田。村干部于是说了几句客套话，并反复强调这是大家的意见，希望我不要怪罪于他。

就在我表态让他们收回责任田不久，父亲生前种菜的畲土也很快被人占了……有知情人替我鸣不平，说同样的情况，别人的不收，为何只收你的？还不是因为高速公路要经过这里，有利可图了，大家就来打主意了！

"你不是这里的人了！"这句刀砍斧削般的话，让我在很长时间内都辗转反侧、心潮难平。对于一个在情感上越来越贴近故乡的游子而言，这句话既是一种割裂，更是一种无情的拒绝，清晰而决然！这是否意味着，我与故乡将从此鸿沟难越、通途变天堑？与之前不同的是，这场割裂的发起人不再是我的父辈，而是我的父老乡亲。

八

更为锐利的切割很快又开始了——

几位族亲先后来找我，主张老屋和宅基地他们都有份，说我父亲在世时，没经过他们同意，就将宅基地使用权办在了他一个人名下；还说父亲生前偷偷卖掉了一些家族共有的东西……他们提出要对祖业进行重新分割。这下我彻底蒙了！我想不到族亲们竟然会为了利益而置亲情于不顾，不惜以捏造事实攻击我父亲的手段来达到目的。事实上在我家迁居县城之前，他们就已迁出老屋多年，在本地另造了新宅，当时在有关长辈主持下，已然对祖业进行了分割，各房财产均已带走。父亲在世时，他们甚至还劝父亲将老屋卖掉，说你反正不住了，难得年年去维护。如今时过境迁，当年主持分家的长辈均已作古，而老屋又将迎来被征收的机会,他们于是串通起来,策划了这场切割行动。

这来自根基部位的接二连三的裂变,让我心如刀割。年迈的母亲更是无法接受,一气之下,心脏病发作住进了医院。她指责我太老实,以至于里里外外的人都来欺负我。她哭着说出院以后她就搬到老屋去住,谁若敢造次,她就拼了这把老骨头!

我想,这都是我不孝,当初我若松口将老屋卖了,风烛残年的母亲就不会遭这份罪了。但我不认为我有错,只是无人能够理解我残存在骨子里的故土情结罢了。事已至此,只有强打精神面对现实。一位当律师的朋友给我打气,说你反正有土地证,即便上法庭他们也无可奈何,怕什么?

我反复权衡利弊,觉得长辈们在世时,整个家族一团和气,如今长辈们大都走了,我们这些后辈如果为了利益闹将起来,长辈们在九泉之下何以瞑目?此其一;其二,母亲身患高血压冠心病,倘若家族起了争端,对她的身体将极为不利……我思来想去,决定忍让。我在费尽口舌做通了家人的思想工作后,强捺着满腹的委屈和怒火跟几位族亲协调。我对他们说,有利可图是好事,追求利益也不是坏事,但君子爱财,取之有道,这块屋场毕竟我们家维护了几十年,没有功劳也有苦劳,我不跟你们争一草一木,但你们总得在我母亲面前说几句好听的话,让她心里过得去、放得下才行。他们见我说得在理,就都答应了。

事情的发展并不尽如人意。几位族亲都没有跟母亲有效地沟通。其中一位甚至出言不逊,说他们是本地人,而我们户口都不在故乡了。这位族亲后来果然撬开了老屋的院门锁,将我家的牛栏架等附属物全部拆除,将我父亲栽种的果树也砍掉了好多棵……人为财死、鸟为食亡。我对这位族亲的疯狂之举早有预见。就在那次与他们协调之后,我便痛下决心,择取黄道吉日,请来人和车,将存放在老屋左侧的母亲的千年屋移出了故乡,因为我担心连这都有可能被毁坏。

那日我心情悲苦,在神龛前深深鞠躬,向祖宗诀别。我知道搬移母亲的千年屋之日,就是我与故乡真正被割裂之日——乡情割裂了、亲情割裂了、天地割裂了……一条高速公路载着一个崭新的时代,正从山外飞驰而来。而我的乡亲和族人为求利益最大化,竟然在新的时代到来之前,急不可耐地对我与故乡展开了全方位的切割。他们全然不知在割裂我与故乡的同时,也将自己与祖辈们一代代累积下来的乡土文明割裂了,心甘情愿地充当了现代文明的同谋与帮凶。

九

我与故乡终究是被割裂了。这个事实的发生,是那样地无可救药。打那以后,除了清明扫墓,我不再踏进故乡半步。故乡通高速后,每逢出差必经时,我都要情不自禁地闭上眼睛,估摸着过完了才睁开。我害怕触景生情,结痂的创口又会疼痛、泌血。我承认自己脆弱,不敢也不愿面对割裂时造成的伤痛。但我的脆弱只能藏在心里,在家人(尤其是母亲)面前,我必须装出一副满不在乎的样子。我知道这场割裂带给母亲的伤痛是巨大的。巨大的伤痛在她瘦弱的躯体里埋下了一座火山。我的些微脆弱的表现,都会将这座火山点燃。我要用每天的强颜欢笑,来逐渐平息这座愤怒的火山,以求得母亲一个安稳的晚年。尽管如此,一旦有人将话题触及故乡时,我心里还是会掀起剧烈的潮汐。这是怎么了?为什么会放不下?难道经过这么多次的反复切割,我与故乡还"打断骨头连着筋"?难道还有什么东西没有被完全割裂?若如此,那丝丝缕缕的痛感所传递的,是否就是那些无法被割裂的东西?

这些问题引起了我很长时间的思考。结果我发现,对于人的一生,割裂几乎与生俱来无所不在。它有地域上的,也有情感和文化上的;有生存因素，也有人性使然。婴儿被剪断脐带呱呱坠地是一种割裂，少年告别桑梓志在四方是一种割裂，女儿泪别父母远嫁他乡是一种割裂……割裂是命运的分蘖，也是生活的跌宕。割不断、理还乱，所以魂牵梦萦、生死歌哭。一场场割裂，使祖辈们的故乡成为我们的异乡，祖辈们的异乡则成为我们的故乡……在故乡和异乡的转换过程中，充斥着无尽的泪光、欢颜与奔突。也许异乡是相对的，只是一种境况或过程；故乡则是永在的，是人生的注脚与归宿，是道德、伦理和秩序的一次次构建。也许人们世代流徙，只为把一个个"异乡"都改造成安身立命的"故乡"。若如此，则我们每到一处"异乡"，都有可能走进了祖辈们曾经的血泪"故乡"；大地上所有的"异乡"，都有可能是我们共同的故乡。这样的认知瓦解了我的脆弱。它让我懂得，我的经历并非个人独有。同样的经历，已经被包括我的父辈在内的千千万万的人经历过了，同样的经历还将被千千万万的人所经历。

就在我诀别故乡不久，突然接二连三地有故乡人来县城找我母亲。找我母亲的人都遇到了同样的问题：因为要修高速公路了，他家的老屋极有可能被征收，于是家族群起而夺之，从言语争锋到大打出手到对簿公堂……对簿公堂需要提交证据，于是有人想到了在故乡生活了半辈子的母亲。他们来找母亲的目的是想要母亲帮忙作证，证明他家的老屋当年是如何如何分配了的。母亲犯了难：帮了老大就要得罪老二，帮了老二就要得罪老大……母亲从来没有遇到过这样的难题，她思来想去，最后谁都没有帮，只说这是你们的家务事，清官都难断，何况我一介老妇人？

一连串的人和事，都是故乡在被现代文明割裂与碾轧之后所产生的碎片。这些碎片粘连着浓稠的血肉气息，零落于尘泥之中，发出阵阵粗重的喘息、呻吟或嘶叫……无疑，每一块碎片里头，都包藏着"打断骨头连着筋"的伤痛。仿佛毅然决然，终又难舍难分。那绵绵不绝的伤痛里所传递的,大约也是一些无法被割裂的东西。

　　当年父亲率全家离开故乡时,很不适应县城生活。苦闷彷徨中,他仿效故乡风俗,请人在新建的楼房里"安家先",制作神龛供奉起天地和祖先牌位。每逢农历初一或十五,他就要虔诚地在神龛前装香作揖、祈求祷告。香雾缭绕中,天地和祖先如在目前。天地和祖先的样子就是故乡的样子。父亲的心神于是安宁了许多。这是父亲在诀别故乡之后,又本能地保留下来的属于故乡的东西。定期点燃的香烛,照亮了异乡生活的幽暗部分,生的意义在头顶高悬,成为引领或启示……令人诧异的是,父亲去世后,从不迷信的母亲竟毫不犹豫地接替了他,在神龛前装香作揖、祈求祷告,虔诚与执着有过之而无不及。在乡土文明已然裂变与坍塌的废墟之上,袅袅香烛仍然驻守在神龛上,将天地和祖先的牌位一次次照亮。这无法割裂的保留和延续,让我看到了承担的力量,以及道德、伦理和秩序的艰难重建。我以为,这便是故乡永在的证据。

　　　　　　　　　　（原载选自《民族文学》2020年第5期）

康科德往事

张惠雯

要了解永不过时的事物。

——亨利·戴维·梭罗

一个人如果没有生活在马萨诸塞，对文学史也无多少兴趣，他对麻州小镇康科德的知悉多半因为北美独立战争。1775年4月19日早晨，驻守在波士顿的700多名英军开始从波士顿市区向康科德进发，准备偷袭反英殖民地民兵组织在康科德的秘密军火库。得到消息的民兵组织抵抗，在莱克星顿，几十名民兵首先阻击英军，因寡不敌众而撤退。随后，英军到达康科德，在康科德的北桥，集结起来的民兵和英军发生激烈战斗，邻近各镇的民兵纷纷赶来增援，导致英军撤回波士顿，这就是著名的"莱克星顿和康科德战役"，它是北美殖民地人民和英军的第一战，揭开了独立战争的序幕。

但对于每年来自世界各地的文学、哲学和文化史爱好者来说，康科德作为朝圣之地的意义并不在于此，它的盛名是与对美国思想、文学影响深远的几个名字连在一起的：被誉为"美国文明之父"的思想家、作家拉尔夫·沃尔多·爱默生；杰出的美国小说家纳撒尼尔·霍桑；思想家、作家、自然主义者亨利·戴维·梭罗；《小妇人》的作者、女权主义者路易莎·梅·奥尔科特；诗人、传记作家威廉·埃勒里·钱宁，他为好友梭罗写了第一部传记《梭罗，诗人——自然主义者》。

他们中的任何一位都是文学史上的一颗灿烂星辰。而颇为神奇的是，自19世纪30年代开始的几十年间，他们全都会聚在这个面积仅为26平方英里的波士顿北边的小镇。他们互为朋友、师生甚至家人，频繁地互访、聚会、交谈，影响着彼此。"一个伟大的灵魂，会强化思想和生命"（爱默生语），何况几个伟大的灵魂？这种高度精神性的交往成为一种奇妙的激发，强化了他们各自的思想、生命和创作，最终成就了美国文化史的一个群星闪耀的时代。在独立战争的半个世纪后，在康科德这个"世界上最可尊敬的地方之一"（梭罗语），又发生了以超验主义运动为中心的另一场"革命"，它通常被称为"美国的文艺复兴"。爱默生说："这场革命只有通过文化观念的逐渐培养才能达成。"

在康科德，你仅仅用一天时间就能寻访所有先贤们的行迹。他们是近邻，无论生前，还是死后。你可以一早开车到瓦尔登湖，它的英文名其实是 Walden Pond（瓦尔登池塘），围着它散步一周，其间会经过梭罗林中木屋的遗址；离开瓦尔登湖，你的下一个地点可以设定位于纪念碑路的爱默生家族老宅。这栋由爱默生的祖父建于1770年的房子现在是一个开放给公众的博物馆，爱默生当年在这里写了超验主义运动的奠基之作《自然》的初稿。爱默生老宅的另一个房客是霍桑，霍桑初到康科德时，曾和妻子索菲娅在这房子里租住3年。午后，你可以去霍桑故居和路易莎故居。霍桑故居是一栋敞亮的米黄色大屋，这所房子最初是霍桑从奥尔科特家买的，奥尔科特家给它取的名字是"山边"(Hillside)，因为房子后面是一座林木葱郁的小丘；而霍桑将其改名为"路边"(Wayside)，原因是房子紧临大路，从位置上甚至容易被误认为驿马客栈。奥尔科特家后来住在与之相邻仅两三百米的另一栋黑色木屋，这栋房子被路易莎一家称为"果园屋"(Orchard House)……无论你之前的路线如何，你最后可能会来到"沉睡谷公墓"(Sleepy Hollow Cemetery)，它是比较适宜的康科德之旅的终点。

爱默生和牧师老宅

1803年5月，爱默生出生于波士顿。他出身牧师世家，父亲、祖父、继祖父都是牧师。爱默生14岁入读哈佛大学，18岁毕业。毕业后，他在不同学校任教，自己还曾创办"切姆斯福德学校"。"超验主义俱乐部"的主要成员几乎都当过教师或创办过学校，如梭罗、阿莫斯·布朗森·奥尔科特（路易莎·梅·奥尔科特的父亲），这和他们传播知识、启发民智、促使社会变革的理念密切相关。爱默生曾说："世上一切伟大光辉事业，都比不上人的教育。"在任何时代，教育都是改变民众观念的最好方式，而有良知的知识分子总是通过直接教育或是著书立说等间接教育来传播知识和真理。

1824年，爱默生返回哈佛，进入了神学院，准备继承牧师世家的衣钵。此时距离爱默生发起"超验主义"还有将近12年，离梭罗和爱默生的结交还有13年。1829年，他成为"一体论"牧师，直到1832年。但在神学院和教会期间的爱默生已经渐渐远离了当时的宗教观念和信仰方式，因为他对宗教、社会、个人的思考早已远远超越了他的教会同事和同时代人。在1832年的一篇日记里，他写道：

>我有时想,要成为一名好牧师,就必须脱离教会。这种职业已经过时。在改变了的时代里,我们在用已经死去的形式崇拜祖先。

同一年,由于和教会管理者的冲突,爱默生辞去牧师职务。很快,他踏上欧洲之旅。在此次旅行中,他不仅漫游英国,也去了法国和意大利。欧洲游历让爱默生汲取了欧洲大陆最新的人文思想,而作为英国移民的后裔,英国之行也让他得以发现自己的"文化之根"。对精神强健、思想独立的人来说,寻根往往并非为了凭吊或缅怀,而是为了寻找未来的方向。因此,寻文化之根不但没有让爱默生变成一个文化依附者或固守英国传统的保守人士,反而促使他思考美国文化脱离"母体"的独立之路。而这一切,都为他两三年后即将发起的一场思想风暴做好了准备。

1834年,返回美国的爱默生搬进位于康科德的家族牧师老宅。老宅由爱默生的祖父建于1770年,是一栋简朴的深褐色木屋。老屋背倚康科德河,从院子里可以看到莱克星顿和康科德战役的主战场北桥一带。在牧师老宅里,爱默生写下了《自然》的初稿。这篇文章于1836年正式发表,象征着超验主义运动和美国文化走向独立、繁荣的开始。

爱默生的到来使康科德成为美国新文化的中心。一批当时最优秀的灵魂逐渐会集在这位渊博、睿智、雄辩、思想高尚的人的身边。健全的人格使爱默生具有天生的影响力,他不仅是超验主义运动的领袖,也是康科德文化圈中的社交"灵魂",是最友好、慷慨的主人。

第二次婚后不久,爱默生搬出老宅,迁居到位于康科德的另一处新居,他将新居所命名为"Bush"(意为"灌木丛"),Bush就是今天开放给游人参观的爱默生故居。爱默生故居保留着主人当时的趣味,它的后院有灌木,也有草丛,保持着一定程度的芜杂和自然生机。它会让人联想到爱默生对自然的钟爱,是他试图在自然中寻求"人"之意义的思想的诠释。这种生活哲学似乎一直影响着后世的麻省居民:在郊区小镇,房子的后院往往是开放的,它不是被篱笆围起来的人造花园,而是面向着森林、树丛敞开,人工种植的花和草坪渐渐和天然的树木、草坡融为一体,体现着人们崇尚自然的生活方式。它是梭罗理想的"院落"风格:"根本就没有庭院!有的只是那没有篱笆围住的大自然,一直通到你家门口。"

五月过后,经过这样的院落总会让人心旷神怡,爱默生当年的描绘仍然那么新鲜而贴切:

> 在这阳光灿烂的夏天,吸入这样的生命气息是一种多么奢侈多么豪华的享受啊!草在生长,芽在萌发,草地上点缀的花朵,具有着火焰与黄金般的颜色。天空中有无数的飞鸟,空气中飘逸着松脂,香膏和新堆起来的草垛发出的清香……

1837年是另一个意义重大的年份。这一年,爱默生发表了题为《美国学者》的演说,这个演说被誉为美国知识界的"独立宣言"。在"宣言"中,爱默生鼓励知识分子摆脱传统束缚和学究风气,自信、独立:

> 他应当完全地拥有自信心,绝不迁就公众的喧嚣……当他深入了解自己心灵的隐秘时,他也在发掘所有心灵的秘密。他认识到,一旦能够掌握自己思想的规律,他就能够掌握所有说着与他相同语言的人的思想,以及那些有种不同语言,但是可以翻译成为他的语言的人的想法。

他要求学者揭穿谎言、反击蒙昧,自由而勇敢:

学者应当是自由的——自由并且勇敢……一个人如果能看穿这世界的虚饰外表,他就能拥有世界。你所耳闻目睹的种种蒙昧、陋习与蔓延不绝的错误,皆因人们的容忍,以及你的纵容。一旦你把它看成是谎言,这就已经给了它致命的打击。

爱默生反对权威,反对各种社会团体和组织对"个人"的压制。他启发人们体认"个人"的意义、个人的伟大,他宣扬人自身具有的神圣性,人依靠自己即可完善。他曾说:"在我所有的演讲中,我只传授了一样学说,那就是'人'的无限。"

尽管爱默生从未否认过信仰和上帝,但他张扬的"个人主义""依靠自己"(而非寻求神的指引)、个人与生俱来的神性和纯洁(而非教会所宣扬的原罪)、个人对权威和教条的反抗(而非对神及其代言人无条件服从),意味着他在思想观念上早已背离了当时的教会及其信众。爱默生宣称"一切人都是一个人""人是自己的神",他嘲讽基督教把人视为"羊群"的说法:

我相信人是被误解了,他损害了自己。他几乎已失掉那种引导他恢复天赋权利的智慧之光。如今的人变得无足轻重。过去和现在,人都贱若虫豸蚁卵,他们被称作是"芸芸众生"或"放牧的羊群"……

他把"私生活"提高到前所未有的神圣地位:

与历史上所有的王国相比,一个人的私生活更像是个庄严的君主政体。

与教会的公然决裂发生在1838年7月15日，哈佛神学院邀请爱默生作毕业典礼演讲。在演讲中，爱默生称基督是个伟大的人，传统基督教却把他塑造成了一个半神……这次演讲激怒了新教徒，爱默生被批判为"无神论者"（这在当时是个极其危险的贬义词）、"毒害青年心灵的人"。此后30年间，爱默生再也没有被哈佛大学邀请回校演讲。但爱默生是个真正的"公知"，他除著书立说外，一生巡回各地，进行了超过1500次的公开演说，宣扬他的思想，其最精髓部分当然是对"个人"的信仰。这一信仰构成了现代美国精神和价值观的基石。关于爱默生，也许没有人比哈罗德·布罗姆总结得更简洁有力："爱默生就是神。"

拥有这么一颗超凡心灵的人，却依然无法避免俗世的痛苦。在第一任妻子艾伦因肺结核去世后，肺结核又连续夺走了爱默生深爱的两个弟弟爱德华和查尔斯的生命。1842年1月，爱默生的长子死于猩红热。就在同一个月，老亨利·詹姆斯的儿子出生，老亨利恳请爱默生做他儿子的义父，爱默生同意了。这位"义子"就是日后被称为美国心理学之父的哲学家、心理学家威廉·詹姆斯。威廉有个和他一样赫赫有名的弟弟，那就是小说家亨利·詹姆斯。当然，詹姆斯家族的故事又是另一页辉煌了。

弟弟查尔斯死后，爱默生邀请索菲娅·皮博迪为查尔斯作浅浮雕肖像，这位画家索菲娅就是文豪纳撒尼尔·霍桑的未来妻子。索菲娅因此和爱默生结识并对康科德留下深刻印象。她向霍桑赞扬康科德，霍桑回复说："我们现在就可以在那样的景物里建起我们的小屋吗？我的心焦灼地渴望去那里……"

1842年，新婚的霍桑夫妇立即搬到康科德，霍桑以每年一百美金的价格租下牧师老宅。当他们搬进爱默生家族的老宅时，勤劳的梭罗已经在宅子上为这对夫妇开辟了一个小小的菜园。霍桑夫妇在康科德的第一个邻居则是超验主义诗人、梭罗的终生至交埃勒里·钱宁。

梭罗和瓦尔登

一些作者写到有关瓦尔登湖的"朝圣"经历时，会用到"失望"这个词。具体说，就是因第一眼看到瓦尔登湖竟然如此之小而感到失望。但我不太能够理解这样的失望或称"心灵落差"，难道梭罗在《瓦尔登湖》这本书里曾把瓦尔登描绘成一个烟波浩渺的大湖？这地方的全名是 Walden Pond，它是个池塘。梭罗不是徐霞客，他不是遍访名山大川的旅游家，他选择住在瓦尔登湖畔，不是因为此地是风景胜地，而是想在此亲身经历如何与自然相处、专注思考人如何生活等问题。正因为瓦尔登是马萨诸塞千百个普通池塘之一，是世界上千千万万个普通池塘之一，《瓦尔登湖》这本书才具有更卓越的意义。瓦尔登湖，它必然就是小而美的，它必然一眼看似寻常却气象万千，它必然就像平凡生活本身那样看似无意义却包含着人生的全部奥秘，它刚好诠释了被梭罗视为精神导师的爱默生那句名言："一滴水就是一个小小的海洋。一个人联系着整个自然，从平凡事物中感受价值，可以结出累累硕果。"瓦尔登很小，但它可以是整个世界，只有一双善于发现的眼睛才能看出这世界的光芒与完整，只有一颗善于感知的心灵才能察觉平凡与日常中的深邃。

在康科德作家群里，梭罗是唯一出生于康科德的"土著"。他于1817年出生于康科德，一生中的大部分时间都在这小镇度过。你至今仍可以在康科德镇弗吉尼亚路341号找到梭罗的出生地，它经过修缮，现在是一栋两层半白色木屋，烟囱在房子的中央，名为"威勒-米诺特农舍"，又称"梭罗农舍"。

1837年，梭罗毕业于哈佛大学，他没有选择当时的哈佛毕业生热衷的职业：律师、医生、企业家……也没有接手家族的铅笔制造业。他选择教学。梭罗最初任教于康科德公立学院，后因反对鞭打学生而离职。他和哥哥约翰后来办了一所文法学校——康科德学院，他们首创了远足、带领学生参观商店和市场的教学方式。但由于约翰去世，康科德学院于1842年关闭了。

在康科德镇民们眼中，梭罗是个没有职业的怪人。他们时常看见梭罗在林间远足，在绿野中散步，和友人在河上泛舟。梭罗喜欢观察动植物标本、搜集标本，对于学生和友人来说，他也是一个博物学家；他善于种植，长期在爱默生家当园丁，曾为霍桑夫妇开辟小菜园；他常年当家庭教师，还是个相当专业的土地测绘员，他为霍桑的"路边"和阿莫斯·奥尔科特家的"果园屋"做宅地测绘工作并收取十美金酬劳……1844年，梭罗和朋友爱德华·霍尔在林中取火引发火灾事故，导致上百英亩瓦尔登林地被焚。至此，在康科德镇民心目中，梭罗更是沦为一个游手好闲的形象。

梭罗怎么看自己的"职业"呢？他在哈佛班级十周年问卷调查时写道：

> 我是个校长、家庭教师、测绘员、园丁、农夫、漆工、木匠、苦力、铅笔制造商、玻璃纸制造商、作家，有时还是个劣等诗人。

梭罗是个受过正规教育、极其聪慧且动手能力很强的人，但梭罗心里对自由生活方式的热爱使他不想拘于任何一种谋生的职业。爱默生曾诙谐地说，梭罗本可以当个伟大的工程师，他却偏偏选择当黑果采集队队长。霍桑有一次和梭罗泛舟同游，梭罗划船的技艺令他叹为观止：

> 梭罗先生如此完美地驾驭这艘船,无论是用两个桨还是用一个桨。他的意愿似乎化为了本能,他根本无需费力就可以引导它……

这究竟是怎样的一个人?从友人们的描述中,他似乎严肃又温和,尖锐又天真,散漫又勤劳,渴望孤独又热爱朋友,坚持独善其身同时又积极地影响公众和社会……这些看似矛盾的品质在他身上十分协调地并存着。他同时热爱着大自然和人,并不厚此薄彼,在他那个时代,当征服、开发自然成为时代之"开拓"精神时,他却早已看出了人与自然的真正理想关系,成了倡导保护环境、保育生态的先锋。爱默生曾说:"热爱自然的人是那种内在、外在感觉完全协调的人,他在成年以后依然保持着孩童的纯真。"梭罗就是这样一个"保持着孩童的纯真"的人。他生活极其简单,终身未婚,和欲望保持距离,但他的心灵善于感知,头脑敏于思索,他的腿长于行走,他的双手勤于采集和制作……

梭罗生命中的美妙契机出现在1837年他和爱默生结交之际。此后,比他年长十四岁的爱默生成为他的精神导师和亲人般的朋友。爱默生邀请他加入超验主义俱乐部,鼓励他写作并促成其作品在超验主义刊物《日晷》上刊发,介绍他认识当时新英格兰文化圈最杰出的人:霍桑、阿莫斯·布朗森·奥尔科特、玛格丽特·富勒……在两人刚结识时,爱默生问梭罗:"你记日记吗?"对于梭罗,这成了他受益终生的启发。他当天写了一条日记:

> "你现在在做什么?"他问,"你记日记吗?"好吧,从今天开始,我记下了这第一条……

其结果是1837年至1861年间的两百多万字的梭罗日记,以及梭罗文中那种日记体特有的风格——具体而微的感知，对自身内在的省视、冥想般的求索，思想的电光石火，如灵感般忽然降临的启示……

1841年4月，梭罗住进爱默生的家，成为爱默生家里的园丁、修理工和家庭教师。爱默生的大量藏书进一步丰富了梭罗的知识和思想，尤其是那些有关东方文化的书籍，是梭罗在别处很难看到的，对梭罗的理念产生了相当大的影响。1842年，梭罗遭遇了和爱默生同样的悲剧——比他年长一岁的哥哥约翰因剃刀割破皮肤导致破伤风，在梭罗的怀中去世。约翰和他的关系极为亲密，他们一起办学校、探讨思想，一起散步、泛舟远行，约翰一直是梭罗离经叛道行为的支持者和随行者。后来，梭罗写了《康科德河与梅里马克河上一周》，纪念他和约翰从康科德到新罕布什尔州的水上旅行。

1845年是另一个对梭罗至关重要的年份，在这一年年初，他感到需要专注于思考和写作的急迫。他的至交埃勒里·钱宁对他说：

那就走出去，给自己建一个小屋，在那里把自己活活吞噬。除此之外，对于你，我看不出还有什么别的选择或希望。

两个多月后，也就是1845年的7月4日，梭罗住进了瓦尔登湖畔的林中小屋，开始他为期两年的简单生活的"实验"。是的，从一开始，他和他的朋友们就把他在瓦尔登湖林中的生活称为"实验"，这意味着它是有期限的，其目的是为了某种发现。

爱默生之前在瓦尔登湖附近购买了十四英亩的林地，梭罗的小屋就建在爱默生拥有的林地上。梭罗明确写下了他进入林中生活的目的：

我来到林中，因为我想要从容地生活，只面对生活最根本的事实，看看是否能学到生活要教给我的一切，而不是等到弥留之际才发现自己根本从未真正生活过。我不想过一种不是生活的生活，生命是如此珍贵；我也不想与世隔绝，除非万不得已。我想要深刻地生活，吸取生命之精髓。

再清楚不过了，梭罗来到湖畔、进入林中，他的目的不是遗世地隐居，而是在自然中"依靠自己"简单地生活，更深切地认识生活，并专注于写作和思考。梭罗基本靠自己的双手提供生活所需，他自己修缮小屋、种植作物、采集果实、钓鱼、从林中伐木取暖、从湖中取饮水、在湖里洗澡……但他在瓦尔登的生活并非全然与世隔绝，梭罗的小屋不乏访客，如爱默生、钱宁、奥尔科特，他们来看望他、在小屋里聊天；梭罗并不是每一餐都取自自然，他偶尔也会散步到大约一英里半之外的爱默生家去吃饭；1846年8月，梭罗还短期地离开湖畔，到缅因州卡塔丁山旅行。这次的旅行经历后来写入了《缅因森林》……在此期间，最著名的"插曲"是梭罗在1846年7月的某天外出时撞见了收税官山姆·斯塔普斯，山姆要梭罗支付他拖欠了六年的人头税，但梭罗拒绝为政府交税，因为他反对美西战争和蓄奴制度。梭罗被关进牢里一夜。第二天，有人为他支付了税款，他才被释放。事实证明，这个事件对他和世界都影响重大。

梭罗曾说："就像我们面对面和在明朗的白天里悟到真理一样，我们也在暗地里和在黑夜中与真理不期而遇。"在牢里的这一夜，想必也是他在黑暗中"与真理不期而遇"的一夜，启发了他对民主政府的权力界限、公民个人的义务和权利、个人与政府关系等问题的思考。1848年1月和2月，梭罗先后两次在康科德会堂做了题为《个人对于政府的权利及义务》的公开演讲，演讲的内容后被整理为一篇名为《对公民政府的反抗》的论文，又称《公民不服从》。

他当然不是多数派的信徒,"多数派"的决定从不是让他服从的理由,他要人们相信"个人"的良知和判断力,而非随波逐流:

> 所有的投票都是一种赌博……获胜不需要什么道德,只涉及你是不是下对了赌注……一个智者是不会允许正义任由几率摆布的,也不会寄希望于通过多数派的力量使之获胜。在群体行为中没有什么美德可言。

他尖锐抨击容忍南方蓄奴制度的美国政府:

> 对待当今的美国政府,一个正直的人应该采取何种态度?我的回答是:和它有任何关系都使人蒙羞。如果它同时还是奴隶们的政府,我怎会承认它是我的政府?要我成为这样的政府的臣民,我一秒钟都不愿意。

这种以一己之力非暴力地反抗、不与不义政府合作的理论对后世影响巨大,启发了包括列夫·托尔斯泰、"圣雄"甘地、马丁·路德·金在内的无数和平反抗者。马丁·路德·金在自传中写道:

> 梭罗因反对这场不义之战,拒绝缴税而入狱。我由此知道了非暴力反抗的原理。他提倡不和恶势力妥协的理念使我震撼不已,让我一读再读。我开始相信,不向恶势力妥协是一种道德责任,就和行善一样。没有人比亨利·戴维·梭罗更传神更热忱地表现这个想法……

这样的梭罗，怎会是个与世无争的淡泊隐士？事实是，他不仅是特立独行的思想革新者，还是一个坚定的行动派。康科德超验主义作家群里都是废奴主义者，无论是爱默生、梭罗还是奥尔科特，他们不仅到处宣传废奴，其中一些人还参加了当时的"地下铁路"组织，收留逃亡黑奴、帮助他们前往加拿大。1859年，约翰·布朗起义失败后两周，梭罗在康科德进行了"为约翰·布朗上校请愿"的演讲。布朗被处死后，梭罗在康科德教堂敲响大钟，召集人们哀悼，再次进行演说。梭罗不仅不与恶妥协，也从未停止过抗争。

1847年9月6日，梭罗结束两年两个月又两天的"林中生活"，离开瓦尔登湖。即将第二次动身去欧洲的爱默生立即邀请梭罗到他家中居住，嘱托他在其离开期间帮妻子莉迪恩照料家务，而爱默生直到1848年下半年才返回康科德。

湖畔实验结束之后的几年，梭罗一边工作以偿还债务，一边整理、修改有关瓦尔登湖畔生活的手记。1854年，《瓦尔登，或林中生活》出版。在出版之初，它的价值远未被认知。也有些许评论，但批评家们只是把它当作传统的美国散文，赞扬它揭示了自然的纯洁、和谐之美。很快，寥寥的好评也沉寂下来，它成了一本不为人所注意的书。《瓦尔登湖》是梭罗在世时出版的仅有的两本书之一。另一本《康科德河与梅里马克河上一周》是梭罗自掏腰包出版的，印刷1000册，仅售出了300册。

随着时间流逝，梭罗的伟大与日俱增。《瓦尔登湖》在文体上的现代性被公认超越了绝大多数同时代作家。同时，这位在150年前就宣称"人类已经成为他们的工具的工具"的思想者依然显得如此超前，越来越多的现代人意识到梭罗早在一百多年前给予我们的告诫的意义。他成了回归自然者、生态保护主义者、崇尚简单生活方式者、反过度消耗和消费主义者以及和平抗议者眼中的圣人，而《瓦尔登湖》则成了厄普代克所谓

"被膜拜却未被充分阅读的《圣经》"。大诗人罗伯特·弗罗斯特说:"仅仅在一本书里,他就超越了美国曾有过的一切。"当然,这样的盛名和赞誉,都已经是"千秋万岁名,寂寞身后事"了。

1860年,梭罗的健康状况开始恶化,经常卧病在床。他在病中平静地修改《缅因森林》等作品的手稿,并写信给出版商请求出版,但这个愿望直到去世都未能实现。在最后那段时间,梭罗的生命仿佛变成了一轮"秋天的太阳",如他的诗里所写:

> 我已枯萎、变黄,
> 醇香自我生命深处散发
> 橡子在我的树林里坠落
> 冬日在我的情绪里徘徊……

某天,姨妈路易莎来看望病重的梭罗,问他是否终于和上帝达成和解。梭罗开玩笑说:"我不知道我们曾有过争执。"大约两周后,即1862年5月6日,44岁的梭罗在位于康科德主路255号的家中去世。临终前,他说:"很好的航行就要开始。"

在霍桑和奥尔科特家那边

如果你读过《小妇人》或看过由它改编的电影、舞台剧,你可能会惊讶于"小妇人们"在一个贫寒家庭中仍有着那样丰富的生活:读书、排演戏剧、自己裁剪衣服、帮助社区工作,这些女孩子强韧、有主见、具有牺牲精神并且善于苦中作乐,而那时还是19世纪中期,是中国女性仍然被强制缠足的时候……继而,你可能会好奇:"小妇人们"究竟生长在一个怎样的家庭？她们受的是怎样一种教育？对路易莎·梅·奥尔科特的家庭有些了解之后，你会明白这种生活及其所蕴含的精神性都其来有自。路易莎的父亲阿莫斯·布朗森·奥尔科特是教育家、超验主义团体活跃的一分子，她母亲则是那个时代并不多见的职业女性，并且热心于各种社区义务服务。路易莎在四姐妹中排行第二。这个家庭长期处于经济困境中，但最不缺乏教育和精神上的活性。

阿莫斯·布朗森·奥尔科特曾当过推销员，后来转行当教师，辗转各地推行他的新式教育方法。他反对体罚，在教学中强调质疑而非传统的训诫和说教，开创了师生交谈式的教学方法，鼓励学生书写表达个人真实感受的文章，由于自身的女权主义立场，他还倡导男女同校学习……但他的新式教育方法在当时备受争议，甚至遭到谴责和抵制，他办的学校也一再被迫关闭。在波士顿开办"神殿"学校期间，他和学生讨论福音书，鼓励学生质疑神迹的真实性，遭到保守宗教人士的强烈批判，学校因"渎神"而声名狼藉，学生纷纷退学……在后来开办的"客厅学校"，废奴主义者阿莫斯·奥尔科特更是做了一件一百年后的种族隔离主义者仍然无法接受的出格事——让一位非裔学生来上课！

但这位激进而固执的自由教育的先驱却难以谋生，他的理想主义导致的生活上的无能使他的家庭长期蒙在困苦的阴影里，这造成了后来路易莎对父亲的矛盾感觉：她既尊敬父亲的思想和学识，却也感到他的不负责任对家人造成的伤害；在四姐妹中，她和父亲关系最亲密，性格、信仰都深受父亲影响，但她又时时感到自己被父亲"控制"、不得自由。在康科德购屋定居前，奥尔科特一家长期处于辗转流徙、居无定所的状态，在 30 年间一共搬了 22 次家！由于生活十分贫困，四姐妹中只有年纪最小的梅（《小妇人》中 Amy 的原型）得以在康科德公学读书，其他女孩儿很早就出外做工以帮助供养家庭。年少时的路易莎当过家庭教师、学童伴读、女裁缝……女孩儿们所受的教育主要来自于父亲和母亲，当然，影响、启发她们的还包括父亲交往的朋友：爱默生、梭罗、霍桑……

奥尔科特一家其实在1840年就来到康科德，临时租住在一栋距离爱默生家不到半英里路的小屋里。后来，喜欢各种社会实验的奥尔科特先生和朋友合作创立了一个乌托邦社会——"果园公社"，当然最后仍以失败告终。爱默生欣赏阿莫斯·奥尔科特的教育理念和自由派立场，也曾试图支持他写作，但事后发现阿莫斯在写作上的才华有限。但慷慨的爱默生依然为奥尔科特先生提供了力所能及的一切帮助，包括资助他赴英国旅行，并提供部分经济资助让他在康科德购买房屋定居。那时是1845年，路易莎的妈妈不久前刚得到一笔遗产，加上爱默生额外提供了500美金的资助，经过数次搬迁之苦的奥尔科特家终于在康科德买了自己的房子。

房子本身也是爱默生亲自为他们物色的，它位于现在的康科德镇莱克星顿路455号。奥尔科特一家人把这栋房子称为"山边"。在这所房子里，13岁的路易莎终于有了"自己的一个房间"，迎来了生命中相当愉快的一段光阴。路易莎在"山边"度过的少女时代的诸多场景后来都再现于《小妇人》这本书中。也是在这所房子里，路易莎为爱默生的女儿艾伦·爱默生写了一本儿童读物——《花的寓言》。路易莎初次展露了写作才华，她由此想到可以靠写作来挣钱改善家里的经济状况。

激进的教育改革者奥尔科特先生也是改造房子的"专家"，他是美国人所说的那种 handy man，即动手能力极强又分外勤快的人。搬进"山边"后，他立即动手对这栋殖民地时期的"盐盒"式老房进行改造，除了内部增加房间以外，在外部又增建了阳台、凉亭，种植新的树木，重新设计了庭院。

但奥尔科特大刀阔斧地"旧貌换新颜"的努力却未能得到下一任房

主的认可。1852年，奥尔科特一家已经把"山边"出租、全家搬到了波士顿市区居住。长期租房住的小说家霍桑则考虑在康科德购屋定居。霍桑最终花了一千五百美金买下了奥尔科特家的"山边"，但他对奥尔科特先生对房子的改造努力并不买账：

> 奥尔科特先生……为了适应自己的口味而浪费了大量金钱，而所有这些"改进"对我来说没有半点儿意义。由于被长久地忽略，这里几乎成了世界上最粗糙的地方，但它早晚会变成一个舒适而宜人的家。

霍桑对改造房子没有什么热情，但小说家对文字的热情却是无可阻挡而且极其偏执的。霍桑作为新主人对房子的首要"改造"就是改变房子的称谓：他给它起的新名字是"The Wayside"，路边。他自信这个名字改得不错，还在一封信里作了解释："我认为这是个更好的名字，比奥尔科特先生给予它的名字更具有道德暗示性……"而固执的奥尔科特先生则不这样认为，他毕生坚持用自家人起的旧名。无论他在交谈还是信中提到邻居霍桑先生的家，他都会使用"山边"这个称呼。

无论是"山边"或是"路边"，霍桑总算在这栋木屋里安顿下来。对霍桑一家来说，康科德与波士顿市区保持了相宜的距离，安静得稍显沉闷，却也相当舒适。在给友人朗费罗的一封信里，霍桑温情脉脉地写道：

> 我感到自己开始在此地扎根了。有生以来第一次，我真正有了在家的感觉。

但霍桑先生和奥尔科特先生的"称谓"之争并非仅此一桩。后来，霍桑被任命为美国驻利物浦领事,举家远赴英国,履行任期后霍桑一家又去了欧洲大陆,一直住到1860年。在此期间,奥尔科特一家又想搬回康科德。于是,奥尔科特先生委托梭罗先生为其新宅做土地测绘,新屋恰恰紧邻他的旧居也就是当时的霍桑先生家。新屋四周大树环绕,一侧有条逶迤小路通向林木葱郁的后山上(小山从那里延伸到霍桑家的屋后)。随房子一起出售的还有个果园。奥尔科特家在1858年搬进这栋房子,称它为"Orchard House",即"果园屋"。而于1860年回到康科德、与他房子的前主人又做了邻居的霍桑先生却一直不愿沿用房子主人的叫法,他以"毒舌"的风格称邻居的房子是Apple Slump,苹果馅儿饼。

和活跃的奥尔科特一家不同,霍桑并不喜欢和邻居有过多交往。为了避免邻里之间的社交应酬,霍桑常常躲到屋后的小山丘上(正是"山边"所指的那座小山),假装在林中漫步。奥尔科特先生对霍桑先生的怪异举止感到不解和失望:"他走路的样子就像是害怕被邻居看见……除非偶然撞上,否则没人有机会和他说话。"

从欧洲回来的霍桑因为家眷增多,不得不对"路边"进行改建,包括在主房后面加盖了一座三层小塔楼,儿子朱利安住在一楼,霍桑把自己的书房安置在顶层,叫作"天厅"。他又在原有的厢房上加盖楼层,修整主屋的阳台和走廊……但霍桑不像奥尔科特,他本人没有任何能工巧匠的天赋,只能把自己的设想告诉雇佣来的乡村木匠,而乡村木匠们把他的想法转化成了"某些不可想象的东西"。霍桑对房子改建后的面貌十分沮丧:

> 我的建筑工程进展得十分不顺利,我已经把一个朴素、小巧的旧农舍变成了世界上最乖张古怪的不规则物体,但这显然不是我的责任……

古怪的霍桑先生并没能阻挡奥尔科特先生济世的热情。奥尔科特先生有时义务地为有点儿"四体不勤"的邻居整理庭院，帮他们砍去旁逸斜出的树杈、把院子里的走道清理出来。霍桑家的孩子和奥尔科特家的孩子们也相处融洽。

就这样，霍桑先生在他的"路边"第三层的小厅里继续写作，奥尔科特先生的女儿们在他们的"果园屋"里继续成长，而他家的客厅依然是爱默生、梭罗等人经常聚会的地方。其间，"果园屋"还成为"地下铁路"的联络站。1858年对路易莎来说是个悲伤的年份，这一年里，她最喜欢的妹妹伊丽莎白去世，姐姐安娜（《小妇人》中 Meg 的原型）出嫁，她感到少女时代一下子消逝不见了。人去楼空，女孩儿不得不告别她们的童年成长为女人、各自应对艰难的人生，这种感觉是她日后写《小妇人》的基调。成年的路易莎是一个废奴主义者、女权主义者。南北战争爆发后，她自愿加入战地护士，但因在医院感染严重伤寒，只好在六周后返回康科德。她的父亲奥尔科特先生对此举大加赞赏，他为她写了一首诗，赞扬她救助那些为正义而战的士兵，把抚慰放进他们和他们家人的心灵，表达他多么以她为傲。路易莎也是康科德第一位参与选举、行使投票权的女性，她曾说："新女性……她们应该有强壮的头脑、强壮的心灵、强壮的灵魂，以及强壮的身体……她们的力量和美是结合在一起的。"但即使在1868年出版的《小妇人》为她带来了财富并帮助整个家庭摆脱了困窘之后，她在家庭生活中仍习惯听命于父亲、向他妥协。她和父亲的关系始终亲密却不无紧张。而强势、精力似乎永不衰竭的"改革家"奥尔科特先生始终保持着他的康科德趣味和对新英格兰文化的钟爱。奥尔科特家最小的女孩儿梅在路易莎的资助下赴巴黎学习绘画。有一次，梅托人从巴黎带回一幅她的自画像给康科德的家人。路易莎和母亲都非常喜欢这幅画像,赞叹梅的改变,而奥尔科特先生则表示不满,他批评说这幅画像过于巴黎味儿,不够"康科德"味儿!

而霍桑开始为维持"路边"的巨大花销而发愁,每年两千多美金的开支让他力不从心。小说家似乎总是善于"哭穷"的,霍桑如此,他的晚辈小说家亨利·詹姆斯如此,他的俄国同行契诃夫也如此。霍桑的"哭穷"颇有他的老家塞勒姆式的阴郁、惨烈,他对他的出版商大发牢骚,说他预见到自己最后会死在济贫院里!

霍桑当然没有死在济贫院,1864年,他和友人一起旅行,去旅途中病逝。路易莎一听到消息,立即跑到霍桑平时散步的山间小径旁采了一束紫罗兰花,送去给霍桑夫人。路易莎是典型的新英格兰女孩儿,她们喜欢田野,喜欢采野花,有时候,奔跑在田野里采摘野花仿佛是她们时常压抑着的强烈情绪的一种纾解。当路易莎是个少女的时候,她喜欢采一束野花偷偷献给她的邻居爱默生。

父亲的朋友里,路易莎最喜欢的是梭罗和爱默生。在文坛逸闻中,少女时代的她甚至暗恋着这两位长者和老师。这并非空穴来风。在《小妇人》出版四年前,路易莎出版了第一本小说《心绪》,小说的女主人公少女西尔维亚和哥哥及哥哥的两位朋友泛舟同游,西尔维亚爱上了哥哥的这两位朋友(他们当然也爱她)。这两位"朋友",一个是学者,一个是博物学家,文学界公认其原型模特就是爱默生和梭罗。

年长路易莎十五岁的梭罗不仅是家里的常客,也是路易莎的博物学老师。路易莎赞叹,在她自己看来最平淡无奇的一片树叶,经梭罗的讲解,也会变成一件非常有趣而完美的造物。二十几岁的博物学老师梭罗经常带着他的学生们包括路易莎走在康科德的树林里,他衣衫陈旧随便,头戴一顶草帽,身上往往携带着小望远镜、铅笔和笔记本,随时记录他的发现。他把自然之美介绍给路易莎,路易莎则在心里对他萌生出崇拜。他后来留了一大蓬乱糟糟的胡子多少令她望而生畏，她打趣说梭罗大概是用松塔梳理他的胡子的。当然，困扰她的还有梭罗不修边幅的穿着、他用餐时不顾及餐桌礼仪的随意甚至粗野。但路易莎仍有说服自己的理由，她在书里借他人之口描述：

> 在这些缺陷之下，一双慧眼却能辨认出一个完美男人的轮廓。

用今天流行的词语来说，年少时的路易莎是个十分"文艺"的女孩儿，身上有文艺女孩儿的一切特质：敏感、早熟、耽于幻想，因过于自尊而善于自我压抑……她当然就是自己描述的那个有"一双慧眼"的人，可惜梭罗先生的兴趣完全不在女孩子身上。他乱糟糟的头发、乱蓬蓬的胡子、凌乱的衣着已经充分说明了这一点。

在路易莎内心深处，对梭罗的喜爱和对爱默生的仰慕还常常形成冲突。路易莎家在康科德最初租住的房子就在爱默生家隔壁。对于十来岁的女孩儿路易莎来说，人到中年的爱默生既有渊博的才华、学者的优雅风度，又是极负盛名的思想界和文坛领袖，更不用提爱默生的富有和慷慨：他是她父亲的资助人，同时也以各种方法周济梭罗，还借钱给霍桑……他是一个父亲般的完美男人。路易莎崇拜他，却无法表达她对他的感情。她只是一个劲儿跑到爱默生的私人图书馆去借阅他那些藏书，她还狂热地采摘野花，留在他门前的台阶上。而爱默生则一直假装他不知道是谁给他送来了这些花……

不知是否因为她年少时毫无结果的暗恋，路易莎终身未婚。对于自己的不婚，她有另外的解释。在一次访谈中，她说：

> 这不只是半信半疑：我是一个男人的灵魂被阴差阳错地放进

一个女人的身体里……因为我爱上过这么多漂亮的女孩，却从未对任何男人有过一丁点儿的爱慕……

我们究竟应该相信哪一个版本？对于小说家，或许理解她的更准确的方式是透过小说而非访谈。

钱宁的孤独和旅程的终点

相比 44 岁去世的梭罗、60 岁去世的霍桑，爱默生、奥尔科特先生和埃勒里·钱宁是康科德作家群里较为长寿的几位。爱默生去世时 79 岁，奥尔科特先生去世时 89 岁，埃勒里·钱宁去世时 83 岁。钱宁是位诗人，他是这群人当中最年轻的一个，因此也是最后一位辞世的，他的生命延续到了 20 世纪的第一个年头。然而，在知交零落后的时代活着未必是件很愉快的事。

钱宁是非常散漫不羁的一个人，他入读哈佛大学，但读了几个月就离校了。他到处漫游，还曾跑去伊利诺伊州，在那里自己动手盖了一座林中木屋。这个经历后来启发了他的至交梭罗，他也是那个劝告梭罗到瓦尔登湖畔结庐独居的朋友。钱宁结过婚，他的妻子是超验主义群体中的"女中豪杰"玛格丽特·富勒的妹妹。但钱宁几年后就告别了家庭，重新开始他无拘无束的生活和漫游。回到康科德之后，他住在梭罗家对面的一栋房子里。

因为特别喜欢那种完全随性的、没有目的的闲游，钱宁对康科德一带的风景了如指掌。他总能找到隐蔽的或是容易被人们忽略的美景，然后把自己的新发现介绍给朋友。富兰克林·本杰明·桑伯恩描述道：

他（钱宁）向梭罗展示了康科德森林中最可爱的幽深地带，以及他发现的缓缓穿过森林的两条小河……他甚至让爱默生认识到康科德以及萨德伯里地区的魅力，尽管爱默生是这个地区的老居民并且自己也是一个不知疲倦的步行者。

钱宁不是一个深邃的思想家，他在诗歌上的才华也不那么出众，但对于友人来说，他是一个非常可爱、无私的人，他就像是一双不断探索、善于发现的眼睛，帮他们寻找美和隐藏在自然中的微妙启示。

钱宁是霍桑最初在康科德定居时的邻居。霍桑一周年结婚纪念的当天，由于钱宁对康科德附近湖泊、河流的熟悉，他带着霍桑一起沿康科德河寻找一位落水的当地妇女。后来，他们俩找到了女人溺毙的尸体。霍桑记录了这个事件：

> 我从未见过或想象过如此纯粹的恐怖景象，她就是极度痛苦的死亡的形象本身。

这个度过结婚纪念日的方式真是十分的"霍桑"。

比梭罗仅仅小一岁的钱宁是梭罗的挚友。在康科德，人们经常看到梭罗和钱宁一起散步。钱宁还带一般来说"足不出镇"的梭罗外出旅行。他们一起去距离康科德100英里之外的"鳕鱼角"，在那里，两人沿着大西洋的礁石海滩行走了30英里。钱宁是梭罗最喜欢的旅伴，因为梭罗认为钱宁具有自身所缺乏的某些品质：譬如缺乏计划、不切实际、兴之所至地行动……钱宁声称自己不在乎旅行的细枝末节，只关注灵性和普遍性的东西。作为博物学家的梭罗赞赏钱宁身上散漫、率性而为的气质，声称钱宁是"缺乏才能的天才"。梭罗旅行去过最远的地方是加拿大的魁北克一带，这是他唯一一次出国旅行，和他同行的旅伴仍然是埃勒里·钱宁。

梭罗离世后，钱宁极度悲伤。1873 年，在梭罗去世后将近 11 年，钱宁为挚友梭罗写了一本传记——《梭罗，诗人——自然主义者》。这是生前寂寂无名（或者只能说是康科德名人）的梭罗的第一本传记。

女诗人艾玛·拉扎露丝在日记中记录了她在 1876 年拜访爱默生时和钱宁的偶遇，钱宁随后带她去梭罗喜爱的一些地方散步。钱宁对梭罗的友情和怀念之深令她印象极为深刻。在她面前，这位长者试图掩饰自己心中柔软的地方、那种不可弥补的伤痛，他刻意表现得粗枝大叶、大谈哲学……但女诗人毕竟是敏感的，她被这种纯洁、至死不渝的友情打动，写下了一段悲伤的文字：

> 他从不谈论梭罗的死，他总是用"梭罗先生的离开"或"当我失去了梭罗先生"或"当梭罗先生离开康科德"这样的措辞；他也从不承认自己想念他，因为没有一天、一小时、一刻，他不会感到他的朋友仍在他身边并且从未离开过他。然而，在一两天后，当我和他一起坐在阳光照射的林中，看着夏日天空中绚丽的蓝色、银色的光线交织时，他转向我说："当我失去梭罗先生时，我的一半世界就死去了。我和他曾经一起看到过的那些东西，现在看起来没有一样还像过去那样。"

1882 年，爱默生卧病，阿莫斯·奥尔科特去看望他。奥尔科特预感到爱默生将不久于人世，回家后，他痛苦地写道："当他（爱默生）隐身于云端，康科德创造的人类辉煌即将黯淡。"之后第二天，爱默生去世了。爱默生离世后，奥尔科特离开康科德、迁居波士顿城。对于一生追随爱默生的奥尔科特来说，没有爱默生的康科德已经不再是康科德。有意思的是，奥尔科特一家在康科德的最后一个居所正是梭罗生前和他母亲同住的房子。梭罗的母亲去世后，奥尔科特先生让女儿路易莎购买了位于康科德主路255号的梭罗故居。如今这个地方叫"梭罗—奥尔科特故居"。

而奥尔科特先生本人的离世则有一点儿诡异的色彩，它似乎喻示着他和女儿路易莎的纠缠不是至死方休而是比死亡更长。1888年3月1日，路易莎去看望病重的父亲。父亲说："我快要上路了。你和我一起走吧。"路易莎随口说道："希望我能够。"奥尔科特先生于3月4日"上路"了，两天后，他最钟爱的女儿路易莎·奥尔科特辞世。

此时，酷爱闲游、远足的钱宁已经不愿出门了，大概那些绿野、树林、河流都会让他想起旧日的同伴们，会让他那颗日益衰老却更趋敏感、脆弱的心慨叹伤怀。生命最后的几年，钱宁住在朋友桑伯恩家里。在桑伯恩的回忆里，晚年的钱宁如此孤独：

> 随着老境渐至，随着他所选择的同伴们的离世，那些山冈、溪流、海洋都不再有他的足迹；他再也不去康科德河上航行，不去他曾经喜爱的林中小道上徜徉，在他最熟悉的康科德的街道上，人们看不到他的身影……

1901年12月23日，就在康科德的人们忙于筹备圣诞节和新年的装饰与庆祝时，康科德当年旧游群体中的最后一人，诗人威廉·埃勒里·钱宁在桑伯恩家里平静地离世。最终，他和他怀念的老朋友爱默生、梭罗、霍桑葬在了同一个地方——康科德沉睡谷公墓。他的坟墓就在他的邻居和好友霍桑的对面，离他的知交梭罗不远。

钱宁安葬于沉睡谷时，康科德那个时代的群星都已经在这里了：梭罗、霍桑、爱默生、阿莫斯·奥尔科特先生、路易莎·梅·奥尔科特小姐……

沉睡谷是他们各自长短不同的旅途的终点，一场盛宴结束了，一切辉煌归于长眠的黑暗，一切呼声归于休憩的沉寂。这就像一个奇迹：他们生前住在同一个小镇，甚至住在曾属于彼此的房子里，他们的生活通过各种方式各种关系交织在一起，他们有着各自不同却同样特殊的思想和才华，最终，他们葬在同一个小镇的同一个墓地的同一个小丘上……

你走进肃穆、宁静的墓园，沿小道直接走到墓园里的那个小丘——被称为"作家岭"的地方，很容易就能找到爱默生、梭罗、霍桑等人的墓碑。这种感觉很好：他们都在这里。你可以在靠近某个墓碑的地方坐下来或者站一会儿，从这里，你可以眺望远处的风景，那也是康科德特有的风景：间杂着斑斓野花的绿野，低矮、起伏柔和的小丘，层叠的苍翠林木，一闪而过的无名的溪流，还有平整的农场以及和当时样式并无二致的木板房……这风景一点儿也不奇诡或壮观，它朴素如大师的思想，唯有这样它才更加动人，因为它不是纯粹的奇观，它是和人紧密相连的风景，看到它你会联想到一个穿梭在林中、和树叶一同呼吸的人，一个在星光下听见溪水声音的人，一个在他劳作的田野里突然仰望流云的人。你也不是一个面对自然奇观唯有惊叹、愕然的人，在那种情况下，你和自然倒是分开的、相对的，但在这里，风吹拂着你，周围的一切景物都亲近你，它们沉默、平和、优美，具有一股抚慰的力量，你感到你是个在自然中生活的人，你和万物相依且血脉相通，但你同时又是个超然的"人"，因为你能感受自身、思考你身在其中的自然。

从出生地到墓地，从生前的居所到死后的墓穴，遍寻他们生前在康科德的遗迹，也只不过需要一天或两天的时间；翻阅有关他们的生平、行踪的资料，也不过需要两三周的时间；但读懂他们、捕捉住他们在文字中要传达给我们的东西、理解并接近他们的思想和灵魂，这不知需要多少年！和今天喜爱周游世界的旅客不同，这些人长期生活在一个邮票大小的地方，但在人的精神的领域，他们走得那么远，他们的道路通向无限。梭罗曾说："到你的内心去探险"，因为"你得做一个哥伦布，寻找你自己内心的新大陆和新世界，开辟海峡，并不是为了做生意，而是为了思想的流通。每个人都是自己领域中的主人，沙皇的帝国和这个领域一比较，只成了蕞尔小国……"今天，当我们此时飞往南极、彼时身在撒哈拉，忙碌地穿梭于各地时，我们也许还未发现自己，还未走进过自己的内心。我们内心的暗流、谷地、冰川在哪里，我们也许还一无所知。到内心的领域探险，发现浑噩的贫瘠之地、跨越执念的障碍、抵挡欲望的风暴，这远比旅行困难得多。

我时常去康科德的这些地方闲逛：作家们的故居博物馆、林中小路、镇街或墓园……时间已经是一百多年以后，但小镇却没有给人"换了人间"的感觉。无论是爱默生的故居、霍桑的"路边"还是路易莎的"果园屋"都还在，而瓦尔登湖仍像梭罗的时代一样清澈，湖畔林木茂盛且富有层次感，深水处有跃起的鱼儿、浅水处能看到成群的蝌蚪……在这样的地方流连，"像大自然一样从容不迫地过上一天"（梭罗语），是种身心舒展的幸福。走在他们走过的地方，人仿佛能感受到滋育过那些超凡心灵的土地的脉动，可以想象头顶仍是他们当所见的"蓝色与银色光线交织的天空"。我发现我和一百多年前的心灵倒没有什么隔膜。我自然不会追随他们的生活方式，譬如去林中生活，爱默生和梭罗们的存在也绝非提供一个生活方式的样板，而是给予一把思想与价值的尺度。有了这把尺度，一个人无论身在湖畔还是闹市，灵魂都不会轻易迷失方向，不会被粗俗的繁荣或精致的萎靡轻易俘获。

如奥尔科特先生所言，康科德创造的人类荣耀已黯淡，但在这个"萧条异代不同时"，我无论何时踏上这里的土地，仍会心生神奇之感。纯粹而美好的感觉渐渐充满我，曾读过的那些流水般的句子在我脑海中浮现、衔接起来,不断回旋,如同音乐,于是,一种久违的严肃而崇高的感觉自心底生发……在这心驰神往的过程中,精神也可能已经静默地完成了一次净化,雨后般清新、明朗;在追怀一个星光闪耀的时代时,人也许更清楚地看见了眼前的生活,更深切地领悟到爱默生所说的"永远生活在新的一天里"的含意。我想,这就是人们去"圣地"的意义所在。

(原载《天涯》2020年第2期)

复州记屑

孙 郁

一位日本朋友到平遥古城访问，见街市的古朴与布局讲究，大叹汉文明的奇妙，于是写了一篇随记来。我那时候在编副刊，看到他的文章觉得有点简单，似乎没有搔到痒处。便说，那样的访问，看到的只是空旷的外壳，人间烟火不见的时候，自然接触不到古城的灵魂。倘能够见到地方的贤达，或许才能解平遥的真义。不过这样的机会不是人人都有，这样的时候，退而求其次，看看地方的艺术，有意外的收获也说不定的。

记得柳田国男曾叹日常生活才有文化的隐秘，他是日本的谣俗研究专家，就从民间艺术里，窥见本民族的精神底色。我们现在了解东瀛历史，浮世绘、歌舞伎、能乐，都是不能不去关顾的存在，这些记载了民风的点点滴滴。这一点与中国相似，我们古人的智慧，许多都折射在艺人的辞章里，稍稍留意民间艺术，对于历史深处的东西，便会别有心解。

但古中国的情形比日本复杂一些，因为易代多，文化总有些变异。用一个模式去看过往的遗存，总不得要领的。研究谣俗，大概要关注个体的记忆吧。有时候我们忽略的是那些不入流的文字和物件，诸多沉默在时光深处的遗物，总有些我们觅而难得的存在的。

我这个年龄的人，大凡有过古城生活经历的，印象里都会有关于旧式民风的记忆。20世纪五六十年代的古城，明清的建筑还存有，街市里的民国影子多多，习俗里也略带有一点古意。我生活的那个复州城，有大致完整的城墙、书院、寺庙，及切割均匀的街道，和平遥古城颇为相近。我幼年随家人搬到这个地方的时候，古风还有，明清的格局依然。只是古塔、戏台已经残损，除了清真寺还有活动外，天主教堂和孔庙都变成废园了。

复州城已有千余年的历史，是辽南重镇，明清之际曾繁荣一时。民国时是县城所在地，抗战胜利后，县城改到瓦房店，它也渐渐衰落。要了解旧时的光景，只能从某些风气里感受一二了。城里门店很多，平时商业气味重，不远的地方是下洼子市场，各种生意红火。城外还有骡马交易地，到了周日，四周赶集的人都来了，颇为热闹。除了商业发达，城里还有诸多文化生活，明显存有古意的是中心街二楼的文化站。我对于那座小楼有些好感，可惜后来拆掉了。印象深的是正月十五放焰火，文化站的人站在楼顶，将礼花点燃，漫天的银花散射，如梦如幻，给孩子莫大的欢喜。日常的时候，楼里也颇为热闹，时有琴声传来，大概是有人在排练节目吧。对于一个世俗化的小城而言，这个地方有点特别。红尘滚滚之中，文化站来往中人，好似是不食人间烟火的，也缘于此，孩子们感到了其间的可爱。

我偶尔也去文化站凑热闹，渐渐地认识了里面的人。站长姓逄（páng），是个矮胖子，说起话来有点哮喘。他的眼睛亮亮的，与人天然地亲近。这个人三教九流都能对付，爱说笑话，是一个复州通。他好像没有读过几天书，但民间艺人的杂耍、二人转、拉场戏、评戏都很明白。也善于写点戏曲小品，文字是口语化的，四六句分明，合辙押韵，很有乡土的气味。文化站每年都张罗各种活动，演戏、高跷会、灯会等等。本来，城里有文墨的人很多，就水平而言，还排不上他，但那些老人多已经靠边站，20世纪60年代后，逄站长就成了城里家喻户晓的人物。

他身边聚集着不少的艺人，多为四周乡下的，唱二人转者尤多。这些人平时在家务农，逢年过节，就赶到文化站里，彩排新的节目。演出多在完小的操场上，临时搭上台子，招徕无数的观众。节目呢，都是乡间情调、男女爱情、婆媳恩怨、历史传奇。"文革"前演出的节目多是东北流行的曲目，如《西厢》《古城会》《夜宿花亭》《火焰山》《请东家》等，数量可观。曲子唱多了，民众也多学会了。东北的一些民歌，也流行很广，《黑五更》《十大想》《瞧情郎》《打秋千》都有市场。二人转、民歌中有些文不雅训，免不了黄色段子，但也有的写得俗中带雅，比如《西厢》开头唱道：

一轮明月照西厢，

二八佳人巧梳妆，

三请张生来赴宴，

四顾无人跳粉墙，

五鼓夫人知道了，

六花板拷打莺莺，审问红娘，

七夕胆大佳期会，

八宝亭前降夜香，

九（久）有恩爱难割舍，

十里亭哭坏莺莺，叹坏红娘。

……

句子介于文言和俗语之间，这些吟唱，传统的读书人觉得有点俗气，市井里的百姓却听得有滋有味。古城有演戏的传统，除了评戏，就是影调戏。城里城外有好几个演出团体，有的与文化站没有什么关系，他们演起剧来十分野，耍得开，唱得浪，台上台下被点爆了一般，引得下面的观众噼里啪啦鼓掌。男男女女聚集多了，自然也生出爱意，成双成对不必说，婚外之情也暗中涌了出来。当年一位男演员和一个姑娘爱得死去活来，因为已经有了家室，又难以重婚，生了女孩便给了一个鳏夫。那孩子很是漂亮，与我恰是邻居。我们叫她巧姐，其样子与生父颇像。巧姐到了很大都不知道自己的身世，我们这些野孩子虽然心知肚明，却没有一个人说过此事。这是城里的风气，看破不说破，也是儒家的一点遗风吧。

"文革"到来，文化站自然受到冲击。站长被点名批判，说过去的艺术庸俗，封建意识浓厚，是古城的毒瘤。为了自保，老逄也站了队，但因了属于"保皇派"，也招来不小的麻烦，受到了反对派的打压。有一次老逄带着几个人敲锣打鼓去参加一个文艺活动，走到中心街，被红卫兵堵住，牌子砸了，旗子也扯了。于是各种罪名也来了，演出落后的剧目、演员作风问题，一一被晒出来。站长流着泪说自己无辜，表示以后一定好好改造思想，净化城里的空气。

文化站开始发生变化，不久成立了宣传队，演出样板戏和革命戏曲。那时候县里、省里常常搞汇演，要求自编自演，文化站每年都要送一些节目到上面。给逄站长提供剧本的有几个老人，有一位是城外驼山乡的老顾，60多岁了。他与儿子都喜欢曲艺，农活之外，在家里编写一些作品。老人读书挺多，尤注意搜集戏曲本子。许多年后我还拜访过老先生，他很是木讷，说话脸红，讲起明清以来的戏曲沿革，显得有些激动，口吻里有一点旧文人气。但他的文字有时过于拘谨，不能放开，不及逄站长的作品开朗。另一位老唐，是供销社的推销员，会编段子，肚子里颇多学问。他写过大型评剧，谈吐间有旧式才子的气质，对于民间旧式戏文，研究很深。据说运动来临，也遭了大难，于是思想求变，对于新政策和时风也颇留意，写出的本子也能被上面认可。老逢很欣赏这位才子，关键时刻，靠着老唐的本子支撑着各种演出。

我身边几个同学成了宣传队里的活跃分子。到了晚上，文化站传来音乐声，多是辽南影调的曲牌，几个人嗓子吼得场面爆裂，像六月的朗日，蒸着热气。我有时到了那里，看到男男女女认真的样子，羡慕得很，于是也很想挤进宣传队，做一名歌手。但自己的条件不行，内行人一看就属于演艺之外的人，这曾让我生出不少的遗憾来。那时候宣传队已经不再演出民间的戏曲，一切都革命化了。有几个同学因为出色，被部队选中，还有的去了县里的剧团。文化站一时成了古城青年梦飞的地方。

如此红火的文化站，其实只有两个工作人员，与逢站长搭班的是老韩，一位戴着眼镜的先生，平时寡言寡语，名气没有老逢大。老韩比逢站长文静一点，书读得多，且有点美术修养。我那时候常到他那里借书，图书室能见的是《鲁迅选集》《马克思传》《李自成》（第一卷）《科学社会主义》《巴黎公社》《欧仁·鲍迪埃诗选》等。到了晚上，街里只有文化馆的灯亮着，阅览室有大人坐在里面浏览着什么。老韩的人脉广，知道谁家有什么时期的旧藏，谁喜欢什么版本，对于城里的历史也比常人清楚。我很感谢老韩，他借给我的书从来不催，有时候还主动推荐一些作品给我。一些内部出版物，就是在他那里看到的。

20世纪70年代初，各种运动平静了下来，周日的时候，文化站会聚集一些喜欢扎堆聊天的人，多为书友。他们在一起谈天说地，彼此开心得很。这些人年纪很大，多叫不出名字来。有位张老爷子颇为传奇，过去是县衙的小吏，政治上受过冲击。他读书甚多，对于复州历史烂熟于心。据说收集了不少当地先贤的诗文，在小的范围内传阅着。老先生述而不作，眼高手低，但看不起一般的读书人，对于身边的朋友，从不掩饰自己的观点。他经常点评城里历代文人的笔墨，说起话来声音震耳。高兴的时候要吟诵几句县志里的旧诗,谈兴正浓间,唾沫飞出,如入无人之境。自然,士大夫的迂腐气也是有的,许多人并不尊敬他。老人有句口头语:"那时候的人啊……嘿嘿嘿,不说了。"

有时候大家会说起过去县衙里的人的书法,老爷子便道:"清末的几位还好,民国间的几位就差了。"

"那么,现在城里的几位写得如何?"

"江河日下呀。"

站里的空气就这样热起来了。

我那时候年纪小,他们说话,不能插嘴,进不了老人们的语境里。他们有时候会聚在一起唱京剧,摇头晃脑中,忘了己身。这些人对于逄站长的那些东西不以为然,觉得城里流行的东西太浅。但他们喜欢的东西,都过于小众。不过在街市一片红的时候,这个地方的一丝古意,倒映衬出诸人的特别。

多年后,我从市里师范学校毕业,分在县文化馆工作,每年都要回到古城几次,文化站自然是必到的地方。那时候正在编一张小报,有个民间文艺栏目,便想起逄站长和老韩,希望他们提供一点稿件。逄站长投来的稿件都是民谣与二人转,土里土气的句子,因为很有生活气息,一般都能刊用。老韩不太会写文章,便介绍了几个作者。张老爷子对此不感兴趣,拒绝了我的约稿,但一位宫先生却显得积极,写了不少文章,便与其慢慢熟悉了。

宫先生住在城南,那时候已经 70 多岁,仙风道骨的样子,走起路来轻无声响,白胡子随风抖动着,仿佛从古代画面走出来的人。老先生的文章都是文言,写的是复州八景、民国风俗、市井往事之类的短文,骈散相兼,编辑起来很是费劲。一些字在印刷厂字库里没有,只好替他改动。不料他十分不满,来信说不可更改,否则退稿云云。我后来多次去他的城边的小屋，房子破烂得很，桌上有几册《史记》《汉书》《白居易集》等，余者都是乡下寻常之物。听老韩介绍，宫先生新中国成立前在家办私塾，有时候还坐堂行医。这些给了我一种神秘之感，就学识与文章而言，我经历的老师中，能及其水准的还不曾有过。

他写作的范围很广，游记、金石品鉴、清代逸事等，深入浅出，又很古朴。宫先生在古城里，不显山不露水，而山川地理里的人迹风物，均在心里深刻，实在是一本老词典，内中有许多丰富的东西。后来县里人写地方志，多参考了他与一些老人的资料，倘不是有这样的老人在，远去的时光里的人迹物语，也许永远不会有人知道了。而我那时候觉得，能够用美的古文表述山川旧迹，真的切合得很。流行的白话文缺失的，可能是那种儒雅、简练之气。我自己开始留意近代以来的文言文写作，也是那时候开始的。

与宫先生多次接触，感慨于他的博识。比如在一座寺庙前，他看到牌匾，告诉我写匾的人当时生病了，章法有点不对。有一次我陪一位作家到古城玩，拜访宫先生。席间谈及清代八旗文化，老人滔滔不绝。他说不懂满文，就不能弄清清代历史，用汉语思考满族旧迹，往往不得要领。随口说了几句满文，让在场的人大为惊异。朋友说，您这么有学问怎么窝在这里？老人笑道，过去古城内外比他有学问的人多了，自己实在算不了什么。

宫先生渐渐被许多人知道了，省城一个老编辑看到我寄去的小报，对老人的文章大为佩服，希望能够写一点东西给他们。宫先生开始不大情愿，觉得自己的东西与时风不合，有一点落伍。但拧不过大家的催促，还是写了几篇关于辽南民间掌故的随笔。文章投寄过去，泥牛入海，一点消息都没有。我后来到省城开会，知道稿子被主编毙掉了，原因是过于古奥，佶屈聱牙的文字不合刊物风格。宫先生知道后，什么也没有说，此后大概就不再给外面的刊物写文章了。

20世纪70年代末，古城慢慢地拆了，最难过的是那些读书人，有的便想整理一点乡邦文献，给后人留下点什么。县里不久成立了民间文艺研究会，会议召开的地点选在古城。那一天，来的都是复州有文墨的人。逄站长高兴得不行，找了一家老饭馆招待大家。我第一次认识了几个专于书法和国画的人，还有几个刚摘掉右派帽子的教师，他们对于文史都有一点研究。大家围坐一起，开心地扯东唠西。说起民国时期的友人的雅聚，一切趣事都引起大家久久回味。言及古城被拆，张老爷子伤心落泪，千年古城就这样没了，真的可惜。那天逄站长有些醉意，说了许多感伤的话。席间宫先生赋诗一首，很有感情，其中一句"可怜一觉复州梦"，至今还记得。这些大半生不太得意的人，好像忘了己身的荣辱，谈兴浓浓，直到深夜才慢慢散去。

复州这个地方的文脉，在一些人眼里都上不了大雅之堂。外来的人看到县志，记住的是民国几位县长的古诗，或几个骚客的文字，普通人的作品睡在街市的一旁，没人去看。其实那里掩埋的人与事，惊心动魄者多多。例如辛亥革命时期的一个烈士石磊，就在城里留下了好的诗文，城里的老少，多会背诵他的临别诗。到了20世纪五六十年代，古风渐稀，余脉还是残留一二的。世人不解其意者，无非那遗存的不入时尚。像逄站长的文字很土，有些不太正经，就没有时代语义，大的报刊自然不会入眼。而宫先生的文字又过雅，乃桐城余影，一般的编辑将其视为遗老之作，也与时风隔膜的。现在想来，他们的一俗一雅，未尝不是古城的一种标记。一个来自巷陌的寻常之音，一个系远古的遗曲，以不同的符号生活记录古城的经验，没有什么不好。与我们这些只会写时文的人比，他们有时甚至显得更为有趣。

我离开辽南后，没有再与逄先生和老韩联系过，那时候心在域外文化之中，不太看重乡土的遗存，内心怠慢了这些乡贤。又过许多年，回到复州城，听说逄站长、张老爷子、宫先生病逝了，老韩还健在。文化站接任者姓金，有很浓的故乡情结，也很是能干。他组织城里的老人，绘出了古城的模型，恢复了横山书院，博物馆也建起来了。书院收集了辽南千百年间的一些地上和地下文物，残碑断垣中，依稀看见往昔的时光。古城的模样已经没了，连同曾经认识的人。走在熟悉又陌生的故地，忽想起苏轼《伤春词》里的句子："纵可得而复见兮，恐荒忽而非真。"对于消失的一切，又能说些什么呢？

（原载《人民文学》2020年第5期）

拉斯洛·邬达克之逃亡岁月

赵柏田

1918年秋天,拉斯洛·邬达克,一位不世出的天才建筑师来到了上海。这个胡子拉碴、拖着一条伤腿的青年,是一个逃犯,奥匈帝国陆军的一名军官。说起他来到上海的经历,堪比一部惊险电影。他是花了近两年时间,才从西伯利亚战俘营一路逃到上海。

他肯定知道,上海是逃亡者的天堂。这里也是世界上唯一一个不需要任何身份证明文件就能够居留的大城市。即便是一个杀人凶手,只要有一本外国护照,这里的治外法权就能保他逃过惩罚;要是没有国籍,也不要紧,这里成百上千条藏污纳垢的弄堂,也足够让他像一片夜色一样隐匿下来,徐图东山再起。

一、逃犯

两年前的春天,乌克兰。奥匈帝国军队的第二十步兵团正在沃里尼亚省布列斯特的南部与俄军对阵。6月的某一天，俄军突破防线，把他们赶出战壕。冰天雪地中，步兵团第十一连的士兵们像一群灰兔一样，慌不择路向着西北方向惊惶逃窜。他们所经行处，到处是吞噬人命的沼泽，上面覆盖着欺骗性的矮小树丛，军用地图根本失去了作用。奔逃一天后，指挥官命令一个既会说波兰语又会说乌克兰语的年轻中尉，带人前去侦察，以确认后方是不是还有追敌。拉斯洛·胡杰茨——这是这个中尉的本名——带着一小队士兵出发了。

荒原被无尽的白色覆盖着，他们出来了好半天，也没遇见一个敌人。正当巡逻小队准备返回时，他们与俄军的一支运输车队遭遇了，护卫车队的是一支哥萨克骑兵。骑兵们举着亮闪闪的弯刀，兴奋地大叫着，向着匈牙利人冲来，马蹄踢溅起来的泥和雪，几乎让人睁不开眼。巡逻小队的士兵接二连三被砍倒，没死的四散开来，钻进矮树丛想要脱身，子弹啾啾地叫着，直往他们身上扑。剩下的几个刚一钻出树林，就被骑兵团团围住。拉斯洛·胡杰茨笨拙地拉着枪栓，还没等他瞄准，一片刀光落下，他昏厥了过去。

等他恢复知觉，已经成了哥萨克人的一名囚犯。

他在战地医院待了些时间，接受审讯，医治头部创伤。几个月里，他被送到多个营地关押。最后，1917年春天，他和其他被俘的军官一起，被送进西伯利亚最东面的哈巴罗夫斯克战俘营（这个位于黑龙江、乌苏里江汇合口东岸的城市，曾经是中国的领土，中文名字"伯力"）。感谢上帝，他的斯拉夫血统——他父亲是匈牙利人，母亲是斯洛伐克人——护佑着他，他在里面没吃太多苦。除了严寒的天气差点冻掉手指，除了一次坠马事故造成的骨折没有得到及时医治，使他的左腿一直比右腿短上一截，总的说来还好。

就在此时，经由芬兰车站回国的列宁策动的一场推翻沙皇的革命，正在全国境内演变成一场内战，俄国率先从一战的泥淖中拔脚而出，按照新政府签署的停战协议，战俘们将遣散回国。在战俘营里度过暗无天日的一年后，大难不死的胡杰茨中尉和他的难友们被丹麦红十字会接收了，他们登上一辆运送伤兵和战俘的列车，踏上了回国之旅。由于红军和高尔察克将军率领的白军在西伯利亚频繁交火，战俘列车在贝加尔湖附近的彼得罗夫斯基被困数周之久，再也无法西行。求生的本能驱使着中尉悄悄溜下火车。谁也没有察觉，这个不起眼的瘸子是啥时候不见的。

他在一个叫希洛克的小镇隐藏下来，谎称自己是一名波兰工程师。他能写，能画，波兰语也说得很流利，镇上的人信了，留他在铁路上打一份零工。由于主持设计适合冻土地基的铁路桥和轨道路基有功，他谋得了主任工程师的职位。他小心地隐匿战俘身份，一直没有放弃逃跑的打算，为此他还从一个醉汉手里买了一本假护照，随时准备开溜。

1918年9月，胡杰茨中尉和三名同伴偷了铁路局的一辆手摇轧道车，沿着西伯利亚铁路急速向东逃往中国。他们装作是在巡查道钉，但还是被边境上的哨兵发现了破绽。枪响了，一个同伴被击毙，另三人弃车分头逃跑。好运气又一次光顾了中尉，他拖着一条伤腿，居然向东越过冰封的黑龙江，进入中国境内。逃到哈尔滨后，他用假护照补办了铁路旅行证，用仅剩的卢布买了一张日本邮船的票，搭乘南下，于1918年10月抵达上海。

证件上，他的名字不再叫胡杰茨，而是改作拉斯洛·爱德华·邬达克，恢复了祖父的姓氏拼写。他觉得这样拼写更朗朗上口，更容易让人记住。

二、外滩

对于一个世纪前追逐异国情调的旅行者来说，当他坐着远洋轮船驶过湛蓝的太平洋，进入点缀着田野、村舍和古塔的黄浦江两岸，一开始,他的心情总会被一排排黄褐色的浊浪弄得很糟糕。随着船继续溯江而上,转过浦东岬口,他会发现,中世纪式的乡村已渐渐被工厂、码头、仓库代替。船再前行,映入眼帘的是外滩长弧形的江岸。传说中江两岸苦力们拖着向皇帝进贡稻米的粮船蹒跚行走的一条条纤道已然不见,举目望去,只见一幢幢西式建筑沿江一字儿排开,新古典式的圆顶和拱廊令人赏心悦目,似在显示物质无处不在的力量;青铜、铸铁和花岗岩筑成的墙面切割着天空,更似在炫耀着业主们在此地的功成名就。

于是,他会惊叹,并自豪。这些高楼和各自的主人,用一个个财富故事刺激、逗弄着这些后来者:这里是一片投资的乐土,无论是金钱还是情感的投资,只要舍得付出,每个人都会在这里攫取到富有魅力的前景,飞黄腾达。

一百多年前的秋天,刚从邮船下来的邬达克站在外滩码头,江岸边那些曾经撩动旅行者目光的高大气派的银行、商行和俱乐部的大楼,也出现在他的视线里。街头不时走过庆祝欧战结束的盛大游行的队伍,他举目四顾,行人步履匆匆,却没有人多看他一眼。终于,他在人群中找到了匈牙利人保罗·科莫——匈牙利救济会会长。

会长给了食物,还帮助他入住了赫德路13号的一幢老式公寓楼。

"我于1893年1月8日出生在拜斯泰采巴尼亚。我是营造大师捷尔吉·胡杰茨和来自奥尔索莱霍塔的保拉·斯库尔特蒂的儿子,母亲是卡萨路德教牧师的女儿。我父母的祖先均为路德教徒。我父亲的先人是拜斯泰采巴尼亚南部切列尼和奥尔索米契涅村的磨坊主和农民。我母亲家男性先祖均为路德教牧师。"他不打算对会长隐瞒自己的真实身份。

"我已经快五年没有回家了,我很想念父亲母亲!"他真诚地对保罗·科莫说,"我身无分文,把腿伤养好,赚够回国的路费,就乘船回家。"

三、克利

欧战爆发前，上海城里大约有 20 名建筑师。他们分散在各家洋行里，以英国人居多，也有法国人、美国人。罗兰·克利是最早在租界开事务所的美国建筑师。

克利来自俄亥俄州。1914 年，他从康奈尔大学毕业就来了上海。看准了房地产和建筑业将会行情大涨，他决心在这里狠赚一票。比起公和、通和、哈沙德这些老牌子洋行，他的克利洋行只能算个小虾米，但克利野心勃勃，甚至有不切实际的想把它们鲸吞的念头。这都是因为他有个家境富裕的中国妻子，据说凭着他妻子家族的社交网，全上海金融界一半以上的关系都可以打通。克利现在只缺好的建筑师，他渴求一个天才型的建筑师，就好比阿基米德想要寻找到撬动地球的那个支点。

邬达克在克利洋行找到了一份绘图员的工作，薪水不高，但总算可以在上海安身了。为了便于跟中国人打交道，他开始学习中文。与家里的联系也重新接上了。他几乎每天都要给家里写信，随信附上很小的照片，精心粘贴在明信片大小的纸板上，纸板背面则是他画的各种设计草图。但父亲从不对他的设计图纸做出评价。

他在信中牢骚满腹，说着在这座远东城市的各种不适应，埋怨上海湿热的气候，埋怨这里的菜不好吃，埋怨没有书可读，订购的书籍要半年后才能收到，埋怨自己的老板只是个工头和商人，只知招揽生意，没有一点艺术追求。夏天很快到了，每天都是 38℃以上的高温，他伏在绘图桌上挥汗如雨，一天下来要更换数次内衣。他变得更想家了，做梦都想着要回到家乡拜斯泰采巴尼亚的山峦中去。

"就算不得不放弃所有的未来，我也要回家。"他默默地计算，如果明年可以回去，离家也已整整五年了。

即使再也吃不到上海的点心（它们慢慢变得可口），再也享受不到机灵的中国仆人的服务，即使，到了家里天天和弟弟一起洗盘子（"盖佐，你会看到我在监狱里学到的本领。而且我不停地想……要是能够回家一起洗盘子就好了。"），他也觉得回去比什么都好，"如果你时刻思念的家人无法相伴，优裕的生活也会变成负担。"

四、明信片

1920年4月23日，邬达克给家人寄去了一张明信片，正面贴着克利洋行和同事的照片，背面写着照片说明：

1. 画室，在右边的角落可以看到我的办公桌。
2. 画室的同事，张、吴、波、鲍、修菲尔、张。
3. 户外监工什科维斯基凯和修菲尔。
4. 我穿着浴衣。
5. 楼梯前的画室，这是我们暂时的办公室，尽管我们想买一个面积更大的，但现在是不可能的，公司情况非常拮据，打字员不得不坐在会客室里，每个人都可以看见她在打字。我没有房间，克利（老板）的房间是一间仓库。我甚至建造了一个夹层用于放置旧东西。
6. 办公室通过窗户与邻居分开，这种情况在这里很普遍。这栋办公大楼里，有50间不同的办公室。

五、父与子

他的家乡虽是一个州的首府所在地，其实只是一个一万多常住人口的集镇。这个镇位于奥匈帝国北部地区，历史上称作上匈牙利。"这个城镇，是上匈牙利最美丽和安宁的城镇之一，位于格兰河畔，一直延伸到朝城市方向突起的乌品山脉那陡峭的山脚下。其核心地带是一个狭长、倾斜的矩形广场，四周环绕着富丽堂皇的两层小楼，其中很多可以追溯到17世纪。在市场的一角，在这个阴凉的广场的尽头，是一组属于古堡的如画的建筑群：钟楼、老市政厅、两座教堂和马提亚房子。这些建筑鳞次栉比，交织错落，在被花园环绕的广场中心，是一个巨大的喷泉，从三个方向延伸过来的长长街道在此开放，清新的空气可以从环绕四周的山上自由地流淌进来。"逃亡途中，他一直保存着一张全家福，那是他们兄妹五人——三个妹妹和弟弟盖佐，他是长子——与父母在刚落成的新楼前的合影。那是一幢新古典风格的房子，设计者正是这个中产之家的一家之主。

不知是不是因为对父亲的畏惧，在得到允准前，他始终没有下决心去购买一张回家的船票。信还在继续写着，吐槽少了，汇报生活和工作的多了。他说自己重新开始拉小提琴了，有时还去听听音乐会。至于在这里做一个建筑师，他依然悲观，因为在他看来，洋行里好多挂牌设计师的水平都不如他，在这里他没法提高，只是吃吃老本打发时间罢了。他埋怨说，在上海简直没法做出真正好的建筑，任何现代风格的建筑在这里都会被视为德国风格，而经过了战争，那种风格是臭名昭著的。

父亲在回信里难得地和他讨论起了建筑。父亲说，不要着急，你要坚持，把世界上最摩登的建筑风格引进到上海。父亲还告诉他，德国在音乐、哲学和建筑上都是了不起的，不要因为战争失败了，就把他们的建筑风格视作瘟疫一般。

这封信似乎是一个良好的开端，拉近了父子间的距离。此前，他对父亲，只有畏惧。老胡杰茨是一个严肃得有些过头的家长，从来没有在子女们面前大笑过。这个成功的建筑商人一心想把长子培养成将来生意上的助手，九岁时，就让他到建筑工地打工，13岁，一到假期，就让他作为签约雇员去自家开的建筑公司上班了。这个严厉的家长逼着儿子在中学时考出了木匠、泥水匠和石匠等一项项证书，却从来没有兴趣倾听儿子在宗教和神学方面的想法。

"父亲要我这么做，我就不得不这么做。他把我们抚养长大，让我们不惧怕生活，期望我们做到最好。"儿子很是服帖，他不让回家就不回。

去布达佩斯读约瑟夫理工大学建筑系，自然也是这个老建筑商人的主意。如果不是1914年一个吃错了药的激进主义者朝斐迪南大公开了一枪引发世界大战，他早就在这座繁华之都开出自己的事务所了。他大学毕业了，似乎有个光明的前景在等着他了，却被投入了战场，招募进帝国的一支炮兵部队送往俄国前线。

好多同学都做了炮灰，他还活着，他父亲越发相信让他学建筑是对的。儿子一上战场，就设计了火炮、重机枪阵地和探照灯建筑掩体，这些建筑既轻巧又坚固，寻常火力无法摧毁，以致长达一年半的防御战中，沙俄军队始终无法突破防线。这让老建筑商大感自豪。两年不到，儿子的军衔就已是中尉，还拿到了皇家建筑学会会员证书。天才的光芒真是到哪都掩不住呀！他一直认为，儿子是个天才。

后来邬达克跳火车逃命，到一个边境小镇的铁路站，大学时学的建筑又帮上一把，设计出适于冻土层的桥梁和路轨，取得俄国人的信任，这才逃出生天。这倒是他父亲未曾料想的。

父子关系的改观，是他从日本旅行回来后，和父亲关于东方庙宇的一次讨论。而那个老建筑商也热烈地回应了儿子。在一封家信上，邬达克在一张明信卡大小的纸片上绘制了一张详细的中国庙宇平面图，在图的下面附了一段解说词："祭祀用的香炉设在主院的前中心位置，正殿里三尊大佛居于中间,其他圣人分列两侧的墙壁前。寺庙前立着的雕塑您会感兴趣的,父亲——我想恐怕只有中世纪建筑中才有这么有趣的人物。"

对日本寺庙的美好观感还留在他记忆里。精美的佛像、白墙与黑瓦,门口的风神与雷神,撒满白色小石子的庭院。它们中最古老的,还保留着中国唐时的式样。他兴奋地说出自己的发现:"中国的庙宇规模浩大,但在手艺上有失水准,而日本的恰恰相反,细节精致有如艺术,整体布局却很弱。"

这次讨论之后,老胡杰茨在信里的语气又恢复了原先的冷峻与刻板。他似乎还没有准备好,把儿子当作一个成年人一样进行对话。也许,儿子在建筑上开始闪现的天才之光让他羞愧,继而觉得受到了伤害。每次,邬达克画好新项目的平面图寄到家里,总是想得到父亲的赞许和认同,哪怕在图上修改了再给他寄过来也好。但他的等待总是落空,老胡杰茨对儿子的上海作品,从来不作评价。

六、合伙人

美丰银行大楼,是这个绘图员初到上海的试手之作。这幢位于河南中路靠近宁波路之间的弧形转角的大楼,没有爱奥尼柱子,没有花哨的巴洛克装饰,坚固结实的耐火砖、白色水泥墙面和黑色钢窗,朴素地传达着功能主义的诉求。稍后,为万国储蓄会在巨籁达路设计的22栋联排住宅,陡直的屋顶十分壮观,则是纯美式公寓风格。

写给家里的信中,他说起这22栋房子,语气很是兴奋,克利洋行可以拿到1%的租金,这可是一笔不少的钱。他觉得自己来这家事务所来对了,"我两个月就当上了经理,两年后就成为公司合伙人了"。克利还和他商量,事务所可以改名叫"克利和邬达克洋行",他一眼看出来。这是克利那位聪明的中国太太的主意。

两口子想着法子拉拢他。多给股份之外，还介绍他多多结识海上名流，加入他们圈子的聚会。他明白，那是因为他们少不了他。克利的确是一个很棒的工头和商人，但他既缺乏创意也没有能力把客户的想法付诸图纸，他需要一位好建筑师。不管克利如何隐藏，他也看出来了，"他嫉妒我与日俱增的影响力，并害怕我离开他"。

克利夫妇有一艘很大的游艇，有装修舒适的船舱，还有一个餐厅，他们请他去玩了足足一天。夫人外交还是挺奏效的，邬达克对克利太太的印象挺好："克利夫人是一位极其令人愉悦的女人，她长得既不美丽也不难看，虽然她出身于上海最有钱的家庭之一，她的举止却十分谦逊。"

"他们介绍我认识了英国领事夫人和其他一些名流。要是6个月前，这些人恨不得把同盟国当作一顿午餐给吃了，如果他们真正知道我是谁，恐怕绝不会对我报以友好的微笑吧。"

"克利说打算让我成为公司合伙人，这样就可以和他一起好好打拼了。这是因为我对他来说是不可或缺的。我的目的就是要出名，所以我打算借助克利的帮助，比如让他推荐我加入法国总会。"

社交圈像滚雪球一样在扩大。陪同去听音乐会的朋友在增多。银行账户上的数字也在跳跃着增加。生活正在变得小号般轻快而迷人。邬达克开始出手帮助那些战后还滞留在外的士兵，有一些是他战俘营的难友，想方设法把他们送上回国的轮船。他们在上海中转，会面、拥抱、哭泣、喝酒。这些人回国后夸示着邬达克在远东那个生气勃勃的大都市神话般的成功：邬达克在上海与一个老美合作，拥有一个超大的建筑公司，雇用了2000人，同时在建有40个项目，他们去造访他时，男孩子（仆人）正在为他上茶点，盛在一个巨大的足有1.5平方米的托盘里，几乎和桌面差不多大，点心包括各式饮料、咖啡、可可、茶，还有棕色、白色、吐司、茴香型的各种面包……

邬达克在给父亲的信里对传说中如此巨大的托盘表示了惊异，因为必须要有一个巨人的食量才能消受这么大的盘子。"现在我的手下有四名中国绘图员、两名欧洲人和两名中国打字员，此外还有一个说流利德语的中国秘书帮我采购和支付账单……我们正在建造四十座新建筑和两座大厦。"他说。

七、父亲在天上

大约就在这个时候，一个叫何东的香港富豪来到上海。此人是一个荷兰裔犹太人与广东姑娘的混血儿，长于经商，富可敌国，他找到克利和邬达克洋行，说要在西摩路与爱文义路的地基上建筑一座私宅。何东对房屋造价不在话下，唯求把这幢砖混结构的二层花园洋房建得美轮美奂，比如说，他爱海洋，那么能不能身处此楼就能获得一种听见海浪的感觉？

1921年2月，邬达克设计的何东别墅建成，几乎与此同时，他收到了父亲去世的电报。父亲是上年底的一个晚上心脏病突发猝死的，在这之前，这个老建筑商刚刚输掉一场官司，他的家产也被罚没了。邬达克这才明白过来为什么这大半年来他的信件大多石沉大海，有限的几封简短回信里，父亲也很少跟自己说什么。尽管他对父亲一向畏惧，表面上父子关系很是疏淡，从电报上获知噩耗的一刻，他还是觉得自己生命的一根重要支柱倒下了：他不仅仅失去了父亲，还失去了一个偶像。"我的人生很像您，父亲，非常像，只是时间和地点不同罢了……距离和地点不算什么，重要的是我们年轻时的经历，几乎一模一样。记得您曾经说过，就算在一个很低的职位，您也一样能够成为主导角色，实现自己的意愿，我也是。"去年他还在信中这么说，父亲却没做任何回应。

他立即打电报给弟弟盖佐。他现在是一家之主了，父亲留下的财务和法律问题理应由他处置。他向家人保证，他会寄钱给家里。弟弟回电说，自从父亲去世，母亲也成天精神恍惚。这使他的返乡之心愈加迫切。

取得身份证明稍经一些周折。大战后签订的《特里亚农条约》，使原来的匈牙利四分五裂，丧失了一半以上的领土和人口，他的家乡上匈牙利的拜斯泰采巴尼亚此时已属于捷克斯洛伐克。这当然难不住他，凭借着在上海愈来愈响亮的知名度，他顺利搞到了一本捷克斯洛伐克护照——也有人说这是一本假护照。

他的返乡之行演变成了一次漫长的旅行。船从上海出发，终点是意大利的里雅斯特港。他在威尼斯和都灵停留了几天，才回到离开已整整五年的家中。他在拜斯泰采巴尼亚只逗留了一个星期，随后就动身前往布拉格，从那里再转往意大利游览佛罗伦萨和罗马。此后，他在巴黎停留数周，并于6月底到达伦敦和温莎。他的足迹遍布慕尼黑、莱比锡和德累斯顿，并乘火车穿越了奥地利。

连续数月的旅途中，他攒下了八百张照片和满满一箱子素描本。无论走到哪里，他都在观察并记录着那个地方的广场、教堂、民居和其他精美的建筑。他觉得，当他这么做的时候，父亲就在天上看着自己。

8月，他回到上海，以一种令人吃惊的疯狂投入工作。工作是为了遗忘，而他愈是工作，就愈是想念引他入门的建筑师老爹。直到1922年夏天，在一次侨民圈的聚会中，遇到一个叫吉赛拉·迈尔的姑娘，他才走出那段漫长的苦闷期。

八、吉赛拉

天性活泼的吉赛拉来自一个具有路德教传统的商人家庭，父亲是一个成功的德国颜料商人,母亲来自一个英国贵族家庭,她出生在上海,刚刚不久从德国读书回来。一半的日耳曼血统,使她的脸庞精致有如出自名匠之手的雕像。

几乎是一见钟情,邬达克迷上了这个天性活泼、身量小巧的姑娘。他刚逃亡到这个城市时曾说,想在这里赚点钱,够买一张船票了就回家。不知什么时候起,他改变了主意。他不知道是因为死去的父亲,还是这个女人。不管是哪个,他都情愿为自己所爱的人改变自己。从现在开始,他才真正喜欢上了上海这个城市。从前,他强迫自己去喜欢,可它就像个欢场女子只能作一夜之欢娱,也像一只饕餮者的食盆,吃好喝足了曲终人散,杯盘狼藉着也没人来收拾一下,现在不一样了,在他眼里,这个城市汇聚了三教九流的人群,也汇聚起了他们的梦想,无数的梦想托举着这个新世界上升,它正一天比一天变得生机勃勃,充满活力。重要的是,它和身边的这个女人一起,都在激发起他无穷的想象力和创造力。

他现在成了一个被灵感充溢着的人,一个幸福时常来光顾的人。灵感的光芒不分时间场合都会出现,有时是他拿着绘图仪伏身办公桌的时候,有时是他们一起在外滩看海鸥的时候,甚至,燠热的夏天正午一场酣畅淋漓的性事后,如果他不赶紧抓起铅笔,就会来不及记录下一个个飞逝而过的念头。没有了父亲的引领,原来他也可以做得很好。他准备离开克利,自己开建筑事务所。他已经操刀设计了中西女塾、沐恩堂、卡尔登大戏院、福州路上的美国总会大厦和巨舰一样屹立在福开森路上的诺曼底公寓(哦,那白色大理石的帕拉弟奥式拱窗),复古主义、现代主义和南方学院派哥特式的拥趸者们蜂拥着跑来抄他的作业,他已经够对得起老克利了。

报社的记者们把他和克利的合作看作"黄金搭档"。中西女塾——一所由美国南卫理教会在上海创立的女校——的竞标中打败著名的亨利·墨菲后，报纸上这样说他们："两个有艺术感觉的男人合作得很好，克利曾经有在美国建造这种学校建筑的经验，而邬达克深谙旧世界背景的传统艺术。"克利？这个粗鲁的工头有艺术感觉？但他笑不出声来，他都快要被猪一样的队友拖死了。一个关键的问题是，怎样体面地离开，又不伤克利太太的心？

1922年6月初，阳光明媚的一日，婚礼如期举行。吉赛拉的父母都到场了。老颜料商穿着笔挺的黑色西装，按照不来梅上层人士的习惯，西装里面还加了一件马甲。他的太太则戴着一顶英国贵妇式的棕色软帽。邬达克远在拜斯泰采巴尼亚的家人没法来上海参加他的婚礼，几个男傧相还是事务所里的年轻人凑成的临时班子。像是为了弥补什么，仪式过后，年轻的丈夫告诉新娘，他要为她在上海起一座豪宅。

他把新家选址在吕西凉路（今利西路）17号。这里地处公共租界西界外，离中西女塾近。当然，更重要的是地价不贵，附赠有一个四千平方米的花园。造房子的钱，是岳父出的，说好了是借。这是一幢斜屋顶的两层式住宅，阁楼内置，半六角形的外廊伸向花园。房间都铺橡木地板，浴室饰以红色瓷砖。家具也是他自己设计，每一样他都画了精确的图样，还在图样后面盖上红色的名章。

爱情释放了封存在他体内的力量，与吉赛拉这个富家女的婚姻也给他带来了好运。他终于离开了克利先生和他缠人的太太，在外滩的横滨正金银行楼上有了一间自己的办公室。

吕西凉路的房子造好后，他们在那里住了8年，两个儿子和一个女儿也都是出生在这里。直到1930年离开。这期间，邬达克打样行完成了这些作品：宏恩医院，方西马大楼，慕尔堂，保隆医院，爱司公寓，四行储蓄会大楼，西门外妇孺医院，伯林顿公寓方案，闸北电厂，浙江大戏院，西爱咸斯路和福开森路的住宅……

九、查尔斯

第一个走进横滨正金银行邬达克打样行的主顾是一个名叫查尔斯·雷纳的美国富商。此人居沪多年，积累了令人咋舌的财富，因已年迈，又无子嗣继承巨额遗产，决意在大西路建造一所现代化的医院，然后捐赠给工部局。他对邬达克说："我将为上海的外侨建造一所医院，虽然体量不大，但设备却是最先进的。这里的氛围将是亲切而友好的，不像一般的医院。外观和风格将是令人愉悦的，并且符合城中侨民的需要。医院也会满足上海一些特殊病人的需要，特别是考虑到当地的情况，要适应上海的亚热带气候。医院内的设备，无论是技术、机械还是医疗方面的，都不会局限于仅使用某一国家的产品。我们将引进各国的产品，经过研究而做到物尽其用。"

老查尔斯提出一个要求，他的身份必须保密。他跟邬达克签订了一份合同，约定建筑师不得透露捐赠者身份，若有泄露，建筑师将被解雇。

邬达克与医学专家共同起草了关于宏恩医院设计概况的报告《建设一个全球地标》，报告称："宏恩医院的建造是要建立起一个对社会各界开放的世界性医院，不分种族、不分国籍，无论贫穷和富裕，都可以来看病。"这是他第一个完全自主负责的工程，施工方交给了声誉良好的潘荣记营造厂。

邬达克信守了他与老查尔斯的约定，直到1926年医院竣工，捐赠人"神秘先生"还是云山雾罩，不为人知。关于其真实身份，当时坊间多有猜测，有说是"匿名的英国商人"，也有说是"美国商人"。老查尔斯对此很是满意，医院开业典礼上，他作为新医院的九个管理人之一，带着孩子气的笑容出现在了引人注目的第一排。《大陆报》在增刊的头版位置还刊登了年轻建筑师的照片，称他是"前途一片光明的知名建筑师"，"新医院的设计令他跻身远东一流建筑师之列"。

有记者在看了功能主义风格的大楼门厅、门厅口大理石地板上的棋盘图案和带阳光的屋顶露台后，表示很想住一住这里带洗手间和冷气的病房，"田园式的、闲适的意大利文艺复兴时期风格，令人仿佛置身于托斯卡纳的别墅庭院和房间里。"但又说，作为一所医院这里太奢华了，不够实用。要知道，全美第一幢安装中央空调的大楼得州圣安托尼奥的米拉姆大厦还在建呢，号称要让观众们享受冷气的旧金山歌剧院都还没结顶。邬达克在回答这位记者的提问时狠狠地夸了一把老查尔斯，后者正在人群中快活地向他挤眼睛：

> 确实让人想到意大利，设计时采用了意大利的氛围和风格，这主要是考虑到医院的捐赠者曾在意大利生活多年，这位先生对意大利风格既欣赏又相当了解。但这种设计不应被视作一种时尚，这并非有些建筑师设计的那种虽然流行但却缺乏深入思考的所谓意大利文艺复兴风格。我肯定许多人会批评大厅和门廊浪费了空间，但如果了解当地情况的话，就不会说这是失败的设计了。这里的氛围和一般医院有着天壤之别。实际运作以后从病人和探视者享受到的益处来看，证明我们是正确的。这的确不够实用，但却愉悦了人们的眼睛。自然地，只有向大众赠送这样一所医院的人，才有能力提供这样一种独特的体验。

《申报》在是日的"工部局公报摘录"栏，披露了"神秘先生"为营造医院捐助巨资一事：

兹有寓沪某氏，为本埠公益计，特交本局大医院一所，占地二十五亩，坐落大西路十七号，取名宏恩医院。惟该氏曾请将其姓名隐匿，故不宣布。该院之建造及设备极为时新，均系该善士独资创办，并交该院秘理人常备金一宗，为维持而发展之费用。某士赠送该院之时，曾立条件言明，专备寓沪外人应用，无国籍或宗教之分，惟院中如有余地，则管理人得有权力准许中国及其他等病人入院就医。然背乎欧人习气之病人一概不许容纳云。该院管理人共九名，各国国籍皆有，该善士系其中之一。工部局董事长费信惇君亦在其内，并被推为该院董事部部长。关于管理人任期届满而须推委继续人物之诸手续亦已筹画妥帖。

老查尔斯似乎很乐意与公众玩这一出猜谜游戏，1947年，邬达克离开上海去美国那年，查尔斯的捐赠者身份才水落石出。按照那一年美国驻沪领事呈送美国驻华大使馆的文件内容，查尔斯·雷纳（Charles Ernest Rayner），系美国公民，19世纪后期在天津加入著名的德国礼和洋行（Carlowitz and Co.），20世纪初转任上海礼和洋行高层，曾开过一家名为 Housser & Co. 的公司，涉足上海多个码头资产，目下已移居加州圣芭芭拉。

从其他一些零碎的文献记载可知，二战结束后，雷纳在加州一直深居简出，直至20世纪50年代在一场睡梦中去世，终年95岁。

十、雕像的故事

陈定贞，时年40，徐娘半老。品位出众的她想要建造一个富丽堂皇、设计精美的新家来匹配丈夫日益增长的声名与财富。她的丈夫刘吉生和哥哥刘鸿生都是成功的商人，在20世纪第二个十年的经济腾飞中，兄弟俩创建了一个工业和金融业的帝国，他们是这座市里人人皆知的火柴大王、煤炭大王、水泥大王。在一个有钱的男人通常都三妻四妾的社会里，陈定贞希望能够用这个好办法来守住她的婚姻，这的确是一个聪明的想法。也有一种说法是，刘吉生为了庆祝爱妻40岁生日，准备建造这幢豪宅送给她。一个男人，生意做得那么大，又只娶一个女子，无论怎么看，的确也都是一个好丈夫。这个叫爱神花园的别墅，其得名，是因为花园的中轴线上，蝴蝶形喷水池里，有一座一人高的希腊公主普叙赫雕像。当时陈定贞把邬达克请到家里，给他讲设计构想。她的讲述一定让设计师联想到了自己与吉赛拉的爱情。一种从来没有得到过正式确认的说法是，他被感动了，认为只有古希腊神话中普叙赫和厄洛斯的爱情故事才能忠实地传达出业主太太对丈夫的爱意，因此在工程完工后，特意从意大利订购了这座雕像，作为一份惊喜送给刘氏夫妇。其实合同上根本没有关于雕像的条款，他不是非送不可。他这么做，与金钱没有关系。关于那则希腊神话，说的是普叙赫这个尤物，其美貌胜过了爱神阿佛洛狄忒，善妒的阿佛洛狄忒决定派儿子厄洛斯用魔箭射中她，宣称她会爱上一只地球上长相最丑的野兽。可是普叙赫的美貌打动了厄洛斯，是男人都会被打动，他那一箭就是射不出去，最后他们陷入爱河，违抗所有神灵的意愿缔结了婚约。这个花园别墅最大的特点是有一个宽敞的高达两层的门廊，饰以颀长的爱奥尼克石柱。穿过门廊就是安放雕像的花园，花园里自然还有一个蝴蝶形的喷泉，水柱从各个方向射向普叙赫和她脚下的四个小天使。一楼宽大的客厅是用于举办舞会的，陈定贞和她丈夫的卧室在二楼。屋内处处是玫瑰图案，乳白色的衣橱上雕满了玫瑰与飞舞的蝴蝶，墙壁和天花板上也装点着小巧的玫瑰图案。扶手栏杆里陈定贞非常用心地嵌上了丈夫刘吉生名字 (Kyih-Sung Lieu) 的缩写 KSL。无论怎么看，这的确是一个美满的、幸福的家庭。至于那则公主雕像的故事，其真实性的确无法考证，其实在这幢皇宫般的别墅建成的1931年，当时的报纸上也没有与之相关的任何记录或图片，只有建筑师们私底下对这幢房子高超设计的赞美。这或许是出于安全方面的考虑，上海的白天明亮而光鲜，一到晚上，它就成了黑帮、鸦片贩子和各路间谍的天下。穿着夜色服的蒙面客才是这座城市晚上真正的主人。据说，这幢豪宅里共雇用了40个人来负责刘氏夫妇的安保，包括男仆、女仆、武装的士兵和江湖拳师，还有20条警犬。这对夫妇很少外出用餐，家中雇用的4名中餐厨师和2名西餐厨师，为定期举行的招待重要客人的大型宴会做准备。外面就是素称治安良好的巨籁达路，把这里围墙环绕的别墅和花园封闭成一个秘密的小世界，也把这个融合了神话、财富、自然和建筑的瑰宝与外面凶险的夜色隔离了开来。而花园里的公主雕像一直看着这一切，她的脸庞微微侧向别墅东南角的主人卧室，那显然是邬达克有意的设计。

十一、鸽子

先是马丁，再是西奥多，最后是1928年出生的女儿阿莱莎。随着三个孩子出生，吕西凉路那边的房子很快就不够用了。邬达克在僻静的哥伦比亚路买入一块地皮，准备建造一座更大的房子给家人居住。屋子共有两层，房间都特别宽敞。门廊、窗户、走道，甚至烟囱，都有尖拱顶的装饰。这种设计灵感来自新哥特主义，也来自他对孩子们的爱。他要他们一直生活在一个古堡般的世界里。屋子可能造得太漂亮了，还没竣工，一个大人物找上门来，说想买这座房子。大人物是政府的一个部长，其死去多年的父亲是一个职业革命家，当年邬达克承建跑马场边上的慕尔堂（美国南方监理公会中国分会的新会堂）的时候，为钱所困，是这个大人物慷慨施以援手，所以他没法拒绝这个部长的要求，只得把这幢还没住过的新屋半送半卖。当然，日后的回报是丰厚的，不久后，南洋公学扩建为大学，部长受命担任新校校长，把新校舍的许多扩建工程都交给了邬达克……现在，重要的问题是让吉赛拉和孩子们住哪儿？1930年夏天开建的新屋，选址继续在哥伦比亚路，两幢英国乡村风味的别墅，前三层，后两层，中间用连廊沟通。这一回，整个是19世纪英国都铎王朝时期风格：陡坡的红色屋顶，柚木护壁板，壁炉和烟囱，平坡式的老虎窗。新屋的主人除了他和家人，还有鸽子。他在屋顶花园养了许多鸽子。每天上班前，他都要给鸽子喂食，他喜欢听鸽子咕咕叫着，在头顶盘旋。

十二、亲爱的弟弟

1930年6月来到上海的那个帅气的青年叫盖佐，邬达克最小的弟弟，时年23岁。兄弟俩长得很像，都是胡杰茨家族特有的方脸盘。不像哥哥邬达克把脸打理得很干净，盖佐的胡子从不去刮，这使得他看上去有一种与实际年龄不相称的老成，也更像一个不修边幅的波希米亚青年。

过于强烈的控制欲是胡杰茨家族流传数代的老毛病。老胡杰茨按着自己的模子复制他的长子，邬达克也以自己为蓝本打造他的弟弟，想要他成为和自己一样的建筑师。但就像他在人生的初年迷恋神学和考古学一样，盖佐对房屋建造也毫无兴趣，更吸引这个年轻人的是骑摩托车、跳高、滑雪这些冒险运动，要么就是阅读诗歌、拉手风琴，和朋友们喝酒。当邬达克作为一个建筑师在上海声名鹊起时，在家乡拜斯泰采巴尼亚，他的弟弟已长成一个充满着叛逆气息的青年。

1924年冬天，被媒体称为"远东最现代的建筑"美国总会大楼落成，邬达克就写信给中学放假的弟弟，让他接受成为一名建筑师最基本的训练、观察和写生,"对假期的一些建议:尝试对拜斯泰采巴尼亚做一些细致的写生,掌握使用铅笔的技巧,先画出主要的点,再增加一些阴影,这就是建筑师所要做的,这种训练能帮助你清楚地表现自己的创意。""建筑是应用艺术,外在的呈现是内部的结果。建筑不一定总要创造出新的东西,因为新的环境、新的挑战、新的材料总会自己催生出新的解决方案。"

他给弟弟寄去七张房子的照片,说这些房子全都是先用铅笔画的草图,再经过一次次的修改。"我的好老师维吉尔·纳吉说过,一位好建筑师出生时手里就有一块橡皮。"他相信只要训练有素,弟弟也完全可以成为仅靠一支铅笔来谋生的人。

邬达克花了一笔钱,把盖佐送入母校约瑟夫理工大学学习建筑。可能是因为老胡杰茨死后缺乏管束,再加盖佐身上根深蒂固的波希米亚天性,盖佐只读了两年就弃学了。邬达克想把弟弟接到上海,以便让他脱离姐姐们的护翼,又担心他没什么实践经验,进了事务所也帮不上忙,决定先让他去纽约进修半年,一方面先学会自立;另一方面可以找一家事务所打工,快速学习英语并熟悉建筑界最新的技术。他一厢情愿地以为,纽约那些最现代的装饰艺术风格的摩天大楼一定可以打开这个乡下小子的眼界,让他彻底爱上这一行。

盖佐在华尔街股市大崩盘的"黑色星期二"之后到达纽约。他哥哥的信已在入住酒店的前台等着他了。按照哥哥的规划,到了以后他应该做的第一件事是改名字,"名字必须让人们容易记住并正确地发音"。然后是拿着推荐信去全美最大的跨国公司慎昌洋行参加面试。"你必须在建筑事务所为自己找一份工作,哪怕只是个跑腿的差事,这样就可以观察美国人如何工作了。不要被美国的建筑潮流困扰,我送你去不是学习那些的,你要学习建筑的结构和所用的设备。你到事务所以后,要特别注意他们如何展示设计方案,这是你在家里学不到的。"

邬达克祝贺弟弟终于离开了那个"小国家"。"那里的人们思维都很狭隘,与外面世界,特别是我想让你去的国度相比,他们简直就是奴隶。"信的末尾是,"希望你自力更生,成为一个诚实的男人,做一个像父亲那样的人。"

大萧条造成的失业潮把许多中产阶级一夜之间打回了原形,许多建筑事务所都关门歇业了,盖佐使尽浑身解数,连一份不要薪水的绘图员的工作都找不到。他做过酒店服务生和厨师,跟一些游手好闲的人厮混。不需要上英语短训班,口语水平倒是大大提高了。这半年的纽约生活让盖佐心情阴郁,两鬓都出现了与年龄不相称的稀疏白发。

更要命的是,由于严重的肠破裂,他还动了一次手术,在医院里卧床近一个月。在那个时代,肠破裂是一种难以启齿的病症,一般临床诊断,要么是从高处坠落时牵扯作用所致,要么是某种钝性器物暴力撞击腹部,使肠管挤压于前腹壁与脊柱之间所致。排除了前者,只能判断是某种不洁的生活和社交方式使这个波希米亚青年罹患此病。1930年6月,盖佐终于允准去上海看望他的哥哥。此时,他哥哥在上海的事业正发展到鼎盛期,事务所雇用了上百名各国员工,还刚刚接手了外滩背后苏州河与黄浦江交汇处两座连体姊妹楼"真光大楼"的设计,另外,一些酒店、教堂、剧院、私宅的建筑订单正源源不断地飞来。

盖佐住到了哥哥家里。哥伦比亚路的新宅还在建,他和哥哥一家住在吕西凉路的那套宅子里。他和哥哥的三个孩子处得很好,他与嫂子吉赛拉之间很快发展起了一段很深的友谊。对于独生女吉赛拉来说,这个浓眉、方脸、有着一头卷发的年轻男子的闯入,就好像上帝给了她一个从来没有机会拥有的亲弟弟。天啊,他还那么有趣。会唱歌,会调制好喝的咖啡,会讲乡下的笑话。他竟然还是她丈夫的弟弟!这使得他们的相处有了一种冲破禁忌的难言的刺激。他们一起度过了许多闲暇而快乐的时光，在吕西凉路的屋子里和孩子们一起游戏，去上海街头散步，看他丈夫设计的银行和教堂，享受这座城市的动感与活力，而此时，邬达克不是深陷于绘图仪上，就是奔走于一个个工地间。兄弟俩的关系变得微妙而紧张。

盖佐刚到上海时，邬达克也让他参与了德国新福音堂教堂的设计。他还是主张用先前设计的息焉堂和慕尔堂的风格，盖佐坚决反对。14岁的年龄差让沟通变得无比艰难，有时他会有一种错觉，就好像与自己大声争辩的不是弟弟而是儿子。他们把争辩从办公室带到家中，每到这样的时候，吉赛拉总是出面调和。新福音堂终于建成了，是邬达克很不喜欢的德式风格，"让人联想起德国北部不来梅和汉堡一带的教堂……新教堂是由建筑师邬达克兄弟设计的，让旅居上海的德国人想起自己的家乡。红砖映衬着绿树，这种风格又让人联想到今日德国非常流行的新宗教建设风格。"他觉得自己在做不必要的迁就。而从前他是根本不会在乎这些的。

为了避嫌，盖佐离开了哥哥家，也离开了哥哥的打样行。他们家迁入哥伦比亚路的新宅时他也没有去。他另外找了一份与建筑不相干的工作，一个人搬到了老城厢租房子住。他与许多朋友交往，有白人，也有华人。还找了女朋友，是一个很有魅力的当地女教师，他经常带她到房子里过夜。据去过他家的邬达克家的孩子说，叔叔变得很喜欢养猫，他那个窄小的屋子里养了十多只流浪猫，他小心侍弄它们，从来不舍得抛弃它们。

不幸的是，盖佐的肠破裂后来又发作了，不知是旧创复发还是新症。邬达克把弟弟送进了宏恩医院动手术。但这一次未能挽回他年轻的生命。盖佐于1932年2月23日在哥哥亲手设计的那家医院去世，年仅26岁。因为盖佐的死，邬达克与拜斯泰采巴尼亚的三个妹妹交恶了，好长时间相互不理不睬。在他的老家，在胡杰茨家族内部，"盖佐叔叔"因为他的短命而变得更迷人，而邬达克成了众矢之的，至少，在死亡的悬崖边没有及时拉住他。三个妹妹里其中一个的儿子，邬达克的外甥——他后来也是一名建筑师——说："如今看来，家里人特别是拉斯叔叔（Uncle Laci，Laci 是家族后人对邬达克的昵称）力图培养盖佐叔叔成为一名美式企业家，希望他通过个人奋斗获得成功是个彻底的错误。这与他的本性是背道而驰的。盖佐叔叔是一名甘地主义者，喜欢跳高、滑雪、拉手风琴和大胆地冒险。他简直是个堂吉诃德，有着温柔而诗意的灵魂——一个真正的波希米亚人，童年时，他是大人里唯一一个让我着迷的人。"

十三、摩天大楼

此时，已经到了这座城市里首座摩天大楼出现的时候了。在向天空伸展的竞争中，上海比起其他大城市已经有些落伍了。工部局的那群胆小鬼不肯批建高楼，可能是出于对火灾的担忧，他们不知道，上海的地价正坐着火箭往上蹿呢。金融家们和建筑师开始携手，四行储蓄会——大陆、盐业、金城、中南四家北方银行的联合机构——给这座摩天大楼的建造提供了全部资金，在四行领导人吴鼎昌的领导下，成立了国际大饭店股份有限公司，董事会成员包括各界名流、实业巨子和前外交官员，在1930 年代，他们经常一起开会，力图证明一件事，中国人也能建造并经营一家顶级的豪华酒店。他们决定把这家酒店开在跑马场附近。问题是，在一片软土上建造巨厦是巨大的冒险。

一些经验丰富的建筑师和土力学家一起准确估算出了未来地基的沉降量。"一开始要在离地约 6 英寸的高度建造入口的底层台阶，最后落成时整个建筑的荷载下压，台阶便正好沉降到与人行道平齐的位置"。除了地基承受力的问题，还有水平方向的力的问题。邬达克的解决方案是采用了一个地下钢板桩系统，在地下9米深处埋入一个类似防水金属隔墙的装置。

建一座东半球最高的大厦，无异于30年代上海一场惊心动魄的交响乐。邬达克指挥的乐队包括来自全世界不同领域的专家，同时参与的还有中外承包商和供应商：核心设计团队里有匈牙利人、德国人和美国人（盖佐也出力了，他主要负责设计镶贴面砖的外立面）。地下钢结构的零件供应商是德国最大的钢铁生产企业联合钢铁公司。西门子公司负责从联合钢铁公司进口所需钢材，并安装了电气设备。承担地下工程的是邬达克最亲密的合作伙伴王才宏的洽兴营造厂（此前他们已经有过真光大楼、闸北水电厂和多幢公寓楼的合作，王还有个儿子在邬达克打样行做绘图员）。随后进场接手地面建筑的，是号称规模最大的陶桂林的馥记营造厂。做木工活的是久记木材公司，负责工程监理的是一个身材高大一脸胡子的俄国人（据说被他瞪过后那些偷懒的工人再也不敢了）。邬达克这个总指挥还时常离开指挥席，一瘸一拐出现在工地上，要是让他发现有人不按施工规范干，他马上就会操着一口洋泾浜英语冲动地骂人，甚至威胁要把人家给炒了。

当国际饭店一截截向着天空攀升时，它粗壮的柱子和垂直的大线条吸引了一个从苏州来沪读书的17岁的少年，一到周末，这个少年都要骑着单车到跑马厅边看这座大厦是如何一层一层升高的。这个少年的父亲是一个老资格的银行家，时任中国银行上海分行行长的贝祖诒。这如同交响音乐会般的宏大的工地一幕印在少年的眼里，让他惊讶人类的伟力竟然可以用这样的一种方式向着天空生长，自那以后，他决定此生也要做一个建筑师。后来他去美国宾夕法尼亚大学攻读建筑学，又成功设计了卢浮宫的金字塔。他叫贝聿铭。

合金、胶木、瓷砖、玻璃幕墙、钢与铝、柚木护壁板、黑色大理石的前厅镶板、精美的黄铜柱子、舒适的椅子摆放成各种吸引人的角度。……装饰艺术风格与现代品位的杂糅……大楼14层的"绿厅"是供举办庆典和私人派对的沙龙，这里的烧烤屋是全酒店最豪华的场所之一：金色的天花板，墙壁覆以嵌银的奥地利胡桃木，红色涂漆的柱子，再配以天鹅绒帷幔和氧化银饰物。舞厅地板是美国枫木制成，上海人叫弹簧地板。……15到19层的每个套房都有一个景观露台，客人们可以一边坐着享用饮料，一边欣赏远处的跑马场。四行储蓄会主任吴鼎昌的套房就在19层，这个同时拥有一个媒体帝国和一个金融帝国的巨商，他阴郁的眼神时常在这里眺望苏州河对岸的英国领事馆，并打量1930年代枪炮与货币交互下的中国。

十四、世界的谷底

　　穷人与富人，苏北人与宁波人，资本家与劳工阶级，外国人与中国人……固化的阶层唯有一场摧枯拉朽的革命才可以彻底推翻。摩天大楼在低矮的栅户区上空高耸着，就如同天堂俯视着地狱。但起码是在与天空的争夺中，在物质上，这个城市正以前所未有的速度向上生长。1934年12月1日，当四行储蓄会宣布国际饭店开张时，沙逊，这位上海地产大亨兴建的都城饭店，也在不远处的工部局大楼旁落成（同时，沙逊名下的华懋地产正野心勃勃完成超大规模的锦江饭店贵宾楼）。注册地在香港的"业广地产"也不甘寂寞，由"新仁记"领衔的六家营造厂共建的百老汇大厦，也于这年早些时候出现在了外白渡桥畔。而被一腔民族主义激情鼓动着的中国银行董事长张嘉璈的胸中，此时也正孕育着17层高的中行新厦的宏图，并将在五年后成为外滩天际线的一部分。

　　时过一年，全球银价的一次危机却差点使这个城市遭受灭顶之灾。

政府急于从"银本位"中解套,"金融统制"长鞭所到之处,小企业主哀鸿千里,不得不收起二心,集体臣服于铁王座之下。这个城市所有的建设工地如同中了定身术一般停滞了。如果不是在为颜料商人吴同文设计"绿房子",这一年,邬达克打样行都要关门了。

他终于发现,贫穷让人陷入梦幻,数不清的年轻人正在涌向大光明大戏院,推开12扇合金钢框玻璃门去寻找米高梅和派拉蒙制造的一个个梦。而自己当初设计这个电影院时,也未尝不是陷于梦,总以为世界永在前进,现代主义将冲垮所有的繁文缛节。现在,站在经济运行底部看去,电影院屋顶中部的烟囱设计得实在太做作了,奶黄色的圆弧外立面也过于轻佻——那时谁对他说啊,"那地方整个像一只黄色玻璃杯放大了千万倍,特别有那样一种光闪闪的幻丽洁净。"

他以为很快探到谷底了,经济的不景气却一直在下行,直到1937年,整个城市陷入刀光火影之中。当枪炮声离圆明园路真光大楼的事务所仅仅几百米的时候,他终于明白,原来上帝也不能护佑他更多。他搬出了大楼,把事务所迁到一所刚刚建成的房子里。以前打样行最红火的时候,想见他的人都要排队预约,现在真的是门可罗雀了。他的家也从哥伦比亚路的乡村别墅搬走了,房子租给了一个德国领事,他们一家搬到了刚刚落成的达华公寓底层。

祸不单行的是,这期间他还动了一次手术,胃溃疡几乎使他丧命。当枪炮声停歇,整座城市除了租界都落到日本人手里,所有的广告牌和霓虹灯都不亮了,邬达克突然回忆起了他人生早年的激情:历史学、神学和考古。他的三个妹妹里其中一个的丈夫——此人恰巧是一所教会中学的拉丁语和历史教师——充当了他的倾诉者和通信者。

"我最感兴趣的是神学和哲学,宗教和灵性在我脑海中占据首位……我在中学时想当一位神学家,后来却成为理工大学的学生——我必须承认，这种想法带来一种自私的感觉，因为我知道我的父亲需要我的帮助，他因此而把我养大——不只是随他从商，而是作为一个男人，承担起养活自己和其他每一个人的职责。现在，在45岁的年纪，我意识到我已逐渐成为一个牧师——但不是我年轻时所想象的那样，而是以一种更高贵的形式，并且也许更成功。"

他说，那些过着单纯的物质生活的人，他们的生命结束时与刚生下来没什么不同，就像一个手提箱，旅程开始时和结束时一个样，只不过多了些磨损。他不甘于手提箱的命运。他希望两年之内战争结束，这样他就可以在50岁之前退休回到匈牙利去。"在一千所房子之外再造出第一千零一所房子，又有什么意义呢？"他情愿把今后的时间用来读诗，想想上帝是怎么创造我们的，或者去罗马考古。

十五、赤裸在狼群中

尽管租界暂时还是安全的，邬达克还是保持着警觉，就像森林里的鹿总是在担心狼的袭击。狼群终究还是来了。珍珠港遇袭第二天，日本飞机比赛着往停泊在黄浦江口的各国军舰扔炸弹，日本陆军全面占领了上海。一成不变的生活偏离了原先的轨道，没有了早上6点的起床铃声，没有了古典音乐和周末下午的高尔夫球，他想带着家人逃离，但一纸任命把他留在了上海。外交部要他担任驻上海的匈牙利领事，保护本国在沪居民。在他的帮助下，许多上海的犹太人获得了匈牙利护照，得以离开这座城市。

在战后写下的一封信中，邬达克描述了他赤裸在狼群中的凶险岁月："未来如何我不知道，我只知道作为整个中国地区的依赖，我要努力行使我的职责。……我通过短波收音机了解世界局势。我们与外面的世界完全割裂了。……我总是采取自己独立的立场，因为我是受到自己的良知而非职位的驱使。因此，比如说我就不会同意对犹太人的迫害。尽管顶着德国人的巨大压力，我在这一问题上坚持自己的主张，留下了我的秘书萨鲁塔·达维德，一个布达佩斯出生的犹太人。……我救出了12个人，使他们免遭被投入集中营的厄运。我后来得知，日本人计划抓捕我和另外3个匈牙利人，后因天皇宣布战败而未果。"

这段自述得到了那些在他的帮助下得以逃离的犹太家庭的感谢信的证实。邬达克的秘书达维德先生，也证明了这段时期他无可挑剔的行为："我们对他充满感激，没有他，140名匈牙利公民，包括犹太人，只能被当作没有国籍的人抓去集中营……我需要一个特别的工作许可，并且必须佩戴特殊徽章。纳粹分子不断威胁要向日本人举报他，但他都为犹太人挺身而出。他是个好人，也是个聪明人。没有人能在这样的困境中如此游刃有余。在上海跟日本人周旋没有一件是微不足道的小事。"

十六、没有一个旅行箱装得下如此庞大的城市

满大街的人都在庆祝胜利，那些逃难出去的又回到了城里。战争结束了，而新的战争阴云已经生成。汹涌的黄金潮把中产阶级重又抛入了赤贫的大军，财政大员们施尽浑身解数，也勒不住越跑越疯狂的通货膨胀的野马。1946年秋天，一伙武装分子查封了邬达克的事务所，并把他软禁起来。尽管危机很快解除，他却有了一种愈加不安全的感觉，这种感觉很快变成了一种要被袭击的强烈预感。根据形势，邬达克判断，国民党军队不出三年就要败于共产党之手。而即将成为这座城市新的主人的革命者，很有可能把自己判定为敌人。原因有三：一、他是个富人，属于理应被打倒的资产阶级；二、作为一名建筑师，他一直在为权贵服务；三、

作为战时的匈牙利领事，虽然他一直按照道德准则行事，但改变不了他服务的国家属于轴心国的事实。

不管内心里有多么留恋上海，理智告诉他，到了该离开的时候了。通过贿赂一些官员，他把达华公寓的一些文件、笔记和家具分批打包托运，把哥伦比亚路那幢乡村别墅转卖给了一个火柴公司经理，并把变卖收入打入到他的瑞士银行账户（这笔钱成了很长一段时间他全家的主要生活来源）。为了防止走漏消息带来不必要的麻烦，所有的准备都是悄悄进行的，出发前一段时间，吉赛拉照常和一帮女友打牌，他也一直没有缺席与朋友们在俱乐部聚会，直到1947年1月的一个晚上，他偕家人登上"波尔克总统号"邮轮，离开上海前往瑞士。

他想把上海也打包带走，但上海实在太大了，没有一个旅行箱装得下如此庞大的城市。不过他还是带走了两样证明他30年建筑师生涯的物件：一张长期使用的绘图桌，哥伦比亚路住所客厅通往餐厅的一扇大门。以后不管到哪里，从罗马到加州伯克利，他都带着这两件从上海一路带着的笨重的物件，直到去世，这两件东西分别安放在两个儿子的家里继续使用。而他保存在事务所的大量文件和图纸从此消失无踪了。

十七、询问笔录

"你能解释这是什么意思吗？"语调很严厉。

邬达克和吉赛拉俯身去看移民局官员丢在桌上的一张照片。照片上是邬达克在哥伦比亚路的房子，窗户上挂着的红色大窗帘中间有一个大大的纳粹标志。邬达克又坐回椅子。

"我能问一下这张照片是从哪里来的吗？"

"美国中央情报局。"

官员憎恶地瞥了吉赛拉一眼。事实上，她来自德国，曾经的敌方。

一丝寒意掠过邬达克背脊。在上海的时候他们被秘密盯梢了？从什么时候开始的？有多长时间？

"1937 年，我们已经从那栋房子搬到位于大西路的一幢新公寓了。我们把房子租给了一个德国外交官。这一定是他办的一个派对。我们家谁都没有听说过这个纳粹标志。我在上海担任匈牙利领事时主动采取的立场证明我一直是反对纳粹的。我猜你们也已经有了相关记录。"

官员点头，在一张纸上写了些注释，接着谈话的气氛轻松了许多。

"你喜欢住在西海岸吗？"

……

这是 1948 年 6 月，邬达克一家从瑞士入境纽约时接受移民局官员的问讯。他和吉赛拉，三个儿女，马丁、西奥多和艾丽莎。他们的入境签证身份为"善意的非移民性访客"，移民局档案里他们的卷宗号分别为 A6159672 和 A6159673。日后，在接受他们的移民申请时，移民局官员打印的八页长的报告里详细重构了邬达克在上海的建筑师生涯，包括他的政治立场：

> 充分的证据表明，邬达克先生在担任上海匈牙利领事期间尊重犹太人，他努力保护所有匈牙利裔的犹太人，哪怕他们并不持有匈牙利护照……邬达克先生如此行事是匈牙利宪法精神和人类尊严法则的驱使。申请人证实他从未成为任何国家极权政党成员或依附于他们。……邬达克先生实际上证明，在直接目睹死亡和极权政治后，他从未失去自由这一人的第二天性。

报告毫无保留地承认了邬达克的职业成就："从这些记录来看，邬达克先生如果不是远东最杰出的建筑师，也是其中之一。"当然，这个远行归来的奥德修斯为上海的30年也付出代价，那就是到哪里他都觉得自己是一个异乡人，一个陌生客。

十八、一生

他的新家在加州的伯克利，那是一个建在海崖边的三层高的别墅住宅，带有一个山地花园，可以远眺金门大桥。除了偶尔与几个年轻的当地建筑师一起设计小教堂，他不再碰绘图桌和铅笔，不再从事任何商业设计。他决定退守到个人生活，希望找到自由。宗教与考古这两项少年时代的爱好成全了他，他读了大量古罗马方面的书，收藏了许多古地图，还参加了一次罗马圣彼得大教堂的地下考古。"我像只鼹鼠一样手脚并用爬行在石棺之间，最后脑袋撞到了石棺盖上"，他为自己打扰到了某位古罗马时代的大人物感到抱歉。

65岁那年的冬天，他终于坐回了绘图桌前，他决定为自己在加州北部的斯阔山谷（Squaw Valley）建造一座瑞士风格的、不用一颗钉子的小木屋，作为自己的度假小屋。"如果我无福享受上匈牙利高纬度的空气和松树的清香，我至少可以到加利福尼亚的一片松林里去。"他反复推敲设计，包括最精巧的细部，木屋转角用上了中国营造师们最爱用的榫卯方式连接。然后他将图纸寄去瑞士，木构件在那儿预制组装好，再拆卸下来运回加州。就在等待这批构件的那年秋天，他突发心脏病，去世了。

黄金时代的拉斯洛·邬达克为上海贡献了124幢建筑，拉斯洛·邬达克为黄金时代的上海贡献了124幢建筑，这两种表述看起来无大区别，我坚持前一种陈述，是想说，上海几乎就是这个人的一生。他逃亡了一生，几十年空无所依，上海就是他的国。

参考征引文献：

1.《邬达克》，[意]卢卡·彭切里尼、[匈]尤利娅·切伊迪著，华霞虹、乔争月译，同济大学出版社2013年版。

2.纪录片 The man who changed Shanghai，斯洛伐克电视台STV，2010年出品，该片部分记录了邬达克在1923年至1938年间用16毫米胶片拍摄的家庭生活场景。

（原载《江南》2020年第3期）

乌江水远

刘照进

一条大河的流淌是从音乐开始的。

是那种"土木结构"的瓦房，四围夯筑土墙，房顶上沟沟壑壑，阳光如箭，教室里热浪翻腾。"一条大河波浪宽"，课堂上老师这样教唱，声音涩滞，像缺齿的锯条在板硬的木头里艰难行走。歌声涨起来时，小脑袋们一仰一仰，仿佛起伏的稻浪。

我看见音乐老师挑着两只水桶，圆滚滚的身体在山路上晃荡。有一次，我实在口渴难忍，跑到老师寝室抓起一只长颈的玻璃瓶子猛喝，后来我开始恶心、呕吐，才知道喝了煤油。学校害怕再出事故，决定老师们轮流挑水给学生解渴。讲台上的茶缸被老师举起，咕噜咕噜的喝水声响彻教室。我的脑子产生了瞬间的眩晕，嗓子也在冒烟，我想起奶奶对着空水缸说的赌气话："这毒天气，晒得死蚂蟥。"

临时给我们代音乐课的老师是从县城下来的知青——我忘记了他到底姓黄还是姓刘，有段时间，他和另一位知青就住在我们生产队废弃的仓房——他似乎对音乐课不太感兴趣，有些漫不经心，只有作画时才投入全部精力。他喜欢拿着画夹在油菜花地里待上老半天，有时也用粉笔在乒乓球桌上画些花鸟，画到中途，袖子一抹，再画，又一抹，花啊鸟啊就总是模糊不清。我在他的寝室偷偷看过一册画本，画上全是没穿衣服的女人，我吓得赶紧逃离，慌乱中打翻了桌子上的油灯罩子。我以为老师一定会惩罚我，不料他竟然哈哈大笑，右手食指卷成弯钩，照准我的小脑袋轻轻一敲，又一敲（我们当地俗称"敲磕钻"，轻敲表示假装嗔怒，重敲表示惩戒）。

　　夏日的课堂漫长而旷远。歌声停止，不再有"风吹稻花"，小脑袋们秩序杂乱。老师转身在黑板上画了一条大河，白色线条勾勒的县城泊在烟霞里，丛林一般的吊脚楼，挨挤在岸边。河中，一条船正顺流而下。

　　我仿佛看到了浪涛拍岸的大河影子。

　　我们家旁边有一条沟渠，石旮旯中一股细细的地缝水，祖父用乱石箍了一口水井，勉强够一家人饮用。遇上天旱，全寨的人就得到很远的地方去找水。半夜里，常常见到远处山梁子上闪烁着簇簇手电光或者葵花秆的火光，不用说，那一定是背水的人在忙碌。

　　燥热的午后，我们常常逃了学，一溜儿小跑，穿过寨子里那些七弯八拐的老巷，再钻进两边长满庄稼的土埂小路，任凭鸣蝉在苞谷林子里使劲地吹拉弹唱，直到隐隐的水流声传来，才收住脚步。事实上，我们来到了悬崖的顶端。那是一条河流召唤的声音。河水在沟谷深涧里狂奔，带着原始的野性，像斗牛场上急红了眼的公牛，哗哗的声响从谷底一直漫上崖顶，让人产生抑制不住的冲动。我们能够清晰地听到自己的心跳了，甚至感触到了水流在身体表面的滑腻和凉爽。我们迫不及待地沿着悬崖草路往下奔走，冷不丁遇上砍柴回家的村民，柴捆子横在肩背上，挡住了进退，便从大人腋下一穿而过，跌跌撞撞，险些酿了大祸。

河名板凳河，因崖而名。每一条河流都有自身的故事和历史，有漩涡、深潭、滩涂、暗礁，有内心的潮涨潮落。板凳河也不例外。很早，我就听说过板凳河的传说。老人们总爱说板凳河里有吃人的水怪，说跳磴塘每隔三年就要淹死一个当地人，是因为当年修跳磴时得罪了贪财的石匠。

夏天的河流呈现了它全部的喧哗和色彩，瓦蓝的天，浑浊的水，灼热的沙滩，赤条条的身子在水里钻来钻去，像一群滑溜的鱼。那是来自另一个世界的喧哗和真实。

除了戏水，有时候，我们还可以碰上村民"闹鱼"，顺便捡得几条被"闹"死的鱼回家，美美地打一回牙祭。那时候，板凳河里的鱼多得有些不太讲理。怎么说呢，我们练习游泳时，鱼儿就贴着我们的身体穿梭。有时甚至停在我们的身体上，小鱼嘴在我们的肚腹上嗯呀嗯呀，忽一下又滑溜到胯下。后来，我读到小说《马口鱼》，主人公每当钓到称心的马口鱼后，总是兴奋得像个孩子，快速地脱下裤头，翻开鱼唇套在自己的命根上……我想起板凳河里的那些鱼儿游过胯间的情景，它们会不会是一群马口鱼呢？

故乡的山坡长满了油茶树，春暖花开过后，细如雀卵的茶果挂满枝头，给人以丰沛的期待。待到冬天，灶房里飘着油香，油茶果被烘干舂细，用稻草棕篾包裹成油饼，饭甑里蒸得熟透，塞进简易的榨床，人往榨杆上一吊，半天工夫，清亮的茶油就注了满满一瓦罐。我家每年都要榨三两罐茶油，滋润着窘困的日子。油饼也是上等的肥料，或者被当作"闹鱼"的药引，碾成粉末煮沸后撒到河里，鱼群闻着油香，就会吞吃油饼末，不一会儿，河面上便翻起密密麻麻的鱼白肚。

很长一段时间，这条充满着无限野趣的河流，它的奔腾、喧嚣、漩涡、跌宕起伏、蛇一般的弯曲身影和谜一样的远方，都在每个夏天被我们的记忆唤醒。

我结识的另一条河流是在时间的下游。

初三毕业的暑假，我为中考落选而备受煎熬。接到报考卫校的消息时，我正在外地和人做老牛生意。邻近的县城有一个屠宰场，专门收购失去耕作能力的老牛。那段时间，我将苦闷写在脚上，希望通过行走来减轻内心的疼痛。但是很快，另一种疼痛就不期而至。

一天深夜，爷爷在一户熟人家中找到我，说区委通过集体研究（后来我才知道，实际上是几个人的初步意向，并未形成文件），决定让中考落选的前四名去县城参加地区卫校的定向招生考试。次日一早，我走了十多里山路，再沿着公路匆匆向着乌江边的古镇码头赶去，那里隔日有一趟去往县城的客船。四十几里的沙石公路，我走啊走啊，感觉无限漫长。我的胶鞋早已断脱了后跟帮子，是母亲用一块布皮包着的胶皮缝补上去的，这会儿一阵疾走，布片撕裂，冷硬的胶皮摩擦着脚后跟，渐渐地渗出了鲜血。我咬着牙，寻觅干枯的树叶塞进鞋子，试图减轻疼痛，叶片经血一浸，滑滑地在鞋子里上下移动，一小段后我就放弃了，干脆将胶鞋脱下来提在手上，赤着脚赶路。烈日下，我像个滑稽的小丑走在人生的道路上，我不知道脸上淌下的是汗水还是泪水。赶路的人从我身边过去一拨，又过去一拨，只有我绝望而又艰苦地走在后面……

不知道时间过去多久，就在我意识几欲麻木的时候，转过一个山坳，公路盘旋着逐渐矮下去，远远地就看见了一条宽阔的大河流翻卷在河湾里，仿佛一条气势磅礴的苍龙。一艘货船正轰鸣着吃力上航，又一艘大船顺江而下，汽笛骤响，哗哗的浪涛撞击河岸，卷起高高的水浪。

我的内心顿时又燃起了一蓬希望的火焰。

在去购买次日船票的路上，碰到另一位前去考试的同学，我才知道区委已对方案进行了修改。我又一次落选。那位同学的分数很低，但她的父亲是区委领导。我隐约感到方案的修改与她有关。

那天晚上，我一个人在江边的岩石上坐了很久。我隐在黑色的夜里。小镇上夜市正欢，隐隐有晚到的旅人正在寻朋问伴。那是一个不属于我的世界，我们中间隔着一段视线模糊的斜坡。奇怪的是，我没有流一滴眼泪，也没有更多的悲伤。白天仿佛把所有的悲伤和眼泪都从我身上抽走。此时的大河已经安静得只剩下独自的流水声。天空星粒如沙，江中浪涛追逐。我的双脚后跟已经磨得稀烂，肿胀不堪，我把沾染自己鲜血的双脚伸进水里，慢慢地让江水冲洗。

我离开时，整个宇宙都仿佛安静下来，唯有大河在流淌。

次年夏天，我以全区预选第一名的成绩坐船去县城参加中考。那一次正遇乌江涨大水，我们乘船的码头已经水漫金山，悬在半坡上的街镇，临江的房屋已经被水浸泡，有人开始搬出家里贵重的物具，逼仄的巷子塞得满满当当。大河已经失去了控制，咆哮奔腾，江面上不时漂浮着木头、家具和牲畜尸体。

我们躲在船舱里，胆小的几乎不敢迈动一步，逆流而上的客船，被水流冲击，一下子向左倾斜过去，一下子又向右歪倒过来，哗哗的浊浪冲起丈多高，翻卷着漫过船舷扑进舱头。晕船的同学在颠簸中呕吐得死去活来。两岸有时平展如席，青葱的农作物正自扬花抽穗；有时绝壁高耸，景色斑斓，巨大的轰鸣在石壁上碰撞反弹，形成卓绝不断的回响。

临近黄昏，终于抵达了县城。那时候，正是落霞满天，江面上金光灿灿，往来的船只鸣着笛，码头的趸船在巨浪中晃荡起伏，船头厨房正自燃起晚烟，被江风吹送，一缕一缕飘在江面。傍河两岸，石阶连缀，一排排吊脚楼交错搭叠，皱皱褶褶，仿佛晾在时光中的一件件旧衣衫。

突然忆起多年以前那个在黑板上用粉笔绘画河流的知青老师。一条大河对我的启蒙，正是源自当年他在音乐课上的旁逸斜出。时光如水，我们正沿着一条河流赶来。此刻，他是否依然在某一栋吊脚楼上手握画笔凭窗凝思，抑或因了生活的优渥或不堪而遁入滚滚俗尘？他是否依然能够想起当年那些课堂上随着歌声一仰一仰"风吹稻花"似的小脑袋？

确切说，我是终生感谢着这条河流的。多少次，我在这条河流中上上下下，遭遇着人生的顺境或者逆境，我始终会想起第一次坐船的经历。那是一次真正的人生之旅。那些惶惑与迷茫伴随的纠结，那些痛楚与悲切糅杂的缠绕，那些希望与失落牵缠的跌宕，那些欢笑与悲苦交错的变幻……都在那一次的远行中给予我生命的深刻体验，变成石头般坚硬的雕刻。

那一年夏天，也是乌江洪水季节，宽阔的江面上翻着黄浪，我搭乘一艘去往县城的小货轮，在乌江上与恶浪拼搏，几尺高的浪头扑上船头，甲板上的水手不时被冲得东倒西歪。船进峡谷，江水像一条不甘捆缚的巨龙，翻卷、挣扎、撞击、怒吼，机器的轰鸣混合着江浪拍打崖壁产生的巨大声响，仿佛要将头顶的悬崖击垮，似乎一刹那，就会倾倒下来，叫人心惊肉跳。

船到一处名叫土坨子的险滩时，最惊险的一幕出现了。船长小心驾驶着货轮靠往岸边，几次三番被刀刃般的浪头打回江心，一次，一次，又一次，终于成功了，船头刚刚抵近岸边的岩石，电光石火之间，几名水手拖着钢缆纵身跃下，牵引冲向前方高台上的绞盘。飘摇中的货轮被固定住了，这时候，马达声却突然增大，发出前所未有的狮吼，在绞盘与货轮之间，拉得笔直的钢缆不断发出咔嚓咔嚓的声响，七八名水手赤身裸体，仿佛跳舞一般，围着甲板上的简易绞车转盘拼命地转圈，"嗨咗、嗨咗"的齐吼声响彻峡谷，如潮的汗水从头上脸颊一泻而下，烈日照耀下的身体泛着古铜色,青筋暴突,骨骼张扬……

　　时间凝固一般,咆哮的乌江仿佛已被镇住,货轮定格在滩浪上,如一幅远古苍凉的图画。唯有马达声轰鸣,"嗨咗、嗨咗"的吼喊声高亢激昂,泛着阳光碎影的江水映照出一群舞者,依旧生猛活泼原始古朴。

　　我躲在船舱角落,像一名贪生怕死的旁观者,望着眼前的壮观景致,竟然浑身无力,脑子一片混沌。最后,当疲惫的水手四肢横放,纷纷瘫倒在甲板上,船头响起一声"上滩了"的大喊,货轮终于冲上险滩,进入平水。

　　这条奔腾在贵州高原上的大河,素有"乌江滩连滩,十船九打烂"之说,行船凶险异常,不知发生过多少船毁人亡的事故。事后,我问他们害不害怕,万一冲不上滩去怎么办? 一位矮个子水手说,怕个铲! 大不了重来! 说完,哈哈大笑。粗门大嗓,典型的乌江人风格。众人皆笑,算是附和。

　　那是我一生中见识的最壮观最真实的绝伦演出,高天绝壁做背景,咆哮大江为舞台,狂野的舞蹈、生动的吼喊、青筋隆起的肌肉,力与力的较量,演绎了人类对生的追求和对死的抗拒。

　　2007年的秋天,我们在乌江边的黑獭乡找到了老船工田海云。老人年过七旬,大半生都在水上漂泊,石雕般的脸上依然刻写着水手的坚毅,那些皱纹的沟沟壑壑写满了他一生行走乌江的传奇。听说是要来收集"船工号子",老人不禁兴奋起来,赶紧邀约来了当年一同走船的同伴。最后,大家就在乡政府狭窄的院坝里为我们表演"拉船"。那个谁"绊头"(纤夫),谁"拿桡"(掌桡),谁谁前艄,谁谁尾艄……随着老人的吆喝,同伴身体里沉睡的记忆渐渐苏醒,他们不再扭捏羞涩,神情放松,自觉站成长长的一溜,弓着身子,"拉"着一条看不见的"纤绳",跟着领唱的指挥,身子前倾后仰,嘴里"吆吆嗬哟"地吼喊起来。

　　让我感到无比惊讶的是,他们的脸上丝毫没有流露出"表演"的敷衍。他们充满了激情和斗志,起初红光满面,渐渐地随着"船"的上行,肌肉不断绷紧，手臂上青筋突兀，汗水淋淋，号子声越响越激烈，双手扯动也越来越快速。终于，"船"被拉上陡滩，在平水中缓缓徐行，号子声也由激昂变得舒缓起来：往前梭噢来哟，吆喂吆哦来呔，吆吆来哟，吆喂吆哦来呔。

一抹夕阳挂在天边，歌声舒缓悠扬。那时，乌江就在他们不远的脚下流淌，他们的影子被阳光侧打在江岸，仿佛老照片中泛黄的背影。

一条河是另一条河的未完待续。它们在远处别离，在更远处相聚。

2018年腊月二十九日，我去往彭水县朗溪乡一个名叫竹板桥的寨子。这是一个古老的民族村寨，保存有三百多年历史的传统造纸术。村子吊在悬崖顶上，三面临河，像一个挑出去悬在半空的葫芦。

竹板桥是乌江下游东岸去往黔中古郡的必经之路，如今，悬崖上还保留着一条古道。扒开厚厚的枯草落叶，还能看见磨得光溜的石板路上那些背盐客留下的打杵印痕和牲畜脚印。

虽说是年节，但是寨子里却显得空空荡荡，好多人家都已经人去楼空，房门上吊着铁锁，院子里长着半人高的荒草。问及传统的造纸术，村人回答，早就不"舀"了。神色间满是落寞。

房舍边，果然见到一些废弃的"舀纸坊"，浆池干枯，引水槽断流；碾料的石磙被泥土埋了大半。

村子受河流阻隔，出行极不方便，村子里也没有学校，孩子上学得翻过村后的大山，到十多里外的学校寄宿。年轻人常年在外打工，几乎都把孩子送到彭水县城，有的甚至在外买了房子，年节也懒得回家。如今的村子，就像留下的蝉蜕空壳。

也许等到我们这一辈人死后，村子就没人住了。村里的老人感叹。现在最让他们惊慌的是，老人过世时，抬丧的人都难凑齐。

悬崖下的阿依河就是我的故乡板凳河下游。我在童年时迷恋的那条河，它一路穿过跳磴塘、葫芦峡、舟子坨、七里潭，最后在彭水县万足乡汇入乌江。

阿依，在苗语里是"多情美丽"的意思。十多年前，阿依河被当地政府打造成著名的漂流景区，增添了许多人工景致，还在村口竖起了"蔡伦造纸"的招牌。只是这条不再寂寞的河流，我不知道，这是它的幸还是不幸。

我坐在竹筏做成的游船上，穿着后背印有"乌江画廊"的救生服。两岸山披翠竹，潭中水似翡翠。撑筏的一男一女皆着苗服，是那种满大街都能见到的机织货。两人一唱一和地飙着当地民歌：

　　山歌不唱呃　就不开怀哦娇阿依　磨儿不推不转来哦　酒不劝郎呃就郎不醉啊娇阿依……

这种蹩脚的表演已经烂俗，我不为所动。我脑子里闪现不久前在乌蒙高原上的一次邂逅。在有"贵州屋脊"之称的韭菜坪，荒原上一场彝族歌舞正自酣畅，吹着芦笙的小演员据说是在校的学生，特地放了假，赤脚在野地表演。时过九月，荒原上寒风凛冽，他们的小脸蛋冻得通红。

我是奔着也嘎村去的。汽车停在狭长沟谷的一个水泥圈固的小水池边，一汪活泉从地底汩汩涌出，沿着庄稼地里浅浅的沟渠欢吟而去。池壁上赫然竖着"乌江北源"几个水泥大字。

我当时就惊诧了。

这是一条大河的婴儿，也是母腹。

我在乌江下游的县城生活了十多年，每天喝着乌江河水，此时我有种游子归乡的荣誉感。

我对着池口的流水处，矮下身子，捧着连喝了几口。旁边一位来自北方的作家疑惑地问：这也能喝？我说甜着呢，哈哈大笑。笑完，又捧起水喝。我的心也在那时，随着沟渠里细小的浪花向着远方的大河奔腾而去……

（原载《人民文学》2020年第6期）

北漂纪

袁凌

一

十六年前，我第一次乘坐火车北上，穿越黄河的分界线和华北平原，地图上显眼的黄河已变得微小，我没有注意到何时经过了它。平原一望无际，地土比南方干燥松散很多，几乎没有成形突出之物。时值初夏，农人在铁路线两旁田地里收割小麦，还有在北方出产的花生，挖掘出植株后就地摊开晾晒，他们自己的脸面和手臂也现出手下庄稼的颜色，皱纹在无遮无挡的太阳下摊开。我写下了一句诗：我晒到了北纬39度的阳光。

到达北京近郊，景物倏然变得不同，和斑驳楼群一起出现的，是分布铁路两旁的大片灌木丛，挂罥无数的塑料袋和垃圾，随列车裹挟的微风飘动。我知道这是一座大城的序幕，但还是对这种邂逅有些不适应。

到北京的当天晚上，我住在六铺炕附近一家招待所里。扭开门把手时我被电击了一下。躺在床上，头往铁床架上靠的时候又被电了一次。伸手去揿床头灯,金属按钮再次让我被电了一次。我的心恐惧起来,似乎来到了一间四处漏电的房屋,稍不留意即可身亡。我翻身起床小心地开门,叫来了服务员大妈,告诉她屋子漏电。她完全面无表情地看着我,似乎看着一桩难以理解的事情,没有做任何解释又离开了。

后来我终于明白,这是北方的静电,是每一个从南方初来北京的人都曾经历的恐惧。

秋天在清华园里安顿下来,我学生宿舍里的主要陈设是两张铁架子床,倒不再时常经历皮肤一激灵的恐惧,或许北方干燥的空气渐渐接纳了我,架子床上层书籍的尘灰安抚了静电。

每天在走廊尽头的大水房里洗漱,有一段学着电影里"混社会"的样式,省去洗发精用洗衣粉洗头,流到眼睛里龇牙咧嘴,仰头浇上半天冷水。大水房朝向西边,夕阳回光返照,远处的山脉依稀连绵,近处的院落也现出参差,像是深宅大院,常常让我生出无端幻想。我能了解这座城市的多少内情,它过往沉积的秘密,有几分会与我有关?这似乎是我来到北京的缘由,眼下却像阻碍重重,无从穿越。

校园里有一条弯曲的人工河流,淌着黑色的污水,一直往西边流出校园,进入北大的地界。我顺着河流走去,离开宿舍区食堂、林荫道和百年大礼堂,穿过河边的灌木,后来发现到了校办殡仪馆,或许有火化的烟囱。四处隆起小丘,深秋树木荒凉,感觉园子已经死去了一百多年,又仍旧活着,有一种回声,想到那个不久前"铊"中毒的女生,似乎自己也会不经意遇难。

去到师兄居住的单身宿舍,进门像是一间库房,书籍堆到了屋顶,只给人留下穿行的缝隙,线装书陈年的气息统治,不论如何泛黄、落灰、虫蛀,书籍是这里真正的主人,师兄不过书页中一条蜗居的虫子,等待出头之日。我明白了一件事情:我不想待在这里,成为另外的一条,从生到死被安排妥当。

我经常在远离校园的地方奔波。有限的待在宿舍的时光,我常常拿着新出的报纸,上面有我的一整版稿件,对着铁架子床一字字地重看,依稀闻到印刷机的油墨味儿。这似乎是很确定的一种保障,身体却又微微颤抖,意识到自己即将做出一个决定,改变30岁往后的人生轨迹,或许会像抛物线般坠落。

同住的室友在台灯下看"马哲"的参考书,往他那台紫光电脑上打读书笔记,他入学前来自山东某个市的团委,想着博士毕业后回去上调一级,进入团省委,眼下这算是仕途的快车道。他的家人都在山东,每晚要用IP卡打长途电话联络,有时我能听见他儿子牙牙学语。我感到我们的全然不同,身体中微微颤抖的希望,不知如何对他讲述。

冬天的末尾,我搬走了铁架子床上的被褥和书籍,离开了清华园。

二

八到十个人群居在金鱼池小区的一幢复式房子里。那时还没有"群租"这个不合时宜的名词,八个人都是《新京报》的同事还有眷属,我住其中朝北的一小间。另一个同事住朝东的一小间。两个同事合住朝南的一大间,有时候老胡的老婆带着丫头从石家庄来看他,有时则是小韩的女友来同居。楼上有一个女同事独居一小间,另有两个男同事合住长条形屋顶倾斜的阁楼,屋顶低的那一边只是摆了一张行军床,作为长期出差的小李偶尔回京安放身体之处。因为总有人在出差,屋顶下满员的时候并不多。

房子是回迁房,眼下叫金鱼池的这个地带,就是从前老舍笔下的龙须沟,龙须沟固然早已填平加盖,名字中的金鱼也不见踪影,从来没人提起它在文学史上曾经显赫的过去。

　　房子具有回迁房的一些特征。譬如墙壁单薄，外表看上去清爽白净，造型也不错，里面的温度却是冬冷夏热。户主没有装空调，冬天也没有顶事的锅炉暖气，而是早早装上了电暖气，一开闸电表数字呼呼上蹿，各家分摊时必有抱怨，每次受不住了稍微开一会儿都有负罪感。阁楼屋顶有个地方漏雨，慢慢变成很大的一块斑渍，一些石灰渣子落到地上，总担心有天那块地方会整个掉下来，在它最终可能掉下来之前，我们集体搬离了那里。

　　这里离虎坊桥的报社不远。时近午夜，离开主管编辑那间烟雾腾腾的楼梯间，走下光明日报老楼的八层阶梯，已经没有公交车，顺着永安路慢慢地走回去。街上的老式路灯永远电力不足，带着朽红的光晕，路旁有一处处塑料小灯链扭成的"串"字，下面升腾烟雾，两三个晚秋仍旧穿着汗衫的北京爷们儿在吃喝，脚边已经躺了一堆空酒瓶子，小桌上还竖着一打半打，他们真是尽量打算把一年中的日子都当成夏天来过。街面空空荡荡，却不时要小心绕过一堆形态可疑的呕吐物，让人胃里一下子揪紧起来，一直紧到喉咙。

　　除了这样的时刻，心里大抵是带着一种倦怠的松快，终于交掉了稿子，又若有所失。似乎在北京，除了在带着一个大后脑勺的台式电脑上码出来的这一篇篇稿子，没有其余可靠之物。一个房子里租住的同事们也大抵如此，老胡虽然在石家庄有家属，却似乎不大希望她们来，一个看去不能再普通又有点憔悴的北方女人，一个有点像老胡自己的胖丫头，带着一副混不吝的神情。老胡一开腔大抵是叱骂，有时会因为淘气揍她，可她像是从来也没怕过。有一次老胡还当着室友的面揍起了老婆，大家连忙去劝架，老婆虽然哭了，对于老胡和妻女，这似乎也并不特别，只是他们一种通常的交流方式。

我会想到，自己已经30岁了。从前浓密得沉重的头发已经微秃，自从在清华园的水房里用洗衣粉就冷水洗头之后，这个过程倏然加速，顶门心已经感到深秋的凉意。和那些在街上留下呕吐物的人们不同，我没有穿着汗衫坐在发光的"串"字下彻夜吃喝的权利，早晨在昏沉睡意中可能接到一个电话，立时挣扎爬起，背包去两千公里外采访。

和老胡合住的室友与女友同居了，我把底层的小屋留给他们，自己搬到楼上，接手了那张行军床。行军床原来的主人在外出差越来越久，我和他也类似，可以彼此不妨碍地共用这张床。除了这张行军床我还拥有一张桌子。有段时间我把一张照片搁在桌子上。

这是一张死者的遗照，他的父亲是我在奉节县采访中认识的一位爆料人和向导。儿子在唐山铁矿里触电身亡后，他给我打来电话，在虎坊桥路口旁的四川小馆里，他拿出这张照片，小心翼翼地摊在看不出颜色的塑料桌布上，怀疑儿子是电击致残后被故意弄死，希望我帮帮他。我没能帮到他，只是把照片放在我的桌子上。照片上死者躺在冰柜里，耳朵和紧闭的眼睑旁边有凝结的血块，浑身显出紫疳色。有时洗漱之后，我提醒自己看一眼照片，再入睡。

那天我从报社归来，发现照片不见了，问室友老宋，说是撕掉扔进垃圾堆了。

"太吓人了。"老宋说。

我险些跟他打了一架。

我们不想待在这套房里等待第二个冬天，决定搬到报社附近的小区里去，这是一片老式的规规矩矩的居民楼，地段名叫禄长街，还有一条相邻的巷子叫寿长街，又开着卖花圈的铺子，让人有一种和字面意思全然相反的联想。

我仍旧和老胡一家合租一套两室一厅的房子，也是从前的《新京报》

同事腾出来的。我住次卧，房间里除了一张床，有一个小小的书架，房子正像老式居民楼那样不新不旧，有种纯朴的感觉。但是我忘了书放在什么地方，和在金鱼池时一样，它们离开清华园的铁架子床之后，就失去了上架打开的权利，应该只是待在纸箱里，码在床脚，现出令人不适的轮廓。

院子里有一棵大树，枝梢升到了窗前。这是房子的前任芸告诉我的。她住在这里时是春天，大树的枝梢透出不可重现的清润，尖端抽蕊发芽，似乎不属于厚重的大树。我们因为这棵大树交谈起来，芸告诉我她刚到北京的住处。当时她从上海过来，挤在一个高中同学的铁架子单人床上，在报社附近找房子，一时没有合租的人。下班时一个摄影记者对她说："我们那里有一个地方，你去看看，要是不嫌弃可以先住一下。"

芸去看了。那称不上是一个房间，只是一个缩进去的空间，够放一张床，睡觉需要从床头爬上去。芸接受了这里，住了半个月。从那个洞里，芸每天清早接到派料，起身去采访，有次料来得太早，她没有洗脸刷牙，就冲出去跑了一天，傍晚才回来，也并不觉得辛苦。

她感谢那个摄影记者和他的室友，给她提供了这么个地方，直到她找到眼下我住的这个房间。她在这里住了半年，又跟着合租的室友搬去陶然亭，那对情侣希望住宿环境新一点。

我去芸的新房间。

这是个新建的小区，芸和室友租的房子临街，在那条只是铺上了沥青，显得没有完全整饬好的路上，依稀可以看见她的小房间。半斜开的窗户，里面有一丝微光，似乎带着蓝色。后来我一直怀疑，是她台式电脑的鼠标发出的。当电脑关机之后，这个光电鼠标还会一闪一闪。

她似乎需要这点闪烁，陪伴熄灯后的黑暗。房子在七层，有电梯，但有次停电了，漆黑中一层层爬上去，感到是在一口井中，依靠摩托罗拉手机的一点点光亮。中间在台阶上坐下来，想象这时有个北方的男孩在身边，摸摸她的头发，眼睛会湿润，像是那株窗外的植物被浇灌了。

同居的一对恋人时常吵架，看起来每天都可能分手，可是他们有了孩子，后来结了婚，去了海南。看起来报社像几千口的一大家人，各人在屋顶下还得找各自的归宿。

三

半年后我从那家报社离职，和芸一起去了上海。再次回到北京，我住在联想桥附近的一套一室户里。

小区在一条巷道尽里头，房间比禄长街那间要再旧一点，有些地方墙皮剥落了。床头墙上有一副前任租户留下来的镖盘，我没有取下来。

比起我和芸在上海华东师大后门租的那个房间来说，这里太安静了。那个房间面临人字街头，几乎就是在"人"字形分叉的顶头，面对一整条街道汹涌的车流。似乎只有在上海才有这样位置的房子。为了适应街道交叉的方向，房间是椭圆形的，像船舱的头部，悬挂着几副落地的旧绒窗帘。芸说她喜欢这间房子的形状，"住在这儿感觉像公主"。

芸从来就不是公主。她只是下岗的纺织厂工人父亲和尚在经营的搪瓷厂工人母亲的女儿。母亲很忙碌，她只是父亲的公主。

从第一刻开始，街道的喧闹声似乎要把房间抬起来，两层玻璃完全挡不住。发动机沉重或粗犷的轰鸣，疲惫后释放的叹息，掺杂着喇叭忽而尖锐的杂音，似乎全然不受管制。这种杂音特别刺激听觉，像是一个个刺客从那条汹涌的河流上忽然跳起来，穿破纸一样单薄的窗玻璃，杀入耳朵。

夜晚随着路灯变亮，河流的样式更加清晰，车声越发高亢起来，在十点左右达到高峰，像是这座城市的夜生活，午夜过后也不甘于寂寞，从未完全平息。清晨太阳早早升起在街道尽头，热力穿透了窗帘，车声又周而复始地高涨起来,喇叭声尤为刺耳。

不知我们是怎样适应了这里,在洪流之上酣然入睡,也不知芸的父母是怎样适应了她回到上海而不归家。我见到过一次那个沉默的男人,在长宁区某处的街头,看着他骑老式自行车过来,穿着一件电工的工装,无声地把一件东西交给我,多年下岗打零工的生涯完全磨灭了他任何尖锐的神情,即使对于我这样一个带走了他女儿的外人。

芸的台式电脑从北京归来,搬到了这间屋子里。当时没有笔记本,我们背着台式电脑的显示屏和机箱辗转,不以为沉重,能有一只平板的显示屏已经不错。但那只光电鼠标不见了,消失在奔波途中。夜晚窗帘无从全然遮蔽马路上的灯光,无须蓝色的小小光亮。

在人字街头上方住的时光不长。生活和心境还没有安定下来,我就折回了北京,芸追随来到这里。我们去市场买了几株盆栽,其中一种叫猪耳朵,生出长长蔓丝,顶端触须微微卷曲,总是习惯穿过相邻绿萝的茎叶,缠绕无从分解。我们也像是这样的两株植物,但最终,我们在这间屋子里分了手。

芸走后的那个上午,阳光依旧不错,我坐在屋子里,看着空空荡荡的景物。窗台上的猪耳朵衰弱了一点,似有灵感。我为它只拥有这么个名字感到抱歉。镖盘仍旧在墙上,带着黑黄分明相间的刻度。我用剩下的最后两支飞镖扔了一次。扎中了靶心,但没有什么被改变。

夜晚我穿过灰色巷子出街口,巷子里长期停着一些废弃的车辆,蒙上厚厚尘灰,喷漆已经剥落,露出锈蚀的内情。其中有一辆,常春藤蔓从车头的变速箱里长出,冒出了锈蚀的车头,车灯的窟窿也缠绕翠绿之绳,探寻空气,整辆车和植物不可分割,变成了半是死去半是活着的一种东西,让人想到它为何被抛弃在这里,时光已逝去多久,却永不会有人探望。

我在巷子口看到一个乞丐。他垂头背靠废弃的小汽车轮胎坐着,对于随时向路人乞讨失去了兴趣。路灯的晕黄灯光落在他身上，也渲染了植物的蔓丝。我忽然生出一个念头，在他面前蹲下来，问他叫什么名字，是哪里人。他面无表情，显得这类问题对他毫无意义，或许也没有答案。我掏出一张百元钞票，带着票面的微红，搁在他眼前的空缸子里。奇迹发生了，他刚才麻木的表情忽然变化，露出了一丝微笑，像是打开一个豁口，带着惊讶和因此而来的羞怯。

我在这一道豁口里走开了，想象他幕布后面的情形，我们都是一样孤独的人。

四

我在通州住过一小段日子。

是在地铁八通线华联家园站的附近，并排几幢现代风格的小区，外表带着一些装饰图案。房间也是不区分厅卧的大开间，统一装修，可"拎包入住"，专供在国贸大望路一带上班，暂时还买不起大房子的白领。八通线地铁刚开通不久，这种需求多了起来。我租的就是一对先前在国贸附近最高的写字楼里上班，结婚后又去美国读书的白领的房子。

这是我在北京第一次真正独居。晚上我会失眠，听见小区保安在楼下走近，又走远。围墙附近杨树风声飒飒，下雨前树叶翻滚，现出一团亮光。深夜保安脚步停息了，我在单人床上欹侧，枕边一本荷尔德林的诗集。在北京，我拥有的只是这个身体，和荷尔德林在一起。

小区门外街边比较安静，到底是新的社区，在附近一片小树林，我意外看到摆了几十个蜂箱，有人就着一片槐花养蜂。这是我第一次看到有人在城市里养蜂采蜜。晚上在带着晕黄的路灯光下，有几处出摊卖碟子，我吃饭后沿路搜罗过去，买两张回去，在我新近拥有的带光驱的笔记本电脑上看。这个笔记本对我是一大笔支出，但仍旧是值得的，我告别了需要拖着台式机搬家的日子。

有时我在午饭后走到附近的火车站去，这主要是一个货运站。没有什么旅客上下，只是堆着许多原木。它们大约来自遥远的关外，长途跋涉之后现出棕红，散发松脂的隐约气息，现着浑圆却称不上宽大的轮廓，大约那边的家族都被砍伐过一茬了，只有极少的时候，看见巨大的原木，一节车皮似乎只能放下几根，似乎最后的孑遗，让我想到家乡传说中的黑林子，藏在四岔河和神仙湾最深处，却也让人怀疑是否真的还存在。火车站紧挨着八里村，属于地铁的上一站，破破烂烂的几条巷子，带着想不到的各类名目的招牌，有一种完全不讲究的热闹，和华联家园附近完全两样。

在这个村子里，我见到了研究生同学胡勋。自从八年前毕业分配，我们没再见过面，完全没想到他会住在这里。

他的身份是社科院的博士后，社科院在这里有一处单身宿舍。他和女友同居，和另外一对伴侣合住。

屋子的内情令我意外。房间的中央部分被布帘隔了起来，我们顺着一条环形的过道，去到属于胡勋和女友居住的部分。这个半段环形的空间里摆着一张床，另外还安置下一副灶具。房间不怎么透光，白天需要开着电灯。

这无法和我独居的公寓相比。灶台下面搁着几株有点萎缩的青菜，胡勋说是赶菜市场关门时去买的，那时菜价会大打折扣，一块钱一大把，够他们吃上几顿。

女友是新加坡人，随胡勋来中国后没有工作，两人靠胡勋的博士后津贴生活，租不起房子，只能住在这样的环形单身宿舍里，胡勋每周三次赶地铁去花家地的社科院本部上班。地铁到了八里庄基本上不去人，他就走一站到华联家园的地铁去排队，三轮之后大约可以上车，贴着车门赶到大望路换公交。我想到从前在上海读书，胡勋说起每次坐火车回贵阳，买不到坐票，在车厢连接处蹲下来，或者找个洗脸池窝上去，事先吃两块巧克力，四十多个小时不下来，也不上厕所。

女友看去清秀温柔，两人在一起的神情显得肖似，胸前悬挂着相同式样的小小十字架。比起在学校的时候，胡勋像是变成了另一个人，天生和女友匹配的。

我们穿过那些墙皮剥落的巷道，去菜市场门口吃烧烤。胡勋一定要请客。烧烤很便宜，但我有点过意不去。地上吹着微风，纸屑微微飘动，胡勋咬着一串抹了辣椒的烤茄子，对我说起明年一切都会好，他们会去美国，那里有足额的奖学金。她并不需要找工作。女友不大听得懂汉语，她的烤茄子上没有抹辣椒，她恬静地微笑着，间或听胡勋转头用不大熟练的英语跟她说上一句什么。

我想到虽然他们住在这样的环形房子里，傍晚去即将关门的菜市场买菜，却是幸福的。远处隐隐传来货运车站的汽笛声。

五

我应聘到一家杂志做编辑，每天从通州挤地铁去上班，路上太折腾了。单位提供了过渡住处，在《城南旧事》里写的香炉营旁边。

香炉营已经拆迁了，那些年北京拆迁的进度还不那么迅速，多数人搬走之后，每条巷道还剩下一两家钉子户，整个街区空荡荡地摆在那里，暂时没有人来翻动，看起来要一直搁下去似的。我有时想到，它是否该作为历史古迹被保留下来，当然联想到林徽因、梁思成旧居被拆事件，这是不可能的。英子看人摇动辘轳汲水分水的那口大井台，也早已不见踪迹，不用说水光泼溅的情形。

晚上我喜欢在空下来的几条巷道里转，路灯的电路没有切断，迁走人家的门牌号还在微微发光，连同一些"文明户""五好家庭"之类的小金属牌额，让我想到家乡的"十星户""计划生育放心户"之类牌子，往往挂着牌子的农屋已空无一人，瓦屋顶也要从中段塌下来了。

我住的小区大约就是居民的回迁房，房子是杂志社租下来给一个高层住的，他的衣服虽然成列地挂在柜子里，人却不常来，我有幸沾光。这位室友是一名退伍军人，在杂志社的身份有些特殊，近乎社长当年在部队的私人关系，他没有成家，常年似乎在外边替杂志社跑一些文化产业项目，譬如说投资拍电视剧，却从来没有成功过。

偶尔回来，他大抵总是酩酊的状态，不知是工作的应酬与否，不大跟我说话，似乎对于有下层员工和他分享房间感到不愉快，一个人待在屋子里，有时看上一会儿电视，在客厅的茶几上留下几根烟蒂。

房间光线不足，天气暖和的时候，我宁愿待在院子里的几条长椅上，读一点书。我记得仰躺在长椅上读亚里士多德的《天象论》，亚氏写到恒星是一类永恒的生命体，虽然不及永生的神，但也拥有不灭的灵魂。书页上方是晴朗的北方天空，带着一点白云，我找不到恒星的痕迹，但它们在蓝色的某处深处隐藏着。这么多年来，我似乎第一次发现北京的天空很干净，像是被英子记忆中的井水洗涤过。

我习惯了在单位的写字间里待到很晚。单位就在宣武门路口附近的庄胜大厦楼上，那里人的气息更多。有时候熬夜的同事一起下班，在大楼底层拐角的地方道别，背身在风口里点一根烟，抽上两口。我的技术不过关，无法在风口里点燃香烟，也还不想抽。经过香炉营走回小区，一步步更浓厚地闻到退伍军人的气息，双脚沉重起来。

我打算另外去找个房子。

有个合租信息是在广安门外。这和我理想中的地段有些距离，但我仍旧抱着试试的心情去看了看。

信息上说是三室一厅的房子，去了我才知道，主卧有三个女孩合租，次卧里也住了两个女孩，都是打工妹的样子，留给我的是第三间卧室，位置是一进门，过道一侧是这间卧室，另一侧门对门是全屋的厕所。几个女孩眼巴巴地看着我，看来她们由于工资微薄，很希望有人来分担房租，并且不在乎合租者的性别。

有一刻我很想租下来，体会一下和一群打工妹相处的感觉，即使这间三卧的价格定得和主卧差别不大。但是想到门对门的厕所，关着门仍隐约飘散的气味，早晚和她们轮番抢厕所和淋浴的尴尬，不能在家穿短裤打赤膊的忌讳，我还是却步了。出门的时候，我仍旧和她们一样感到某种遗憾。

看了几处房子，我交了一个月中介费，租下了手帕口附近一间合租的次卧，结束了和退伍军人合住的日子，也离开了英子记忆中的香炉营。不知道它还在那里撂了多久，直到开发商的挖掘机大举进场。

六

这间房子在一个极其老旧的居民楼片区里，几乎称不上是小区，要穿过曲折小巷到达院子，街巷像是在一场防空运动上包上了厚厚的甲胄，不知道它的来历。但是房间内部经过装修，铺有复合木地板，看上去很新。

我把行李和经过辗转剩余又新添的几箱书带到这里，跑了一次二手货市场，让它们有了再次摆上书架的权利。房间不大但也够一个人住，除了地板还有空调，自然也少不了北方的老式暖气。虽然窗户朝西，夏天过去仍旧留有余热，我还是有了拥有一间房子的幸福感。同住的是一个早出晚归上班的男生，总是关着门。客厅很小，类似一个过道，我们见面的时间很少。

夕阳停歇在一片老旧平和的屋顶上。床上铺着一个女性朋友帮助我采购的碎花被子和枕巾，她还承诺刺绣一个枕头送给我。这让我对这儿有了一点家的错觉。我不用那么经常逗留在单位的格子间里了。

每次去单位，需要走过那些像是包着厚厚甲胄的巷子，穿过叫里仁街的一条短短街道去搭公交车，街道一旁新开发成了小区，和周遭有一条清晰的分界线。有两次打的回来的时候，被司机听成女人街。后来我知道，它的真实身份和这类想象截然相反，叫作半步桥，一个我在沉重的近现代史册上屡次翻阅的名字，那座小区从前是半步桥监狱和看守所的地盘。

半步桥的起源不明，自从修了民国第一监狱，似乎衍生出了"奈何桥"的意思，流传下来一首犯人唱的歌《七笔勾》，大意是过了此桥，将爱恨情仇、烦恼牵挂、人生抱负一笔笔勾销的意思，逐段唱下去，终究勾销完毕，最后被勾销的大约是桥本身，眼下已和当初的监狱一样杳无踪迹。但在哪里仍旧有一丝气味隐藏，我似乎也理解了旁边巷道墙壁和屋顶如此厚实的来由。

很久以后我走进小区，看到赭色楼房顶楣有小天使的浮雕，显得特别。联想到狱内设有刑场，民国和新中国成立后处决过很多犯人的往事，猜测小天使大约是拯救含有怨毒的亡灵。因为这个缘故，这个小区的房价也比周围低一截，开发商据说都因此破产了。在小区的一侧，保留着监狱曾经的大墙，砖楞和陈旧的高压电线被爬山虎覆盖，显得和平，围墙中段矗立一座岗楼，没有了值守的身影。

冬天来了，里仁街上变得更为寂静。平房灸突四处发烟，被风压贴着屋顶，路边也似乎生有煤炉。路面积水成冰，小区外停的几辆车底盘上挂了凌条，这种家乡屋檐寻常的景物，是我在北京第一次看见。屋子里暖暖和和的，但那个女性朋友的刺绣枕巾没有到来。

在里仁街的出口，能看到不远处的南三环，夜晚高架桥下灯火闪烁，似乎穿过那个路口是另一世界，更为荒凉空旷。我的租屋在这条界限内不远，不知哪一天会越界，落到更荒凉的地带，像地上偶然的纸屑，痕迹被一阵北风带走。

室友的租约到期了。他是把整套房子租下来，再转租一间给我的，我从来没有见过房东。眼下他想搬走，却不愿放手这套房子，不肯让我直接跟房东续签，打算仍旧当二房东，并且把我住的房子租金提高了两百块。当初租住时他给我瞄了一眼合同，我发现这间房和他住的主卧条件相去甚远，价格差别却不大，眼下更无法接受他的涨价，因此只好散伙。但我的合同是比他晚一个多月签的，还没到期，想让他分摊一个月的租金，因此第一次去了他住的房子，逗留了比较长的时间，却没能成功，他保持着沉默，似乎一种其奈我何的态度。

我回到自己的房间里，生闷气，房间也似乎失去了从前的好处，显出各种不起眼的缺陷，譬如冬天的暖气不足，阳光又偏偏和夏天正相反，转到了南方去。木地板铺的时间还不久，有些地方却有翘起的迹象；说到公用部分，卫生间太黑太小，没有通风口，也没有专门的厨房，做饭的心情不大。电视老旧了，彩色像是事后涂抹上去的，看纳达尔在红土上的网球比赛，难以分辨网球落到了哪里，而这是我晚上不想入睡时喜欢上的一项节目。

想到这些，更觉得自己吃了不小的亏，简直想要找个办法报复他，脑子里出现种种的方式，调动自己可能有的一些能耐和关系，似乎办法还不少，一时牙咬得紧紧地。转念又发现，自己想出来的这些方式，没有一种是一定会见效的，代价也都不比半个月的房租小。毕竟我和室友一样，只是个漂在北京的外人,才会来租这样的房间,他大约也是看穿了这一点。

想到后来,最现实的是放弃这间房子,按时搬走寻找下一处。好在冬天已经过去,找房子搬家的奔波不用那么苦寒。我也实际这么做了,在一年差一个月的时候告别了这里,去向下一个住处。

七

我请一个同事来帮我搬家,他新近买了车,一个后备厢加上后排座位,正好把我的家当全部装下,从半步桥迁移到了三里屯附近。

那些年三里屯正值繁华,但南街已经开始拆迁。我租的房子在南街往东一点的一处老家属院里,和酒吧街隔着几排老房子和半个街区的距离,几幢高大的建筑挡住阑珊灯火。合租的是一个腼腆的男生,看起来有一种温柔感,和前任室友差别很大,也不是"二房东"。但当然,他和所有先来者一样住了较大朝南的屋子,留给我的是朝北的较小次卧,光线和冬天的温度都不如主卧,不过价钱也着实便宜一些,毕竟是跟房东签约。

这是我从离开金鱼池之后又一次租朝北的房间,让我想到老狼的那首《流浪歌手的情人》,"我只能给你一间小小的阁楼,一扇朝北的窗,让你望见星斗"。或许因为从窗户里看出去,晚上真的能看见几颗星星,透过院子里几株大树的缝隙。

房间里除了一张床,主要的家具是一副连带书桌的白木书架,式样和颜色淡雅,看上去很不错,也是我选择这处房间的原因之一。我把装在同事后备厢里带过来的书都上了架,摆得满满的,在桌前坐下来,打开黑乎乎的笔记本电脑,有一点幸福感,打算在这里认真写点什么。

但是过了不久,书架部分忽然没有征兆地塌下来了,差点打在我的头脸上。我把书都拿下来，书架没有复原，内部联结的铁钉子都崩开了。我只好请房东过来一趟。

房东没有找我的麻烦，毕竟他当初保证过书架很牢实，可以插满书籍。"宜家的东西不禁用。"端详一会儿之后他说，我才知道书架出自一向不熟悉的品牌宜家。

想不到什么补救的办法，最后把书架拆了下来，只留下桌子。这样我的书又回到了纸箱子里，摞在墙边。好在书桌显得宽敞了。

晚上我离开小区，走到三里屯酒吧街上去。这里和隔着半个街区我的租屋是两个世界，十字路口人车堵塞，无尽的喧嚣和灯光汇合流泻，路北一排酒吧，路上密麻麻地站着身姿前倾神情急切的女性，随时拉人入内，倒没有人烦扰我，大约注意力都在车主身上。酒吧里面灯光迷离，人影晃动，那是我来北京之后未曾进入的世界。

我穿梭而过，到了使馆区。使馆区严肃安静，四处围住铁丝网，设置路障，却也让我明白了刚才酒吧街热闹的一个来源，这里有很多的外国人。我顺着一条开放的横街走入，经过两个警卫，他们纹丝不动的站姿像是出于一种命运，有的在铁丝网的暗处，只有走近了才能注意到，让人心里一紧，他却保持着面无表情的姿势。

我走入竖街，两旁斜伸出浓密的树木，在上空合成穹庐，成为压低了的另一重天空。这是一种修长乔木，含有特别的青翠，似乎属于南方。另一条树荫的街道遍种柿子树，眼下也饱含青翠，我喜欢顺着这两条街走一个来回，再穿过酒吧街，回到沉寂的小区，我的拆去了书架的桌子前边，面对笔记本上敲下的文字，属于往昔黑暗深处的时代。

有时候我没有走得这么远，只是从小区大门外往北走，进入这片街区更内部。路旁有一所技工学校的体育场，隔着铁丝网，零星有人在晚饭后健身。穿过两家打烊的餐厅，迎面有一所外表黑沉沉的建筑，黑暗中闪着一些明灭的小灯，隐隐看出下面的装修，带着浮雕和护板的线条，是一家夜总会，叫名门夜宴。

它似乎没有窗户，四周包裹得严严实实，我完全不知道它的内情，入内的是些什么样的人。它的名字让我想到最近冯小刚的一部电影，不由联想到里面可能进行的诡谲、权谋与情色，所有的欲望和金钱在这里复合、发酵、膨胀，或许有天会爆炸，带来难以预料的毁灭。但眼下，它保持着黑沉沉的名门气度，和渺小寒碜的我完全没有关系，即使走近一步也感到心理压力。

许久以后，听说它果然在"天上人间"的风波中被一并封闭，我再次路过那幢建筑时，它已变成了一家商场之类，封闭的门户都已打开，外墙的浮雕护板显出破敝，像病人发黄的皮肤，底层似乎变成了两家快递公司收发货点，毕竟它不当街门面价格上不去，当年豪门的气质不见踪迹。

那些夜晚，我从名门夜宴往回走，回到家属院中，院落里几株乔木掩蔽，下面裸露着北方的黄土，没有精心整修过。空地上莫名地摆着一只旧沙发，布套已经破烂，但还保留着一只沙发的模样，或许偶尔有人小坐。多年后我看到刘若英拍的电影《后来的我们》，周冬雨拉着井柏然从院子里抬回去一只旧沙发，就想到了这只。不知它在院子里究竟摆了多久，近年北方的雨水增多，它在够不上遮蔽的大树底下，能够耐得起几番风雨和潮气侵蚀。

有天深夜，室友出差未回，我坐在出租屋的马桶上，忽然感到腹部剧痛，连续腹泻到虚脱，坐在马桶上无法起身。有一刻我觉得自己会就此死去。如果这样，将像落在水泥街道上变脏的雪一样，被成吨的工业盐融化流入下水道，不发出声音和留下痕迹，无声地来，无声地走，失去性命很久才会被人发现。在卫生间的下水管道上，有一队迁徙的蚂蚁，永不停息地上下穿行。我的性命比不上它们中的一只，尽管被叫作"蚁族"。

八

2010年秋天,我到了眼下的住处燕丹村。

那之前的一段,我想去住地下室。一方面由于身上仅余几千块的资产,另一面是遗憾没有这类经历,似乎缺了一块。

我去过几次地下室。一次是在双井附近,去探望一位上访的大姐。顺着台阶下去,通道顶上横亘热气管道,两旁是排列的小门,像是一个个储物间。大姐住在其中一间里,一张单人床外刚够靠床头摆下一张小桌,桌上摆着电饭煲,床位摆一个案板和碗筷,其他东西都装进塑料袋,挂在墙上。大姐说冬天不冷,夏天也不热。就是洗衣服有点费事,挂在廊道里阴干。另外一次,是有个朋友来京住在建国门附近的地下旅馆,走下去以后像迷宫,拐两个弯才找到他住的房间,推开门是一副床炕,炕上铺的床垫横顶在门上,人要站在门外爬上床去,顶头墙上有一个九英寸小电视。

我在网上搜了几间半地下室,打算去看其中靠近四惠的一间,又有点犹豫,这时接到了一个朋友将要退租在燕城苑的房子,回陕西谋出路的消息,过去看了一趟,价格不贵,就放弃了继续寻找地下室的打算,虽然房子没有装修过,但通透不缺阳光,我住的房间外边有两棵银杏树,叶子正在变得金黄,偶尔有一两片无声飘落。

房子离天通苑地铁站有五六站公交的距离,我第一次去赶上晚高峰,等公交的人黑压压排到马路中间,似乎调来全北京的公交也挤不下。在《新京报》时做过一组报道,叫《十万人困守天通苑》,不想今天自己成了其中一员,且走得更远。后来我坐了路旁吆喝三块钱一位五块钱两位的面包车。

上车之后,我才知道不是三块钱一位这么简单。对面两条长凳座位,先上的人还可挨茬坐下,后来的在中间加小板凳,再后来的转不开身,近于被加在两旁人伸出的膝盖上,头顶车篷,车门最后是贴着人的脊背强行关上的,像是听说的号子里塞人的情形。车子开行,黑暗中人们看不见彼此,但听得清呼吸,关节和人体的旮旯彼此屈伸搭配,最大化利用空间。有几位不知怎么替胳膊找到了缝隙,仍旧在看手机,屏幕的微光照亮了巴掌大的一片脸。车厢外风声呼呼,感觉是一具夹心面包在运行,一旦翻车,只能挤压成肉泥,似乎在这条路线上的人谁也不在乎安全保障,把命交给了这个上车的机会和三块钱的价格。

房子实际在燕丹村地盘上的一个小区里,据说是当年燕太子丹的封地,也是供养死士荆轲的地方。除了一些附庸典故的对联,刺秦的往事自然渺无痕迹,但我在小区池塘边目击了一起刺杀事件,今天仍历历在目。

那天我饭后下楼,正待走进小区公园去散步,听到那边人群骚动起来,有人喊着杀人了,从公园那边跑过来两个警察,跟着一个小区老保安,在楼下观望。老保安说是刚才从栅栏上翻过来的,不知上哪座楼了。正在这时,一个男子的人影出现在对面三楼楼道,招手喊"我在这儿"。两个警察立刻跑上楼去,过一会儿押着一个小伙子下来。小伙子穿着白衬衣,经过我面前的时候,他的一只胳膊露着,从肘部到手指全是鲜红的,在阳光下触目,我想到了"沾血的手"这样的名词,但眼下不是沾血可以比拟的,没有什么可以替他洗刷,他显出一副听天由命的神情。

后来知道,他是租居在村里的外卖小哥,刚才杀死的人是女友。女友提出分手后,他请求约在相邻的小区池塘最后见一面。见面时他准备了一把刀,当最后恳求无效后,把刀插入了女友的心脏。女友失血死亡后,他还在旁边坐了一会儿,被散步的老人发现,直到派出所的人到来,他才如梦初醒似的翻越栅栏开始逃跑，却又放弃了。

我没有看到女友的遗体，公园封闭了几天。再次开放时路过那里，地上还有褐色的斑点，心里一阵发瘆，似乎触碰到了一个完全不同的世界，含有致命的禁忌，不由自主地加快脚步。一直经过了很久，这种感觉才渐渐消除，和地上的斑点一样被人遗忘。这件事的流言也渐渐平息了，像是根本没有发生过，没有人关心那个青年的结局。

我想到他在阳光下被人挟持着走来，伸出那只洗不干净的血手，全然盖住了常年沾染的饭菜气味。虽然在耀眼的阳光下，却处在无法解脱的内心黑暗里。

小区北边有两大片田野，据说是燕丹村民预留的回迁房地基，我初到燕城苑的那个秋天，它无所事事地开着大片的苜蓿花。苜蓿花是紫色的，有点像豌豆，深得像是可以藏住人。花田中被人蹚出两条小路，成了我日常散步的路线。苜蓿田尽头是苗圃。有时我会有种不加价住到了公园附近的感觉。

秋深的时候，收割机开进了苜蓿田，田野四处飘散新鲜草茬的气息，刈割过的草地空空荡荡，散落着从收割机后身断续吐出的草捆，在运走之前会晾上好几天，让我想到英国乡村草场的情形。经过一个冬天的沉寂，春天苜蓿宿根自行发芽抽枝，开放花朵，引来蜜蜂嘤嗡和养蜂人在附近落脚，等待秋天的刈割。

这样周而复始的情形持续了好几年，直到有一年的秋天，耙地机的履带隆隆开进了打草过后的田地，深深掘开泥土和其中的苜蓿宿根，打上了百草枯。那一片田野被拉上了围栏，土地完全变为黑色，裸露深壤，似乎由生机的床铺变为墓坑，准备在处决后掩埋一群沉默的人。准备去散步的我耳膜嗡嗡作响，感到我在这里的好日子似乎是结束了。

但日子仍旧持续下去。谜底揭开，春天田野里下种了玉米，玉米缓慢

293

又按部就班地生长起来，在夏天的烈日下似乎面临焦枯，完全不像会有收成的样子，却终究在入秋后成熟起来，有了第一季的收获。比起苜蓿田的开花来，不知算是有所得还是遗憾。

没想到我会在这座屋子里住了九年，直到电线老化，水管滴漏。近两年酷暑，小区总是免不了短路停电，据说是有人私自给村里的门面接了电线。超过负荷时，池塘边的电压器发出一声巨响，难以形容地刺耳又难受，冒出一团火花，小区顿时漆黑一片。更多时是跳闸，电工房只好安排一个人值班，随时跳了随时推上去，一晚上折腾数次。

2017年7月中旬某天，晚上黑云低压，天空没有一丝光亮，闷热难忍，似乎世界就要窒息。小区再一次短路断电了。我从外面回来，看到小区大门口聚集了黑压压的人群，堵住了马路要求解决问题，区委前来处置的干部坐车被包围在人群中，紧闭车门不敢下来，四周的人喊着说我们的老人小孩都快热死了，他们在车里吹空调，有两个赤膊的人试图去堵住车底的排气孔，被家属拉住。一会儿天空发出震耳的雷鸣，布满了奇怪的闪电，像是一个一个首尾衔接的花圈，又像劈开大地的一道道创伤，瓢泼大雨随即洒落下来，似乎完全是黑色的，伴随着愤怒低沉的雷声。大雨过后气温回落，临近窒息的人们总算感到了一丝清凉，小区的电力恢复，小车才得以脱身，一场群体性事件渐渐平息下去。

最初合租的室友离开之后，青来到了我的生活中。当时她住在天通苑的一个群租房里。我去过她那里两次。三室一厅的屋子里有十个人合租，她住着一个客厅的隔断间，有一个假窗户，一张床，床头抵着电脑桌，桌上有一部座机，她在这里打电话采访和写稿。大白天屋里开着灯，光线完全透不到这里，我担心青骨头里的钙质会日渐流失。我把她接到了燕城苑的房子里。

我们在这里共同度过四年，以后青离开了北京，但偶尔还回来，再后来终究剩我一个人了。我开始听一首花粥的歌《远在北方孤独的鬼》。那些日子，我再次听见保安的自行车在窗下深夜定时经过。再后来装了摄像头，自行车的轮毂声才终于消失。两居室的屋子无人合住，因为寂静显得有些大而无当了。

我感到自己需要一个充气娃娃。这是从一个朋友分享的文章引发的，文章的作者是他的中学老师，老师北漂了三年，没有找女友，用一个充气娃娃陪伴自己，临走时才恋恋不舍地将它扔进了垃圾堆。

虽然燕丹村里有成人用品无人商店，我还是按照偶尔听说的，从淘宝上订购了一个。我让它在空下来的卧房里待了两天，才拆开了包装。略一试用，我感到了后悔。它只是一坨塑料，不管如何设计得像人的样子。

处置它成了一个问题。我不想把它扔进垃圾堆。感觉需要在田野上找个地方埋掉它，毕竟它陪了我一会儿。担心土地坚硬，我另外网购了一套园艺铲。从前我希望购置一套农具，像有些居民一样在苜蓿田周边开拓一小块土地，撒上菜种，现在却是用来埋葬。

晚上我在田野上寻找了不短时间，不知道在哪里挖坑好，哪片土地至少在近期不会被翻动。后来我选中了一片苗圃中两棵树中间的位置。如果人们移走树苗，看起来也不会涉及这里。挖了一个坑，把娃娃泄了气，手脚蜷曲地放入包装箱，有些委屈地埋了下去。

我以为这年春天它总算是安全的。但过了一个月左右，我一时起意去查看，苗圃已经大大变样，新挖了许多大坑，以前的树木被起走，新栽了一批树木，坑挖得比我想象的大很多。我有点提着心走了一圈，没有发现娃娃的头，稍微宽心之余，发现娃娃的学生制服裙挂在一棵新的小树上，不由心里一沉。再在苗圃周边打量，在荒芜的灌木丛里发现了两只塑料腿。看起来是被挖掘机的利齿斩断，被工人抛掷在这里。

我明白了，这片土地上没有任何一块地方属于我，不论是播种庄稼蔬菜,还是仅仅埋下一个充气娃娃。就像我住了九年的出租屋,并不会比第一天和我的关系更紧密一些。

这个夏天,也许我将离开它,再次迁徙。

(原载《芙蓉》2020年第3期)

"黄金时代"备忘录 （2008—2019）

杨庆祥

一

2008年5月19日下午2时20分左右，他抱着一摞书匆匆下楼去图书馆，刚走到篮球场中央的空地上，突然，空中传来警报声，先是细细的短鸣，然后是呜咽的长鸣，他立即明白这是为一周前"5·12"汶川大地震的遇难者致哀。他停住脚、立正、低头。周围有寥落的几个人也和他一样，这个时间点，同学们要么在教室上课，要么还在宿舍里睡午觉。高大的乌桕树在烈日下懒洋洋地耷拉着叶子，人和人的遭遇是如此不同，那些在汶川大地震中失去生命的人已经从这个世界上消失，一场猝不及防的灾难，一种猝不及防的命运。他想起"5·12"刚刚发生之时，网上的信息铺天盖地，他在简陋的博士生宿舍里经受着心灵的剧震，然后反应过来应该做点什么……为了那些受难的同胞？为了可怜而无助的人类？他打电话给几个好友，商量是否要去灾区做志愿者，并开始计划行程。但随后的新闻提醒非专业者不要前去灾区，以免带来更多不必要的危险。后来他在一本书（杨庆祥《80后，怎么办》，北京十月文艺出版社，2015年）里反思了这种冲动，觉得这是一种"希望见证历史现场"的参与渴望——其实不过是历史虚无的反面。但是在最初的动机里，却好像确实是想做点什么，不是为自己，而是为他人，虽然最后也不过是捐了一点钱——当然那个时候他是个穷学生，每个月的生活补助是290元，其他的生活费用都得靠自己用课余时间去挣。

大地震对他来说究竟意味着什么？从现实的层面看，好像什么都没有影响到他，他没有任何朋友、亲人生活在地震灾区。唯一的是，在一次旅行中他和女友认识了另外一对情侣，那几天他们一起结伴游玩，相处得比较愉快。那对小情侣中的女生来自四川，地震发生后，他的女友给那个女孩发了短信问询情况，但一直没有收到回复，也许她果然遭遇了不幸，也许是不想回复一条其实有点陌生的信息。在多年后的一篇文章（杨庆祥《九十年代断代》，收入《鲤·回到2000年》，民主与建设出版社，2019年）中，他将地震与北京奥运并列，并认为这是"大地法"对"强权法"的一次撕裂。是的，地震对于他，更是一个想象的中介，他感受到的，并非具体的丧失，而是作为人类某一部分的丧失，同时他也痛心于同时代的思考者并没有借助"大地震"的痛感建设出一种属于此时代的哲学。他一度想组织一个学术讨论，题目都想好了：大地震之后，我们的秩序和责任。但是直到十年后，这个学术讨论依然没有进行。巧合的是，在2019年的一次出国访问中，他认识了日本东京大学的教授石井刚先生，不知为何话题就谈到了大地震，对日本人来说，大地震构成了生命的内在经验，他在石井刚教授的一篇文章中更是读到了一个人文学者如何将经验思考为哲学的方法：

如何用语言来叙述或者记录灾难？不，为什么需要用语言来叙述它？危急关头语言还能有何作为？……她感叹的不是在灾难面前不知所措的失语状态，而是灾难带来的人心慌乱和现代传媒体制的虚拟品质导致的语言名实关系的严重失序。……既定秩序突如其来的毁灭出乎意料地给人们敞开了重建语言、重塑"我们"世界的难得机遇。……为了重塑世界，能起到关键性作用的重要触媒乃是与他者的邂逅。但与他者的邂逅又绝非易事。（石井刚《实践的思想，思想的实践：有关个体生存的追问及"我们"的时代》，收入石井刚《齐物的哲学》，华东师范大学出版社，2016年）

是的，汶川大地震让他意识到了一个重要的问题，就是大地震以及与此相关的重大事件所应该带来的"与他者的邂逅"在他生活的语境中并没有发生，或者说，也许发生了一点点，但迅速被体制化了，或者被刻意地压抑和遗忘。大地震构建了一种新的"国民想象"，他由此感受到了与陌生他者之间的精神联系，但是这一联系迅速被媒体的话语转化为一曲赞歌，连足够哀悼的时间都没有留下来。对一个个具体的人的同情和爱被转化为对抽象的信仰和共同体的爱，这中间缺乏足够人性的逻辑。他想得起来的一个比较人性的故事是，他认识的一位女记者，在地震的现场采访了几天后回来，从此几乎不出席任何北京的文化活动，偶尔的几次见面，也沉默寡言。他从心里对这位记者充满了尊敬，这种尊敬随着时间的推移变得更加坚固。

事实是，2008年的痛感很快在灾后重建的希望和北京奥运的亢奋中被稀释。整个8月，他每天站在宿舍的窗户望着楼下的操场，上面停满了大巴车，成群结队的奥运志愿者穿着统一的服装在此早出晚归，这里面有他的老师、同学和朋友，他没有参与其中。他在宿舍里打开一本书，在重要的话下面画线，去难吃的西区食堂吃一份回锅肉盖饭。

无论如何，大地震和北京奥运，既构成了终点，又构成了起点。

二

2008年年底他没有回安徽老家过春节，理由是要留在学校写博士论文。那个时候他确实在为写论文而努力，但也不至于殚精竭虑。但他看起来确实像一个刻苦攻读的清贫学子：穿着黑色的贝斯手款的短夹克衫、蓝色牛仔裤，无论多么冷的天都拒绝穿秋衣；头发稍微有点长，脸庞瘦削，看起来有点营养不良；会在宿舍楼下抽几根"中南海"，但从来没吞进过肺里；偶尔会出现在三里屯的某家酒吧，他只点一种叫"自由古巴"的鸡尾酒，不是因为好喝，而是因为对切·格瓦拉的一种盲目的少年的热爱。他在格瓦拉逝世的某个周年纪念日写下了一大篇纪念文章，称呼切为"导师、战友和大哥"，文章中充满了臆想的激情和小资产阶级的自恋。他有一个英文名字——Chey，词根即来源于切·格瓦拉。他同时将这种想象转化为实践，在一次反对学校宿管科禁止女生自由进入男生宿舍的事件中，他成了校园BBS上最热情的游击队员，他甚至征用了法国五月革命的先例，呼吁抵制"集中营式"的管理制度。他的热情得到了一位法学院博士生的全方位支持，那位法学博士在他的每一条帖子后面跟上一份法理清晰、论证严密的法理技术帖。事情的后果是，他和那位法学博士都受到了学校相关部门的传唤，但是门禁制度也因此搁置。多年后他走过自己曾经住过的宿舍楼，发现已经门禁森严，不禁为自己当年的勇敢而暗生骄傲。这是因为切·格瓦拉的影响还是因为少年的血气？并不确定。虽然后来在陆续的阅读中读到了越来越丰富复杂的格瓦拉形象，但是他依然选择相信那个他最初热爱的切。他在博士宿舍的书桌前，贴了一张切的海报：戴贝雷帽，眼睛斜睨，嘴里叼着一支香烟。他就在这不驯服的眼神的注视下完成了博士阶段的全部学业。

他现实中的导师是一个温和、宽容、乐观的学者。他们共同商定了他的博士论文选题，他一稿即获得了导师的首肯。但是他总觉得导师是被论文最后一页致谢词打动了，尤其是写给时任女友的几句："我的父母将我托付给你如托付一个孤儿。"——整个致谢词他娴熟地使用了第二人称，以此来加强语感的恳切性和抒情的可信度，他知道即使是答辩委员会的专家们，也大概是从致谢词看起，更不用说他的那些可爱的师弟师妹们。作为一种奖掖和信任，他的导师为他举行了一场隆重的博士论文答辩会。博士论文答辩委员会的常规体例是由五位教授组成，他的博士论文答辩则有十几位一线教授到场，以至于答辩会几乎变成了研讨会，他基本上不用回答什么问题，因为教授们已经在各自的逻辑里展开了学术的搏击。他坐在那里想到的却是另外一个场景：某个下午他和一位顶尖大学的著名教授聊天，暮晚时分目送这位教授离去，突然觉得这位教授的背影如此孤独，孤独得让他不太相信学术能够完成对生命本身的救赎——是从那一刻起，他感受到了一种命运的悖论吗？后来他在电影院看《妖猫传》，最打动他的一句是师傅临终前对空海说的话："空海，我穷尽一生也没有得到超脱，你去大唐寻找真正的秘法吧……"

可是真正的秘法在哪里？是文学吗，成为一个诗人？是学术吗，成为一个学者？他记起来在十一岁的时候——那是1991年，社会转型的序幕即将拉开，数代人的迁徙和漂泊即将开始。在那个巨变前难得的平静中，在故乡的大湖边，他问父亲："艾青的诗和普希金的诗，谁教会我们更多？"他的父亲好奇地看了他一眼，回答说："都差不多吧。"这不是他需求的答案，但那个时刻他已经清楚地明白，拥有中师学历的父亲无论从任何一个角度都已经无法提供更多的精神滋养了。红鼻子哥哥的故事一去不返，他必须独自穿过生命的森林。在2009年他博士即将毕业之际，他发现自己再一次陷入困惑之中，生命的秘法何在？虽然时代的喧嚣一次次将这个问题覆盖，但又总是在某个时刻涌现出来。

在2009年的7月和8月，他似乎短暂地回到了那个平静的"大湖时刻"，他顺利毕业并顺利就业，成了一位新入职的大学教师，在一栋旧楼里有了一间办公室，他将所有的书都堆在办公室里，阅读，记笔记，写论文，吃食堂，穿运动短裤去操场跑步，将脚搭在桌子上，喝很甜的汽水饮料，夜深出门上厕所发现钥匙放在室内了，然后纵身从门上面的半扇窗户里爬进去……

有一天，一位好友从海边给他带来了一枚小小的海螺，然后坐在他的对面，静静地看着他。等他想说点什么的时候，好友突然起身就走了，他从窗户里望见其身影经过孔夫子的塑像，他打电话，已经是拒接的忙音，自那以后，他们再也没有见过。

也是在那个月底，他的工资卡收到了入职以来的第一笔工资，12000多元，三个月。

三

晚十点，一阵不急不缓的敲门声突然响起，正在看书的他抬起头，侧耳倾听，没错，是有人在敲门。他心中一阵疑惑和激动，难道是有好友要深夜来给他一个意外的惊喜？他匆忙整理了一下发型，然后向客厅走去，推开门，一个高大魁梧的东北大婶站在门口："小伙子，你家门钥匙忘记拔了，你看……"果然，钥匙连着钥匙包一起挂在锁眼上，显然是傍晚进家门时忘记了……这是2011到2015年他住在京郊日常生活中的一幕。

在他埋头追求知识和真理的那几年,北京的房价以倍数增长,并迅速将绝大部分人变成了"房奴"。他曾经听闻,楼上某系的一位博士生,读书期间醉心于折腾房子,毕业时已经身价千万。关于房子的想象和叙述构成了二十一世纪初中国最大的创世神话——一房在握就可以傲睨天下。他是这一神话中的一个单词,但是他以极大的冷静观察并思考,他的切肤之痛并不在于"安得广厦千万间,大庇天下寒士俱欢颜",他没有那么肤浅,他关切的核心是在此重压下精神的萎缩和意志的溃散。事实正是如此,在懵懂地对资本的追逐和拥抱中,不是一代人,而至少是三代人丧失了基本的自由和独立。他诚实地表达自己的这些感受,并不惮于引起误解和非议,他深深地知道,与那些苦苦挣扎却不能发出任何声音的人相比,他其实要幸运得多,他不能愧对这一幸运,"一个痛苦的人有权利尖叫",他认为阿多诺的这句话在一定程度上是对的。

2011年他沿地铁4号线一直往南,想寻找一个稳定的居所,最后在清源路附近购买了一套两居室。他给自己的理由有如下几个,第一,他需要一个有书架的房间,这样才可以将堆积在办公室的书放好以便阅读;第二,他需要一个能每天洗澡的地方,这样他就不需要经常混迹于学生公共浴室,有几次他在浴室和所教班级男生赤裸相对,场面一度尴尬,据说事后还有男生将QQ签名改成"见过某老师裸体的人";第三,他认为这里的房价偏低,可以承受还贷的压力,其时该地段均价在12000元左右,比起三环内动辄5万起确实便宜很多。当然这再一次暴露他文科生的非经济的一面,因为事后证明,三环内均价5万的房子很快就涨到了10万多,而他那个地段直到四年后他卖掉房子的时候也仅仅徘徊在18000元。

那一段时间他大部分的诗歌写作都是在地铁上完成的,从他的住处到单位,单程通勤九十分钟,开始的时候他以为可以在地铁上读读书,后来发现并不可行，即使是非高峰时段，地铁上也很少能找到位置，用手机写诗是最合适的方式。他常常在地铁站簇拥的人头中产生错觉，以为置身于某一场灾难大片，人类被魔灵附体，然后僵尸一般地蠕动。他收集了一些地铁安全的常识，并在背包中常年准备了手电筒，他在地铁上见过打架、抢座、乞讨、亲吻、晕倒……那是人世间的各种情态，像一帧帧电影的断片，其中最激烈的形态，是2014年11月6日，33岁的手机销售员潘小梅在地铁5号线惠新西街南口站被卡在列车门和屏蔽门之间，不幸坠入地铁轨道，当场身亡。他并不认识这个小他一岁的年轻母亲，但是他感受到了肉体在钢铁挤压下的巨大疼痛，他写了一首诗歌《潘小梅——给所有地铁上的死魂灵》。那个"大湖之问"再次逼问他，在现实的残酷和暴虐面前，真理究竟意味着什么？多年后他看到伊壁鸠鲁学派著名的"神义论"：如果神能拯救但不想拯救，说明神是坏的；如果神想拯救但不能拯救，说明神是无能的；如果神不想拯救也不能拯救，说明神是又坏又无能的；如果神想拯救又能拯救，那么，请问世间为什么有这么多不幸？

他不能回答这个问题。在最开始的教学中，他恪守着韦伯所强调的职业道德，坚持在课堂上仅仅讲授"客观的知识"，并不带有个人的伦理好恶和道德判断。但是他很快发现了这里面的自相矛盾，缺乏伦理学和道德性的知识更接近真理吗？事实可能相反，不但不能接近真理，甚至在一个高度景观化和仿真化的后媒体时代，连"真相"都无法接近。他意识到那些经典思想者们同样陷入无穷无尽的分裂，韦伯一方面强调职业的伦理，以学术为志业，另外一方面又教导学生应该做一个真正的"政治人"。看似普遍化的知识背后，又何尝不隐藏国籍、民族、性别和阶级的建构？有一段时间他迷恋福柯，试图将一切观念进行权力的图谱离析，学校这一高度现代性的共同体给他提供了绝好的分析样本。他从初中就开始上寄宿制学校，经历过"半监狱式"的管理模式，在2003年席卷全国的"SARS"病毒中，他和他的同龄人被"圈禁"在校园内，其中一座楼专门用来隔离有风险的"疑似感染者"，他曾经在楼下用呐喊的方式和那些"疑似感染者们"对话，安慰他们的恐惧。那个时候只是觉得理所应该，还有点受虐式的激动；后来想起来，这里面的驯化机制是多么地"福柯"，又是多么地"现代"。到了2019年，他有一个更深的感受：任何一个维度上的权力都勾结起来了，这些维度包括技术、商业、政治、学术、科层、媒体。

从驯化的制度结构上看，教师构成了其中重要的一部分。他无比警惕这一权力的内在化，因此他与学生保持着一种有效的距离——这距离使得他可以最大限度弱化权力可能产生的歧途。比如他几乎不在私人场合见学生，不干涉学生的任何私生活，也很少和学生做与工作学习之外的交流，当然，他也同样不让学生进入到自己的私人领域——一个现代人必须在最大限度上保持自我的秘密，这样才能得以"精神保全"，这是西美尔在《大都市与精神生活》里面提供的方法论。他确实更喜欢大都市的生活，因为那种陌生性带来了安全感，但是随着人脸识别技术的普及，这一安全感还存在吗？但即使大都市或者由大都市所主导的社会体系提供的安全感越来越稀薄，也不意味着他愿意去人群中寻找团体主义的安全。他几乎不参加任何集团性的活动，东亚的文化结构，从血缘出发，建构了强大的集团性的关联，即使在遭遇现代性强烈冲击后的一百年，这种集团性也没有彻底瓦解，反而在不同的管理体系里面得到变形的应用。日本学者丸山真男在讨论日本思想史的时候曾经提出过"自然"和"作为"的二分法，"自然"即服从既有秩序，"作为"即以个体意志改变秩序，丸山以为日本人的思想状态一直没有摆脱"自然"的状态，并将其称为"执拗的低音"。(丸山真男《日本政治思想史研究》，王中江译，北京三联书店，2000年）但是丸山可能没有意识到的是，在古典秩序下服从"自然"固然使人处于"蒙昧"状态，在现代秩序中"个人作为"如果缺乏伦理的边界，同样会造就野蛮——一种施特劳斯所谓的现代单一性野蛮。他拒绝任何意义上的"野蛮"——野蛮不仅仅是指集中营的杀戮，在更日常的层面，它指向的其实是在"与他者的邂逅"中的"自我失控"，充满占有欲的恶意往往能被意识到，充满侵略性的爱意却往往被冠以美好的含义，在他看来，后者不过是一种媚俗。他试图在历史主义和现实主义的双重层面上拒绝媚俗，这让他在生活中看起来有些不近人情，他尤其讨厌公开的眼泪、曝光的幸福和宣传的成功，而这三者，恰好是这个世纪的口红。

真理如果确实存在的话，它只能是个人的，在一个商业和网红互相献媚的时代，这是多么痛的领悟。

四

2019年7月的暑假，他抽空回了一趟老家，主要是扫墓和看望几位家族的长辈。老家位于皖西南一隅，是安徽、江西和湖北三省的交界处，从合肥驾车，大概有三个小时的路程。他特意叫上父亲陪同，因为他几乎不知道家族墓地的具体位置和那几位还活着的长辈的住处。他们顺利地抵达了家乡，但是发现并不能到坟前跪拜，因为遍野丛生的荆棘和树木将乡间的小路全部填满了。这在十几年前是不可想象的事情，那时候乡村人口众多，长年缺燃料，听父亲说，连地上的草皮都要挖起来晒干储备以防不时之需。他们只好遥拜，敷衍了事。他还惦记着去村里的老屋看一眼，却立即被父亲阻止，父亲不停抱怨说太热了，抓紧时间回去吧。很奇怪，父亲似乎非常厌恶乡村，2008年，父亲力排众议在县城买了一套房子，几年后，在他的建议下，父亲将县城的房子卖掉，在合肥置换了一套二居室——这样，父亲"进城"的理想彻底实现，他也少了一些后顾之忧。他有时候能从父亲身上看到一点点高加林的影子，《人生》的结尾，高加林最后回到了高家村，如果现实中的高加林继续生活下去，他最平凡的结局，大概也就是像父亲这一代人一样吧。

那天他们还在县城的一个小巷子里匆忙看望了一位老人——父亲的姑母，他的姑奶奶，已经年近八十，他几乎有近十年没有见过这个老人了，寒暄几句后，老人流着泪蹒跚着送他们一行出了小巷，三个月后，她就辞世了。在回去的高速路上发生了一个小插曲，号称最安全的沃尔沃V6系SUV毫无预警地左后轮爆胎，幸亏驾驶员是军人出身，沉着冷静，又幸好离一处高速服务区不远，没有酿成大的事故。父亲后来心有余悸地自责说："可能是祖先们觉得我们的心不诚啊。"

他当然不会有这种"非现代"的想法，但是他内心的秘密却也没有告诉别人，他回乡扫墓的一个主要动因，是在北京有一晚做了一个梦，梦见早已逝世的祖父牵着他去给更早不幸逝世的姑姑上坟，他从梦中哭醒，感觉到死亡原来其实是他身体的某一部分，只不过是，他在日常的琐碎中将它压抑了。家族和乡土对他来说是无比典型的"侨寓情绪"的投射，他从来没有想过真正回到乡土生活，他这一代人，已经基本上失去了在乡土生存的能力。他也从内心里排斥那种浪漫化或者苦难化的乡土美学，但是不由自主地，在夜深人静的时候，他又常常回想起他曾经生活了十来年的那块地方，具体来说是度过他童年时光的大院落，里面种满了各种花；院落前面的大河，他曾在里面浮游；还有远处群山的倒影，朝霞和夕阳，满天星斗……至于这里面的具体生活的细节，人间的哀乐，他全然不知也毫无兴趣，这是他和父亲的区别，父亲知道这是幻觉，所以坚决地逃离绝不回头，而他，却一直对这一幻觉念念不忘——他有时会陷入他自己的媚俗。

另外一处媚俗就是,他不可避免地进入了家庭生活。在现代政治的架构中,有两个利维坦。一个是全能型的政府,另外一个则是全能型的小家庭。在某种意义上,后一个小利维坦是前一个大利维坦的分子结构。他读过阿兰·巴丢对小家庭的哲学批判:"一个小爸爸,一个小妈妈,一个小宝贝。"——一个典型的小资产阶级的家庭,私有制和成长规划在此获得具体的生命形态,并最终为那个大利维坦效用的发挥输送意识形态。他曾经抵抗这一形式,但终究是被卷入进去,并同样从阿兰·巴丢那里找到了相互矛盾的理论支持——"爱是最小的共产主义。"(阿兰·巴迪欧《爱的多重奏》,邓刚译,华东师范大学出版社,2012年)2013年4月的一个中午,女儿出生了,在喜悦的同时他隐约有一丝的茫然,这一茫然保持了很久,很长一段时间他觉得他和女儿相互不需要。他并没有从生命延续这一基本的命题去理解女儿的出生,他更愿意将她视作一个潜在的精神对象,他可以和她进行真正的精神交流——他设想过的最媚俗的一个场景是在《大卫的伤疤》里面读到的:在清晨或者黄昏的阳台,他和女儿一起读一部真正的圣书。如果他的女儿此时和他讨论真理之道,也许,他可以回答得更加圆满——至少好过他父亲当年对他的回答。但是这一天并不知道什么时候能够来到,目前的情况是,上小学一年级的女儿对玩具、美食和小游戏的兴趣远甚于阅读,他们有时候能够和平共处,但有时候他会失去耐心,他最害怕女儿说的一句话是:"爸爸,陪我玩……"

五

2019年是一个谶言,充满了无限的可解性:1月,美国政府停工长达 22 天，创美国建国以来历史纪录。2 月，特朗普与金正恩在越南河内会晤，引发各种政治预测。3 月，埃塞俄比亚一架客机失事，死亡 157 人；同月，新西兰清真寺发生恐怖袭击，凶手现场射杀 50 人。4 月，人类捕获第一张黑洞照片；同月，巴黎圣母院大火，损毁严重。5 月，委内瑞拉政变失败。8 月，美国正式退出《中导条约》；同月，亚马孙森林大火，至少 50 万公顷森林被毁。9 月，沙特石油设施遭遇不明无人机袭击，美国和俄罗斯互相指责对方。10 月，中华人民共和国建国 70 周年，在北京天安门广场进行了规模浩大的阅兵式和群众游行。12 月底，中国武汉发现"不明原因肺炎"……

他试图从这些事件的列表中找到什么。他记起 2018 年年底他在香港参加一个国际会议，在聚餐后返回酒店的巴士中，牛津大学出版社的一位著名出版人问他最近几年在思考什么问题，他沉默了一会儿，回答说：时代精神。是的，这是他作为一个知识人的思考重心。他理解的时代精神不是一个空洞的大词，他追求的目标是对黑格尔一句话的修正，黑格尔在《哲学演讲录》的开篇中指出"时代的琐屑阻碍了对时代精神的探求"，他认为不是，恰好是在时代的琐屑中才能求证时代精神的复杂性，但即使如此，他也依然对这十年发生的一切充满了困惑。2019 年加深了他的不确定和不自信，他引用老巴尔扎克的《萨拉辛》来为自己的不确定狡辩：当下的时代精神就是一个萨拉辛式的存在——萨拉辛的隐喻是，一个被阉割的主体，一个无法确证自我身份的非在，一个让人爱憎交织的大他者。还有比这更无力更苍白的辩解吗？他清楚地意识到，作为这一代的知识者，他是失败且犬儒的：他既不能完成对"真理"的探究，也无法说出现象层面的"真相"，他甚至都无法记录"真实"以备忘于历史。

2020 年 1 月，美军成功"定点清除"伊朗军队 1 号人物苏莱曼尼，美伊局势紧张。在一个人文社科知识分子聚集的小微信群里，一位编辑发了一条求助的微信：有对美伊关系有话说的老师吗？群里一片死寂——甚至连简单的道德表态都没有。他想起1936年西班牙内战爆发不久，中国的知识分子如巴金、徐懋庸等就展开了热烈的争论，并直接影响到那代人的精神结构和志业选择。八十年弹指一挥间，互联网时代的便利资讯并没有让大脑变得更加有智识和更有道德热情，相反可能是一种退化，智识和大环境都在鼓励一种谨慎的专业主义和保守主义——同时也是一种狭隘主义。

他不无悲哀地发现了这个事实——精神意志松弛了，不仅仅是他一个人的单数，而是一代人的复数——这是一个无比诡异的悖论，物质的意志亢奋激昂，精神的意志萎靡虚弱；集体的意志所向披靡，个人的意志一败涂地。

这算得上是时代精神的一个表征吗？他依然不能给出确定的回答，但是他意识到了，如果前者意味着一个黄金时代，那么，因为后者的缺席，这一黄金时代始终是在跛足而行，并在2019年的语境中走到了终点。

2020年1月底，被命名为"2019-nCoV"的新型冠状病毒蔓延，1月23号，疫情最严重的中国最大的省会城市之一武汉宣布"封城"，随后，各省纷纷启动公共卫生事件一级应急响应，大量的疑似病人被发现并确诊，截止到2020年2月2日上午11点，大数据显示中国确诊病例14411，疑似病例19544，死亡人数304，治愈人数333。除此之外，亚洲、欧洲、北美洲、大洋洲等均发现数量不一的确诊病例。

与1998年的大洪水、2003年的"非典"、2008年的大地震，还有发生在他有生之年、未生之年的各种灾难性事件一起，灾难自行构成了一个负典的谱系，在这个负典的谱系里，他隐约窥见到了一种"密契"：那是两个全能者之间的交换，好的全能者和坏的全能者。而作为普通的生灵,他并没有权利去标价。他渐渐发现所谓真理其实也是一个坏词,真正值得珍惜的,只剩下信或者不信的举意。

于是,这个出生于公元1980年代的中年大叔,这个"千禧年一代",在持续盘旋的第二个千禧年魔咒和梦魇中默默对自己说:

——Ataitu,我来了……

——Volo,我愿……

(选自《中华文学选刊》2020年第7期,
原载《天涯》2020年第3期)

祖 巷

王剑冰

一

来到珠玑巷的时候，就望见了一幅画，画面中有蓝色的河，白色的墙，黛色的瓦。农家正在晒谷，金灿灿一片，从这边铺到那边。浅月挂在天穹，等着与太阳轮岗。远处是水缠绕的田野，有人还在收割，稻浪起起伏伏推涌着，鸟儿在上边撒网。再远是绿色的群山，苍茫无限远。

谁能想到呢，这里，就是当今广府人及海外华侨的发祥地，被称为"祖巷"的地方。

横亘粤桂湘赣边的山脉，古称五岭，东首的大庾岭，为广东与江西的界岭，长期阻断了两地交通。按照以前的说法，大庾岭以北统称中原，以南则称为岭南。巧的是，岭北为章水之源，章水入赣江再入长江，溯水至重庆，顺流到上海。岭南则为浈水之源，浈江与武江在韶关汇合为北江，而后入珠江，通广州，达云贵。由此可知，打通了大庾岭，便打通了中原到岭南的通道。始皇帝嬴政深知这一点，统一中国后，选择在大庾岭中段的梅岭劈道开关。

多少年过去，故道已不堪行走。到了唐代，张九龄接受使命，继续在梅岭开山辟路。他的家在岭南曲江，祖上过梅岭的艰难，让他对这条路的重要性再熟悉不过。这样，扩通的梅岭一度成为连接长江、珠江两条水系最短的陆上要道。中原内地和岭南地区的货物输送，人员的往来走动，无不得益于这条古道。史书曾记下当时的热闹场景："商贾如云，货物如雨，万足践履，冬无寒土。""诸夷朝贡，亦于焉取道。"跟着热闹的，还有岭上的梅花，每至严冬，银装素裹，馨香阵阵。

过来梅岭20公里的珠玑巷，也成为了热闹之地。歇脚的、留宿的、久居的，酒肆客栈有二三百间，山珍杂货、当铺票行、粮草药材、布匹烟叶应有尽有，据说商贩和居民多达千户。

唐宋至元初，世居中原的汉族曾经多次大规模迁徙，避难者有黎民百姓，也有文官武吏。一些人选择往南，他们越过黄淮，越过长江，能安身则安身，不能再顺着赣江走，赣江到头，弃船上岸，遇到梅岭也只得翻过去，翻过去才能知道未知。

张九龄的祖先便是较早翻越梅岭的人。他们逐山而居，再不受惊惶与排斥。还有一些身份特殊者，也在古道留下了沉沉的足印。苏东坡被贬惠州先行走过，数年后又从这里返回，在岭头的村店休息时，与一位老人感慨有赠："问翁大庾岭头住，曾见南迁几个回。"禅宗六祖慧能从中原来，带着五祖传下的衣钵，也曾在梅关停留。之后，他到了曲江的南华寺讲经说法，把自己永久留在了那里。

还是把目光移到那些人身上吧，那是一群历经数月艰辛的茫然者，本就遭际了各种各样的磨难，饱含着苦痛与无助，家的概念，越往南越空。却没想翻过大庾岭，有个珠玑巷等在那里，就像雪中的炭屋。无论哪个屋门开启,都会有一张笑脸相对,有些还夹杂着熟悉的乡音。家的感觉复苏了,珠玑巷周围,又多了一些垦荒者。

如此,珠玑巷与梅岭,就构筑在同一处审美坐标上。一千多年来,珠玑巷聚拢了多少中原人?数不清了,时间留下的姓氏就有174个,这些姓氏的后代更是多达7000余万,遍布海内外。百家姓够多够全了,超过170个姓氏的集合,完全是一个人间奇迹。难怪他们寻根觅祖时,会说远方有一棵大槐树,近处有一个珠玑巷。

二

进了村子就看到了高高的牌楼,上面写着"珠玑古巷 吾家故乡"。我先见到了家乡的花,艳红艳红的,有点儿让人怀疑是假的,一问,洛神花。中原都没有听说过的花,在这里开得这般好。守着花的女子说,这种花富含氨基酸,剥开花瓣泡水,对人好着呢。

八百多年的驷马桥卧在彩虹里,桥下一道水,流得更久。石雕门楼框着悠长的古巷,巷道铺着石子,凸凹的感觉,透进脚心。雨和尘沙,会顺着凹痕滑走,滑走的,还有轰轰烈烈或平平淡淡的时光。

明清时期的老宅子,有些挺立着,有些歪了肩角。灰薄的瓦,干打垒的墙,墙上刷的白灰,掉了一半的皮。一口"九龙井",依然清澈甘冽,酿出的酒、沏出的茶都味道醇厚,制出的豆腐也嫩滑爽口。

慢慢地发现,这些拥挤的房屋都有极高的利用价值,不唯是生活功能,还有团结功能。瞧,屋头大都贴了祠堂的名牌,这边是谢氏祠堂,那边是彭氏祠堂,彭氏旁边是杨氏,杨氏旁边是冯氏,然后赵氏、钟氏、赖氏……

如何有此密集的祠堂?问了县史办的李君祥才知道,最近一个时期，前来认祖寻亲的特别多，来了到处打听，七嘴八舌的说不清楚，于是在街上设立了姓氏联络点，以方便远道来的老乡亲。

我随脚踏进旁边的谢氏祠堂。阳光从祠堂后面照进来，满屋亮堂。房屋设计很讲究，会在后方为太阳留下通道，中间为雨水留下位置。这样的老宅气韵祥和，舒适透爽。一侧的墙上贴着红纸，上边写着人名。一位老者从后面走出来，还没看清脸面，先见到露齿的笑，说来了，谢家的？我说是来看看。老人叫谢崇政，75岁了，三个孩子都在外地，自己与老伴在这里，没什么事，就帮助谢家迎迎客人。说话间我已经明白，墙上的名单，都是最近前来认祖的。

告别老谢出来，闪过诸多门口，右手一个门脸扯住了脚步。门上错落画着一个个方框，每个方框颜色各不相同，在巷子里很是扎眼。正奇怪，一个女孩从里面出来。女孩叫刘琼，高中毕业后嫁在珠玑巷，夫家姓徐，想干点儿事，就盘下一个门店，卖些跟古巷有关的物件。我说门上的色块很吸眼球。刘琼说随便想的，还要在这些色块里写上各个姓氏。哦，仍然同珠玑巷的特色一致。

前面又出现了一座门楼，供奉着太子菩萨，上面的石匾题为"珠玑楼"。门楼两旁，有不大的摊子，摆着细长的卷烟，竟然叫"珠玑烟"。摊后的女子说，珠玑巷早就有种烟的历史，自家的烟叶收了用不完，便学着做卷烟，就地消化。巷子里还有不少卖腊鸭的，一排排腊鸭挂在阳光下，泛着油亮的光彩，而且都标着是"腊巷"的腊鸭，一问，腊巷就是珠玑巷的一条街。这让我立时想起前两天遇到的老者，难道他是珠玑巷人？

我来时，卧铺外边走廊上一个小女孩让老人跟着她学诗，老人总是说错，小女孩就一次次地教。慢慢知道，老人是在为儿子带孩子，他不习惯守在高楼上，便带着孩子回老家来。小女孩长着一双明亮的大眼，蓄一头短发，很是可爱。当了好一会儿学生，爷爷说，我来说一个，你也跟着

学,爷爷就一句一句地说着当地的土谣:

> 月儿光光照地塘,
> 虾仔乖乖训落床。
> 虾仔你要快快长,
> 帮着阿爷看牛羊。

小女孩真学了,学的腔调也跟爷爷一样,引得大家发笑。后来知道他们也在韶关下车。这小女孩叫安安,她说爷爷家在居居。我问老人"居居"在韶关哪里,老人说在南雄。我恰巧要去南雄。老人说,欢迎你到我们村子去看看,现在外边来的人可多了,还有旅行社的。后来才知道,老人的口音被误听了,比如说村里的人"不傻",实际上说的是"不少"。那么,老人口中的居居巷,可不就是这个珠玑巷!老人说他们那里的腊鸭誉满岭南,只有"腊巷"的人做的腊鸭才正宗。老人说他姓刘,一个村子以前有一百多个姓。当时觉得他过于自豪,现在明白他讲的是实话。

我便有意去寻找刘氏祠堂。

这是古巷较大的一座祠堂,深而广,屋顶的天窗不止一个。阳光射进来,里面显出明明暗暗的层次,案子、条凳、廊柱、匾额,使得整个祠堂器宇轩昂。我们进门的时候,一个女子从旁边跟进来,显现出友好的热情。她姓沈,嫁到了珠玑巷的刘家,有两个孩子,大孩子已经24了,在外边打工,小的在镇上读小学二年级。她说祠堂是刘氏宗亲举行大事的地方。她1994年结婚,也是在这里摆的酒席。娘家在60公里外的澜河镇,当时条件不像现在,夫家只是租了辆面包车和工具车,面包车接新娘,工具车装嫁妆,直接到祠堂里举行婚礼。她和丈夫是打工认识的,现在丈夫还在打工。我问刘姓在珠玑巷有多少人,回答是十几户。

李君祥说，珠玑巷的人渐渐迁出去，现在留下的还有350多户，1800多人。十几户也不算少了，刘、陈、李、黄都属于大户。

为何一个女人家，在这里照料祠堂？她说现在留在家里的人少，又不能冷落了那些外来认祖的乡亲，就商量着一家出一人，一人管一年。问她可有劳务费？她笑了，说给什么钱，都是自家的事情。我也笑了，问可认识一位姓刘的老者，刚刚从湖北接孙女回来。她摇了摇头，说没在意。我突然想起来，说女孩叫安安。她还是摇了摇头。

巷头汪着一泓水，水边一棵古榕，铺散得惊天动地。水叫沙湖，连着沙河，水从桥下流走，顺着古巷流到很远。沙水湖北畔，有个"祖居纪念区"，区内一座座新起的祠堂，有陈、黄、梁、罗、何等几十姓，各姓宗祠风格各异，气势雄伟。李君祥说，外边来的人多，来了都有捐助，原来的祠堂都小，举行什么仪式摆不开，就建了新的。这些祠堂都是仿古建筑，有的还立了牌坊，哪一座都比原来的宏阔。

转到黎氏祠堂，石牌坊那里，我看到一位老太领着一个小女孩玩，小女孩要挣脱老太去追一个男孩，老太拉拽不住，便放了手。我忽而醒悟，难道老者说的不是姓刘而是姓黎？我上去叫了一声安安。小女孩回头来看，还真的是那个安安。安安好像记不起我是谁。我就念：朝见黄牛，暮见黄牛……小女孩终于想起来了，说你来找爷爷玩吗？我说是，我就跟赶过来的老太说起火车上的事情。老太似听不大懂我的话，我问老太是安安的什么，她说是婆婆，后来才明白是安安的奶奶。小男孩把安安拉走了，奶奶又紧忙跟去。

我很想见到那位老者，我想问问他，为什么他祖上没有离开珠玑巷。当然，他也会说这里的水土好，人脉好，留下自有留下的好。

离开有些热闹的街巷，深入进去，便看到了生活的自然。那是岭南特有的乡间景象。长叶子的芋头，在土里不知道有多大。开花的南瓜，一个个垂挂着，无人摘取。墙上翻下的植物，像仙人掌却不长刺。秋葵顺着高高的枝，独自爬过了墙头。一种叫青葙的植物，下边白，上头一点红，蜡烛一般。

一个个门内，都干净整洁，有的院里晒着辣椒，红红黄黄的，好几摊子。有的门通着后边，过去看，一间间住房都有人。见了，热情地招呼，问来自哪里，姓什么。

树也多，除了认识的樟树、榕树之类，有一种树，满树黄，以为是叶子，其实是花。还有一种树，扑棱一身粉白，说是叫异木棉。

三

这里不产珠玑，也不是贩卖珠玑之地，何以叫了珠玑巷？可以肯定地说，珠玑巷的名字是有来头的。

还真是，珠玑巷原名敬宗巷，改成现名有两种说法，一个是说唐中期敬宗巷人张昌，七世同堂，和睦共居，声名远播。皇帝闻说，赏赐给张昌一条珠玑绦环。后来这位李湛皇帝驾崩，被赐庙号敬宗。为避讳，当地人改敬宗巷为珠玑巷。在南雄的《张氏族谱》中，便对"孝德"格外推崇，其家训除"崇祀祖先"外，还有"孝敬双亲、友爱兄弟、训诲子侄、和睦乡里、尊敬长者、怜恤孤贫"，并强调"子孙众多，无甚亲疏""同乡共井，缓急相依"，因此为乡里所赞颂。

珠玑巷仍有张昌的故居，故居门口一副对联格外醒目："愿天下翁姑舍三分爱女之情而爱媳，望世间人子以七分顺妻之意而顺亲"。张家先人张九龄有话："治国之道，实由家治也。"代代传承的祖训，被张氏家族视为家庭建设之本，族中尤其在意和睦家风的维护。张昌是张九龄后世裔孙，张家人丁兴旺，又孝义和睦，自然有人传话，得此赏赐，由此而改巷名也是说得通的。

第二种说法是南宋时，地处中原的开封祥符许多官员及富商，为避元人而大举南迁，越大庾岭定居于南雄的沙水镇，因祥符有珠玑巷，于是将此地改为同名，聊解思乡之情。这种说法也有说服力，而且，在此地洙泗巷东侧，原来还有白马寺，与中原的白马寺名字相同。例子还有，广州荔湾区有一条内街，也叫珠玑巷，当地人称这里的先民是由南雄珠玑巷迁来，难忘故园而叫其名。据说，这些有身份的人当中，就有扶助赵匡胤登基的开国功臣罗彦环，他曾官至御前忠勇太尉翊郎。赵匡胤对这些手握重兵的武将心存疑心，罗彦环只能称病自行退隐，又怕丞相王薄算计，便沿江西往南，翻越梅关古道，停驻在了珠玑巷。他在这里同先后迁来的中原仕宦与巨家望族相处和睦，对当地土著也体恤有加，曾经的地位以及与人为善的处事方式，受到珠玑巷人的尊重。

无论哪一种说法，都表明珠玑巷不是一般的乡村野巷。巷子的居民，有豪情也有能力，结交那些内地的后来者，结交得越多，影响也就越广。此或也是珠玑巷不断扩大的原因。

现在，这个改变着一代代中原人命运的地方，已看不到多少痕迹。但一个个远道而来的人，又让我坚信，这里确实是一个寓言般的地方，让你不得不驻足，不得不思索，不得不滋生敬意。说是一条巷，实则是一条通衢大道，那种民族意义文化意义上的大道。

当地人说，最先的一条巷子，随着一拨拨的人来，不断扩展，甚至连带起周围的村子，即使今天，这里也还有三街四巷：珠玑街、棋盘街、马仔街；洙泗巷、黄茅巷、铁炉巷和腊巷。

我从中看到了中原人与当地人新型的乡亲关系，这种关系具有恒久特质。

你看，时值冬季，一批中原人来到珠玑巷，巷内已经住满了人。好客的珠玑巷还是要挽留他们。一位姓刘的老者来到南山坡上，指着大片的黄茅草，发动众人就地取材。人们行动起来，空地上一时搭起了数十座茅草房，房上渐次冒出炊烟。在一大片袅袅的烟气里，散出了安逸与清香。就此诞生出一条黄茅巷。珠玑巷西侧有条小巷，以生产铁器农具为主。中原内地氏族来到这里，看到当地使用的农具十分落后，便开炉锻造犁铧、锄头、镰铲推荐给珠玑巷、牛田村一带的人。这些农具轻便好用，很快受到人们的喜欢。中原人也就不停地锻造下去，以供所求。这些中原人聚在一起的巷子，就叫成了铁炉巷。

　　从历史的制高点看，在北面满目疮痍、一片焦土的时候，珠玑巷的茅草屋和铁匠炉刚刚搭起，那种茅草飘摇的炊烟与铁器锻造的声响，成了新的乡愁符号。它们展现出来的美好，是陌生的熟识，遥远的近乎。岭南在中原人心里，曾经天涯海角一般，他们或可长久地打量过横亘的高高的五岭。凡是坚意地离乡背井，举家南行的人，哪个不是遭遇了伤害或怕遭遇伤害？那么，来到这里，就不能也不会再受伤害。挽回伤害容易，挽回长久的伤害或长久地挽回伤害，不容易。多少年，珠玑巷都试着做着，以最真诚的态度、最浅显的理念。

　　他们一定有过对视的眼神，来自中原的眼神里，会有七分的犹疑、慌乱与低微，而珠玑巷的眼神含了十分的真诚、友好与温暖。这两种眼神的碰撞与交融，瞬间接通了高山流水，七彩云霓。中华民族，自此有了一个梅香四溢的驿站。

　　有一个字叫善，"善"，念着舒服，听着温馨。过了梅关，就看到了那个"善"。那是梅的引领吗？梅本冰洁、纯粹，不张扬，也不热烈，静静地，伴着一道的风，一岭的雪。看见了，委顿的烛也会灿白一亮，孤冷的心也会乍然一暖。

　　无家可归的流浪者，尤对这个善字格外敏感。那是所有的感觉感觉出来,所有的体味体味出来。必是一个微笑,一杯热茶,一顿饱饭,而后问你的所往你的所念,而后会接受你的疑问,你的泪眼。可以说,来到这里的,都会找回渐行渐远的善良和慈悲的天性。一个个人就这样与善结盟,再以善相传。善,简单而又深奥,深奥而又简单,就像珠玑巷,巷子本没有珠玑,却又满是珠玑。

多少年中,珠玑巷的名字,都在章水与浈水间嘹亮地翻卷。而章水与浈水,名字也是那般美好。这是一个广泛的融合,姓氏的融合,情感的融合,力量的融合乃至家庭的融合。生活在起变化,起变化的还有观念。

善已成为珠玑巷的灵魂,在珠玑巷行走,到处都可以见到像张家这样的家德家风的楹联和牌匾。那一个个刻在石头上、铭在墙壁上、雕在立木上的氏族家训,或长或短的内容,无不传达着友善、和睦、礼貌、孝悌、勤俭。由此构成珠玑巷的大环境,无论大户大姓,小家小姓,只要在这珠玑巷,就是一个大家庭成员。基于这样的理念,这样的教训,这样的行为,珠玑巷才有千百年的凝聚,千百年的灿然。

转着的时候,我似又感觉珠玑巷少了什么,少了什么呢——围挡!北方的村子往往会筑成高墙壁垒,一旦关严墙门,就成了一统天下。而珠玑巷甚至连土围子都没有。你很容易从某个地方进去。一个不设围墙的村子,也就让你没有那么多抵触,那么多犹豫,那么多戒备。

也不像我去过的另一个古村新田,一村无杂姓,全姓刘,祠堂有四五处,光宗耀祖的大屋一个连着一个。珠玑巷没有想象的豪宅大院,没有宰相府、大夫第,也没有谁修的花园丽景。说实在的,能跋涉千山万水越过梅岭的,也必是有过经历、有过见识、有着主意的人。他们即便有携带,也不会在这里玩大。这里是平和的欢聚,平等的乐园。来在这里的人,再狂放不羁,也会约心束性,再柔弱卑贱,也会气定神安。这是珠玑巷的气质使然。

321

四

　　老牌楼附近有一口方井，旁边有座岭南罕见的元代石塔，上面有36尊罗汉浮雕，这便是有名的贵妃塔。

　　传说南宋度宗咸淳年间，奸相贾似道排除异己，诬陷胡氏兄妹有夺权野心，以罢政要挟皇上。度宗皇帝只得削去胡显祖官职，贬胡妃为庶民，出宫为尼。胡妃为避贾似道加害，乘隙溜出所居寺庙，隐名改姓，漂泊于市井街头。珠玑巷商人黄贮万运粮至临安，在江边遇见落魄的胡妃，见其虽衣衫褴褛，却端庄秀丽，举止清雅，谈吐不俗，便将她留在了身边。黄贮万身上，有着珠玑巷良善与悲悯的特质。胡妃跟随他山一程水一程地来到这岭南，路上必也享受了新奇的风光与新奇的情爱。回到珠玑巷，两人结为了夫妻。

　　时间久了，善良的胡妃将心底的所有倾囊倒出，一心一意跟丈夫过生活。当地人不会忘记，这一带遇天灾，饥荒严重时，胡妃看到水里的田螺，便告知乡亲捞取来吃，并亲手烹调，示范食用，让一个村子渡过难关。此后，珠玑巷的煮炒田螺流传至今，成为民间名吃。

　　日子本可这样轻轻浅浅地过下去，谁知皇帝又想起了胡妃，令兵部尚书张钦行文各省查找。家仆早就知晓胡妃身份，便向官府告发。珠玑巷多有难逃的官员富贾，这回又藏了胡妃，贾似道便以珠玑巷人要造反为名，派兵清剿。珠玑巷民不得不纷纷逃离家园。胡妃怕株连乡人，投井自尽。胡妃让自己的生命断然收煞，冥冥之中，仍然是对珠玑巷的爱恋与祝福。她或已感满足，过了一段常人的生活，有了那么多的见识，那么多的友情，那么多的认可。珠玑巷人同情她、怀念她，在井旁为她修了七级佛塔，塔毁了，人们还是同情她、怀念她，便又重修。现在的这个石塔，立于胡妃死后77年。

除了前面提到的张昌和黄贮万，珠玑巷所传有名有姓的人物不多。有一位受人景仰的何昶。南唐时，何昶与哥哥随父居住在河南孟州。父亲死后，两兄弟扶柩南归老家庐江。守墓三年，何昶被后晋高祖石敬瑭赏识，做了侍御史。高祖崩，石重贵继位，挑起与契丹的战争，何昶进谏无用，便托疾辞官。后晋遂被契丹所灭。何昶又为后周世宗重用，受命持节南下，宣抚南汉帝刘晟，被封南海参军。何昶见雄州民情厚朴，风物淳美，便把家安在了珠玑巷。其时这一带盗贼连出，民众惊惶。何昶率兵征伐，粤北得以安宁。南海又有贼匪滋事，何昶再征南海，平定了乱局。因母年高，他常守在珠玑巷孝敬母亲。

何昶所处的年代，属于多事之秋。此后湖南郴州又发生匪寇侵扰，何昶再次奉命出征。他的兵船沿浈水南下，准备到韶州转武水北上。船至韶阳滩时，突遇强烈的龙卷风，可叹一世英豪，与夫人随船倾覆江中。他们的遗骸后来被人收敛葬于雄州巾山。可以看出，何昶忠义勇猛，孝悌爱民，传达的是珠玑巷的普世价值，因而受到广众爱戴。现在珠玑巷建有何氏大宗祠，成为何氏族人聚居之地。就此也想到那位同葬江底的夫人，不知道她为何要伴君出征，是知道此去前途浩茫，放心不下，还是陪伴夫君身旁，是她一贯忠实的义务？那么，我们说道珠玑巷的美德传承，也应该有这位夫人一笔。

还有一个罗贵，被许多珠玑巷人和广府人尊为"罗贵祖"。最初到珠玑巷来的罗彦环，就是罗贵的六世祖。罗贵20多岁时，想求取功名，却受到父亲罗锦裳阻止，并安排与一金家女孩结了婚。珠玑巷前有一座石雕，讲的便是罗贵带领众人砍竹结筏，顺浈江南迁的故事。男人们将家当背在身上，女人则搂着孩子，孩子带着不忍丢下的小狗，所有的眼神，都显得茫然无措。竹筏中屹立的罗贵，悲壮地凝望着滔滔的远方……

由此看到，珠玑巷的人，无论是有名还是无名，是男人还是女人，是古人还是今人，都让人有一种亲和力，一种信赖感。

史上记载的珠玑巷人大规模南迁有三次：一次是宋室南渡时，迫于追兵而集体逃亡。第二次是珠玑巷贡生罗贵为首的 33 姓、97 户人家的南迁。胡妃事件则是珠玑巷人的第三次举家出逃，其中麦氏一姓，"携家二百余口"。好不容易找到一个居所，要再次舍弃，实为万不得已之举。迁徙出去的人中，或有黄茅巷和铁匠巷的人，回头的一霎，该是怎样的心绪？逃出去的散居到了珠三角一带，那里地广人稀，便于耕种，于是开村立族。后来珠玑巷人陆续迁来，成为新的繁衍地。

有人将珠玑巷称为中原人涉足珠三角的中转站，怎不让人想到村口白发苍苍的老母，迎来了儿子，好生抚慰，又不得不将其远送。

珠玑巷，或也是一个准备场、冶炼地，准备充足、冶炼到位，再去更广更大的地方试水。有人带去了耕种方式，有人带去了经营方式，有人带去了组织方式，更多的，几乎每个人都带去了异姓一家、同舟共济、和谐共赢、开拓进取的珠玑巷人格体系。大家知道，广东人善交际，不排外，外地人都能在这里施展身手，此或同广而深邃的珠玑精神有关。

这些珠玑巷后裔分布在珠江三角洲的 29 个市县以及海外，其中在不少领域产生深广的影响，如近代的康有为、梁启超、孙中山、詹天佑、黄飞鸿等，直至今天，珠玑巷人血液中的那种文化特质，早深深融入他们的后人之中。

可否这样说，珠江三角洲的今天，或与珠玑巷的昨天有着某种通连。

五

那条路已深入黄昏。夕阳在打点行装，云霭正漫步走来。

我不敢在这样的巷子里睡觉，我怕会整夜地失眠。我怕那些叠压着的脚步，分分钟敲打我的耳鼓。我会听到谁的呼喊，比古道还远。

一个小小的村巷，几乎成了一个神秘的图腾。一批批的人来，怀着说不清道不明的心灵密码。来的人不同，有的是丢了什么来找寻的，有的是多了什么来回送的，有的什么也不是，就是想到这里走走看看，走走看看才安心。

坚守的人，仍坚守着那份微笑，那份情怀，让你觉出亲切和欣慰。自此来看，坚守的人责任更大，他们每个人都构成了一个要素，一个意义。

是偶然也是必然，一个个找寻来的姓氏，亲情的横撇竖捺，分都分不开。天空依然高远，夜黑了又亮，太阳依然明媚，并且热烈。鸡开始鸣唱，狗吠得同中原没有两样。

有人在大树下坐着聊天，看见了，就邀你去说话。说话的人，或是一个村子的，或是多个村子的，或是来自更远的地方。树大根深，人走了，树还在原地等着。老了的树死了，新的树又长出来。这棵树老得不成样子了，还在遮望着遥远的思念。树上飘着红布条，红布条上的意思，都懂。跟前的水通着浈江，浈江是更辽阔的水，很多人顺了这水往南去，如果再顺珠江往下走，就入海了。一些人就这样走下去，走成了五湖四海。走了，觉得心还留在这珠玑巷，便絮絮叨叨，恍恍惚惚。老了，又走回来，在这树下在这水边聚聚拉拉，到祖祠里上上香，流流泪。

每个人的心底，许都知道那个故事，流浪的孩子被好心人收留，孩子以一生的辛勤，报答自己的主人，直到将主人养老送终。故事的高度，与中华民族的美德相通。珠玑巷的故事与之有点相似，却没有相似的尾声。珠玑巷不图回报，却阻挡不了7000万盈盈北望的目光，他们的目光与巷口慈母样的目光汇在一起。

一位老人，85了，耳不聋眼不花，说话声音底气很足，说他家原来就在开封珠玑巷,那时候战乱频仍,民生不保,祖辈便拖家带口往南逃,行囊越来越薄,人口越来越少,失望中发现一个同名的街巷,就有了希望,就一代代地到了他这里。老人说,过年来吧,过年热闹,四里八乡的人都来,他的儿子孙子也来,漂流海外的也来。一说到这里,周围的人便七嘴八舌地谈论开。我听清了,这里仍然保留着中原古老的节庆乡俗,大年初二便开始舞春牛,舞香火龙,舞双龙双狮,走桥板灯,走马灯、鲤鱼灯,还要唱龙船调,唱采茶戏。节日里,会有酿豆腐、宰相粉、炒田螺、珠玑腊鸭、梅岭鹅王各种小吃。

我相信,那会是珠玑巷的又一个春天,而且是愈加盎然的春天。

我相信,每一位来珠玑巷的人,都会立刻变得熟悉和亲切,自然而然地产生相互的认同感。

我相信,在这珠玑巷,会建立更多的新型关系,产生更多的友情与爱情,那是因为有着共同的根脉,共同的本质。

走的时候,我还是不由得回头。我觉得,我应该招呼更多的人到这里看看,领略它的精神气脉,感觉它的人文意韵。我觉得,在厚重的中华典籍里,这里该有道德伦理学、社会心理学、姓氏文化学、民族融合学乃至中华交通史、民族迁徙史、文明发展史的一个册页。

(原载《收获》2020年第4期)

故乡即异邦

刘大先

大雾迷蒙的早晨，我和父亲一前一后走在荒野小径上，说着闲话。难得的亲密时刻。我从小出门读书，很少回家，假期回来彼此交流并不多，父子间轻松漫散地一起去赶集的场合很少，更别说聊聊家常了，所以此刻我的心情很愉悦。湿气弥漫，四周苍茫一片，影影绰绰的什么也看不清，上坡转弯的时候，迎面遇到了表姑妈，父亲的表姐。见到她，我和父亲都很高兴，父亲迎上去招呼她。表姑愣怔了一下，惊讶地望着我，又回身看我父亲，慢慢流下了眼泪。我很奇怪，表姑妈转过来对我说，你爸爸还不知道，他已经死了啊。

这个时候，我的心里晴明起来，在怅惘中慢慢醒过来，想起来父亲已经去世快六年了，而我在他去世后就再也没有走过家乡那条去集镇的道路。外面天色浓黑，可能是凌晨的某个时分，我在黑暗中坐起来，下床，走到外间的阳台，点了支烟。从十五楼的窗户看出去，青黑色的苍穹笼罩在灯火明灭的北京，城市如同坚硬的礁石，纹丝不动地伫立在幽蓝广袤的大海之上，只有远处高楼顶端的红色航标灯闪烁不定。

一

人们同自己家乡的关系，往往混杂着普遍的矛盾：甜蜜温馨的记忆似乎并不能阻止冷酷无情的离别。只有眼界狭隘、抱残守缺的人才会觉得家乡完美无疵，而那些出走他乡之人的赞美与缅怀尽管可能是真诚的，也难免打上了时间与空间的滤镜。坚强的人四海为家，而最高级的灵魂则认识到个体情感与认知的局限，从而太上忘情。圣维克多的雨果会保有此种清晰的观念，一般人顶多做到随遇机变、唯适之安，而将家乡作为安放怀旧情绪的处所。在这么做的时候，他们或多或少带有逃离者的歉疚和窃喜。当家乡成为故乡，意味着家乡已经同他隔离开来，曾经的联系变得愈加稀薄，它慢慢隐退为一个审美的对象。

背井离乡、触景怀乡的故事并不新鲜，桑梓之地或者成为一世的守望，或者成为衣锦荣归的故里，但前现代时期因为羁旅、游宦、战争、行商的漂泊，并没有形成家乡与故乡的割裂。故乡大规模地被抛掷在身后，成为一个只供怀想而不再期盼回归的地方，无疑是现代以来的景观。村社地理、熟人社会、血缘与宗族所形成的诸种共同体，在工商业与城市化进程中纷纷土崩瓦解，人们为了谋求想象中更美好的生活不惜远走他乡。

我想我属于那种将家携带在身上的人。从识字之始，家乡的长川丘陵就开始渐行渐远，新鲜的外部世界洞然敞开，无数新的经验纷至沓来，让人根本无暇回顾那并不愉快的乡村生活，更遑论有闲情逸致去沉思过往。这倒不是一种个人主义的逃离，而是生活的巨大压力。这样的乡村青年一定不是少数，牵连着我们和故乡的可能只有亲情那唯一的线索，但我并不想从社会结构和流动的层面进行浅薄的分析，毕竟个人经验参差不齐。有的人对任何地方都无意流连，他们不一定是因为有世界的胸怀，纯粹就是情感迟钝而已。

  2013年正月初六，我在北京短暂处理一些事情之后，又回到六安，回到我曾经以为很熟悉，实际上已然陌生的故乡。不是欢度春节，而是陪伴父亲度过他一生最后的时间——事实上，我知道，这也将是自己在故乡度过的最后光阴。

  节后春运刚刚开始，但是从大城市到小地方的车票还算容易买。我先到合肥，然后搭乘上海至武汉的动车，准备半路在六安下车。合肥离六安很近，高铁只要半个小时，人情风物已是家乡的氛围和感觉。火车站的人并不很多，很多农民工要过完十五才出门。我背着包在候车厅里找落脚的地方。旅客虽然谈不上拥挤，但有人把包搁在身体两边的椅子上作为垫靠，斜倚着，所以竟然没有空闲的位置。踱到大厅一侧时，我看到一个双眉紧蹙的中年人在阅读一本商务印书馆版的那种世界名著翻译本，仔细一看是亚里士多德的《巴门尼德篇》。那个人看上去有些落拓，像个平庸而不得志的大学老师，眉宇之间有种让人讨厌的瞧不上任何人的神情，在这种吵闹的环境中读这样一本书，未免有些牵强，就像他的眉头。我想此间我在别人眼中也就是这种角色吧。

  从六安南站出来直接坐公交车去西站，打算搭乘下午三点钟往郭店方向经过火星和黄台的私人巴士——这种私家公交车是县乡一带的地方特色，并不由市里的公交公司统一管理，而是私人拥有的中巴运输车加盟到公交公司中去的，缴纳一定的管理费，但自主性比较强，所走的路线不固定，根据乘坐人员的多寡决定走哪条乡间小路——那些路是在"村村通公路"工程中修建的，就是在原有自然形成的泥巴路的基础上铺上沙石后，修筑的非常狭窄的双车道水泥路。

  六安的公交车我几乎没有坐过，上车才知道是自动投币一元。我翻了翻钱包找不到一元钱。找个身边的人询问想换一下，也没有。我只好先到后面坐下，打算定定神再找人兑换。这时候坐在我前排的瘦瘦的青年给了我一块钱，并且不要我给他的十元钱。他晃了晃手中的一瓶凉茶说："我也没有零钱，这是刚才在底下买了瓶水换开的。"他随身带了只青黑色的大旅行箱，可能是大学生，更像在外面打工回乡过节的青年，还没有在都市竞争的生涯中变得油滑和冷漠。

　　西站的车是对霍邱、叶集、固镇方向的，非常混乱，往我家的方向最合适坐的是到小镇郭店的一路车。在这个季节开往这个方向的有三班车，只有下午三点的一班经过我家所在的黄台村，否则就会从广庙村那里岔路开往另外一个镇。我清晨五点起床，从北京赶到此时，水米未进，已经疲惫得很，懒得张口问人，就背着包在乱七八糟、破烂肮脏的中巴车中间寻觅。正巧听到司机拉客，有乘客问路线，就坐了上去。陆续有人上来，我看到一张认识的脸，是一个远房堂哥。两家离得并不远，但是我们这一辈来往不多，我俩至少有十几年没有见过了。他长了乡村中年人的乱蓬蓬的头发，面上已经带有农民常见的沧桑表情，不过我很快就认出了他。他显然没有认出我，咕哝着向司机老婆——也就是售票员——确认这个车子的确切路线。这辆车原先是走丁集那条线的，如果走那条线，我回家就麻烦了，需要再步行十里地。幸运的是，那条线的乘客被上一辆车抢走了，这辆车为了揽客只好临时改走火星镇这条路。这个对我来说的幸运，对于司机夫妇无疑是不幸，他们等候了半天的乘客一下子被卷走了，所以泼辣的售票员一路骂骂咧咧，跟乘客数落前一辆车车主的不地道。司机虽然故作宽容地让她别计较了，但是可以看出他自己心中也大为不满，只不过一个男人的面子阻止了他的破口大骂。

　　乡土的伦理礼仪也就是在他这样年近50岁的中年男人身上还残存着，二十年来的外出务工潮流和近十年内的城镇化进程，已经极大地改变了地方的道德生态。这个季节，年轻人大部分已经奔往江苏、上海一带，他们在冬季时回来，带回的不仅是金钱，更多的是新学会的半生不熟的普通话和城市生活方式与观念。我在父母那里听闻这个远房堂哥也曾经在外面打工多年，这几年不知道因为什么原因待在家里。他的父亲和母亲都在苏州做清洁工扫大街，每个月收入约三千，那样的收入比在农村种田强。

下车的岔口路西引水支渠上搭建的是一家杂货铺店，兼卖自产的豆腐，我打了十五斤豆腐提着，想着家里可能需要。店主认识我，就问我是不是从北京回来，我说是的。他叹道，那路费要不少钱啊！

父亲已经是癌症晚期，医院放弃了治疗，现在在家里等死，这里面的无望和恐惧，让家里笼罩着挥之不去的抑郁情绪。我怕父亲的心智已经糊涂，就坐到床头问他还记不记得自己当年当兵时的部队番号，他说是南京军区直属独立炮九师十四团二营六连，还清晰地报出一连串番号。这让我又莫名其妙地宽慰了一下，同时陷入一种难以说清楚的惆怅中：那是父亲一生最风华正茂的年代，他当然记得清楚。2009年夏天，我路过江阴出差的时候专门找到了父亲年轻时代生活过的那块驻地，部队已经撤走，番号早就不存在了，但是留下了几门对着长江的大炮，藏在杂花生树中间，成为偶然到来的游客们的猎奇之物。我在一个防空洞的坑壁上用石块刻下了父亲的名字。

夜里忽然天阴下雨，然后就变成大雪。我乡的农谚说："正月雷打雪，二月雨不歇。三月抄干田，四月秧上节。"此时下雪意味着三月会干晴，对春耕不好。第二天雪还在下，雪里听到门前河汊中发动机的声音，那个用电动船在河中打鱼的人想趁着雪捞一笔。父亲被疼痛折腾了一夜，白天开始睡觉，我松了口气，骑着摩托到乡医院去拿些药，回来的路上踏着荒村中平滑的雪地到河边去看那人打鱼。白雪无声落在水中，倏忽消失不见，仿佛河流是个无穷无尽的黑洞。那个电动船则是游弋在太空中的飞艇，给寂静空旷的天地带来一丝活气。

师弟刘汀写过一本书叫《老家》，他说："当我谈论故乡的时候，我说的只是老家。"然而，我并没有老家的观念，和那些可以在故乡静谧生活的人们相比，我们这样的乡土少年注定要在这个迅速变革的社会中离家出走。很多时候，故乡在心中只是幻化成某个具体的意象：童年的明媚夏天，村庄东面的断河，青翠而酸涩的杏子，老屋后的竹林和大橡树……故乡是属于童年无风的岁月的。它和热情的七月有关，和七月傍晚烟霞中的蜻蜓有关。那时的天空无比晴朗，空气清新透亮，万物充满生机，大地一片绿意。我踩着翠绿柔嫩的鸭舌兰，拨开蒲草，脚下的沼泽噗噗作响，一个个欢快的气泡喷涌而出。天地间充满氤氲的气息，一如太古的初蘖。那时候我的眼睛明亮，血气充盈于胸间，现在却身心俱疲。我的脸庞因为长期的失眠而枯黄，我的胡楂如同茅草般涌起，我的面孔变得越来越模糊，失去光泽，没有力度。我想象在一根铁轨上描刻下七月蜻蜓的形象：灵动、鲜红的、充满生机。那段铁轨因为年久失修，锈迹斑斑。我的手指在上面滑动，咯咯作响，铁屑散坠于草丛中。雾霭渐起，我的双眼蒙眬。许久以后当我跌跌撞撞地走回到那段童年的铁轨时，发现那段铁轨已被洪水冲走。一点痕迹也没有留下。那一年的洪水特别多，空中老是飞舞着淡紫色的尘。我不知那是什么，大概是蝴蝶大批迁移时遗落的花粉。

那些鲜明而生动的意象是无可捕捉的精灵。我一直想把它们固定在文字中，但是每当面对电脑键盘的瞬间，心灵干枯得挤不出一丝水分。那时候，只听到思绪的碎片纷纷剥落，摔在地上泠泠作响。是什么使我汗流浃背、疲惫不堪，文思阻隔、不着一字，让我陷入长久的失语和无端的惘然？

我想，之所以无法在文字中铭写下那些意象，那是因为它们本来就是一厢情愿的悬想，被净化了的幻象。如同决绝而去不再回头的少年，故乡也同时拒绝了我们的回返。浪漫主义之后，知识分子的"返乡"几乎形成了一种原型母题，自我反思型的现代个体重回故土时往往会经历桃源不在的感伤式怀旧。记忆中渚净沙明、清新修洁的地方已经被现实涂抹得脏乱不堪，外在的风景如同破旧的衣服一样凋敝，人情风俗也变得面目全非。他亟待救赎的情感找不到落脚之处，只能仓皇逃离。但这个故乡其实是心造的故乡，正表明了这个人与他的乡土的割裂，他从中生长出来，并且日益壮大，最终离去，故乡成了一个忆念中的存在，它与现实不再发生联系。所有的故乡在这个时候都成了异邦。

二

"人死了就跟这些烂芋头一样。"

堂哥说这个话的时候，踢了踢脚下那堆被寒冷天气冻糠心了的红薯。我们俩站在松树下，讨论即将到来的葬礼该如何处理。父亲已经到了最后的时刻，他自己应该也明白，只是人总归有着求生的欲望，所以我们也竭力避免谈论生死的话题。但我却不能不考虑即将到来的葬礼问题。

按照大多数亲戚的意见，土葬是最佳选择，但是火葬的政策在那里，偷着埋了也不是事情，如果有人告发，挖出来遗体再倒上煤油烧——此前有过类似的例子——那就麻烦了。堂哥是一个受过现代医学教育的理性主义者，他的意思是烧了算了。

过了两天，在上海的二弟也请假回来，但是劳累奔波中发了烧。我坐着看护了父亲一夜，六点多钟二弟起床下楼来替换我。我睡了两个小时起床，吃了碗面，收拾一下便往丁集走，准备去那里乘车到四十公里外的市里采办一些物品，以招待家中来访的客人，当然更主要的是需要计划办理丧事时的用度。丧事与婚礼是乡民生活中的两件大事，前者尤为重要，必须早做打算。我希望运气好，能够遇到镇上来接送四散于乡村的学生的私人面包车。如果没有车子，只能步行这十里地，然后在丁集镇找车去市里。

马店小学门口停了辆双排座小车，但是门口的小商店大门紧锁，车中也没有人。我只能继续往前走，心中有些发毛，真要这么走下去，到丁集也该快十二点了。好在刚过马店不多久，背后听到车响，一辆紫色小车子跟过来了，我招手上车，果然是到镇上接学生放学的山寨校车。我和司机聊起来，他很热情地把我从丁集新区送到大路。丁集新区其实就是平行着老街修建的一片规划很齐整的住宅区，清一色的四层板楼。这些新修建的房屋目标客户是附近乡村的农民。大部分农民都出门打工了，留下的多是老幼病残，农忙时才有少数打工者回乡劳作。我乡农民多去往江苏苏州、昆山以及上海一带，这几年产业转移，苏州的一些服装厂与婚纱厂搬迁到了丁集，季风式的民工也随之迁回，成为私营企业中的工人，无论如何，他们与土地的亲缘关系已经终结。这无疑是城镇化进程中的新现象：农民的土地和他们的居室分离，他们的劳动与栖息之地也发生了分离。

地理空间与身体行为之间的分离隐含着心理的分离，生活在家乡的农民在价值观上已经悄然被外部社会和新兴媒介所改变，表征了中国偏僻角落最基层的共同体单元出现了离心。在市场经济大规模到来之前，至少 20 世纪 80 年代前期，农民被城乡二元户籍制度束缚，很少有离乡离土的经验。父亲因为入伍当兵，属于为数不多有过外地别样生活经历的人，但他那点微不足道的过往很快就在 90 年代以来大规模的外出潮流中贬值了。这是截然不同的两种流动。新生代的农民主动或者被动地被新的离心力甩出了原先的凝聚性结构，如同宇宙原点发生的大爆炸，还在膨胀过程之中，星云与星体尚未冷却形成。身体从其生成空间中剥离出来，却又无法摆脱周期性的复归——毕竟能够扎根于都市的是极少数，所以总是像候鸟一样在春节时候返回到乡里。他们的精神处于摇摆型的动态割裂中：每当割裂的伤口即将痊愈或者遗忘时，对于故乡的回归再次将其撕裂，因而这种伤口成为一种周期性发作的病痛。伴随着乡村土地的资本化，归园田居也失去返回的道路，故乡日益形象模糊，与之并行的是传统、习俗、心灵和精神的重新结构。

在丁集街头的风中这么胡思乱想的时候，下起了小雨。我跑到一家店铺里躲雨，条凳上已经坐了两个老几（我们方言中叫中年人为"大老几"）。一个是头发梳得油光锃亮的中年人，穿着笔挺的西服套装，皮鞋都一尘不染，完全不像是刚从乡下上来的。另一位则是典型的农村老头，和这个小集镇的气氛和谐一体。老头穿了件宽松的黄军装外套，劳保棉鞋。我们交谈了几句，立刻打消了可能产生的对于乡土社会逝去的多愁善感的念头。事实上，新一代的农民（工人）如同任何历史上的潮流一样，内在包含着相当复杂的成分，利益诉求和生活追求也参差百态。与土地的分离自然而然地发生，并没有带来剧痛——哀悼沦陷的村庄更多是有闲者的怀旧与忧虑。也许是因为农民的短见和缺乏全局的统筹式的眼光，之前局限于一亩三分地，如今满足于工商业溢出红利，他们对现状并没有表现出杞人忧天的不满。这里面的复杂性不是任何个体浮光掠影的观察所能涵括，而遍布在中国大地上的多元性也使得任何个案都不能提供整体性的结论。这涉及一个经久不衰的知识分子难题：需不需要代言，究竟由谁代言，社会不同群落的共同福祉究竟如何确定。

从马店到丁集，司机收了我十块钱，钱集过来的公交车从丁集到六安也是十块钱，后者的路程大约是前者的三到四倍远，这就是地方上根据朴素的经济学本能、依照供求关系发明的定价机制，大家都没有异议。从公交西站出来看了一圈，没有找到要去市场的公交车，就招手喊了个的士，又帮司机招揽了三个人坐后排，我一个人付十块钱，后面三个一起付十块钱——这也是心照不宣的惯例。在市场购买葬礼接待吊客需要用的鸡鸭鱼肉以及纸竹鞭炮的时候，我的心里充满了荒诞感——我东奔西走操持这一切都并不是为父亲在做什么，而是为了活着的人，当他还躺在病床上的时候，我们已经在操办他的丧事。

我和母亲、二弟日夜换班轮流看护父亲，身体和精神在压力下都濒临崩溃。垂死之时，人总是会感到恐惧，父亲一定要两个人守在自己身边，仿佛要抓住人间最后的依恋，这时候他显示出孩童一样的执拗。癌细胞扩散带来的剧痛让他无法以一个姿势躺太久，一会儿就要我们抱着他翻个身，一边哎哟皇天地呻吟。我和二弟整夜坐在床边束手无策，常常是在凌晨三四点最困的时候，他叫我们打电话给堂伯来打杜冷丁镇痛。堂伯以前是乡村医生，如今我的堂哥子承父业，但是因为堂哥自己胆子小，夜里不敢出门——我想这也是一个托词，可能他也被父亲弄得疲沓了。他很冷静："你们也不必过于难过，我们每个人都要经历这一遭。"

我对父亲一生并不熟悉，只是感到他很聪明，多才多艺，身上有一种我和弟弟都匮乏的理想主义和行动的激情。在亲友们罗生门式的片断叙述中，我只得到一些零碎的信息，了解的事情并不多。我知道他做过侦察兵、司机、榨油作坊的主人、农技站的会计，没有一项是长久的。在最后一个职业上干了几年，没有顶职就回乡自己养鱼——20世纪80年代还有"接班"这种做法，即符合条件的职工子女顶替父母的职位参加工作。父亲雄心勃勃，不想在爷爷的单位中做个处处掣肘的小职员，回到黄台村雇用全村人拦着河汊打坝围成一个池塘。"专业户"的短暂生涯是他一生中最顶峰的时光。有了点钱，还主持修订家谱，这是他做过的最为得意的事情，鄂、豫、皖、苏四省方圆几百里的人都来寻根问祖，记得那时候家中老是宾客盈门，门槛都快被人踩坏了，那是80年代后期。那时候，他还有闲情在无聊的时候画一笔在我看来几乎可以乱真的齐白石式的虾，拉几下胡琴唱《红灯记》，或者跟我们谈一谈《红楼梦》。

1990年的洪水是个分水岭，从此以后他的命运就急转而下。在那之前，父亲养鱼已经有几年的时间，几年都是积淀，1991年这年的鱼长得最好，膘肥体大，数量也壮观。偏偏涨了洪水，将一塘的鱼都漂走了。我当时在外面住读，两个弟弟亲历了整个过程，我后来在二弟的一篇文章中看到他的回忆："洪水漫过堤坝，妈妈用铁锹扶泥，做成小堤坝，我跟在后面看，后来水涨高过堤坝足有一米，无可挽回。那时太小，不知道心疼，直至后来每每说起也没有太多的感觉。可是近来随着年龄的增长，回忆起这些，就隐约能体会到爸当时是有多心痛，1991年之后，再也没有养过那么好的鱼了。提起安徽经历的洪水，人们往往记起的是1998年的那场洪灾，但真正对我们家造成重创、对爸和妈造成沉重打击的是人们及媒体上没怎么提过的1991年的那场洪水。"大水先是淹没了池塘，直到次年家中还没有缓过劲来，第三年的大水又一次冲到了家门口。那一年的夏天我上初一，放暑假回到家，大雨滂沱中，父亲躺在床上背对着我，没有回身。我站在门槛里，用脸盆舀门外的水洗手。本来信心十足的父亲，经过如此三年，此后陷入了颓废之中。

一般人都会觉得家是个温暖的地方，在我和我弟弟的经历中却是截然不同的体会，至少我从来没有觉得家是港湾。也许是酒精的影响，颓废了的父亲常常会有无名的暴力，那些遭受暴力的戏剧化场景，亲历者后来回想时都有种似真似幻的感觉。我曾经在"豆瓣"看到有个"父母皆祸害"的小组，心中虽不以为然，但也承认确实存在这样令人费解的亲情关系。现在我和弟弟在父亲榻前照料，随叫随到，已经毫无怨恨，这全然在个人的情性，也许民间流传多年的"棍棒底下出孝子"还是有一定道理的。两个弟弟都是学理工科的，与我性格爱好差异很大，但是我们都喜欢《燃情岁月》(*Legends of the Fall*)和谭家明的一部电影《父子》,这都是关于父子的故事,内在里应该隐含了潜意识中的缺憾与想象。我们是在乡土伦理中长大的人,在后来的教育中也接受了个体道德的现代观念,但无法完全分开个体与家庭之间清晰的界限,那种更久远的关于情感与孝道的认知并不与理性相连,而是根植于血肉心灵深处。

坐在垂死的父亲的身边回想起少年事,我和弟弟都平静得很。那些曾经让我们在无数无法入眠的深夜中翻肠搅肚的痛苦,如今都好像已经是别人的事情了。我无法理解身边这个垂危之人幽暗的心灵,就像我无法参透人性数不清的秘密。我们是截然不同的两代人,他经历过最为激进与疯狂的乌托邦岁月,而我和弟弟则成长在改革开放与个体化时代。五六十年代与八九十年代之间的代际差别超过了以往任何时代,但并没有完全断裂,那种藕断丝连才真正让人痛楚。我们似乎"脱嵌"了,但并没有真正地"拔根",有一种更为恒久的情感沉淀在心灵的深处。

父亲已经十几天没有吃东西,只是喝水,不知道为什么还会有粪便排出来。但是他的肛门括约肌已经失控了,必须用手把粪便抠出来。父亲一生强悍坚硬,此时却已经没有了尊严。他自己用手抠出来两团硬邦邦的屎给我们看,还说肛门烂了,然后毫无羞愧地让我们摸他的尾骨,说那里发热。这在外人看来肮脏可笑,在亲人那里则是深沉的悲哀。那些时不时会过来看望一下的亲戚与邻居们都已经不耐烦了,他们像是等待着父亲的死亡,以便尽到情义。父亲已经脱形了,腮帮完全瘪进去,使得嘴巴前凸出来,像个骷髅,眼睛深陷在眼窝里直瞪瞪地看人,模模糊糊地没有光彩。这是一副将死之人的面孔,让人难以直视。每次打完杜冷丁他略微安生的时候,我观察这样的一张脸,心中都升起浓郁的悲怆。他已经不像他自己了。但是他自始至终没有改变的强硬性格,完全没有任何影视剧中那样的感伤情境里的温情,带给我的只有卑琐、愁闷和焦躁。

不好过呐！父亲带着哭腔说。每隔十几分钟就让我们给他翻个身，为膝盖怎么摆放，会折腾几分钟。我和弟弟都不胜其烦，但是也无能为力。这是一个濒死之手，徒劳无功地试图紧抓着人间的一点点东西，浑然不顾其他。死亡的阴影很早就开始笼罩在他的头上，当还能自己上下走动时还可以玩笑说置之度外，真的事到临头，人类的恐惧本能就轻而易举地俘获了原本就虚张声势的坦然。这种看透了的感觉，让我产生出一种浓郁的悲凉。

灯光照在院中的葡萄架上，旁边橘树的叶子显出一种跃跃欲试的青葱。空气中是油菜花的清新香气，与田野中的蛙鸣形成了完满的初春之夜。星空黝蓝，松树的浓黑阴影投在地上，我站在阴影里撒了泡尿，河道吹来的南风已经褪去了冬日的寒气，让人精神一耸。时间在悄然流逝，它催逼着衰亡，也孕育着生机。

有一天父亲对着窗户外面说，楸树发芽了！我今天感觉不错，也许这个病到春天会好呢！我才注意到不知道什么时候外面枯黄落叶的树木居然都泛青了，我们不知不觉已经在屋里待了三个多月。他说这个话的时候的神情带着渴盼，希望我给他一个肯定。那是一种悲怆的留恋，带着侥幸心理，其实是根底里的绝望。我不敢回应他充满期待的眼神，无法欺骗他。我选择了沉默。这种无情无义的举动深深地伤害了内在的情感，让我在许久之后依然会梦见这个场景，看到他期盼的眼神，然后在内疚中醒来。

三

对于逝者，除碎片拼接，没有其他记忆方式。故乡的远去与亲人的死让我们的生活无法再完整，从此只能碎片地体验生活，像蜻蜓点水，当蜻蜓不再能飞了，腐烂化身为浮游生物，生活在水面底下，而事实上每部分水面也都只不过是片段。

2013年4月1日是平常的一天，我原以为父亲还会撑几天，因为他的神志依然非常清楚。他执意要求医生加大杜冷丁的剂量，但是医生怕过量会导致他长眠不醒，不敢承担这个责任。我也拒绝了他，同时我也担心这些本来就不是正规渠道来的杜冷丁一旦用完，新的接续不上，无法阻止他下一次的疼痛。但是，我没有想到那次就是他最后一次打杜冷丁。日后在一些偶然的瞬间，我会忽然想起他临终时候的面孔，并且为自己没有能够满足他最后的愿望而懊悔不已。

他半张着嘴，眼睛看着斜前方的某个地方。我摸了摸他的头，还是温的，但是呼吸不知道什么时候停止了。他平静地离开了人世。在家乡的风俗中，死者的妻子是不能在他断气的时候在身边的，我不明白其中的道理，不过还是遵从了习俗。我让母亲上楼去喊熬了一夜正在睡觉的二弟，然后，掀开被子把父亲抱了起来。虽然很瘦，但是他的身体还是出乎我的意料有一定的分量。床的另一边地上早已铺好了稻草。我把他抱起来，轻轻放到草上。这次他是真正在民俗意义上去世了。这个过程叫作"落草"。

这个时候二弟已经下来，喊了附近的亲戚过来。我们一起帮父亲脱去衣服，用清水擦拭他的身体，换上寿衣。这个过程他的身体一直没有冰凉，以至于有个瞬间我觉得他没有死。我试着喊了他两声，爸，爸！但是他没有应，一点反应都没有。三姑父说，你把你爸的眼睛合上吧。我用手掌拂拭他的眼皮，把他的下巴也托着，抿起了嘴唇。

葬礼在乡土中国应该是最重要的事情，比婚礼还要隆重。我不懂这些习俗，完全听命于亲戚的指示行动，在做这些事情的时候，既没有伤恸欲绝，也没有如释重负，非常平静，就像面对不得不面对的命运本身一样。接下来的各种琐碎的事情让人根本没有心思去悲伤，当你无法改变的时候，只能去承受，这个时候的号啕与泣泪反倒有些不合时宜。它们是旁观者的抒情和表演，于死者和死者的至亲并没有太大的关系。

这是下午四点多，仲春时节的暮色很快就要降临。我和二弟分头打电话通知嫡系亲戚，一边放鞭炮告知乡亲，点上供香，在瓦盆中点着路头纸，一边叩头迎接前来吊唁的亲友。乡里管民政的部门可以租到冰棺停放遗体，此际的天气并不炎热，但按照亲戚的指示还是打电话租了，这些事情是做给外人看的，必须让死者有尊严，生者才有面子。大姑先从市里赶回来，晚上七点多三弟从合肥赶回来，这时候院子里已经在亲友的帮忙下搭起了临时的孝棚，拉上电线电灯，摆上桌子板凳茶水香烟。姑父和二舅分头开车去集市采购明日接待宾朋的果蔬鱼肉，妯娌婶娘们则开始清洗碗筷、杀鸡切菜。凌晨时分，小姑一家从上海开车才到，我和弟弟、表弟四个人围着遗体铺上草守在棺材旁边"焐材"。

按照姑妈的意思，不想过于草率，所以第二天要停在家中一天。这一天我找风水先生勘察了地，据说太岁西南，所以选了东北方高岗上黎家的一块老房基地做坟。黎家两兄弟是外来户，老二家全家已经打工进城买了房，原来的老房子推倒，只剩下一片废墟和房前屋后的稀疏竹林。地点就在竹林前方的地里，现在这块地是黎家老大所有。"秀才学阴阳，不要一晚上"，风水我也略懂一点。这块地是好地，用阴阳先生的话来说是"前有来龙，后有靠山"，就是前面对着大河，后面则是高坡。他其实还没有看到地的两侧是两道"冲"，也就是一级一级的梯田递嬗着延伸下降到河流的洄湾处——这种地形唤作"白鹤亮翅，步步高升"。不过，风水也总不过是自我安慰的意思，整个世界都已经祛魅，怎么还会留下一块怪力乱神统治的土地呢？

一位叔伯让我带上一条烟、两瓶酒和他一道去黎家老大那里去求这块地。我乡的风俗，如果丧家看上了哪块地，主人一般都会直接奉送，不去计较，但是出于礼仪，主家还是要上门磕头求地。我从高岗上下来，沿着用耕田机翻过的玉米地往下走，这块地已经被承包，都种上了油桃树苗。旱地坡下的水田也干涸皲裂，布满收割后经冬变成惨白色的稻茬。爬上另一面的高坡就是黎家老大的家，我有孝在身，不能进别人家门，就在外面等候，叔伯去洽谈。事情很顺利。三弟也打来电话，说八名"举重"找好了——"举重"就是抬棺人，是葬礼中非常重要的角色，因为他们负责打井（挖坟坑）、抬棺、烘井（就是用茅草和草纸在坟井中焚烧，烘干土里深层的水汽）、落棺、包坟。这些召之即来的人们是皇天下后土上的人间厚道。

　　回到家里，竹马纸轿之类也都送来了。这些东西本来应该"五七"过后上坟时候烧。但是，过两天就是清明，我们这些从外地赶回来的孩子也无法一定能在一个多月后再聚齐，所以决定先烧了。这些纸做的物件包括高头大马、楼台亭阁、丫鬟小厮之类，寓意着逝者在另外一个世界的生活。现在与时俱进了，除了原先那些东西，还有纸电话、纸电冰箱、纸电视之类。这在风俗中叫"烧灵"，同时还要用逝者的裤子装满草纸扎起来一起烧掉，其他的衣物则丢弃在旁边。烧完"灵"，几个儿子要飞快地跑回家用孝巾擦拭棺材上的灰，这被称作"拭材（财）"，谁先跑到棺材那里谁先发财，谁擦的地方大，谁发的财就越多。这些不知道是什么时候形成的传统，不过我和弟弟还是遵循了，也许我们的子女一代就不会有这些繁复而又充满讲究的风俗了。我们会直接从医院进火葬场，然后被装入一个小盒子，送进公墓，再后来可能会在晚辈的遗忘中被弃置到垃圾处理中心。

　　第三天凌晨四点，我们起来洗脸，准备早饭，招待一起去火葬场送葬的客人，大约有几十辆车，父亲一生孤傲，不怎么与邻居亲友来往，这个季节村中人大多出门打工了，不知道怎么还来了这么些人。有的不熟悉的亲友是闻讯从外地赶回来的，生死事大，他们要送一送也许同样并不算熟悉的故人，然后离开。这是礼俗社会根深蒂固的传承，即便在更年轻一代那里有所淡化，也并未全然消逝，所变的只是形式。敬天法祖、慎终追远是上古以降的传统，但民众的祭祀从来也不过五服三代——活着的人有自己的生活，他们回眸过往，却不会长久停留，而是收拾行囊，再次踏步向前。

送葬风俗是先有一辆车开道，运送冰棺的车其次，其他车跟在后面浩浩荡荡。这是为一个人一生中最后一次送行，所以无论认识不认识，平素有无交情往来，车队经过时，邻路开门的人家都有义务放一挂鞭炮，这是风烛残年的古老乡土依稀尚存的深情厚谊。因为原先计算过路上经过的人家，我们准备了一辆车大约七十挂鞭炮和几条烟——人家放炮送的时候，亲属这方要放一挂鞭炮还礼。放鞭炮有堂哥和三叔专门负责。我作为长子，则要下车磕头拜谢，并送一包烟。车子开过傅家、横大路杨家、上庄子我已经不知道姓氏的人家、白土岗辛家，最后上了大道才少一点。十里外的火星镇是我祖母的老家，父亲有几个表兄弟早在街头迎着，又六十里，过了窑岗嘴大桥，市里的表叔的车也停在路边候着了。沿路的鞭炮声让人间恍若节庆。

一路到火葬场，已经七点多，办理手续，骨灰火化出来的时候，我和三姑父、二弟进去把骨灰收拢起来，分头、身、腿三部分用红布包好，装入预先准备的纸箱子中。二弟撑着伞遮住我抱着的纸箱子，走出来上车回家。即便是火化了之后，骨灰依然要装入棺材埋入土中，这是转型中国最诡异的政策应对方式，也是中国民众最深沉的乡土眷恋之情。

八位"举重"在我们去火葬场返回的过程中已经按照方位挖好了长方形的坟井。入棺也有仪式，骨灰放入后，要再放一些剪去扣子的死者衣服。我和二、三弟是儿子，每个人要脱下左脚的袜子放进去，还要脱下一件贴身的衣服放入。封好棺，先要斩一只活公鸡，然后八人齐声吆喝上肩。我扛着连夜托人赶制出来的招魂幡在前面引路，弟弟扶棺，堂兄在一路放鞭炮，绕道从大路往坟地走。一路上逢到拐弯上坎后的平坦地方，领头的"举重"就带头"显叫"，类似于劳动号子，"嘿呦嚯"，其他人和"嚯——"，连喊三声，继续前进，有一种荡气回肠的气氛。我也不明白其中的道理，也许是为死者壮行的意思。

整个葬礼的过程，妇女都无法参与，她们只能戴着孝布帮着打杂，临到最后坟包好后，大家才一起来放鞭炮、烧纸、磕头。入土为安，最后连众人送的花圈都一起放入火中焚烧，仿佛一个终结的仪式，一切都归于尘土。但是，当我试图像一个民俗学者或者人类学家一样详细记录葬礼的程序与环节时，我发现这是一个不可能完成的任务，永远无法描绘，所有的只是阐释。那些仪式是过去的惯性，延伸到当下，已经出于各种便利的考虑而简化，它们既是旧俗，也是新变，或许传统就是在这个意义上生生不已的。我只是受到了一次前所未有的教育，它让我知道那依然活在大地上的传统具体而微的所在。

这是我生平第一次亲身参与的葬礼，故乡的风俗我和弟弟都不甚了了，只是按照长辈的吩咐照猫画虎，从中也可以感受到那种在都市里暌违已久的乡里的古道热肠。那些自发来帮助打杂的邻居，在自家门前放炮送行的陌生人，他们知道逝者的儿子终生也不会认识他们，他们只是尽自己的心，所有的举动都成为他们自己的凭吊。我和他们原先就不甚熟悉，以后也终究还是陌生人。故乡的土地埋下了我的父亲，后来又埋下了我的祖母、我的祖父，但是不会埋下我，不会埋下我的弟弟。和故乡的联系终究将一点一点地切断，最终丧失殆尽，它会退化成内心中看似鲜明无比其实不过似有若无的一个意象。那个时候，只能以回忆风景的眼光去忆念它了，它会完全变成一个异国他乡。

又或许故乡和父亲都早就死了，但是我们都还不知道。就像我在北京深夜梦见走在乡间小道上的父亲，热情洋溢地跟他的表姐打招呼，还不知道自己已经去世很久。我从来没有理解过故乡，就像我从来也没有理解过父亲。只是他的幽灵会不时造访，提醒我一次一次回返那已经远离的故乡，让我明白夏多布里昂所说的箴言："每一个人身上都拖着一个世界，由他所见过、爱过的一切所组成的世界，即使他看起来是在另外一个不同的世界里旅行、生活，他仍然不停地回到他身上所拖带着的那个世界去。"

多年后春日的一个上午，偶然读到远藤周作的《深河》，小说的开篇是一个医院的场景，癌症晚期的妻子将脸转向病房窗户，望着远处枝繁叶茂，宛如怀抱着某种东西的巨大银杏。她告诉丈夫："那棵树说，生命绝不会消失。"我想起父亲临终前看到楸树发芽时所说的话，泪如雨下。

是的，父亲以另外的方式存在，故乡以异邦的形象出现，而生命绝不会消失，它们都背负在前行之人的身上。

（原载《十月》2020 年第 4 期）

这方水土的甘甜

唐小米

一

绕宝塔，过延川，车子走在去延长县的路上。

山路已不是单纯的山路。高速路、快速路、村村通的水泥路，过桥穿山，从两侧杂林茂盛的深绿中钻进隧道，再钻出来时，眼前就换了天地。沿途的山上盘着一层层绿色梯田，眼见着初秋的风穿过豁亮的坡地，绿色波浪一层层拥挤着旅人的眼睛，想象中的黄土高原顿时温柔起来。

据说这些梯田的所属地史家沟村，家家开山辟田种红薯。单是被称作红薯菜的红薯秧子，趁鲜嫩送进超市，一小把就卖到四块钱左右。现在红薯菜正在开花，淡紫色的小花在绿色的波涛中起伏，是平凡的波澜中一些亮眼的小浪花。而秧苗扎根的地方，一座座微微隆起的黄土堆，那是红薯正在成长，果实埋在黄土里。

这样的路途令人踏实。大地上散落的人群，无不走在开花结果的路上，在平凡的日子里翻腾出点难忘的浪花。

下了横跨山谷的高速桥，蓦然看到一条黄龙般的大水从峡谷冲出，逼得两侧的高山向后退让。临河的山石呈现出窗帘般竖曲的皱褶，一座大山像拉窗帘一样把自己拉开了。黄河就在眼前。

高山不得不为大河让路，仿佛这条气势恢宏的河就为劈山而来。奔驰的黄河水穿过一座不知名的峡谷，路也突然沿河水分叉，四通八达的道路就像黄河流向陆地的一条条支流。人在路上，拐着拐着，看到了村庄；看到了半山腰废弃的窑洞，路旁崭新的农舍，青砖围成的庭院；看到了菜园子里操劳的农民，石磨，静卧的驴子。猛然惊醒，一条新的大河已经把你带上了一条新的道路，一路跟随你的急促流水在此地变得沉缓安静，更加凝重起来。流到这，执意带着我们继续前进的这条强壮的河流已经不是黄河了，它被叫作——延河。

延河，从靖边县周山起源，穿山过峁，在来到延安后，在宝塔山下拐了个直角弯，穿过延安，穿过延长，一路东去，义无反顾扑进黄河。

就是这么山高水长的一条路，就是这么曲径流深的一条河，前方却突然平静开阔起来。高山敞开了怀抱，沿途的扫帚梅和大丽花开成了亲人的模样，熟悉的阳光中散发着熟悉的面团发酵的味道，让人真想俯下身去拥抱每一个人，每一缕风。这时才明白，流水指引的道路，是情深义重的一条路。

二

这是我第一次来延安。

说来惭愧，我对延安的印象还只限于 20 多年前的一枚苹果。一枚曾在陕北与关中交界处的某根枝条上摇摆过，又在绿皮火车千里迢迢的摇摆中落到我手上的苹果。

苹果是一枚纯正的山果，个小紧实，皮子半扇青红，上面生一层麻麻的"小雀斑"。我见过山里的野果，都长成这样。山风刮得凶，能把果子的皮皴出一道道小口子。在长久与山风的对峙中，大概山果们都练就了一身好本事，把皲裂的口子，结痂成一道道、一条条褐色的山水。高山落日，秋风入怀，那些执意要长大的果实，就这样在大风中跑着跑着，成熟了。

给我苹果的小华，那时刚从延安回来。一个月前，我们在火车站为她和她的陕北男青年送行。他们相恋多年，正要回到他的家乡——延安北部大山里的某个村庄，完成婚礼。

回乡的路程遥远而漫长。绿皮火车把他们载到一个站，毛驴车又把他们送到另一个站。有时，只有靠双脚走才能到达下一个站台。但迎面而来的，依然是黄土堆垒，枯黄的高山连绵无尽，秋风掀起的尘沙从天而降。在这望不到头的行进中，陌生路途带来的风景一点点蜕去，周围山石坚硬，寸草难生，难得的平缓处开出几处窑洞，望过去黑乎乎的。她梦中飘着红绸的迎亲队伍呢？她的向日葵和羊群呢？生活在渤海岸边富庶小城的小华，再也忍不住，放声大哭。

归来的小华坐在我对面，讲述着这一切。

她讲起她的公公，一个苍老瘦弱的汉子，为了迎接她的到来，接连几天爬过两道沟，去背水。

她讲起寡言的婆婆，从一口罐子舀出一点点水，让其他人使用。

她讲起带着全乡人的捐款走出大山的丈夫，婚后到每家窑洞还礼。

难忘的还有牵动人心的告别。当小华和丈夫准备踏上归程，几乎全村人都聚在土窑门口。他们手上拿着生活中最珍贵的东西——红薯、野枣、苹果、小米、绣花鞋垫、粗布枕套……在"春播一袋谷，秋收一瓢粮"的贫困山村，他们捧来了他们的珍宝。

这样一种送行，不只包含着单纯的告别味道，反倒更像一种传承，像父母对两个准备离乡远走的孩子的托付、交接。好像捧出来交给两个年轻人的不是地里长出的作物,而是他们自己身上结出的果。

小华都收下了。想必最初,他们敲锣打鼓送出全村唯一的大学生时,也像送出他们一生的果实。这样隆重的仪式感,暖着人的心。我的朋友,在那一刻再也按捺不住心中的潮水,她向着他们深深鞠躬。从此,他们就是她的亲人,山背后的村庄就是她的家乡。

三

我终于来到小华的"这个"家乡。

听同行者的议论才知道,原来他们都和我一样,把延安想成了黄土色的——黄土的坡、梁、窑洞;浑身裹满了黄土的羊群;被高原的黄土和日头染成黑黄的村民。但他们也和我一样,看到的不是荒凉,是繁茂的绿意。更巧的是,刚下了车,一只只延安的苹果就递到了我们手上。

卖苹果的妇女姓雷,是延长县阿青村人。她脸庞黑红,笑起来,也像一颗熟透的果子,在树枝上灿烂。

阿青村村支部紧邻一条敞阔的柏油路,那是连接各市县的交通主路。因此,村支部在门前盖了两排结实的木亭,既可供村民候车、闲坐,又做了集贸地。平时,村民把自家生产的瓜果蔬菜拿来,卖给路过的旅行者,赚一笔小钱。像雷大姐,遇到好时机,一天能卖四五十斤苹果,赚200块钱左右。

这就是如今小华代理销售的延安苹果啊。这红润饱满的苹果,水分十足,咬一口,酸甜适宜,甘美酥脆。

同行人中有一位林果专家,他细数苹果艰难的成长过程:挖坑,栽苗,施肥,浇水,置防鼠网,埋堆,蒙膜,等到果树发芽,又要开始烦琐的刻芽、疏花、疏果、防霜冻、套袋、拉枝、环割、防雹，然后果实成熟，还要除袋、增色等几十道工序。国家的科技培训送到了贫困老区人们的身边，现在延安的果农人人都是科技能手了。我们听得目瞪口呆。

其实在来的路上，我们已经知道，延安高海拔、高光照、高温差、无污染、极适合苹果生长。阿青村建在塬上，群山环抱，曾是延安的穷村之一。前几年来了一支科考队，他们测量后告诉村民，阿青村正处在冰雹带上。至此，村民们终于知道，为啥每年这么多雷雨冰雹，把他们辛苦一季种出的粮食和果树全毁了。但只要治住了冰雹，阿青村也能和其他村庄一样，结出同样好吃的苹果。现在的阿青村，就是在国家扶贫政策的支持下，修路、办电、蓄水、架防雹网，成为延安380万亩苹果种植版图上的一部分。

而今，延安的苹果让全国各地的人们品尝到了这方水土的甘甜。

"你们没想过搬去别的村生活？"

"咋能说走就走呢？祖祖辈辈都在这活着，啥样的地都得有人守，有人种。"

回答我的是阿青村的村主任。

旁边的雷大姐爽朗地笑起来："我还上赶着往这村奔呢。这村精神足，好多烈士的后代嘞。"

日子好过了，他们马上就在村支部选了一面窑洞，建起了村史馆，把烈士的遗照连同英雄事迹做成展板挂起来，供后人瞻仰怀念。我进去看了，窑洞是新式样的窑洞，是当年在此插队的北京知青们投资给村里盖的学校。整合教育资源后，村里的学生都去了新建的寄宿学校学习，这里便给了村支部。窑洞里除了悬挂烈士们的遗照，还挂着一面鲜红的党旗。紧挨着党旗的照片上，是阿青村村史上最年轻的党支部书记谭生煋。

如果重回上世纪30年代，这个叫谭生煋的年轻人还活着。他1927年入党，是早期中共党员。当年，他一边从事革命工作，一边带领群众开山辟田，垦荒种地。直到1936年夏天，敌军进攻延长，他在侦察敌情的过程中腿部中枪，被捕了。敌人酷刑折磨，他依然只字不供，慷慨就义，年仅30岁。

阿青村有16位革命烈士。如今他们的子孙，在他们点起熊熊火把的这片土地上，享受着国家反哺老区的产业政策、扶贫政策，在曾经受炮火和冰雹击打过的荒山上覆盖起电网、防雹网。果树终于能够长大、开花、结果，黄土坡变成了绿坡。如果烈士们还活着，他们所希望的，应该就是现在老百姓正在过着的生活吧。

雷大姐还在笑着，催促我品尝手里的苹果。

对于我们认为很辛苦的果园作业，雷大姐不以为意。在果农的生活里，这些繁复的工序已经成为日常生活的一部分。如今，她家拥有二十亩果园，也算得上村里种苹果的大户。住的房子也从以前半山坡上几辈人传下来的旧式土窑，搬到了紧邻公路的新房子。房子安着玻璃窗，用新瓦搭成粮仓状的屋顶，这样到了雨季，屋子再也不用浸泡在雨水里。落在屋顶上的不管是暴雨还是冰雹，都能沿着屋顶滑向大地。

雷大姐说，这还不算是最好的房子。国家出钱让退耕还林了，山上都种了树，到处绿汪汪的。环境变好了，村村都在搞新民居建设，附近村子有的新民宿都建成了二层楼。她说着几个村庄的名字。"不过，我还是要留在这，守着我的苹果树。它们可是我的摇钱树。"她爽朗地笑了起来。

还记得20年前送小华去延安的那天，我们拿着最大最红的苹果塞给她，希望婚礼时她能牢牢拿在手里，从此平安幸福。而此刻，在延安，我正沉浸在小华曾经期望过的画面里：长风十里，无边无际的苹果花漫过我们的身体，接着，果实在树枝上奔跑。

（原载2020年8月12日《人民日报》）

天堂的面容

马永珍

  六月光景，大约是上午十点多钟，就已经很热了，地面上吱吱地冒着热气，这时最热闹的就是农业队的羊场上了。我们肚子洼——阳河村一队，一共有四圈羊，每圈大概有四五十只。羊已经饿了一夜，一群一群从羊圈里急匆匆跑出来，在羊把式的指挥下，一圈围成一堆，白生生的，就像一朵云。

  霎时，羊场上就热闹极了：羊圈里留守羊羔可怜的咩叫声，羊圈外母羊长长的、颤颤的呼儿唤女声，此起彼伏，凄惨得还有些动容；那几只公羊趁机耍骚情，这儿拱一下，那儿泡一下；更有胆大的还跑到别的羊群里找相好的；这时每个羊把式八仙过海，各显神通：刀铲、牛皮鞭子就会毫不留情地挥舞起来，当然还夹杂着大声的呵斥声、吓唬的跺脚声。

  队里好几个八九岁的碎儿子娃娃，光着脚片子和屁股，在人群里、羊群里像麻雀一样飞，追跑，打闹，惊得地面上的羊群不停地乱动；气得羊把式又骂人又骂羊，但没有一个听话的。羊群在羊场上停一停，一是为了让羊把粪拉在羊场上,二是等私人家羊。

在一片吵闹中,私人家的羊陆陆续续来齐了,羊群就开始上山。只见羊群缓缓移动,沿着一条发白的山路渐走渐远,仰望山顶和天空好像连在一起。羊群顺着弯弯曲曲的路一直向山上走,走到山顶上时就看不见了,也好像直接走进了天上。那时满山满洼的都是绿油油的庄稼,天空像被妈妈刚刚洗过,又蓝又亮。几片云彩,悠闲地飘在天上,像刚刚失踪的羊群!

羊群走了!羊场上留下一大片羊粪豆豆,又黑又圆,像满地散乱的葡萄(那时我还没见过葡萄呢),冒着淡淡的、白白的热气,有些臊味!光脚片子踩在上面,软软的,脚心有些痒,就想尿尿。于是,我们几个不约而同地开始比赛,边尿边喊:看,我尿得远!当然也有不服气的,夹紧屁股,踮起脚尖,使劲地尿,也喊:我比你尿得高!

本来把羊粪豆豆踩扁了,又加上乱尿一气,这可把扫羊粪的瘸爷给气坏了,只见他把扫帚举得高高的,一瘸一拐地追来了,当然嘴里也开骂了:"他这些碎大,这些碎坏厎还有人管吗?"

我们都知道他在吓唬我们,因而并不怕他,直到他追到跟前,才哄的一声像麻雀子一样散开了,边跑边做鬼脸,还一边喊"瘸子爱爬洼,结子(结巴的意思)爱说话"。看着我们跑远了,瘸爷扶住扫帚,大口大口地喘气,笑眯眯地骂:"这些碎厎,是该有人好好管管了!"

仿佛一群羊,我们比赛着一起跳下一人多高的土坎子,看见大人都在来来往往忙碌着。阿訇太爷捋着胡子说:"主啊,是该给这些牛犊子扎鼻钻子了,给这些马驹子戴缰绳笼嘴,给这些羊羔子加草料了!这些都是肚子洼将来的人物啊,没有文化怎么行呢?!"

我最怕父亲,想偷偷地溜走,但父亲还是第一时间发现了我,威严地说:"木旦,回家帮你妈干活去。"我看躲不过去了,就假装问父亲:"大,

353

你们在干啥呢？""在给你们建学校哩，秋里就要念书了！"父亲好像把"念书"两个字说得又慢又重！

"这不是马圈吗？"我问，"昨天的马哪儿去了？"地上只留下一摊一摊的马尿，有一阵阵刺鼻的尿臊味。父亲见我不停地捏着鼻子，哈哈大笑说："黄土是个宝，把啥味道都会遮住的。"

我们肚子洼是阳河村一队，队里的人都姓马，据说我们的祖先，真名已经不可知晓，外号名叫鹅头太爷的为了躲避战乱，同治年间不知从哪里逃荒要饭到此。关于鹅头太爷的传说是这样的：他用一条榆木扁担，挑着两个筐，一个筐子装着一个儿子；走一路，讨一路，最后来到阳河村，石羊大地主马老大收留了他，其实就是做了长工，就再也不走了。我们的祖先当时正年轻，农活样样精通，把马老大差点美死了。三年过去了，马老大找我们祖先结算工钱，一共是三串钱。我们祖先说工钱就不要了，把肚子洼给他算了。马老大也是明白人，猛一拍大腿，只说了一句：就这么定了！后来有人编了个顺口溜"三串麻钱子买了个肚子洼，屁股疼得坐不下"，到现在我也不知道是赞扬还是讽刺。于是，我们祖先搬家到了肚子洼。到我们这一代人，据说已经十代了！在我没上学之前，洼上大约有一百口人，阿訇一个，读书人一位。

唯一的阿訇是我的太爷，我们都习惯叫他阿訇太爷。那时已经有六十多岁了吧，大个子，白帽子，慈眉善目，胸前一把白胡子有绵羊尾巴那样又厚又长。听老人说，他的尔领（知识）大得了不得，解放前给宁夏主席马鸿奎讲过经，在好多地方开过学，教过的满拉没个数数子，像天上的星星一样多，方圆百里很受人尊敬，威望大得了不得。我只记得他最喜欢我们这些碎娃娃，只要被他抓住，就让我们念《清真言》，如果不会他就"数肋骨"。说实话，他数的时候，一点也不疼，只是痒痒得难受。地上躺着的娃娃一边笑个不停，一边来来回回打滚，几个来回，他大概故意一松手，躺着的娃娃站起来一个土遁就跑了，但他的呵呵大笑声一直追着我们跑。三岁的娃娃记老死，那时的事情到现在还记得清清楚楚。

唯一的读书人马老师也在忙活。他是我二爷的大儿子，以后就叫他马老师叔叔。听我父亲说他在解放前念过私塾，解放后也念了几年书，是唯一的有知识的人。当时，他人到中年，红黑的脸上留着些黄胡子，不太密，像山上常见的草胡巴子。他不爱说话，听别人说"马老师，秋里你就有事干了"，他也只是微微一笑。

大人们边说边干活，推的推，搡的搡，架子车来来回回地跑。每当倒下一车土，就能听到扑哧的响声，清脆得很。黄色的马尿泛起白色的沫子，还有无数的小气泡随起随灭。渐渐的马尿被黄土围追堵截，疆域越来越小，最后聚成一个小水坝，味道也就越来越臊，难闻死了。娃娃们有的捂住口鼻，有的呕吐，纷纷跑开了。大人们哈哈大笑："多闻一些，这样念书就会聪明。"念书是干啥的？当时一脸茫然，不由得抬头看天，天还是那么蓝，云还是那几朵云，慢悠悠地飘着，就连它也不告诉我。

夏天忙，夏天忙，绣花的姑娘下高房！六月拔豌豆、拔扁豆，七月收麦子，八月割胡麻。龙口夺田，处处都是忙碌的景象。有天晚上，我都睡着了，却被母亲把我推醒。我迷迷糊糊地坐起来，母亲说木旦你给妈拿灯，妈给你缝书包——我儿子明天就要上学念书了，怎么能没有书包呢？我把煤油灯举起来，灯光下母亲飞针走线。说真的，当时瞌睡死了，我很不情愿。父亲的呼噜响雷一样，一声一声，我担心把我家的窑顶给震塌了。不知过了多少时间，母亲咬断线头，说，好了，你试试！我光着身子背着书包，在炕上来回转了几圈，母亲自豪地说："我儿子背上书包就是赞！"

第二天念书去又出了笑话。老师不让我们进教室，因为我们几个还是没穿裤子和鞋。马老师说上学一定要穿裤子和鞋子——我们几个娃娃也不知道羞，互相打闹，还比谁的书包好看。比来比去，我的书包有三种颜色：黑边子，蓝色底子上还绣着红花，我当时很得意，因为他们的书包只有一种颜色，有白的、红的、蓝的，白线针脚还露在外面，像娃娃嘴呲着。最后一致得出的结论是我的书包最好看，我妈最厉害，也最疼我，而且还是亲生的。说实话，当时我很骄傲，用嘲笑的目光鄙视他们！在我们比书包的时候，大人们和老师在聊天。最后的结果是今天就这样吧，明天来时一定要穿裤子和鞋。

教室不大，前面有三张小桌子，后面两张大桌子，靠北墙竖放着一根又粗又长盖房用的大梁，好像是杨木檩条。马老师叔叔安排座位：我们六个刚上学的坐前两排，后一排两张大桌子坐四个，大梁旁边的小凳子上坐三个大的学生。原来我们队里有几个在阳河村上小学，今年就不去了，这就是一二三年级！长大后，上大学时才知道这叫复式教学。

教室西墙上有一个黑板，黑板前面一张破桌子，那大概是讲桌吧！南墙上有一个洞，那大概是窗户。阳光蹿进来，暖洋洋的，奇怪的是没有一点马尿的味道，看来父亲说得对：黄土真是个宝啊！

说真的，当时上学的内容一点儿都记不起来了！只记得先上语文，后上算术，顺序依次是一二三年级。那时最盼下课玩游戏。我们当时玩的种类很多：斗鸡、踢押、抓五子儿、走窑窝等等。最好玩的是挤油！叶儿孤白个子最高，每次他都站在中间，我们一边六个。一二三，开始，呐喊声惊天动地，双方人马脚踏实地，脖子伸得又红又长，眼睛瞪得牛铃一般，把吃奶的劲都使上了！刹那间汗流浃背，头上雾气缭绕。往往这时候，马老师判完作业，大喊一声："都干啥哩！"这一嗓子，不亚于晴天霹雳！叶儿孤白抽身就跑，两边激战正酣的人马前赴后继，摞成一堆，有点像后浪推前浪的样子。不管是黑衣裳还是黄衣裳或者蓝衣裳瞬间都变成白的了！不管闪了腰，压了头，还是砸了脚，没有一个人喊疼，起身就往教室里跑。我力气小，每次都是最后一个，在教室门口被老师一把抓住："木且，背书！"刚开始我很害怕，最后一点也不害怕，而且还希望被抓住。因为，背书是我的长项，每篇课文我都背得是堂堂如流水一般，到现在我都记着老师表扬我的话："这娃聪明，长大后一定能当官！"我回家把这句话也告诉了父亲，父亲什么话也没有说，只是微微一笑，但我感觉笑容很特别！

讨厌的冬天来了！北风刀子一般厉害。手上、脸上割出许多细密的血口子。我清清楚楚地记得妈妈每天给我抹棒棒油的情景！早上上学，教室里黑烟乱窜，烟雾缭绕，呛得人一直咳嗽。引火柴有些湿，不好点着！马老师正趴在地上，腮帮子鼓得胀胀的，使劲地吹气，那样子像一只青蛙在捉虫子。慢慢地火着了，火苗越来越旺，教室越来越暖和。马老师拍拍身上的土，仍不失庄严地宣布："一年级上课！"

教室的烟散尽快要下课了！因为南墙上唯一的窗户几乎被砌死了，只留下拳头大小的一个小洞。身处其中，学生老师都像神仙一样。教室的烟分为两层，和我们一样高的是青烟，比我们高的是白烟。青烟呛人但很暖和，所以还是比较喜欢青烟！上课经常走神，死盯着白烟一圈一圈像云一样从那个小洞里流出去，像孙猴子逃跑！往往这时候，半截粉笔会准确地落在头上或者脸上。把粉笔拿过来，好好上课！马老师是火眼金睛吗？我们常常这样想。

还有一件怪事就是阿訇太爷经常到学校来。他来时如果马老师正在上课，他就在窗外站着听。有时他一直听课，下课了也就走了，也不和马老师说话。有时很短，一转眼就不见了，我们都觉得很神秘！

如果他下午来，那是我们学生最高兴的了！他和马老师或蹲在地上，或坐在板凳上，小声说话，这两个我们肚子洼最有学问的人聊得很投机，很投入。我们这些学生就玩疯了。他们有时聊着聊着也会抬起头来，对我们指指点点：尔里可以当警察，木旦可以上大学，叶儿孤白可以当

357

大官、伊赫亚、尔买、满锁、阿丹……一个个都会有出息的。每当这时,他们的眼睛就会发出炫目的光亮,仿佛早已看见我们的未来是那么美!

我在这里上了两年学,三年级时由于上学的人越来越多,教室又太小,就到阳河村小学继续上学去了,肚子洼小学只保留一二年级,到最后只有一年级。

光阴荏苒,而今步入不惑之年的我已经具有二十年的教龄了!很对不起老师的预言:我没有做官!老师,其实在幼小的心里我的梦想就是做一名教师,像你一样的老师,只不过没有说出口罢了!四十年的变化真是沧海桑田,远在京郊教书的我,每年回来,都要去肚子洼小学看看,或者坐一会儿,经常也会遇到其他在外面工作的同学,其实同学也是亲人。面对眼前翻天覆地的变化,我们都是唏嘘不已!

肚子洼小学历经沧桑,其实也和时代一起变化,而且越变越漂亮,由原来的砖木结构到现在的二层小楼,砖砌的院墙,水泥操场,钢化篮球板,孩子们在操场上玩耍,生龙活虎一般。坐在宽敞、明亮的教室里,站在一应俱全的现代化设施的讲台上,从宽大的玻璃窗向外望去,山峦次第盛开,蓝天白云扑入双眸,心胸无限开阔!这些设备,和帝都郊区的学校一般模样!走笔至此,又想起几十年前的肚子洼小学来了,那人那物,那烟那云,不觉潸然泪下矣!

人是景非,世道变了,一切也都变了。抬头仰望,只有天空还是像原来那么蓝,缕缕白云飘过,笑眯眯地向我打招呼,我认出来了,还是儿时的那几块,太熟悉了!

现在的肚子洼可是名声在外了!在这个总共不到三百口人的小山村里,已经考出去了三十六个大学生,几乎是家家都有,有的人家还是好几个(我们家就出了三个),这样的人才密度在方圆几百里都是数一数二的。我们应该感谢两个人:马老师和阿訇太爷!

马老师现在要叫他哈吉了，去年刚刚朝觐回来。他今年八十多岁了，身体还很硬朗。我去看他时，他还特意给了我一顶从沙特带回来的小白帽。告别时，他忽然说让我原谅他，因为上学时打过我，跟我要口唤。我眼泪哗哗地答应了，也就跟他要了口唤，还顺带着给我的妻子和孩子也要了口唤。

阿訇太爷是九十岁归真的！到现在已经三十多年了！第二天黎明时分，父亲、大哥、我和弟弟们在清真寺做邦达（晨礼）。礼拜结束后，我邀请了当时所有礼拜的人一同去给阿訇太爷上坟。本坊阿訇虽然年轻，但他悠扬的诵经声和阿訇太爷活着时的诵经声一样俊美，像清风吹走了所有的烦恼，像春雨润泽了干旱的心田，像树荫遮蔽了委屈的光阴。

一大片土坟模模糊糊地裸露在视野中，几百年来，家乡归真的亡人都在这里。他们静静地躺着，此刻，我们在看着他们，也许他们也在看着我们。我相信他们的心是永远醒着的，他们的灵魂属于永恒的天堂！阿米乃！我们虔诚地接了嘟哇，阿訇太爷，所有的先人，永远的天堂属于你们！

黑暗慢慢散去，光明降临人间。我也渐渐看清阿訇太爷的坟和众多祖先的坟一样：一个黄土堆，像个土馒头。因为时间长了，黄土已经变成了深青色，而且长满了冰草、骆驼蓬和一些不知名的野草，在风中轻轻地摇曳。再仔细看还有些羊蹄窝窝盛满了雨水，寄生着一些说不上名字的浮游生物，看着这些出出进进的小生命，我们不也和它们一样渺小、卑微，整日忙碌吗？

太阳一寸一寸升上东山，天光大亮了！万丈光芒照耀着我的家乡——这个位处祖国大西北，黄土高原内陆，西海固腹中的一个小山村！宛如一幅脆生生的油画，在尽情地享受大自然的恩赐！天蓝得像海一样，云白得像雪一样，树木干净得像水洗过一样。山峦翠绿，戴着太阳草帽，披着白云大氅，羊群和山花一样，茁壮茂盛。山山峁峁、沟沟坎坎，从坡上到坡下,从山梁到平川,正是五谷庄稼拔节、抽穗的时候,在绿色的地毯上,到处飘扬着五彩斑斓的旗帜,小小的花朵,飘散着淡淡的馨香,不断夹杂着粗犷的漫花儿声,若隐若现!

家家户户,炊烟次第袅袅升起,到处都是忙碌的人们。公鸡扯着红脖子比赛打鸣,大黑狗走东家串西家乱跑,花喜鹊"嘎——嘎——"地叫个不停,小孩子有的读书,有的玩耍,不亦乐乎。老人们在熬罐罐茶,他们喝得很慢,有滋有味,一口一口品尝生活的甜蜜。学校里飘扬的红旗,抱着我洁净的举意,像光彩夺目的鱼游入到脚下浩瀚的黄土之中!黄土,黄土,全是水做的骨和肉啊!

也只有在此时,我仿佛看见一道天光从天而降,穿过我的血液、我的骨头、我的灵魂后,又隐匿到脚下每一寸厚重的土地之中,每一棵草尖的举意当中,每一声花牛犊"哞——哞——"悠长的抒情之中,是那么温暖、圆润、慰藉和神秘。我久久不敢说出内心战栗的原因:刹那间,我仿佛看到了天堂的面容。

(原载《民族文学》2020 年第 8 期)

三 老

和庆光

石鼓一带，称爷爷为"阿老"。"阿"读第二声。石鼓西面，黛青色的大山背后，有一个美丽的小山村，叫石支。村里住着百余户人家，绝大多数是普米族。石支的普米，称爷爷为"欹晡"。"欹"读轻声，只是助词，"晡"才是爷爷的意思。大抵是自古就跟汉族有着关联，吸纳汉语较早的缘故，这里的普米，虽然本民族的语言保留得很完整——可以细化到地里的各种草，山上的各种树都能分别一一说出，但在日常生活中，常会夹杂少量的汉语。尤其是年轻人，读了书，去过一些地方，接触了各种民族之后，在家里有时也会说汉语的。我亦如此。比如我这里说的"三老"，已经是汉语了，可村里人也大都这样称呼的。"三老"是我爷爷的弟弟，因排行第三，叫"三老"。

1

我的曾祖父共养育了四个儿子。我的爷爷排行第二。我对爷爷没一点印象，从记事起，就只有三老一人了。并且，当我在文泽园家中拉开窗帘，坐在有蓝天映衬的书案旁，写下"三老"二字的时候，三老到家乡那绿树成荫的山上，都已11年了。于是，伴随着"啊——"的一声轻叹，像打开一本自己喜欢的旧书，隐身于岁月页面间的三老，就一步步地走了出来。

我大致弄懂"静以修身，俭以养德"的含义，初步知道"德"与"才"之间有一些不可忽略的关系，逐渐明确读书识字，为人为文，要能鉴别、会区分、辨良莠，感到三老有些不一般时，三老已是70多岁的人了。腰不弯，背不俯，个头仍高出我一大截，一米八上下的样子。人老了，面部肌肉有些松弛，微微地坠着，愈加显出脸的方正。走路时眼睛眯成一条缝，抬头看人，便露出略呈灰蒙的眼珠。常年穿一身有点旧了的藏青色布纽扣对襟衣，腰间扎三四指宽的黑布带。头上总戴帽子却没有檐。有时是有栽绒耳襻的棉帽，有时是黑的布圆帽。灰白的胡须一寸多长，得闲了，时不时地捋一捋。逢年过节，当他戴着黑绸圆帽，穿着簇新的锦丝图案右衽长衫，坐在椅子上看前方时，还真有点像我在历史书上见过的明清遗老呢。但算他的年龄，既然属虎，当生于1914年，已经是民国初期了。我的爷爷，亦即三老的二哥，倒恰好是清朝结束那年生的。只是不知道爷爷长什么样，心里总有些遗憾。

游牧民族的后裔，马牛羊是少不了的。在我的记忆里，三老始终都是牧马人。集体时赶着一大群，集体解散后，赶着三五匹，至少也有两三匹。腰间随时别一把装在刀壳里的柴刀，肩上常常扛一把条锄或板锄。吃了饭，就赶着马到离村子较远的山边荒地去放牧。太阳要下山了，又赶着马回家，春夏秋冬，循环往复。我们村里通往四周山上都有路，许多路既可人行，也可畜行。但每一条都有石头，或多或少；每一条都有凸有凹，弯弯曲曲；有的还要从树林间穿过。三老的刀和锄，就是专门用来修路的。

该砍的砍,该挖的挖,该填的填。有水凼,有水沟的地方,能垫的垫,能搭便桥的找几段木头搭好。太绕或太窄、太陡的地方,他甚至会重新开挖一条路。每天做一点,烈日下,寒风中,坚持不断,直到做完、做好。尽量让过路的人方便一些。山区的路是常常需要修的,特别是雨季,修过的路,成群的牲畜踩踏过几次之后,要不了多久,行人又会变得很难走,三老都会不厌其烦地一次次去修好。凡是他足迹所到之处,只要有挡绊,不好走的地方,都会留下他挖过、填过、修整过的痕迹,村里的人轻松地走过时都会想起他。(三老在的时候,石支只有土路、沙石路。)

　　三老家门前是一条车路,四五米宽。村里上上下下的车,来来往往的人都要经过这条路。路的一边有一段是贴着山的侧沟,一边是高出路下的地一两丈的斜坡,坡上长着灌木、荆棘,有些枝条伸向路面。有一年春节,才初四或初五,我从三老家门口路过,看到他弯着腰,用一根木叉撑着,砍路边的刺蓬。隔着十来米,我故意大声地喊"三老——",好像要急于告诉他什么一样。他停下张望。我走近他,用普米语说:"三老好好在家里得了。滑了,跌了,刺扎着怎么办?"口气中还含着几分责怪。他顿了一下,很平常地说:"吃了,喝了,闲着不舒服,动一下还好过一些。慢慢地做,不会怎样的。"我递给他烟,他说纸烟抽了,咳。没接。我在心里说了句:"何苦啊,这么大年纪的人!多少人觉得很舒服的事,他却觉得不舒服。"我走了,看见他又弯下腰继续砍那些刺。没人安排,没人要求,没谁补偿,完完全全是自身养成的习惯,几十年如一日,不声不响,只是认认真真地做。虽然没什么文化,不会讲什么公益爱心,品格操守,但做的都是有益于众人的事。德和行能如此自然融汇,并不是什么人都能够做到的。更不寻常的是,对那些三老做的我们认为很了不起的好事,他自己却看得很轻、很淡,好像跟他没有多少关系一样。偶尔我们向他提起时,他眉毛都不动一下,非常坦然。他对待付出的神情,让我佩服。进而想到罗曼·罗兰说过的话：唯有心灵能使人高贵！

  石支的普米，教育孩子喜欢说的一句话是"要好好读书，走正路"。对不听话，没规倒矩，调皮捣蛋，好逸恶劳，惹是生非的，会责骂为"不上路""不成器"，并严厉管教。所谓"上路"和"成器"，不单指下一代要成龙成凤，光宗耀祖，更主要的意思是一个人要从小讲礼貌，讲品行，知好歹，有本事，认真踏实。长大以后要凭自己的能力吃饭，不走歪门邪道，不伤风败俗，不让人憎恶讨厌，以至像见一堆臭狗屎一样远远地就绕开、避开。

  路虽然是人走出来的，但没有人维修，也是不行的；现成的路走的人多了，天长日久是会变坏的。三老的特别在乎"走路"和看重"修路"，跟石支由来已久的传统习俗是有内在联系的。他之所以默默无闻，身体力行，一生都注意做这方面的事，其目的无非是让自己和别人都能走得堂堂正正，顺畅利落，少一些拉拉扯扯、磕磕绊绊罢了。尽管在我的印象里，他连相距十多公里的石鼓都没有去过，根本不会知道山外名目繁多的路。汽车，恐怕也只是在村子里坐过，可他总是关心着路，乐此不疲，满怀热忱地希望后代能走得更远、更好。

2

  三老话不多，只抽旱烟，不喝酒。几十年里，我从未见他跟谁在一起哇啦哇啦，或叽叽咕咕地说这说那，也没见他高声大气地发火动怒。据父亲说，三老的脾气还是很怪的，如惹毛了，是不得了的。怎么不得了，父亲并没有说，我也不想探究。老人们的事，很多都不在我的记忆范围。但我知道，平时注重自身言行，不卑不亢，从容镇定的人，自尊心总会重一些的。若有超出可容忍范畴的事，往往会不顾一切。像小小的蜜蜂，辛勤劳动，不干坏事。可以取它的蜜，也可以接受烟熏和驱散，但不能使坏，虐它、害它。否则，豁出去，在所不惜——虽为昆虫，却已将生存的意义，诠释得十分简洁，令人肃然起敬。父亲说的，大致应该是类似情形。

话不多，不等于没有话说，只是看跟谁在一起罢了。三老的孙子辈有三十多人，重孙辈都十多个的。在石支，这样的例子是唯一的。孙辈中，我的年龄最大。春节时我去看他，常常是屋里屋外都是给三老拜年的人，说热闹非凡并不夸张。就是在这样的时候，三老总会让我坐在他身边，悠悠地跟我说一些世事。

我参加工作比较晚。高中毕业后，执行"接受贫下中农的再教育"的政策，在家里当了三年多挣工分吃饭的农民，我还是石支的第一个机动车驾驶员，为村里开过手扶拖拉机。直到恢复考试制度后，才像被关在圈里，日上三竿迟放的羊走出石支的。也许是在家那几年，三老熟知我的性格——急躁，做事缺乏耐心，脾气不是很好。对我多少有些不放心。一天，我跟他坐在一起，他用普米语问我，在外面有没有喝酒？我说有时喝的。他说："喝不得。酒是会燃火的，伤人。你在人家地方，山高路远，人地生疏，年轻轻的，什么也晓不得。以前以前，我们的祖先那些，多能干的人，都因为喝酒，误了事。人啊，喝了酒，胆就大了。不喝酒时，知道不该说的话，不该做的事，酒一喝，也会去说，去做。逗人恨，得罪人。人后有人，天外有天。要小心，要谦虚，忍得耐得，顺顺利利的，争点气。脚步才迈开，路还远，大意不得。你的几个叔叔（堂叔），说了不听，只知道喝，不喝不是人一样，只晓得出力气，昏昏沉沉的，还以为自己很明白。"同一件事，从别人口里说出，我未必在心。从三老口里说出，却像春天无声的雨点滴落到三四寸高的玉米苗上，会亮晶晶地噙在窝心，滋根润叶，裨益成长。我的自控能力是比较差的，下了许多次决心戒烟，都没有成功。而喝酒的事，我记牢了三老的话。虽然不是为了要多清醒多明白地过日子，想走很远的路。远不远，不单单取决于是否清醒，是否明白，太清醒，有时反而会增加愁苦。但三老的话，恰好点到了我的痛处。我确实因为喝酒，曾经丑陋不堪，起码的人样都没有，后悔不已。从那以后，至少十年，我滴酒未沾。本来也是，一个怎样爱惜自己都不知道的人，又怎么会清楚如何爱护别人呢？没读过书的三老跟我说的话，让我领悟了生活中一些看似不经意的东西，其实是最不应该含糊的。

听三老说话，不仅像润物细无声的好雨，而且还像冬天坐在院子里的暖阳下，有挡有护，没有风，没有凉，温暖舒适，徐徐渗透。无遮无掩，充满光亮。

三老八十多岁的时候，我成家已经好多年了，孩子上着小学，成绩不错。有一次，也是春节，我和六七个叔堂弟坐在三老家火塘边闲聊，讲一些外地的风土人情。其中四五个还没有成家。三老坐在我对面，侧着身靠在墙上抽烟，什么也不说。眼睛随意地看着门外，有没有听我们说话，不甚明确。他的呈钩状的铁烟锅上，套着将近一米长的竹烟管，可以直接伸进火塘点烟。好一会儿之后，他轻声叫着我的乳名，问："给有栽一些花？"我说随便栽了几盆，放在阳台上搪灰。他慢慢地咂了两口烟，又说："你在的那些地方，好看的花多吧？"我说，好的也有，一般的也有，还有假的。顿了片刻，他说："能适应我们这里的，好的那些，要多留意一下。多走走，多看看，不能只忙你的事。我们石支，山上的松树标直得很，到处都是。兰花也有，山茶花也有，梅花菊花，桃李梨杏，核桃林檎都有。山好水好，气候也好。就是晓不得外边有些什么，见识没有。你多找一些好的花木品种回来，让各家都种上几棵，照护好了，长得旺旺盛盛的，开得漂漂亮亮的，多远地方的蜜蜂，都叫它在花上飞来飞去，三老就高兴了。花是有讲究的，好不好，不能听人家瞎吹。读书人，要有眼力。还要提醒你，普米是不兴栽刺的。带刺的，再好看也不能要。有毒有害的更不能要。我们家族这么大，你的弟兄这么多，三老多想看看外边稀奇的花，但走不动了。你在外边,要帮三老。我们地方的这些,有些是原来就有的,有些也是祖上从外边找来种下的。花木跟人一样,要挑选,要培植,要一代一代传下去,才会一代比一代更好看。"说过之后,眼角露出眯笑,我才恍然大悟。这是我没有文化的三老么?这么含蓄,这么委婉,对晚辈的期望,凝聚于轻松象征的谈吐中。

3

三老是94岁去世的。教师节前两天。在石支已是最高寿的了。接到消息,我从相距两百多公里的单位,请了假赶回去送他。路上我想,高龄老人的去与留,还真不能以是否有病说事。就在当年,春节时我和堂弟一起去看他,他还坐在厨房门外的矮凳子上,面向太阳,慢条斯理地用手剥葵花子往嘴里送,似吃非吃地消磨。掉在地上的瓜子皮,那么小,还能一点一点地捡起攥在手里。进出时,我要扶他,他还不让,拐杖也不用,不摇不晃。跟我们说话,依然不慌不忙,清清楚楚。我满以为那身体状况,再活几年没有问题,不想事隔半年多,竟不在了……

三老的墓地,没有在村子东面有祖坟的山上,而在村子南面的半山上。说是他生前自己选的。送葬时要爬好长好陡的坡。也许是他认为有那么多的晚辈和乡亲,最后麻烦一次,何愁抬不上去。选的位置在离山顶不远的山梁上。墓地周围有高大的乔木,绿树成荫。正前方,视野开阔,越过起伏的林涛,看得见遥远的山脉,紫烟弥漫。那里的山尖,早晨常常有红日升起。墓地右侧二三十米处,有一大块还算平整的荒地。据说,以前有一个外村姓钟的汉族老头,曾在那里种过苞谷,养过蜜蜂,所以叫"钟老倌窝子"。那是石支的地盘。现今虽然也可以种些药材、果木什么的,但什么都没有种,只有草。我想,一生爱马养马的三老,该不会还想在这里放马吧。送三老上山时，天气还很好，只是显得热。到山上耽搁个把小时后，坟还没垒好，天却下起雨来，还大。一大伙人只能三三两两地就近到树下避雨。衣服淋湿后，天又放晴了。料理妥帖，放鞭炮致意。一行人下山，只剩了三老在山上，已经过防火处理的一大塘火，还有飘忽的青烟陪着他。就这样，三老交给了默默地注视着他一生的那片天空，土地和山林。真有些奇怪，这么高龄的人，无疾而终。有那么多人送他，本是一件很正常，也很体面的事。他的两个哥哥，一个弟弟，都不到50岁就不在了。三老是很有福气的，没读过书的人，在教师节的日子安葬，场面隆重，气氛热烈，应该说是完成了一件好事。然而，跟着村里人返回下山的路上，我陡然想起四五岁时，跟着妈妈去三老家，院子里有几匹马，三老把我抱起放在马背上护着，教我骑马的事；又想起从今以后，再也不能在春节时坐在三老身边，喊着"三老"，跟他开玩笑，看着他把长烟管往火塘里冒，点着后，悠悠地咂着，问我这样那样了；从此，没有爷爷辈的人了。我止不住感伤……

  应该是雨季里特有的巧合，三老送山后的第三天，即9月13日下午，小小的石支山村，暴发了一场前所未有的泥石流，村里人都很惊讶。从村子西北角山边悠然往下流淌的一条小河，常年温和快乐，清澈的河水激荡着河床的乱石哗哗地响着，像唱歌。河里处处可见洁白的水花，很迷人。可那天下午，却一反常态，变得非常凶猛可怕，绵绵细雨中，浑浊的河水裹挟着泥沙乱石，像狂奔的巨兽，势不可当，怒吼着，咆哮着，掀起几米高的巨浪，无情地冲撞着河边的巨石，两岸的庄稼……后来村里的一些人牵强附会，将发大水的事神秘化，好像跟三老有什么瓜葛似的。我想，这最大的可能是水源地附近植被遭到严重破坏引发的。我的三老这么纯朴善良，大路上有一粒石子都会捡掉的一个普米老头，绝不可能在身后贻患他人的。若真要有什么，也只会是保佑！

4

在从我知道三老到三老去世的几十年里,我跟三老在一起的时候并不多。若按天数累计,估计不会超过20天。这倒不是因为我对三老没有感情。有,深得很。以致无论我在哪里,都会想到他。接触的时间少,归结起来,还是由于各有各的头路,范围。三老家在中村("中村"是沿用历来的叫法,其实只有五六家人。按行政辖区划分,石支只有上村和下村,"中村"属于下村),我家在下村,相距不是很近。小时候,通常只有在家里杀了年猪,爸爸吩咐我去请三老来家里吃饭时,我才会去三老家。把三老请到家,我的任务就完成了。陪三老说话,那是大人的事。长大后,我去了外地,只有在逢年过节回家的时候,抽空去看望他。再者,我们那里,专门找人聊天的习惯是没有的。农村人,一年到头有忙不完的活,哪怕是老人小孩,也很少有闲着的时候。东游西逛,无所事事是会被耻笑的。即使有事到别人家里,也只会小坐一会儿,随便叙些家常。时间稍长一点,就会认为耽搁了别人做事,边表示歉意,边起身告辞。当然,逢年过节和有病有痛是不在此列的。

虽然跟三老在一起的时间不多,但他不喜欢说人长短,也不自吹自擂,有工夫就用来专心做事——哪怕是一些很平常的小事的习性,却在无形中影响着我,引导着我,教我学会在人生的路上,老老实实地做好一个平凡的人。由此可见,人与人之间的感情和印象并不完全取决于相聚时间的多与少。

三老的事可以写的还多。但"水多盐不咸"地叙说,三老是会有意见的。按他的话说,就是"嘴巴不管钱,人家会恨、会酿"(方言,腻的意思)。而且三老也不太乐意我用汉语跟他说话,认为没有本民族气息,生分。尽管已经不在了，我仍然应该尊重他的个性。作为他的侄孙，作为人口很少又没有文字的普米族中的一员，除了用汉语，我不可能用其他文字来书写我心中的思念，这是很无奈的。只能借助晚年的席慕蓉在《父亲的草原母亲的河》中发自肺腑的咏叹："虽然已经不能用母语来诉说，请接纳我的忧伤，我的欢乐"，权作结尾。

（原载《民族文学》2020年第8期）

静默与生机

——读牧溪的画

草 白

一、默如雷霆

  纵观整个中国绘画史，南宋画僧牧溪为寂寂无名者。其生平事略之记载，散落在各文献史料中，不过寥寥数十字、百余字，又语焉不详，讹传者居多。其画作不是散佚了，便是流布于海外，其中日本居多，且赝品不在少数。牧溪与那些水墨画家都不同，不仅因身份、境遇的差异，更在于其画作内部所焕发出的幽远、静谧的气息。

  牧溪是蜀人，年轻时求过功名，曾受同乡画家文同的影响；后蒙古军由陕西破蜀北，牧溪离蜀入浙，至杭州入径山寺，从无准师范佛鉴禅师。作为僧人的牧溪，喜画龙虎、猿鹤、禽鸟、山水、树石、人物。多用蔗渣草结，随意点墨而成，意思简当，不费妆缀。后人评之"粗恶无古法，诚非雅玩，可供僧房道舍，以助清幽耳"。更高一点的评价来自吴大素的《松斋梅谱》,"松竹梅兰,不具形似,荷芦鹭雁,俱有高致"。其余,便再也寻不出更深入、更准确的评述了。

诚然,牧溪的画并非雅玩,它不入文人士大夫的案头装饰,也成不了消遣赏玩之品。作为水墨画,它不致力于传统绘画中笔墨气韵、诗意美感之营造,甚至表现出一种强烈的"非画"性,不是单一的安静、幽远、深邃,也非全然协调的物我两忘、天人合一;干脆,它表现的是变形、夸张和怪诞,也是弥散、拒斥和破坏,是瞬间光照,也是本质顿现。牧溪是将作画视为修业开悟的道场,并幻想寻到最终的解脱之道。

可以说,牧溪的画作是直觉、顿悟和灵性迸发的产物。它无所师承,不讲来历,没有归属,自然不能被纳入荆关董巨、赵孟頫、"元四家""吴门四家"以及"四王"这个一体化、超稳定发展的绘画体系中。但牧溪是以破坏的精神去接近和把握传统绘画的内核,并由此形成自己的核心。

"万物自生听,大空恒寂寥。"——这是韦应物的诗。

"性印朗月,身同太虚。"——山水处于流动之中,没有定在。这是画家倪瓒对"逸气"的理解。

"空林一叶飞,秋色横天地。"——八大山人从世界的观照者,返回世界本身,回到山是山,水是水,长空不碍白云飞的境界中。

所有这些,人在天地万物中出乎本然、归于应然的反应,都在幽寂、空灵、缥缈、深邃等美学观的笼罩之下。它们舒缓、协调,张弛有度,动静相宜,充满洁净的美感。一个完整而自足的世界。但牧溪不同。牧溪的画作不是美与幽寂的歌吟,而是对力与静默的表达。在《潇湘八景图》里,他直接面对这个世界,面对村落、烟岚、湖面、树影、归帆——它们是他当下感受的直接凝聚,带给他灵魂的颤动,精神上的振荡与共鸣。于是,看似淡远、空蒙、安静至空无一物的《潇湘八景图》,却给人一种静默中的战栗感。好似音乐在无声处流荡,曲调委婉地下行,节奏出现跌宕和变化,甚至显示出某种受压抑的迹象。

这是一片不循古法的"枯淡山野"。时空浩渺,万物聚散,一切都归于静默而深湛的艺术的世界里。在物象的形上,牧溪做了最大程度的概括、简略和虚化。他凭借艺术家的直觉,以纯墨捕捉心灵的瞬间感悟,不致力于具象形体的描摹,也无骨法用笔的痕迹,极简之笔法的运用——但简于象而不简于意,甚至因概括与虚化,使得那物象背后所隐藏的一切,获得了极大的生长空间。那是来自静默的力量。孤独的灵魂面对广无所极的世界,深情追索,排除万难,表现出与宇宙、生命共有的沉默之情,一种超越心灵的获致。

牧溪画作中的静,是极动之后的极静,是来自灵魂终极处的静谧与神秘,不是干枯和萧索,更不是古井无波、心如止水。

中国传统文艺的批评标准,向来"雅"字当先。雅正、唯美、雅致、绝俗是其不二标准。这些雅、唯美和绝俗可以在顾恺之的《洛神赋图》、倪云林的《容膝斋图》中找到美好的印证,但魏晋时期,佯狂的阮籍及纵酒的刘伶们之痛苦,又当如何表现?

牧溪身上,也有与"竹林七贤"相似的性情和血性。牧溪因出语造伤奸相贾似道,遭其追杀,四处躲避,贾死后,才复出。

某种程度上,牧溪的画,也是以反叛的精神去接近和把握传统绘画的内核,是其审美人格的一贯体现。这是关乎"力"的艺术。淡远、静默的画面中,造型随墨迹漫漶无边,逐渐融化到无边的云雾之中。树影横斜,模糊而散乱,好似有大风作无止尽的吹拂,又似在暗示着审美主体所受的曲折、压抑与苦痛。

但表面看来,一切都虚静而缄默。

由此联想到日人所推崇的枯山水造型景观,以沙石表面的纹路来表现水之流动,以叠放有致的石组象征密林和山峦,所有这些不仅关乎艺术中的留白，还有暗示与想象，以及背后的美学旨归。后来，牧溪画作传入日本，被尊为"国宝"，影响了日人审美，应该不是偶然。

譬如，日本美术史家矢代幸雄在《日本美术的特质》中写道："牧溪绘画高迈洒脱的玄境，为日本画家向往而又难以企及。学习牧溪的日本画家……逐渐地在'绘画化'中包含了洁净、沉默的气韵。这一新的思潮，对容易迷恋于放纵绚烂趣味的绘画样式，提供了严格的反省契机。"

这里，矢代幸雄提到"洁净""沉默""反省"等词语，这也是牧溪作为艺术家所建立的私人坐标，但他的"洁净"和"沉默"很容易被视为粗恶无笔法。在伦勃朗的时代，时人评论其后期画作笔触粗糙，难以忍受，英国诗人埃尔森却如此说，"其笔画尽了微妙的本分，粗糙被设计用来掩藏其艺术"，这是埃尔森之于伦勃朗的"看见"。但不是谁都能拥有这样的"看见"。或许，一个人所能获知的外在事物的深度和内涵，与他内在的自省能力成正比。如此，当面对牧溪画作，任何判断或结论大概只有经过无休止的追求，才能获得逼近存在实相的可能。毕竟，所有人都只能以自身方式去赶赴真理的邀约，在此之前，只能是一次次漫长的试图接近的尝试。

二、氤氲之气

牧溪热衷于对云烟、雾霭、水汽、树影等不聚形事物作宛如实体事物之描绘。那些山石、树木、屋舍并不遵循古老的皴擦法及传统的笔墨之法，而是呈现为烟云水雾的空蒙、混沌之态。隐约的模糊的形，好似被水汽一再浸润、濡湿之后的模样。尤其是《潇湘八景图》，整个一水汽氤氲、缥缈恍惚的幻影世界。传统绘画所讲究的笔墨之法，重点在于"水法"之协调运用，因为"墨法在用水，以墨为形，以水为气，气行，形乃活矣"，但牧溪并不采取传统绘画之道，也不致力于在画面中传递枯湿浓淡、点线疏密之间的分寸与法度，而是另有一种分寸和法度——那就是通过默契神会，静心领略艺术品之于心灵世界的启示。

这让我想起美国画家马克·罗斯科，在那些暗沉的色块与色块之间，隐藏着生命内部的拒斥与融合、生发与聚散、呼唤与共鸣。这些色块和造型语言尽管给人"抽象"之感，但绝非毫无意义的色块组合，更非故弄玄虚。它是一个虚空流荡、层叠不止、生机勃发的自在世界。

从这个意义上说，牧溪更像是一名哲学家。禅宗注重"顿悟成佛"，讲究"简单"和"趋于直接"，牧溪在画面上的一再隐藏及不断删减，大概也是由此而来的吧。

北宋苏轼画过《枯木怪石图》，也画过《潇湘竹石图》，他所画之树为枯木，所画之石为怪石。对于水，苏轼却主张随物赋形，强调对客观他物的借用。牧溪画作里也有水，《潇湘八景图》干脆就是八幅与水有关的图，但牧溪没有对水进行精确、细致的描摹。与牧溪同时期的画家马远，却是一名画水的高手。他的《水图》多以淡墨顺锋勾勒水纹，线条华丽、灵动、舒展，甚至给人波谲云诡之感。而在《潇湘八景图》里，与其说，牧溪画的是水，不如说画的是水汽氤氲之态。没有实际的水面、水波和水流，以及涌动的与水有关的线条，只有想象与暗示中的水通过树影、帆影以及微茫的远山的轮廓，给人一种随云烟飘荡的恍惚感。这里的水，已经成弥漫、氤氲的水汽了。

所以，牧溪所画的是云雾缥缈、弥漫惝恍的水汽，静默、冷寂、孤绝，难以形容和把握，就像画家所置身的现实——但它又随时可能显露出光风霁月之景，开阔、澄明之境。相比于滔滔的、流动的水，那氤氲之气似乎给人混沌、凝定和迟滞之感，但它却是飘忽的，移动的，时刻处于变灭之中。

在这云烟变灭之中，世界却浑然一体，前前灭尽，后后新起，生灭无间。此中，各类声响隐约可闻，晚钟、流水、棹歌，以及舟楫的轻摇晃动。还有物影之晃动，光之映照。晨起之光，夕暮的余晖，从云缝间渗漏出的日光。因为那些光，密林深山也变得澄澈、透亮起来。好似一个人待在黎明幽暗的房间里，等待着天色由完全的冥暗缓缓消退下去，逐渐变白的山头，清晨的河面微光荡漾，草尖上露珠闪烁，一个透明、敞亮的世界由此打开。

牧溪惯以淡墨晕染出远山微影，再以浓墨点出近处参差迷离之林木、村舍，初看漫漶不清，细视却有恍然入梦之感。如此，烟云缥缈，山色空蒙，给人僧侣悟禅般的观感。

牧溪的山水画，淡到看不见山水，看不见山水中的人，将草木景物统统送往一个如影绰绰的世界，让人想起塔可夫斯基的电影。梦幻般的镜头，迷离恍惚的场景，城市、荒野、街道、房屋、人的脸，统统看不清楚，怎么也看不清楚，好像有什么东西始终如影随形，不给人看清的机会。

神秘、空灵、闪烁，也是一个茫然、无住的世界。

三、阴翳与光亮

作为一名禅宗僧人，牧溪画过一些禅画，比如《布袋图》《蚬子和尚图》《五祖荷锄图》等，它们以寥寥数笔勾勒人物形象，笔墨率性、洒脱，颇得梁楷《泼墨仙人图》及《李白行吟图》的简笔神韵，但真正让我感兴趣的是他的《观音图》(绢本，墨笔)以及《罗汉图》(绢本，墨笔)。它们笔墨浑厚，风格肃穆，严谨却不失法度，有一种永久纯粹的范式。来自神性世界的观音和罗汉，却带着近乎凡人的表情，于荒野山地盘坐不动，深思默想。

《观音图》中，白衣观音端坐于濒水的山崖蒲团之上，表情镇定，心无旁骛，几乎至峭然不动的境地。晕染的草木岩石，深暗背景中忽然出现的一袭白衣，整个画面给人幽深、澄明之感。再观《罗汉图》，却暗自心惊。在默如深渊的山野里，一闭目长者，素布自额间披覆于全身，脸颊消瘦，神色微苦，结跏趺坐在崖岩草木间，作静修之态。罗汉面容镇静，身后却有巨蟒缠绕，张口伸舌，自后盘旋至其膝上。对此，罗汉依然表情肃静，不为所动，好似进入无物无我之境。荒寂空无的山林里，一人一蛇，一静一动，眼目相接。一场精神对峙正在进行中。

它们是禅机画，暗示着参禅、悟禅和解悟之道，但更重要的是，这些画面给人一种超越宗教仪式的感动。

达摩终日面壁，盘膝静坐，飞鸟在其肩上筑巢而不知，对面石上刻下其影而不觉。——这就是著名的"达摩面壁"的故事，与画面中罗汉的故事有相通之处。

这些《观音图》和《罗汉图》，就是牧溪本人以绘画的形式所证得的"阿罗汉果"。荒凉山野代替了壮丽恢宏的曼陀罗道场，静修悟道者由高高在上的神换作俗世中人。丛林阴翳，弥漫着幽深、沉郁的气息。画家以荒寒、凝重的笔触来渲染山岩乱石，那些空白则以或深或浅的墨色晕染，使其成为一个有机的整体。所有这些既是罗汉和观音们的道场，也是他们所要超越的迷障。

这些既可作禅画解，又超脱于禅画本身。

牧溪在画龙虎图时，也是落墨粗重，与《潇湘八景图》的风格判若两人。轻盈是一种梦幻的创境，那是禅宗和牧溪所奉行的。而晦暗与凝重无疑是另一种，牧溪向来以开放的精神去把握生命和绘画的本质。

想起很久以前读过的一本书，谷崎润一郎的《阴翳礼赞》。日人在审美上，向来反感清晰、闪光、一览无余。深幽的居室，微微透光的纸窗、纸拉门，摇曳的烛光或昏暗的灯，木质的地板和家具，阴翳深沉的锡器餐具，以及碗钵内赤褐的汤汁，空气是凝重的静止的，所有这一切无不笼罩在一种幽美、阴翳的气氛之中。

——这样的空间不单由物堆积而成。那些朦胧而暗淡的光，那些弥散在物与物之间的暗影,更像是来自精神世界的阴影,似在诉说着无法言说的迷障与苦闷。

这样的居室,必然要有"空"的一面,只有"空"才能凝聚和容纳更多。包括让朦胧薄暗的光线斜射进来,包括岁月流逝使得器物表面所添加的尘埃与污垢,包括清理和洁净过程中所出现的对峙、和解,以及最终的融为一体。

牧溪的画作中似乎记录着那种堆积、重生以及无言的沟通。

一般认为,沟通必须包含着某种意义的语言交换,但在特殊境遇里,似乎什么都不需要。有时候,当我们置身于某处暗淡的光线里,似乎更能看清这个世界,看清那些事物的来路和去向。

四、《六柿图》

这个世上的观看者大致可分为两种,一种是看过《六柿图》的,另一种是并没有。在那些观看者中间,此图引发了长久而激烈的共鸣。对《六柿图》的描述和解读从未停止过,但《六柿图》依然是个谜,依然是不可描述和解读的。在现存的牧溪的遗作中,除了这六枚柿子,他没画过别的柿子,也不曾有与《六柿图》相似的画作存世。

在浩渺的宇宙、无边的虚空中,这六个简笔的柿子,可以说是横空出世。此前,没有人敢这样画柿子。此后也不会有。《六柿图》是古代绘画文明高度成熟的结晶,更是文明和艺术家共同成就的佳酿。

《六柿图》通常被当作简素、玄妙的禅画来解读。所谓禅画,它表达的是禅悟体验,如前所述,"诚非雅玩,仅可僧房道舍,以助清幽耳"。美术史上,禅画以山水自然果蔬、公案故事为题材来喻示禅机,牧溪画的却是柿子。显然,《六柿图》诞生于僧舍禅房,表现出某种灵机与禅意,但它远远超出了"禅画"的范畴。

作为一幅水墨画,它不以传统的水墨语言取胜,甚至是与此相违背的。它不重外形和水墨技巧的表现,设色和距离感与宋画传统也不契合。《六柿图》不是某种单一的类型可囊括。甚至,《六柿图》不像是一幅画,它的出现是对传统绘画体系的反对。那些由虚幻的墨色凝聚而成的柿子,并非现实中的柿子,但有一种奇异的感觉,除了这六枚柿子,似乎再没有别物能将人带入那种冥想的境地。

《六柿图》独一无二,它拒绝归类,自成一类。六枚柿子的摆放,看似随机,却富有禅意。不同墨色的柿子,成熟度不一,浓淡深浅也不一。方形的圆,或偏圆形的方,从方到圆的演绎,也是不同生命状态的变奏。

禅宗研究者铃木大拙把禅对否定的运用形容为"为求佛而弃佛",并认为这是悟禅的唯一道路。可以说,《六柿图》也是通过对传统绘画的反对,最终成为中国水墨画的集大成者。

从这六枚柿子中,我们既可看见风月、山水、禅理、人心,看见万物的共相,以及空相,还可看见安静、完满和自足。烟云生灭,人世聚散。在时间流逝中,这六枚柿子已成为永恒和常在的相。

就像这世上有"原小说"这样的东西,《六柿图》好比是一幅"原画"。当然,它的关注点不在柿子的形与色上,这是一幅关于这些柿子如何被创作出来的画,它记录的是灵魂的冥想及欢会神契。

——《六柿图》展示了时间的演变,或者说佛理的演变过程。以墨色之深浅浓淡来表现柿子之生长及衰变。不仅指柿子,可由柿子推及至万物。这是《六柿图》的现代性。这是一幅现代绘画,它的内核是模糊的,甚至是矛盾的,它呈现的不是"一",而是"多",尽管它的空间语言仍然是一维的。

——《六柿图》是关于"色"与"空"的艺术,也是关于"存在"的艺术。它呈现的是一个否定、驳斥、自省，最终又融合一体的过程。人在六枚柿子中获得体悟和归宿，同归于寂。

——《六柿图》给人一种"太古"感，就像水墨画中的山水。它似乎没有山水画的空间感，但那六枚柿子自身的排列及重组就是一个独立的空间。它淡逸、简朴，有一种自觉为之的古拙之气。

《六柿图》完成六百多年之后，有一个叫莫兰迪的意大利画家开始画那些瓶瓶罐罐。那些沾染尘埃的瓶瓶罐罐，瓶身色调不一，高低宽窄不一，它们在经历错位、重叠和渗透之后，在历尽矛盾和对峙之后，呈现出一种永恒感和宗教感。

无论是莫兰迪，还是牧溪，他们都以静物来体验人类永恒的情感，以及对情感的超脱。他们都感到了光的存在，那是一些微弱的、被遮蔽的光线，它们来自艺术家自身的证悟。

与《六柿图》劈面相逢的日子，我想起很久以前的人，那些从微茫的亮光中走来的人，佛陀、耶稣、孔子、苏格拉底——这些模糊而遥远的名字，曾在我心里激起回响，后又被淡忘了，那些人似乎可以在任何时代、任何境遇里出现，但佛陀、耶稣、孔子、苏格拉底终究只现身于他们所在的时代。

《六柿图》是超越于时间的绘画，就像佛陀、耶稣、孔子、苏格拉底等人终将超越所属的种族和人群，他们的从容，对人类痛苦的忍受，以及对苦难的救赎，使得他们最终超越时间和生死。

——《六柿图》是至简的墨象，是灵魂的涅槃之作。

五、光与生机

关于画僧牧溪本人，连生卒年月都不尽详，自然不可能留下可供挖掘的生平史料。唯一可追溯其踪影的是那些模糊、静谧的画作。他将想要诉说的一切藏匿在烟云变灭的山水图卷里，留在《六柿图》晕染、变幻的墨色中。

那是一些静默的作品，充满着缭绕的云雾与漫溢的水汽，是短暂而又变幻无穷的影子，也是一个生命体变动不居的自我以及自我的幻影。

——说到底，所有能够以字词或笔墨线条等形式轻易道出的内容，都有其不确切之处。某种程度上，人们能够感知它，但很快就会忘了它。

我真正感兴趣的是牧溪如何走上并最终抵达涅槃之路。

佛陀的经验是通过顿悟抵达涅槃之境。沉默在佛陀的生活中起着至关重要的作用。对众人渴求回答的问题，他总是不置可否，甚至闭口不谈。在佛陀的世界里，沉默是美德。

而在耶稣看来，"世界是一座桥梁；走过去，不要在上面建造房屋"。唯一重要的是爱，来自邻人之爱。不用说，耶稣为人们如何摆脱生活中的恐惧树立了榜样。

当轮到苏格拉底时，一切都变得暧昧不清。人们并不认识真正的苏格拉底，有多少个信徒就有多少个苏格拉底，而在这些与苏格拉底有关的形象中，没有一个是正确无误的，但苏格拉底到底不是幻影。

牧溪在圆寂前曾手书一曲《渔父词》。生命宛如寒潭雁迹，雁去而潭不留影，当一切烟消云散时，牧溪追求的是"梅花雪月交光处"的纯白之色、澄明之境。绘画史上，有人为追逐自然万物稍纵即逝之美而作画，有人借山水笔墨只为抒泄内心之忧愤，有人涂涂画画不过为了反击内心空无的威胁，而在牧溪那里，一切都是为了最终的忘却。

"而今忘却来时路。江山暮，天涯目送飞鸿去。"

梅花、雪月辉映处，是生命之光交汇之地，亦是佛经世界里本来的光明与增上的光明相遇之时。那是一处澄明、洁净、无我之地。我想起昏暗山野里白衣观音身上沐浴的幽光，还想起《潇湘八景图》中虚空流荡的光芒。抟实成虚，蹈光摄影。世相亦如梦幻泡影。——这是中国古代水墨画家的人生观和审美观，同时也属于禅宗僧侣。

"一切有为法，如梦幻泡影，如露亦如电，应作如是观。"这是禅宗经典《金刚经》里的一句话。

苏格拉底认为只有当悲哀消失时，灵魂才能通向伟大的安宁处；真正的生活不是走向死亡，而是走向善。苏格拉底通过对无知的研究及对灵魂的勇敢袒露来获得信仰之道。

而牧溪所孜孜以求的是澄澈明净，是物我两忘，更是无我之境。

《渔父词》可看作牧溪的涅槃之曲。"一笑寥寥空万古"，当生命走向最终的圆融和完满之时，牧溪忆起佛陀的教诲。般若观照，妄念俱灭。就如那六枚空灵简淡、虚空流转的柿子。

柿子为扁圆或圆锥形，悬在枝上时，有一种生涩、伶仃之美。熟极、坠落后，便有橙色、甜美的汁液流出。而晾干后的柿饼更为甘甜，分明属于冬日梦境里的况味。

《六柿图》是美与时间的馈赠，它以物质内部的循环、流转、变幻，展示了生命中转瞬即逝的生机。

它是生机，也是专注纯粹、静默无语。

——至此，絮叨着，说了这许多，当面对牧溪的画作，依然是梦境，依然是谜。

（选自《中华文学选刊》2020年第8期，
原载《文学港》2020年第6期）

被分成两半的人生

汪天艾

大家好，我是汪天艾，来自中国社会科学院外国文学研究所，从事的是 20 世纪西班牙文学翻译与研究工作。

今天站在这里其实有点恍如隔世的感觉，因为最早跟"一席"聊今天要做的分享是在去年 12 月。到了春节前，我们把后面的时间节点全部都确认之后，我就在 1 月 17 号离开北京去了武汉。因为我父母在武汉工作，我们本来准备在武汉会合后再回安徽老家过年。后面的事情大家就可以想象了。

武汉从 1 月 23 号开始封城，我在武汉待了 80 多天，4 月 12 号回到北京后，在北京又经历了 21 天隔离，所以 2020 年以来的这 5 个多月里，我有 100 天是与世隔绝的状态。虽然物理上是与世隔绝的，但外部的信息又以前所未有的数量和强度让人无法躲避，历史从书本里直直地立起来，就站在每个窗口。

今天站在这里其实一方面有一种劫后余生的恍惚，甚至还有一种幸存者的羞愧；另一方面，我自己的心态以及人生阶段都有了很大的变化，所以这可能也是一个更好的时机来分享我今天要讲给大家听的故事。

如果大家熟悉《哈利·波特》里的世界观，就会知道冥想盆，人可以提取出自己记忆中的一段存储在试剂瓶里，等到想要看的时候把它倒到冥想盆里，自己或者其他人就可以身临其境地回到那段记忆当中。

我有时候觉得冥想盆和我的日常工作很有关联，在过去这些年里，因为一直会阅读我的研究和翻译对象的各种文本，尤其是他们的书信和日记，我经常觉得自己在不知不觉间就获得了一些属于别人以及别的时代的记忆，如果想的话就可以把这些记忆倒到冥想盆里去观看。有的时候，当外部历史被浓缩在一个个体的经历中，其实可能会呈现出更加饱满的浓度。

今天想要带给大家的就是我在过去这些年的研究和翻译过程中，遇见的两个属于别人的记忆，是两个西班牙人分别经历同一场外部历史断裂之后的人生。

多明戈·马拉贡：用别人的名字活了别人的后半生

今天第一个故事的主人公叫多明戈·马拉贡。1936年西班牙内战爆发的时候，马拉贡刚刚满20岁，是马德里圣费尔南多皇家美术学院毕业级的学生。

这所学校是西班牙首屈一指的艺术院校，有几百年的历史，每一年的美术系都只招20个学生。也就是说，只有最有天赋的年轻学子才有机会在那里求学，大家可能更熟悉的西班牙20世纪最著名的艺术家之一萨尔瓦多·达利就曾经就读于这所学校。

1936年西班牙内战爆发之前的最后那个春天，我们的主人公马拉贡觉得自己的人生好得不能再好了，在他而言，这是第一次有这种感觉。

因为他从小出生在马德里的一个贫苦人家，父亲在他两岁的时候就因为工伤去世，母亲一个人靠着打零工、洗衣服把他和姐姐拉扯大。5岁的时候马拉贡就住进了救济院，去念救济院开的学校。在学校的时候，他的绘画天赋被老师发现了，如获至宝的美术教师开始在业余的时间里辅导他，16岁的时候马拉贡考上了马德里的圣费尔南多皇家美术学院。

从那个时候开始，他每天白天去马德里市中心上课，晚上就回到救济院吃饭睡觉，有时候在画室里画画弄晚了，回到救济院已经深夜，小伙伴给他留的晚餐早已经凉了，但是他也毫不介意，吃得津津有味。因为那几年里他觉得自己的人生第一次有了希望，一个人能够恰好有天赋去做自己最热爱的事情并且以此为生，是非常难得的幸运，绘画对于马拉贡而言就是如此。

1936年的春天，他已经快毕业了，小有名气，也会接到一些画像的订单，他觉得马上就可以用自己的一技之长养活家人和自己了，而且，也许还有机会在艺术史上留下自己的名字。

但是就在那一年的7月17日，西班牙驻守北非的将领佛朗哥率兵发动政变，想要推翻第二共和国和刚刚赢得选举的左翼执政党。战争爆发的消息传来，马拉贡正在给一个眼睛特别漂亮的姑娘画肖像，那将是他未来几十年的人生里最后的平静时光。

战火很快烧到了马德里，这时候马拉贡坐不住了。学校里的老师都劝他说，你可以用自己的专长做一点风险没那么大的贡献，但是马拉贡还是中断了学业，上了前线，去为共和国而战。他参加过马德里大学城的保卫战，也参加了内战时期伤亡最惨重的埃布罗河战役。

到1938年年底的时候，共和国军节节败退，马拉贡所在的部队被迫退到了西法边境上。1939年2月，法国终于开放了自己的边界，40万逃难的西班牙人越过边境，被暂时安置在法国南部海滩上用铁丝网围成的难民营里。难民营里就有我们的主人公马拉贡,他到那儿的时候随身只带了一个装了点食品的枕头套、几件衣服和一盒画笔。

很快,马德里沦陷的消息传来,共和国输掉了内战,佛朗哥就要建立一个类似法西斯的独裁政权了。就这样,在异国他乡的海滩上,40万人在同一天失去了祖国,大家都不知道该去哪里,该怎么办。

铺天盖地的绝望情绪里,马拉贡重新拿起了画笔,想通过给难民营里的人画肖像来分散注意力。他的才能被同在难民营的一个军官发现了,两个人一商量,决定逃到附近的城市去卖肖像画,攒了一些钱之后又逃到了巴黎。不过这个时候,第二次世界大战已经爆发了,法国被纳粹占领之后,也没有人再有心思去买什么肖像画了,马拉贡和这个军官就散了伙。

他得想别的方式活下去,而且不仅是活下去,其实从心底里,他还是希望能够以某种方式参与斗争,甚至想过偷偷潜回西班牙去参加地下反抗佛朗哥的运动,只是没能成行。

与此同时,西班牙正在开展大规模的清洗和迫害,到处都设立了检查证件的关卡,有数以十万计的人因为在内战前和内战期间某种支持共和国一方的行为而被捕入狱,上万人未经审判就遭到处决。

一个非常偶然的机会,马拉贡开始帮这些在西班牙四处躲避追捕的西班牙人制造假的护照或者通行证,于是,一个完全不同于他此前熟悉的画布、石膏像、油彩的世界向他敞开了大门。

那个时候,只要一有人用合法的证件从西班牙来到法国,马拉贡就会想尽各种借口把人家的证件借来观察。他反复地做实验,用废旧轮胎的橡胶切成小块来刻印章,再用剃须刀片打磨;从旧货市场的老书上撕下泛黄的空页,作为真正被时间做旧过的证件纸片。

有一次他在巴黎的一个市场上发现了一种用来罩沙发的透明玻璃罩,质地恰好跟佛朗哥政府用来给身份卡过塑的透明薄膜一模一样,于是他就开始在巴黎大大小小的跳蚤市场、古董市场地毯式地搜索这种透明材料。可以说,他几乎是把一个艺术家对于艺术品的精湛追求全部用在了制作证件上,因为他知道稍有不慎,持有证件的人就可能遭到灭顶之灾。

此后的 30 多年里,马拉贡制作的证件帮助了无数同胞逃脱了佛朗哥政府的迫害和追捕,可以在西班牙和欧洲其他国家乘坐交通工具,或者在法国合法生活,从来没有被识破过。他制作证件的对象,包括卡里略或者多洛雷斯这样重要的流亡人物,但更多的是因为共同的信仰而有共同遭遇的普通人。

在这期间,佛朗哥的政府重新颁布过好几次新的证件,而且每一次都说这个证件不可复制,但是每一次马拉贡都能成功仿造。甚至有一次在一列开往马德里的火车上,两个警察上来查证件,其中一个警察举起了唯一一张让他们满意的身份卡给其他乘客看,说:"先生们,看好了,这才叫证件。"但这张身份卡就是马拉贡在巴黎的小作坊里做出来的。

因为地下工作的保密性,马拉贡不可以给他在西班牙的亲人写信,所以他的母亲一直到 1964 年才第一次知道了儿子的消息。当时是马拉贡的两个出生在法国的儿子第一次回到西班牙,根据父亲的口头描述在马德里的维多利亚女王大道上找到了家里的老房子。敲开门的时候,两个孩子正想开口问门里的老太太是不是马拉贡的母亲,老太太还没等孩子们说完就高兴地大叫起来:"我的儿子还活着。"

只可惜我们的主人公一直到 1977 年佛朗哥死后两年才终于结束了自己证件伪造者的人生阶段,回到了西班牙定居。那时候他已经 61 岁了,38 年的流亡生涯,他发现自己人生中其他的可能性已经在这 38 年中消弭了。在留给口述史学家的录音带的最后,马拉贡说了这样一段话:

> 对我们这些人而言,我们失去的不仅是空间,时间也打败了我

们，我们失去了和自己所剩无几的国家共同演变的可能。当我的使命终于结束，我以为可以求得某种依靠，在六十一岁的时候终于可以专心画画，我以为我会有这样的机会，我想回到我真正的渴望与热爱当中，却意识到一切都来不及了。这恐怕是最艰难的事。

终其一生，我们的主人公到底也没能当成画家，他没能够像自己年少的时候想的那样，依靠自己的天赋成为被历史记住的名字。他的名字唯一一次出现在艺术史上，是在1995年出版的这本《西班牙二十世纪艺术史》中。这一章是关于西班牙内战时期的插画和版画的，大家可以看到，在这段话的最最后面：

> 报刊中的插画是这一时期最活跃的艺术形式。大刊物上的插图都是由声名显赫的艺术家完成的，而有些发行量较小的报刊也与一些不知名的年轻画家合作，比如巴达萨诺、帕利亚和马拉贡……

有时候想想马拉贡的一生，就像他给自己制造的这张虚假的阿根廷护照一样，他像是用别人的名字活了别人的后半辈子。这张证件，除了照片，什么都是假的。马拉贡的后半生，除了名字，除了隐姓埋名，什么都是真的。而"生命钉住我们，正因为它不是我们以为的样子"。

玛丽亚·莫利奈尔：只有词典替她记得世界本该有的样子

今天的第二个故事，同样是一个因为西班牙内战而被分割成上下半场的人生，故事的主人公名叫玛丽亚·莫利奈尔。

作为西班牙语专业的学生，我们都用过她编写的一本词典，叫做《西班牙语用法词典》。《百年孤独》的作者加西亚·马尔克斯曾经说，那本词典是他用过的"最实用、最完整也最有趣的西班牙语词典"。但是直到几年前，我在马德里的一个电影节上看到了莫利奈尔的纪录片，才知道因为编写词典而被历史记住被人们记住，并不是莫利奈尔原本对自己人生的规划。西班牙内战爆发之前，她拥有的是另外的事业和梦想。

一切要从 1931 年 4 月西班牙第二共和国成立的时候说起。当时的西班牙有 40% 的人口生活在总人数少于 5000 人的乡村，全国人口中每 10 个人里就有 4 个人是文盲，在乡村和偏远地区这个比例甚至高达七成。城乡之间的发展裂缝越来越大，乡村里但凡是有点知识和地位的阶层后代，都会使出浑身解数向周边城市单向流动。而剩下的人则被现代化遗忘，因为交通不便，因为精神生活的匮乏，而被远远地落在了后面，仿佛穷苦的将永远穷苦，无知的会永远无知。

为了改变这个局面，1931 年 5 月第二共和国成立了"乡村教育使团"，要把文化和教育送到西班牙的角角落落。此后的五年里，一整代的知识分子都参与到了乡村教育使团当中，他们翻山越岭走过一个一个村庄，去放电影，办画展，其中最重要的一项是建设乡村图书馆。负责这个项目的正是当时在档案馆工作的年轻教师莫利奈尔。

在那几年的时间里，莫利奈尔和她的同事选择了一百多种图书，用卡车装着运到一个个的村庄。有时候那个村庄根本就没路，所以开着开着就要停下来，大家就要到泥地里去，喊着号子，深一脚浅一脚地推车。

从 1931 年到 1935 年，莫利奈尔和她的同事们在西班牙全境新建了 5000 多家乡村图书馆，有将近 27 万儿童和 20 万成年人在这些图书馆里借阅过图书。村子里很多不认识字的人也会借来书，请村子里难得几个认识字的人念给他们听。

而且莫利奈尔还把她的经验写成了一个完整的方案，叫做《小图书馆服务指南》，出版后的第二年就已经被翻译成了法语，后来也成为欧洲很多国家建设公共图书馆的参考。

但是在西班牙，这项她投入过无尽心血和热情的工作，即将被战火彻底打断。

1936年内战爆发之后，莫利奈尔被任命为西班牙瓦伦西亚大学图书馆馆长，同时负责共和国的图书与国际交流办公室。哪怕是在内战期间，他们还想办法将43万册图书分往了西班牙各地。战火中，莫利奈尔依旧梦想着等到这一切都结束了，和平的西班牙又能够重新享受阅读。但是在她39岁生日的前一天，佛朗哥的军队攻陷了瓦伦西亚城，两天后，共和国输掉了内战。

战争的结束仅仅是战败的开始，第一个故事里也讲到了，紧接着就是大清洗和迫害。莫利奈尔因为负责过第二共和国的乡村图书馆建设而被定罪，罪状写满了整整一张纸，她的职级连降十八级，被发配到马德里一个不起眼的小图书馆里去做唯一的馆员。

那个曾经用自己的智慧为政策献力、亲身亲力要改变乡村知识面貌的女人，如今仅仅是一个内战战败的幸存者，不被允许发出任何公开声音，她的知识和学术成就变得分文不值，她的主张和看法在这个所谓的新的西班牙毫无用武之地。

那个时候莫利奈尔依旧相信只有知识和教育才能拯救西班牙，但是她需要一个新的载体去实现自己的理想。

直到1952年的一个下午，莫利奈尔在家里翻看儿子从法国带回来的《当下英语学习词典》，突然萌生了一个想法：她要写一本没有人能用政治考量审查的书，那就是一本词典，一本真正教会人怎么使用西班牙语的词典。

此后的15年里，她每天早上起来就会先在家里的早餐餐桌上摊开了卡片，开始写词条，早餐时间就收拾起来大家吃饭，吃完饭她去图书馆上班，下班回来了再接着伏案工作。

她每一天在图书馆上班和回来写词典的时间，加起来都要超过15个小时，连全家人一起出去度假的时候都不例外。所以那15年里，家人看到的永远是这张照片上的样子：莫利奈尔全神贯注地对着她的"奥利维蒂22号"打字机。

从52岁到67岁，那15年里莫利奈尔都是快乐的，那是一种把生命全部交托给一项事业的秘而不宣的快乐，她终于觉得自己的人生重新属于她了。自从瓦伦西亚沦陷的那天开始，她体内有一部分东西已经死去，她却继续活了下来，从死一般的沉寂中重生，这部词典就是她的新生。

1967年《西班牙语用法词典》出版，上下两卷，3000多页，莫利奈尔把她无从实现的抱负和知识全部都凝聚在了这套书里，而且书刚一出版，她就已经开始积攒新的素材，想要为它做增订。

但是命运却以一种近乎残酷的方式阻断了这一切。莫利奈尔的记忆很快出现了大幅度的衰退，医生的诊断是脑动脉硬化，病人在最后会失去记忆，意识混乱。

到了1975年佛朗哥死了，西班牙终于要开始新的阶段的时候，莫利奈尔最后一次在儿子的陪同下去和出版社谈事情，整个会议她一句话都没有说。后来她的编辑回忆说："我觉得那个时候她已经不知道正在发生什么了。"

这个曾经可以用最精准的词为所有的事物命名，可以给每个动作都找到合适的表达的词典学家，慢慢地被遗忘的黑洞所吞噬，直到词语也抛弃了她。生命的最后几年里，她的意识和记忆基本上都陷入了沉默，只剩下她的那本词典还在替她记得每一个事物的名字，以及这个世界本来应该有的样子。

50多年过去了,有很多像加西亚·马尔克斯这样用西班牙语写作的作家都把她的词典放在案头,也有很多像当年的我们一样学习西班牙语的外国人还始终在用她的这本词典。这本词典现在已经出到了第四版,而且开发出了可以装在电脑里的光盘。

而对于莫利奈尔,在她写下千万张词条卡片堆满家中每一个柜子的漫长岁月里,后来的这些使用者,他们的面目并不明晰。相比之下,这部词典更是为了写给她自己内心的光,那是公共维度的大溃败里,她唯一能实现的一种人生。

今天要讲的就是这样的两个故事。其实去年12月我和"一席"的编辑开始讨论今天要来做这个分享的时候,想要讲的东西也好、呈现的方式也好,都和最后大家听到的非常地不一样。

我想可能在过去的这5个多月里,我经历过的在武汉的疫情和隔离,以及最近不停地还在出现的各种新闻,让我对自己的思绪和情感都有了一个全新的整理,也让我进入了一个想要和大家分享这两个故事的心境状态当中。

今年这5个月感觉好像过了很久很久,可能有很多朋友像我一样,觉得我们还置身在一个不断变化的、正在进行的历史当中,每个人不管是近期的还是长远的计划,好像都悬置在空中。而且你心里隐隐会有一种感觉,可能不管是我们个人将来的命运,还是整个世界的格局和发展,都不会再回到疫情到来之前的样子,而是进入一个全新的未知中,至于这个未知是更好还是更糟,大家还不知道。

今天的这两个故事最打动我的点在于,时代和历史确实可能在顷刻之间完全改变一个人的人生,改变他的规划,改变他的命运,但是一个个体的风骨和选择,一个个体对自己信仰的坚持,同样也可能成为时代和历史不可或缺的情节。

  天赋异禀想当画家的马拉贡，最后一辈子也没能够成为让艺术史记住的名字，但是他在巴黎的那个小作坊里做出来的证件，曾经拯救过成千上万他不认识的人的性命。莫利奈尔曾经对于建设乡村图书馆有过那么多的设想，她在人生的后半生里再也没有机会实现，但是她编写的词典如今成为大大小小的图书馆里一定会备有一套的经典，而且不仅是在西班牙，还在很多她从来没有去过的国家，时至今日依旧帮助着所有学习西班牙语的人。

  这两个故事的主人公，当他们不得不赤手空拳地面对和承担一场历史的失败，并因此失去人生本来的可能性的时候，他们选择的是以某种另外的方式继续实践他们所相信的东西。就像前南斯拉夫导演库斯图里卡说过的这样：

    人并不是依靠残酷的真相和一成不变的规则活着，人活着，依靠的是，寄希望于他们坚信会到来的改变。

  我觉得这样的精神力和这样的故事是非常罕见的，是让人觉得生而为人极为值得的时刻。

  最后我想用我的研究对象也是我的翻译对象，西班牙诗人塞尔努达一生中写完的最后一首诗来结束今天的讲述。他也是当年乡村教育使团的成员。

  这首诗是写给参加西班牙内战的国际纵队士兵的，但是我觉得它也很好地说出了我从事西班牙文学研究和翻译这十年中遇到的这些记忆带给我的感动，也是我今天站在这里想要把这两个故事讲给你们的理由。

  在这首题为《1936年》的诗里，塞尔努达写道：

那时的事业似乎已失败,

这算不得什么；

有太多人,在其中火热一时

实际只为了自己的利益,

那更不值一提。

重要的是一个人的信念,这就够了。

因此今天你又找回

当初的感受：

那事业高贵并值得为之奋斗。

他的信念,那个信念,依然存留

经过这些岁月,这些失败,

当一切仿佛已背叛。

然而那信念,你告诉自己,是唯一重要的东西。

谢谢,伙伴,谢谢

这榜样。谢谢你告诉我

人是高贵的。

就算高贵的人实在不多：

一个,一个人就足够

无可辩驳地见证

整个人类的高贵。

根据2020年6月6日作者在"一席"北京场演讲实录整理

（选自《中华文学选刊》2020年第9期）

邻家阿婆的猪脚黄豆汤

沈嘉禄

猪脚黄豆汤也叫脚爪黄豆汤，是值得回味的上海老味道。入冬后，持中馈的煮妇就会做几次，炖得酥而不烂，汤色乳白。黄豆宜选东北大青黄豆，糯性足，回味甘甜。当年黑龙江知青回沪探亲几乎人人都会带上一袋。猪脚，上海人亦称猪脚爪。民间相信"前脚后蹄"，前脚赛过猪的刹车系统，奔跑及突然停住时前脚用力更多，脚筋锻炼得相当强健。买蹄髈宜选后蹄，骨头小，皮厚，肉多，无论炖汤还是红烧，口感更佳。

寒冬腊月，特别是那种冷风吱吱钻到骨头里隐隐作痛的"作雪天"，热气腾腾的一砂锅猪脚黄豆汤在桌子中央这么一坐，一家老少吃得暖意融融，小孩子吃饱了来到阳台上冲着黑沉沉的夜空大吼一声："老天爷，快点落雪呀！"是啊，魔都有许多年没下雪了，如果有，也是轻描淡写地在屋顶上、车顶上撒一点，就像给一碗罗宋汤撒胡椒粉。

就是在这样寒气砭骨的冬天，我第一次喝到了人生中第一碗猪脚黄豆汤。

这里必须先交代一下背景。在我学龄前，也就是上世纪 60 年代前期，我妈妈在里弄生产组工作，生产组是妇女同志的大本营，"半边天"读出扫盲班，就有了更高的理想，希望进入体制成为工厂正式职工，吃食堂饭，有工装、有车贴，有浴票，享受全劳保，每个月还能领到肥皂、卫生纸。有一次，妈妈牵着我的小手穿过草原般辽阔的人民广场，来到一家简陋的工厂，大屋顶下，数十盏日光灯齐刷刷亮起，上百人分成若干个小组围在十几张长桌边给毛羊衫绣花。这其实是她平时在家里做的"生活"，而此时她们非要像向日葵那样聚在一起，在形式上模拟车间里的劳作。妈妈忙着飞针走线，我在她身边像条小狗似的转来转去，没玩具呀，只能将鞋带系死，再费劲地解开，无聊得很，实在不行就瞅个空子逃到大门口，看对面操场上的中学生排队操练，怒吼"团结就是力量"。

第二天，妈妈就把我托给楼下前厢房的邻居照看。这家邻居的情景现在是无论如何看不到了，两个老太，一位叫"大脚阿婆"，另一位叫"小脚阿婆"，对的，其中一位缠过脚。在旧社会，她们嫁给了同一个丈夫，解放后男人因病去世，大小老婆就住在一起，相濡以沫，情同姐妹。她们有一个儿子，一个女儿，都成家了，分开住。

大脚阿婆收下我后就严厉关照不要跑到天井外面去，"当心被拐子拐走。"这在当时是极具震慑力的。转而又无比温柔地说："今天我烧脚爪黄豆汤给你吃。"

等到中午，大脚阿婆将一碗饭端到八仙桌上，上面浇了一勺汤，十几粒黄豆，并没有我期待了一个上午的猪脚爪。"脚爪呢？"我轻声地问。大脚阿婆大声回答："还没烧酥。"

天可怜见的，我就用十几粒黄豆将一碗白饭塞进没有油水的小肚子里。好在有一本彩色卡通画册深深吸引了我，白雪公主和七个小矮人的故事为我打开了陌生而美丽的新世界，公主如此美丽善良，小矮人又如此勤奋，他们挖了一整天的矿石，天黑后回家才能喝到公主为他们煮的汤。不会也是猪脚黄豆汤吧，我想。所以很知足，看一页，塞一口。这本彩色卡通画册应该是她们的儿子或女儿留下来的，一起留下来的还有《封神榜》《杨家将》等几本破破烂烂的连环画，以及几十本布料样本（这大概与她们儿子的工作有关），也相当有看头。

　　第二天，经过一个上午的等待，饭点到了，同样是一碗饭，同样是十几粒黄豆，"脚爪呢？"我声音更轻地问。大脚阿婆更响亮地回答："还没烧酥。"第三天，重复第一天的模式，一碗饭，一勺汤，十几粒黄豆，猪脚爪还没有烧酥。大脚阿婆与小脚阿婆在我吃好后才在屋子另一边的桌子上吃，她们有没有吃猪脚爪，我不敢前去看个究竟。又因为里屋光线极暗，墙上挂着一个红木镜框，鸭蛋形的内衬里嵌了一张擦笔画，一个精瘦的男人戴一顶瓜皮小帽，桌上的一羹一饭都被他看在眼里。饭后，大脚阿婆用刨花水梳头，小脚阿婆则开始折锡箔，口中念念有词，弄堂里的人愿意买她的锡箔，她一边折一边念经，据说"很灵的"。

　　在楼下前厢房被托管了三天，白雪公主与七个小矮人的故事被我看到浮想联翩，里弄生产组大妈们精心策划的被招安行动宣告失败，她们灰溜溜地回到各自家里，继续可恨的计件工资制。妈妈松了一口气："也好，可以看牢小赤佬，明年再送他去幼儿园也不晚。"

　　一直等我上了小学，身体又长高了点，有一天被班主任表扬了，有点骨头轻，回家就壮着胆子向妈妈提出："我要吃脚爪黄豆汤。"妈妈有点奇怪，因为我在吃的上面从未提过任何要求。"在大脚阿婆那里吃过脚爪黄豆汤，是不是吃上瘾啦？"

　　我这才把实情向妈妈汇报，她恍然："每天给她两角饭钱的，死老太婆！"

　　几天后，我才真正吃到了人生第一碗猪脚黄豆汤。但味道怎么样，没记住，印象深刻的还是白雪公主，一双美丽的大眼睛！

后来我家条件好了,也经常吃猪脚黄豆汤。我五哥是黑龙江知青,他千里迢迢背回来的大青黄豆确实是做这道家常风味的好材料。不过我又发现,那个时候像我家附近的绿野、大同、老松顺、鸿兴馆等几家饭店都没有猪脚爪,只有像自忠路上小毛饭店这样的小馆子里才有,猪脚爪与黄豆同煮一锅,有时还在三鲜汤、炒三鲜里扮演"匪兵甲"的角色。在熟食店里也有,无论老卤烧还是做成糟货,都是下酒妙品。后来有个老师傅告诉我,猪脚爪毛太多,啥人有心相去弄清爽?再讲这路货色烧不到位不好吃,烧到位了又容易皮开肉绽,卖不出铜钿,干脆免进。他又说:"猪脚爪不上台面的,小阿弟你懂吗?一人一只猪脚爪啃起来,吃相太难看啦!"

想象一下指甲涂得红红绿绿的美女捧着一只猪脚爪横啃竖啃,确实不够雅观。在家可以边看电视边啃,不影响市容,所以在熟食店里卤猪脚的生意还是不错的,尤其是世界杯、奥运会期间,猪脚鸡爪鸭头颈卖得特别火,女人也是消费主力。有一次与太太去七宝老街白相,看到有一家小店专卖红烧猪脚,开锅时香气四溢,摆在白木台面上的猪脚,队形整齐,色泽红亮,皮肉似乎都在快乐地颤抖,端的是绝妙好蹄。马上买一只请阿姨劈开,坐在店堂里啃起来,老夫老妻,就不在乎吃相了。

平时在家,我们也是经常烧脚爪黄豆汤的,我的经验是不能用高压锅,必须用老式的宜兴砂锅,实在不行的话就用搪瓷烧锅,小火慢炖,密切观察,不能让脚爪粘底焦煳,一旦有了焦毛气,败局难以挽回。如果有兴趣又有闲暇的话,我也会做一回猪脚冻。猪脚洗净煮至七八分熟,捞出后用净水冲洗冷却,剥皮剔骨,再加五香料红烧至酥烂,然后连汤带水倒在玻璃罐里,冷却后进冰箱冻一夜,第二天蜕出,切块装盆,蘸不蘸醋都行。如果加些花生米在里面,口感更加细腻丰富。炖猪脚黄豆汤时我喜欢加点花生米,不必去红衣,有异香,又能补血。以上几款都是冬天的节目,到了夏天就做糟脚爪，口感在糟鸡爪、糟门腔、糟肚子之上，春秋两季可红烧或椒盐。

进入改革开放后的新时代，猪脚爪才有了粉墨登场的机会，九江路上的美味斋驰誉沪上，他家的菜饭深受群众欢迎，浇头中的红烧脚爪是一绝，点赞甚多，我也经常吃。在黄河路、乍浦路美食街曾经流行过一道菜颇具戏剧性：猪八戒踢足球——三四只红烧猪脚爪配一只狮子头。最让人怀念的还是香酥椒盐猪脚，老卤里浸泡一夜，次日煮熟后再下油锅炸至皮脆肉酥，上桌时撒椒盐或鲜辣粉，趁热吃，体现了粗放的、直率的、极具市井风情的味觉审美。在市场经济启动后，在初步摆脱物质匮乏的尴尬之后，不妨在餐桌上撒撒野。那种"人手一只啃起来"的吃相，对应了"改革开放富起来"的歌咏，也可以当作"思想解放，与时俱进"的案例来看。

也因此，我在广州吃到猪脚姜和白云猪手，在东北吃到酸菜炖猪脚，在北京吃到卤猪脚与卤肠双拼，那种"放开来"的感觉，都不及在上海小饭店里大家一起啃猪脚时那般豪迈与酣畅。

疫情期间宅家太久，执蠡就成了解闷游戏，有一天我煮了猪脚黄豆汤，考虑到医生对我再三警告，只敢用一只猪脚，多抓一把黄豆，汤色与味道就寡淡了许多。这只号称从"金华两头乌"身上取下来的猪脚，在回锅两次后皮开肉绽，失去了记忆中的劲道和香气，成了可有可无的药渣，最终与湿垃圾归于一类。

最想念大脚阿婆的猪脚。

（选自《散文·海外版》2020年第9期，
原载2020年4月1日《文汇报》）

遥远的局外

陈丹青

谢谢诸位记得木心恢复写作35周年。我相信，除了文学专家，其实没人关心作家的写作周年。今天的木心读者略微增多了，但我不认为哪位木粉会确凿记得：35年前他开始写作，并认为那是重要的事情。所以我们只是借题发挥。发挥什么呢？我来讲点我和木心的往事吧。如果咱们去掉这35年，一起回到1984年，就比较好玩，比较有话说……在座80、90后不会有感觉了，四五十岁以上的朋友应该记得，1984年，是中国新时期文学的高潮。倘若我没记错，起于1978年，甚至1977年，后"文革"第一代作家和诗人接连登场。除了30后的张贤亮，大抵是40后与50后。譬如刘心武、路遥、高行健、北岛、芒克、多多、张抗抗、张承志、冯骥才、韩少功、王安忆、梁晓声、贾平凹、史铁生、何立伟、马原、张炜、残雪等等。1984年，两位稍稍迟到的作家一鸣惊人：阿城、莫言。我记得，李陀特别以1984年——也许是1985年——为专题，写了专文，描述以上文学壮观。到80年代末，60后作家余华、苏童，脱颖而出。以上名单肯定有所遗漏，但以上作家都能在电脑字库中立即找到全名。除了阿城和王安忆，迄今我几乎没读过以上作家，只记得1982年出国前，被刘心武的中篇《立体交叉桥》深度震撼，以至从杂志上撕下小说页码，带到美国。那时，我和星星画会的阿城做了好朋友，哪想到几年后他将扔出惊人的小说。1983年，我认识了来美访问的王安忆，我与她同届，仅只初中程度，居然有人写小说，我很惊异，满怀感动读她的长篇《六九届初中生》，之后通信十余年，读她的新作，如今，她已是祖母级作家。

总之，以上作家持续出书时，读者可能多于今天的网络粉丝量。西方的关注，紧随其后，据我所知，欧美各国相继出现他们的译本，随即出现以单个大陆作家作硕博士论文的学者。大家都会同意，这是断层后的文学景观。断层彼端，从五四到40年代知名老作家，老诗人，到了80年代，半数过世了，仍在世的茅盾、曹禺、艾青、巴金、冰心、沈从文、张爱玲等等，早已很少，或根本不再创作。我记得巴金写了《随想录》，传颂一时。艾青的公子，画家艾轩，给我念过他父亲在"文革"后写的几首新诗。

夹在两代人之间，还有一位汪曾祺，忽然火起来。再后来，90年代吧，有位老先生张中行发表了散文集，我非常喜欢。总之，断层之后，许多被封尘很久的名字，成为活的废墟。说来荒唐。1980年，阿城告诉我沈从文和钱钟书的名字，我不知去哪里找他们的书。1983年，我人在纽约，有位新认识的朋友递给我一本香港版小说集，封面两个字：《色·戒》，那是我第一次听说张爱玲。这就是35年前中国大陆的文学景观。35年前，我也有自己的阅读记忆：我在海外阅读同辈的阿城和王安忆，同时，阅读沈从文和张爱玲将近半个世纪前写的小说。那位借给我张爱玲小说的家伙是谁呢，就是孙牧心。他说，他在十三四岁读到张爱玲首批发表的小说，算起来，那是1941年的事情。

孙牧心是个画家，和我们这群青年混在艺术学院，假装留学，数他年龄最大。那时，我们必须申请留学才能出国，而在我的上海记忆中，有不少像他那样沧海遗珠式的老侠客，潜藏很深，故事很多。

　　1983年，纽约华语报忽然发表了他的第一篇散文，我很惊异，就去找他玩。我问他，你从前写的东西呢？他带着狡黠的微笑，说："没有了呀，全都没有了。"

　　现在想想很奇怪，很好玩：1984年，我远远听说一大帮同辈人正在闹腾文学，同时，在我眼前，有位老头子刚刚恢复写作。对我来说，二者都是新人，热乎乎的，照木心的说法，像是刚出炉的大饼。我似乎享受着什么秘密，心里想：嘿，我也认识一个作家，你们都不知道！孙牧心是20后，在我们这群狼羔子还没出生前，他就写作了。1939年他12岁，写了小诗，拿去桐乡刊物发表。1949年他22岁，仍然写作，但不再发表。45岁前后他被多次单独关押，居然还敢偷偷写作，那就是幸存的66页狱中手稿。他缝在棉裤里，带出来，藏起来。反正，直到56岁出国前，他从未发表一篇文字，一首诗，他绝对不让人知道他在写作。出国后，他要靠画画谋生，决定再不写作了。

　　后来的故事大家可能知道：1983年，来自巴黎的台湾画家陈英德去看木心的画，听他谈吐，以为不凡，坚持要他恢复写作，于是，照孙牧心的说法，他以文字"粉墨登场"，在华语报刊发表文章。为什么他又愿意写了呢？我猜，一是环境换了，二是稿费补贴生活，总之，开了笔，他就收不住了。很快，台湾文坛知道了他。1984年之所以对他很重要，是因为诗人痖弦在首期《联合文学》为他推出了他的散文专题展。1986年，由纽约中报副刊主编曹又芳主持为木心散文开了座谈会，那是老头子唯一一次听取别人谈论他的文学。现在，曹女士，还有与会的台湾作家郭松棻夫妇，都已逝世了。

　　回到1984年，木心虽然不认识大陆的新作家，但他当然好奇。我把王安忆的《小鲍庄》给他看。其中描写村里苦婆娘收留个苦孩子，当做亲生，晚上抱着孩子的脚睡觉——木心指着这一段，脸上很感动的样子，说："写得好，写得好，她非常会写！"我把阿城刚发表的《棋王》给他看，他指着其中一段，写王一生出村时的背影，非常瘦，裤子里空荡荡的好像没有腿，木心容光焕发，做出举杯祝贺的姿势，说："你写信告诉他：一个文学天才诞生了。"我就写信告诉阿城。1986年，阿城来美参加爱德华写作班，过纽约，住我家，我弄了饭菜，叫来木心，他俩居然谈到凌晨四点。那夜我们穿着拖鞋，我记得阿城上厕所时，木心忽然很好玩地凑过脸对我说：阿城完全是个书生呀，你看那双脚，十足书生脚。另一次我们吃饭，阿城请木心给他小说提提意见，木心很认真地说："《棋王》，我数了，用了140多个'一'字。"这样的文学批评，我和阿城从未听过。

说起随便哪位作家，木心就拿出一句话，一段文，然后议论。渐渐他从别的渠道阅读大陆新作家，每读一位，都是拈出一两句议论。譬如他能背诵顾城的诗，我不明白为什么他欣赏其中写长江的船帆的句子，说是像"裹尸布"，在不同海外作家的饭局中，他好几次完整背出那首诗，啧啧称奇。所以大陆新作家不知道，他们的海量读者群里，远远地，有一位老木心。王安忆，阿城，还有湖南的何立伟，对木心的文章怎么看呢？反应各不相同。1983年王安忆访美，我给她看了木心某篇文字，她很快读过后说：像台湾的七等生。我于是不再给她介绍木心的其他书。何立伟表示惊异，2006年木心首次出版大陆版本，何立伟特意写了一篇评论，发在《南方周末》。那时找个人评论木心，非常困难，我很感谢他。阿城，1992年去意大利领受文学奖，在被要求为意大利读者选择的十几位大陆文学中，他列入了木心的《芳芳No4》，并扼要作了介绍，其中一句我记得，大意是：对中外文学的理解，没人可以和木心比。但阿城好教养，从没跟我提此事。最近他出了文集，我才读到。那时他知道我们的文学课珍贵，讲席结束后，我们办了所谓"毕业典礼"，风雪天气，阿城自费从加州赶来，用行李箱装着自费购置的专业摄像机，全程拍摄我们的最后一次聚会。很可惜，那盘资料片连同阿城的许多音乐物件，后来失窃了。

我不确定1984年前后的大陆，还有谁听说过木心。没有伊妹儿和微信的时代，大陆消息都是口传，80年代，不少旅美港台作家已经能去大陆，带回文坛八卦，其中说道：上海一位文学编辑（编者注：李子云）读到木心某篇散文，很喜欢，准备用在刊物上，她推荐给当时已经是文化部长的王蒙看，王蒙说，太小资了。我不确定以上故事是真的，还是误传。但那位台湾作家转告了木心——我也忘了他的名姓，反正是诗人——木心说给我听，而且开心地笑起来，说："我是文学婴儿呀，刚开始写，他就要把我在摇篮里掐死……"我爆笑，木心来劲了，喜滋滋补了一句："顺便把摇篮也掐死。"

但这位文学婴儿很快爬出摇篮，长大了。大约在1988年后，木心不再粉墨登场，不往报刊投稿，开始闷头写难懂的诗。我想：他一年年老了，就这样自说自话逍遥下去，将来谁读他、谁懂他？所以他一直是我的麻烦。在纽约，知道他的人大部分不屑一顾，上文学课时，常有讥笑和流言，有些背后说，有些就是我的朋友，当我面嘲笑木心。而他只顾自己得意，拼命写《巴珑》和《诗经演》之类。

1992年阿城来纽约，有天上午我们谈起木心，我说老头子完蛋了，将来他怎么办啊，谁读他？阿城说：你可别这么想。大陆的孩子咕嘟咕嘟冒出来，有像样的教育，读各种书，你怎么知道他们不会懂木心？又过了14年，2006年，木心的书终于在大陆出版了，在头一批热情回应的作家中，除了几位我的同代人，孙甘露、小宝、孙郁、岳建一，全是70后，包括昨天在座的李静。另一位70后李春阳，日后为木心最难懂的《诗经演》做了全部的古文注释，上海一位70后女教授马宇辉，为《文学回忆录》的所有中国古典文学部分，做了全部的校勘与订正……2011年木心逝世，意外的是，上百位陌生的80后孩子从各地赶来，一声不响站在殡仪馆门口，其中好几位在木心病重期间自行来到医院，守护木心，直到他死。

2012年年底《文学回忆录》出版了，木心的读者出现越来越多的80后和90后，我算了一下，当1992年我对阿城说木心完蛋时，大陆的70后读者大部分还是高中生，80后读者干脆在幼儿园，或者还没出生。如今，以我亲眼所见，木心的读者已出现90后、00后。现在想想，我真佩服阿城的远见。说起木心在大陆出书，还有故事。他的一位故旧名叫胡塞，曾在上海的《世界经济导报》任编辑（顺便一说，世界经济导报的题字，是木心写的），胡塞的公子胡钢，与我同代，70年代与木心相熟，曾与木心一起商量写申诉书，争取平反。90年代末，胡钢在上海与严博飞、小宝合伙开季风书店，私下里，胡钢通过他在纽约的哥哥胡澄华转话，再三恳请木心叔叔让他出版木心文集。老头子当时70多岁了，知道来日无多，终于同意了。胡钢于是自雇秘书，将台湾版木心逐字录入。大家可能想见，在2000年前后的出版局面，胡钢以个人的力量承受出版十余册文集，包括市场营销，多么猖狂，而木心在大陆既不认识任何出版人，更无知名度，他不可能和新作家那样，再获得十年二十年光阴，累积声誉。但胡钢神采奕奕承担了这件事。1998年秋我带着木心的书信首次见胡钢，他带我去他为木心文集租赁的小办公室，桌上堆着全部台湾木心版。

结果，如大家可能预料的，此事搁浅了。木心又默默等了六七年，最后，2006年，是刘瑞琳的理想国做了这件事。那时木心79岁。

今天纪念木心重启写作35年，我能提供的便是以上记忆。我以为，这是木心个人的历程，除了年份重合，与新时期文学完全不交集。我们或许可以讨论的是：木心和新时期文学为什么不交集？这种双向的不交集，意味着什么？但我无法回答。我很想知道，过去百年有没有相同的文

405

学个例。五四新文学以来,若干作家是冷门的、非主流的、遭遇批判而被长期遗忘的、又被重新见光的,譬如民国时期的废名、徐志摩、九月派、七叶派、沈从文、张爱玲,譬如新时期文学中死后才被关注的海子、王小波等等。因政治与地域关系而长期隔阂的,譬如对岸的姜贵、朱西宁、洛夫、向明、罗门、蓉子、管管、痖弦、郑愁予、王文兴、七等生、司马中原、郭松棻等等。木心的行状,和他们都不一样。从彼岸的语境看,以上名字享有长期的岛内声誉,很早便在他们的文学史名单中,木心虽曾名噪一时,但他是外人,从未被归入台湾作家,如今纪念他的台湾作家仍将他视为此岸出去的人。由于暮年回归,他也不会被视为海外华人作家。从此岸的语境看,他的文学从未被批判,因为从未见光,他的才能没被埋没,因为他不在文坛。他在最后岁月获得小小关注,人听说他,未必读他。他很老了,却不是老作家,而是不折不扣的新作家,因为他密集的写作期,和新时期文学同时发生。因此,木心的孤绝、局外,不全是外界和历史的缘故,而是,如果我没说错的话,出于他自己的安排和选择。这一选择,非常明确、固执,而且持久。他没有寄过一份稿子给此岸。自从35年前恢复写作,他就决定完整地、彻底地,仅仅做他自己,在名分上竭力保持"一个人"。他最简单的一念,我知道,是不要和大家混在一起。

  但他暮年放弃了他的固执,低下头来,妥协了。他对什么妥协?母语,还有读者。他知道,母语写作的读者群是在母国。所以,只有一件事,再寻常不过的一件事,使木心和所有以上作家完全交集,就是,他用中文写作。我不想细说,更不想强调木心个人的长期困境。这是许多作家,包括世界文豪遭遇过的故事。我所感兴趣的是,他的故事非常别致,正像他的文风,始终试图保持他的独一性。我清楚,他的困境,或者说,他的固执的选择,来自美学立场,所谓美学立场,其实,来自他的性格。性格即命运。木心说:"命运很精致"。1983年他恢复写作,是命运,也是性格。他被剥夺了大好年华，是他的命运，晚年还是拿起笔来，是他的性格。而他迟至2006年，在他79岁时才在大陆出书，则并非全是命运，而是由于性格，我想说，"性格也很精致"：大家可能会同意，只要他愿意跟这边混，他并非不能在八九十年代推出他的书。但我完全无法想象和"大家"混在一起的木心。他的孤绝、自守、远离文坛，有时会令人想起张爱玲。然而张爱玲早获声名，后来远走，不露面，但她从来知道，仍有无数张迷远远等着她。木心不同。他短期获得台湾的读者，但他不去，不交集。2006年在大陆出书后，他从未出席签售，一再婉拒北京读者的邀请。除了和极个别去找他的青年闲聊，他在乌镇和他在纽约差不多，一年到头坐在椅子上抽烟。所以我在新书的序言中，这是一个难弄的老头子。在最后岁月的胡言乱语中，他望着天花板，忽然清清楚楚说了四句没头没尾的话：不是不要，在乎要法，与其要法，不如不要。

　　他从未与我说过这些意思，直到糊涂了，才自言自语说了出来，显然是对自己的交代。我猜了很久，明白了：所谓"要"，是指荣誉和声名，所谓"要法"，是指获得荣誉的方式，以及，哪种荣誉。大家知道，在我们的文化世面有哪些荣誉，如何"要法"，于是，木心说："与其要法，不如不要。"我重视这四句话。以我熟知的木心，精明，透彻，老练。同时，常年不安，因此，他非常真实。他不追求声誉，但不掩饰他渴望声誉，他甘于寂寞，但从不标榜清高。近年，不少读者和评家佩服他的淡泊、隐匿，超然世外，那是大误解。对我来说，他渴望，但是拒绝，他拒绝，同时渴望，那才是他之所以珍贵的理由。从"不是不要"到"不如不要"，木心度过了35年，死掉了。他如愿了吗？他有遗憾吗？熟悉木心的读者可能会记得他自撰的对子：

　　　　此心有一泛泛浮名所幸私愿已了

彼岸无双草草逸笔唯叹壮志未酬

我猜,他最后的"私愿"是在中国大陆出书。而他的"壮志",好大呀,对着厚厚的世界著名长篇小说,他会一脸的羞愧和认怂。我难以得知,他内心对自己失去的岁月如何抱憾,这是我们这代幸运儿无法理解的抱憾。

这次活动的主标题,是"回到文学"。这句话指什么呢?浅层的意思,也许指木心恢复写作,深层的意思呢?我常听木心说起某篇小说,某种写法,断然说道:"不是文学。"怎样的算是文学,怎样的不算文学,可以永远争论下去。木心死后,有个青年女木粉问一位非常非常著名的,与我同代的诗人,怎么看木心的诗,那位诗人说:"哦,木心的诗还没入门。"是的,每一位文学家、艺术家,都有内心的标准,都很骄傲。但我所见过最最骄傲的人,是孙牧心,因为我目击他为他的骄傲付了什么代价,付了多久的代价。同时,我也目击他也非常心虚,并为此折磨,只是他有他的方式,缓解这种折磨。由于长期没有声誉,听不到回声,于是他自己做自己的评判者,同时,为自己辩护。他的自我评判,他的辩护词,部分,我忘记了,部分,我不愿说。他经常在嘴上练句子,好比打草稿,暮年,他好几次对我说起一句西方人说的话——我知道,他又在练习如何评判自己,而且为自己辩护——我忘了那是谁说的,那句话是:重要的不是他做了什么,而是,他是什么。

(选自《散文·海外版》2020年第9期,
原载《十月》2020年第1期)

净月潭而上

小红北

一

双休日，或天气特别好的时候，14公里的木栈道上摆满了脚步。不是散步，是徒步，是一种匀速的节奏感，是半专业的速度，是中庸以上的速度，是中等生活以上的速度，刚好没有成为富翁。看到这些脚步，会想起一个词：独立。好像脚步可以从人这里独立出来，理直气壮，自成体系；又好像这条路不是为人准备的，而是为脚步准备的。脚步之外最常见的是松鼠，也有其他事物，比如山鸡、山鹊、野鸭、刺猬、狐狸等，但你看不到它们。它们的眼睛比人的眼睛敏锐，它们能看到人，人看不到它们。要想看到它们，你得停下来、静下来，躲到一边或者"滚一边去"。在低处、在边角处、在森林深处、在它们最熟悉的地方，也许，如果运气好，能看到一两种。当然，如果你总是在一种匀速的节奏感里，在一种躁动的加速度里，可能一生都看不到它们。据说，这里还有460多种昆虫，但你叫不出它们的名字，叫出来它们也不会答应。它们的名字都是人给取的，是人类的概念，它们自己未必就喜欢这些名字，它们的世界也许是一个不欢迎概念的世界。

沿观潭山向上，有一座塔楼，不特别，像一个"直"字。见之审则必能矫其枉。吴均在《与朱元思书》里讲，争高直指。而这里的塔高只有50米，海拔也只有300多米，实在是一个不起眼的高度。多亏了不起眼，多亏来的人都是些不起眼的人，多亏康熙皇帝来的时候这个塔楼还没有建成。这里的人文景观本就不多，除了塔楼还有一个钟楼，还有一个古墓，埋着金人，说是石羊石虎山，那个石羊、那个石虎，比人还小，比起西安的古墓，实在是可以小到"无"的。历史是最大的人文，有历史的地方，大家可以不再努力了，比如洛阳、平遥，但长春是一座新城，所以必须努力，必须为未来的历史做准备。

二

净月潭不是女神，但她确实穿了一条裙子。她是长白山派到松嫩平原的一个小丫头，一张脸，像长白山温泉里煮出来的鸡蛋，半生不熟地红着。她还没有学会打扮自己。她是从《诗经》里走出来的一句诗，不是我的纸里包着我的火，也没有茨维塔耶娃笔下的那种心灵运动加速度。她就是一个小丫头，不成熟，但她知道羞耻，因为她的脸半生不熟地红着，因为她穿了一条裙子。这条裙子有一个很长的下摆，绵延两万平方公里，大约有三个上海那么大。也可以这样想，整个城市就处在裙摆与地面接触的那个部分。平整。干净。非常好看。

而且，她把形而上的"形"字，换成了净月潭。

她带来了长白山的鸡蛋，也带来了长白山的生物垂直分布原理。千余种植物层层分布，每一种都有自己的位置，不会坏规矩。尤以松为例，分明是早早排好的兵团，御林属，它们看上去是一个整体，又各自独立。灰褐色制服，灰是集体的，褐是个人的，个人的林立性越是极端罕见，集体的森严性就越强。但它们只站队，不打仗，也没有人下命令。赤松、油松、落叶松，每一棵都站得耿直。而你走进来，却往往不见树，只见木，因为树是有叶的，你在这里看不到叶。要看叶，得仰着脖子看，看到了呢，也不是一片一片地给你看，而是一针一针地给你，一针见血，所以如果你心里有鬼，最好不要同它针锋相对。这里还有119座山峰，但你还是看不到，因为它们太小了、太柔和了，没有叠嶂，没有嶙峋，不必担心有尖顶冲着你家的窗户，也没有伶牙俐齿，甚至很少大声说话。给它们一支好用的话筒都没用。偶有低吼，都是最简单的元音，连成阴森森的繁华。是啊，作为长白山脉的余脉，柔和里总有几分微厉，它们从中国东北的最高点出发，带着天地融通的巨大能量与讯息，千里跋涉来到这里，或许是走累了，坐下来歇歇脚。这一歇不要紧，眼前的原始与空阔，浩瀚的大平原，绵连的黑土地，惊呆了，震撼了，它们决定不走了，它们要看着这一大片喻含着荒寂与生息、迁徙与流放、荣辱与征伐、宽达与敛俭、自由与蝶变的关东大地到底会发生什么事情，它们要看着一座现代化的城市在这里孕育、出生、长大，它们要为这座城市提供一道屏障，提供一种保护，它们还要以自己低调绵展的隆起，为这座城市添加一种放松下来的呼吸般的起伏之美。它们就是这样想的吧。

三

大部分时候，我们看到的颜色都是绿色。绿色，生命之色，它们带着植物的基因走上大街小巷，成为这座城市的底色。圆广场，放射状，方格路网，四排树，绿色，巴洛克大约想不到自己的风格是在中国的一座北方城市里被绿色改写的。底色是用于赞颂的颜色，但它常常充当配角，少光彩甚至负光彩。如果你是一丛花，它便是一坡草。如果你是自行车或人行道，它会退到路边。如果你是一本书，它便是一张张白纸。如果你是呼吸，它便是负氧离子，净月潭的负氧离子最密集，每立方厘米富集三千至五千个，但它带电，中心城区的人最好别惹它。如果你是一片火海，它便是一种牺牲；如果你是一位女士，它便是一个舞台；如果你是一湾水，它便是水中的倒影；但如果你是瓦尔登湖，它便是梭罗，梭罗是瓦尔登湖的底色和背景，他不好好写散文，他种树，种着种着把自己种成了树。

　　净月潭森林里，到处都是这种落叶，如果你走累了，正值新秋，坐在那里发呆地想一想，这些落叶是多么丰富、多么幸运啊。它们不计较彼此穿什么颜色的衣服，它们是所有的颜色，似乎又都不是。它们落下来便可以归根，不用东跑西跑，一阵风把它们吹到另一棵树下，还会有另一阵风把它们送回来。它们想说点儿什么，也不必自己熬夜加班来准备，风是它们的文字秘书，替它们写，还替它们讲，默默地传递着大量的讯息。叶是君，风是臣，君逸而臣劳。它们不必有太多的思想，拉低生物学意义上的幸福指数，还要引上帝发笑。它们也不在乎什么系统，它们本身就是一个开放完整的封闭系统，它们不对说三道四的人开放。落叶的一生，是哲学的简化过程，或者，它们本身就是哲学最核心的那个部位，来去清晰，不出题，一生无答案。有的时候，它们或许也像一位女老师一样想象着外面的世界，那么大，想出去看看，八级风，可以帮助它们完成这个任务，但它们很快就会后悔，八抬大轿也不会再去。因为等待它们的，是那些急匆匆的鞋底、汽车的轮子、有门童把守的大观园、冷落的城市墙脚、垃圾桶以及环卫工人笼统的好心。如果有幸被夹进女孩子的日记本，那你得长得非常好看，又非常出类拔萃。但是，一种事物，不可能既好看又出类拔萃。

四

　　净月潭的月亮是蓝色的。哪种蓝呢？下午两三点钟的太阳照在一株柳树上，从柳树上下来的光，又照在马路上，马路上的影子，就是那种蓝。那种蓝，简单、清晰，加几分忧郁，有一点儿痛，但绝对不会哭出来。就好像文思泉涌但刚好克制住了，很挑剔地把语言组织起来，不急于表达思想，不急着讲故事，也不提嫦娥后悔的事。又比如你装修房子，把蓝色调作为主色调，调出各种蓝，但也好像都不对劲。总之，是同别的蓝不一样、不重复的。不是别人说过的话。

　　月是蓝色的，夜也是蓝色的。层层叠叠的蓝。层层叠叠的夜。先是密致，然后，一点一点变得透明，忽然就白亮亮的一片、一潭。似乎什么都看不见，又无比清晰。原来夜晚是清晰的，比白天还清晰。似乎白天丢了东西，可以在夜里找回来。这种蓝，同月亮的那种，又有不同，这个蓝比那个厚。有肃杀之气，但你不会感到恐惧。不是黑，黑是恶的，净月潭的夜晚从来都不是黑的，坏人来了它也不黑，人类用来衬托什么的时候才说它是黑的。似乎有巨大的力，但不刻意用力。这时候，忽然就想忘掉一些什么，比如，忘我。这符合行进和观察的逻辑，是由眼睛到心灵的路径。你可以想象一条路线。从净月潭森林向东，走进郊区的一家院落，院墙上写个"拆"字，又刚好在黄昏处，你便可以用第一人称来想：这里不光有荒草和泥土，还有我需要的东西，尽管我不知道那是什么东西，它们正踩着我的目光所搭的梯子走进我的心里，我欢迎所有旷野的、荒凉的、被人遗弃的、不知名因而不尊贵的东西在我心里安家，心比院子还大。是的，这些情绪放到这里是妥当的。对象是大众的，情绪是小众的。目标是济世的，路径是克己的。价值观是强硬的，方法论是斯文的，或者说是软弱的。净月潭作为国家5A级景区，总体上的逻辑是严整的，但也允许一小部分荒凉、遗弃与茫然，允许"半个我在疼痛"。净月潭的名气也不大，搞了几年瓦萨国际滑雪节，把瓦萨搞大了，净月潭呢，块头比西湖还大，名气却依然是小的。欲把西湖比西子，淡妆浓抹总相宜，你还没有学会打扮，也好，名气一大就俗了。

一潭水，是具体的，也是抽象的。可以具体到一滴、一泓、一条命，也可以抽象到一种追求、一种表达、一道数学题。水的形而上意义是最容易提炼的，伸手那么一捞，就能捞出一大把心灵、观念、境界、思维、道德层面的东西，假如你喜欢解读，它甚至可以是任何东西。假如你写下一个题目，叫《论水》，那么你不用怎么构思，甚至不用怎么使用"水"这个字，就可以很快弄出一篇寓意深刻、逻辑严整、规模宏大的哲学论文。不过，从地图上看，净月潭怎么看都不像月亮，更像是一条龙，或者，三叠纪到白垩纪时期的一只小恐龙，两只脚结结实实地踩在环潭南路上，向城里张着大嘴。颜色是蓝的，但这个蓝是印上去的，不是本真的。本真的事物，应该让它待在原来的地方。

五

白色，是净月潭的另一个季节。如果中心城区的气温是－27℃，这里的温度则是－30℃。低温是一种物理重量。白色也是一种物理重量。这种重量可以改写一个世界，也可以扩大一个世界。但它们最初来的时候是很为难的，城里不留它们，大街小巷都不怎么欢迎它们，只好跑到这里来安家。它们也许是万般无奈地落进这片森林里，却一下子变成了万种风情。但它们并没有把自己当成这里的主人，有重量的东西往往并不觉得自己有多么重要，或者说，它们只是客居在这里，季节是它们的一段旅途。又或者说，它们是一件冬衣，春天就要脱下来。那时候，这里的塔楼还是那个"直"字，但要变回初春的形状。它们化成水，把根留在这里，这是我们虚构的哲学。它们的根不在这里，在上面，或者其他什么地方。它们从空的根系里倒落下来，寻找、选择、驻足、渗透、咬合、积淀、淘汰、净化、相对固化，然后便下决心在这里过冬了。树冠、山坡、桥头、博物馆的大屋顶，都是它们喜欢的地方。一种颜色，万种风情，一大段一大段似乎各不相干的段落纷纷叠叠地指向一个主题，这应该是大美的生成原理吧。但它们不玩赖，下一个季节一来就走，顺便把冷带走，只把美名留在这里。人们用可以笑出声的好词赞美它们，是的，要不然怎么好意思把它们做成各种造型？宫殿，城堡，美人，童话，冬季体育项目承载物。还有好听的名字，"穹顶之下"，"悉尼歌剧院"，"天坛"，名字很大，好听和大的东西会有几分可疑，但你不用担心，这些东西总是像模像样的，赞美起来也没有多大的难度。在人的眼里，它们冷，但干净、宽达、无杂色，像生活递过来的一张白纸，任人们写写画画。赶上比赛期间，还将有挪威、芬兰、瑞典、捷克、意大利等17个国家对赛事进行现场直播，同时还有70多个国家进行媒体报道，观看人数超过两千万，希望可以消除人与人、人与自然的疏离感。但它们是怎么想的？也许不愿意和人走得这么近呢，保持距离，井水不犯河水。也许是万种风情又变回了万般无奈呢。如果木心先生走到这里，他会说：幸亏物无知。但真的无知吗？如果它们是人，也许是极端个人的那一部分，是"我"从"我们"里逃出来的那一部分。如果它们是文学，也许只是对旅途发言的那一部分，它们不在乎自己到了哪一站。但人们希望它们留下来。或者说，人是它们的对立面，所以它们是美的。像诗一样美。现在生活条件好了，人们想把日子过成诗，成全了人，糟蹋了诗，幸亏诗也是人写的，总有几分免疫力的。

　　人类是勤奋的物种。下一个季节来临之前，人们会用照片把这些美的战利品保存起来，装订成册，作为万种风情或万般无奈的证据。

六

从师大的小北门出来，沿自由大路向东，至乐群街，向南，到净月潭去野餐、谈恋爱，把纸条藏到某棵树下。一条路的意义，有时在于别人也曾经走过。霍亭从许广平先生那里回到长春之后，应该也走过这条路。孙晓野的字写得那么好，也应该走过这条路。又一次，你走进这片森林的某处，一位工笔画家把几只蜻蜓详细地描进你的视线，翅膀是透明的，经脉清晰，几枝次生林的干枝伸过来，你别接，大约是给这几只蜻蜓准备的。身边应该还有一个女人，但她没有下车，她在盘山路路边的一个空场处，坐在驾驶员的位置上，副驾驶没有人，但不空，有一些情绪盘坐在那里。也许是快乐的情绪。说不好，记不准了。没有故事，看不着热闹。这里只有一些片段，一些零零碎碎的记忆。记忆也许是唯一可以和时间抗争的东西，但它不能同故事抗争，故事淹没在生活里了。这片森林是人工的，是人的生物学动力无意间反哺给大自然的血脉，是一套人工修复系统，历经百年才弄成今天这个样子，欠债还钱，哪好意思写成故事呢？但这里的事物，节奏是正常的，这里的时间也是正常的，这也许是生态修复传导给人类的正常现象，时间恢复理智，心灵才有机会加速，才有更多更好的表达方式可以选择。或者，你可以把它当作一部散文，这部散文是丰富的，有一些生动的情节走在词语的上空，但没有完整的故事。好散文不讲故事，故事可以交给另一种体裁，另一片森林。

净月潭，一个没有故事、没有传说的地方。一个所在比所有还有趣味的地方。一个不用关掉自己的地方。一个白天丢了东西晚上可以找回来的地方。一个不允许生活作弊的地方。一个生活模仿美学、时间模仿空间、形而上模仿形而下的地方。一个在创作或采风过程里,到底写点儿什么,一直没有把握,不知如何是好,或者,收笔时比起笔时的思考走得好远好远的地方。一个小事物喜欢的地方。一个大事物喜欢的地方。一个和别的地方不大一样的地方。一个比人还干净的地方。

(原载《人民文学》2020年第9期)

这一世的情缘

漆剑荣

一、我和长英

2012年9月,美国康涅狄格州一所中学教室里,长英正在往黑板上挂孙悟空的图片,那些美国孩子们在听一个男孩子绘声绘色地讲他家昨晚来了一头浣熊的事。铃声响起,长英先用英语说上课,然后孩子们居然像中国的学生一样全部起立,长英用中文说:"同学们好!"孩子们也齐声用中文说:"崔老师好!"

我坐在教室的最后一排,听着长英在教孩子们用中文讲颜色,孩子们争着冲上黑板给孙悟空的行头涂颜色。窗外,康州的秋天是那么美,巨大的树木红叶参天。我不知道自己此刻是坐在哪里,眼前的情景让我有一种恍若隔世的感觉,思绪不禁飞到了30多年前的长春,飞到了我们大学的课堂。

好像是在上先秦文学课,四个班一起上大课。我那天正好坐在长英旁边，长英没有听课，一直在埋头写什么。我说可以看看吗，她就递给我看。厚厚的一本笔记她快写完了，写的是对一个男孩子如醉如痴的倾慕。那个男孩子在她眼里是那样英俊美好，而自己是那样无法表达和述说，以至于希望对方生病住院甚至遇到事故坐在轮椅上，自己好勇敢地走过去照顾他，告诉他她是多么喜欢他……

我含着泪读完了她的笔记，好想问问那个男孩子是谁，我去告诉他。但是我不能问那个男孩是谁，是班里的男生还是虚拟的人物，这30多年过去了，我至今也没有问过，但这30多年里，我始终被她那本笔记里的一种情绪影响着感染着，以至于她做什么我都觉得可以理解可以接受。

长英是一个安静得差不多没有人注意的女孩，我们俩不知道怎么就成了知心的朋友，我们逃课去滑旱冰，逃课去买面包吃。有一个冬天的下午我们跑到重庆路的电影院去看电影《蝴蝶梦》，至今我还记得，电影的开头是刘广宁配音的女主人绝美的声音："昨天晚上，我在梦中又一次回到了曼德利……"我和长英从电影院出来，心情还不能平静，然后我们又买了糖葫芦油炸糕还买了什么乱吃了一通，重庆路到自由大路的6路公共汽车车票是6分钱，但是我们俩身上一分钱都没有了。我们就这么走回学校，整整走到深夜。

有一天长英带着我去商店买了一斤半枣红色的毛线，她用手在我肩膀上胳膊上都量了一遍。第二天长英没有去上课，第三天也没有去上课。我去她宿舍找她，她正在自己的床上埋头织毛衣。她几乎两天没洗脸没有吃饭，披头散发在织毛衣，见到我就让我赶紧试穿。她给我织了一件有很多麻花辫的开身毛衣！我那时正好也梳着四根长长的麻花辫，穿上那件毛衣，我和她跑到桂林路的旭光照相馆照了一张照片，麻花辫的毛衣配麻花辫的女孩，那是我青春时代最美好的留念。

转眼到了1984年7月，我们毕业了，我去北京长英去廊坊，我们俩登上了同一列去北京的火车。一路上我都在不停地讲，人生理想事业还有爱爱爱……爱情，长英抿着嘴在笑在听，火车进天津站了，过了天津下一站是廊坊，她突然说，我们到天津去买件衣服穿上再去报到好不好？然后我们俩跳起来就跑着下火车，直奔劝业场，把学校发的那几十块钱毕业费都花了，各自买了裙子和衣服穿在身上，还有两个天津大麻花。

廊坊那时还是一个小城，周末我从北京去找她，下了火车没有公共汽车，我要走很远的路还要穿过一片菜地才能走到她教书的学校。那几年我坐了多少趟北京开往廊坊的火车，走了多少遍那片菜地已经不记得了。有一天长英从廊坊骑着自行车到北京来看我，我的同事们都震惊了。

我住在三里屯杂志社办公楼里一间两三平米的临时宿舍，晚上我们躺在只能放下一张单人床的小屋子里，我给她讲我去采访遇到的各种事情，激情澎湃，她说我身在斗室心怀天下。

因为心怀天下，我一直没有注意长英有哪些变化。除了教书她好像不再写那本笔记，那个我们都希望他坐轮椅的男孩好像已经走出了她的内心和视线。学校的青年教师都在谈恋爱找对象结婚占一间宿舍当婚房，长英好像没有加入那个行列。记得是我们24岁那年吧，毕业刚好4年，有一天我从外地采访回来，突然接到她的电话，她是在北京站打来的，说她马上要上火车了，去青海的西宁。我问她去干什么，她说她已经离开廊坊调到青海文联的一个文学杂志去工作，她今晚就走了。

我放下电话就往车站赶，进了站台，我开始奔跑，一节车厢一节车厢地跑着找，我使劲喊着她的名字，然后泪水突然就流出来了。我看到了坐在车厢里的长英，就使劲喊着："长英，下来！"然后我和她抱在一起哭起来。长英啊，为什么，为什么你要去那么远？为什么事先我都不知道。火车的汽笛拉响了，车轮哐当哐当地在动，长英放开我上了火车，至今都记得我还在哭喊："长英，下来！"

回到那两平米的斗室，我还在哭，哭着哭着就想起苏格兰诗人彭斯的诗歌"我的心啊在高原，我的心啊不在这里。"长英的心不在这里，这样想我就释然了。今天，当我跟儿子讲起当年的往事，他们无法理解，上个世纪80年代我们这些学中文的女孩是多么纯粹，我们为文学梦想为内心的渴望和追求而活，金钱和物质就像空气一样，虽然需要但我们却视而不见。

长英在青海怎样工作生活恋爱留给我的记忆都是模糊的，我保留了很多那个年代她从青海写给我的信，每次搬家我都会把这些信搬到新家。后来也一直很奇怪，那些年我当记者，走遍了祖国的山山水水，怎么会没有到青海去看她，却一直和她写着两地书呢？

又过了几年，长英从青海回来了，她离了婚，带着还在襁褓中的女儿回来了。我和雅琴那时候一致的意见就是为了女儿也不要回青海了，于是雅琴托关系做工作长英进了廊坊电视台。

90年代，我们的生活与理想、浪漫和激情开始渐行渐远了。有了孩子，我们不考虑自己也要考虑孩子，而那时单位是我们一切衣食住行的来源，长英因为一次青海的远行，就和单位的同龄人拉开了距离，就像你中途下了火车，再上车已经不是原来那趟车了，分房子你排在最后遥遥无期，一个带着孩子的女人住单身宿舍那是什么样的生活。还有，中国这个社会，好男人都去哪里了？我们同龄的男人都回家过日子了，没有在家过日子的和过了日子又出来的基本上都是问题男人，问题男人自己还在揣着架子对好女人尤其是带着孩子的好女人百般挑剔。而日子过得飞快，孩子们在长大，我们的青春忽然就不再……

长英把孩子送到老家父母那里，自己独自在廊坊工作生活。她从不抱怨不诉苦，什么样的生活都能安然平淡地过着，永远给我的感觉就是心不在"这里"。但我却不能看着这样的生活像一捧水一样从手指缝里无声流去。有一天我给她一张英文表格,"填上表,去美国吧。"

1998年长英去了美国。在康涅狄格州,她有了自己的家,她把女儿接到美国,母女终于生活在一起,从此再不用分离。长英学英语、上护理学校,考下美国执业教师证书,成为一名美国高中教师。

长英离开中国的这十多年,我们的生活也在发生巨大的变化。同学们都在旧房换新房换大房,自行车换汽车,日子过得风生水起。我在2003年离开工作了17年的杂志社,放下笔从事着全新的行业。长英经常会带着学生回到中国,我们见面,她是那么灿烂地笑着,我却一脸疲惫。工程上总有很多的事情,我跟长英说话的时候会不断地接电话,甚至在电话里骂人,长英用怜悯和心疼的目光看着我,仿佛我成了迷途的羔羊。

岁月在这十几年里显得最为无痕,我们怎么走过了40岁走向50岁,好像没有留下多少具体的回忆。互联网缩短了我和长英时空的距离,每周甚至每天我们都要说点什么,比如康州的大雪,北京夏季的酷暑,还有孩子们成长带来的欣喜和烦恼。

2012年9月,我来到康州。白天长英去学校上课,我就在她家里昏睡,睡醒之后就坐在外面的大树下,脚上放一块面包,看着小松鼠跳上来吃。长英下课回来,会把我从昏睡中叫醒,我们开车或者去咖啡馆安安静静坐着喝咖啡吃点心,或者开到一个农场,在苹果树下吃苹果。我们脚下康州的路,全都被秋天的红叶黄叶覆盖着,金黄金红的颜色一直铺到天边。长英说通往天堂的路也不过如此了。

长英说我们以后老了可以在一起生活互相照顾,夏天秋天在康州,冬天回中国,我突然想起我们20岁时同坐一列火车从长春出发奔向新生活的往事,那时我们怎么也没有想到,28年后我们俩会在地球的另一端坐在美国康州的一棵苹果树下吃苹果吧?22年前,长英从青海抱着女儿回到北京我家里时,我们更想不到,我们的孩子,她的女儿我的儿子如今绕过半个地球在美国同读一所大学，康涅狄格大学，像我和长英当年一样成为大学同窗。

我和长英从17岁时在大学相遇相识成为好友，我们共同走过了30多年同甘共苦的人生路，像在跑一场长长的马拉松，我们一起出发，即便是中途我们不在一条跑道了，但她生活中的每一次坎坷我都知道都一起分担，我生命中的每一次悲欢她都明白都一起感受。而且，我相信，未来还有漫长的路，我们还会一起走。

这一世的情缘，也许就是17岁那年，我穿上她亲手织的毛衣起注定。

二、我和雅琴

我和雅琴的感情源于大二我的一次牙疼。

宿舍一共12个女生，我住在上铺。那天晚上我的牙疼到什么程度已经不记得，雅琴后来说看到我在床上翻来覆去折腾，实在看不下去了，就跟我说，起来，我们去医院。后来雅琴回忆，说我像小狗一样嗖的一下起来，捂着脸跟着她乖乖地去了校医院。

17岁那年校医院补的牙，至今还好好地在嘴里。牙里面的填充物几十年没有脱落，可能就是为了见证我和雅琴之间的情谊。

大学头两年是我一生中生活最艰苦的两年，当时长春人民每个月二两油。我们每天主要的食物是高粱米饭和没有任何油水的三分钱一份的水煮茄子。每天上到第三节课，我的肚子就开始叫，没有任何心思再听老师讲课，第四节课，我就逃课先跑到食堂，等着大门一开，第一个冲进去。买了茄子和高粱米饭，吃几口，实在咽不下去，我就把饭菜倒掉去买一个四毛钱一份的熘肉片干吃了。

这样还没有到下个月发饭票，我的饭票就吃完了，有几天我就不去食堂吃饭，拿粮票去换一个油炸糕或者到小卖部买两个面包一个香肠分几顿吃，好在爸爸每学期都给我一百斤全国粮票。雅琴后来又回忆说，她实在看不下去了，就接管了我的饭票。这样我就每天老老实实坐在雅琴身边，跟她一起上到第四节课下课，我们的饭票合在一起，每两天我们会买一份肉段或者肉片，一素一荤搭配吃。那时每人每个月只发两斤大米票，每张票印的是二两。雅琴就买二两米饭二两高粱米饭拌在一起分着吃，这样的吃法让我感觉顿顿在吃白米饭，每天都沐浴在幸福和快乐中。

从此我就像小狗跟定主人一样跟定了雅琴。

雅琴家在延边的龙井果树农场，那里盛产苹果梨。我上大学以前从来没有听说过苹果梨，苹果就是苹果，梨就是梨。秋天，雅琴的哥哥从家乡的火车站给她托运两大筐苹果梨来。雅琴把两大筐苹果梨摆在我们宿舍正中间的地上，打开框子盖大家分享。想一想吧，我们12个女生就像一群坐在大萝卜地里富有的兔子，捧着巨大的苹果梨猛吃，宿舍里没有人说话，就是一片咔嚓咔嚓的声音。

晚上下自习回来，我和雅琴会在人工湖边走一圈，我跟她大讲特讲最近读的《德拉克罗瓦日记》，欧文·斯通的《梵高传》，还有丹纳的《艺术哲学》如何让我心潮澎湃。雅琴永远听着我讲，老是回答我是的是的。有一次我读了尼采写的《查拉斯图拉如是说》，在夜晚静谧的人工湖畔，我激愤地对雅琴说："尼采，这个老家伙，他说见到女人，不要忘了你手里的鞭子。我本来很喜欢他前面写的那些破东西，现在我恨死他了，我要是见到他，也要拿起鞭子。"雅琴就大笑说："得了傻瓜，那老头子死了一二百年了。"

如果大学生活永远停留在这个阶段，饭票和心灵都有人经管，那该多么美好。可是我们要毕业了。雅琴跟我讲过她的童年怎样颠沛流离，从小没有父亲，下面还有几个弟弟妹妹。她最大的心愿就是回到家乡，能到延吉师专去当一个老师,能照顾母亲和弟弟妹妹。这是多么简单的要求,全年级只有她是从延边来的,而且这次正好延吉师专有一个名额,雅琴就安心地等着去延吉师专了。

可是突然有一天下午,雅琴回到宿舍痛哭,她被分配到长白山下的一个山区县城教书,而且已经定了没法改变。我们那个年代毕业分配是多么重要,你必须服从分配,服从了可能你一辈子就在长白山下的县城死了都回不来了。

我被分配到北京,但我一分钱高兴的心情都没有。因为雅琴的泪水,她的刻骨铭心的伤心。那天我去火车站托运行李,回到宿舍,看到雅琴的床铺上东西都空了,我问雅琴呢,宿舍同学说:"走了,回家了,她走的时候哭得很伤心。她没让任何人送。"我马上追到火车站,听到广播说开往延吉的火车马上就要开车了,我连站台票都没有买,就冲了进去。站台已经空了,只看到远处铁轨弯道上有一节火车车尾。呜的一声火车长啸,车尾也消失了。我就哭起来。

至今想起在站台的伤心痛哭,我都会有一种肺疼的感觉。以后很多年,想起那时的情景,我都会想,雅琴姐啊,如果大学四年,每个秋天,你都把那两筐苹果梨送到系主任家里或者某个老师家里,你还会为了去不成延吉师专而痛哭吗?可是雅琴让家里人发苹果梨来是要和同学分享的,而我们那时都认为人生的路是自己走的……

秋天的下午,我在杂志社看读者来信,看到雅琴从敦化写给我的信:"今天是星期天,我从教室出来,一边走一边想,我是先睡觉起来再洗衣服还是洗了衣服再睡觉……"雅琴是个做事很有条理的人,这是怎么了?我拿着信就去廊坊找长英:"你们学校要人吗?能不能把雅琴调到你们学校来?"长英就带着我去找他们校长。

80年代,好多的事情看起来都不敢想,比如跨省调动,比如户口什么的。可是我们去找了校长,像李奶奶痛说革命家史说服李铁梅一样说服了校长,雅琴就从吉林调到廊坊一所大学来了。

接下来我和雅琴的生活好像又回到合用饭票的时期。雅琴在大学教书,然后和长春地质学院毕业的钟大哥结婚了。我们的钱都不够用,雅琴还有弟弟妹妹要照顾,我就给他们找了一个活儿——给我们杂志社读者回信,每回一封信,长信一块钱,短信五毛钱。

每个月或者是雅琴或者是钟大哥到北京来,拿走读者的信和我们杂志社的稿纸、信封,交上一两百封信,领走几十元钱。钟大哥买菜做饭接孩子,样样做得认真仔细。

有一次雅琴来跟我说,不想过了,要离婚,我说为什么,她就讲,他们现在住在一间平房里,要过年了,雅琴买了4块钱的韭菜,打算包饺子。她抱着孩子拿着韭菜,到家拿钥匙开门,孩子抱回家了,韭菜却忘在门外了,早上起来发现韭菜冻了不能吃了,钟大哥为这一斤韭菜心疼地叨叨了半天。雅琴怎么说也是学中文的吧,觉得韭菜这件事彻底破坏了钟大哥在她心中的形象,她跟我说没法过了。可是我却站在了钟大哥这边,我说他爱韭菜就是爱你和孩子呀,他舍不得韭菜就是舍不得你和孩子呀。雅琴就愣了半天,说还以为你会比我更生气呢。

我已经不再是以前那样不食人间烟火了。而让我对生活和人生态度有重新认识的人居然就是钟大哥。

那天我刚带儿子看病回来,在走廊里背着儿子掏钥匙开门正好碰到钟大哥来看我们。钟大哥从下午开始一直坐在我家里,看着我给儿子洗澡用冰块敷头,喂药做饭。我几次跟他说我给你做饭吃吧,他都说不吃。晚上我丈夫回来了,他在外面和朋友喝了酒,看到钟大哥说,你什么时候来的?钟大哥没有理他。他又说钟大哥我们出去吃饭,钟大哥说不吃!他说你怎么了?钟大哥突然跳起来说:"怎么了?怎么了?我想揍你!剑荣在我心里，那就是，那就是……得养着！她高兴了就写两篇文章，不高兴那就吃和玩！你他妈的养不好就别娶，娶了不好好养着那就不是男人！"

我被震惊了，好半天后开始无声地哭起来。钟大哥啊，如果你是我的父母，早早地教给我女孩要被养着的理念该多好啊。我们家没有男孩，父母对我们的教育都是女娃儿要比男娃儿强，样样都做得来。

钟大哥在政府部门工作，业余时间去工地做监理，挣点外快补贴家用。12年前我出来办公司，钟大哥也辞职回到天津家乡成立了监理公司。钟大哥经常会打电话给我，让我火速赶到他那里，然后把我带到一块玉米地或者刚刚收割过的小麦地里说，这块地马上要征用了，要建什么工业园，才一万块钱一亩，咱们一起买下来怎么样，过几年再卖。我那时满脑子想的都是接工程签合同，没有任何土地的概念。而钟大哥却执着地5亩10亩20亩地去买地，但却一直没有卖。他的监理公司监理了天津地区的很多工程，挣了钱都交到雅琴姐手里，从来不要回一分钱。

雅琴从大学调出来进入一个部里的培训中心工作。她工作敬业，做事条理清晰，带人谦和诚恳，部里司局级选拔考试笔试和民意测验全都取得了好成绩。在社会都认为女人50岁该退休、不退休也混日子的时候雅琴成了厅级干部，领导着一个中心两个机构，几百号人。

我与雅琴和钟大哥忙的时候各自忙自己的，很少电话、QQ、微信什么的，但是有事的时候我会打电话给雅琴："我有一笔贷款要还，还差几百万，你让钟大哥帮我凑点钱。"雅琴从不问利息和什么时候还，马上会把钟大哥的钱要来无论多少打到我卡里。前段时间我颈椎病犯了在家头疼，雅琴放下电话，一个多小时后，她家的车开到我家门口，钟大哥的司机说雅琴大姐让你上车，给你找了一个中医骨科传人，拉你去治颈椎病。

我每周去廊坊治颈椎病，然后跟雅琴去钟大哥的公司，他买的那些地如今就在高铁旁边，那里已经是天津的一个工业园。钟大哥在自己的土地上建起了钢结构门窗厂。我去厂里时他养的大黄狗刚刚生了11个小崽,钟大哥怀里抱满了小狗崽嘿嘿地笑着让我看,感觉他的土地和工厂不过是皮毛,小狗崽才是他的财富和最爱。

雅琴说,今年搬家时猜猜我翻出了什么?我和老钟当年写的离婚协议,居然就是用你们杂志社的稿纸写的,就是那个韭菜的事。

我笑出了眼泪。

回想我和雅琴的情谊,点点滴滴像是一粥一饭融入在我们平凡的生活中。"时光如水,总是无言。若你安好,便是晴天。"这句话不知道是谁写的,却是我和雅琴三十几年情缘的真实写照。

(原载《北京文学》2020年第9期)

麦尔维尔读札

格 非

1. 以实玛利（Ishmael）

2007年4月中旬，我应邀前往美国纽约大学东亚系讲学。接待方将我安顿在华尔街近旁的一家旅馆里，并对我开玩笑说，他们安排我住在华尔街，是为了让我感受一下身处资本主义世界心脏地带的文化氛围。4月17日凌晨，我从电视新闻中得知，弗吉尼亚理工大学校园内发生了枪击案，一名年轻的大学生在枪杀了32人之后饮弹身亡。由于电视新闻不断强调凶手的亚裔身份，而且据说"长得很像中国人"，侨居纽约的中国人以及华人朋友都对此案忧心忡忡，神色凝重。说是噤若寒蝉，也并不过分。这天中午，凶手身份最终被确定，这是一个名叫赵承熙的韩国移民。华人朋友们在长松了一口气的同时，也开始向我绘声绘色地讲述这个案件的诸多枝节。其中的两个细节引起了我的注意：赵承熙在死前留下一封信，信中有"结束的日子临近，该采取行动了"这样的句子；另外,他在自杀之后,警方在他的手臂上发现有用红墨水涂成的"Ishmael Ax"字样,但不知其意何指。

这几乎立刻就让我想起了麦尔维尔。

在纽约的那些日子里,我没事就去华尔街上晃悠。脑子里一直想着的,是麦尔维尔最著名的短篇小说《抄写员巴特比》——它的故事就发生在华尔街。当我的目光在那些鳞次栉比的建筑上逗留时,会下意识地去寻找巴特比所供职的那个阴暗的律师事务所,就好像它在现实中真的存在一样。而 Ishmael 这个名字,则不能不让人联想起麦尔维尔的长篇小说《白鲸》。

Ishmael 中文译作以实玛利(或译伊斯梅尔),在《白鲸》中,它是叙事人兼主人公。众所周知,《白鲸》中的诸多人物都与《圣经》文本存在着或明或暗的对应关系,作者这么做,或许是为了增加作品启示录般的寓言色彩。当然,以实玛利也不例外。在《圣经》的叙事中,以实玛利是亚伯拉罕与婢女夏甲所生的儿子。由于亚伯拉罕的妻子撒拉对夏甲与以实玛利十分嫉恨,遂求丈夫将夏甲母子抛弃。因此,以实玛利成了一个弃儿。在麦尔维尔的《白鲸》中,以实玛利的弃儿身份是双重的。首先,他作为一个居无定所的流浪儿,满世界游荡,就像一只漂浮在海上迷失了航向的捕鲸船,找不到抛锚的港湾。其次,他还是一个寻找生活意义并最终陷入虚无和绝望的"忧伤之人"。从《白鲸》呈现的诸多主题来看,后一点或许更为重要。

那么,在手臂涂上"Ishmael"字样的韩国青年赵承熙,是否读过麦尔维尔的《白鲸》呢?随着这人的自杀身死,关于这一点已无从查考。但我倾向于他是读过的。赵承熙在幼年时代(1992 年)就移居美国且喜欢文学,在出事之前,他还曾创作过一部具有暴力倾向的剧本。就算赵承熙手臂上的 Ishmael 与麦尔维尔笔下的以实玛利没有任何关联,我们也不能无视两人在思想意识方面诸多的共同点。比如，他们都试图借助于《圣经》的宗教氛围，将现实中的某个行为或事件装扮成寓言，将它拉升到宗教启示的高度，将个人行为道德化、神秘化和历史化，并赋予自己的行为以某种意义。再比如，他们都将自己看成是社会的弃儿，伴随着强烈的社会和文化疏离感、末世的幻灭感以及自我毁灭的冲动。

不过，在探索人类心灵及其命运的道路上，麦尔维尔走得如此之远，这或许是作为枪击案凶犯的赵承熙难以想象的。《白鲸》中的以实玛利不仅是一个孤独的游魂，同时还是毁灭和灾难的目击者——实际上，大毁灭发生之后，以实玛利作为唯一的幸存者，也成了科耶夫或福山意义上的"最后之人"。至于最终遭受毁灭的是一条名叫"裴廓德号"的捕鲸船，还是它所象征的是美国社会或现代资本主义文明，甚至是宇宙秩序，这取决于我们在今天的现实语境中，如何去理解《白鲸》的深邃主题。

2. 海洋与陆地

> 每当我觉得嘴角变得狰狞，我的心情像是潮湿、阴雨的十一月天的时候；每当我发觉自己不由自主地在棺材店门前停下步来，而且每逢人家出丧就尾随着他们走去的时候；尤其是每当我的忧郁症到了不可收拾的地步，以致需要一种有力的道德律来规范我，免得我故意闯到街上，把人们的帽子一顶一顶地撞掉的那个时候——那么，我便认为我非赶快出海不可了。[①]

这是《白鲸》第一章"海市蜃楼"开头部分的文字。这段内心独白，

[①] 麦尔维尔《白鲸》，曹庸译，上海译文出版社1990年9月第1版，第1页。下文引用该作品的文字，仅标示书名和页码。

非常清晰地描述了以实玛利对于大海的渴望，其中暗含着陆地和海洋生活的鲜明对比——当一个人在陆地生活中感到病苦和忧郁、对陆地人际关系感到难以忍受，竟对死亡产生了向往的时候，出海就成了一种本能的选择。

在这里，海洋对于不幸的人而言，似乎就成了一个避难所。

在小说的第112章中，麦尔维尔为我们讲述了一个名叫柏斯的铁匠的悲惨故事。柏斯是一个技艺高强的手艺人，有年轻美丽的爱妻，有三个活泼健壮的孩子，有一个带花园的房子。柏斯在60岁前几乎没有遭遇到真正的悲伤，他每个礼拜都会虔诚地去教堂。可是有一天晚上，一位夜贼，就像《天方夜谭》里从魔瓶中跑出来的魔鬼，闯进了他的家中，将巨大的悲哀投向这个原本幸福的家庭：妻子死了，两个孩子夭折，房子被变卖。白发苍苍的柏斯成了流浪汉。在这个时候，柏斯听见了海洋的呼喊。慷慨豪爽、虚怀若谷的海洋，以及无数在海上游弋的人类和鱼群，邀请并接纳了他，使他成为"裴廓德号"捕鲸船上的一名铁匠。在麦尔维尔看来，从东方到西方，从每一个黎明到黄昏，整个世界都回荡着大海的亲切的呼喊，让一切"伤心的人们"投入它那温暖的怀抱。

在麦尔维尔笔下，海洋自有其与陆地不同的特殊性。归纳起来说，无非是以下几方面：

第一，陆地生活是易变的，充满了文明所赋予的五光十色、光怪陆离的各种诱惑；而海洋则具有某种稳定感，朴素、简单、直接，亘古不变。在大洪水时代的方舟中，诺亚所看到的大海就是今天这个样子（第135章）。第二，大海是人类的母亲和故乡，它远比陆地要更为古老。第三，汪洋大海本身就象征着最高的真理，它像上帝一样高深莫测（第23章）。

麦尔维尔认为，人在陆地上的生活，充斥着种种幻象和不真实的慰藉，人在陆地上很难感受生存的真正的本体。只有当人到了野蛮、充满各

种风险的大海上,把文明与人事的外衣褪下,并直接面对死亡时,才能获得真正的生存体验:

> 你听不到消息,读不到刊物;绝不会有什么额外惊人的日常琐事来使你引起不必要的激动;你听不到国内的苦恼情况;证券破产;股票跌落;也绝不会叫你因想到晚饭要吃什么而烦恼。(《白鲸》第217页)

只有在这个时候,人才会获得对于生命的真正的反省意识。我们不难发现,在这里,麦尔维尔显然将海洋视为一个更为抽象,同时也更真实、更具有原始野蛮特征、更能体现生活的本然状态的境域。

在陆地与海洋的比照、互现之中,其实蕴含着一个更隐秘,也更深邃的对比——那就是文明与野蛮的关系。麦尔维尔在描述这种对比时,语词颇多闪烁,但他对文明及整个文明史的看法是清晰的。我认为正是在这个意义上,他是弗洛伊德晚期思想的真正先驱——正因为海洋是自然和野蛮的象征,它可以成为一面镜子,来帮助我们重新审视文明的发生、发展以及最终的结局。因此,我们不能简单地将海洋视为失意、伤心的人类的避难所。实际上,麦尔维尔将海洋视为一个避难所时,是有附加条件的:出海这一行为本身,同时也是毁灭的开始。以实玛利固然为逃避痛苦、虚无、忧郁而本能想到出海,但紧接着这段文字的是这样一句话:

> 这就是我的手枪和子弹的替代品。(《白鲸》第1页)

而在第112章中,铁匠柏斯出海冒险的前提,恰恰是求死之心。换句话说,出海意味着另一种自杀。麦尔维尔显然认为,一个人要去海上冒险,该做的第一件事就是写下遗嘱,同时这个人也必须认识到,只有不怕失去生命,才有资格获得生命——这当然是源于《圣经》的古老教诲。对于麦尔维尔来说,世界上或许只有两种人:死者与幸存者。

尽管在《白鲸》中,麦尔维尔不厌其烦地渲染海洋在感悟人生方面的种种"优越性",且不时流露出身为海洋捕鲸者的强烈自豪感,但如果我们据此轻率地认为,这反映了作者对陆地和农耕文明的轻蔑与贬损,则是完全错误的。在我看来,情况或许恰恰相反。麦尔维尔认为,整个世界其实是令人可怕的海洋所包围起来的葱翠的陆地,犹如大海中的塔希提小岛,亦如每个人心灵里的那个安谧、快活的岛屿——它被一知半解的生活中的一切恐怖所包围(《白鲸》第58章)。在《白鲸》中,麦尔维尔没忘记一次次向我们发出严厉警告:只要离开港湾、陆地和岛屿,就永远回不来了:

> 为了追逐我们梦想的这许多神秘缥缈的东西,或者为了苦痛地追击那种迟早要泛上一切人类心头的魔影——这样环球地追击下去,那它们不是把我们引向徒劳的迷宫,就是教我们中途覆没。(《白鲸》第334页)

在小说的第94章,叙事者以实玛利是这样界定他的"幸福观"的:

> 幸福并不是随便靠智力或者幻想就能获得的,而是存在于妻子、心坎、床上、桌上、马背上、火炉边和田舍间的……(《白鲸》第584页)

这是明确无误的对于陆地居家生活的礼赞。在这里,我们遇到了《白鲸》叙事中的一个明显的矛盾。一方面，作者不断劝诫我们安分守己，不要去追逐幻象，为了满足好奇心与种种功利目的，去海上冒险；与此同时，作者确实又在不断讴歌大海所蕴含着的激情与狂野，并不断激励我们到作为最高存在的海洋中去体验生命的壮阔与欢乐。那么，我们应当如何去理解麦尔维尔在《白鲸》中呈现的这种矛盾与分裂呢？

我的看法或许有些极端。如果我们将陆地与海洋的比照关系，置于自然与文明的关系之下来考察，这种矛盾不过是浮泛的表象。或者说，陆地与海洋的对立，在麦尔维尔那里，实际上是不存在的。换句话说，构成对立的不是海洋与陆地，而是乡野与城市。麦尔维尔在《白鲸》中的写作意图之一，是为了向我们描述现代文明与自然、传统之间的对立，以及由这种对立所导致的深刻忧虑。在他的另一篇小说《班尼托·西兰诺》中，叙事者曾这样感慨：大海与乡野好像是一对堂兄弟，两者之间具有高度的相似性。[①] 言下之意，大海所象征的，正是未被现代文明所玷污的乡村或乡野。由此，陆地与海洋在空间上的对比关系，最终为现代文明与远古"自然生活"的时间上的对比关系所代替。

我认为，在麦尔维尔几乎所有的作品中，始终贯穿着这样一个十分清楚明晰的主题：对于乡野、乡村以及远古生活的礼赞与向往，对现代城市文明的批判和忧虑。与同时代霍桑、梭罗、爱默生一样，麦尔维尔终其一生都在试图重返自然的最深处，重返那个充满耕种、打猎与垂钓之乐的甜蜜之乡。正因为陆地城市文明的加速兴起，生活在陆地的"忧郁之人"无法找到安宁栖居之所，才会向往辽阔的大海；正因为现代文明功利、平庸，遮盖了生活的原义和本真状态，具有原始魅力、且处处充满风险的海洋才会让人获得对人生的真正体悟，让人重新思考死亡，并进

---

① 参见麦尔维尔《班尼托·西兰诺》，收入《水手比利·巴德——麦尔维尔中短篇小说精选》，陈晓霜译，新华出版社2016年10月第1版，第193页。

而理解生命。这也可以理解,为什么麦尔维尔在描写大海美景时,会不断使用"鲜花斑斓的大地"以及"风光秀美的草原牧场"一类的比喻。

3. "裴廓德号"的航行线路

捕鲸船"裴廓德号"的出发之地,是小说中频繁提及的南塔开特(Nantucket)。它是位于美国马萨诸塞州东南角的一个小岛,英国人最早对它进行殖民统治,约在17世纪中叶。这是传统捕鲸业的重镇和起锚之地。作者在小说中提到的彼得·科芬,在历史上也实有其人。经过漫长的航行和惊心动魄的追击之后,"裴廓德号"最终在太平洋赤道线附近被白鲸莫比-迪克撞沉,葬身海底。

根据我们对《白鲸》叙事线索的分析,"裴廓德号"最终的沉没之地,应该在马绍尔群岛与波利尼西亚群岛之间靠近赤道的某个水域。以现在的航海线路而论,要从美国东海岸的南塔开特进入太平洋,最终抵达这片赤道渔场,最便捷的航线,应是由大西洋进入加勒比海,经过巴拿马运河而入太平洋。可是,在《白鲸》问世的那个年代(1851年),巴拿马运河还远未开凿。因此,"裴廓德号"要想进入太平洋,只有两条线路可供选择。第一条线路是沿大西洋往南,经由巴西、阿根廷的外海,并绕过美洲大陆最南端的合恩角,然后沿着南纬六十度线一直往东,进入太平洋。第二条线路,是经由北大西洋朝东南方向航行,沿着非洲大陆的西海岸,绕过非洲西南段的好望角而进入太平洋。本来,"裴廓德号"完全可以挑选第一条线路,绕过合恩角进入太平洋,但它从南塔开特启程时,由于时令和风向不利于绕过合恩角航行,必须等待下一个季节。(参见《白鲸》第281页)因此,急于赶往赤道线追击白鲸的船长亚哈,不愿错过所谓"赤道渔场的当令季节",决定提前开航,并选择了第二条线路——即穿过北大西洋的亚速尔群岛和佛得角群岛，绕过好望角，进入太平洋。然后经由印度洋，驶入孟加拉湾，通过马六甲海峡而入南海，最后由日本海朝东南方向驶往赤道水域。

我们知道，"裴廓德号"沿着大西洋、太平洋、印度洋兜了一个"U字形"的大圈子。从表面上看，"裴廓德号"这次航行的目的，是为了捕获具有高额利润的抹香鲸，但或许只有船长亚哈一人知道这艘捕鲸船的真实意图：地中海强风、阿拉伯热风、印度洋季风、彭巴斯草原风以及非洲西岸的燥风，都有可能把莫比-迪克赶到他所设下的巨大的包围圈中来——面对自己的宿敌，亚哈必须做到万无一失。

太平洋中的孟加拉湾、日本海，特别是位于赤道附近的东南亚海域，历来是猎获抹香鲸的传统渔场，当然，这一带也是莫比-迪克可能的出没之地，就小说的情节设置而言，这个航行线路，似乎没有什么疑问。不过，因为"裴廓德号"的航迹，与17世纪以来西方殖民者绕过好望角，进入印度和亚洲地区，进而"发现"东方的航海线路，是完全重合的，另外，这条航线由大西洋而入印度洋和太平洋，串联起了美洲、欧洲、非洲、大洋洲和亚洲，几乎将整个人类世界都纳入到了它的视线之中，因此，麦尔维尔为"裴廓德号"设置的这一航路，其背后究竟含有怎样的历史和文化寓意，不免会给读者带来丰富的联想。

在《白鲸》的第24章中，叙事者曾用戏谑和反讽的语调，这样来罗列捕鲸船在现代文明史上的巨大功绩：捕鲸船为探索未知的新世界，为发现远海的陌生地域，起到了开路先锋的作用。它不仅为殖民者的兵舰开路，也曾帮助英国殖民者将智利、秘鲁、玻利维亚从旧西班牙的羁轭下解放出来，建立民主政体；捕鲸船紧跟在荷兰人之后，发现了澳大利亚，并将澳洲大陆带入文明世界；捕鲸船作为先导，将传教士和商人带到了世界各地，并开启了与日本的文化交流，让这个闭关自守的国家向世界

敞开了它的怀抱。因此,捕鲸船不仅是殖民地的母亲,也是叙事者"我"的耶鲁大学和哈佛大学。(《白鲸》第150—156页)

叙事人的这一番陈词,让我们多少可以洞悉作者隐秘的文本意图。也就是说,作者让"裴廓德号"穿越五大洲、三大洋,并不仅仅是为了向我们讲述一个关于捕鲸的冒险故事,其中也暗含了作者在开放的地理历史时空中重新思考人类命运的抱负和野心。传统的商业捕鲸路线,同时也是由海盗和现代殖民者所开辟与"发现"的前往东方的航道,而后者恰恰预示着现代文明史的开端。遵循着这个线索,我们不难发现,与麦尔维尔早期沾沾自喜的冒险故事不同,《白鲸》或许是一个野心勃勃的全新尝试。作者试图将现代地理、历史、法律、社会道德和政治秩序一并纳入其视野。麦尔维尔试图以现代社会秩序为基准点,向前追溯,同时也向后展望。向前追溯,无非是全部的人类文明史;而向后延展,则使《白鲸》具有了强烈的预言性。这样一来,"裴廓德号"已不再是一艘简单的捕鲸船,它同时也成了真正意义上的人类命运之舟。

另外,"裴廓德号"的航行路线,也可以被视为是作者(叙事者)从现代城市向着大自然蛮荒深处进发的漫漫旅程。在英国作家 D.H. 劳伦斯看来,麦尔维尔是一个厌世者,或者说,他无法接受人类,无法将自己归属于人类。对他而言,既然人类原本来自海洋,那么奔向海洋,即是重返家乡。对于现代城市文明,麦尔维尔感到格格不入、难以忍受,而传统意义上的家乡,也正在被急速扩张的城市所吞没,他只能在茫茫大海中寻找自己的栖身之地。劳伦斯认为,如果一定要选择一个词语,来概括麦尔维尔一生创作的重要主题,这个词就是"逃离"。那么,世界上的什么地方,才是他理想的逃遁之地呢?

D.H. 劳伦斯的答案是太平洋。

他的理由是,太平洋远比大西洋和印度洋古老。劳伦斯所说的古老,是指"它(太平洋)还未被现代意识所浸染"①。世界现代史的奇特的震动,"把大西洋和地中海人震入一种又一种新的意识中,而太平洋和太平洋水域的人则一直在沉睡"②。毛利人、汤加岛人、马库斯人、斐济人、波利尼西亚人,都还处于石器时代。甚至就连日本人和中国人也在无数个世纪的沉睡中翻来覆去:

> 他们的血是古老的,他们的肌肤是古老而柔软的。他们忙碌的日子则是几千年前的日子,那时的世界比现在柔和得多,空气湿润得多,地球表面温暖得多,荷花成年成月地盛开着。那是在埃及之前伟大的世界。③

我们只要读一读麦尔维尔早期的小说——我这里指的是《泰比》(1846年)、《奥穆》(1847年)和《玛迪》(1849年),就会理解 D.H. 劳伦斯为何会得出这样的结论。尽管劳伦斯的这一看法,对我们理解麦尔维尔生活与写作的奥秘,尤其是他对社会和人类的本能的逃离姿态,具有一定的启示意义,但将太平洋视为麦尔维尔最向往的古老地域,显然太过牵强。此外,D.H. 劳伦斯对于太平洋诸国的描绘和想象,也带有太多的"东方主义"的色彩。事实上,在麦尔维尔的其他作品中,他为自己远离人类的隐遁之路,设定了不同的息影之地——或者是人迹罕至的群山之中(比如《阳台》),或者是荒无人烟的孤岛之上(比如《魔岛魅影》)④。也就是说,麦尔维尔心仪的神秘之地,也许不一定是太平洋,但必须足够古老、蛮荒,远离尘嚣。

---

① D.H. 劳伦斯《劳伦斯论美国名著》,黑马译,上海三联书店2013年版,第135页。
② 同上,第135页。
③ 同上,第135—136页。
④ 《魔岛魅影》(The Encantadas),中文亦译作《英肯特达群岛》,又名《魔法群岛》。

在《白鲸》中，麦尔维尔之所以将赤道以南的太平洋海域作为捕鲸船最终的覆没之地，或许仅仅是因为它是"裴廓德号"世界旅程的终点。更何况，麦尔维尔本人作为一名水手，在他的航海生涯中，曾在南太平洋诸岛做过短暂逗留。

4."裴廓德号"的人员构成与世界秩序

按照《白鲸》第 16 章的描述，"裴廓德"（Pequod）是"马萨诸塞州印第安人的一个有名的种族，如今已和古代的米太人一样绝种了"（《白鲸》第 98 页）。据中文译者曹庸对该名词的注释，裴廓德部族原先生活在美国康涅狄格州东部，以骁勇著称，但在 17 世纪欧洲殖民者来到美洲后，裴廓德部族即已被杀戮过半。麦尔维尔以早已灭亡的印第安部族名称，来为这艘很有象征意义的捕鲸船命名，显然并非无因。如果我们将这条捕鲸船看成一个微缩的社会，那么"裴廓德"这个名称就指向了这个社会最早的起源。当然，这个名称不光意味着纪念或缅怀，叙事者在此更想提醒读者的是，它是一艘幽灵之船——"裴廓德号"在小说中第一次露面时，船上就笼罩着一种不祥的气息和氛围。

我们先来看看"裴廓德号"船上的人员构成。

法勒和比勒达：美国人。他们虽然最终没有上船，却是这条船法律上的拥有者，即老板兼经理人。值得注意的是，这两位船东的名字，均来自旧约《圣经》（《创世记》及《约伯记》）。

船长亚哈：美国人。捕鲸船出港之后很久，他才在甲板上露面。这是一位忧郁、疯狂、病态且带有强烈神秘色彩的人物。他因为被莫比-迪克咬掉了一条腿，强烈的复仇愿望让他精神亢奋。虽然他的名字也源于《圣经》，但从某种意义上说，他是一个无神论者。

大副斯达巴克：美国人，南塔开特土著。桂克（教友会）后裔。此人极富理性,虔诚,为人耿直可靠,思路缜密。但内心深处极其敏感,且带有一点迷信。

二副斯塔布：美国科德角人。是个无忧无虑的乐天派,烟斗不离手,对任何重大和紧急之事都能处之泰然,即便到了生死攸关的境地中,也能无所畏惧,嘻嘻哈哈。

三副弗拉斯克：美国人。此人长得短小精悍，是个血气方刚的小伙子。他的勇猛中夹杂着愚蠢和无知，毫无想象力，只知道跟大鲸以死相搏："在他那有限的见解看来，一条奇妙的大鲸不过是一种放大的老鼠"(《白鲸》第166页)。

以上人物构成了"裴廓德号"捕鲸船的上流社会。法勒和比勒达这样的船东或投资人自不必说了,船长亚哈是这艘船真正意义上的君王和灵魂。斯达巴克、斯塔布和弗拉斯克的地位亦举足轻重。比如说,当发现抹香鲸并展开追击之时,这三人分别统领一只小艇,与亚哈一起,组成联合指挥部,发号施令并身先士卒。

他们都是清一色的美国白人。

三位标枪手被描述为大副、二副和三副的随从,他们虽然也算是美国人,但却来自于不同的族裔。其中的魁魁格是小说中最令人难忘的人物形象之一。他是南太平洋某岛国酋长的儿子,跟随一艘美国船来到了文明社会。他的家乡科科伏柯,据说在当时的任何地图上都无法找到。这个野蛮的食人生番虽说是异教徒,信奉偶像,但却质朴、善良,有苏格拉底的智慧,堪称"野化了的乔治·华盛顿"。

标枪手塔斯蒂哥是该黑特地方的纯种印第安人,是红种人的后裔。他在来到"裴廓德号"船上捕鲸之前,一直在该黑特的原始森林里追逐猎物。

第三位标枪手戴古（曹庸将它音译为"大个儿"，陈荣彬则将它译为"大狗")是高个子的野黑人。和魁魁格一样,他也是跳上一艘停泊在家乡的捕鲸船来到美国的。

这三个人作为标枪手,在追击捕杀白鲸的过程中,其重要性和关键作用是不言而喻的。他们的身份和地位要明显高于其他下层船员——比如厨师汤团、铁匠柏斯、木匠师傅、看船的小黑人比普等等。但他们显然也有别于上层管理者,地位和阶层具有一定的暧昧性。举例来说,可以在"裴廓德号"上的船长室用餐的人,按规矩除了船长亚哈之外,还包括大副、二副和三副。进入船长室吃饭,得遵守一定的礼仪。船长本人在餐桌前坐定之后,大副、二副、三副才能依次前来并入座。而用膳完毕之后的离席过程,则遵循着相反的次序——最先离开的是三副,然后是二副、大副和船长。当这伙人全部离开之后,三个标枪手也被允许进入管理层专属的船长室,享用这些人吃剩的残羹冷炙。但标枪手们在吃饭时,可以旁若无人地大快朵颐,乃至纵声谈笑,完全不必遵守任何礼仪。

"裴廓德号"的人员一共三十多名,除了船长、大副、二副、三副和三个标枪手外,剩下的二十多人,不是水手便是杂役。他们之中只有少部分的美国人,大多数都是来自世界各地,他们从天涯海角的各个岛屿汇聚到"裴廓德号"上,将自己交给命运难测的捕鲸事业。

在这些船员中,还有两个人物必须简单提及。

其中之一名叫费达拉。他成天扎着包头布,是个来自古老东方的袄教徒。至于他到底来自于哪个地区和岛屿,又是怎么混入"裴廓德号"的,他在船上的哪个角落藏身,小说中语焉不详。他在船上没有固定的工作,只是像个幽灵似的一步不离地跟着船长亚哈。随着叙事的推进,读者会慢慢发现,费达拉实际上是亚哈恶魔般的灵魂伴侣,或者说,他是亚哈的另一个自我,就像古老的帝王对待伶优和弄臣一样,亚哈对费达拉既充满蔑视,又与他形影不离,甚至完全受他的摆布与控制。

另一个人物就是小说的叙事人兼主人公以实玛利。他不过是一个普通的水手，但因为他是《白鲸》故事的讲述者，也是灾难的见证者和记录者，他的游手好闲是可以理解的。

现在，我们简单小结一下。按照作者的描述，在"裴廓德号"上的所有人员中，即便将船长、大副、二副、三副四个白人计算在内，美国人只占了不到一半。之所以会出现这样的情况，一方面是因为捕鲸船有在沿途各国的岛屿或港口招募水手的习惯；另一方面，是由于美国人通常"只提供智慧，至于力气呢，则由世界其他各地去慷慨输捐了"（《白鲸》第168页）。麦尔维尔对"裴廓德号"捕鲸船人物序列的设置，难免给读者留下这样一个印象：从捕鲸船的人员构成来看，它很像是美国社会的一个缩影或象征。事实上，在《白鲸》的批评和研究史上，持这样观点的人并不罕见。D.H. 劳伦斯和 L. 麦克菲（Laurence MacPhee）是其中比较著名的例子。

劳伦斯认为，《白鲸》的故事可以简括如下：三个野人般的标枪手以及来自不同种族、民族的人，聚集在星条旗下，由一名发了疯的船长指挥，踏上了追击白鲸莫比-迪克的茫茫旅程。在这里，劳伦斯将"裴廓德号"视为"美国白人的灵魂之舟"，并将它称为"白种人的最后一个阳具"[①]。 因此，《白鲸》也是一部末日之书：

> 末日！末日！末日！有什么东西似乎在极黑暗的美国之树里呢喃着末日。末日！
>
> 什么的末日呢？
>
> 是我们白人之日的末日。我们要完了，要完了。美国体内孕育

[①] 参见 D.H. 劳伦斯《赫尔曼·麦尔维尔的〈莫比·迪克〉》，收入《劳伦斯论美国名著》，黑马译，上海三联书店，2013年12月第2版，第162页。

着末日。我们白人的日子寿数已尽。

哦，如果我寿数已尽了，我的末日比决定了我末日的我更伟大。所以，我接受我的末日，它是伟大的象征，比我更伟大。

麦尔维尔懂这一点，他知道他的种族末日到了。他的白人灵魂的末日到了。他那伟大的白人时代末日到了。他自己的末日到了。理想主义者末日到了。精神要完了。①

问题是，在麦尔维尔写作《白鲸》的那个年代，两次大战还远未发生，这个世界还看不到临近末日的任何征兆。而根据麦克菲的描述，那时的美国，刚刚从1812—1815年的第二次独立战争中获胜。整个社会乐观、进取、情绪高昂，呈现出一派积极向上的勃勃生机。那个时期（十九世纪上半叶）的美国社会，既是一个加速扩张的时代，同时也是一个高度认同奋斗、进取、勤奋的时代。伴随淘金热和西部开发，美国的个人主义和自由主义精神普遍高涨，"那时的美国没有任何局限感；国民生活中也似乎找不到悲剧感"②。

如果劳伦斯的看法是正确的，那么，麦尔维尔无疑是站在日益高涨的乐观情绪的对立面，不仅与所谓的"时代文化精神"大唱反调，揭示出这个社会埋藏在个人内心深处的忧伤、绝望和恐惧，甚至直接宣告白人精神的末日或终结，这一切，多少显得有些奇怪和反常。

另外，从麦尔维尔的写作进程来看，《白鲸》的突然问世，也有些令人意外。我们知道，《白鲸》的写作始于1850年，与他的"波利尼西亚三部曲"的最后一部《玛迪》（1849年）之间几乎没有停顿。在"波利尼西

---

① 参见D.H.劳伦斯《赫尔曼·麦尔维尔的〈莫比·迪克〉》，收入《劳伦斯论美国名著》，黑马译，上海三联书店，2013年12月第2版，第161—162页。
② L.麦克菲《赫尔曼·麦尔维尔的〈白鲸〉》，王克非、白济民、陈国华译，外语教学与研究出版社，1997年8月第1版，第170页。

亚三部曲"中,作者还热衷于向读者提供带有明显东方主义色彩的冒险、猎奇故事。尽管这些作品在美国,尤其是在英国,为他积攒起了相当的名声,但以今天的文学评价系统而言,他的早期作品似乎都可以被归入"类型文学"之列。

而《白鲸》的创作,则意味着一场突变。无论是作者的视野、想象力、思想的复杂性,还是其文体意识和完成度,与以前的作品相比,《白鲸》都发生了脱胎换骨的变化。依照当今文学史家的普遍看法,《白鲸》不仅是美国文学史上最杰出的长篇小说,同时也是麦尔维尔的创作走向成熟的分水岭——现在比较流行的一个说法是,即便我们将《白鲸》这部作品去掉,麦尔维尔在《白鲸》之后所创作的一系列小说和诗歌作品,也足以让他跻身伟大的作家行列。

然而,对于19世纪中期的美国或英语世界的读者来说,《白鲸》毫无疑问是失败之作——只有好友霍桑等少数同行对它表达了敬意。从《白鲸》开始,麦尔维尔的文学声誉开始走下坡路,他的小说和大量诗歌作品遭到了读者和公众的普遍冷遇,他本人也渐渐被读者遗忘。到了1891年9月,麦尔维尔在贫病中离世时,美国读者的直接反应是震惊和恍惚——他们原以为这个作家已死去多年了。

那么,我们现在面临的问题是,在《白鲸》的创作过程中,究竟有哪些因素或事件导致麦尔维尔的小说风格发生了突变？我想其中最值得我们关注的事件,就是麦尔维尔与霍桑的相识与交往。我们不应忘记,《白鲸》这部小说就是题献给霍桑的。根据杨靖的考查,麦尔维尔与霍桑初次见面并订交,是在1850年8月5日。他们在律师菲尔德（David Dudley Field）举办的一次小型聚会上一见如故。[1]而十多天后的8月17日,纽约的《文学世界》杂志即开始刊登麦尔维尔评论霍桑的长文《霍

---

[1] 参见杨靖《麦尔维尔与霍桑的短暂友谊》,《书城》,2019年第10期,第51页。

桑与他的青苔》。在这篇文章中,麦尔维尔尖锐地批评了美国文学界对所谓盎格鲁-撒克逊文化的盲目崇拜,并高度赞赏霍桑从美国本土生活中取材,而非像欧文、库珀那样祖袭欧洲的写作姿态。他推崇霍桑为美国的莎士比亚,认为他的创作代表了美国文学的新方向。① 另外,麦尔维尔与霍桑相识时,他正在创作的长篇小说《白鲸》已经快要完稿了,然而正是在阅读霍桑的小说之后,"他不甘心做一名'类型作家',乃决定重新构思,并在经过半年的修改之后发表《白鲸》。"②

据此我们可以推断,与霍桑的交往,对霍桑作品的悉心研读,或许是促成《白鲸》的叙事风格摆脱"类型化"并发生变化的重要原因。这里需要说明的是,麦尔维尔反对沿袭欧洲文化,似乎确有与欧洲文学一较高下的冲动。但提倡原创和独辟蹊径,绝非意味着与欧洲文化一刀两断、划清界限,而是希望像霍桑那样,从美国本土经验取材,使得美国文学扎根于包括欧洲在内的人类文明的沃土中,从而获得一种更广阔的世界史视野,进而确立美国文学的主体性和独特风格。

"裴廓德号"确实是一艘美国船,这条船的人员构成,也确实会让读者联想起美国社会的特殊构架。从这个意义上说,D.H.劳伦斯直接将"裴廓德号"解释为美国白人的"灵魂之舟",虽然太过情绪化,也并非没有依据。但如果我们仅仅将《白鲸》视为美国社会的象征或寓言,则是一个很大的误解。至少,这种解释无法涵盖《白鲸》广阔的社会文化视野,以及深邃复杂的思想意涵,甚至,它与小说所设置的情节、结构方面的基本喻指也不相符合。

与D.H.劳伦斯相比,阿根廷作家博尔赫斯对《白鲸》主题的理解更加公允,也更有说服力。在他看来,《白鲸》所描述的是一个微缩宇宙,

---

① 参见杨靖《麦尔维尔与霍桑的短暂友谊》,《书城》,2019年第10期,第52—53页。
② 同上,第53页。

如果说它是一个寓言的话，也是人类基本秩序的寓言。我对这样的看法不持异议，只是还要略微做些补充。

在我看来，《白鲸》所表达的，是作者对于人类进入海洋时代以来渐渐形成的资本主义新秩序的忧虑、反思和批判。伴随一种"还乡式"的重返传统和大自然的冲动，麦尔维尔也试图对这样一种新秩序的未来进行展望，并发出预警。如果说，这种思想意识，在19世纪中期的美国还是一个反常的新事物，那么，它在当时欧洲的思想、文化、文学和艺术界，早已是司空见惯了。

作者通过大量的议论和杂感，通过一系列的暗喻、反讽、象征，来构建世界史的图景，试图将人类整个的文明史置于自己思考的范围。比如说，对所谓"鲸类学"知识系统的考辨，涉及了神话、宗教、哲学、历史、地理学、动物学等诸多领域。但不可否认的是，麦尔维尔对现实的感知和文化思考，总体而言局限于欧洲历史内部。在《白鲸》中，作者与读者之间展开的复杂的对话关系，基本上也是以欧洲思想与文化为蓝本的。

《白鲸》的世界视野，主要表现在小说所设定的空间或地理关系上。当然，它仅仅是象征性而已。随着"裴廓德号"由北大西洋绕过好望角，进入太平洋和印度洋，在"桅顶瞭望者"的视线之下，整个世界一览无余。

我们知道，"裴廓德号"这艘美国船，在整个航行过程中没有停靠任何港口。它从南塔开特起锚之后，就直奔自己的覆亡之地。不过，它也并非是孤零零地在无际的大海上踽踽独行。如果我们将捕鲸船看作是微缩的社会共同体，它偶尔也会与其他共同体成员在海上相遇。

在《白鲸》中，这样的相遇一共发生了九次。

447

5. "裴廓德号"与其他捕鲸船的九次相遇

"裴廓德号"自开航以来，遇到的第一艘陌生的捕鲸船，名叫"信天翁号"。当时，"裴廓德号"正绕过好望角，向东南方向航行，驶往克罗泽斯群岛的露脊鲸巡游场。

这是一艘美国船，也来自"裴廓德号"家乡的南塔开特。如果我们认真读过小说的第 42 章《白鲸的白色》的话，那就一定知道，"信天翁号"这个船名，预示着怎样可怕的不祥之兆。这艘"外形好似鬼怪"的捕鲸船，在凶险无比的大海上遭遇过怎样可怖的事件，小说没有交代。但当它与"裴廓德号"相向驶过时，船长亚哈向"信天翁号"的船长喊话，问他有没有看见白鲸莫比-迪克，"信天翁号"船长还没有来得及回话，手里拿着的号筒，便当即被吓得掉入了海中。莫比-迪克虽然还没有露面，但似乎只要提到它的名字，就足以令捕鲸者闻风丧胆。两艘船相向而过，未作停留，更未遵守捕鲸船在海上相遇的传统礼仪和习惯——两船并拢停靠，交换携带投递的信件，举行船员联欢会。

因为好望角附近的海域，属于海上交通要道，过往船只很多，"裴廓德号"很快就遇到了第二艘捕鲸船"大鲸出来了号"。这艘捕鲸船的水手，几乎全由波利尼西亚人组成，这一次，两艘船停在一起，举行了联欢会。按照两船相遇的特殊习俗，水手们可以自由地互访联欢；两位船长如在一艘船上见面，两位大副则必须待在另一艘船上。

在联欢会上，"大鲸出来了号"上的一位白人水手讲述了这艘船上不久前发生的一个离奇故事：大副拉德尼与一个名叫斯蒂尔基尔特的水手发生了冲突，它差不多导致了一场骚乱或哗变。骚动在船长的弹压下最终平息，但事情并没有完。斯蒂尔基尔特因对大副的羞辱耿耿于怀，开始暗中酝酿对大副拉德尼的残酷复仇。就在斯蒂尔基尔特即将达到自己目的的时候，莫比-迪克突然出现了。于是，仿佛是出于天意，莫比-迪克很随便地甩动了一下它的尾巴，拉德尼就掉入大海并葬身鱼腹。也就是说，不用斯蒂尔基尔特亲自动手，莫比-迪克就替他除掉了仇敌。

这个故事是一段典型的"二度叙事"，并结合了"后事前提"的手法。实际上，以实玛利是在好几年后，在利马的一家"幸福客店"里，向几位西班牙朋友讲述这个故事的。这个故事中有两点值得我们注意：

第一，作者讲述这个"故事中的故事"的时候，花了很大的篇幅来交代大副拉德尼和水手斯蒂尔基尔特两人不同的社会阶层、文化教养和文明习俗。因此，这两个人之间的冲突，既是身份地位、阶层属性所带来的"秩序政治"的冲突，同时也是文明、种族形态不能相容的冲突。而后者则是激起哗变与骚乱的主要动因。顺便说一句，"哗变"这个主题，在麦尔维尔的《水手比利·巴德》《班尼托·西兰诺》中都有充分的呈现。

第二，不论是阶级、阶层利益冲突，还是文明、种族之间的冲突，甚至是基于人性本能的攻击冲动，用弗洛伊德的概念来说，似乎都可以纳入"人际关系"或"人间秩序"的冲突之中来考量。但在麦尔维尔看来，还有一种冲突形式高居其上，但常常被我们忽略：我们可以将它称为人与自然之间的冲突，或者说，个人存在与不可预知的命运之间的冲突。莫比-迪克既是自然的象征，也是命运的化身，严格地来说，它是不可战胜的。

因此，这个故事，虽然只是一段"插入性叙事"，也具有奇闻轶事的性质，但它在强化作品的主题方面所起到的作用，是不可低估的。

"裴廓德号"在海上遇到的第三艘捕鲸船，名叫"耶罗波安号"。两船相遇时，"耶罗波安号"船上正在暴发恶性传染病。为了避免感染，两位船长只能隔船喊话交谈。令人奇怪的是，"耶罗波安号"上的实际控制人并不是船长，而是一个被称作"迦百列天使长"的普通水手。这名水手自称是海洋上的拯救者、五大洋的代理监督，而实际上是一个集诡妄症患者、

449

精神病人、预言家、《圣经》阐释者于一身的狂妄之徒。和"裴廓德号"上的费达拉一样，这个人物也是"非理性"的代表。而麦尔维尔倾向于认为，人类的行为，在很大程度上是受非理性和疾病支配的。在小说的第16章，叙事者也曾这样告诫我们："千万要记住，年轻有为的人们，人类的伟大性，其实不过是疾病。"(《白鲸》第106页)

当然，"耶罗波安号"也遇到了莫比-迪克。大副梅赛不顾"迦百列天使长"的预先警告，放下小艇展开攻击。结果，莫比-迪克那"巨大的白影子"一晃，梅赛大副即被高高地抛向空中，最后葬身海底。

"处女号"是一艘德国捕鲸船。它的船长德立克是不来梅人。"处女号"与"裴廓德号"刚一相遇，船长德立克就乘坐一只小艇，手里擎着一只灯油壶，迫不及待地向"裴廓德号"驶来。原来是"处女号"船上照明用的鲸油耗尽，船长只得低声下气地来讨灯油。一艘常年漂泊在海上、以生产鲸油为其基本工作的捕鲸船，竟然会没有灯油，这在海上可算是天大的丑闻了，"处女号"之名（未能捕获任何一条抹香鲸）恰如其分。

德立克讨了灯油刚刚离去，两条捕鲸船就同时发现了一条硕大的、"年高德劭"的大鲸。两艘船的水手都立刻放下各自的小艇，竞逐争抢。"处女号"开始远远领先，但按照"谁先掷出标枪谁先得"的海洋竞争原则，"裴廓德号"后来居上，如愿以偿地捕获了这头犹如"行将告终的地球"般的老鲸。"处女号"一无所获，只得转而攻击一只脊鳍鲸去了。但德立克船长所不知道的是，脊鳍鲸是一种具有极强游水能力的鲸类，小艇根本无法接近。他们的追击注定徒劳无功。"处女号"的可笑境况，或许是德国、荷兰等欧洲国家捕鲸业日落西山的真实写照。叙事者对德国捕鲸船的冷嘲热讽，几乎不加掩饰。它也从一个侧面，反映了作为捕鲸业"后起之秀"的美国蒸蒸日上的豪迈与自傲。

不过，在这次相遇中，无论是船长亚哈，还是大副、二副和三副，都没有向"处女号"船长打听莫比-迪克的下落。这在"裴廓德号"在海上与陌生船只的九次相遇中,是仅有的一次。大概是"处女号"的捕鲸技术太过低劣——他们连抹香鲸与脊鳍鲸都分不清楚,更别指望他们能发现"莫比-迪克"了。

德国船如此,法国船似乎也好不到哪里去。

接下来,"裴廓德号"遇见了一艘来自法国的"玫瑰蕊号"(Bouton-de-Rose)。这艘船虽然有如此好听的名字,但四周却散发出难闻的臭味。原来这艘船的两侧各绑缚着一条大鲸。不过,其中之一是在海上寿终正寝的老死鲸,另一条则是因得了胃弱症或消化不良症而病死的大鲸。"玫瑰蕊号"上的船员从职业捕鲸者,变成了海上"捞尸人",其中的反讽与讥消不言而喻。一般来说,老死或病死的抹香鲸,除了可能制造疫病之外,连一滴油都榨不出来。最终,在斯塔布好意的劝告之下,"玫瑰蕊号"抛弃了这两头死鲸,让自己变成了"处女号"。

与德国、法国船相比,英国捕鲸船可就要专业多了。当"裴廓德号"遇到挂英国旗的、来自伦敦的"撒母耳·恩德比号"时,亚哈船长就急不可待地向英国船长打听莫比-迪克的踪迹。他听说这艘船不仅曾与莫比-迪克遭遇并展开激战,而且还让船长丢掉了一只胳膊,于是,亚哈便破例第一次乘坐小艇,去对方的船上向英国船长打听详情。

"撒母耳·恩德比号"是在赤道附近遇见莫比-迪克的。当时,他们正在同时追击四五条抹香鲸,莫比-迪克那可怕的白色不期然出现了。它露出乳白色的脑袋和脊峰,脸面布满皱纹,在鳍的地方还留有人类上一次攻击所留下的几根标枪头。它只是轻轻地甩动了一下尾巴,就将英国船长乘坐的小艇打成了一堆木屑,同时也顺便将船长本人从肩膀到肘腕的肉给捋了下来。船长的胳膊被锯掉以后,木匠给他做了一只假肢。

这一章的标题叫作"臂和腿",恰如其分地概括了两位船长与莫比-

迪克激战后所造成的损失。不过，与英国船长讲述莫比-迪克时的惊恐和胆寒相比，亚哈的情绪一直处于亢奋之中。因为他知道，莫比-迪克已经离他很近了。

在"裴廓德号"遇见的所有捕鲸船中，来自南塔开特的"单身汉号"无疑是其中唯一的幸运儿。它鸿运高照、喜气洋洋，不仅船舱里塞满了贵重的鲸油，甚至连甲板上都堆放着装满了鲸油的油桶。这艘满载而归的船，快快活活地顺风而行，踏上了返家的旅程。船员们一路上都在狂欢。这是一艘秉承着实用主义和功利主义的捕鲸船，当亚哈向他们打听莫比-迪克的踪影时，船长根本没有什么兴趣。他的脑子里只想着一件事，那就是尽可能地杀死更多的抹香鲸，为自己的船装满鲸油。

这次相遇，可以被看作是后文"终结之战"来临前的一次短暂小憩。

就在"裴廓德号"乘风破浪，赶往赤道与莫比-迪克厮杀之时，前面驶来了一艘名叫"拉吉号"的捕鲸船。它原先鼓胀的帆篷，像是突然炸了的气球，纠缩在一起，似乎刚刚遭受过沉重的打击。"拉吉号"的船长加迪纳也是南塔开特人，是亚哈的老相识。当亚哈向加迪纳询问，是否见到过莫比-迪克时，后者的回答竟然是"昨天"。亚哈抑制着内心的狂喜与激动，马上问了第二个问题：莫比-迪克是否已被打死？亚哈担心的是，如果莫比-迪克已死，"裴廓德号"在四大洋日夜兼程的追击，就将立即失去意义。好在"拉吉号"根本不是莫比-迪克的对手——它同时放下四只小艇（还搭上了备用艇）前去迎战，结果冲在最前面的小艇，好不容易将莫比-迪克拴住了，却反被它劫持。莫比-迪克将小艇拖向了很远的海面，逐渐缩成了一个小黑点。随后，随着一阵阵泡沫飞溅，小艇就不见了，大海就此恢复了平静。

等两艘船挨得很近了，加迪纳就从小艇上一纵身上了"裴廓德号"的甲板。他请求自己的老友亚哈将"裴廓德号"租给自己四十八小时（他情愿偿付高额的酬金），去寻找那只消失了的小艇。因为他自己的大儿子就在这艘小艇上。面对加迪纳的苦苦哀告，亚哈船长一声没吭，脸上一副冰冷的表情。加迪纳不得不向亚哈吐露另一个伤心的秘密：昨天在与莫比-迪克展开生死搏斗的那一刻，他在另一艘小艇上的小儿子也已经失踪，很可能已葬身鱼腹。他只有12岁。面对同时失去两个儿子的这位可怜的父亲，亚哈船长一边向加迪纳船长发出逐客令，一边命令自己的大副，在三分钟内将所有的"拉吉号"客人劝走，然后扬帆疾驶，去追击莫比-迪克。

当两艘船朝相反的方向驶出很远了，"裴廓德号"上的水手仍能看见"拉吉号"在蛮荒之海中闯来闯去，形单影只地寻找着失去的小艇。不过，"拉吉号"悲伤的搜寻，也并非完全徒劳无功——等到"裴廓德号"在与莫比-迪克的激烈搏杀中沉入海底，"拉吉号"顺便救起了船上唯一的幸存者以实玛利。

"裴廓德号"最后遇见的捕鲸船名叫"欢喜号"。"欢喜"一词似乎有极强的讽刺意味。正因为如此，叙事者认为它取错了名字。亚哈照理要向船长打听莫比-迪克的下落，可"欢喜号"的船长对这个问题已经没有了认真回答的兴致，他只说了两个字："你瞧！"便不再作声——当时，"欢喜号"上正在举行葬礼。

这艘船刚刚与莫比-迪克鏖战过。整艘大船连同起重机横木上的破烂小艇，仿佛是剥了皮去了肉的骷髅。它失去了四个身强力壮、生龙活虎的水手，且正在把第五个水手的尸体抛入海中。船长对亚哈发出了两个警告：第一，杀死莫比-迪克的标枪还没有被铸造出来；第二，如果"裴廓德号"执意往前，那么它实际上是在五个水手的坟顶上航行。

俗话说，忠告少于红宝石。俗话又说，忠告虽然珍贵，早已供过于求。此时的"裴廓德号"似乎已别无选择，它只能驶向自己命定的死亡。

就《白鲸》的情节线索来说，这部作品可以分成两个大的部分：从小说的开头至第21章为第一个部分。这部分的文字，主要描述以实玛利来到"裴廓德号"之前所发生的事情。从第22章至第135章，小说讲述了"裴廓德号"由启航直至覆灭的全过程。而"裴廓德号"与陌生船只在海上的九次相遇，则构成了第二个部分重要的叙事标识，同时也是情节上重要的助推器。每遇到一艘捕鲸船，意味着"裴廓德号"离它的终极目标莫比-迪克就更靠近一步。随着螺丝越拧越紧，悬念的紧张感亦随之加深。

另外，既然麦尔维尔笔下"比陆地更为古老"的大海，被视为人类社会的缩影，那么为了更好地展现这个世界的基本秩序，对陌生捕鲸船（象征着不同的社会共同体）的遭遇和其命运的揭示，自然是不可或缺的。

如果说《白鲸》中的这两个部分，有什么显而易见的共同点或联系，我认为就是对预言或预感的渲染和描绘。《白鲸》或许是世界文学史上绝无仅有的将预感放大至全篇、并弥漫于字里行间的长篇小说。也可以这样说，《白鲸》实际上只写了一件事：预感及其应验。因为这篇小说几乎每一个情节节点上都充斥着这种"不祥的预感"，"裴廓德号"与陌生船只的九次相遇，实际上也是在为这种预言及其应验逐步加力。关于这一点，我这里就不展开分析了。

需要注意的是，《白鲸》所谓的预言，不是某事即将发生的普通预感，而是对整个人类文明或世界秩序彻底覆亡的巨大担忧，其中包含了作者强烈的警告。那么，作者通过以实玛利的追述，究竟是在何种意义上向读者发出警示的？他的恐惧和忧虑又源于何处？这涉及"裴廓德号"这艘捕鲸船所暗示的人类文明进程的目的、意图和历史轨迹。

6. 无主鲸与有主鲸

一般来说,隶属于不同公司或国家的捕鲸船,在地球各个角落航行,与对手展开激烈的竞争,最终的目的当然是为了生存和获利,"裴廓德号"当然也不例外——至少对于投资商或绝大部分船员来说,他们出海的根本目的,与其他船只也没有很大的不同,尽管每一个登上"裴廓德号"捕鲸船的人,其动机意图和出发点都略有差异。

以实玛利是一个厌倦了城市、陆地生活,甚至有一点憎恶复杂的人际关系的人。如前文所说,他到"裴廓德号"上当水手,是为了逃避在陆地上日益严重的忧郁症。"裴廓德号"对他来说,无疑是个避难所。魁魁格这样一个野人,从原始部落奔向文明社会,本来是"想在文明人中间学得一些技艺,借此使他的同胞过得比原来更幸福"(《白鲸》第80页)。不料,捕鲸生涯让他很快明白,文明人的卑鄙与邪恶,甚至要远远超过他父亲统治的那个野蛮的异教社会。绝望之中,他有点想回到从前的那个原始部落中去。在返乡之前,他决定跟随"裴廓德号"去四大洋游历一番,见识一下更为广阔的世界。

在大副斯达巴克看来,捕鲸就是一项传统的职业和工作。作为南塔开特教友会信徒,他是一个虔诚的实用主义者。他所关心的,仅仅是捕鲸工作带来的利润和分账。二副斯塔布也是如此,于他而言,捕鲸只是一种简单的手艺,既不浪漫,也不乏味。既然他选择了捕鲸这个职业,他就"像个长年辛劳的小木匠",乐天顺命,随遇而安地一直干下去。

而对于像厨师汤团、木匠、铁匠等小人物来说,他们登上"裴廓德号",不过是为了谋生而已。

在所有这些人身上,我们或许能发现许多的共同点。比如,他们都是很有理性的普通人;他们都有那么一点热爱海洋,喜欢"捕鲸共同体"

自由而无拘无束的生活氛围。当然，他们也或多或少地受到了经济利益的驱动。就连以实玛利这样一个无欲无求的隐士，在与"裴廓德号"签合同时，也在内心暗暗希望自己能得到 1/275 甚至是 1/200 的红利折账——尽管船主只给了他 1/300。

要获得丰厚的红利分账，取决于这艘船能够捕获多少抹香鲸、提炼多少珍贵的鲸油。敏锐的判断力、非凡的勇气、勤奋的工作、丰富的航海经验、娴熟的捕鲸技艺，都是获得利润的重要保障。当然，利润的多少，最终也受制于如何理解并遵从现代捕鲸业一系列的规约、法律和道德习俗。

按照作者在第 89 章中的描述，人类历史上曾经出现过的唯一正式的捕鲸法典，是荷兰国会于 1695 年颁布的。当捕鲸者在海洋上的作业遇到激烈而恼人的纠纷时，该法典为合理地解决这些纷争，提供了法律依据。不过，随着美国捕鲸者的到来，他们立即制定了一套既简单又复杂的法理制度。说它简单，是因为它的律条只有两项：(1)有主鲸属于将鲸拴住的一方。(2)所谓无主鲸，谁先捉到，就归谁所有。(《白鲸》第 552 页) 而说它复杂，是因为，如何界定有主鲸和无主鲸，是一大棘手难题。

麦尔维尔举了下面这个案例：

某艘英国捕鲸船（原告）经过千辛万苦的追击后，用标枪刺中了一条鲸，但在搏斗的过程中，因有生命危险，他们不得不暂时将它放弃。这条受了伤的大鲸，带着标枪、绳索和追击它的小艇逃走，被另一艘捕鲸船（被告）不费力气地捕获。那么，这条鲸应该归谁呢？按照传统的自然法，或者依照人类的理智、道德原则，两家或许可以坐下来讨价还价，友好协商。但一旦上升到法律层面，法官和律师则必须做出非此即彼的判决。

英国著名律师厄斯金在为被告辩护时，认为这条鲸理当归被告所有。他的理由源于这样一种类比：一位丈夫与妻子结婚，意味着他用标枪戳中了她，并将她拴住了。因此，妻子是"有主鲸"。但后来因为妻子与别人通奸,丈夫不得不放弃她。但过了一段时间之后,丈夫开始了懊悔,试图将已另嫁他人的妻子索回,这当然是不允许的。因为一旦丈夫放弃了她,妻子就从一头"有主鲸"变成了"无主鲸"。当她被另一支标枪戳中时,理当归后者所有。

麦尔维尔在字里行间所展现的"幽默",在今天看来,当然有些不合时宜。但他由此得出的结论却值得我们注意:关于什么是有主鲸、什么是无主鲸的复杂解释,是现代法律制度(特别是国际法)的两大支柱。他进而认为,美国的捕鲸法中,实际上暗含了这样一个赤裸裸的竞争逻辑:所有权优先,或者说,所有权等同于法律。而获得所有权的唯一途径则是强力和强权。而有了强力和强权,有主鲸也会变成无主鲸。麦尔维尔进而引申道,对于地主或领主来说,奴隶、奴仆连同口袋里的一个小铜钱,都是有主鲸;对于英国人来说,爱尔兰就是有主鲸;对于美国人来说,得克萨斯州就是有主鲸……

在这一章的结尾处,麦尔维尔如此感叹道:

> 美洲在一四九二年不就是一条无主鲸,后来经过哥伦布把西班牙旗降了下来,为他的主子兼主妇在那里插下了一个浮标吗?在沙皇眼中的波兰是什么呢?土耳其眼中的希腊是什么呢?英国眼中的印度是什么呢?最后,美国眼中的墨西哥又是什么呢?这些全都是无主鲸。
>
> 世界的人权和自由不就是无主鲸么?人类的思想和见解不就是无主鲸么?人们的宗教信仰原则不就是无主鲸么?在专门剽窃美丽辞藻的人们看来,思想家的思想不就是无主鲸么?这个大地球本身不就是无主鲸么?还有你,读者先生呀,不也是无主鲸又是有主鲸么?(《白鲸》第557页)

在这里，麦尔维尔的叙事人直接面对读者说话，他将我们所有的人都描述为既是无主鲸，又是有主鲸，到底是什么意思呢？

从最简单的层面来分析，或许可以这样理解：从自然的角度来看，我们每个人都是自主的、自由的；而从文明史的角度来说，我们又不得不隶属或听命于一个个有形或无形的团体组织或思想观念体系，受到它的限制或控制，并为它所驱使。从这个意义上说，人既是无主鲸，又是有主鲸。如果我们联系引文的前一个判断："地球也是无主鲸"，这段话也可以在另一个维度上加以解释：从理性的原则来说，每个人的生存，都必然会有一个被宗教、思想、文化所阐释的目的或进程。也就是说，人服从于理性，它是有主鲸；不过，一旦我们越过了理性的边界——比如说，当我们将地球的存在视为一个纯粹偶然性的事件，那么，所有这些由文化或理性所赋予的意义，就会被立刻抽空，人就沦为了缺乏意义和目标的存在物，成了无主鲸。

在我看来，"裴廓德号"这艘看上去有点阴郁的捕鲸船，实际上一直行驶在文明或理性的边界上。作为船上的水手和船员，每个人或许都有自己的生存目的。但对于承载我们的"裴廓德号"来说，它也有自己秘而不宣的固定行程。

7. "裴廓德号"的隐秘意图

作为"裴廓德号"的灵魂人物和命运操弄者，船长亚哈曾经被莫比-迪克咬掉一条腿，这是《白鲸》读者们人所共知的事实。身体上所遭受到的伤害，激起亚哈强烈的复仇动机——它像梦魇般紧贴着他，并最终完全控制住了他的行为。这种复仇动机，常常被研究者用来解释亚哈的疯狂、盲目和非理性的追击行为。为了使亚哈那种可怕的复仇行为更具有合理性和说服力，有些研究者致力于搜寻莫比-迪克对亚哈身体伤害程度的更多证据。比如说，有人认为，莫比-迪克不仅咬掉了亚哈的大腿，顺便也咬掉了他的生殖器，并使他丧失了生殖能力。

这其实是不必要的。因为，身体方面的伤害，固然足以激起一个人的报复心，但在《白鲸》中，这种伤害并非促使亚哈追击莫比-迪克的唯一理由。举例来说，"撒母耳·恩德比号"的英国船长在追击莫比-迪克的过程中，也丢失了一条胳膊。但他最终选择接受命运，甚至劝告亚哈放下自己的执念。要更好地理解亚哈的疯狂行为，我们首先必须去简单地探究一下，在《白鲸》中，麦尔维尔是如何透过"作者意图"或"文本意图"，去设定这个人物的。

首先，我倾向于认为，相比于"裴廓德号"上的其他人物，亚哈在某种意义上是一个极富"智慧"的人。我这里所说的"智慧"，当然不是辩证地理解生命，并以此指导自己的行为的那种智慧，而是深刻洞悉人作为"存在物"这一基本奥秘的那种认知能力。这种能力的获得，显然不是通过知识和书籍，而是作为一个水手，常年航行在大自然神秘心脏地带所获得的感知事物秘密的能力。或许毋宁说，亚哈船长对智慧的汲取，不是源于思考，而是源于直觉和顿悟。

在小说的第 135 章，亚哈曾这样评价自己："亚哈从来就不思考；他只是感觉，感觉，感觉；对人类说来，这也就真够了！思考是种放肆的行为。"(《白鲸》第 790—791 页)这种认知能力，无视人类的宗教、神话、民间传说发出的严厉警告，在探察生存奥秘的道路上迈出了"关键"的一步，这使得亚哈一直徘徊于理性与非理性的晦暗地带。

在塞万提斯的小说《堂吉诃德》中，堂吉诃德无所顾忌的冒险举动固然显得可笑，但桑丘·潘沙作为一种相反的力量，使得小说的寓意达成一种完美的平衡。我认为，堂吉诃德的冒险之所以还能以"喜剧"收场，恰恰依赖于这种平衡。《堂吉诃德》中所呈现的题旨，绝非一味肯定堂吉诃德的反常行为，而是将"追根寻底"定义为一种"非理性"行为，让小说探知事物奥秘的步履止步于"理性"的门槛之内。诚如小说中的一句西班牙谚语所说的那样："你有了最好的，就不要再去追寻更好的。"对"更好的"事物的终极真相的追索，乃是上帝的事情。

但问题是，越过理性门槛的这一步，迟早是要跨出的。比如说，与塞万提斯同时代的莎士比亚，在这方面就走得足够远。而麦尔维尔从莎士比亚那里，也汲取了太多的东西。无论是思想观念，还是修辞技法，甚至是对世界的悲剧性看法，麦尔维尔都与莎士比亚一脉相承。当然，《白鲸》中所弥漫的浓浓的戏剧氛围，也直接来源于莎翁的剧作。因此，我认为麦尔维尔真正意义上的导师，并不是霍桑，而是莎士比亚。他推举霍桑为"美国的莎士比亚"，实际上他本人更配得上这一称号。

在莎士比亚之后，斯宾诺莎则严肃地将"上帝"与"存在者"完全等同了起来。用他的话来说，对上帝的规定就是对存在者的规定。这样，上帝就从一个绝对者，"降格"成了一个实体性的存在者。而在康德看来，那个真正意义上的绝对者或必然性，正是理性的深渊。晚期的谢林也坚持把这个绝对者判定为"不能被思考的事物"。从某种意义上说，作为"存在者"的亚哈船长，也深陷于这样一个绝对者的深渊之中。他意识到了"绝对者"的纯然不可思，因此他求助于直观和感觉——从费希特、费尔巴哈到胡塞尔，他们所强调"理智的直观"和"直觉"，无非也是这样一种东西。

而要走出这个深渊，亚哈就必须把"自我"绝对化，也就是说，他首先必须反抗的正是上帝。

麦尔维尔有意构建亚哈与《圣经·旧约》中那个同名者之间的对位

关系。他们对上帝的反抗与亵渎，都是通过引入异教来完成的——在《白鲸》中，与亚哈形影不离的费达拉，就是一个波斯拜火教徒。换句话说，像斯宾诺莎一样，他将上帝降格到了异教神、古希腊诸神"一般性存在者"的位置上，从而取消上帝的绝对性。从叙事策略上说，这样做还有一个道德上的优势：叙事者只要对异教（拜火教）的绝对性进行质疑、嘲讽、亵渎和反抗，实际上就已经将基督教的上帝暗含在内。当然，也有研究者指出，亚哈成为"绝对者"的强烈愿望，与正处在上升期的美国社会的扩张意识有着很深的关联。麦尔维尔有着一种尼采式的担忧：在人类丧失了整体目标的历史进程中，勇敢、意志、勤奋和坚韧不拔，恰足以泯灭人性，并加速最终的毁灭。

那么，亚哈在追击莫比-迪克的过程中，他对于自己最终必然灭亡的命运，是否有着明确的认识呢？答案显然是肯定的。

正如前文所说，《白鲸》是一部将"预言"最大化的作品，小说中不厌其烦所设置的一切不祥征兆，都指向那个必然毁灭的终点。在与莫比-迪克激战前，"裴廓德号"在暴风雨中就已经开始漏油。避雷针、象限仪、罗盘针、测程仪尽数被大雨和雷电击毁，亚哈不以为意，视若无睹，他不仅拒绝让人修理，且显露出掩饰不住的兴奋和激动。

在小说第132章，在毁灭的结局到来之前的间歇中，亚哈第一次对他的大副斯达巴克吐露真言。他提到了自己在海上漂泊40年的孤寂生涯，提到了自己年过50才迎娶的妻子玛丽，提到了那个站在故乡的山岗上，期盼父亲的船回港的年幼的儿子。当然，他也提到了自己之所以40年来持续追击白鲸的原因：笑容满面的天空和没有信用的海洋，已经使他变成自己的敌人，变成了真正的恶魔，变成了自乐园年代起便蹒跚跚走了不知多少代的亚当。他只能继续扮演神秘的宇宙让他违反本意去扮演的角色。世界就是绞车，命运之神就是绞车上的木梃。毫无办法，他只能去追击莫比-迪克。最后，亚哈以少见的温柔，嘱咐大副斯达巴克，等到自己放下小艇去追击白鲸的时候，他最好留在船上。

从"裴廓德号"离开母港南塔开特的那一刻起，亚哈就完全知道了他自己以及全船的水手、船员在未来的命运。这是一个只有他本人才知道的秘密。他深知这个秘密一旦泄露出去的严重后果——随时都会出现的哗变，将会导致他的计划破产。为了维持"裴廓德号"的秩序，作为独裁统治者，他只有两个手段可以使用，那就是欺骗与驯服。一方面，他主动迎合所有船员对利润和分账的渴望，将自己伪装成与船员一样的贪利之辈，甚至嘱咐桅顶的瞭望者，即便是发现一只海豚也要向他报告。尽管他的目标是莫比-迪克，但遇到其他抹香鲸的时候，他也会故作姿态，将假腿固定在小艇上，身先士卒，率领水手展开追杀。另一方面，他将钉在罗盘上的一枚杜柏仑金币，作为第一个发现莫比-迪克船员的奖赏。这枚用最纯粹的黄金打造成的杜柏仑，堪称是"裴廓德号"的肚脐眼，铸刻于其上的黄道图案，象征着整个人类的生活史，其珍贵可想而知。

与此同时，亚哈也深知，人是最会出问题的动物。要在"裴廓德号"上维持良好的秩序，除了欺骗和诱惑之外，他还必须改造他们的精神，重塑他们的灵魂，以使他们彻底驯服。小说的第36章，对这样一种灵魂驯服过程，有过出神入化的描绘。他将自己塑造成古希腊哲人、上帝和超人的结合体，代表了一种脱离了肉体羁绊的"纯粹精神"。它既像上帝一样神秘、阴郁和深奥，又充满矛盾和悖谬。从后来的结果看，亚哈的策略显然取得了成功。就算大副斯达巴克洞悉了亚哈的真实意图，企图杀死他，他实际上也不可能这样做。因为他害怕亚哈，远远胜过害怕自己的命运。

讨论至此，我们突然发现，《白鲸》的主题或寓意发生了一定程度的微妙偏转。我们有理由认为，麦尔维尔实际上已经窥见了基础性存在的那个吞噬一切的黑洞——它是自斯宾诺莎以来，欧洲的虚无主义产生的最重要的内驱力。就《白鲸》而言，我们或许已经发现，"裴廊德号"上水手与船员们的生存目的，与这艘"着了魔"的阴郁之舟的实际目的，并不一致。换句话说，水手和船员们遭到了绑架和劫持。正因为如此，在麦尔维尔看来，生命不是什么别的东西，它不过是在遭到绑架之后暂时性的喘息而已。用他自己（或莎士比亚）的话来说，宇宙是一个大骗局，而生存不过是一个被更大的绝对者操弄的恶作剧；用利希滕贝格的话来说，生命实际上是一个非存在强加给我们的恶意的玩笑。

在这个问题上，弗洛伊德的表述略有不同：人为了驯服、对抗自然，从而建立了文明。但不幸的是，文明的目标并不是个体的目标，它另有企图。

8. 文明的边界

博尔赫斯在一篇关于霍桑的随笔中，对弗兰兹·卡夫卡和霍桑的"离家"主题，进行了一番比较。需要说明的是，博尔赫斯是在象征性的意义上使用"家"这一概念的。他认为，卡夫卡与霍桑的共同点在于，他们都热衷于描述"离家"这个主题。所不同的是，不管遇到何种命运，霍桑笔下的主人公通常在离家后仍有可能"返家"——《年轻的古德曼·布朗》《威克菲尔德》都是这样的作品。而卡夫卡笔下的主人公 K，一旦离家，往往就回不去了。从这个意义上来说，霍桑成了西方文学史上最后一个奥德修斯式的"返乡者"。

麦尔维尔虽然一度将霍桑视为自己的文学导师，但他的作品实际呈现出来的状态，显然更接近于卡夫卡，或者说，麦尔维尔比霍桑更有资格成为卡夫卡的先驱者。在《白鲸》中，叙事者曾多次对读者直接喊话：永远不要轻易离开自己温暖的家。因为在现代社会中，你一旦离开，实际上就回不去了。

而"裴廓德号"正是这样一艘"不归之舟"。如果我们将"裴廓德号"视为文明秩序的象征,那么,这艘船实际上已经越过了人与自然关系的临界点或平衡点。

按照伊格尔顿的看法,人类所创造的文化与文明,本来是为了保护人类免受自然的侵袭,从而与自然达成一种平衡。但不幸的是,文明和文化的发展,绝不会止步于仅仅满足人类的基本需求,相反,它因其自身的目的和旅程,会持续不断地创造并繁殖新的欲望和需求,从而来打破这种平衡。换句话说,文化曾经保护并帮助过我们,而现在它终于变成了某种异化的力量。不光是伊格尔顿,我们此前讨论过的奥地利作家穆齐尔、日本作家志贺直哉,也有类似的忧虑。比如说,志贺直哉就认为,人类一旦踏过自然与文明的平衡点,实际上已经踏上了一条不归路,从而必然会导致地球上"最后之人"的出现。

"裴廓德号"横跨四大洋,在地球的各个角落追杀那些本来无害的、对人类充满善意的白鲸。麦尔维尔为这样一种"商业行为"赋予了史诗般浓郁的悲剧色彩。当"裴廓德号"捕获第一头抹香鲸的时候,那头大鲸在标枪的反复刺扎下,"身体翻来腾去,呼吸急剧,格格发响","(喷水孔)迸射出阵阵凝结的红血,宛似红葡萄酒里的紫色残渣",它"在血里滚动,鲜血在它后边涌腾达几英里长",血光将捕鲸者的脸映得通红。(《白鲸》第402—403页)

在小说的第81章中,"裴廓德号"杀死了一条残废的老鲸。它默然无声地承受人类的攻击,在海底超常压力的作用下,它身上流出的血,像来自千山万岭的喷泉,狂泻直流:

(它)有气无力地击拍着它那只残鳍,接着慢慢地翻过来又转过去,像一只行将告终的地球。(《白鲸》第503页)

最后，人们从它的身体里发现了一段标枪的断头，被肌肉包得紧密无缝。在这截断了的标枪的近旁，人们又发现了另一个枪头，它竟然是石头做的——这说明，早在美洲被发现以前，它已经在与印第安人的搏斗中留下了伤痛的标志。接下来，麦尔维尔用充满反讽的笔调写道：

    尽管它年纪很大，只有独臂，又是瞎眼，它却是该死该杀，该去照亮人类的快活的婚礼或者其他各种寻欢作乐的场面，也该去把庄严的教堂照得金碧辉煌，好让它永远向大家传布那绝对无害的福音。(《白鲸》第502页)

  而到了小说的第87章，麦尔维尔传神地刻画了白鲸大群聚合，像国家一样歃血为盟，组成联合舰队来抵御人类攻击的情形。这样的计谋不仅是短智而徒劳的，而且正好给疯性大发的人类成批杀害它们提供了便利。"裴廓德号"在鲸群中心捕获的一大一小两条鲸，是一对母子，两条鲸之间尚有脐带相连。小鲸还不知道发生了什么，仍对母亲做出亲昵之态。

  最后，"裴廓德号"在自己即将陨灭的赤道附近，一连杀死了四条抹香鲸。最后那条大鲸是被亚哈本人杀死的。这条大鲸在临终之前，表现出了一个奇怪举动：在静谧的黄昏中，它的脑袋慢慢转向太阳的方向，安静而虔诚。仿佛在恳求曾经护佑它的太阳赐予自己最后的祝福。它就这样慢慢地闭上了眼睛，咽下了最后一口气。喷血的大水闸关住了，它已听不到人间祸福的营营声。(参见《白鲸》第694页)

  尽管抹香鲸在人类的攻击之下，显得悲惨而无助，但麦尔维尔深信，作为大自然的精灵，抹香鲸将会比人类活得更久。任何事物都会毁灭，但抹香鲸所代表的大自然本身是不朽的。麦尔维尔曾开玩笑地说，抹香鲸原本是柏拉图主义者，到了晚年，它又将斯宾诺莎收为自己的门徒，相信永恒的理念将超绝于具体的事物之上。它那昂阔的天庭，具有一种大草原似的恬静，同时又视死如归，将命运的账单悉数全收。(参见《白鲸》第74章)

巨兽莫比-迪克更是不可战胜的。而它的对手，代表着"疯狂人类"的船长亚哈，其实也深知这一点。他注定了要在将死之前最后流出一滴泪珠。据说，这滴泪珠大得连整个太平洋都无法装下。

在小说的第16章，以实玛利初次登上"裴廓德号"时，发现这艘船用大鲸的头骨、牙齿、下颌骨来做装饰品，与食人生番没有什么区别，这就使得整艘船看上去像一条大鲸的残骸。结合第3章"大鲸客店"的相关描述，我们很容易就能联想到，"裴廓德号"之所以"阴郁"，是因为它其实是一艘吞噬同类的船。也就是说，"裴廓德号"作为人类的象征，它疯狂的攻击行为不仅指向大自然，也同时指向人类本身。

弗洛伊德曾悲观地认为，尽管人类发展出文明，希望通过道德、法律及社会规约，甚至是意识中的检察官"超我"，来限制这种攻击性，但它最终是难以被消除的，它甚至不会屈从于任何社会变革。弗洛伊德不认为马克思所向往的共产主义世界所实现的财产平等，会有助于消除这种攻击性，因为在人类出现私有财产之前，这种攻击性就已经存在，且几乎不受约束地处于统治地位。[①]

就像亚哈源于死亡诱惑的行为所预示的那样，这种攻击性甚至超越

---

① 参见弗洛伊德《文明及其不满》，严志军、张沫译，上海世纪出版集团，2007年10月第1版，第170页。

了获利与占有的欲望。尽管如此，就"裴廓德号"捕鲸船而言，麦尔维尔也不认为只有船长亚哈一个人需要承担自己的命运。亚哈的命运之所以会成为每个人的命运，是因为"一切活着的人，都有一根缚住一大串人的暹罗索子"(《白鲸》第 449 页)。

我们都是"裴廓德号"上的水手。

（原载《十月》2020 年第 5 期）

就花生米下酒
——伯格曼自传《魔灯》读法

鲁 敏

有点不合适,在伯格曼身上用这么个乡俚的比拟。可确乎如此,其自传《魔灯》,滋味太浓了,实在不能一口气仰脖子咕咚咚,我是有点故意磨蹭着,读到他讲什么电影了,就停在那里,把相涉片子找来看。他的电影我一直有点怕,以前看得很少。可这本自传又这样好,我想,总不至于吧。好在伯格曼对电影的长度不拘小节,一多半儿的片子都只 90 分钟左右,看完这个长度的电影也不太耽误,好比来一碟现炸花生米,看完再回到《魔灯》的字里行间,接着往下小口抿。

伯格曼的花生米们,从纯视觉意义上看,即便外行如我,也可感受到两个强烈指征,一是密集、巨屏的面部特写,这几乎是他的主要语汇,辨识性语汇。二是他所建构的,或可以称为北欧海岛派的影像风格。后者,是我先这么定义的,别当真。

先说前者,伯格曼的面孔。

丽芙·乌曼,比比·安德松,英格丽·图林,古纳尔·布约恩施特兰德,马克斯·冯·叙多夫,哈里特·安德森,厄兰·约瑟夫森,这些都是他最常用的杰出演员,名字不太容易记得,或也不必记得,因他们皆有种抽离的简洁性,强光特写之下,鼻耸如山,唇形似雕,眉峰下的阴影遥不可近,毛孔与肤质有如地貌纹路,眉毛发色则密亮近于银白。这样的面孔,只在大幕上定帧一格,世间的男人女人便都附体上去。苦痛,热烈,臆想与梦境,漫长的追寻与失落,镜中自我凝看,神性的灵光或缄默。他们在银幕上顶天立地,几乎不敢凝目太久,那早已不仅仅是美的观照,更是惊骇与凄恻,是爱与困境中的身而为人,是人作为生灵此在的精神遗立。

伯格曼挑选演员有他的一套判断,对性情、情感、举止的看重大过容貌。他这样写到哈丽雅特·安德松,"她是一个异常坚强但情感又很脆弱的女人,天赋里有一股勃发的才气,在摄影机前面显得自然而性感。她能像闪电一样,从最强烈的情感转换到冷静的情感。她的幽默感很有分寸,悠然自如,但从不玩世不恭。"从拍摄《莫妮卡在夏天》开始,伯格曼和哈丽雅特合作多年,她也是他的情人之一。关于伯格曼与女人们,稍后再讲。他对女演员哈里特·安德森的开拓也令人惊叹,《犹在镜中》里,多少的大特写啊,从坚硬的痛苦所迸发出的美,配以奥妙的似乎又是随意的台词,我们由此得到了她所贡献出的最令人信服的一个精神疾患形象——对父亲的热切向往与无限失落,与弟弟的乱伦臆想,上帝莅临之幻觉,对空间的惧怕、开拓与对峙。

伯格曼也记录了很多他与男演员的合作,并不总那么愉快,拍摄过程常常与最终效果背道而驰,但正好飞驰到了他想要的终点。比如决定了《野草莓》成败的男主,伯格曼选择了当时已颇有声誉的导演兼演员维克多·斯约斯特洛姆,伯格曼对他在自传里曲折其辞,多有抱怨。

年事已高的维克多老先生疲惫多病,很神经质,接受合作时就有些勉强,当伯格曼小心请求他表演不要过分夸张,他马上大发脾气扬言要退出,让伯格曼去找那些"会按你的要求"演戏的人,又威胁说他的医生随时都会写病假条要他去住院治疗等等。两人的合作很糟。直到比比·安德松等年轻女演员加入拍摄,情况才有所好转。77 岁的老人开始变得殷勤诙谐,他送鲜花给她们,让她们给他喂草莓,并调情地一口咬住比比·安德松的指头,他还给她们回忆他在默片时代的代表作《给我们这一天》《挨耳光的人》等。尽管比较愉快,但到了电影里的最后一场戏,也是最令人慨叹的一幕:幻觉之中,男主角伊萨克年轻时代的情人带着迟暮的他来到阳光明媚的山脚下,他看见自己正当年华的父母在远处向他随意招手。拍摄这个场景的时候,他们好不容易等到了下午 5 点钟,金色余晖洒映草地,整个森林昏暗下来。这正是伯格曼最想要的色调。维克多却突然发火了,怨气冲天,因为他曾要求伯格曼答应他,每到 4 点半,准时让他回家喝威士忌,他情绪很坏,傲慢地拒绝了现场给他找来的威士忌,远景镜头拍着他走过草地时,他还在跟身边的比比·安德松喃喃抱怨。但当特写对准他的脸部时,他却又瞬间松弛下来,安详和释然地给电影送上了富有余韵的结局。维克多在参演时与片中男主一样年近 80,眼袋很大很沉重,装满人生况味,可以说,就因为这个眼袋,他所表现出的衰老、疲惫与梦境感,更增添了十二倍的力与美。

  咀嚼这样的一枚花生米是齿舌苦涩的,也是如临其渊的。短短 90 分钟,伯格曼把人与衰老,人与时间的关系,表现得多么精微,结尾处那一笔的朦胧回望又多么令人伤怀、震颤。还有片中那一段梦境,从没看到过这样"像"梦的梦,太了不起了,活活儿的就好像同样置身在无法动弹更无法醒来的梦魇深处。

  至此,说下伯格曼与女人们的关系。妻子与情人们各异的爱好、性情与命运,他与她们的纠葛离合,实际上都投射在他的创作中。

他共有过五段婚姻,相恋过的情人若干。自传中,他对一应情爱史皆不回避,坦荡诚恳,诉说曾有的随意与挚爱,也抱怨必然的醋意与纠缠。他略带痛楚地如此讥讽道,"电影工作是一种极为色情的行当;演员之间都赤诚相待,彼此间暴露无遗。在摄影机镜头前面,所有的亲昵、忠贞、相互依赖、情爱、自信和可靠性都变成一种温情脉脉,也许是虚幻的安全感。那种张力,那种紧张气氛的缓和,同舟共济的默契,和成功狂欢时刻之后,随即而来的反高潮:不可避免地涨满性欲。多年以后我才明白,终究有一天,摄影机将停止转动,灯光也会熄灭。"伯格曼认为电影行业具有某种泛爱性,而这也形成了他自洽的两性价值取向。

在几任郊区度假式的短暂恋情之后,他用轻描淡写的口气提到他第一次婚礼中的逃婚行为以及仓促而来的女儿,因他很快与妻子埃尔塞介绍给他的、同样是舞蹈演员的埃伦发生了关系,他反思当时的自己,"我不信任任何人,不爱任何人,也不思念任何人。一种性冲动总是缠绕着我,迫使我常常产生不忠行为。"

不久,埃伦成为他第二任妻子,并生下一对双胞胎。30岁的伯格曼要负担起两度婚姻所带来的十个人口(包括寡居的丈母娘、忧郁的仆人等),他不得不拼命写剧本、排戏,签订各种压迫般的合同,顶着观众稀少、经费不足、批评四起的压力日夜劳作。这期间,他又出轨了前来做专访的已婚女记者贡。伯格曼交代道,《婚姻情境》中的第三场,丈夫回家对苦苦等待中的妻子宣布,他马上要与情人去巴黎过三个月。这完全就是他与埃伦破裂场景的写照。当时他也是突发奇想,要与同样身陷婚姻难题的贡远离熟人圈,到法国待三个月。伯格曼对自己的每一次背叛皆直言不讳、反复检点,反思那过程中的恐惧、内疚与情欲。

因为牵涉到子女监护权,贡的离婚非常艰难,其前夫渗透式的跟踪令伯格曼非常妒忌，总是怀疑贡与前夫重修旧好，这极大毁坏了他的这第三段婚姻。与签订离婚协议有关的许多吵架场景后来都在《婚姻情景》中得到血淋淋的又令人啼笑皆非的呈现。两任前妻加五个孩子（包括贡带来的孩子）的经济压力之下，伯格曼与贡的儿子不久又降临人间。当夜，伯格曼大醉，独自玩儿童小火车度过长夜。不久他另有新欢，即前面所提到的演员哈丽雅特。离婚多年后，贡因车祸去世，伯格曼在葬礼上见到了他与贡所生的那个儿子，19岁了，已经长得比他还高，同样带着伯格曼式的敏感和冷淡，浑身散发出强烈的信号：不要碰我，不要接近我，离我远一点。伯格曼很想与他谈谈他多年前爱过的光彩照人的贡，儿子却用蔑视的眼神瞪视，逼退了他最后的柔情。伯格曼许多影片女主人公的原型都是贡，如《女人的期待》《小丑之夜》《爱的一课》《秋日之旅》《夏夜的微笑》等。

在与作为钢琴家的第四任妻子卡比结婚以前，他又与演员比比·安德松发生恋情，结婚6年后，与丽芙·乌曼相恋，尽管如此，卡比与他的婚姻仍然相对坚固，延续有12年之久。卡比·拉雷特爱好戏剧，伯格曼则喜好音乐，他认为，钢琴是严格训练的、有标准化的艺术，相对而言，戏剧则是粗制滥造、随心所至的产物——他们的爱好似乎相得益彰，实际上，"我们结婚后，便各自破坏了对方的爱好。我们一起去听音乐会时，我会充满幸福，可她用怀疑的眼光看着我：'你真的认为这东西不错吗？'同样的悲哀也发生在我们一起去剧院看戏的时候，她觉得不错，而我觉得糟透了。"与卡比的婚姻期间，伯格曼的创作进入高峰，《处女泉》《沉默》《冬日之光》《假面》《豺狼时刻》皆是此中产出。《犹在镜中》题记便是献给卡比。稍晚的《秋日奏鸣曲》显然也是这位钢琴家妻子给他的灵感，她也为电影中扮演钢琴大师的英格丽·褒曼提供了专业指导，虽然当时二人已经分手。

1971年，53岁的伯格曼与英丽德共同进入了他第五段也是最后一段婚姻，两人共同经历了他因税务问题的被捕丑闻、精神危机。这一阶段，除了拍摄《呼喊与细语》《芬妮与亚历山大》等电影之外，还排演了大量舞台戏，都是对欧里庇得斯、莫里哀、莎士比亚、易卜生、契诃夫、皮兰德娄、斯特林堡、奥尼尔、三岛由纪夫等大师名作的重排，如《鬼魂奏鸣曲》《玩偶之家》《萨德夫人》《培尔·金特》《朱丽小姐》《第十二夜》《魔笛》《三姐妹》等。同时还完成了自传《魔灯》、回忆录《影像：伯格曼论电影》等。

相对于情感生活的率性与茂盛，伯格曼的勤奋恐怕更叫人震骇。他具有工作狂的一切典型症状。不论看戏、听音乐会、与同事吵架，见闻女友们的某些癖好，与父母相处，目睹他们死亡，因死亡而愈加不可弥补的爱之沟渠。这些都会让他冷漠又自然地联想到他手头的剧本、某个镜头、人物设计、布景等。他早期的劳作显然还有着家庭负担所致的经济压力，但后来这就成为他一生的工作模式。像一头固执的好胃口的黄牛，拍摄电影的同时，他疯狂地接受各地剧院的排演合约，亲密剧院、北雪平市立剧院、马尔默市立剧院、皇家剧院、斯德哥尔摩剧院，皆不挑不拣。排练期间，他遭遇语言障碍、层出不穷的服化道混乱，与行政人员的艰难沟通，主要演员的突然死亡、剧组传染病肆虐、自我健康出现严重问题等诸种状况。而如果排不了舞台剧，他就制作广播剧、拍摄电视剧。在瑞典摄影厂关闭期间，他还接拍了多部香皂广告片。他一直工作到85岁，那一年，他有两部广播剧在瑞典电台播出，最后一部电影首映。

——从来没有凭空而来的大师或天才，只有疯子般的勤奋、孤独的抗争、在冗务与金钱中维系艺术的命悬一线。《魔灯》里，他这样写到他经年累月的劳作，"皇家剧院是一个毫无希望的专制机构，剧院院长对它内部和外部的事务有很大的决定权，我喜欢这种权力，它富有刺激性。然而，我的家庭生活却变得越来越糟糕，我不想去考虑，甚至采取回避政策,每天早上8点到剧院,晚上11点才下班。在我作为皇家剧院院长的42个月之中,我自己一共排演了7台戏,拍了2部电影,写了4个剧本。"另一个时间段,"我们全力以赴投入工作。一年之中演出了22部戏,其中有19部在'大舞台'演出,3部在专为年轻人设计的'中国剧场'演出"。

也写到他工作中与外部世界的诸多冲突与不快,比如他在德国剧院,"初到慕尼黑,欢迎我的晚宴一个接一个,《魔笛》正在最大的影院放映,《婚姻生活》在电视播放,跟踪报道和研讨会一个接一个。这些殷勤和新奇感压倒了一切。很晚我才认识到,巴伐利亚是个彻头彻尾玩弄政治手腕的地方,各个派别和群体之间存在着难以逾越的障碍。很短时间里我已出足洋相。我带着北欧穷乡僻壤的、在长期职业生涯中所形成的观念和原则,一头扎进王宫剧院。我犯了一个愚蠢的错误,试图在德国环境中采用瑞典模式。经过与剧院人员的反复纠缠,我的方案最终被认可并付诸实施,我意识到自己释放出了一头怪兽。演员们多年的积怨和创伤至此终于爆发了。逢迎和恐惧都达到了难以想象的程度。不同派别之间的斗争变本加厉。各种阴谋和猫鼠游戏到达了在瑞典根本难以想象的规模……我和上司之间的冲突也开始了。方式很原始,武器也很粗糙。因为我们以前还曾互相喜爱和欣赏,这种冲突就更富于悲剧性。结果是剧院被置于一种毫无意义的极端紧张之中。我渴望把一切做得完美,却忘记了最根本的东西——这些演员完全没有安全感。1981年6月,我终于被这个剧院解聘了,被赶出剧院,所排演的剧目也被取消。随即而来的控告和侮辱被新闻界和艺术部的官员大肆渲染……我做的其他蠢事还包括:拒绝与慕尼黑新闻界打交道,大大小小的批评家我一概拒绝交往。我真是活该,这实在太蠢了,因为在这种把人捧上天又踩下地的巴伐利亚老把戏中,受害者和刽子手之间的互动是一种必不可少的调剂"。

显然,他同时也具有工作狂所常有的焦虑与狂躁,纵观自传里但凡谈到创作的部分，他好像总是处在跌跌爬爬、顾头不顾尾的慌张之中，品饮他这一杯浊酒，会觉着殊为混乱。奇妙的是，"花生米"从来都是镇定的，反差极大。他最终的成片总是冷静、疏离，对演员的把控与走位极为讲究，精心的构图几乎让人每过两分钟就想定格截屏。从这些也许带点夸张的回忆中，我们会体谅到，经典重排的舞台剧对他而言，有太多的约束，那更意味着薪水与工作，只有电影，才是更具他个人强烈体征与艺术主张的综合原创，这使得他在电影创作中总是处于过分灵敏的状态，灵敏于各样的美，亦灵敏于细小的苦痛。他把最纯粹的电影奉予了世人，为此不得不吞下所有不纯粹的部分，吞下艺术的混浊与周边的一切琐屑附庸。

还是回到他与女人，有一位不得不讲。丽芙·乌曼，1965年，伯格曼拍摄他神秘难解的代表作《假面》时，在片场初见羞涩的丽芙，自此开始了长达42年的情谊，可谓半生情人。他们拥有各自的婚姻，但仍然同居5年且育有一女，并共同创作了12部电影。丽芙是一位伟大的演员，演技绝伦。相对伯格曼众多女演员，她长得不算最好看，柔和的东方色彩的额头，嘴角略显紧张的纹路，但她在《婚姻生活》中的特写，是我所看到的大屏幕上最美的面孔，因痛苦而达到的最高程度，她蓝色眸子里的深沉迷雾，不自信的犹豫，对爱的痴念执着疯癫，简直是世上一应妻性的最大公约结集。顺便讲下，如果要看《婚姻故事》，建议看6集系列剧的那个版本，其剧本、表演、节奏，实为上上之上。我看过精减的电影版，看过话剧版，皆相距甚远。这一把六枚的花生米儿，真是嚼得粒粒惊怵、余味杂陈，令人神伤又最为下酒。

丽芙与伯格曼的这段情史最近被印度导演阿柯卡尔拍成纪录片《伯格曼的缪斯情缘》，纪录片以丽芙·乌曼的自传《改变》为底，引用二人的大量情书以及访谈镜头，使丽芙与伯格曼（录音或影像）形成阴阳两隔的对话，并搭上他们合作电影中的经典片段，极具巧思。全片主要在伯格曼的法罗岛（Faros）居所采访拍摄，这也是伯格曼动念定居此地的原因之一：他与丽芙最为浓情时，想与她在天之尽头造座小屋厮守终身。

正好说说法罗岛，这是伯格曼一生最钟爱的地方，地貌粗粝，海岸线多变，碧海蓝天有时，狂风骤雨有时，他的许多作品在此拍摄，形成其电影中独有的自然地貌与北欧气息。

而北欧海岛风貌——也就是我一开始所提及的，与特写面孔并列的，他视觉意义上的辨识性风格。而法罗岛又何止视觉贡献！海岛的寓意，自然征候对人物情景的锚定与拆解，绝地孤境的高远象征，皆可有着丰沛的电影解读，这里不做深入。总之可以这样说，同样一个故事，如若不是发生在法罗岛，换作内陆、平原或一处城市，那就绝对是另一个故事，或者完全不能成其为故事了。海岛已从环境化为样式，又从样式成为气质，成为内容本身。

法罗岛是伯格曼在为《犹在镜中》选景时偶然发现的，原来看中的奥克尼群岛由于高昂的成本被电影公司董事拒绝，绝望的制片主任遂推荐了法罗岛，他们叫了一辆破旧的出租车沿着弯曲的海边一路行驶，伯格曼看到了他所需要的搁浅的破船，悬崖角落，旧花园，还有风化了的雕成偶像的石柱。"这些风化的石柱远在岛的北边。我们迎风站立，满眼泪水凝视着那些默默无言的偶像。多少年来，这些偶像一直抬头仰望波涛汹涌的大海和黑暗的地平线。我真不知道如何来描绘这些，只能庄严肃穆地说，我终于找到了我要的景色和我自己真正的家，如果想说得滑稽一点，这完全可以称为一见钟情，对法罗岛的感觉就是如此。我准备在这个岛上度过余生。这里是我的安身之处。不要问为什么。解释也只是事后笨拙地寻找理由。"回忆里，他多次描述他不同时期的法罗岛，用这样洗练又惆怅的语调，"三月中旬，我们搬到法罗岛，那儿正值冬春交替，天气变幻莫测。第一天还是风和日丽、波光粼粼，新生的短尾羔羊降生在暖融融的大地上。第二天却是风雪交加、天地昏暗，门窗封闭，道路阻塞，电路中断。只有炉火、煤气灶和电池收音机陪伴着我们。"法罗岛不仅是对他有着电影创作上的地理意义，同时也是他的精神栖居之所，每至创作困顿、债务缠身或情感崩裂，伯格曼便到法罗岛来自我避难。

整个晚年他都定居在此，在此庆祝他60岁生日，把历次婚姻中的所有子女都邀请来参加，89岁终老后，与先他而去的第五任妻子合葬于法罗大教堂的墓园。这期间还发生了影坛上一个著名的拥抱。

2006年，李安拍《色·戒》时碰到极大痛苦，情绪完全处于低谷，最终得到伯格曼的允许，跑去他避世的法罗岛得见一面，偿其心愿。李安最初决定投身电影，完全就是因为《处女泉》："我对电影真正'开窍'的时刻，就是看《处女泉》，它把我重重击倒，几乎久久不省人事。"正是在法罗岛，李安与时年88岁的伯格曼拥抱，李安抱得那样地小心，带着委屈、带着慎重，趴在伯格曼的肩头像少年一样哭泣，实在是极为动人，后传为江湖一桩大大的美谈。这确实也是伯格曼给李安的一个殊荣，须知伯格曼特别地不爱见人，此前他的头号追随者拉斯·冯·提尔曾多次求见，却始终没有得到回复，搞得冯·提尔终于恼羞起来，开始到处传诵起伯格曼的"幕后黑料"。这都是题外话。

我们再回到花生米，讲讲令李安"不省人事"的《处女泉》。实际上，这就来到了伯格曼作品研究中的显赫路径：宗教性。

《处女泉》本身非常地黑泽明，有古希腊神话的那种古典感，角色的服装、造型等也极富象征性，当年获得戛纳特别推荐奖，次年获得奥斯卡最佳外语片奖，是伯格曼影响最大的早期作品，当时伯格曼才42岁，这代表着他在宗教主题上最悲怆最朴素的质问。此后，关于神性的光芒与

477

人性的低伏，侍奉之心与世俗之魅，皈依中的肉身遗世与精神痛楚，神性缺失下的人间阴影与末世困境，总之，宗教以及由之而来的精微问题；一直都是他影片中不断求索的所在。《第七封印》的圣母显形、《处女泉》最末的神迹出现，《冬日之光》的强烈主观性，《豺狼时刻》里令人震骇的魔幻色彩，等等，有信也有疑，有追问与绝望，反复互文，九曲千回。

实际上，宗教性已然成为了伯格曼的一个内置镜头，哪怕其剧情从表面上看是家庭成员的隔阂（《犹在镜中》）、丧亲之痛的自我拯救（《白痴》）、自我意识与身份的多重投射（《假面》）、少年窥看成年世界的暧昧色欲（《沉默》）、弥留之际的挣扎与回响（《细雨与呼喊》）等，伯格曼都会以他的内置镜头传达出抽象又确凿的宗教意味：男女人物在服装与发饰上的苦行僧感，自然景观与室内陈设的单一调性、线条和色彩的压迫性对比，哪怕就只是一扇窗户或一面墙壁，他也会让窗格格子构成十字架，高高地悬于正在对话的主人公头上，让墙壁带着隐喻的花纹，推动人物的决绝行径。

像大部分艺术家那样，其执拗或乖张的起点，缘自家庭。伯格曼影片中基因般的宗教性，是因为父亲。

他从小的整个家庭生活都以父亲的牧师职业为中心，其父艾瑞克的神职生涯一度做到瑞典国王的专属牧师，地位很高，但与儿子伯格曼一直关系僵硬。他们几个孩子从小参与各种宗教活动的有关准备，枯燥的仪式感，仪式背后的压迫与隐约的神性，对世俗温软的否定性侵犯，使伯格曼对宗教的纯粹性力量一直处于矛盾的摇摆中。他回忆道，《冬日之光》的最后场景就是取自父亲的一次布道，一次日常化的，什么也不能更改的仪式。《芬妮与亚历山大》中的孩子，被以关禁闭、断食、挨抽打等行为惩罚"对上帝不忠"，就源于他曾因尿床被父亲关进黑暗的衣柜。而他的母亲，也并没有扮演与严父相对应的慈母角色，当伯格曼佯装生病企图博得关注，母亲总会因劳碌败坏的心境对他一眼看穿，给予更为冷淡的回应。1965 年，47 岁的伯格曼接到母亲的电话，当时父亲患上恶性癌住院，对于母亲让他前往医院探视的哀求，伯格曼明确拒绝，母亲随即冒着风雪赶到他工作的皇家歌剧院，迎面给他一个响亮的耳光。

关于宗教题材的一大把花生米中，《第七封印》是寓言性最强，被解读最多，也是令影迷晕迷程度最深的一部：与死神下棋的骑士，马戏团小丑及其纯真的妻儿，铁匠及其通奸的妻子，瘟疫死亡，对巫婆行使火刑，耶稣受难游行队，圣母显灵，穿过黑暗森林，在酒馆里的集体无意识作恶，死神临时改变主意等。这些都有着无穷尽的专业阐释，我就不碰这些硬石头了。我只想说一句小话儿：即便如此的神秘与神性，伯格曼仍会赋之以日常的动人画面，叫人看着舒服、感动。马戏团一家三口在草地上邀请骑士们共享野草莓和新鲜牛奶，最后一个骑士的妻子在城堡里苦苦等待后的那种久别重逢，多人间，多美好，而当死神显现时，众人各自的面向，那群雕般的画面，又是多么静默、臣服和尊严啊。

顺便解构一下影迷们最为称道的、作为此片海报的死亡舞蹈画面。伯格曼在回忆里平静地写道，这是一个临时起意的匆忙镜头，当时所有演职人员皆在奔向终点的拍摄中疲惫不堪，主要场景完成后，天空突然飘来一片乌云，伯格曼灵感突至，因为大部分演员都已收工，他只好临时抓住助理、电工、化妆师以及两个避暑的游客，让他们穿上那些已被宣告死亡者的服装。那两个偶然行到此处的游客还全然不知是怎么回事，摄影机已转动起来，赶在乌云消失之前，留下了影史上的那个著名黑色剪影断章。

相对而言，《芬妮与亚历山大》就很"容易"看了，这是伯格曼作品中不多的色彩片，大量近乎喜气洋洋的红色与金色，又不像《细雨与呼喊》里的红色墙面，那是强烈的死亡血色。国内影迷戏称此片是北欧版的《红楼梦》+《哈姆雷特》,是有点儿那个意思。全片极其华丽,也较为冗长(188分钟,是他其他小花生米的两倍),服装、家具、食物等皆极为讲究,神魔鬼魂,意识流幻觉、舞台风、惊悚与变形等多种手法糅合,对他一生最主要的创作主题,少年成长、死亡阴影、宗教清戒、家庭关系等都有再次的探讨。这是他最后一部大屏幕长片,拿下次年四项奥斯卡奖。此后伯格曼宣布退出影坛,仅以舞台剧导演、编剧为主,偶涉电视电影。

少年时代所吞服、深埋下的宗教药性,就此发作、消耗光了吗?没有。到74岁,伯格曼还把他父母的真实故事(虔诚严苛的牧师父亲与代表世俗性妥协的母亲)给编成了剧本《善意的背叛》交由青年导演比利·奥古斯特执导,成片最终捧得第45届戛纳金棕榈奖。看看,伯格曼实际上用了他整个一生的创作来反刍始终不曾消散的家庭影响。他像从一开始就没吃饱、且缺少抚慰的孩子,在绵绵不断的细雨中,不断地回溯,呼喊并重塑另一种可能的往昔。

固然,这种以宗教意义上的少年失怙感会导致伯格曼的部分创作失于艰涩深奥,观影有如长途跋涉,或遇干涸沙地,或逢烈日高光,或是阴森荒原,常常叫人看得四面失靠、不可抓摸。比如《冬日之光》,他用大段的宗教仪式,来触及人类彼此的爱、人对死亡的爱、对终极虚无的爱、对上帝的爱等等,但手法过分写实,间或就直接搬上长篇布道,全片才70多分钟,我却看得昏睡过去三次。实在是叫人瞌睡的花生米。

但也可能,正是这种不断深入、反复追索的宗教感,使得他具备了去芜存菁、万千上人的毅力,塑成了独一无二的伯格曼式影像。他的镜头,哪怕是一场暴雨,一桩丑恶罪行,多人宴席或野莽丛林,其简洁,其抽象,都能达到不可思议的地步,怎么看,都带着"少即多"的舞台局限感,最寒酸最原初的那种舞台。这些,当跟他早期受黑泽明影响有关,跟他长期执导舞台剧有关,也跟他偏重精神性而非戏剧性有关。由此,我们得到了冷淡的北欧，得到了节省的伯格曼，得到了一种基础语言。

我最强烈的一个感受就是，在连续看了七八部他的片子之后，再看任何一部别的电影，哪怕同样是欧洲艺术电影，均会突然地"眼前一乱"，感到色彩与背景上的脏与多，哪怕它们是丰富和自然的，那也是过于丰富、过于自然了，太"现实主义"的拟真了……两相对照，才会真切地知道，伯格曼是真正创造了独有影像语言的人。

似乎讲了太多的花生米，其实我对伯格曼电影真没有发言权，最多只是观影的最浅表印象，还是作为读者，或者说，作为写作意义上的同行，回到杯中物，回到自传本身吧。对这一杯陈酿，我真要高声地说，伯格曼太会写了。

列位须知，电影导演的自传向来都是出版热门，如《蛤蟆的油》（黑泽明）、《我是开豆腐店的，我只做豆腐》（小津安二郎）、《我的最后一口气》（路易斯·布努艾尔）、《我被封杀的抒情》（大岛渚）、《草疯长》（今村昌平）、《雕刻时光》（塔可夫斯基）等，有新有旧出得不少，有的偏重童年与家人，平淡岁月长滋味，有的泰半都是艺术独白，意识片段的串联，有的像老人家聊天，东一脚西一脚。相较之下，伯格曼是相当讲究的，他有天然的文学直觉与自觉，整本书，不管是无意间的埋线与呼应，对所涉人物的寥寥描绘，或者紧要关头的气氛渲染，或价值观上的勇敢与自洽，都是高手之为。

他在《魔灯》中共有两条时间线，一条是当下线，一条线是断断续续的回忆线，极自然地把童年忆往与职业生涯加以交叉，形成对照与覆射，首尾回环衔接。比如他写父亲当下的死亡时，穿插了一次愉快的夏日游泳，生龙活虎的少年记忆，与神职父亲的濒死场景两相瞻对，读来惊人。

他十分迷信，总用苦恼而自虐的口气，唠叨在剧场中碰到的各种不祥征兆。

他用一整页的名词，对，纯粹的名词排列，谈到这些年来他与女人们的复杂关系，如同海报，如同特写，如同独白，如同闪回。叫人绝倒。

他特别善于用三两个段落勾勒人的一生，尤其是次要人物。比如他顺便提及的妻子卡比的钢琴老师，其在战争年代的生死色欲，短短几百字，却是惊心动魄的剧情片段。他冷面热心地描写他与老年英格丽·褒曼、指挥家卡拉扬的微妙关系。他愤然又笨拙地面对外界的各种否定与驳斥，骄傲地给予他想象中的致命反击。

叫人惊叹的其实不是这些事情本身，是他处理这些事情的文字和角度，分明就看到一个率性得可怕的、可怕得叫人尊敬的同行。这当然也是废话，其实光看他剧本中人物的对话，那种去生活化的抒情，精确的情感探讨，幽深的自卫般的回避，即可知道，他绝对是文学的槛内人。

猜猜他怎么写结尾的？整本《魔灯》，亲人是他的起点，宗教感贯穿他一生的创作，也贯穿这部自传的始终，到末章，即第25章，亲人的强大主旋律再现——母亲死后，他用8mm的摄像机和一个特殊的透镜拍摄了一部以母亲脸部特写为主题的短片《卡琳的脸》。日复一日的，他用放大镜研究观察母亲的几百张照片，从她3岁一直到心脏病发作前几个月护照上的照片。他用这海量的整理工作来与母亲对话，责问她，请求她的爱。他还摘录了一小节母亲的日记，1918年7月，母亲以疲劳和隐忍的语气简约记录了他的诞生。

"最近这几个星期病得太重，不能写日记。埃里克（鲁注：伯格曼父亲）已经第二次染上了西班牙流感。我们的儿子于7月14日早上出生。他一出生就发高烧，并染上了痢疾。他看起来瘦弱不堪，大鼻子烧得红红的。眼睛始终不肯张开。我因为生病，几天没有奶喂他。在医院里匆匆为他洗礼。他名叫恩斯特·英格玛。妈妈带他去了沃鲁姆斯，并在那里为他找到了一个奶妈。埃里克无法解决我们之间的实际问题。妈觉得有点儿失望。埃里克也讨厌妈妈干预我们的私生活。我躺在这里一筹莫展,总在独自一人时哭泣。妈妈说如果婴儿死了,她会照看我的大儿子达格,我就可以恢复工作……"

  选摘至此,时年68岁的伯格曼猝然结束了他368页的自传。

(原载《十月》2020年第6期)

河乌与戴菊

李万华

棕背黑头鸫

无名小河自东向西蜿蜒，发出哗哗声响，河水不算清冽，可能上游地区才落了场雨。河流自然来源于不远处的祁连山脉，那山我已经熟悉，曾数次登临。海拔高，云雾便始终在那里缭绕，即便六月天，山顶也积雪覆盖。河水冰冷，这一点听声音便会感知。河两岸，是并不茂密的青杨林。太阳此时已经偏西，空中云朵大块相连，这使洒进林中的光线并不均匀，明明暗暗，林中草色因此深深浅浅。

草地上盛开的，都是趴下去才能看清的小花。狭萼粉报春，以前我曾将它称呼为散布报春，多么马虎的错误。肉果草，名字没有任何诗意，看上去与肉也没关系，幸亏花朵没有一只蜜蜂大，如果花朵大如牡丹，那花瓣上浓郁的深紫会让人窒息。委陵菜的细茎伸出来，探手探脚，跑到远处又着地发芽。马先蒿红黄两色齐备，这自然是不同品种所致。少花米口袋,小时候吃过它的根,但一直习惯叫它少米花口袋。龙胆贴着地面,淡蓝色花朵仿佛梦幻。金露梅、防风、马蔺、秦艽,一一可见,很奇怪最熟悉的甘青老鹳草没有踪迹,若在以前,甘青老鹳草是绝不能采摘的花,因为谁都知道它叫打烂碗花……小花们兴致勃勃,仿佛在庆祝儿童节。这是青藏高原的春天,尽管在节气上已是小满之后。

鸟儿们飞来飞去。当然,我才不会说鸟儿们在参加集会,百鸟朝凤,不。环颈雉依旧在灌丛昂起脖颈逡巡,成双成对,我连靠近的意思都没有,只仔细看了看,它们便呼啦啦飞去,誓死不碰面。一反常态,灰斑鸠双双低飞而过。灰斑鸠还是在傍晚的青杨林啼叫为好,缱绻绵绵,《诗经》的味道,布谷再应和一两声,一叫一回肠一断,更愁人。麻雀雏儿还是耷拉着翅膀,跟在妈妈身后叫,都跟妈妈一个模样了,还不知道自立。银喉长尾山雀的雏儿们枝头排排坐,起先我以为那是一串旧年的果子,但青杨是不结果的树,用望远镜一看,它们挤在一起,胸前一律淡粉,仿佛围着小汗巾,它们的妈妈,正在枝头为它们找寻食物。

好季节到底不一样,都在嬉戏,在玩闹,在轻松随意地生长。

棕背黑头鸫胆子大,根本不像它的同类赤颈鸫。赤颈鸫是那种你一仰头它就飞去的鸟,好像它的神经与人相连。棕背黑头鸫在我面前的草地上觅食,慢条斯理。走姿依旧是那种俯首向前小趋几步,然后猛然抬头站住,似乎有什么事让它惊愕。能有什么事呢,我每次见鸟,都蹑手蹑脚,大气不敢出——每次都是鸟们先将我吓住。而林中,草色青青,流水潺潺。此时正适宜躺在草地上,眼睛追随一朵流云,嘴角衔一枚草茎,一朵白色的草莓花最好,年轻时候那样,然而不行。两只鸟在你面前来来去去,仿佛你是它们的客人,你必得优雅一些,正襟危坐不必要,但一定要表现出某种知书达理。于是在一块裸露的石头上坐下,尽管黑蚂蚁自脚边跑过,还有一种细如线头的黑蜈蚣。

普天下都相似的雌鸟，不是灰就是棕的雌鸟，色调总是雨天般暗淡的雌鸟，美了容也看不出效果的雌鸟，我眼前的棕背黑头鸫雌鸟，依旧没跳出大自然限定的这个圈。好在它的神情个头与雄鸟差不多，如果忽略掉它们羽毛的色彩，你便判断不出谁雌谁雄，这可不像人类。雄鸟就不一样，雄鸟都是染缸里浸过的，是涂脂抹粉的，是诸种油彩一起上身的，它头颈尾翼的黑是夜晚的黑，腹部的栗色仿佛着了火，至于背部的灰黄，还是忽略的好——似一块灼烧后留下的疤——然而雄鸟一无所知地背着它。

它俩相隔不远，始终保持一定距离，小跑，立定，抬头，再小跑，立定，再抬头，偶尔向着远方谛听。

我已经知道，眼前的两只鸟是进了全球濒危鸟类目录的，珍稀而罕见。可此时它们明明在这样普通的一条河谷里，普通到连青杨树都是后来栽植的，游人开了车就能来此处撒野。而村庄就在不远处，柏油路穿村而过，犬吠清晰可闻，人们咳嗽的声音都能传过来，猫时常跑来游荡，村里人甚至将林中草地开辟出几块来，种上了云杉和蚕豆。

所谓大智如愚大约就是这样一回事。

纵纹腹小鸮

此刻是如此美妙的黄昏。写下这句，忽然想起普利什文的《大自然的日历》。绝无模仿之意，绝无抄袭，此刻的黄昏，除去"美妙"二字，是真的再无其他词语更为传神。大自然虽然千疮百孔，但也有历久弥新的时刻，以及，从未被破坏的局部。现在，呈现在我眼前的这个黄昏，便是这样的局部，这样的时刻，不可复制，绝无仅有。

纵纹腹小鸮蹲在青杨树枝上，不出声。树不大，没有沧桑面容，即便风过，树也静悄悄的，仿佛酣睡。树后面的黛色山脉横贯眼际，一直向东西方向延伸，直至远处。在远处，山峰化为龙化为云，皆有可能。山坡上植物的生长存有鲜明界限，高处是以头花杜鹃和陇蜀杜鹃为主的灌丛，绵密厚实。如果是早些时候，花开出来，淡紫与粉白，各自为阵，蔚为壮观。山坳黑黝黝的，是云杉林。云杉生长多年，松塔针叶铺地，毛虫来去，护林员说，林中有马鹿和麝，还有狼。马鹿和麝走过林子，姿态娴雅，狼总有些吓人。靠近山脚，是退耕还林的荒草地，悬钩子偶尔两三丛，东方草莓正挑出浆果。尽管有十几米远，我还是确定，那是一只纵纹腹小鸮无疑。那毛茸茸椭圆形一团，绝不会是一个粗糙鸟窝，也不可能是松鸦山鸡。有些鸟可以凭感觉辨识，就像有些人，看一眼便知是否良善。

如若是其他的鸟，我坐在原地，用望远镜看看就已足够，但眼前的小鸮，必得一步一步靠近，必得将每一个细节都看清楚，不仅如此，还需让小鸮瞥见我，对我有些表情达意的反应才好。青春少年追星，也莫过如此。有感应一般，小鸮从远处就看见了我，表现得有些不屑，半闭着眼，傲娇，爱理不理。鸮族们最让人神魂颠倒的，就是那半睁半闭的眼睛，以及，睁一只眼闭一只眼的难得糊涂。毫无疑问，小鸮的眼睛依旧是两张光盘，黑色圆心，金色环绕，里面储存的，全是莫扎特那一代的古典。此时天地无风，云却在移动，太阳光自云层缝隙斜射而下，时明时暗。树叶肯定将影子抛到小鸮身上，可是一点都看不出。小鸮沙褐色的上体原本布满白色斑点，棕白色腹部又有些褐色纵纹，这样，便是在树叶的阴影中，感觉太阳光还是将斑点洒在它身上。仿佛太阳也是它的粉丝。

拿捏不准距离的限度，近前几步，还是停下来。与山雀和耗子相比，我自然是庞然大物，小鸮虽然依旧傲娇，神情却有了变化。它将两条浅色平眉上扬，眉心紧皱，两眼圆睁，我明知那是警惕，但看上去，倒像一个小孩在扮唬人的鬼脸。过分了，我想。这世上有什么宝物要我捧在手心，除了它，不会有其他。小鸮仿佛懂我心思，接着便将那经典的扭头动作表演一番。小鸦头大、圆，头在身子上左右平移时，身体保持不动，看上去，像是新疆舞里的动脖子。鸦们扭头是一项技术活，能转动270度，脖子里仿佛装了个转轴，有时候，它对你是侧目还是正眼都不清楚。

小鸦面前，我是正宗的花痴。毫无顾忌地，我将自己的欣喜表现出来，啧啧有声。猫科动物我都喜欢，雪豹行走高山，花猫酣睡沙发，老虎步出密林，猫头鹰的眼睛在夜晚闪啊闪……很遗憾，猫头鹰既不是猫科也不是鹰科，它另立门户，仿佛在取笑那个给它拿捏名称的人不过是个词穷的傻帽。然而它还是要离我而去。它起身，蹬起穿着毛裤的腿，翅膀一伸，起伏着，向坡下飞去。

目送是如此无奈的事情，无能为力，无计可施。留恋如果是单方面的一厢情愿，尤其难以释然。然而在后来的时日，每当回忆，那个黄昏竟是那样迷人：夕阳落在山巅，溪水潺湲，青稞抽穗，小云雀在那里高高低低地叫，峨眉蔷薇开出最后一朵花，树荫里，纵纹腹小鸦正在表演杂技。

黑头鸼

终于见到一只体形不算完美的鸟。如果它是个小孩，我肯定早已将目光移开，以示他的发育正常，然而这是一只鸟。鸟会有自尊心吗？有。但鸟儿凡事看开，不在乎。于是我带着一颗看热闹的心看它的尾巴。那尾巴也太短了，不仅短，还秃，仿佛用了好几年的半截笤帚。到现在，我算看明白了，鸟身上最显气质的，首先是尾巴。尾巴越长，气质越高贵，反之亦然。一只凤凰和一只大公鸡的羽毛差不多，但一眼看去，大公鸡就是打鸣吃糠斗来斗去的命，凤凰就是非梧桐不栖、非醴泉不饮的神圣，区别主要就在那尾巴的不同。大公鸡的尾巴也算有气势，但乱蓬蓬如杂草纵横，凤凰的"鱼尾"，看上去仿佛从孔雀身上借来几根练尾，"五色点注，华羽参差",却蜷曲得格外高贵,修长得不入凡俗。尾巴是它们不同命运的关键所在,重点之重,如不信,你让凤凰换个大公鸡尾巴试试。

黑头䴓因为尾巴短,加之没脖子,浑身圆滚滚的,像一个白菜大肉馅的饺子,又像一个矮小的胖子裹了件蓝灰色棉袄。好在它的喙比较长——虽然没有戴胜或长嘴鹬那样过分,不过比起它那种体形的鸟,显然有点长,又是细细的,像插在脑袋上的一根吸管——这多少让它的憨厚老实有了些灵气。提升黑头䴓气质的,还有它的一对眉纹,白,排刷刷出一样,粗,边缘毛毛糙糙,且从额基上扬一直到后枕。上扬的眉毛显得有英气,同时也让眼神凌厉:身旋秋色洿清露,凌厉西风嫩紫霜。黑头䴓的眉纹总算挽救了它。

鸟儿扒着树干找虫子,据说唯一能头向下尾朝上往下爬的就是䴓属的鸟。能爬树的鸟儿多,旋木雀、啄木鸟等等,都是头朝上从下往上爬,不稀奇。啄木鸟一边爬,一边绕着树干兜圈子,所以要仔细观察啄木鸟,观察者最好能和它统一轨道绕着树干兜圈子,但啄木鸟永远喜欢绕到看不见它的那一面去,不管你转得晕不晕。啄木鸟爬树,还得借助尾巴的支撑。两只脚,一根尾巴,这三点组成坚实的基座,保证了它们在树干上的灵活。旋木雀同样用尾巴做支撑。黑头䴓从上往下爬,头不能做支点,而尾巴多少有些碍事。造物主于是将它的尾巴变得短小一些,无用一点——造物主总是考虑了所有细节,殚精竭虑。所以,黑头䴓的招牌动作是,倒爬在树干上,头高高仰起,仿佛在重申那句名言:谁和我一样用功,谁就会和我一样成功。

一只鸟用不同的角度看世界,不知什么感觉。天地是否颠倒,阴阳是否互换?来过的人,飞去的鸟,是否错乱?

我笑眯眯地看那只头朝下的黑头䴓时,它正忙着将一只肉色的肥虫藏到树皮中去。但是它始终找不到一个称心如意的地方,将虫子塞进这个缝隙，试一试，衔出，又塞进另一个缝隙。一棵小小油松，树干不粗，树皮不怎样皴裂，找来找去，都不恰当。一只精益求精的鸟。

黑头䴓有储藏食物的爱好，善于为寒冬做准备。只是现在，立秋过去不久，暑气犹在，虫子藏在树皮下，如果不能尽快风干，便只有腐烂。如此忙碌，到头来只有腐肉佐餐，岂不扫兴？也许是我过虑，说黑头䴓藏食物，大多时候藏过即忘。一个有健忘症的鸟儿，找出食物，藏起，然后忘记，这跟直接找食物吃有什么区别。或许人家玩的正是"我开心就好"，孩子们的理念。

黑头䴓胆子大。我慢慢接近，唯恐将其吓走，然而人家根本不为我动，无视我的存在，一直在那树干上找粮仓。我虽然渺小，蹑手蹑脚，但松林里还有其他人，正在使劲吹萨克斯，嘶哑结巴的声音自铜管跌跌撞撞而出，能将并不繁茂的松林撕裂，而且那人就坐在黑头䴓几步开外。

生存之道，胆子大固然好，刀山火海都敢闯一闯，胆子小，也没错，前狼后虎都避开。只是像我这样，年轻时什么都拿得起放得下，仿佛能纵横天涯，到如今，前因后果，百般谨慎，算是无趣至极。

河 乌

河乌绝不是望洋兴叹中的河伯，这点我在未见河乌之前就已肯定。既然它的名字中带"乌"，想必跟乌鸦差不多：浑身乌黑，嘴大而直。但是鸟类学家说，河乌是雀形目河乌科的鸟，与鸦科那属于鸣禽的乌鸦根本没有关系。科学的界定如此清晰霸气，不容逾越，然而民间还是叫它"小水老鸹"。民间的事情，就是如此无理而圆润。

遇见那只小水老鸹时，正是中秋。高原的中秋，寒气已将山林浸透，草叶渐次枯去，桦树叶子也在变黄。原本青杨叶子也要黄去，色泽比桦树还要纯净，但是青杨们早已将枯萎成黑褐的叶子撒落一地，仿佛某种早衰的病症。专家出来解释，说这是因为青藏高原气候暖湿化，雨水增多，青杨无法适应，叶子尚未变黄便早早凋落，仿佛某人尚未白头便已撒手人寰，令人惋惜。好在桦树没有如此娇气，云杉和柏树同样没有撒娇，还有小檗，这使那些长满红桦白桦的高大山坡，树树秋色，红橙黄绿。

是两山之间的湍急水流，溪水来自有着冰雪的高山峡谷，它们汇集此处，成为一面清冷池水。水面清澈，映出两山倒影，波纹细碎。但是这一日阴云低垂，光线暗淡，池底即便有鱼有石，也无法影布石上，更见不到与游者相乐之景象。偶尔几个行人，撩水拍照，牦牛卧于池畔。环顾左右，再无其他，风自水面而来，凄神寒骨，不敢久留。待要反身，看到池水向下游跌落的宽大陡坎上，一只河乌正在戏水。

说戏水当然不确切，河乌正在水中啄食，像每一只勤劳的小鸟那样。此刻它没有同伴，似乎也不需要同伴，激越奔流的溪水才是它的玩伴。它怎样从水流上游飞来，我并未看清，当我见它时，它已一头扑入水中，激起水花。因为隔着一段距离，我以为是一只小鸟失足落水，需要救援。于是向前疾走，稍稍靠近，却发现它正从水中探出身子，嘴里叼一些食物。它是一只矮胖的河乌，褐色身躯，羽毛整洁，脖子下面一块白斑如白色领结那般醒目。

生活在高原，却很少见到河乌。河乌是一种对生活环境极其挑剔的小鸟，它只喜欢水流湍急、岩石嶙峋的溪水与瀑布。我的童年就在与此处一山之隔的地方度过，那里四面环山，清冷河水终年喧哗，春夏秋冬，我们也曾将许多时日浪掷河畔，但从没见过这种小鸟。那时见得最多的，始终是白鹡鸰和红尾鸲，之外便是乌鸦喜鹊和树麻雀。想来是村前那条大河水流舒缓，老成持重，河乌自然不屑一顾。那里也没有野鸭和鸿雁飞来，如果雨季洪水暴发，倒有大石自山巅滚落，横亘在河水中央。

河乌在水面飞行，只会沿溪水流动的方向，当河流转弯，它绝不会从空中截取捷径，不知是何原因，有可能是一只固执的鸟，喜欢循规蹈矩。然而当它停驻在溪流边的岩石上休憩时，却绝不会有片刻安静。它的尾巴始终有节奏地翘起，仿佛鸫科的鸟儿那样，它的小脑袋也随节奏点来点去，腿会同样随着节奏弯曲下蹲，仿佛在跳某种摇摆舞。如果看得再清楚一些，它如豆的小眼睛一眨一眨闪出莹白光泽，让人想到青白眼，却绝对机灵活泼，与贬义的冷漠淡然没有关系。它的嘴巴纤细而直，很多时候，它更像个微微发福的男子，优雅，却又固守规则。

活动在水面的鸟，不像生活在草地和树枝上的鸟那样警惕，因为它们明白，人无法向它们靠近。鸟在水中，感觉安全，因此可以全身心投入当下瞬息。如此，这个中秋，我在水边将它关注时，因为时间充足，我对它哪怕最细微的动作都可以做出分析，试图得到解答，不过这一切都是因为好奇，兼之喜欢。那只实际上并不像乌鸦的小水老鸹，在池水中走来走去，偶尔长时间潜水，跳跃时扑腾起水花，时间在它那里，同样舒缓而安全。它是一个务实于生活的人，油盐酱醋，上班放假，步步踏实。

想起那些森林里的鸟，那些山路上一闪而过我未及看清面容的鸟，那些我一驻足便飞走的鸟，我原本良善之人，它们何必将我看成绿林大盗。

白顶溪鸲

那在墨绿色的峡谷中孤身一人的少女哟。那一日，倚在白河车站的木栅栏上，目送前往京城的旅人人群的少女哟！我从火车的窗口看到了你那低垂的眼眸中流出的泪水，可你应该没有意识到我这个年轻旅人的存在。我无从知晓与我擦肩而过的你的名字,更不知你为何落泪。刚刚看到你那腰带上的一抹鲜红,我乘坐的火车便已疾驰而过。就这样,冬天过去,春天来临,京城已进入了夏季,却未闻鸟鸣声。生在大山里如小鸟般的少女哟,尽管我们再也没有相见的机会,也请你一定一定不要思恋京城,不要哭泣哟!

再见了,小鸟!

读竹久梦二的短文《致小鸟》,眼前出现的,根本不是那腰带上有一抹鲜红的垂泪姑娘,而是一只真真切切的小鸟。小鸟亦如姑娘,有鲜艳的腰带,那是色泽更为深浓的腹部和尾羽,当它站立,它的尾巴总是翘来翘去,仿佛塞着耳机听音乐踩节拍。它的具有黑色光泽的脑袋顶部,一块椭圆形羽绒白斑如同初雪覆盖,走几步,甩一甩头,那些白雪似乎便要落下。它圆滚滚的肚腹,显示出现世安稳。据说年轻时候,它也会和伴侣比翼齐飞,一旦孩子长大,它更喜欢在高海拔的山涧溪流和突起的岩石上独自来去。当它鸣叫,声音细弱,却又仿佛打着口哨。

那一天,在高山峡谷,我们将车停在路边。穿峡而过的公路一侧,大河奔流,靠近山坡,依几间牧人小屋。似乎长久无人居住,土木结构的屋顶已经荒草披离,屋旁木栅栏围起大片空地,同样荒芜。几只黑色小猪绕着屋子寻找吃食,又有几只羽色暗淡的公鸡,同样在草丛寻寻觅觅。多年未见猪仔,自然稀奇,跑过去看。放养在山野里的猪,毛色黑亮,四肢矫健。它们显然不喜欢被人围观,便很快跑到屋后的山坳中去。那天天气不好,欲雨,却始终不见雨滴落下,天格外低,几乎垂到大山腰部,又有薄雾笼罩,世界似乎小了许多。那些覆盖草甸的山体,偶有灰色岩石裸露,溪水也从那里流出,哗哗有声。空气清冷。

就在那时,我见到活动在山坡岩石上的白顶溪鸲。自然是它身体上的红色引起我的注意，还有它头顶的白斑。在雾气浓重的绿色山坡上，那两种色彩异常跳跃，那是一种突破现实的明亮，纯粹到让人以为那就是理想应有的色彩。然而背负理想色彩的小鸟对此浑然不觉，它跳上一块岩石，跃下，然后又跳上另一块岩石，伫立片时，环顾，再次跃下……如此反复，一座山，几块岩石，仿佛足够它挥霍余生。

奇怪的是，那一刻，在路边，我根本没有靠近它的想法。望远镜会将一只原本小巧的鸟变得无比庞大，在镜筒中，白顶溪鸲有喜鹊那样大的身体，但它的神态，依旧是一只玲珑小鸟才有的活泼和俏皮。仿佛要从一个镜头参透整部剧情，利用车子开动前的每一秒钟，我将那只白顶溪鸲仔细打量，试图看清它的每一细节。等汽车开动，在玻璃窗中，慢慢向后离去的小鸟，它身上的那种艳丽，又变得格外幽静。它留在那里，留下一些安宁和简单，而我，负载芜杂，依旧前行。

白顶溪鸲如同隐士，生活在高山地区，喜欢湖泊和溪流，远离人群。读过另一篇文章，写西藏巴松措湖边的白顶溪鸲，说在那里，它是一种常见的普通小鸟，不惧人来人往。之后，有一次去西藏林芝看巴松措，想或许能遇到曾有一面之缘的白顶溪鸲。然而那日天气不好，冷风飕飕，又有些缺氧，身体不很舒服，观景的心情便淡去许多。高山上的湖泊，四周雪山和森林围绕，自然清幽。走过长堤，到湖中小岛，又从长堤返回，到松萝垂挂的林中小径。在林中，听得树梢小鸟啁啾，却始终不见鸟的踪迹。不能去更远的湖畔和松林，期望之中的白顶溪鸲，自然没有见到。不过却见到许多鱼，湖中的鱼。长堤上，我掰碎一块饼干喂它们，然而它们不为所动。它们更喜欢另一种食物，一位当地妇女用青稞面和成的鱼食，看上去仿佛饵料。它们堆在一起，用来出售。

那几条鱼有些肥胖，与清冷的湖不搭调。

戴 菊

若单从名字判断，戴胜和戴菊似乎是一对兄妹：没有显赫家世，不曾衣锦而行，也不曾受过诗礼人家的礼法束缚，他们更像出自贫门，自小父母双亡，相依为命。哥哥耿直健壮，妹妹聪慧娇俏，他们勤勉度日，与邻为友。然而作为鸟，它俩并没有多少关系，戴胜来自戴胜目戴胜科，戴菊出自雀形目戴菊科。戴胜在贾岛笔下是"星点花冠道士衣，紫阳宫女化身飞；能传世上春消息，若到蓬山莫放归"，戴菊在诗歌中似乎一直默无声息。

戴菊不仅不被世人所熟知，更糟糕的是，戴菊甚至被认为是莺科的一种，人们曾一度将其称呼为戴菊莺，多么尴尬。然而这也不能责备人类，怪只怪戴菊它自己。小小一只鸟，你可以随心所欲，长什么样都行，哪怕少一只眼，多一条腿，都将是独特的你自己，偏偏要长成柳莺的娇小模样。不仅外貌相似，连气质习性都一样，同样的胆汁质，活泼好动，一刻不停，同样喜欢在林冠层来去，喜欢翻寻小昆虫。柳莺种类原本众多，彼此难以区分，戴菊混身其间，似乎要将事情弄得更为复杂。好在戴菊并非冥顽不化，长着长着，突然明白这事情的滑稽，于是在头顶安置一道黄色冠纹，打开时，如同秋天的菊花明艳，总算挣回些面子。

午后上山喂鸟，带些薏米仁，一碗剁碎的胡萝卜拌米粒，一把葡萄干。流沙河讲《诗经》，认为苤苢并不是车前草，而是薏米仁。薏米仁有营养，"和平则妇人乐有子矣"，据说女人多吃薏米仁，可多产子女。我自然过了年龄，薏米仁吃得再多，不过多除些湿气而已，如果鸟儿吃了多产蛋，岂不是好事一桩。

小雪后的山林，愈加清瘦，除去云杉和几株雪松，已经没有什么树还挂着叶子。路径的背阴处，荒草被积雪覆盖。过去的三个季节，这些草葳蕤繁茂，掩藏不为人知的秘密，现在，它们揭去所有遮蔽，将自己的内部袒露出来，毫无隐私可谈。午后的阳光尚好，人只要还在阳光中逗留，冬日的温暖便能遍布全身，然而一旦走进某处阴影，寒凉便会浸骨。许久不见的灰头鹀突然又出现在树枝上，让人有些糊涂，我以为它们早已飞去南方，或者稍微靠南的地方。正仰头探看它们，迷蒙光线中，一只小鸟自林中俯冲过来，接近我的头顶时，又直升机那样将机头抬高，然后飞进路旁的云杉树中去。

那株行人来去都会经过的云杉树新栽不久，矮小，枝杈稀疏，一丛甘青铁线莲缠绕着它。铁线莲旧年的长花丝并没被风吹走，它们倔强在茎蔓上，仿佛白色花朵还在盛开，阳光自花丝上穿过，洒下束束耀眼光芒。靠近两步，云杉的枝子几乎戳到鼻尖。小鸟从一枝跃到另一枝，在每一枝上停留的时间不超过十秒钟，异乎寻常的忙碌，似乎有许多事情需要处理。我换不同的角度看，又拿出望远镜对着它，它都不理我，仿佛我就是个虚无。胆子真大。自然是一只戴菊，绒球一样的身子，比一只乒乓球大不了多少，握在手中，应该是绵软轻盈的一团，黑亮的眼睛，黑而纤细的小嘴巴，圆脸庞……这些都是可爱的标志。它身上醒目的，是橄榄绿体背上的两道白色翼斑，以及头顶那柠檬黄的细冠纹和两道黑色侧冠纹。不远处的云杉上，应该有另一只，只是看不见，它的声音自那里传出，稍高而纤细。

我站在树旁，将其端详良久。它始终没有看我一眼，仿佛一个嬉戏的孩童，沉浸于游戏，忘却身边所有。

戴菊其实是一种古老的鸟。说它在始新世就已出现，漫长的时间之后，它的近缘类群都已灭绝。它孤单地存在，举目无亲，尽管听上去，或者看上去，它似乎都有亲属。然而你根本看不出它有千万年的忧患，如同此刻，时间在此期间似乎从未流动，或者此刻便是那万年之前：天气已由燠热变得寒凉，大片伸展的棕榈植物逐渐向南方退缩，取而代之的，是落叶林覆盖了北方大地，巨蛇在林中爬行，灵长类依旧繁衍生息，一些啮齿类动物正在苔原上漫游，远处，海水起伏，海龟从水中游出，爬到沙滩上产卵，天空寥廓，鸟类翔集，在那些更接近北方的高地针叶林中，戴菊们寻找吃食，或者在针叶间玩闹，当它们偶尔受惊，便将羽冠打开。那是万年前的菊花朵朵，直至今日，始终不曾凋落。

黄腰拟蜡嘴雀

前天，我看到一只橘色流浪猫试图偷袭山噪鹛，却被山噪鹛群起而攻之。那时我原本要下山，山洼一侧云杉林中的山噪鹛突然大呼小叫。山噪鹛的声音我已听得足够多，唱歌呢喃或者扼腕叹息，大致都能分得清楚，现在它们爆出粗嗓门，声音尖厉语气急促含义繁复，一听便知是在警告和斥责，并有着打斗一番快意恩仇的决心。肯定有大事发生，我想，因为整座山林都已紧张，仿佛每一根树枝都是一根紧绷的弦，一些看不清眉目的小鸟乱纷纷自弦间飞走。快走几步，登上陡坡，从高处查看，果然看见那只橘色流浪猫从云杉林中跑出，一些偷鸡不成蚀把米的狼狈，身后十几只山噪鹛自云杉枝子上追来，边追边嚷，群情激愤。

今日上山，继续带了薏米仁，临出门，又剁半个甘蓝，抓一些葡萄干。甘蓝拌薏米，再嚼几粒葡萄干，是鸟们不错的午餐。经过那片云杉林，放慢脚步，谛听有无山噪鹛活动。果真听得枯叶发出簌簌声，探头去看，居然是两只黄腰拟蜡嘴雀。

黄腰拟蜡嘴雀，又名白斑翅拟蜡嘴雀，我从未奢望过要见到它，尽管我知道它始终出没于喜马拉雅山脉及中国西部地区，但就它这个名字的拗口程度，我觉得在野外遇见它的概率会为零。但是现在，它俩魔术一般站在我眼前。怕它们一拍翅膀飞掉,或者躲进乱柯之中,我原地僵立一会儿。它俩视而不见,继续低头扒拉枯叶。以鸟的机警程度而言,我确信它们已知道我在将其窥视,但它们没有理睬。不理睬是一种高傲的待人法,如若是一个人,我早转身离去,然而两只鸟——在鸟面前,人的尊严不如一株草。我于是微笑着放下食物袋,拿出望远镜,其间我还故意咳一声,挪几步,找一个好的角度,我要相对象那样将它们仔细探究。

它们有一颗毛茸茸的大脑袋。大脑袋给人的感觉不一定萌,有时是痴和憨,而且这种憨不一定真憨,"氓之蚩蚩,抱布贸丝,匪来贸丝,来即我谋",就是如此,大脑袋全是计谋,绝不会浪费在无用的事情上。它们在那里低头觅食,看上去对眼下浑然不觉,仿佛现实与它之间隔着一层透明薄膜。然而那大脑袋,以及大脑袋上镶嵌的黑眼睛,时刻给人一种成竹在胸的老成持重,仿佛沧海早已见惯。它们还有一个宽厚如同城墙的嘴巴,深灰色,嘴巴基部,裹一圈粉红,仿佛在粉色嘴巴之外,又套了个铁青的假嘴巴。那嘴巴几乎从脑门上长出,无须听它出声,就知鼻音一定很重。嘴巴厚,无非表明它可以将嘴巴当磨盘碾种子,然而这些粗重还不够,它脖颈两侧灰色带一点雪花白的羽毛,又张飞的虎须那样撑开来,使得脖颈更加粗大……如此细究,尽管我知道有一只是雌鸟,却全是壮汉模样。

然而我还是喜欢。喜欢它们头背部羽毛的高级灰,喜欢它们腹部一抹柳芽的嫩黄,喜欢它们翅膀上积雪的一点白,喜欢它们麻雀般蹦来跳去的灵巧加笨拙,喜欢它们沙哑且鼻音浓重的粗声大气,喜欢它们眼睛深藏黑却比黑明亮。

雌鸟正衔一枚种子研磨。那是一枚黑豆大的种子,种子在它嘴里,带着市侩的油滑与狡黠。它也不服输,它带着谈判的耐心挤压它,消磨它,损耗它……然而那种子就是不屈服。那株结种子的灌木就在我身旁,摘一枚下来，揉搓，浑圆、坚硬，外壳都没有，一枚种子就是一个核。没有叶子，判断不出是什么树。夏天的时候，它是花，谁能预知一朵花在冬天就是一颗掐不破压不碎的核。

打开食物袋，抓一把薏米仁撒在它俩身边，说，来，吃好的。它俩不领情，显得特别自尊。嗟来之食，我似乎听到它俩的嫌弃，它俩甚至远离我撒出去的那些食物，安能摧眉折腰事权贵……一只钻到云杉的幽深中去，一只直接冲向我。匆忙一躲闪，发现它早已站定在我眼前的树枝上。一伸手就能握住的树枝，能看清每一根羽毛反射的光，它的黄腰，黑胸，飞羽上的白。它安静地站在那里，像一个观鸟者将我查看。如此大胆。

（选自《中华文学选刊》2020年第10期，
原载《青海湖》2020年第1期）